Gisa Pauly
Breitseite

PIPER

Zu diesem Buch

Dio mio, Speeddating! Was ist das denn nun schon wieder? Die jungen Leute kommen aber auch wirklich immer auf neue Ideen. Sieben Minuten, um jemanden kennenzulernen? Wenn ich an meine Jugend denke, dann war es wesentlich spannender, wie damals Beziehungen zustande kamen ... Aber Carolin braucht nun einmal Hilfe, also muss ich wohl mitmachen ...

Gisa Pauly hängte nach zwanzig Jahren den Lehrerberuf an den Nagel und widmete sich ganz dem Schreiben. Seitdem lebt sie als Autorin, Journalistin und Drehbuchautorin in Münster, ihre Ferien verbringt sie am liebsten auf Sylt oder in Italien. Sie wurde mehrfach ausgezeichnet, darunter mit der Goldenen Kamera des SWR. Ihre Krimireihe um Mamma Carlotta stürmt Jahr um Jahr die Bestsellerliste.

Gisa Pauly

BREITSEITE

Ein Sylt-Krimi

PIPER

Mehr über unsere Autorinnen, Autoren und Bücher:
www.piper.de

Wenn Ihnen dieser Kriminalroman gefallen hat, schreiben Sie uns unter Nennung des Titels »Breitseite« an *empfehlungen@piper.de*, und wir empfehlen Ihnen gerne vergleichbare Bücher.

Von Gisa Pauly liegen im Piper Verlag vor:

Mamma-Carlotta-Reihe:
Band 1: Die Tote am Watt
Band 2: Gestrandet
Band 3: Tod im Dünengras
Band4: Flammen im Sand
Band 5: Inselzirkus
Band 6: Küstennebel
Band 7: Kurschatten
Band 8: Strandläufer
Band 9: Sonnendeck
Band 10: Gegenwind
Band 11: Vogelkoje
Band 12: Wellenbrecher
Band 13: Sturmflut
Band 14: Zugvögel
Band 15: Lachmöwe
Band 16: Schwarze Schafe
Band 17: Treibholz
Band 18: Breitseite

Siena-Reihe:
Band 1: Jeder lügt, so gut er kann
Band 2: Es wär schon eine Lüge wert
Band 3: Lügen haben lange Ohren

Dio Mio! Mamma Carlottas himmlische Rezepte
Der Mann ist das Problem
Venezianische Liebe
Stille Wasser sind fies

Unser Versprechen für mehr Nachhaltigkeit
• Klimaneutrales Produkt
• FSC®-zertifiziertes Papier
• Hergestellt in Europa

FSC www.fsc.org MIX Papier | Fördert gute Waldnutzung FSC® C083411

Originalausgabe
ISBN 978-3-492-31738-2
Mai 2024

Umschlaggestaltung: Eisele Grafik Design, München
Umschlagabbildung: Martina Eisele unter Verwendung von iStock, Adobe Stock und Bigstock
Satz: Eberl & Koesel Studio, Kempten, Gesetzt aus der Scala
Druck und Bindung: CPI books GmbH, Leck
Printed in the EU

1

Carlotta Capella war immer als Erste auf den Beinen. Das war in ihrem Heimatdorf so und auf Sylt nicht anders. In Umbrien sorgte sie dafür, dass ihre Enkel mit viel Großmutterliebe auf den Weg zur Schule geschickt wurden und dass ihre erwachsenen Kinder und Schwiegerkinder sich außer dem obligatorischen Espresso auch mindestens ein paar Kekse gönnten. Auf Sylt versuchte sie, die Rolle ihrer verstorbenen Tochter einzunehmen, also darauf zu achten, dass ihr Schwiegersohn Erik rechtzeitig aufstand, die Kinder pünktlich aus dem Bett kamen und alle ein ausgiebiges Frühstück zu sich nahmen, wie es in Deutschland üblich war. In Italien reichten zwei, drei Zwiebäcke, aber Lucia hatte, nachdem sie Erik an die kalte Nordsee gefolgt war, schnell gelernt, dass hier ein Frühstück anders auszusehen hatte. Wenn sie später mit den Kindern nach Italien zu Besuch gekommen war, wollte sie mit einem Mal auch Käse und Mortadella zum Frühstück essen und manchmal sogar Haferflocken und frisches Obst.

Mamma Carlotta klapperte besonders laut mit dem Geschirr, damit Erik in der ersten Etage hören konnte, dass es Zeit wurde, zum Dienst aufzubrechen, und auch Carolin aus den Federn kam. Seit sie beim *Inselblatt* arbeitete, stand sie erst spät auf, weil ihr Chefredakteur angeblich auch nie vor zehn in der Redaktion erschien. Und Felix hatte sein Abitur bestanden und begann seinen Tag zurzeit immer erst gegen Mittag. Da konnte sie noch so laut mit Tellern und Tassen scheppern. Allerdings, das musste seine Nonna zugeben, arbeitete er bis in den späten Abend hinein in der neuen Pizzeria, da musste man ihm wohl zubilligen, dass er morgens länger schlief als alle anderen. Das einzige Lebewesen, das Carlotta mit ihrem Lärm aufgeschreckt hatte, war Kükeltje, die schwarze Katze der Wolfs, die verschlafen in der Küche erschien und sich ausgiebig dehnte, bevor sie sich daranmachte, die Frühstücksvorbereitungen zu inspizieren. Sie wusste, dass am Morgen Schinken fürs Rührei gewürfelt wurde und immer ein bisschen für sie abfiel.

Nachdem sie den Tisch gedeckt hatte, legte Carlotta die Brötchen in den Backofen, damit sie später warm und knusprig auf den Tisch kamen, und holte Butter, Marmelade und Käse aus dem Kühlschrank, dazu die Eier, aus denen sie ein Rührei zaubern würde. Ihr selbst drehte sich ja der Magen um, wenn sie der Völlerei am frühen Morgen zusah, aber Lucias Familie war nun einmal daran gewöhnt, also musste alles so bleiben, wenn die Nonna die Mutter ersetzte.

Sie öffnete noch einmal die Kühlschranktür, weil sie den Schinken vergessen hatte, woran Kükeltje sie mit einem kläglichen Maunzen erinnerte. »D'accordo!«

Lächelnd schnitt sie einen Streifen für die Katze ab, ließ ihn über ihrer Schnauze baumeln und lachte, als Kükeltje ihn sich holte und so schnell verspeiste, als hätte sie Sorge, man könne ihr die Beute wieder streitig machen.

Von draußen drang Gepolter herein. Eine Leiter war an die Hauswand gefallen, kurz darauf erschienen zwei Füße in derben Arbeitsschuhen vor dem Küchenfenster.

Mamma Carlotta lief zur Haustür und riss sie auf. »Signor Mattes! Schon so früh bei der Arbeit?«

Der Dachdecker sah von oben auf sie herab. »Acht Uhr ist Arbeitsbeginn. Völlig normal.«

»Naturalmente! Haben Sie denn schon gefrühstückt?«

Mamma Carlotta hatte gleich am ersten Tag eine längere Plauderei mit Peer Mattes begonnen, der das Dach des Hauses auf Vordermann bringen sollte, und alles erfahren, was sie wissen wollte. Das gehörte zu ihren besonderen Eigenschaften. Sie selbst nannte ihre Fähigkeit, andere dazu zu bringen, ihr Herz auszuschütten, freundliche Zuwendung, aber es gab durchaus Menschen, vor allem auf Sylt, die von Neugier redeten und sich nicht ausfragen lassen wollten. So war es in den ersten Stunden auch bei Peer Mattes gewesen, der sich im Ergebnis aber dann doch nicht hatte entziehen können und der Schwiegermutter seines Auftraggebers ausführlich erzählte, dass seine Frau krank und zurzeit in Kur sei. Natürlich hatte Mamma Carlotta auch erfahren, wie schwierig es für den Dachdecker war, neben seinem Beruf den Haushalt und seinen Sohn zu versorgen. Dieser Sohn war zwar schon achtzehn, ein Freund von Felix, der ebenfalls gerade das Abitur bestanden hatte, aber Mamma Carlotta sah ohne Weiteres ein, dass auch ein Kind im Erwachsenenalter noch liebevolle Betreuung gebrauchen konnte.

»Ja, ja«, brummte Peer Mattes zurück. »Ich habe schon was im Magen.«

Aber Carlotta hatte bereits am Tag zuvor aus ihm herausgefragt, wie das aussah. Im Stehen ein Kaffee und im Weggehen eine Scheibe Brot, manchmal auch beim nächsten Bäcker ein belegtes Brötchen. Ein unerträglicher Gedanke, dass die Familie Wolf im Haus ein gemütliches Frühstück einnahm, während jemand auf dem Dach einer schweren Arbeit nachging, ohne dass er vorher für die nötige Stärkung gesorgt hatte.

»No, no«, gab sie zurück. »Sie müssen erst etwas Richtiges zu sich nehmen. Ich habe schon für Sie gedeckt.«

Das stimmte nicht, ließ sich aber schnell nachholen, sodass aus der frommen Lüge im Nu Wahrheit geworden war. »Der Mitarbeiter meines Schwiegersohns wird auch gleich da sein.«

Das stimmte auf jeden Fall. Sören Kretschmer hatte sich längst angewöhnt, jede Mahlzeit im Hause seines Chefs einzunehmen, wenn dessen Schwiegermutter zu Besuch war. Gelegentlich fühlte er sich bewogen, diese Sitte infrage zu stellen, um dann zu hören zu bekommen, dass er selbstverständlich erwartet wurde und Mamma Carlotta tödlich beleidigt wäre, wenn er sein Frühstück woanders einnähme. Dann ließ er sich immer besonders zufrieden am Tisch nieder und genoss alles, was sie ihm vorsetzte. Bis zum nächsten Mal, wenn er erneut so tat, als wäre es ihm unangenehm, sich von der Schwiegermutter seines Chefs beköstigen zu lassen.

2

Erik wechselte gerade vom Bad ins Schlafzimmer, um sich anzuziehen, als er hörte, dass die Haustür ging. Die tiefe, ruhige Stimme, die kurz darauf ertönte, gehörte nicht Sören, also hatte seine Schwiegermutter mal wieder den Dachdecker ins Haus geholt. Sie gab ja keine Ruhe, wenn sie von einem Menschen wusste, dem es an Zuwendung fehlte, vornehmlich von einem Mann, der ohne weibliche Betreuung auskommen musste. Sie machte es hier einfach genau wie in ihrer Heimat, wo es jedoch üblicher war als auf Sylt, dass ein Postbote einen Espresso bekam, wenn er besonders viele Briefe ablieferte, oder die Männer der Müllabfuhr auf ein kaltes Getränk an die Haustür gebeten wurden. Peer Mattes, der Dachdecker, würde sich vermutlich nicht entziehen können, denn er war überdies der Vater von Felix' Freund, fiel damit in die Kategorie der guten Bekannten und hatte sich so gewissermaßen den Anspruch erworben, neben seiner Arbeit auch noch beköstigt zu werden. Dass Peer Mattes das ganz anders sah, wusste Erik genau, und dass dem Mann die Fürsorge seiner Schwiegermutter oft ganz schön lästig war, ebenfalls. Aber so viel sich Mamma Carlotta auch auf ihr Fingerspitzengefühl einbildete, es versagte vollkommen, wenn sich jemand ihrer Bemutterung entziehen wollte.

Erik kontrollierte im Spiegel sein Erscheinungsbild, strich sich den Schnauzer glatt, auf den er immer große Sorgfalt verwendete, und fuhr sich durch die Haare, ohne danach jedoch zufriedener zu sein. Er zog den Bauch ein, weil seine Jeans ihn drückte. Hatte er etwa schon wieder zugenommen? Himmel, er musste endlich Sport treiben! Wie lange nahm er sich das schon vor! Er betrachtete sein Profil und stellte erschrocken fest, dass sein Bauch sich über den Gürtel wölbte, den er durch den Bund der Jeans gezogen hatte. War das gestern auch schon so gewesen? Entschlossen öffnete er den Schrank erneut und holte einen seiner geliebten Pullunder heraus, einen, den noch Lucia für ihn gestrickt hatte, marineblau mit roten und weißen Querstreifen über der Brust. Noch war es ja kühl, Wolle auf Brust und Rücken konnte nicht schaden. Und der Pullunder verdeckte wunderbar die Stelle, an der sich sein Bauch zeigte.

Er ging die Treppe hinab und begrüßte den Dachdecker, der gerade aus seinen schmutzigen Schuhen stieg. »Moin, Herr Mattes. Wie geht's?«

Ein unverständliches Brummen war die Antwort, völlig normal für einen Friesen, von dem Erik keine ausführliche Beschreibung seines Gemüts- und Gesundheitszustandes erwartet hätte.

Sören Kretschmer erschien wenige Minuten später. Die Melodieklingel der Familie Wolf, die seit ein paar Jahren jeden Besucher erfreute, kündigte ihn mit dem Marsch *Alte Kameraden* an. Eine Melodie, die Sören unbekannt war. In seiner Generation kamen Marschmusik und die Verherrlichung des Kameradentums nicht mehr vor.

Er war um einiges jünger als Erik, viel schlanker und viel sportlicher als er. Sören besaß aus Überzeugung kein Auto, fuhr jede Strecke mit seinem Rennrad, joggte regelmäßig und war so fit, wie Erik gern wäre. Seinem Mitarbeiter fühlte Erik sich nur in einer Sache überlegen: Sein drahtiger Haarschopf war noch so dicht wie eh und je. Sören dagegen hatte dünnes blondes Haar, das schon schütter wurde, mit Geheimratsecken und einer lichten Stelle auf dem Kopf. Wenn seine Haare vom Wind zerzaust waren, sahen sie aus wie Glaswolle.

Sören wunderte sich nicht, dass der Dachdecker wie am Tag zuvor auch an diesem Morgen am Tisch hockte. Er setzte sich zu ihm und strahlte Mamma Carlotta an. »Soll ich Ihnen beim Schinkenwürfeln helfen?«

Aber wie erwartet wehrte sie ab. Hilfe in der Küche war ihr meist nur lästig. Menschen mit vorgeblich helfenden Händen standen ihr im Weg, fragten zu viel und machten dann doch alles falsch.

An ihr Tempo kam sowieso niemand heran. Der Schinken wurde in Rekordzeit gewürfelt und brutzelte schon in der Pfanne, als Erik noch nicht von der Sorge befreit war, seine Schwiegermutter könnte sich einen Finger amputieren. Meistens sah er einfach nicht hin, wenn sie in mörderischem Tempo mit einem scharfen Messer hantierte. Erstaunlich, dass so selten etwas passierte. Trotzdem kontrollierte er jedes Mal, wenn Mamma Carlotta auf Sylt erwartet wurde, die Vollständigkeit seines Erste-Hilfe-Koffers. Sicher war sicher.

Peer Mattes war schnell mit dem Rührei fertig, bedankte sich und verkündete, dass es nun Zeit würde, an die Arbeit zu gehen. »Die macht sich schließlich nicht von allein.«

Er verließ das Haus in Kükeltjes Begleitung, die, seit Peer Mattes auf dem Dach des Hauses arbeitete, stundenlang am Fuß der Leiter stand und staunend nach oben blickte. So, als bewunderte sie den Dachdecker für seinen Mut, den sie selbst offenbar nicht aufbrachte.

Mamma Carlotta sah ihm mit gerunzelter Stirn nach. »Ich glaube, es geht ihm nicht gut. Er wird doch nicht krank werden?«

Erik zuckte mit den Schultern. Ihm war nichts aufgefallen. Peer Mattes war so wortkarg wie immer gewesen, warum Mamma Carlotta also glaubte, dass sein Gesundheitszustand heute anders war als gestern, blieb Erik schleierhaft. Und wenn er ehrlich war, interessierte ihn daran auch nur, ob die Dachsanierung weitergehen konnte, wenn Peer Mattes sich mit Grippe ins Bett legte. Vor dem nächsten Winter sollte sein saniertes Dach eine optimale Dämmung erhalten haben, damit er Heiz- und Energiekosten sparen konnte.

Er besprach mit Sören die Arbeit, die an diesem Tag anstand, und freute sich mit ihm zusammen darüber, dass es zurzeit kein Kapitalverbrechen gab, das sie voll und ganz in Anspruch nahm. Ein bequemer Tag im Polizeirevier erwartete den Kriminalhauptkommissar und seinen Mitarbeiter. Sie konnten sich viel Zeit beim Frühstück lassen und würden zum Mittagessen wieder im Süder Wung erscheinen können.

In der ersten Etage klappte eine Tür, Carolin war aufgestanden. Dass sie ihre Hotellehre vor der Abschlussprüfung aufgegeben hatte, bedrückte Erik noch immer. Und dass sie sich ausgerechnet entschlossen hatte, ein Volontariat beim *Inselblatt* zu machen, war ihm ein echtes Ärgernis. Den Chefredakteur Menno Koopmann hatte er noch nie leiden können, aber nun würde er ihm wohl konziliant begegnen müssen, weil er der Chef seiner Tochter geworden war. Wirklich höchst unerfreulich!

Er stieß Sören an. »Komm, lass uns gehen. Wir könnten uns heute mal um die Ablage kümmern.«

Die Haustür war schon hinter ihnen ins Schloss gefallen, sie gingen auf Eriks Auto zu, als sein Handy klingelte und sich die Sache mit dem bequemen Arbeitstag kurz darauf erledigt hatte ...

3

Carolins Haare waren noch feucht, als sie sich an den Frühstückstisch setzte, ihr Gesicht glänzte, die Wangen waren rosig. Sie sah frisch und unternehmungslustig aus.

Mamma Carlotta betrachtete ihre Enkelin zufrieden. »Macht dir die Arbeit fürs *Inselblatt* Spaß?«

Carolin biss in ihr Brötchen und kaute, während sie antwortete: »Mehr als die Arbeit im Hotel.«

»Und Menno Koopmann? Dein Vater kann ihn nicht leiden. Er sagt, der Chefredakteur ist ein unangenehmer Mensch.«

»Stimmt. Aber er lässt mich einfach machen, und das gefällt mir.«

»Du bist eine Volo ... Volon ... come si dice?« Sie wartete Carolins Antwort nicht ab. »Ein Lehrling. Du musst erst lernen, wie eine Giornalista zu arbeiten hat.«

»Learning by doing.« Erklärend fügte Carolin an: »Einfach machen, dann lernt man am schnellsten und besten. Das meint Koopmann jedenfalls.«

Mamma Carlotta saß kopfschüttelnd da. Einfach machen lassen? Das konnte sie sich nicht vorstellen. Ließ man einen Schneiderlehrling einen Saum nähen, wenn er es noch nicht gelernt hatte? Oder einen Schreinerlehrling mit dem Hobel umgehen, der nicht wusste, was man damit alles falsch machen konnte? No!

»Heute soll ich über das neue Speeddating berichten.«

Schon wieder ein englischer Begriff? Mamma Carlotta runzelte ärgerlich die Stirn. »Was soll das nun wieder heißen?«

»Speeddating für reife Singles!« Carolin strahlte, als hätte sie damit irgendetwas erklärt. »Unter den Touristen auf Sylt gibt es viele Singles über fünfzig.« Nun schien sie zu merken, dass ihre Großmutter ärgerlich wurde. »Nonna, das gibt es in Amerika schon lange. Speed heißt Schnelligkeit und Dating ... da lernt man sich kennen, man trifft sich, verabredet sich. Du würdest vermutlich Rendezvous sagen. Oder Appuntamento.«

»Appuntamento veloce?«

Carolin wurde nun geschäftsmäßig. »Also, beim Speeddating kann man an einem einzigen Abend gleich mehrere Leute kennenlernen, mögliche Partner, verstehst du?«

Nein, Mamma Carlotta verstand kein Wort. »Cosa si può fare?«

»Ein Mann und eine Frau können sich sieben Minuten lang unterhalten, dann wird gewechselt. Ehrlich, Nonna, man merkt doch im Grunde schnell, schon in den ersten fünf Minuten, ob man sich in einen Typ verknallen könnte oder nicht. Aber bei einem normalen Date musst du noch den ganzen Abend mit dem Kerl in der Bar hocken und hinterher womöglich lange erklären, warum du ihn nicht noch einmal daten willst. Speed-dating ist unverbindlich, und vor allem lernst du an einem Abend gleich ein Dutzend Männer kennen. Die, die dir nicht gefallen, hakst du ab, ohne Erklärungen abgeben zu müssen. Und wenn dir einer gefällt, kannst du dich noch einmal mit ihm verabreden.« Carolin lachte in das konsternierte Gesicht ihrer Großmutter. »Wenn du dir einen neuen Fernseher kaufst, schaust du dir doch auch erst alle Modelle an, die infrage kommen, und vergleichst einen mit dem anderen. Was spricht dagegen, es mit einem möglichen Partner auch so zu machen?«

Nach Mamma Carlottas Meinung sprach eine Menge dagegen, aber sie ahnte, dass ihre Ansichten altmodisch genannt werden würden, und schluckte sie deshalb hinunter. »Und wie geht so was?«

»An sieben Tischen sitzen sieben Frauen. Sieben Männer setzen sich zu jeweils einer von ihnen, und dann haben die beiden sieben Minuten Zeit, sich kennenzulernen. Danach wird gewechselt, die Männer rücken zur nächsten Frau vor. Am Ende kann sich jeder überlegen, ob er an einem der sieben möglichen Partner Interesse hat. Wenn einem jemand gefällt, kreuzt man denjenigen auf einem Fragebogen an. Matcht es ...«

»Matsch?« Mamma Carlotta war entgeistert. »Fango?« Was sollte das nun wieder?

»Matchen heißt, dass es Übereinstimmungen gibt, dass auch der andere Interesse hat. Und dann organisieren die Veranstalter ein Folgedate. Ansonsten braucht man sich keine Gründe zu überlegen, warum man ein Date nicht fortsetzen will, warum man jemanden nicht wiedersehen will, warum man die eigene Telefonnummer nicht rausrücken will. Ist doch super!«

Mamma Carlotta nickte zwar, hätte aber lieber den Kopf geschüttelt. Wenn sie an ihre Jugend dachte, fand sie die Art und Weise, wie man sich damals kennenlernte und wie Beziehungen zustande kamen, wesentlich spannender.

»Vor allem für ältere Leute«, fuhr Carolin fort, »die keine Zeit mehr zu verlieren haben. Die wollen sich nicht mehr in einen Partner vergucken, der in Wirklichkeit gar keine feste Beziehung haben will. Die wollen jemanden kennenlernen, der die gleichen Vorstellungen hat. Alles andere wäre reine Zeitverschwendung. Total fair, das Ganze!« Carolin schob sich ihren letzten Bissen in den Mund und stand auf. »Um zehn habe ich bei den Veranstaltern einen Termin. Ich hoffe, ich darf beim nächsten Speeddating dabei sein und sogar fotografieren. Oder ich finde jemanden, der bereit ist, mir später davon zu erzählen. Vielleicht sogar zwei Leute, die sich verliebt haben.« Sie griff nach ihrer Umhängetasche und stülpte sich im Flur ihren Helm auf. Verschmitzt zwinkerte sie ihrer Großmutter zu. »Karla Kolumna, die rasende Reporterin! Tschüsselchen!«

Mamma Carlotta blieb in der offenen Tür stehen und sah zu, wie Carolin ihren Motorroller aufschloss, den sie sich von ihrem ersten Gehalt geleistet hatte, sich auf den Sattel schwang, den Motor startete und winkend den Süder Wung hinabknatterte. Ihre kleine Carolina! Bis zur Pubertät war sie schüchtern und unauffällig gewesen. Dann war eine Zeit gekommen, in der ihre Nonna ungern mit ihr zusammen einkaufen ging, weil sie sich für ihre Enkelin schämte, die damals Frisuren trug, die an ramponierte Vogelnester erinnerten, und ein Make-up im Totengräberlook. Mit der Ausbildung im Hotelgewerbe hatte sich dann ihr Erscheinungsbild erneut geändert. Mit einem Mal sah sie seriös aus und gab sich auch so. Dann folgte das unsägliche Intermezzo mit Maximilian Witt, dem Reporter, mit dem sie sogar eine Weile in Hamburg gelebt hatte. Und seitdem kleidete und schminkte Carolin sich wieder unauffällig, legte aber Wert darauf, unkonventionell auszusehen. Also auf keinen Fall klassische Röcke, wie der Hotelbesitzer es von ihr verlangt hatte, sondern lässige Jeans und Hoodies oder Shirts. Mamma Carlotta erinnerte sich, dass sie Carolin früher manchmal die Geschichten von Karla Kolumna und Bibi Blocksberg vorgelesen hatte. Auch während dieser Zeit war Carolin immer mit dem für Karla typischen »Hallöchen« erschienen und hatte sich jedes Mal mit »Tschüsselchen« verabschiedet.

Mamma Carlotta lächelte in sich hinein, als sie die Haustür schloss. Hatte Carolin nun wirklich den richtigen Beruf gefunden? Dass sie für einen Mann arbeitete, den Erik nicht leiden konnte, machte Carlotta zu schaffen. Hoffentlich ging das alles gut! Während sie die Küche aufräumte, die Teller zusammenstellte und das Geschirr in die Spülmaschine packte, gestand sie sich ein, dass es ihr lieber gewesen wäre, wenn Carolin die Ausbildung im Hotel Horizont beendet und anschließend als Hotelkauffrau gearbeitet hätte ...

4

Sören drückte aufs Gas. Wenn es schnell gehen musste, überließ Erik seinem Mitarbeiter immer gern das Steuer. Er selbst neigte dazu, gerade dann besonders langsam zu fahren, wenn sie es eilig hatten, wenn er aber gleichzeitig oft auch schwere Gedanken in seinem Kopf bewegte. Je mehr er nachdachte, desto langsamer fuhr er, was Sören dann regelmäßig zur Verzweiflung trieb.

Die Sonne hatte noch keine Farbe, kalt und silbrig stand sie am Himmel, selbst in windgeschützten Ecken war es noch kühl, obwohl der Juni schon angebrochen war. Die Feriengäste, die dem Wind ausgesetzt waren, trugen sogar noch ihre Steppjacken, hatten sich Schals um den Hals gewickelt und Mützen oder Kappen auf den Kopf gedrückt. Das Wetter auf Sylt stolperte dem Sommerwetter, das in der ganzen Bundesrepublik längst ausgebrochen war, mal wieder hinterher. Erik störte das nicht. Er liebte gerade dieses Wetter, das Klare, das in großer Hitze leicht verloren ging, das Helle, das von der Sonnenglut oft niedergedrückt wurde. Er lehnte sich zurück und überließ sich dem Tempo, an dem Sören Spaß zu haben schien.

Sie schlitterten durch den Kreisverkehr vor Feinkost Meyer, als wären sie zu einem Verletzten gerufen worden, für den es um Leben und Tod ging. Aber natürlich ging es um das Auffinden einer Leiche, also um einen Menschen, dem auch mit einer früheren Ankunft nicht mehr zu helfen war. Und Erik fehlte zurzeit noch die Hoffnung, dass der Täter leichter zu finden war, wenn sie besonders schnell am Tatort ankamen. Trotzdem bog Sören so rasant wie möglich in die Braderuper Straße ein und raste geradeaus, weil die Straße an diesem Morgen kaum befahren wurde. Die Saison hatte noch nicht begonnen, der Tourismus noch nicht Fahrt aufgenommen. Noch gab es in keinem deutschen Bundesland Sommerferien.

»Wo warten die Kollegen?«, fragte Erik.

»Auf dem Parkplatz Lörkiwai. Am Ende der Straße Üp de Hiir.«

Es handelte sich um einen öffentlichen Parkplatz, auf dem viele ihre Autos abstellten, die durch die Braderuper Heide spazieren oder zum Weißen Kliff wandern wollten. Sie bogen am Ende der Braderuper Straße rechts und bald wieder links ab. Die Straße Üp de Hiir war von großen Grundstücken gesäumt, einzelne, zum Teil alte Friesenhäuser standen darauf, viele versteckt hinter hohen, dichten Friesenwällen. Allesamt waren sie gut gepflegt, vermutlich Zweitwohnsitze, von reichen Touristen den Erben alter Elternhäuser abgekauft.

Schon von Weitem sahen sie die beiden Polizeiwagen, die Kollegen, die daneben warteten, und zwei Personen, die aussahen wie Wanderer. Vermutlich Zeugen. Ein paar Meter entfernt hantierten die Mitarbeiter der Kriminaltechnischen Untersuchungsstelle, die mit ihren weißen Anzügen sofort auffielen. Sie funkelten im Licht der Sonne, die in diesem Augenblick durch die Wolken brach. Die ganze Nacht hindurch hatte es geregnet, erst in den frühen Stunden war Erik davon wach geworden, dass das Rauschen ein Ende hatte. Von da an hatte es vom Dach und von den Bäumen getröpfelt, und er hatte sich, ehe er wieder einschlief, Sorgen gemacht, dass aus den Dachdeckerarbeiten an diesem Tag nichts werden würde. Aber die Morgenluft hatte das Dach schnell getrocknet. Danach hatte sich der Himmel wieder eingetrübt, doch weiterer Regen war ausgeblieben. Und nun sogar die Sonne! Anfang Juni wärmte sie noch nicht, zu dieser Zeit musste sie sich noch dem kühlen Wind unterwerfen, aber die Farben veränderten sich schlagartig. Das Graue war im Nu weggewischt worden, die braune Heide zeigte mit einem Mal hier und da Farbtupfen, die roten Jacken der Wanderer schälten sich aus der nebelartigen Blässe. Der Porsche auf dem Parkplatz wurde leuchtend blau, sogar die Geräusche frischten auf. Möwengeschrei war wieder zu hören, die Rufe der Spurenfahnder setzten sich durch, die Stimmen der Zeugen, die die Leiche gefunden hatten, wurden klarer.

Der Tote lag bäuchlings im Heidekraut. Mehrere Meter vom Weg entfernt, auf den ersten Blick nicht sichtbar. Erik fragte sich, wie viele Spaziergänger schon an ihm vorbeigelaufen waren, ohne ihn zu bemerken. Seine Kleidung war von gedeckter Farbe, olivgrün, dunkelbraun, feucht vom Regen, der sie noch dunkler gemacht hatte.

Dr. Antje Mikkelsen kniete neben der Leiche. Sie sah nur kurz auf, dann tastete sie wieder den Hinterkopf des Mannes ab. Er war groß und von kräftigem Körperbau, seine Hände lagen neben dem Kopf, seine Beine waren ausgestreckt, die Füße steckten in derben Arbeits- oder auch Wanderschuhen. Die leichte Jacke bauschte sich bei jedem Windhauch.

»Das ist mir aufgefallen«, sagte der Mann, der auf den Toten aufmerksam geworden war. »Ich dachte erst, da hat jemand was weggeworfen. Eine Plastiktüte oder so.«

Seine Frau mischte sich ein. »Aber dann ist mein Mann näher herangegangen und hat gesehen …« Sie schlug die Hand vor den Mund, als wollte sie den Rest des Satzes zurückdrängen.

Der Mann zog sein Handy aus der Hosentasche und hielt es hoch. »Ich habe dann natürlich sofort die Polizei angerufen.«

Er wurde bald entlassen. Nachdem er seine Personalien angegeben hatte, dankte Erik ihm förmlich und bat ihn, sich für Fragen zur Verfügung zu halten. Der Mann schien dem Tatort nicht gern den Rücken zuzukehren, aber seine Frau zupfte nervös an seinem Ärmel. »Komm! Ich will hier weg.« Sie ging vor ihrem Mann zu einem dunkelblauen Golf und wartete ungeduldig, dass er ihr nachkam und den Wagen aufschloss.

Sören hatte sich neben die junge Gerichtsmedizinerin gekniet. »Kannst du schon was sagen?«

»Stumpfe Gewalt«, antwortete sie unverzüglich. »Er wurde erschlagen. Hinterrücks, wie es scheint.«

»Tatwaffe?«

Sie zuckte mit den Schultern. »Schwer zu sagen. Ein Hammer vielleicht, ein kräftiges Kantholz. Wenn die Tatwaffe hölzern war, finde ich vielleicht Splitter in der Wunde, die euch helfen können.«

Sie erhob sich, dehnte den Rücken, und Erik sah, dass sie Sören anlächelte. Nur kurz, nur flüchtig, aber dieses Lächeln hatte etwas Einvernehmliches, es hatte nichts mit diesem Gewaltakt zu tun. Sollte Sören sich tatsächlich seinem Ziel nähern? Als Dr. Antje Mikkelsen den alten Gerichtsmediziner Dr. Hillmot ablöste, war Sören ja vom Blitz der Liebe getroffen worden, aber Erik hatte seinem Mitarbeiter keine großen Chancen eingeräumt. Dr. Mikkelsen, so hübsch und attraktiv, so offensichtlich aus allerbestem Hause, mit einem finanziellen Hintergrund, den Sören sich nicht einmal vorstellen konnte. Sören, der passionierte Radfahrer, und Dr. Antje Mikkelsen, die Porschefahrerin. Nun aber schien sich etwas zu verändern. Oder wuchs nichts anderes als Freundschaft vor Eriks Augen heran? Schon möglich. Die beiden verstanden sich gut und gingen sehr unbekümmert miteinander um.

Jetzt half Sören ihr, die Leiche umzudrehen. Die Arme des Mannes fielen schlaff zur Seite, die Handflächen zeigten zum Himmel, als hätte er sich ergeben.

Erik trat näher heran und betrachtete das Gesicht des Toten. Eine breite, flache Stirn unter einem tiefen Haaransatz, eine kleine Nase, schief, als sei sie schon einmal gebrochen gewesen, hohe Wangenknochen, ein kantiges Kinn. Erik war dieser Mann unbekannt, und auch Sören schüttelte den Kopf.

»Vielleicht ein Feriengast?«

Kommissar Vetterich, der Leiter der KTU, trat hinzu. »Die Spurenlage ist dürftig«, brummte er ärgerlich. »Der Regen heute Nacht hat alle Spuren weggewischt. Einige frische konnten wir sichern, aber die sind wohl unbedeutend. Vermutlich irgendwelche Frühaufsteher, die schon vor dem Frühstück durch die Heide gelaufen sind. Der Tote liegt aber schon länger hier.«

Sören nickte und wandte sich an Dr. Mikkelsen. »Kannst du bereits etwas zum Todeszeitpunkt sagen?«

»Nur ganz grob«, gab sie zurück. »Zehn bis zwölf Stunden dürfte er schon nicht mehr leben.«

»Wäre es möglich«, fragte Erik, »dass er erst heute Morgen hier abgelegt wurde?« Er sah Vetterich aufmunternd an, damit dieser der Spurenlage etwas mehr Vertrauen schenken konnte.

Doch Dr. Mikkelsen schüttelte den Kopf. »Der Tote hat stundenlang im Regen gelegen, so viel ist sicher.«

5 Carolin hatte tatendurstig das Haus verlassen, in Felix' Zimmer rührte sich noch nichts. Aber warten, bis er aufstand, nach seinem Frühstück verlangte? Nein, das brachte Mamma Carlottas gesamte Pläne durcheinander. Der Junge musste allein frühstücken, sonst wurde aus dem Mittagessen nichts. Schließlich musste sie noch einkaufen und hatte noch nicht einmal Pläne für die Menüfolge gemacht. Und wie viel sollte sie vorbereiten? Ob Felix nach einem späten Frühstück schon wieder aufnahmebereit fürs Mittagessen war, konnte niemand wissen. Und ob Carolin zum Essen nach Hause kommen würde, war leider offengeblieben. Eine rasende Reporterin, so hatte sie ihrer Großmutter erklärt, konnte sich mit solchen Banalitäten nicht abgeben.

»Vielleicht! Vielleicht auch nicht! Oder soll ich mitten in einer Reportage abbrechen, weil meine Oma mich zum Mittagessen erwartet?«

Während Mamma Carlotta die Einkaufstasche hervorholte, sehnte sie sich nach der Zeit, in der im Hause Wolf noch Ordnung geherrscht hatte. Erik war pünktlich zum Essen heimgekommen, jedenfalls dann, wenn kein Kapitalverbrechen geschehen war, die Kinder waren nach der letzten Stunde von der Schule zurückgekehrt und hatten sich auf ein gutes Essen gefreut. Und jetzt? Felix brachte mit seiner Arbeit in der Pizzeria alles durcheinander, weil er bis spätabends arbeitete und sich nun das Recht herausnahm, morgens ausschlafen zu dürfen. Und Carolins Arbeit war unregelmäßig, so war auf ihr Erscheinen nie Verlass. Dennoch war Mamma Carlotta entschlossen, alles beim Alten zu belassen, wenn es ums Kochen ging. Mittags kam ein Essen auf den Tisch und abends erst recht. Und wenn es sich dann doch so ergab, dass die ganze Familie um den Tisch versammelt war, vielleicht sogar mit einigen Gästen, würden alle glücklich sein. Sie selbst am allerglücklichsten.

Was sie kochen wollte, wusste sie noch nicht, das würde sie

sich auf dem Weg zu Feinkost Meyer überlegen. Sie hatte noch nicht einmal die paar Meter vom Hauseingang zum Bürgersteig zurückgelegt, da fiel ihr ein, dass sie Rosmarinbrötchen mit Käsecreme als Antipasti servieren könnte. Das Schöne war in diesem Fall, dass sie die Rosmarinbrötchen nicht selbst backen musste wie in Panidomino. Sie hatte nämlich bei ihrem vorletzten Besuch auf Sylt dem Bäcker das Rezept verraten, der daraufhin diese Brötchen in sein Sortiment aufgenommen hatte. Angeblich waren sie zu einem Verkaufsschlager geworden. Wenn sie Rosmarinbrötchen beim Bäcker kaufte, brauchte sie also nur noch Provolone und Pancetta, die notwendige Sahne war im Haus. Obwohl Feinkost Meyer sehr gut sortiert war, musste sie allerdings damit rechnen, dass sie dort keinen Provolone bekam. Aber die Käsecreme würde sie auch mit Mozzarella herstellen können. Und wenn sie keinen Pancetta bekam, würde sie eben durchwachsenen Speck nehmen.

Der Bäcker war entzückt, sie zu sehen, und weigerte sich, ihr die Rosmarinbrötchen zu berechnen, da er mit ihnen schon ein gutes Geschäft gemacht hatte. Mamma Carlotta wehrte selbstverständlich ab, wie es sich gehörte, der Bäcker bestand auf seinem Angebot, wie es sich ebenfalls gehörte, und schließlich nahm Carlotta es an, da er nicht davon abzubringen war. Der Bäcker gehörte zu den wenigen Syltern, die es mit einem Italiener aufnehmen konnten. Dieses Hin und Her von Höflichkeiten beherrschte er ebenso gut wie Mamma Carlotta. Während er die Brötchen in eine Tüte gab, fragte Carlotta noch schnell nach seiner Schwester, die in der Türkei lebte und immer Gesprächsstoff hergab. Sie erfuhr, dass der Bäcker noch immer damit rechnete, dass die Ehe mit dem Türken nicht gut gehen und die Schwester schreckliches Heimweh nach der Nordsee haben würde, dann setzte Carlotta ihren Weg nach vielen Dankesworten und energischer Zurückweisung derselben ihren Weg fort. Die Sonne brach hervor, nicht die italienische Sonne, vor der sich jeder in Sicherheit brachte, sondern die kühle, bleiche Sonne, die dem Wind die eiskalten Spitzen nahm, der man gerne das Gesicht hinhielt. Mamma Carlotta atmete tief durch und sog die frische Sylter Luft ein, von der sie wusste, dass sie noch im Hochsommer so sein würde wie jetzt, so frisch und kühl, so unverbraucht und wirbelnd, auch bei Windstille noch in Bewegung, wenn in Italien die Luft längst in der Hitze stehen geblieben war und alle niederdrückte.

Frau Kemmertöns, die Nachbarin, kam ihr mit Fifi entgegen, der vor Begeisterung ausflippte, als er Mamma Carlotta sah, und sie erfuhr, dass Herr Kemmertöns, der strikt gegen die Anschaffung des Hundes gewesen war, nun sogar manchmal zuließ, dass Fifi in seinem Bett übernachtete. Morgens tat er dann immer so, als habe er nichts davon mitbekommen, dass Fifi es sich an seinem Fußende bequem gemacht hatte.

Bevor Carlotta bei Feinkost Meyer ankam, traf sie noch die Apothekerin, die zurzeit krankgeschrieben war und einen Spaziergang machte, um wieder zu Kräften zu kommen. Natürlich wurde die arme Frau lange und sehr lebhaft bedauert, woraufhin sie sich mit vielen Einzelheiten über ihre Lebererkrankung revanchierte. So was dauerte. An der Straßenecke stieß Carlotta auf Frau Jänecke, die ausgiebig darüber stöhnte, dass die Preise bei Feinkost Meyer schon wieder gestiegen seien, und als Carlotta am Osterweg dem alten Herrn Neuer begegnete, der ihr unbedingt mitteilen musste, warum er alle Politiker für Halsabschneider hielt, war schon viel Zeit vergangen. Sie musste sich sputen. Dabei hatte sie eigentlich die Absicht gehabt, noch vor der Zubereitung des Essens in Käptens Kajüte auf einen Cappuccino einzukehren. Aber das würde wohl bis zum Nachmittag warten müssen.

Im Vorraum von Feinkost Meyer fiel ihr ein, dass es im Haus Brotreste vom Vortag gab, die noch Verwendung finden mussten. In einem solchen Fall gab es Pancotto, die italienische Brotsuppe. In Panidomino kochte jede Hausfrau Pancotto, wenn Brot übrig geblieben war. Dafür war alles im Haus, das Brot sowieso, und Tomaten hatte sie noch am Tag zuvor besorgt.

Als sie sah, dass Hähnchenbrust im Angebot war, entschied sie sich, diese mit Fenchelgratin zuzubereiten. Der Fenchel war zwar leider nicht im Angebot, schien aber von besonders guter Qualität zu sein. Als sie alles eingekauft hatte, was sie für die ersten drei Gänge benötigte, ging sie noch zur Kühltheke und suchte Mascarpone heraus. Mascarponecreme ging immer und war schnell zubereitet.

Eilig lief sie zur Kasse und zwang sich sogar, das Gespräch mit der Kassiererin, die schon wieder schwanger war, sehr kurz zu halten. Nur dass sie selber sieben Kinder bekommen hatte und kein einziges davon geplant gewesen, sondern jedes als unverhofftes Geschenk Gottes angenommen worden war, brachte sie noch vor. Dann hastete sie zurück und begann in der Küche mit den Vorbereitungen fürs Essen. Mit so lautem Geklapper und derart vernehmlichen Selbstgesprächen, dass Felix bald die Treppe herunterkam, um sich über den Lärm zu beschweren.

Er wurde auf einen Stuhl gedrückt, damit er seiner Nonna nicht im Wege stand, bekam ein Frühstück vorgesetzt, während sie das Mittagessen vorbereitete, und wurde aufgefordert, von seiner Freundin zu erzählen, von Mariella Zanchetti, der Tochter des neuen Pizzabäckers von Wenningstedt.

»Wann wirst du sie einmal mitbringen, Felice?«

Davon wollte Felix nichts hören, war aber bereit, Marielles schöne Augen zu rühmen, von ihren wunderbaren schwarzen Haaren zu schwärmen, ihr Lächeln zu beschreiben und zu versichern, dass sie das schönste Mädchen weit und breit sei. Mamma Carlotta war entzückt. Wie gut, dass wenigstens einer ihrer beiden Sylter Enkel italienisches Erbgut in sich trug. Aus Carolin war ja nichts rauszukriegen gewesen, als sie sich zum ersten Mal verliebt hatte. Felix dagegen redete genauso gern wie seine italienischen Vorfahren und Verwandten. Am Ende gab er sogar zu, dass Mariellas Vater auch schon sein Interesse an einer Bekanntschaft mit Felix' italienischen Verwandten bekundet hatte, aber Felix wollte offenbar verhindern, dass die Beziehung zwischen den Zanchettis und den Wolfs enger wurde, als es einer jungen Liebe bekam. »Mariella regt sich sowieso schon darüber auf, dass ihr Vater dauernd von der Zukunft redet. Sie soll die Pizzeria weiterführen, natürlich mit einem Mann, der dafür geeignet ist. Es scheint so, als würde ich ständig belauert. Mariellas Vater will offenbar wissen, ob ich als Pizzabäcker tauge.«

»Dio mio!« Mamma Carlotta, die eigentlich viel von frühen Ehen und wenig von unverbindlichen Lebensgemeinschaften hielt, fand diese Einstellung nun doch ein wenig altmodisch. »Du sollst ein Pizzaiolo werden?« Erregt fuchtelte sie mit den Händen in der Luft herum. »Erst mal brauchst du eine Ausbildung. Ein Studium! Pizzaiolo kann man immer noch werden, wenn es mit Ausbildung und Studium nicht geklappt hat.«

Felix grinste. »Das lass Aldo Zanchetti nicht hören. Er nennt sich Unternehmer und behauptet, er habe in Mailand Wirtschaftswissenschaften studiert.«

6

Erik und Sören fuhren über den Wenningstedter Weg langsam und nachdenklich zurück nach Westerland. Diesmal saß Erik selbst am Steuer, und Sören war damit einverstanden, dass er immer zehn Stundenkilometer unter der Höchstgeschwindigkeit blieb.

Dr. Mikkelsen war nach ihnen losgefahren, hatte aber gezeigt, wie viel PS ihr Porsche unter der Motorhaube hatte. Sie hatte auf der Braderuper Straße Gas gegeben, war an ihnen vorbeigezogen, hatte gewinkt, bevor sie wieder rechts eingeschert war, und dann noch mal Gas gegeben. Im Nu war sie nicht mehr zu sehen gewesen. Unter anderen Umständen hätte Sören in einem solchen Fall von Angeberei gesprochen und auf den Fahrer so eines Sportwagens geschimpft, in diesem Fall schwieg er natürlich. So lange, bis der Porsche mit seiner hübschen Fahrerin verschwunden war.

»Hoffentlich bekommen wir bald eine Vermisstenmeldung«, sagte er, als sie den Wenningstedter Weg entlangfuhren, Erik aber nicht schneller war als in einer geschlossenen Ortschaft.

»Ein Mann ist in der Nacht nicht nach Hause gekommen. Heute Morgen ist er nicht zur Arbeit erschienen. Da muss doch bald was kommen.«

Sören war da nicht so sicher. »Er könnte alleinstehend sein und nicht so schnell vermisst werden. Was, wenn er arbeitslos ist? Oder er arbeitet im Schichtdienst, dann wird er vielleicht erst am Abend erwartet, im Krankenhaus, in einer Kneipe oder so. Er könnte auch Urlaub haben. Ein Feriengast, der allein auf Sylt ist. Den vermisst so schnell niemand.«

»Ich hoffe, Dr. Mikkelsen hält Wort und macht Fotos«, gab Erik zurück.

»Natürlich macht sie das.« Sörens Antwort kam schnell. Dass jemand glauben konnte, Antje Mikkelsen würde ein Versprechen nicht halten, erschien ihm offenbar völlig absurd.

»Wir werden das Foto dann erst mal unter den Kollegen herumzeigen, vielleicht kennt jemand den Mann. Ehe ich es im *Inselblatt* veröffentlichen lasse, müssen alle anderen Möglichkeiten ausgeschöpft sein.«

Sören nickte. Das Foto eines Mordopfers erschreckte Zeitungsleser, da konnte die Gerichtsmedizinerin sich noch so viel Mühe geben, dem toten Antlitz das Schreckliche zu nehmen, das Bleiche, das Graue, die Schatten unter den Lidern, die eingesunkenen Augen. Das Gesicht eines Toten zeigte jedem, dass der Tod kein Schlaf war, sondern das Ende. Nein, zu diesen Mitteln würden sie erst greifen, wenn die Identität des Mannes anders nicht herauszubekommen war.

»Andererseits sollte der Mörder keinen Vorsprung erhalten. Solange wir das Opfer nicht kennen, wird es schwer sein, dem Täter auf die Spur zu kommen. Und wie sollen wir das Motiv erkennen, wenn wir nichts von dem Opfer wissen?«

Sie fuhren auf das Gelände der Telekom, wo schon seit Jahren das provisorische Polizeirevier stand, das eigentlich seinen Sitz am Kirchenweg hatte, in dem alten Gebäude, das früher das Amtsgericht beherbergt hatte. Die Renovierungsarbeiten zogen sich hin, die Handwerker entdeckten immer wieder neue Mängel an dem alten Gemäuer.

»Wie lange es wohl dauern wird«, maulte Sören, »bis wir endlich wieder in unserem früheren Büro sitzen können?«

Dabei war die Kriminalpolizei sogar begünstigt. Sie hatte nicht in die Container einziehen müssen, so wie die Kollegen der Wache, sie hatte Büroräume in der oberen Etage der Telekom erhalten, wo es im Winter nicht so fußkalt und im Sommer nicht so heiß war.

Sören besorgte Kaffee, während Erik versuchte, das dürftige Wissen zu verarbeiten, das sie hatten. »Die Leiche wird mit einem Auto in die Heide gebracht worden sein. Dass sie in der Nähe des Parkplatzes lag, ist sicherlich kein Zufall.«

Sören zuckte mit den Schultern. »Was für eine bahnbrechende Erkenntnis! Leichen werden selten über die Schulter geworfen und weggetragen.«

Erik reagierte nicht auf Sörens Spott. »Aber der Boden des Parkplatzes weist nur wenige Wagenspuren auf. Auf dieser Asphaltdecke haften keine Spuren, nur an den Rändern ist etwas zu erkennen, da gibt es Spuren. Vetterich sagt, er kann eine nicht von der anderen unterscheiden. Und bei den Fußspuren ist es ähnlich. Wenn die KTU nichts findet, sehen wir alt aus. Es hat die ganze Nacht geregnet, wir müssen uns damit abfinden, dass wir ohne Spuren arbeiten müssen.«

Sören sah plötzlich ärgerlich aus. »Wir hätten mit unseren Handys Fotos vom Gesicht des Toten machen sollen. Dann könnten wir jetzt schon das Bild in der Wache herumzeigen.«

»Auf ein paar Minuten kommt es nicht an.« Erik setzte sich an seinen Computer und öffnete das Mailprogramm. »Noch ist nichts von Dr. Mikkelsen gekommen.«

Sie waren überrascht, als sich zwei Stunden später die Tür öffnete und die Gerichtsmedizinerin leibhaftig erschien. Erik lächelte. Ging es Dr. Antje Mikkelsen etwa darum, persönlich zu ihnen zu kommen, weil sie jede Gelegenheit nutzen wollte, Sören zu sehen?

Sie zeigte zu Eriks PC. »Ich habe das Foto gerade per Mail geschickt, aber ich habe auch schon einen sehr guten Abzug.« Sie zog ein großes Hochglanzfoto aus ihrer Umhängetasche und legte es auf Eriks Schreibtisch. »Wem der Mann vertraut ist, der müsste ihn eigentlich erkennen.«

Sie fuhren gemeinsam mit dem Aufzug ins Erdgeschoss zurück und wechselten in den Container, vor dem das Wort »Wache« prangte. Enno Mierendorf empfing sie, Rudi Engdahl gesellte sich sofort dazu. Beide beugten sie sich über das Foto des Toten, beide wiegten den Kopf, überlegten, drucksten herum ...

Dann sagte Enno Mierendorf: »Könnte sein, dass ich ihn kenne. Aber ein Name will mir nicht einfallen.«

Rudi Engdahl ging es ähnlich. »Irgendwie kommt er mir bekannt vor ...«

Die anderen Kollegen, die sich zurzeit in der Wache aufhielten, waren sich sicher, dass sie den Mann noch nie gesehen hatten.

»Ich könnte das Bild meiner Schwiegermutter zeigen«, brummte Erik. »Die kennt auf Sylt mehr Leute als ich.«

Sören lachte, dann fragte er: »Erwartet die Signora uns eigentlich zum Essen?« Er sah vielsagend auf die Uhr.

Aber Erik schüttelte den Kopf. »Vetterich wird gleich vorbeikommen. Wenn der eine wichtige Spur gefunden hat, möchte ich nicht gerade beim Secondo sitzen.«

Dr. Mikkelsen verabschiedete sich. »Ich mache dann mal weiter. Wenn mir was Besonderes auffällt, melde ich mich. Ich kann aber schon sagen, dass ich keine Holzsplitter in der Kopfwunde gefunden habe. Der Tote ist vermutlich mit einem metallenen Gegenstand erschlagen worden.« Sie wandte sich zum Gehen. »Ansonsten habt ihr bald einen ausführlichen Bericht auf dem Schreibtisch liegen.«

Sören brachte sie zum Aufzug, Erik wählte seine private Telefonnummer. Er war froh, dass Felix am Apparat war. Die Vorwürfe seiner Schwiegermutter und ihr Klagen, weil die Antipasti bis zum Abend nicht mehr knackig sein würden, das Primo kalt geworden und das Secondo zusammengefallen war, wollte er sich nicht gern anhören. »Sag der Nonna, sie soll erst heute Abend kochen oder, wenn sie schon angefangen hat, am Abend alles aufwärmen. Wir haben eine Leiche in der Braderuper Heide gefunden.«

»Ehrlich?« Felix' Stimme klang, als hätte sein Vater ihm etwas Interessantes erzählt. »Wer ist es? Kenne ich denjenigen?«

»Wir wissen nicht, wer es ist. Bis jetzt noch nicht.«

»Mann oder Frau?«

»Ein Mann. Du weißt ja, die ersten Stunden nach dem Mord sind die wichtigsten für die Ermittlung. Deswegen müssen wir so schnell wie möglich herausfinden, wie der Tote heißt. Vorher finden wir kein Motiv und keinen Verdächtigen.«

»Okay, Papa! Viel Spaß beim Suchen …«

7

Mamma Carlotta ärgerte sich. Sie ärgerte sich immer, wenn Erik oder die Enkelkinder anriefen, um sich von einer Mahlzeit abzumelden, ganz besonders ärgerte sie sich, wenn das erst geschah, nachdem sie schon eingekauft und alle Vorbereitungen getroffen hatte oder das Essen gar schon fertig war. Das war in diesem Fall nicht so. Sie hatte zwar schon eingekauft, aber da sie das Kochen einfach nur auf den Abend verschieben musste, war eigentlich alles halb so schlimm. Doch abgesagte Mahlzeiten waren einfach grundsätzlich ein Ärgernis für sie, gleichgültig, wie der Umstand war.

Zum Glück siegte bei ihr immer schnell die Neugier. »Eine Leiche in der Heide? Frau oder Mann? Was hat dein Vater genau gesagt?«

»Männliche Leiche! Mehr nicht. Nur dass sie keine Ahnung haben, um wen es sich handelt, und deswegen keine Zeit zum Mittagessen haben. Niente con il pranzo! Capito?« Felix zuckte grinsend mit den Schultern. »Ist doch egal. Was geht uns das an?« Er machte Anstalten, sich zu verdrücken, wodurch seiner Nonna wieder einfiel, dass sie sich ärgerte. Und da Felix der Einzige war, an dem sie ihren Ärger auslassen konnte, bekam er mal wieder zu hören, dass ein Mann keine Ohrringe und auch keine langen Haare tragen sollte, dass es ihr unverständlich sei, warum er sich Jeans kaufte, die durchlöchert waren, und sogar noch besonders viel Geld dafür bezahlte.

Felix verschwand unauffällig und ließ seine Nonna ins Leere reden, was diese erst bemerkte, als sie sich ein paar Minuten später umdrehte. Auf diese Weise verschwand der Ärger natürlich erst recht nicht. Eher im Gegenteil. Was sollte sie damit machen, wenn niemand da war, der sich zumindest anhören konnte, warum sie sich ärgerte? Für Ärger brauchte man Publikum.

Nur kurz überlegte sie, wer infrage kam. Frau Kemmertöns hörte sich zwar immer alles an, was Mamma Carlotta zu erzählen hatte, reagierte aber oft derart phlegmatisch, dass der Ärger darüber die Sache nicht besser machte. Also würde sie wohl zu den beiden Männern gehen müssen, die sie heimlich ihre Freunde nannte, und ihnen vor Augen führen, wie die

Familie mit ihr umsprang. Auch in Käptens Kajüte fiel die Reaktion meist nicht so aus wie in Italien, wo der Bericht einer Frau, die sich von ihrer Familie unverstanden fühlte, sofort vielstimmig und sehr, sehr laut bestätigt wurde. Vornehmlich von anderen Frauen. Aber der Wirt der Imbissstube hörte wenigstens immer gerne zu, wenn Mamma Carlotta erzählte, wenn er auch behauptete, ihr schnelles Reden ginge ihm auf die Nerven. Und Fietje Tiensch, der einzige Stammgast, freute sich allein schon darüber, dass jemand das Wort an ihn richtete. Ja, dort würde sie jetzt Dampf ablassen. Danach würde es ihr besser gehen, und anschließend würde es ihr sogar Spaß machen, das Essen, das es mittags geben sollte, stattdessen für den Abend vorzubereiten.

Sie schlüpfte aus ihren Pantoletten, suchte nach soliden Halbschuhen, fand auf die Schnelle keine und entschied sich, bei den Pantoletten zu bleiben. In Italien trug sie von April bis September nichts anderes, aber Carolin hatte bei einem ihrer ersten Besuche befunden, dass sie nicht das geeignete Schuhwerk für die Insel Sylt waren. Ihre Enkelin hatte auch dafür gesorgt, dass sie ihre Schürze abband, bevor sie auf die Straße ging, etwas, das Carlotta in Panidomino niemals einfallen würde. Dann griff sie nach ihrer Einkaufstasche, obwohl sie nichts einkaufen wollte, und ging los. Irgendwo musste man ja das Portemonnaie und eine Packung Papiertaschentücher verstauen. Eine Handtasche besaß sie zwar, die war aber feierlichen Angelegenheiten vorbehalten, Hochzeiten oder Beerdigungen.

Leider herrschte in Käptens Kajüte keine gute Stimmung. Fietje, der selten die Stimme erhob, ereiferte sich unüberhörbar darüber, dass das Jever ausgegangen war, was angeblich noch nie vorgekommen sei. Toves Erklärung, die Brauerei habe nicht rechtzeitig geliefert, bezeichnete Fietje als dumme Ausrede, Tove habe vermutlich das Bestellen vergessen oder zu spät daran gedacht. Oder er habe, noch wahrscheinlicher, die letzte Lieferung nicht bezahlt und deswegen keinen Nachschub bekommen.

»Ich habe noch zwei andere Sorten«, warf Tove wütend ein. »Muss es denn unbedingt ein Jever sein?«

Ja, da war Fietje eigen. Noch nie, seit er auf Sylt lebte, hatte er ein anderes Bier als sein geliebtes Jever getrunken. Er dächte gar nicht daran, schimpfte er, mit einer neuen Sorte anzufangen, nur weil Tove zu dämlich sei, rechtzeitig eine Bestellung aufzugeben.

Fietje rutschte von der Bank an der schmalen Seite der Theke und machte Anstalten, die Imbissstube zu verlassen. »Du bist nicht der einzige Wirt in Wenningstedt.«

Fietje Tiensch, der Strandwärter, der am nahe gelegenen Strandübergang Gästekarten kontrollierte und dafür sorgte, dass an der Wasserkante nichts geschah, was zu einer Gefahrenlage werden konnte, sah so aus, als wollte er ausnahmsweise seine Mittagspause verkürzen, während er sonst immer sehr großzügig mit seinen Arbeitszeiten umging. So zornig wie im Moment hatte Mamma Carlotta ihn noch nie gesehen.

Tove nahm zunächst nur am Rande zur Kenntnis, dass ein neuer Gast eingetreten war, dann warf er Mamma Carlotta einen Blick zu, als sollte sie besser wieder gehen, damit sie nicht Zeuge einer Schlägerei wurde. Aber natürlich blieb sie, um gerade das zu verhindern, gab nicht einmal die Tür frei, wollte Fietje in der Imbissstube halten, bis es zu einer Versöhnung gekommen war.

»Ich muss Ihnen was erzählen«, lockte sie und registrierte, dass Tove tatsächlich aufmerkte und in Fietjes Gesicht ein schwaches Licht der Neugier glomm. »Eine Leiche! In der Braderuper Heide!«

Es blieb kurz still, dann fragte Tove: »Und? Wer ist es?«

Dazu konnte Mamma Carlotta dummerweise nichts sagen. Genau genommen konnte sie gar nichts Weiteres sagen. Natürlich versuchte sie trotzdem, sich ein paar Erklärungen zusammenzureimen, aber sowohl Tove als auch Fietje merkten schnell, dass sie keine Ahnung hatte. Und damit war ihre Neugier im selben Moment wieder erloschen.

»Den Rest kann ich in der Zeitung lesen«, brummte Fietje Tiensch und schob Mamma Carlotta beiseite, damit sie den Ausgang freigab.

Das wollte sie nur ungern. »Aber Signor Griess! So tun Sie doch etwas!«

»Wer nicht will, der hat schon«, tönte es vom Zapfhahn her. »Soll ich etwa bitte, bitte machen, damit er bleibt?«

»Er ist doch Ihr Freund.«

Ein hässliches Lachen, das wie das Bellen eines Seehundes klang, tönte durch die Imbissstube. »Mein Freund? Das wüsste ich aber.«

Fietje enthielt sich jeder Entgegnung zu diesem Thema, stieß die Tür auf und verschwand auf dem Hochkamp, ohne sie wieder zu schließen. Mamma Carlotta trat einen Schritt auf die Straße und blickte ihm nach. Von hinten sah Fietje Tiensch aus, als wäre er todtraurig. Er ging gebückt, mit schleppenden Schritten, aber sie wusste natürlich, dass er sich immer auf diese Weise fortbewegte. Aufrechtes Schreiten hatte Fietje schon lange verlernt. Das lag wohl an seiner Vergangenheit. Fietje war der uneheliche Sohn eines italienischen Grafen, der ein Zimmermädchen, Fietjes Mutter, geschwängert hatte. Eine Weile hatte sein Vater sich um ihn gekümmert, hatte für eine gute Schulbildung gesorgt. Fietje war auf ein Gymnasium gegangen, aber später musste etwas passiert sein, was ihn von seinem geraden Lebensweg katapultiert hatte. Keiner wusste, was das gewesen war. Heute war Fietje Tiensch froh, den Posten als Strandwärter von Wenningstedt zu haben. Er verdiente nicht viel, aber solange es reichte, um regelmäßig sein Jever zu trinken, war er zufrieden.

Mamma Carlotta machte kehrt und trat an die Theke. »Un cappuccino, per favore.«

»Soll ich jetzt mit Ihnen Italienisch schnacken?«, fuhr Tove sie an. »Wir sind hier auf Sylt und nicht in Ihrem Dorf.« Wütend machte er sich an dem Kaffeeautomaten zu schaffen, ließ die Espressodüse zischen und die Milch schäumen. Dann knallte er ihr die Tasse hin und sah sie herausfordernd an. »Haben Sie noch was zu erzählen? Diesmal vielleicht was Interessantes?«

Mamma Carlotta antwortete nicht, trank ihren Cappuccino, schüttelte sich, um Tove zu zeigen, dass er ihr nicht schmeckte, und ärgerte sich, dass sie das Geld dafür ausgegeben hatte, ohne als Gegenleistung ein bisschen Unterhaltung, Verständnis und offene Ohren zu bekommen. Mit eisiger Miene zählte sie Tove das Geld auf die Theke, nahm den letzten Schluck und drehte sich um. »Arrivederci!«

Tove brüllte ihr hinterher: »Was soll das jetzt eigentlich? Habe ich Ihnen vielleicht was getan?«

Doch Mamma Carlotta gönnte ihm keine Antwort. Sie wollte nicht den Kopf schütteln, dann hätte Tove nicht verstanden, warum sie Käptens Kajüte wieder verließ, aber auch nicht nicken, denn tatsächlich hatte er ihr ja nichts getan. Er hatte nur dafür gesorgt, dass die Atmosphäre in Käptens Kajüte vergiftet war, dass Fietje nicht sein Jever und sie nicht seine Aufmerksamkeit bekommen hatte. Aber Tove so etwas erklären zu wollen hatte keinen Sinn. Er würde es nicht verstehen. Ein Mann, der seit Jahren ohne Frau lebte, der nie verheiratet gewesen war und nie eine Familie gehabt hatte, der nicht wusste, wie man mit den Erwartungen anderer Menschen umging, konnte wohl nicht verstehen, was ihr an diesem Tag fehlte.

8

Während Erik auf Kommissar Vetterich und auf weitere Ergebnisse von Dr. Mikkelsen wartete, wählte er Tillas Nummer. Er hatte nicht im Kopf, ob sie an diesem Tag eine

Gerichtsverhandlung hatte oder ob er sie in ihrem Büro würde erreichen können.

Zum Glück meldete sie sich schon, nachdem der Ruf zweimal hinausgegangen war. Natürlich hatte sie seine Nummer im Display erkannt. »Moin, Erik! Hast du Sehnsucht nach mir?«

Erik grinste. »Klar! Immer!« Er warf Sören einen Blick zu und hoffte, dass Tillas Stimme nicht zu ihm durchgedrungen war. »Aber ich rufe dich rein dienstlich an. Wir haben einen Mordfall.«

»Aha! Erzähl!«

Sie hörte sich an, was Erik zu berichten hatte, was schnell erledigt war, weil er noch nicht viel wusste. »Ein Unbekannter also?«

»Bis jetzt.«

»Und keine Spuren?«

»Nicht auf den ersten Blick. Aber Vetterich wird gleich kommen. Vielleicht hat er dann noch etwas zu bieten.«

Sie kicherte. »Die Schnarchnase?«

Erik lachte nicht mit. Nach wie vor mochte er es nicht, wenn Tilla sich über Kommissar Vetterich lustig machte. Klar, er war langsam und ohne einen Funken Temperament, redefaul und humorlos, dazu prinzipientreu und unflexibel. Aber er arbeitete gründlich und gewissenhaft, wenn es auch oft lange dauerte, bis er zu einem Ergebnis gekommen war. Dann aber gab es an diesem Ergebnis nichts zu rütteln.

»Ich werde ihn nicht von dir grüßen.«

Sie lachte noch lauter. »Besser nicht.«

Natürlich wusste auch Vetterich, dass er von der Staatsanwältin Dr. Speck abgelehnt wurde, leider hatte Tilla nie einen Hehl draus gemacht, wie wenig sie von ihm hielt.

Erik beschloss, das Thema zu wechseln. »Du könntest am Wochenende nach Sylt kommen.«

»Obwohl du einen Fall hast?«

»Wir werden schon ein bisschen Zeit für uns herausholen. Notfalls kannst du mir bei den Ermittlungen helfen.«

»Ist Carlotta noch da? Dann komme ich.«

»Du sollst meinetwegen kommen.«

»Sobald du kochen gelernt hast, komme ich deinetwegen.« Wieder lachte sie. »Es gibt noch einen anderen Grund, warum ich an diesem Wochenende auf Sylt sein will. Ich wäre sogar nach Sylt gefahren, wenn ich dich nie kennengelernt hätte oder wenn du mich noch so grässlich finden würdest wie früher ...«

»... und du mich so langweilig wie früher?«

Nun lachten sie beide, und Tilla erzählte Erik von den Einladungen zu den Vernissagen, die sie regelmäßig bekam. »Galerie Kruskopp! Kennst du die?«

Erik überlegte lange. Der Name kam ihm bekannt vor, aber ein Gesicht wollte sich diesem Namen nicht zugesellen.

»Eine Freundin von mir hat den Typen mal zu einer Party in Flensburg mitgebracht. Sie malt nämlich und sucht händeringend einen Galeristen, der ihre Bilder ausstellt und am besten auch verkauft. Anscheinend hat sie jetzt einen gefunden. Kruskopp macht eine Ausstellung mit ihr, und am Wochenende findet die Eröffnung statt. Natürlich muss ich dabei sein, wenn Kornelia ihre erste Vernissage hat.«

Erik wollte etwas erwidern, aber in diesem Moment klopfte es, und Vetterich trat ein. Erik beendete das Telefonat und sah den Leiter der KTU erwartungsvoll an. »Ich hoffe, Sie haben was gefunden.«

»Kann sein«, gab Vetterich zurück. »Kann aber auch nicht sein.« Umständlich ließ er sich auf seinem Stuhl nieder, ohne den Blick von seinen Unterlagen zu lassen. Erik wusste, dass er am liebsten seinen Beruf ohne menschlichen Kontakt ausgeübt hätte, nur mit seinen Unterlagen, mit seinen Fußabdrücken, seinen Auswertungen. »Ich sagte ja schon, es gibt nicht viele Schuhspuren. Die Betondecke nimmt keine Spuren auf.

Nur dort, wo es eine dünne Schotterschicht gibt, und am Rand, auf der Grasnarbe, haben wir was gefunden. Alte Spuren, aber auch zwei neue. Die haben wir separieren können, sie sind zu verfolgen. Spuren von zwei Schuhpaaren. Sie bewegen sich vom Parkplatz bis zu der Stelle, wo der Tote gefunden wurde. Zwar lag er im Heidekraut, aber es gab dort eine kahle Fläche von der Größe einer Untertasse. Auf diesem Fleckchen haben wir die Fußspur sichern können, die vom Parkplatz zum Ablageort führt. Wenn es die Spur des Täters ist, kann man vermutlich auch sagen, wo sein Wagen geparkt war. Die erste Spur ist kräftiger, ein wenig gedreht. Wie das so ist, wenn man aus einem Wagen steigt.« Vetterich machte es vor. »Man hebt das linke Bein raus, setzt den Fuß auf und dreht ihn ein wenig. Nicht viel, aber das ist zu erkennen.«

»Sie sprachen von zwei Schuhspuren.«

»Die andere ließ sich nur bis zum Beginn des Heidekrauts verfolgen, nicht bis zu der Stelle, wo der Tote lag.«

»Gibt es etwas Besonderes an der Schuhspur?«

Vetterich nickte. »Das kann man wohl sagen. Der Mann hatte Schuhgröße 47. Oder … die Frau. Aber ich denke, wir haben es mit einem Mann zu tun. Die andere Spur ist auch überdurchschnittlich groß. Schuhgröße 45.«

»Also vermutlich zwei Männer«, meinte Sören.

»Davon würde ich ausgehen«, bestätigte Vetterich. »Natürlich gibt es unzählige weitere Schuhspuren, Sie haben es ja selbst gesehen. Der Regen hat überdies die meisten verwischt oder vernichtet. Diese beiden scheinen die neuesten zu sein, abgesehen von den Spuren des Zeugen, der sich dem Toten natürlich genähert hat. Vielleicht hatte der Regen schon nachgelassen, als der Tote in der Heide abgelegt wurde.«

»Das ist doch schon was.«

»Leider sind die Sohlen nicht besonders aussagekräftig. Beide Schuhe haben unauffällige Sohlenreliefs, noch dazu sehr schwach zu erkennen. Selbst wenn Sie mir mit einem

Vergleichspaar kämen, würde es schwer sein, klipp und klar zu sagen, ob es der Schuh des Täters ist oder nicht.«

»Wobei ja sogar unklar ist«, ergänzte Sören, »ob die Abdrücke überhaupt vom Täter stammen.«

Vetterich nickte. »Darauf würde ich keinen Eid leisten.«

Erik stand auf. »Lass uns noch einmal in die Heide fahren, Sören.« Er wandte sich an Vetterich. »Würden Sie uns begleiten? Ich möchte gerne genau wissen, wo der Wagen gestanden hat, aus dem die Männer mit den großen Füßen ausgestiegen sind. Vielleicht können wir eine Umfrage starten. Möglicherweise ist an dieser Stelle ein Auto aufgefallen. Wenn wir den Wagentyp hätten, wäre alles einfacher.«

Dass Vetterich über diese Aussicht nicht begeistert war, ließ sich leicht erkennen. Aber er war einverstanden, wenn auch seufzend und ohne jede Freude.

9

Während sie zum Süder Wung zurückging, zog sie die Strickjacke fröstelnd über der Brust zusammen. In Umbrien würde die Sonne längst dafür sorgen, dass die Rollläden vor den Fenstern heruntergelassen wurden und niemand mehr in der Mitte der Gasse ging, sondern sich im Schatten der Häuser bewegte. Auf Sylt war es nach wie vor kühl. Höchstens dort, wo es windstill war, ahnte man etwas vom Sommer. Aber sobald der Wind mit seinen kalten Fingern nach ihr griff, kam Mamma Carlotta sich vor wie im süditalienischen Winter. Sie überlegte, was sie tun könnte, nachdem der Besuch in Käptens Kajüte so enttäuschend ausgefallen war. Gardinen waschen? Teppiche saugen? Die Treppe putzen? Aber sie brauchte nicht lange nachzudenken. Ihr fiel ein, dass donnerstags vor dem Rathaus von Westerland der Hausfrauen-Flohmarkt stattfand. Sie war noch am letzten Donnerstag dort gewesen und hatte eine Frau kennengelernt, mit der sie lange hatte reden können, weil sie zu denen gehörte, die viel zu erzählen, aber genauso viel Interesse an den Erlebnissen anderer hatte. So was kam ja eher selten vor. Viele Leute wollten ständig über sich reden, andere wollten ihre Mitmenschen ausfragen, auf eine Mischung dieser beiden Gewohnheiten stieß man selten.

Dagmar hieß die Frau, an den Nachnamen konnte Mamma Carlotta sich nicht erinnern. Nur daran, dass sich mit ihr gut plaudern ließ, weil sie Interesse an anderen hatte und mit ihrem eigenen Schicksal nicht hinter dem Berg hielt. In der letzten Woche hatte sie einen großen Stand aufgebaut und dort alles angeboten, was sie in den Schränken ihrer Schwiegermutter gefunden hatte, nachdem diese gestorben war. Geschirr, bunte Vasen, kristallene Teller, Porzellanfiguren und stapelweise bestickte Tischdecken. Mamma Carlotta hatte bedauert, dass das Fluggepäck ihr Grenzen setzte, sonst wäre sie in Versuchung geraten. Dagmar hatte ihr sogar angeboten, ihr die gläsernen blauen Dessertteller, die sie zur Hand genommen hatte, für den halben Preis zu überlassen. Aber Mamma Carlotta hatte einsehen müssen, dass in ihrem Koffer kein Platz dafür sein würde.

Nun musste sie sich doch auf die Suche nach ihren Halbschuhen machen. Pantoletten waren fürs Fahrradfahren einfach ungeeignet. Eine halbe Stunde später saß sie auf dem Sattel von Lucias Fahrrad, das Carolin auch häufig benutzte. Aber nun, seit sie sich Karla Kolumna, die rasende Reporterin nannte, bevorzugte sie ja ihren Motorroller.

Auf dem Weg nach Westerland hatte Mamma Carlotta oft das Gefühl, zu fliegen. Entlang der Straße gab es einen guten Radweg, sie musste nicht auf den Autoverkehr achten, außerdem ging es am Nordwäldchen leicht bergab, sodass ihr die Haare um den Kopf flatterten. Eine Viertelstunde später war der Telekomturm in Sicht gekommen. An der Kreuzung vorher stieg sie vom Rad und schob es auf die andere Straßenseite. Lucias Fahrrad war kostbar, sie wollte es unter polizeilicher Aufsicht wissen und stellte es deshalb auf dem Parkplatz ab, auf dem auch Eriks Auto stand. Von dort brauchte sie nur die Stephanstraße entlangzugehen und war auch schon auf dem Platz vorm Rathaus angekommen. Sie mochte das breite, behäbige Gebäude mit seinen beiden spitzen, schlanken Türmen. Erik hatte ihr einmal erzählt, dass das Rathaus früher das Kurhaus des Seebades Westerland gewesen war. Heute enthielt es die Gemeindeverwaltung, das Standesamt, das Spielcasino und den Alten Kursaal, in dem viele Veranstaltungen stattfanden.

Der Stand, den sie suchte, war vor der Stadtbücherei aufgebaut worden. Mittlerweile war Mamma Carlotta auch wieder der Nachname der Flohmarkthändlerin eingefallen, mit der sie sich vor einer Woche so gut unterhalten hatte. Dagmar Olsson hieß sie, schwer auszusprechen für eine Italienerin. Vor- und Nachname endeten in einem Konsonanten, damit hatte Mamma Carlotta Probleme. Italienische Wörter endeten ja meist in einem Vokal, sodass das Wortende nicht abrupt kam, sondern immer nachschwang.

»Buon giorno, Signora!« Auch da waren die Italiener den Deutschen überlegen. Sie konnten eine Frau höflich ansprechen, ohne sie beim Namen zu nennen. Signora ging immer!

»Moin!« Dagmar Olsson erkannte sie sofort wieder, das freute Mamma Carlotta. Und es schien ihr zu gefallen, dass die Italienerin, die Verwandte auf Sylt hatte, sie ein weiteres Mal an ihrem Stand besuchte.

Dagmar Olsson war eine hübsche Frau. Zumindest konnte man erkennen, dass sie sehr attraktiv gewesen sein musste, als sie jung war. Mittlerweile hatte das Leben sie allerdings gezeichnet. Sie sah verhärmt aus, schien nur noch selten zu lachen und wirkte so, als rechnete sie nicht mehr damit, dass sich ihr Leben zum Besseren verändern könnte. Ihre Mundwinkel zeigten nach unten, es war leicht zu erkennen, dass sie mit ihrem Leben unzufrieden war und viel zu viel nörgelte. Aber war das ein Wunder, wenn man einen Ehemann zu Hause hatte, der seine Frau nach Strich und Faden betrog? Schon vor einer Woche hatte Dagmar Olsson sich Mamma Carlotta anvertraut und ihr gestanden, dass sie sich lieber heute als morgen scheiden lassen würde. Aber wie sollte das gehen? Sie verdiente kein eigenes Geld und ihr Mann bei Gosch nur so viel, dass sie einigermaßen über die Runden kamen. Das Geld, das Dagmar sich auf dem Flohmarkt dazuverdiente, war ihr Taschengeld, nur damit konnte sie sich gelegentlich einen ausgefallenen Wunsch erfüllen. »Sylt ist nun mal teuer!«

Wenn sie irgendwo von einer Haushaltsauflösung etwas hörte, fuhr sie hin und nahm mit, was sie bekommen konnte, um es auf dem Flohmarkt zu verkaufen. Und jetzt, nach dem Tod ihrer Schwiegermutter, hatte sie sogar viel anzubieten, was gerade Feriengäste interessierte, denen das Geld oft locker in der Tasche saß.

Mamma Carlotta spürte, wie der Ärger, unter dem sie bis jetzt gelitten hatte, von ihr abfiel, als sie sich anhörte, was Dagmars Mann sich schon wieder geleistet hatte. Vor ein paar Tagen war er eine ganze Nacht weggeblieben und erst im Morgengrauen nach Hause gekommen. »Angetrunken und nach einem Parfüm stinkend, das ich mir nie leisten könnte!« Dagmar Olsson schnaubte vor Wut. »Stellen Sie sich das mal vor. Und als ich ihn zur Rede stellte, sagte er mir doch glatt, ich solle mal einen Blick in den Spiegel werfen. Dann müsste ich sehen, warum er gelegentlich fremdginge. Auf mich wäre er nun wirklich nicht mehr scharf.«

Mamma Carlotta war so empört, wie Dagmar es sich wünschte. Der nächste Kunde, der sich für eine Bonbonniere interessierte, wurde schnell abgefertigt, damit Dagmar Olsson sich weiterhin daran erfreuen durfte, dass eine Geschlechtsgenossin ihr Aufmerksamkeit schenkte und sie sogar voll und ganz verstand. »Dabei ist seine Flamme selber verheiratet. Dass ihr Mann nichts merkt! Aber vermutlich haben die auch getrennte Schlafzimmer, so wie wir. Dann kann man sich natürlich wegschleichen, ohne dass es auffällt.«

Mamma Carlotta schüttelte aufgebracht den Kopf, war mit Dagmar Olsson einer Meinung, konnte einen Ehemann, der so fahrlässig mit seiner Ehe umging, überhaupt nicht verstehen und äußerte volles Verständnis für Dagmar, die schwer bereute, vor über zwanzig Jahren auf ihren Mann reingefallen zu sein.

»Wenigstens kann mir meine Schwiegermutter jetzt keine Vorschriften mehr machen. Die hatte mich von vornherein nicht leiden können. Aber wenn sie krank war, durfte ich springen, das war ja selbstverständlich. Und ständig musste ich ihr dankbar sein, weil sie uns in ihrem Haus wohnen ließ. Dabei wäre ich so gerne ins Erdgeschoss gezogen. Aber nein, für uns war die Dachgeschosswohnung gut genug. Sie dagegen residierte in einer Vierzimmerwohnung mit einer Terrasse und einem schönen Garten.« Dagmar Olsson lachte hässlich. »Na, das ist jetzt wenigstens vorbei. Wenn wir die Möbel alle rausgeschmissen haben, ziehen wir ins Erdgeschoss. Und die Dachgeschosswohnung können wir dann vermieten. Das wird eine prima Ferienwohnung. Und das sage ich Ihnen ... was die einbringt, ist für mich. Nur für mich! Wetten, dass ich sie dann auch putzen muss? Also kann ich doch wohl beanspruchen, dass mir die Miete zusteht. Oder?«

Mamma Carlotta bestätigte alles, was Dagmar wollte, und merkte, dass auf wundersame Weise ihr ganzer Ärger von ihr abfiel, der ja eigentlich gar kein richtiger Ärger gewesen war. Nur eine Aneinanderreihung von Einbußen, die sich zu einem Ärger entwickelt hatten. Nun aber sah sie, wie unwichtig das alles war, wenn man mit einer Frau sprach, die vom Leben ungerecht behandelt worden war. Und dann noch vom Ehemann betrogen! »No, no!« Mamma Carlotta schüttelte mitleidig den Kopf. Wie gut war es ihr selbst doch in ihrem Leben ergangen!

Dagmar Olsson sah auf die Uhr. »Da sieht man's mal wieder. Mein Mann wollte mich gegen Mittag ablösen, er hat ja erst heute Abend Dienst. Aber sehen Sie ihn irgendwo? Nein, natürlich nicht. Der liegt noch im Bett und schläft seinen Rausch aus. Träumt wahrscheinlich von seiner Liebsten.« Sie beugte sich über den Tapeziertisch, auf dem sie ihre Waren ausgebreitet hatte. »Manchmal bin ich drauf und dran, dem Ehemann von diesem Liebchen die Wahrheit zu sagen. Was halten Sie von dieser Idee?«

Darauf fand Mamma Carlotta keine spontane Antwort. Gemeinsam überlegten sie, ob man damit wirklich diese außereheliche Affäre beendete, ob der Ehemann danach wirklich wieder seiner Frau treu sein oder ob er sich nur eine andere suchen würde ... Wenn die beiden auch zu keiner Meinung gekommen waren, Dagmar Olsson fühlte sich verstanden und beschloss, ihre neue Bekannte zu einem Tee einzuladen.

»Mein Mann ist schon eine halbe Stunde überfällig. Den schmeiße ich jetzt aus den Federn. Kommen Sie mit? Ich wohne in der Nähe. Ich scheuche meinen Alten zum Flohmarkt, und wir beide gönnen uns dann einen schönen Tee. Ich habe noch Friesenkekse im Vorrat.«

Sie bat ihre Standnachbarin, ein Auge auf ihr Angebot zu haben, und winkte Mamma Carlotta mit sich. Die folgte ihr bereitwillig über den Bahnweg, überquerte mit Dagmar Olsson den großen Parkplatz, der bis zur Kjeirstraße reichte, überquerte auch sie und bog schräg gegenüber in die Deckerstraße ein.

»Hier wohnen wir.« Dagmar Olsson zeigte auf ein spitzwinkeliges Haus, kleiner als die Nachbarhäuser und schon auf den ersten Blick bei Weitem nicht so komfortabel. »Die Nachbarn haben alle ihre Häuser ausgebaut. Jeder hat mindestens zwei oder drei Ferienwohnungen integriert. Meine Schwiegermutter hat ewig geklagt, dass ihr das nicht möglich war, weil Matz und ich kostenlos bei ihr wohnen dürfen. Sie hatte kein Geld für Umbauarbeiten, und wir waren schuld.«

Dagmar Olsson stieß die Gartenpforte auf und ging mit großen Schritten zum Hauseingang. Sie schloss die Tür auf, benutzte ausgiebig die Fußmatte und kontrollierte, ob Mamma Carlotta es genauso machte. Dann erst betraten sie den kleinen Flur des Hauses, von dem eine steile Treppe in die erste Etage ging. Im Erdgeschoss war es kalt und ungemütlich. Auf den ersten Blick war zu erkennen, dass hier niemand mehr wohnte, dass alles, was einmal der Dekoration gedient hatte, ausgeräumt worden war.

»Matz?«, rief Dagmar die Treppe hoch. »Bist du da?«

Ihr Gesicht lief rot an, als sie keine Antwort bekam. Wütend stapfte sie die Treppe hoch. Mamma Carlotta wagte nicht, ihr zu folgen. Mit einem Mal wurde ihr unbehaglich. Am liebsten hätte sie kehrtgemacht und wäre wieder gegangen. Sie fühlte sich nicht wohl in diesem fremden Haus, bei dieser fremden Frau, die sie ja kaum kannte, mit dem fremden Mann da oben, den sie noch nie zu Gesicht bekommen hatte, in dem ausgeräumten Erdgeschoss, in dem es nur noch ein paar Möbel gab, die aber nichts mehr enthielten.

Sie hörte Dagmar den Namen ihres Mannes rufen, kurz darauf erschienen ihre Füße wieder auf der oberen Treppenstufe. »Jetzt wird's ja immer doller!«, rief sie und kam die Treppe herunter, als sollte jede Stufe merken, wie wütend sie war. »Der Kerl war gar nicht zu Hause. Sein Bett ist unberührt. Ich hatte heute Morgen noch nicht in sein Zimmer geguckt.« Sie griff sich in die Haare, bis sie in alle Richtungen abstanden. »Der hat die Nacht mit Brunhilde verbracht. Wetten? Der hat nicht mal mehr den Anstand, so zu tun, als wäre er mir treu. Der bleibt einfach weg. Frühstückt jetzt wohl gemütlich irgendwo mit seinem Flittchen. Brunhildes Mann ist vermutlich verreist. Und ich? Ich bin ja nicht wichtig.«

Dagmar drängte sich an Mamma Carlotta vorbei, diese folgte ihr zögernd in ein Wohnzimmer, das augenscheinlich der alten Frau Olsson gehört hatte, die vor zwei oder drei Wochen gestorben war. Die Schränke waren offen, geplündert, Tische und Kommoden standen nackt im Raum, alles, was hier für Gemütlichkeit gesorgt hatte, befand sich mittlerweile auf dem Flohmarkt vor dem Rathaus.

Mamma Carlotta schüttelte sich, als fröre sie. Sie wollte weg, schleunigst raus aus diesem Haus. Was hatte sie sich nur dabei gedacht, Dagmar Olsson hierher zu folgen? Sie machte kehrt und ging zur Haustür zurück. »Ich glaube, das mit dem Tee und dem Friesengebäck verschieben wir besser.«

Dagmar Olsson schien ihr zustimmen zu wollen. Sie folgte ihr, sah Mamma Carlotta aber nicht an, sondern blickte durch sie hindurch, war mit ihren Gedanken weit weg. »Wo mag der Kerl sein?«, flüsterte sie. »Ich würde ihn mir gern schnappen und seinem Flittchen mal so richtig die Meinung sagen.«

Mamma Carlotta sprach nun genauso leise, als wäre das, was ihr durch den Kopf ging, zu brisant, um es laut auszusprechen. »Könnte ihm nicht auch etwas zugestoßen sein?«

»Dem?« Dagmar Olsson lachte verächtlich. »Sie meinen, er hat sich beim Sex übernommen? Herzinfarkt oder so was? Na, meinetwegen! Das würde ich ihm gönnen. Das wäre genau die richtige Strafe.«

»Aber es könnte doch auch etwas passiert sein. Etwas ...«

»Verkehrsunfall?«

»Ja, zum Beispiel. Oder ...« Mit einem Mal schoss durch Mamma Carlottas Kopf ein Gedanke. So ungeheuerlich, dass sie erst einmal Luft holen musste, um sich nicht an ihm zu verschlucken.

»Was meinen Sie? Sie sehen aus, als wäre Ihnen gerade ein Geistesblitz gekommen.«

Mamma Carlotta antwortete kaum hörbar: »Ich brauche ein Telefon. Ich muss unbedingt meinen Schwiegersohn anrufen.«

10

Eriks Handy klingelte, als sie gerade erneut auf dem Parkplatz Üp de Hiir angekommen waren. Während er ausstieg, holte er sein Handy aus der Jackentasche, nahm das Gespräch aber erst an, als er zwei, drei Schritte gemacht hatte.

Am anderen Ende war Enno Mierendorf. »Ihre Schwiegermutter hat angerufen, Chef.«

Erik blieb wie angewurzelt stehen. »Meine Schwiegermutter? Was will die schon wieder?«

Er bemerkte Sörens strafenden Blick, der nie zuließ, dass despektierlich über die Frau geredet wurde, die jeden Tag für ihn Rührei zubereitete und extra für ihn aus Italien die selbst gekochte Feigenmarmelade mitbrachte.

Erik mäßigte seinen Tonfall. »Ist was mit dem Dachdecker?«

»Nein!« Enno Mierendorfs Stimme klang aufgeregt. »Sie hatte Ihre Handynummer nicht im Kopf. Deswegen hat sie hier, auf der Wache, angerufen. Ich soll Ihnen sagen, Sie wüsste, wer der Tote in der Braderuper Heide ist.« Enno Mierendorf wartete auf Eriks Reaktion. Als sie ausblieb, ergänzte er: »Sie ist bei der Frau des Toten. In der Deckerstraße.«

Nun hatte Erik sich gefangen. Widerwillig erkundigte er sich nach den näheren Umständen, aber die kannte Enno Mierendorf nicht, auch den Namen des Toten und seiner Frau hatte Carlotta nicht genannt, und er wusste auch nicht, wie Eriks Schwiegermutter diese Frau kennengelernt und wie sie in deren Haus gekommen war. »Keine Ahnung, Chef. Am besten, Sie fahren so schnell wie möglich hin.«

Das lehnte Erik aus Prinzip ab. Wer wusste schon, wie seine Schwiegermutter auf die Idee gekommen war, mehr zu erfahren als die Polizei! Und dazu noch viel schneller! Das fehlte noch, dass er hier die Arbeit liegen ließ, um sich später sagen zu müssen, dass er mit einer Schnapsidee seiner Schwiegermutter Zeit vergeudet hatte!

»Ja, ja«, knurrte er ins Telefon, als Enno Mierendorf ihm

die Adresse samt Hausnummer genannt hatte. »So eilig wird's schon nicht sein.«

Sören war unruhig geworden. »Wenn die Signora etwas herausbekommen hat, sollten wir das nicht auf die leichte Schulter nehmen. Wahrscheinlich hat sie mal wieder jemanden kennengelernt, der ihr was anvertraut hat ...«

»Willst du mir jetzt weismachen, ich müsste mehr Sylter kennen, damit ich meine Arbeit besser erledigen kann?«

Sören sah so aus, als wollte er nicken. Aber er unterließ es wohlweislich. Vetterich wandte sich ab, er hatte ohnehin nicht vor, etwas zu dieser Angelegenheit zu sagen. Ihm war die Schwiegermutter des Kriminalhauptkommissars ja von vornherein äußerst suspekt gewesen, das wusste Erik. Er hatte einmal zufällig mitbekommen, dass Vetterich zu Dr. Hillmot sagte, er wolle niemals eine Reise nach Italien antreten, wenn alle Italienerinnen so seien wie die Schwiegermutter von Hauptkommissar Wolf. Menschen, die so schnell, so viel und so laut redeten, waren Vetterich ein Graus. Wenn sie dazu noch so entsetzlich gastfreundlich waren und jeden, der an der Haustür erschien, einluden, an den Tisch zerrten und ihm Antipasti anboten, fand er sie unerträglich.

Erik war nun auch nervös geworden, wollte es aber nicht zugeben. Als wäre er die Ruhe selbst und hätte alle Zeit der Welt, besah er sich die Stelle, wo nach Vetterichs Meinung der Wagen des Täters gestanden haben könnte: parallel zur äußeren Kante des Platzes, auf der linken Seite, in der Nähe einer verwitterten Sitzgruppe, die wohl irgendwann mal als Proviantplatz für Wanderer aufgestellt worden war, vor der Informationstafel, die der Orientierung in der Heide dienen sollte.

Erik bat Sören, sich zu notieren, was man später eventuell im *Inselblatt* veröffentlichen lassen konnte. Die Frage, wem ein Kraftfahrzeug an dieser Stelle aufgefallen war, konnte sie womöglich der Lösung näherbringen. Obwohl es natürlich unwahrscheinlich war, dass bei Dunkelheit jemand hier spazieren gegangen war. Aber ausgeschlossen war es nicht. Ein Liebespaar zum Beispiel, das nicht gesehen werden wollte, könnte sich hier herumgedrückt und den Wagen beobachtet haben. Ein Hundebesitzer, dessen Vierbeiner noch einmal rausmusste ...

»Also gut«, schloss Erik die Besichtigung und bemerkte, dass Vetterich erleichtert aufstöhnte und Sören schon zwei, drei Schritte auf sein Auto zumachte. »Hören wir uns also an, was meine Schwiegermutter zu berichten hat.«

Als Sören um den Autoschlüssel bat, ahnte Erik, dass sein Mitarbeiter die Absicht hatte, mit überhöhter Geschwindigkeit zur Deckerstraße zu brausen, tat aber nach wie vor so, als sei ihm die Aussage seiner Schwiegermutter nicht weiter wichtig. Und dass Sören mit quietschenden Reifen startete und schon nach wenigen Augenblicken Vetterichs Auto weit hinter sich zurückgelassen hatte, kommentierte er nicht.

Obwohl sie so schnell gefahren waren, wurden sie von Mamma Carlotta empfangen, als hätte sie Stunden auf sie warten müssen. Kaum war das Auto vor dem Haus in der Deckerstraße, das Enno Mierendorf genannt hatte, zum Halten gekommen, sprang schon die Haustür auf. Neben seiner Schwiegermutter sah Erik eine Frau, vermutlich die Bewohnerin dieses Hauses.

»Enrico!«

Er hob abwehrend die Hände, als hätte er Angst, dass seine Schwiegermutter ihm in die Arme fallen könnte. »Was ist denn los?« Er bemühte sich redlich, ungehalten auszusehen. »Ich hoffe, du hast uns von der Tatortarbeit nicht wegen irgendeiner Lappalie zurückgeholt.«

»No, no!« Mamma Carlotta wehrte ab, dennoch bemerkte Erik, dass in ihre Augen Unsicherheit stieg. Hatte sie mal wieder nicht nachgedacht, bevor sie ihn alarmierte? Fiel ihr jetzt erst auf, dass sie voreilig gewesen war? Es wäre nicht das erste Mal, dass seine Schwiegermutter die Pferde scheu machte und erst, wenn es zu spät war, merkte, dass sie sich vorher besser die Zeit genommen hätte, um darüber nachzudenken, was wirklich wichtig war.

»Felice hat gesagt, du weißt nicht, um wen es sich handelt. Bei der Leiche, meine ich.« Ihre Augen flitzten zwischen Erik und Sören hin und her. »Ist es ein Mann?«

Erik weigerte sich, zu nicken, aber Sören übernahm es für ihn. »Sie glauben, Sie kennen ihn?«, fragte er freundlich.

»Sì! Ma ... no. Ich nicht, aber diese Signora hier.« Sie drehte sich nach Dagmar Olsson um. »Sie vermisst ihren Mann. Er ist in der Nacht nicht nach Hause gekommen. Il suo letto ist ... come si dice?«

»Unberührt?« Erik sah Dagmar Olsson fragend an, die ihm nun vage bekannt vorkam. Er glaubte, dass er sie schon mal irgendwo gesehen hatte.

Dagmar Olsson dagegen schien genau zu wissen, wer er war. »Ich hatte ja keine Ahnung, dass die Dame an meinem Stand die Schwiegermutter des Kriminalhauptkommissars ist!«

»An Ihrem Stand?« Erik sah sie stirnrunzelnd an.

Dagmar Olsson zeigte in die Richtung, in der sich das Rathaus befand. »Auf dem Flohmarkt. Ich bin jeden Donnerstag dort.«

Jetzt fiel es Erik ein. Bei Dagmar Olsson hatte er einmal Ersatzteile für seinen Rasenmäher gekauft, die er sonst nirgendwo finden konnte, weil das Modell längst überholt war und der Einzelhandel kein Zubehör mehr führte.

Er zeigte zur Haustür. »Vielleicht sollten wir besser reingehen?«

Dagmar Olsson ging ihnen voraus, Mamma Carlotta ebenfalls. Eigentlich hätte er sie gern gebeten, nach Hause zu fahren, aber er wusste, dass sie dann tödlich verletzt wäre. Sie hatte ihn vielleicht auf die richtige Idee gebracht, wofür er ihr dankbar war, daraus leitete sie erwartungsgemäß das Recht ab, nun nicht ausgeschlossen zu werden. Er musste sehen, dass er sich ihrer Anwesenheit so bald wie möglich entledigte. Sie war ja nicht in der Lage, stillschweigend dazusitzen und sich anzuhören, was die Polizei zu sagen hatte. Nein, sie musste sich immer einmischen.

Er blieb stehen, als sie das Haus betreten hatten, auch um einen Abstand zu seiner Schwiegermutter zu bekommen. Unbehaglich sah er sich im Eingangsbereich des Hauses um. Er erinnerte sich nun, eine Todesanzeige im *Inselblatt* gelesen zu haben. Die alte Frau Olsson, die hier gelebt hatte, war gestorben. Schrecklich, so eine leblose Wohnung, die noch eingerichtet, aber doch schon auf dem Weg zur kompletten Auflösung war. Obwohl die Junisonne hereinschien und es warm war, strömte sie eine Kälte aus, die Erik schaudern ließ.

Er folgte Dagmar Olsson, die von seiner Schwiegermutter nicht aus den Augen gelassen wurde, als könnte sie unter einem Schwächeanfall zusammenbrechen, die Treppe hinauf, wo es hell und freundlich war. Weiße Wände mit hübschen Aquarellen, ein paar Zimmerpflanzen und eine hohe Bodenvase mit blühenden Zweigen. Vom Treppenabsatz führte eine Tür ins Wohnzimmer, eine andere in die Küche. Es gab noch zwei weitere Türen, die geschlossen waren, vermutlich führten sie ins Schlafzimmer und ins Bad.

Dagmar Olsson ging ihnen ins Wohnzimmer voraus, dessen eine Seite von mehreren Fenstern eingenommen wurde, vor denen blütenweiße geraffte Gardinen hingen. Auf den Bänken davor allerlei Krimskrams, hölzerne Möwen, weiße Muscheln, gläserne Lämpchen. Verspielt, aber sehr gemütlich. Ihre Stimme und auch ihre Körperhaltung verrieten Beherrschung. Sie schien zu wissen, was auf sie zukam, wollte sich aber noch eine Weile in dem Zustand der Ahnungslosigkeit ausruhen.

Sie bot ihnen Platz in einer wuchtigen Korbgarnitur mit hellen Kissen an und fragte: »Mögen Sie einen Tee? Oder Mineralwasser?«

Sören und Erik entschieden sich beide für das Wasser. Noch während Dagmar Olsson ihnen eingoss, begann sie zu erzählen. Von ihrem Mann, von ihrer Ehe, von der Untreue ihres Mannes, von der Geliebten, mit der er seit einigen Wochen ein Verhältnis hatte. »Wenn nicht seit Monaten!«

Erik unterbrach sie. »Haben Sie ein Foto Ihres Mannes zur Hand?«

Sie stand auf, griff nach einem gerahmten Bild und hielt es Erik hin. Ausgerechnet ihr Hochzeitsfoto! Mamma Carlotta blickte über seine Schulter, stieß leise Entzückensschreie aus, lobte das wunderschöne Hochzeitskleid und versicherte, Dagmar Olsson sei eine außergewöhnlich hübsche Braut gewesen. Erik studierte das Bild, während die Worte seiner Schwiegermutter an seinem Ohr vorbeirauschten, und Sören machte einen langen Hals, um auch einen Blick darauf werfen zu können. Ja, das könnte der Mann sein. Aber das Foto war sicherlich zwanzig Jahre alt, da konnte man sich ungemein verändern, die Haare verlieren, dicker werden.

»Haben Sie auch ein aktuelleres Bild?«

»Du meinst, er ist es vielleicht doch nicht?«, fragte Carlotta unruhig. »Aber du hast den Toten doch gesehen.«

»Ich muss sicher sein«, fuhr er sie an, »wenn du das auch nicht einsiehst.«

Mamma Carlotta zog den Kopf ein und sah so aus, als nähme sie sich vor, das weitere Gespräch nicht mit Einwürfen zu stören. Hoffentlich gelang es ihr.

Dagmar Olsson sagte noch immer nichts zu dem Verdacht, der nach wie vor im Raum stand, der noch nicht ausgesprochen worden war. Sie ging zum Wohnzimmerschrank und holte ein Fotoalbum heraus. Erik dachte kurz daran, dass es in seinem Schrank auch noch solche Fotoalben gab, in die Lucia früher liebevoll alle Fotos geklebt und sie beschriftet hatte. Seit ihrem Tod hatte sich niemand mehr darum gekümmert.

Dagmar Olsson streckte ihm ein Foto hin, das wohl im letzten Urlaub gemacht worden war. »Das ist Matz in Sankt Peter-Ording«, erklärte sie. »Vor einem Jahr.«

Das Bild zeigte einen großen Mann, kräftig, aber nicht dick, mit breiter Brust und ausgeprägter Muskulatur. Er trug eine knappe Badehose und lachte in die Kamera. Erik erkannte ihn sofort, war nun ganz sicher, obwohl er eine Sonnenbrille auf der Nase hatte. Ja, das war der Tote, der in der Braderuper Heide gefunden worden war. Er wechselte einen Blick mit Sören, der ihn mit den Augen bestätigte. Gott sei Dank, sie waren schneller als gedacht auf die Identität des Mordopfers gestoßen! Mal wieder durch die Hilfe seiner Schwiegermutter, was er aber niemals zugeben würde und was seinen Erfolg leider ein wenig schmälerte. Lieber Himmel, sie kannte eben Gott und die Welt, da war es leicht, aus einer unbekannten Leiche eine bekannte zu machen. Darauf sollte sie sich nur nichts einbilden!

Dagmar Olsson hatte seinen Blick bemerkt und richtig interpretiert. »Ist meinem Mann etwas zugestoßen?«, fragte sie nun endlich. Nicht ängstlich, nicht sorgenvoll, eher neugierig.

Erik nickte. »Tatsächlich ist heute Morgen in der Braderuper Heide ...«

Dagmar Olsson unterbrach ihn. »Das hat mir Ihre Schwiegermutter schon erzählt. Kann das mein Mann sein?«

Wieder nickte Erik.

»Haben Sie die Leiche gesehen? Erkennen Sie meinen Mann wieder?«

Nun antwortete Sören: »Es sieht ganz so aus, als wäre er der Tote.«

Erik sah, dass Sörens Hand zur Innentasche seiner Jacke zuckte. Er wusste, dass sein Mitarbeiter jetzt daran dachte, Dagmar das Foto der Leiche zu zeigen. Aber Sören unterließ es, und Erik war einverstanden damit. Ein Foto war oft noch grausamer als der Anblick der Leiche, es kam zu schnell, zu unerwartet.

Mamma Carlotta griff nach Dagmar Olssons Hand, obwohl diese nicht den Eindruck machte, als bräuchte sie Trost und Beistand.

»Sehen Sie sich in der Lage«, fügte Erik an, »die Leiche zu identifizieren?«

Er beobachtete, wie kühl und unbeeindruckt Dagmar Olsson reagierte. »Ja, das geht in Ordnung.«

11

Schon wieder Ärger! Nichts als Ärger! Wütend überquerte Mamma Carlotta den Parkplatz zwischen Kjeirstraße und Bahnweg, betrat erneut den Flohmarkt und ging zu der Standnachbarin von Dagmar Olsson, die aufatmete, als sie Mamma Carlotta sah. Anscheinend hoffte sie, nun von der Aufsicht über den Nachbarstand befreit zu werden.

Sie reagierte unwillig, als sie hörte, dass sie weiterhin ein Auge auf Dagmars Waren haben sollte. »Aber wieso denn? Matz wollte sie doch heute Nachmittag ablösen.«

Carlotta überlegte, ob ihr eingeschärft worden war, über den Mord an Matz Olsson zu schweigen, aber ihr fiel auch nach längerem Nachdenken nichts ein. Also tuschelte sie der Nachbarin zu, vorsichtshalber so leise, dass niemand sie hören konnte, dass Matz Olsson ein schreckliches Schicksal ereilt habe, dass Dagmar in die Pathologie geholt worden und sicherlich nach diesem Schicksalsschlag nicht in der Lage sei, ihren Stand aufzuräumen. Die Nachbarin versicherte hastig, nachdem sie sich von ihrem Schrecken erholt hatte, dass sie sich darum kümmern werde und auch sicherstellen wolle, dass die Kasse sicher untergebracht wurde. Carlotta überlegte nur kurz, ob sie ihre Hilfe anbieten sollte, aber sie unterließ es. Zu viel Ärger war noch in ihr. Dabei war sie sicher gewesen, dass Dagmar Olsson ihren Beistand nötig gehabt hätte. Eine Frau brauchte in einer solchen Situation die Hilfe einer anderen Frau. Sie kannte doch Erik und Sören. Emotionalen Beistand würden sie Dagmar nicht geben können. Sie, Carlotta Capella, war genau die Richtige, wenn jemand gebraucht wurde, der einer anderen zur Seite stand. Aber was tat Erik? Er schickte sie weg, hatte nicht zulassen wollen, dass seine Schwiegermutter dabei war, wenn der Leichnam von Matz Olsson aus dem Kühlfach geholt wurde. Sie solle ihr Fahrrad nehmen und nach Hause fahren, hatte er ihr geraten.

»Una insolenza!«, murmelte sie vor sich hin. Dabei hatte Erik es ihr zu verdanken, dass er so schnell den Namen des Mordopfers erfahren hatte. Trotzdem schickte er sie nach Hause? »Che meschinità!«

Immer, wenn es spannend wurde, sollte sie gehen und sich nicht in seine Arbeit einmischen. Sie überlegte, während sie das Fahrrad aufschloss, ob sie sich rächen sollte, indem sie in Kochstreik trat. Das hatte sie einmal mit sehr großem Erfolg bei ihrem verblichenen Ehemann praktiziert, als Dino partout nicht mit ihr zum Konzert eines Laienorchesters in Città di Castello gehen wollte, in dem einer der Müllmänner Cello spielte, der immer beide Augen zudrückte, wenn sie es mit der Mülltrennung nicht so genau nahm. Aber wenn sie Erik bestrafte, würden auch Sören und die Kinder darunter leiden. Und das konnte sie nicht auf ihr Gewissen laden.

Als sie in die Norderstraße eingebogen war, versuchte sie, ihren Ärger wegzustrampeln und ihn in den Fahrtwind zu schnaufen. Das klappte ziemlich gut. Als sie das Ortsschild von Wenningstedt passierte, war von dem Ärger nur noch ein Rest übrig geblieben, wie ein wenig Glut in der Asche, in die jedoch niemand pusten durfte.

Auf der Höhe der Pizzeria Zanchetti wechselte sie die Fahrbahnseite. An dieser Stelle fuhr sie immer besonders langsam und ging, wenn sie zu Fuß unterwegs war, sehr trödelig, in der

Hoffnung, jemanden aus der Familie zu treffen und ansprechen zu können. Das war bisher nicht gelungen. Dummerweise wusste sie auch nicht, wie die Zanchettis aussahen, denn ihr Restaurant war noch neu, bei ihrem letzten Aufenthalt hatte dieses Gebäude noch leer gestanden. Die Zanchettis hatten es schön hergerichtet. Vor dem Eingang gab es hellen Kies, hübsche Blumentöpfe säumten den Weg dorthin, die Fenster waren mit Blumenkästen geschmückt, alles sah freundlich und einladend aus.

Nun fuhr sie so langsam, dass ihr Fahrrad sich nur noch mit Mühe in der Spur hielt. Aber immerhin vergaß sie ihren Ärger ganz, als sie von einem weißen Motorroller überholt wurde. Carolin als rasende Reporterin! Und ihr Ziel schien der Süder Wung zu sein. Mamma Carlotta trat noch einmal schwungvoll in die Pedale, als sie sah, dass Carolin rechts abbog. Im Nu war auch sie im Süder Wung angekommen und sogar eher an der Haustür, bis Carolin ihren Roller aufgebockt und abgeschlossen hatte.

»Carolina! Leider habe ich nicht gekocht. Dein Vater hat zu tun, und Felice ...«

Carolin unterbrach ihr Lamento mit einer kurzen Handbewegung. »Schon gut. Für vier Gänge hätte ich gar keine Zeit.« Sie warf einen Blick auf die Uhr. »Außerdem ist die Essenszeit längst vorbei.«

»È vero? Dann muss ich bald mit der Vorbereitung des Abendessens beginnen.« Mamma Carlotta rief einen Gruß aufs Dach, wo Peer Mattes auf sie aufmerksam geworden war, schloss die Haustür auf, warf ihre Jacke über einen Garderobenhaken, von dem sie gleich wieder herunterrutschte, und stürmte in die Küche, als müsste dort etwas vor dem Anbrennen gerettet werden. »Vuoi un espresso, Carolina? O cantuccini?« Schon war sie im Vorratsraum verschwunden, kam mit einer großen Tüte zurück, aus der sie Cantuccini in eine Schüssel schüttete, dann stellte sie den Espressoautomaten an. »Wir werden heute Abend groß essen. Eingekauft habe ich schon, ich muss nur noch ...«

Wieder beendete Carolin ihre Erklärungen mit einer abwehrenden Geste. »Ich muss mit dir reden. Ich hoffe, du kannst mir helfen ...«

12

»Wohin zuerst?«, fragte Sören. »Zur Privatadresse oder zu der Weinhandlung?«

Erik überlegte, nahm den Fuß vom Gas und ließ den Wagen rollen, ohne zu merken, dass der Fahrer in dem Wagen hinter ihm zu einem Überholmanöver ansetzte, das den gesamten Straßenverkehr akut gefährdete. »Zunächst zur Privatadresse«, sagte er dann und gab wieder Gas. »Lassen wir uns erst mal von Frau Kiewel bestätigen, dass sie wirklich ein Verhältnis mit Matz Olsson hatte.«

»Wenn sie zu Hause ist«, meinte Sören. »Vielleicht arbeitet sie ja auch in der Weinhandlung. Ich kenne die Kiewels zwar nicht, aber ich meine mal gehört zu haben, dass die Weinhandlung Brunhilde Kiewel gehört, nicht ihrem Mann. Sie hat sie von ihrem ersten Mann geerbt. Der ist sehr plötzlich gestorben, da waren die beiden noch gar nicht lange verheiratet.«

Es war nicht weit bis zur Nordmarkstraße, ein paar Minuten später stellten sie das Auto vor dem Haus der Kiewels ab. Ein dunkler Klinkerbau, der aussah, als wäre er in den Fünfzigerjahren entstanden, der aber geschickt erweitert und modernisiert worden war. Die Kiewels hatten es augenscheinlich so gemacht wie viele Sylter: Sie hatten mehrere Ferienwohnungen integriert, die ihnen ein zusätzliches Einkommen sicherten. Als Erik auf das Haus zuging, sah er, dass die Wohnungen, die sich in einem Anbau auf der rechten Seite des Hauses befanden, durch einen separaten Eingang zu betreten waren.

Die Kiewels hatten dafür gesorgt, dass sie von den zahlenden Gästen so wenig wie möglich gestört wurden.

Hinter den Fenstern war keine Bewegung auszumachen, und auf ihr Klingeln reagierte niemand. Sie wollten schon kehrtmachen, da kam ein Paar aus der Tür, die zu den Ferienwohnungen führte. »Frau Kiewel ist im Garten«, sagte der Mann und wies zu einer Pforte, die hinters Haus führte.

Erik und Sören bedankten sich und drückten die Klinke herunter. Zögernd betraten sie den Garten, der offenbar den Feriengästen vorbehalten war. Es gab Spielgeräte dort, einen Sandkasten und Schaukeln, mehrere Sitzgruppen, Liegestühle und Sonnenschirme. Der private Garten der Kiewels war durch eine hohe Mauer abgetrennt, die mit Rosen berankt war, welche ihr das Trennende, Abweisende nahmen.

Brunhilde Kiewel war gerade dabei, einige Ranken wieder zu befestigen, die sich gelöst hatten, womöglich durch einen Ball, der gegen die Mauer geprallt war. Sie sah ärgerlich aus, als sie sich umdrehte, als erwartete sie, dass der Übeltäter oder seine Eltern den Garten betraten. Als sie Erik und Sören sah, wurde ihr Blick fragend. »Wollen Sie zu mir?«

Sie war eine stattliche Frau, zu der ihr Vorname gut passte. Blond und blauäugig, groß und üppig, ohne dick zu sein. Sie trug eine enge Jeans und eine bunte Bluse, die ihre Hüften umflatterte, an den Füßen nur Flipflops, die mit Strass besetzt waren. Große Füße, stellte Erik fest, aber sicherlich keine 45 oder gar noch größer.

Sören hielt ihr den Dienstausweis hin, Erik tat es ihm gleich. »Wir müssen mit Ihnen reden.«

In ihre Augen trat Unsicherheit. Das kannte Erik. Wenn die Polizei erschien, reagierten alle mit Angst, die Unschuldigen genauso wie die Schuldigen. Auch wer nichts auf dem Kerbholz hatte, fragte sich dann, ob er etwas falsch gemacht hatte oder ob eine Hiobsbotschaft auf ihn zukam. »Ist was mit meinem Mann?«

Erik schüttelte den Kopf und machte ein paar Schritte zurück, auf die Gartenpforte zu, durch die sie gekommen waren. »Es wäre besser, wenn wir in Ihrer Wohnung darüber reden könnten.«

Sie ließ die Rosenranke fallen und kam ohne ein weiteres Wort Eriks Aufforderung nach. Als sie an ihnen vorbei zu der Pforte ging, sah sie weder Sören noch Erik an. Schweigend ging sie ihnen voran, öffnete ihre Haustür und ließ die beiden Beamten eintreten. Noch immer sagte sie kein Wort, trat vor ihnen ins Wohnzimmer und wies auf zwei Sessel. »Bitte, nehmen Sie Platz.«

Der Raum war sehr geschmackvoll möbliert, wenn auch nicht so gemütlich wie bei den Olssons, sondern mehr auf Designmöbel und teure Accessoires bedacht. Die weiße Schrankwand enthielt viele Bücher und gerahmte Fotografien, auf den hellen Polstermöbeln lagen farblich abgestimmte Kissen, der Orientteppich sah kostbar aus. Mehrere Bodenvasen, gläserne Kerzenleuchter und frische Blumen gaben dem Raum das Persönliche.

Brunhilde Kiewel setzte sich ebenfalls, sie bot ihnen nichts zu trinken an. Offenbar glaubte sie, dass das Gespräch nicht lange dauern würde.

Erik beugte sich vor und fasste sie fest ins Auge. »Heute Morgen ist in der Braderuper Heide eine Leiche gefunden worden. Ein Mann, der in der vergangenen Nacht ermordet worden ist.«

Er machte eine Pause und wartete auf eine Reaktion. Aber sie kam nicht. Brunhilde blieb bewegungslos sitzen und wartete auf das, was Erik ergänzen würde.

»Wir haben soeben herausgefunden, um wen es sich handelt. Um Matz Olsson.«

Endlich gab es eine Reaktion in Brunhilde Kiewels Gesicht. Ein kurzes Erschrecken, ein plötzliches Luftholen, ein Heben der Hände, als wollte sie Eriks Worte abwehren.

»Sie kannten Herrn Olsson?«

Sie fasste sich schnell. »Flüchtig. Er arbeitet bei Gosch in Wenningstedt. Oder ... arbeitete.« Die letzte Silbe betonte sie, als wollte sie sie ausspucken. »Wir gehen oft dort essen, jedenfalls außerhalb der Saison, wenn es nicht so voll ist.«

»Sie kannten ihn also von Gosch?«

Sie nickte, als wäre sie jetzt sicherer, als hätte sie Erik von etwas überzeugt, was er glauben musste. »Warum kommen Sie zu mir mit dieser Nachricht?« Ihre Sicherheit hatte nicht lange angehalten, ihr war schnell klar geworden, dass die Polizisten einen guten Grund haben mussten, sie aufzusuchen. »Weiß seine Frau schon, was passiert ist?«

»Die haben wir natürlich als Erste informiert«, entgegnete Erik. »Sie hat ihren Mann soeben identifiziert.«

Brunhilde Kiewel schüttelte sich. »Wie schrecklich.«

»Frau Olsson hat uns auf Sie aufmerksam gemacht. Sie behauptet, ihr Mann hätte ein Verhältnis mit Ihnen gehabt. Eine ... Affäre.«

Brunhilde Kiewel riss die Augen auf. »Mit mir?« Sie legte eine flache Hand auf ihre Brust, als müsste sie ihre Atmung kontrollieren. »Das ist ja eine ... eine ungeheure Behauptung.«

»Sie entspricht nicht der Wahrheit?«

»Natürlich nicht! Mein Gott, wenn mein Mann das hört ...«

Sören mischte sich ein. »Wir werden ihn natürlich noch aufsuchen.«

»Warum?«

Sören lächelte leicht. »Wir suchen nach einem Motiv. Eifersucht ist ein häufiges Motiv.«

»Sie meinen ...« Sie sprang auf und lief zur Terrassentür. Anscheinend wollte sie ihnen den Rücken zudrehen. Aber nicht lange, dann wandte sie sich wieder zurück. Sie hatte ihre Miene im Griff. »Sie meinen, mein Mann hätte Matz Olsson umgebracht?«

Erik zuckte mit den Schultern. »Frau Olsson ist davon überzeugt.«

Nun stieg helle Wut in ihre Augen. »Diese ... diese Furie! Die ist doch bekannt für ihre Eifersucht. Ich weiß nicht, wie vielen Frauen die schon ein Verhältnis mit ihrem Mann angedichtet hat. Davon habe ich oft gehört. Die Frau scheint pathologisch eifersüchtig zu sein.« Sie stieß ein Lachen aus. »Was die sich einbildet! So attraktiv war Matz Olsson nun auch wieder nicht.«

Erik nickte, als könnte er sie gut verstehen. »Wir werden der Sache natürlich nachgehen.« Er zog sein Notizbuch heraus, als wollte er etwas notieren. Es ging ihm aber in Wirklichkeit nur darum, die Zeit zu dehnen, Augenblicke vergehen zu lassen, in denen jemand, der unsicher war, noch unsicherer wurde. »Eine reine Formsache, Frau Kiewel ... so was müssen wir immer fragen ...« Er sah sie so lange an, bis sie ihm keine Sorglosigkeit mehr vormachen konnte. »Wo waren Sie in der vergangenen Nacht? So gegen Mitternacht?«

Sie fing sich schnell. »Wo soll ich schon gewesen sein? In meinem Bett! Wo sonst?« Als Erik darauf nicht reagierte, fügte sie an: »Meinen Mann brauchen Sie nicht zu fragen, ob er das bestätigen kann. Wir haben getrennte Schlafzimmer.«

13

»Wie soll ich dir helfen?«, fragte Mamma Carlotta. »Und wobei?«

Auf dem Tisch stand alles, was zu einem guten Gespräch gehörte; dampfende Espressotassen, eine Schale mit Cantuccini und in greifbarer Nähe vorsichtshalber eine Flasche Amaretto, falls das Gespräch so emotional werden sollte, dass es ohne Alkohol nicht auskam. In so einem Fall hatte sich ein Schluck Amaretto im zweiten Espresso schon oft bewährt.

Carolin war so ärgerlich wie ihre Großmutter, seit diese

erfahren hatte, dass das Mittagessen ausfallen musste und sie nicht dabei sein durfte, als Matz Olssons Leiche identifiziert wurde. Dieser Tag schien ein Tag der Ärgernisse zu sein!

»Ich war bei den Betreibern des Dating-Portals«, begann sie und unterbrach sich, weil ihre Nonna signalisierte, dass sie zwar am Morgen schon den Begriff Dating erläutert bekommen hatte, aber nichts mit dem Wort Portal anfangen konnte. Jedenfalls nicht in diesem Zusammenhang. Dass es sich nicht um ein großes Eingangstor handelte, konnte sie sich denken.

»Von dem Speeddating habe ich dir erzählt«, antwortete Carolin ungeduldig. »Und ein Portal ist eine Webseite ...« Sie merkte, dass die Erfahrungen und der deutsche Wortschatz ihrer Oma hier an ihre Grenzen stießen. »Ein Internetauftritt«, ergänzte sie. »Aber das ist jetzt nicht wichtig.« Sie setzte sich aufrecht hin, als wollte sie einen Vortrag halten. »Da haben zwei junge Männer das Speeddating für Menschen über fünfzig organisiert. Ein Erfolg, wie es scheint.«

»Ah, sì!« Mamma Carlotta glänzte immer gerne mit Lernerfolgen. »Sieben Frauen, sieben Männer, sieben Minuten ...«

»Genau«, unterbrach Carolin. »Es gibt offenbar viele Anmeldungen. Nicht nur von Frauen, sondern auch von Männern. Das ist ungewöhnlich, habe ich mir sagen lassen, da normalerweise eher Frauen geneigt sind, auf diesem Wege einen Partner zu finden.« Sie entdeckte die Amarettoflasche, schraubte sie auf und machte deutlich, dass ein zweiter Espresso nötig war.

Mamma Carlotta verwies vorsichtshalber auf den Grundsatz, dass für Alkohol die Sonne untergegangen sein musste, aber davon wollte Carolin nichts hören. Also wurde für beide, für Großmutter und Enkelin, ein zweiter Espresso produziert und mit einem Schuss Amaretto verfeinert, der die Nerven stärkte und dem Treffen von Entscheidungen Schwung verpasste.

»Die beiden Jungs sind kaum älter als ich«, fuhr Carolin fort. »Sie heißen Phil und Chris. Und die haben sich echt gefreut, dass das *Inselblatt* einen Artikel über das Speeddating schreiben will.«

»Aber?« Carlotta spürte, dass nun das dicke Ende kam.

»Die wollen mich nicht reinlassen. Und erst recht sollen keine Fotos gemacht werden. Dabei wollte ich doch nur dabei sein, um später berichten zu können, wie so was abläuft. Ich kenne das ja nur in der Theorie. Und Fotos hätte ich natürlich nur gemacht, wenn die Teilnehmer es mir erlauben. Notfalls hätte ich auch aufs Fotografieren verzichtet, ist doch klar. Aber die beiden wollen nicht mal, dass ich dabei bin. Angeblich könnte meine Anwesenheit das Dating erschweren, die Teilnehmer hemmen ...«

Mamma Carlotta hatte eine Idee. »Dann tu doch einfach so, als wolltest du an dem Dating teilnehmen.«

Carolin verdrehte die Augen. »Speeddating für Menschen *über* fünfzig«, sagte sie sehr betont. »Sehe ich vielleicht so aus, als wäre ich schon so alt?«

Mamma Carlotta schwante mit einem Mal Böses. »Und wie soll ich dir jetzt helfen?«

Sie erfuhr umgehend, dass ihre Vorahnung sich bewahrheitete. »Du meldest dich an, das geht heute noch. Ich habe rausgehört, dass noch nicht alle Plätze vergeben sind. Dann machst du mit bei diesem Speeddating und erzählst mir hinterher haarklein, wie sich das abgespielt hat. Einverstanden?«

Mamma Carlotta überlegte eine Weile und beschloss dann, dass sie einen dritten Espresso brauchte, natürlich ebenfalls mit einem Schluck Amaretto. »Aber ich suche doch gar keinen Partner.«

»Ist doch egal! Am Ende behauptest du eben, bei keinem Mann hätte es gematcht.« Sofort korrigierte sie: »Keiner der Männer hätte dir gefallen. Du bist ja nicht verpflichtet, mit einem Mann ein zweites Date zu verabreden.«

»Aber wenn mich jemand sieht, der mich kennt! Dann wird

auf Sylt am Ende davon geredet, dass ich auf der Suche nach einem Mann bin.«

»Und wenn schon! Das kann dir doch egal sein.«

Mamma Carlotta überlegte eine Weile, ob ihr das wirklich egal war, aber dann siegte ihr Familiensinn. Ihre Enkelin brauchte Hilfe, also musste sie ihr beistehen! »D'accordo. Ich mache es.«

Felix kam zur Tür herein und erschnupperte sofort den Amaretto, obwohl Schwester und Großmutter ihm weismachen wollten, dass sie nur Espresso getrunken hatten. Zum Glück ließ er sich schnell von Carolin ablenken. Lachend hörte er sich an, dass seine Oma demnächst beim Speeddating mitmachen sollte. »Nicht, dass du da den Mann fürs Leben findest, Nonna! Ich will keinen Stiefopa.«

Mamma Carlotta winkte ärgerlich ab. »Das ist doch nur ... nur ...«

»Recherche«, ergänzte Carolin.

Mamma Carlotta schaffte es mal wieder, von einem Thema abzulenken, das ihr unangenehm war. »Wolltest du nicht heute Nachmittag mit Ben, Finn und Jasper im Gemeindesaal proben?«

Der Pfarrer der Friesenkapelle hatte nach längerem Zureden zugestimmt, als seine Band, die *Verbotenen Dosen,* auf der Suche nach einem Proberaum auch ihn gebeten hatte. Felix und seine Freunde hatten den Beweis erbringen müssen, dass das, was sie ihre Musik nannten und einer der Presbyter rundweg als Lärm bezeichnet hatte, nicht bis zum Friedhof zu hören sein würde. Danach hatten sie die Erlaubnis bekommen, vorausgesetzt, es gab in der Friesenkapelle keine andere Veranstaltung, die von der Probe gestört werden konnte.

»Jasper ist krank«, antwortete Felix. »Ohne ihn macht die Probe keinen Sinn.«

Jasper Mattes, der Sohn des Dachdeckers, war erst vor Kurzem zu den *Verbotenen Dosen* gestoßen und hatte das Repertoire der Band, das hauptsächlich aus dem Liedgut der *Toten Hosen* bestand, noch nicht ganz aufgeholt.

»Was hat er?«, fragte Carlotta besorgt.

»Keine Ahnung. Ihm geht's schlecht, sagt er. Er ist auch ganz blass. Aber Fieber hat er nicht.«

»Appetit?«

»Weiß ich nicht.«

»Dio mio!« Mamma Carlotta war besorgt. »Gerade jetzt, wo seine Mutter zur Kur ist. Wer kümmert sich denn um ihn?«

»So schlimm ist es nun auch wieder nicht.« Felix schien sich zu sorgen, dass seine Nonna sich mal wieder ungefragt in die Angelegenheiten anderer einmischen wollte, die sie nichts angingen.

»Dann solltest du vielleicht darauf verzichten«, sagte Carolin zu ihrer Oma, »den Dachdecker immer an den Tisch zu holen. Vielleicht hat Jasper was Ansteckendes. Und sein Vater ebenfalls.«

Mamma Carlotta schlug sich die Hand vor den Mund. »Dio mio! Mir ist schon heute früh aufgefallen, dass es Signor Mattes auch nicht gut geht. Er war so blass.«

14

Der Bahnweg war breit und wurde schnell befahren. Keine Straße für Spaziergänger, hier gab es keine Laufkundschaft. Wer einen Laden oder ein Büro suchte, steuerte es an und fuhr anschließend wieder weg. Und bei einem Getränkeladen kam es vor allem darauf an, dass die Parkmöglichkeiten gut waren und die Getränkekisten zügig in den Kofferraum befördert werden konnten.

Der Laden von Brunhilde und Jürgen Kiewel war Teil eines großen Gebäudes, das einer Immobilienfirma gehörte. Über der Tür stand: »Weinparadies«. Zwar führte das Geschäft auch Erfrischungsgetränke und Spirituosen, aber das Hauptaugenmerk schien auf Wein zu liegen. Das große Angebot war schon durch die gläserne Tür zu erkennen, sämtliche Weinanbaugebiete schienen im Weinparadies vertreten zu sein.

Das Geschäft lag am Ende des Bahnweges, am Ende Westerlands, links ging es auf der Landstraße Richtung List, rechts Richtung Hörnum, geradeaus fuhr man aufs Flughafengelände. Dort schien wenig los zu sein. Der Himmel war frei von Flugzeugen, keine Autos, keine Busse verließen das Flughafengelände, Fluglärm war auch nicht zu hören.

Als Erik die Tür zum Laden öffnete, wurde eine Klingel aktiviert, welche wiederum die Verkäuferin aufmerksam machte, die gerade einen Kunden abkassierte, sowie auch den Ladeninhaber, der aus dem hinteren Bereich des Geschäfts kam und nach ihren Wünschen fragte. Ein großer Mann, der ein wenig gebückt ging, wie man das bei vielen großen Menschen beobachten konnte, sehr gepflegt, wenn auch leger gekleidet. Die dunkelblaue Baumwollhose war von guter Qualität, das weiße Hemd mit den aufgesetzten Brusttaschen war sportlich, wurde aber durch die hellblaue Krawatte zu einem angemessenen Kleidungsstück aufgewertet.

Erik und Sören zogen diskret ihre Dienstausweise hervor und baten darum, irgendwo in aller Ruhe ein Gespräch führen zu dürfen.

Jürgen Kiewel wurde nervös, das war nicht zu übersehen. Seine Bewegungen wurden eckig und hektisch, auf seiner Stirn erschien in Sekundenschnelle Schweiß. Er sah sich unruhig nach seiner Verkäuferin um, die prompt einen langen Hals machte und neugierig herübersah, und verabschiedete den Kunden, der mit einer hübschen Tragetasche das Geschäft verlassen wollte, besonders zuvorkommend, als könnte er damit die Tatsache, dass die Polizei ins Haus gekommen war, vergessen lassen.

Er war ein Mann, der seine große Frau sicherlich noch um

einen Kopf überragte. Alles an ihm war groß, der Schädel, die Schulterpartie, der Brustkorb, die Hände und natürlich auch die Füße, das stellte Erik mit einem kurzen Blick fest. Er sah, dass auch Sören auf Kiewels Füße blickte und die gleichen Gedanken hatte wie sein Chef.

Jürgen Kiewel gab Erik und Sören einen Wink und ging ihnen voraus, vorbei an der Kasse mit der Verkäuferin, die ihre Neugier nicht verbarg, durch eine schmale Schiebetür, auf einen gefliesten Gang, der wohl ins Lager führte. Jürgen Kiewel öffnete eine Tür auf der rechten Seite, durch die sie in ein kleines Büro gelangten. Es war eng dort, die deckenhohen Aktenregale machten den Raum düster, der kleine Schreibtisch am Fenster hatte kaum für mehr als den Computer Platz. Auf der Fensterbank türmten sich Schnellhefter, Prospekte, ungeöffnete Briefumschläge. Was Sitzgelegenheiten anging, sah es nicht gut aus. Ein Schreibtischstuhl, ein Holzstuhl, auf dem drei Aktenordner lagen, das war alles. Kiewel nahm die Ordner von dem Stuhl und bot ihn Erik an, dann verschwand er und kam kurz darauf mit einem Hocker zurück, auf dem Sören sich niederließ. Jürgen Kiewel selbst nahm an seinem Schreibtisch Platz. Groß und breitschultrig, wie er war, schien er auf die beiden Beamten hinabzusehen. Erik und Sören fühlten sich beide wie Büßer, die zu ihrem Herrn bestellt waren.

Erik wollte sich nicht damit abfinden und verzichtete daraufhin auf eine sensible Einleitung. Er hatte das Bedürfnis, diesem Hünen, der sich mit seinem angestammten Platz seine Selbstsicherheit zurückerobert hatte, zu zeigen, dass es ihm nichts nutzen würde, zwei Polizisten weiszumachen, er sei ihnen überlegen. »Sagt Ihnen der Name Matz Olsson etwas?«, fragte er kühl.

Jürgen Kiewel überlegte oder tat zumindest so. Dann schüttelte er den Kopf. »Nein. Wer ist das?«

»Der Mann, mit dem Ihre Frau angeblich ein Verhältnis hat.«

Erik warf Sören einen entschuldigenden Blick zu. Eigentlich hatten sie verabredet, nicht mit der Tür ins Haus zu fallen, sondern sich dem Wissen von Jürgen Kiewel behutsam zu nähern. Aber Erik schaffte es nicht, seine Verärgerung zurückzuhalten. »Ein Verhältnis *hatte*«, korrigierte er, betonte das letzte Wort und machte eine Pause, die Jürgen Kiewel zu denken geben sollte. »Matz Olsson ist nämlich tot. In der vergangenen Nacht ermordet worden.«

Jürgen Kiewel fühlte sich mittlerweile sicherer als beim Eintreten der Polizeibeamten. »Das tut mir leid für ihn«, sagte er, was Erik noch ein bisschen mehr gegen ihn aufbrachte.

»Mir tut es leid für Sie«, betonte er. »Jedenfalls, wenn es stimmt, was Ihre Frau sagt, dass Sie kein Alibi haben.«

»Brauche ich eins?« Jürgen Kiewel grinste leicht.

»Besser wäre es«, sagte Sören, der so aussah, als würde er die Vernehmung gerne übernehmen, weil ihm offenbar klar geworden war, welche Abneigung in Erik entstanden war.

»Warum?«, fragte Kiewel treuherzig.

»Weil Eifersucht ein ausgezeichnetes Mordmotiv ist.«

Kiewel lehnte sich zurück und schwieg einen Moment. Er sah erst Sören, dann Erik aus zusammengekniffenen Augen an. Auf seiner Stirn zeigte sich wieder Schweiß, sein Hemdkragen schien ihm eng zu werden, der Hals färbte sich rot. Leise fragte er dann: »Hat meine Frau zugegeben, dass sie einen Liebhaber hat?«

Sören antwortete schnell, ehe Erik reagieren konnte: »Nein.«

»Warum sollte ich dann eifersüchtig sein?«

»Glauben Sie Ihrer Frau?«

»Selbstverständlich.«

»Wir nicht«, sagte Erik und versuchte, über Sörens strafenden Blick hinwegzusehen.

»Glauben heißt nicht wissen«, salbaderte Jürgen Kiewel und machte sich damit bei Erik nicht beliebter. »Oder haben Sie Beweise, dass es sich anders verhält?«

Erik antwortete nicht, er hatte begriffen, dass er sich und der Ermittlungsarbeit mit seiner zur Schau getragenen Antipathie keinen Gefallen tat.

Sören schien froh darüber zu sein. »Hat Ihre Frau recht?«, fragte er. »Haben Sie tatsächlich für die vergangene Nacht kein Alibi?«

»Brunhilde hat Ihnen sicherlich erzählt, dass wir getrennt schlafen.« Mit einem schiefen Grinsen ergänzte er: »Ich schnarche.«

»Sie haben also gestern ab zehn Uhr abends schon im Bett gelegen?«

Jürgen Kiewel dachte nach. »So früh vermutlich nicht. Meist gehe ich erst gegen elf schlafen.«

»Und um Mitternacht?«

»Da war ich garantiert im Bett. Während der Woche bleibe ich nie lange auf. Ich muss ja immer früh raus. Wenn wir auch erst um zehn öffnen ...«

»Aber leider kann niemand bezeugen«, unterbrach ihn Erik, »dass Sie gegen elf zu Bett gegangen und dort bis zum Morgen geblieben sind.«

Jürgen Kiewel stand auf. »Bin ich nun verhaftet?«

Erik erhob sich ebenfalls. »Sie sollten sich das noch mal überlegen«, sagte er. »Ob Sie Matz Olsson kannten, meine ich. Wenn Ihnen einfällt, dass Sie sich in diesem Punkt geirrt haben, können Sie mich verständigen.« Er zog seine Visitenkarte aus der Innentasche seiner leichten Sommerjacke und legte sie auf den Schreibtisch.

»Ihrer Frau war Olsson übrigens bekannt«, warf Sören ein.

»Und wenn Sie uns in diesem Punkt etwas vorgemacht haben«, ergänzte Erik, »wirft das ein merkwürdiges Licht auf Sie. Das sollten Sie sich überlegen.«

Erik öffnete die Tür und sah gerade noch, dass die Verkäuferin im Lager verschwand. Sie hatte anscheinend gelauscht. Aber das war Erik egal. In diesem Fall würde es vielleicht sogar helfen, wenn ein Gerücht in Umlauf gebracht wurde, das sich nach und nach der Wahrheit näherte.

»Ach, übrigens ...« Erik blieb so abrupt stehen, dass Jürgen Kiewel beinahe in ihn hineingelaufen wäre. »Was haben Sie für eine Schuhgröße?«

»47. Warum?«

Darauf antwortete Erik nicht. Schweigend verließ er vor Sören den Laden. Sein Mitarbeiter brachte immerhin ein »Auf Wiedersehen« heraus, ehe Jürgen Kiewel die Tür hinter ihnen schloss.

Draußen zögerten sie nicht, sondern gingen schnurstracks zum Auto und ließen sich hineinfallen. Erik fuhr zügig an, als wollte er jemandem, der ihm nachsah, zeigen, wie dynamisch er war, wie optimistisch, wie energiegeladen. Aber kaum hatten sie auf der breiten Straße gedreht und waren außer Sichtweite, nahm er den Fuß vom Gas. »Habe ich mich dämlich verhalten, Sören?«

Sein Mitarbeiter zuckte mit den Schultern. »Vielleicht war das sogar ziemlich clever. Kiewel scheint zu glauben, er sei als Sieger aus diesem Gespräch hervorgegangen. Wie wär's, wenn wir zurück in die Nordmarkstraße fahren? Es würde mich nicht wundern, wenn Jürgen Kiewel in wenigen Minuten bei seiner Frau auftaucht. Und sicherlich gibt es dort ein gut sortiertes Schuhregal, das wir uns mal ansehen sollten.«

15

Mamma Carlotta hatte nun allen Ärger vergessen. Sie erlebte einen dieser schönen Momente, die so selten geworden waren, von denen es früher viele gegeben hatte: Beide Kinder saßen bei ihr in der Küche, beide in Plauderstimmung. Carolin machte keine Anstalten, in die Redaktion zurückzukehren, und Felix hatte die Probe der *Verbotenen Dosen* abgesagt, ohne sich stattdessen etwas anderes vorzunehmen.

Er war mit einem großen Bildband in die Küche gekommen. »Emil Nolde!« Felix stöhnte. »Mit dem habe ich mich fürs Abi lange genug herumschlagen müssen. Jetzt ist Schluss.« Er machte Anstalten, das Buch ins Wohnzimmer zu tragen, um es dort ins Regal zurückzustellen, aber seine Nonna hielt ihn zurück.

»Was für ein schönes buntes Bild sulla copertina!«

Felix legte es auf den Küchentisch. »Hohe Sturzwelle, so heißt das Bild, 1948 gemalt. Emil Nolde war mal auf Sylt, wusstest du das?«

Nein, Mamma Carlotta wusste es nicht. Sie hatte sogar noch nie von diesem Emil Nolde gehört. Als Felix ihr erzählte, dass seine Mutter dieses Buch gern zur Hand genommen habe, weil sie den Maler geliebt hatte, legte sie die Hand auf das Buch, damit Felix es nicht mitnehmen konnte. »Wenn Lucia es gemocht hat, möchte ich es mir auch gern ansehen.«

»Emil Nolde hat 1930 mehrere Monate auf Sylt gelebt und gearbeitet«, dozierte Felix, dem es anscheinend Spaß machte, von seinem Schulwissen etwas an jemanden weiterzugeben, der nichts über den Künstler wusste.

Seine Nonna war entsprechend beeindruckt. »Wie schön, diese Farben!«, schwärmte sie. »Ich kann verstehen, dass Lucia diese Bilder gemocht hat. Als Kind hat sie gern gemalt.« Sie legte das Buch vorsichtig zur Seite, damit es nicht in die Essensvorbereitungen geriet und das schöne Bild auf dem Titel vollgekleckert wurde. Dann erhielt Felix den Auftrag, die Tomaten für die Brotsuppe zu häuten, zu entkernen und zu würfeln, und Carolin bekam die Zutaten für die Käsecreme hingelegt.

Mamma Carlotta war glücklich, dass beide Kinder ihr zur Hand gingen, was sie nicht mochte, wenn es um familienfremde Personen ging. Auch Eriks Hilfe in der Küche lehnte sie immer ab. Im Grunde waren ihr auch die Kinder lästig, weil sie nicht selbstständig arbeiteten, sondern ständig Anweisungen brauchten, aber das Besondere war, dass sich während des Kochens wunderbar reden ließ. Bei der Küchenarbeit erfuhr sie vieles, was ihr sonst nie erzählt worden wäre, deswegen nahm sie es hin, dass Carolin die Käsecreme nicht lange genug rührte und die Tomatenwürfel, die Felix produzierte, nicht regelmäßig genug waren.

Trotz ihrer Zufriedenheit bohrte sich eine Sorge in die zurzeit heile Welt. »Hat dein Chefredakteur dir wirklich frei gegeben, Carolina? Es ist noch früh, du kannst eigentlich noch nicht Feierabend haben. Du wirst dir doch nicht wieder Ärger einhandeln wie im Hotel Horizont?«

Aber Carolin winkte ab. Angeblich war in der Redaktion nichts mehr zu tun, und außerdem hatte sie in den letzten Wochen viele Überstunden geleistet, die sie nun abzuarbeiten gedachte.

»Was hast du eigentlich von dem toten Mann in der Braderuper Heide mitbekommen?«, fragte sie beiläufig.

»Allora ...« Carlotta überlegte erst intensiv, ob Erik ihr Schweigen auferlegt hatte, sie konnte sich jedoch nicht erinnern. Sorgfältig putzte sie den Fenchel, während sie antwortete: »Ich hatte es zufällig gehört. Der Tote ist nämlich der Mann von der Flohmarkthändlerin, die ich kenne.«

»Woher kennst du die?«, fragte Felix.

»Allora ... ich war schon letzte Woche auf dem Flohmarkt und diese Woche wieder. Da bin ich natürlich mit dem einen oder anderen ins Gespräch gekommen.«

Carolin wollte es genauer wissen. »Wie heißt diese Flohmarkthändlerin?«

»Dagmar Olsson.« Wieder stieg der Ärger in ihr hoch, unter dem sie den ganzen Tag gelitten hatte und den sie eigentlich überwunden geglaubt hatte. »Sie musste die Leiche ihres Mannes identifizieren. Ich wollte ihr beistehen, aber dein Vater hat es nicht erlaubt. Ist das nicht ... terribile? Bei so was braucht eine Frau doch Appoggio.«

»Unterstützung?« Felix grinste. »Papa wird schon wissen, warum er dich nicht in die Pathologie gelassen hat. Am Ende wäre der arme Kerl von den Toten auferstanden, wenn er dein Gezeter gehört hätte!«

»Felice!«, rief Mamma Carlotta empört.

Carolin schnitt die Kappen der Rosmarinbrötchen ab, um sie mit Käsecreme zu füllen. »Olsson?«, fragte sie, als überlegte sie, ob sie diesen Namen schon mal gehört hatte.

»Den kenne ich«, entgegnete Felix. »Der arbeitet bei Gosch auf der Friedrichstraße. Das ist ... das war ein richtiger Alleinunterhalter. Die Leute, die auf ihr Essen warteten, haben sich immer köstlich amüsiert und sich nie beklagt, dass sie warten mussten. Ein echter Comedian.«

»Cosa?«, fragte seine Nonna.

»Ein Komiker.«

»Ah, un comico. Einer, der Späße macht?«

»Und einer, der flirtet. Aber auf Deubel komm raus.«

»Deubel?«

»Teufel! Diavolo!«

»Aber ... ein Diavolo ist nicht lustig.«

»Mensch, Nonna! Das ist doch nur so ein Schnack.« Felix wurde ungeduldig. »Jedenfalls hat Matz Olsson immer für Unterhaltung gesorgt. Und die Frauen standen auf ihn. Obwohl der gar nicht besonders gut aussah.«

»Merk dir das«, sagte Carolin zu ihrem Bruder. »Wenn du die Frauen zum Lachen bringen kannst, hast du gewonnen.« Sie füllte das letzte Brötchen und legte es beiseite. »Wie oft hat sich Mariella schon in deiner Gegenwart kaputtgelacht?«

Felix überlegte und kam augenscheinlich zu einem Ergebnis, das ihm nicht behagte. »Ich bin eben mehr so der ernste Typ.«

Daraufhin musste seine Schwester lachen, seine Nonna stimmte ein, und Felix hatte gelernt, wie leicht es war, Frauen zum Lachen zu bringen. Man durfte sich selbst einfach nicht so ernst nehmen!

»Matz Olsson war zusätzlich noch ein Ladykiller. Ein richtiger Belami! Der hatte für jede ein Kompliment, aber für jede ein anderes. Da war der echt fantasievoll. Jede Frau, die mit ihrem Kartoffelsalat und dem Schollenfilet an ihren Tisch zurückging, glaubte, dass sie ein ganz besonders hübsches Sahneschnittchen war.«

»Stupefacente«, murmelte Mamma Carlotta und dachte an Dagmar Olsson, die für ihren Mann vermutlich schon lange kein Sahneschnittchen mehr war. »Wirklich erstaunlich.« Kein Wunder, dass Dagmar Olsson so oft von ihrem Mann betrogen worden war.

Carolin nahm sich das Brot für den Pancotto vor und schnitt ihm die Rinde ab. »Wie ist er zu Tode gekommen?«, fragte sie. »Erschlagen? Erschossen? Erstochen?«

Mamma Carlotta musste eingestehen, dass sie das nicht wusste. Das Einzige, was sie erfahren hatte, war, dass Matz Olsson seine Frau ständig betrogen und nun die Quittung dafür bekommen hatte.

»Du meinst, Eifersucht ist das Motiv?«, fragte Carolin.

»Cos'altro? Was sonst?«

»Der Ehemann einer Geliebten?«

»Sì!«

»Es könnte auch Dagmar Olsson selbst gewesen sein«, überlegte Carolin. »Sie hat die Untreue ihres Mannes nicht mehr ertragen.«

Mamma Carlotta ließ sich auf einen Stuhl sinken. An diese Möglichkeit hatte sie noch nicht gedacht. War das möglich? Wenn sie sich daran erinnerte, wie gefasst, geradezu gefühllos Dagmar reagiert hatte, musste sie bekennen, dass sie es sich nicht vorstellen konnte.

In ihre Überlegungen hinein schnitt das Klingeln von Carolins Handy. »Ja?« Sie meldete sich nicht mit ihrem Namen und redete ihren Gesprächspartner auch nicht mit seinem Namen an. »Mein Vater ist noch nicht zu Hause«, erklärte sie dann. Und nach einer Zeit des Zuhörens ergänzte sie: »Klar frage ich ihn. Ob er mir mehr antwortet als Ihnen, weiß ich aber nicht.«

Carlotta hatte genug gehört. »Dein Chefredakteur?«

Carolin nickte, als interessierte sie der Anruf ihres Chefs nur am Rande. »Soll er doch selbst sehen, wie er an seine Informationen kommt ...«

16

Sie bogen in den Süder Wung ein, als Peer Mattes gerade Feierabend machte. Er stieg von der Leiter, klopfte sich die Schuhe ab und zog sich die schweren Handschuhe von den Händen.

»Wenn er so weitermacht, ist er nächste Woche fertig«, sagte Erik, als er ausstieg.

Er wollte gerade auf Peer Mattes zugehen, um ein paar freundliche Worte mit ihm zu wechseln, als sich die Haustür öffnete und Mamma Carlotta auf der Schwelle erschien, in den Händen einen Topf, den sie dem Dachdecker hinstreckte. »Prego, Signor Mattes! Brotsuppe! Die können Sie für Jasper aufwärmen. Ich habe extra die doppelte Menge gekocht.«

Sie blieb auf dem oberen Treppenabsatz stehen, als wollte sie dem Dachdecker nicht nahe kommen.

»Das wäre doch nicht nötig gewesen«, sagte Mattes verlegen.

»Certo«, wehrte Mamma Carlotta ab. »Jasper muss wieder auf die Beine kommen. Und Ihnen darf es nicht noch schlechter gehen. Eine heiße Suppe wirkt immer ... Miracoli.«

»Wunder«, übersetzte Erik und trat näher heran. »Sie sind krank, Herr Mattes?«

Aber der Dachdecker winkte ab. »Jasper geht's nicht gut. Aber ich ...«

»Sie sind sehr blass«, warf Mamma Carlotta ein. »Heute Morgen hat Ihnen das Frühstück auch nicht richtig geschmeckt. Wenn man keinen Appetit hat, dann ist das immer ein … come si dice? Segnale d'allarme!«

»Alarmzeichen.« Erik grinste. »Besser, Sie diskutieren darüber nicht mit meiner Schwiegermutter, Herr Mattes. Das ist sinnlos.«

Lachend verabschiedete sich Peer Mattes, brachte den Topf in seinem Auto unter und setzte sich hinters Steuer. »Bis morgen!«

Carlotta gab die Tür frei und ging Erik und Sören voraus. »Ihr solltet Abstand halten. Ich fürchte, dass Jasper und Signor Mattes etwas Ansteckendes haben.«

»Wie kommst du darauf?«, fragte Erik.

»Wenn zwei in una famiglia krank sind, ist es immer was Ansteckendes. Ausgerechnet jetzt, wo Jaspers Mama zur Kur ist!«

Felix kam die Treppe heruntergepoltert, Kükeltje auf seinen Fersen, die immer glaubte, dass ein Familienmitglied, das sich eilig bewegte, dasselbe Ziel hatte wie sie selbst: den Kühlschrank. Doch sie wurde enttäuscht. Felix riss die Haustür auf, warf ein »Ciao!« zurück und war auch schon verschwunden.

Donnernd fiel die Tür ins Schloss, und Erik sagte: »Wir sollten mal in der Pizzeria Zanchetti essen. Ich denke, das gehört sich so.«

Mamma Carlotta bestürmte ihn mit Zustimmung. »Sì!« Dann würden sie auch endlich Mariella kennenlernen, und der Papa von Mariella würde sich, wenn er ein echter Italiener war, freuen, Felix' Familie kennenzulernen, die Mama erst recht, die würde garantiert die Arbeit in der Küche zur Seite legen und …

»Du bist schon da?« Eriks Frage an Carolin unterbrach Mamma Carlottas Ausschweifungen. »Ich dachte, in einer Zeitungsredaktion wird länger gearbeitet.«

»Ich habe reichlich Überstunden auf meinem Konto«, antwortete Carolin. »Koopmann kann sich ruhig selbst um den neuen Mord kümmern.«

»So, so.« Erik wunderte sich, reagierte aber nicht, sondern ließ sich wortlos am Tisch nieder. Sören setzte sich neben ihn. Gemeinsam nahmen sie sich die Rosmarinbrötchen vor, aus denen die Käsecreme tropfte, als sie hineinbissen, und gemeinsam schwiegen sie. Eine unangenehme Stille trat ein, in der Carolin auf eine Antwort wartete und Erik auf eine konkretere Frage, ebenfalls ohne es zu sagen. Sören merkte, dass ein familiäres Feuer geschürt wurde, das zu einem geradezu vernichtenden Brand werden konnte. Er interessierte sich für nichts anderes als für sein Rosmarinbrötchen.

Erik spürte, dass Carolin nervös wurde. Sie merkte, dass sie von ihrem Vater nichts erfahren würde, wenn sie ihr Interesse nicht konkreter vortrug. »Ein toter Mann? Und seine Identität ist noch immer nicht geklärt?«

»Woher weißt du das?« Wenn sie wollte, dass ihr Vater reagierte, dann war ihr Plan aufgegangen. Aber sein Tonfall zeigte auch, dass er wusste, was sie vorhatte, und sich nicht aufs Glatteis führen lassen wollte.

»Du hast Felix am Telefon gesagt, dass ein Toter gefunden wurde und dass du nicht weißt, wer der Mann ist.«

Erik überlegte kurz, warf Sören einen fragenden Blick zu und erntete von ihm ein bestätigendes Kopfnicken. Ja, offenbar hatte er das wirklich gesagt.

Also versuchte er es wieder mit Schweigen, was ihm leichtfiel. Auch Sören hatte kein Problem damit. Wohl aber Mamma Carlotta, für die jedes Schweigen eine Folter war.

»Gut, dass ich mit Signora Olsson geredet habe. Sonst ...«

Sie erschrak, als Eriks zorniger Blick auf sie fiel, und sprach den Satz nicht zu Ende. Aber ihre Miene verriet, dass sie sich ungerecht behandelt fühlte. Jemand, der den Ermittler auf den richtigen Weg geführt hatte, musste unbedingt zuvorkommend behandelt werden, das war doch wohl klar!

Erik fand das eigentlich auch, aber dass Carolin während seiner Abwesenheit schon viel mehr erfahren hatte, als er Koopmann jemals verraten hätte, ärgerte ihn mächtig. Und dass sie längst wusste, wer der Tote war, sich aber unwissend gestellt hatte, machte ihn zornig. Er hatte doch gleich gewusst, dass es eine dumme Idee von Carolin war, ausgerechnet beim *Inselblatt* ein Volontariat zu machen.

»Der Tote ist also Matz Olsson«, stellte Carolin fest und versuchte, weder ihren Vater noch ihre Großmutter anzusehen.

Erik antwortete nicht, Mamma Carlotta tat so, als wäre sie nicht da, nur Sören wagte ein zustimmendes Brummen.

Carlotta war froh, dass sie zum Herd gehen musste, um dafür zu sorgen, dass die Brotsuppe nicht anbrannte.

»Mensch, Papa!«, rief Carolin. »Wieso hilfst du mir nicht? Ist doch klar, was Koopmann sich erhofft. Dass ich mehr erfahre als er. Und mehr habe ich jetzt schon erfahren, das ist auch klar. Koopmann wüsste immer noch nicht, wie der Tote heißt. Aber ich finde, du könntest mir ruhig noch mehr verraten. Warum darf ich keinen Artikel über diesen Mordfall schreiben? Wie kannst du mich so hängen lassen?«

Erik erschrak heftig. Hängen lassen? Niemals wollte er Carolin hängen lassen. Er wollte nur nicht ... Ja, was eigentlich? Er musste aufhören, nur an den unsympathischen Koopmann zu denken, wenn es ums *Inselblatt* ging. Er musste sich einfach damit abfinden, dass zum *Inselblatt* von jetzt an auch seine Tochter gehörte.

»Okay«, brummte Erik. »Der Tote ist Matz Olsson. Mehr weiß ich aber nicht.«

Carolin nahm ihren Teller entgegen. »Kein Verdächtiger?«

Erik warf Sören einen Blick zu und merkte, dass sie mal wieder einer Meinung waren. »Nein, noch nicht. Und selbst wenn, Caro! Du wirst doch nicht einen Verdächtigen in der Zeitung beim Namen nennen wollen, der sich am Ende womöglich als unschuldig herausstellt.«

»Natürlich nicht«, murmelte Carolin. »Aber was könnte das Motiv sein? Eifersucht?« Sie griff nach ihrem Löffel, führte ihn aber nicht zum Mund. »Habgier?«

»Matz Olsson war kein reicher Mann.«

»Also Eifersucht?«

Erik antwortete nicht mehr, begann seine Suppe zu löffeln und lobte sie sogar, um etwas anderes sagen zu können, als Carolin von ihm erwartete.

»Seine Ehefrau?«, fragte Carolin. »Oder ein gehörnter Ehemann? Matz Olsson war ein Womanizer, das weiß jeder.«

Erik merkte, dass seine Schwiegermutter sich nach diesem Wort erkundigen wollte, das ihr unbekannt war, und antwortete schnell: »Wir werden sehen.« Er löffelte weiter seine Suppe, als wäre das Thema damit für ihn beendet.

»Was sagt denn Dr. Mikkelsen?« Für Carolin war das Thema offenbar noch längst nicht beendet.

Erik legte den Löffel beiseite und strich sich über den Bauch. »Stumpfe Gewalt, die Leiche hat die ganze Nacht in der Heide gelegen. Im Regen! Reicht dir das?«

Natürlich reichte es ihr nicht. Aber sie fand sich schließlich damit ab, dass seine Ermittlungen noch ganz am Anfang standen, dass er gerade erst erfahren hatte, wer der Tote war, und von den Hintergründen des Mordes noch nichts wusste. Erik konzentrierte sich, während seine Schwiegermutter das Hühnchen auf Fenchelgratin servierte, um jede Fangfrage seiner Tochter sofort zu erkennen, auf keine hereinzufallen und nichts von dem zu verraten, was sie bis jetzt herausgefunden hatten. Nichts von den Schuhspuren, nichts von den kühlen Reaktionen der Witwe, nichts vom Ehepaar Kiewel. Er konzentrierte sich voll und ganz auf sein Essen und merkte, dass Sören es genauso handhabte. Das fehlte noch, dass Carolin am Ende im *Inselblatt* etwas verriet, was noch nicht aus dem Bereich der Spekulationen herausgekommen war.

Er war froh, dass sein Handy klingelte, und geradezu euphorisch, als er sah, dass es Tilla war, die ihn erreichen wollte. Er stand auf, obwohl seine Schwiegermutter ihn mit hektischen Bewegungen auf seinen Teller aufmerksam machte, der noch nicht leer gegessen war. Trotzdem ging er mitsamt dem Handy ins Wohnzimmer und von dort in den Garten. Fest schloss er die Terrassentür hinter sich. »Du rufst im genau richtigen Augenblick an«, flüsterte er. »Carolin versucht, mich auszufragen.«

»War ja klar«, gab Tilla zurück. »Was hast du erwartet?«

»Bleibt es dabei, dass du morgen nach Sylt kommst? Ich brauche Verstärkung. Ich fürchte, dass ich mit Carolin und ihrer Neugier nicht allein fertigwerde.«

»Koopmann erwartet von ihr, dass sie ihm Insiderinformationen liefert?«

»Und sie erzählt mir, dass sie früher Feierabend gemacht hat, weil Koopmann sich gefälligst selbst um den Mordfall kümmern soll.«

Tilla lachte. »Ach, Erik! Wenn ich bedenke, was ich meinem Vater alles erzählt habe, um zu bekommen, was ich haben wollte …!«

Erik wurde unsicher. Trotzdem sagte er: »So was habe ich nie gemacht.«

Tilla lachte noch lauter. »Du warst eben nie ein Mädchen.«

Erik hatte das Bedürfnis, für alle Männer, vornehmlich Väter, in die Bresche springen zu müssen. »Aber ich habe ihr nicht alles gesagt. Von den Schuhspuren weiß sie nichts. Meine Schwiegermutter auch nicht. Das ist wichtig, weil Carolin ihre Nonna natürlich auch ausfragt. Und dass ich noch mal bei Brunhilde Kiewel war, habe ich auch nicht erwähnt …«

»Warum seid ihr ein zweites Mal zu ihr gefahren?«

»Weil wir uns dachten, dass ihr Mann bald auftauchen wird, um seine Frau zur Rede zu stellen.«

»Und?«

»Er ist tatsächlich schon bald erschienen …«

17 Nach Eriks Verschwinden wurde es stiller in der Küche. Carolin hing ihren Gedanken nach, die sich vermutlich um den Artikel drehten, den sie über den Mord schreiben wollte, und Mamma Carlotta nörgelte herum, weil Eriks Essen kalt wurde. Sören blieb schweigsam, aß seinen Teller leer und warf nur gelegentlich einen Blick zur Küchentür, als würde er seinem Chef gern folgen, um zu hören, mit wem er telefonierte. Manchmal sah er Carolin geradezu ängstlich an, als fürchtete er sich davor, dass sie ihm Fragen stellte, die er ihr nicht beantworten konnte und wollte.

Aber Carolin ging es offenbar darum, Sören weiszumachen, dass sie nur wenig an dem Mordfall interessiert sei. Sie beschloss, die Abwesenheit ihres Vaters dafür zu nutzen, ihre Oma aufs Speeddating vorzubereiten. Sie nahm ihr Smartphone zur Hand, gleich nachdem sie ihren letzten Bissen in den Mund geschoben hatte, um die Anmeldung online vorzunehmen.

»Also, Nonna ...«

Sören erhob sich und erklärte, dass er am Abend eine Verabredung habe, zu der er pünktlich kommen müsse. Auf das Dolce wollte er ausnahmsweise verzichten, obwohl er versicherte, dass er die Mascarponecreme, die Mamma Carlotta schon oft zubereitet hatte, über alles liebte. Doch er durfte auf keinen Fall zu spät kommen, das sah die Schwiegermutter seines Chefs ein. Trotzdem brummte sie unwillig vor sich hin, weil Erik während der Mahlzeit ans Telefon gegangen war, was zu ihren persönlichen Todsünden gehörte. Auch während einer Mordermittlung.

Mit vielen Entschuldigungen Carlottas über Eriks Verhalten wurde Sören zur Tür gebracht und bekam in Aussicht gestellt, die Mascarponecreme am nächsten Morgen schon zum Frühstück serviert zu bekommen. Dann schloss er sein Rennrad auf und sah, als er losfuhr, so aus, als wäre er froh, der Familie und vor allem der Tochter seines Chefs entkommen zu sein.

Mit wichtiger Miene überprüfte Carolin, als Mamma Carlotta in die Küche zurückkam, gerade die Angaben, die sie gemacht hatte, und hielt ihrer Großmutter ihr Smartphone unter die Nase. »Ich habe das Anmeldeformular für dich ausgefüllt. Schau her, ob alles richtig ist.«

Mamma Carlotta überflog nur, was ihre Enkelin eingegeben hatte. Geburtsdatum und Familienstand stimmten, Anzahl der Kinder auch. »Sieben! Das wird jeden abschrecken.« Nur gut, dass sie nicht wirklich die Absicht hatte, einen Partner fürs Leben zu finden. Sie setzte sich wieder zu Carolin und vertiefte sich in die Angaben, indem sie den Kopf vorreckte, um alles genau auf dem Display von Carolins Handy erkennen zu können. Hobby: Kochen. »Hobby? Das ist mein ... meine Professione.« Interessen: Kunst. »L'arte? Wie kommst du denn darauf?«

Carolin grinste. »Hast du nicht gerade noch in dem Buch über Emil Nolde geblättert?«

»Ma no ... Ich verstehe nichts von Kunst.«

»Irgendein Interesse muss man doch haben. Wie sähe das aus, wenn ich hier einen Strich mache!«

Mamma Carlotta dachte nach. Tatsächlich, sie hatte keine ausgefallenen Interessen. Das Kochen war ihre Lebensaufgabe, Kindererziehung ebenfalls. Gespräche mit gleichaltrigen Frauen fielen wohl nicht unter diesen Begriff, und Gartenarbeit erledigte sie ungern, die ging schon deswegen nicht als Hobby oder besonderes Interesse durch. Unsicher fragte sie: »Was geben denn andere an, wenn sie nach ihren Interessen gefragt werden?«

»Sport, Malen, Gedichte schreiben, Lesen, Angeln, Yoga, Ikebana, Fotografieren, Töpfern ...«

»Madonna!« Nein, Sport trieb sie nicht, Malen und Gedichte schreiben, das war nun wirklich nicht ihr Ding, und beim Lesen kam sie über die Zeitschriften beim Friseur selten hinaus. Alles andere, was Carolin vorgeschlagen hatte, kam sowieso nicht infrage. Wo hätte sie auch die Zeit dafür hernehmen sollen? Ihr Leben war immer ausgefüllt gewesen mit Pflichten, mit der Sorge um ihre Familie. Sie hätte wirklich nicht gewusst, wann sie zum Angeln gehen, Kerzenleuchter töpfern oder getrocknete Blumen stecken sollte.

»Nähen, Stricken, Häkeln«, fuhr Carolin fort.

Ja, das hatte sie alles schon gemacht, als es nötig gewesen war, um ihre Kinder möglichst preiswert einzukleiden. Aber ein Hobby? Nein, das war es nie gewesen. Spaß hatte es ihr nie gemacht. Und sie hatte damit aufgehört, als es nicht mehr notwendig gewesen war.

»Also gut, dann eben Kunst«, seufzte sie und nahm wieder das Emil-Nolde-Buch zur Hand. »Dann sollte ich mich vielleicht ein wenig damit beschäftigen ...«

Es fiel ihr nicht leicht, aber nach einer Weile des Blätterns blieb sie doch an dem einen oder anderen Bild hängen, vertiefte sich in das Leben von Emil Nolde und staunte, dass ein Mann, den das Schicksal eigentlich zum Bauern bestimmt hatte, zu einem großen Künstler geworden war. Vom Expressionismus hatte sie schon gehört, hätte den Begriff aber nicht erklären können. Sie las, wie Emil Nolde mit Farben und Formen umgegangen war und dass er später sogar als entarteter Künstler gegolten hatte. Und das, obwohl er Antisemit und überzeugter Anhänger des Nationalsozialismus gewesen war.

Seine Wurzeln hatte er in Niebüll. Diese Information las Mamma Carlotta gleich noch einmal. Der berühmte Maler war nicht weit von Sylt geboren worden und in Nordfriesland gestorben. »Dio mio!« Kein Wunder, dass sich Lucia, die sich sehr für die Geschichte der Insel interessierte, auch gern mit diesem Maler beschäftigt hatte. Das Bild »Frühling im Zimmer«, das Nolde 1904 gemalt hatte, schien es ihr besonders angetan zu haben. Diese Seite musste häufig aufgeschlagen worden sein. Sie hatte schon ein Eselsohr und war leicht zerknittert. »Ein Triumph der Farben«, so hatte der Chronist dieses Bild betitelt. Mamma Carlotta ging es genauso, wie es offenbar auch Lucia empfunden hatte. Sie war fasziniert von den Farben, die es schafften, Licht und Schatten auszudrücken, Frühlingssonne und Wolkenspiel, ohne die Wolken zu zeigen.

Carolin sah von ihrem Smartphone auf. »Alles klar, Nonna! Deine Anmeldung ist angenommen worden. Nun musst du nur das tun, was du am besten kannst: den Männern, die sich zu dir setzen, was vom Pferd erzählen.«

»Il cavallo? Che cosa intendi dire?«

Carolin lachte. »Das ist nur ein Spruch. Ich meine, dass du reden solltest, wie du immer redest. Ob die Männer damit klarkommen, kann dir egal sein. Aber achte zwischendurch auch mal auf das, was sie dir sagen. Das ist wichtig für meinen Artikel. Was sucht ein Mann, der zum Speeddating geht? Was erhofft er sich? Was spricht ihn an? Hai capito?«

Mamma Carlotta schlug das Emil-Nolde-Buch zu und sah lange auf das Bild mit der hohen Sturzwelle auf dem Titel. »Capito«, sagte sie und seufzte tief. Dann stand sie auf, ging zur Wohnzimmertür und öffnete sie einen Spalt. Seufzend kehrte sie in die Küche zurück. »Dein Vater telefoniert noch immer. Wahrscheinlich mit Tilla.«

Carolin verzog zornig das Gesicht. »Schon klar! Ich soll nicht hören, was er mit ihr zu bereden hat. Verdammt! Ich verstehe nicht, dass er mir nicht helfen will!«

Mamma Carlotta schwieg dazu, weil sie Carolin nicht bestärken wollte. Denn eigentlich konnte sie durchaus verstehen, warum Erik seiner Tochter in diesem Fall nicht helfen wollte.

18

Sie hatten nicht lange vor dem Haus warten müssen, höchstens eine Viertelstunde. Gerade hatte Sören die Möglichkeit erwogen, dass sie unrecht gehabt haben könnten, da war das Auto von Jürgen Kiewel um die Ecke gebogen.

»Er kommt tatsächlich«, hatte Sören gemurmelt.

Erik hatte nach dem Türöffner gegriffen. »Wenn Brunhilde Kiewel wieder in den Garten gegangen ist, können wir vielleicht was mitbekommen.«

Er stieg aus, obwohl Sören versuchte, ihn zurückzuhalten. »Die beiden belauschen? Ne, ohne mich.« Aber natürlich stand er kurz darauf trotzdem neben dem Auto und folgte seinem Chef.

Jürgen Kiewel stürmte ins Haus, als gälte es, die Einwohner vor einem brennenden Dachstuhl in Sicherheit zu bringen. Aber nicht lange, da kam er schon wieder heraus und rannte zu der Tür, die zu den Ferienwohnungen führte. Mit großen Schritten und heftigen Armbewegungen, den Blick auf den Boden gerichtet. Im Nu war er verschwunden.

Erik und Sören gingen auf die Gartenpforte zu, öffneten sie aber nicht, sondern blieben im Schutz der Hausecke davor stehen.

Es dauerte nicht lange, bis sie die Stimme von Jürgen Kiewel vernahmen. »Brunhilde!« Er war durch den Flur in den Garten gelaufen. »Brunhilde!«, schrie er nun, so laut er konnte.

»Was ist los?« Die Stimme seiner Frau klang leise, sie schien sich wieder am Ende des Gartens aufzuhalten.

»Komm her!«

Erik verstand die Antwort nicht, aber das wütende Brummen, das er vernahm, zeigte ihm, dass Brunhilde Kiewel der Befehlston ihres Mannes nicht gefiel. Kein Wunder!

Andererseits schien ihr aber, vermutlich als sie einen Blick in das Gesicht ihres Mannes geworfen hatte, schlagartig klar zu werden, dass es einen guten Grund geben musste, dass er so mit ihr sprach. Anscheinend war dies nicht der übliche Umgangston im Hause Kiewel.

Nun klang ihre Stimme besorgt. »Ist was passiert?«

Erik und Sören drückten sich an die Hauswand, beide fühlten sich unwohl auf ihrem Horchposten, Erik war aber nicht fähig, ihn aufzugeben, obwohl Sören ihn anstieß und ihn damit aufforderte, sich wie seriöse Polizeibeamte zu verhalten und das, was sie wissen wollten, durch eine Vernehmung herauszubekommen und nicht durch das Belauschen eines vertraulichen Gesprächs.

Aber Erik schaffte es nicht, den berechtigten Einwänden seines Mitarbeiters nachzukommen. Und als Jürgen Kiewel seine Frau in einen Strandkorb dirigierte, der einerseits in Hörweite war, aber andererseits Sichtschutz bot, gab auch Sören auf. Solange niemand merkte, dass sie hier standen, um ein Gespräch zu belauschen, war die Gelegenheit einfach zu günstig.

»Setz dich!«, herrschte Jürgen Kiewel seine Frau an.

Erik und Sören konnten den Strandkorb nur von hinten sehen, er bewegte sich, als Brunhilde sich hineinfallen ließ oder sogar von ihrem Mann hineingestoßen worden war. Noch einmal eine heftige Bewegung des Strandkorbs, offenbar hatte Jürgen sich neben seine Frau geworfen.

»Wieso bekomme ich heute Besuch von der Polizei?«

Damit war das Gespräch nicht mehr so leicht zu verstehen. Das Innere des Strandkorbs war wie ein schallisolierter Raum. Er ließ wenig heraus. Erik hatte die Ohren spitzen müssen, um zu verstehen, was dort geredet wurde.

Tilla fand nichts dabei, dass Erik und Sören das Ehepaar Kiewel belauscht hatten. »Was habt ihr hören können?«

Erik ging tiefer in den Garten hinein, schritt die Beete ab, die die Rasenfläche umgaben, und hätte auf einen Beobachter den Eindruck machen können, er kontrolliere das Wachstum der Frühblüher und freue sich an jeder Knospe, die sich an diesem Tag geöffnet hatte. Er holte tief Luft. »Brunhilde Kiewel hat ihren Mann verdächtigt.«

»Ehrlich? Hat er es zugegeben?«

»Natürlich nicht. Aber sie hat mir einen Grund geliefert, warum Kiewel unter Umständen keine andere Möglichkeit als

Mord gesehen hat. Er konnte sich nicht einfach scheiden lassen. Dann hätte er ohne einen Cent dagestanden. Das Geschäft gehört Brunhilde Kiewel, sie hat es von ihrem ersten Mann geerbt. Jürgen Kiewel bezieht vermutlich ein Gehalt, aber der Chef des Getränkeladens wäre er nicht mehr, wenn er Brunhilde verlässt.«

»Oder sie ihn«, warf Tilla ein.

»Es würde mich nicht wundern, wenn ihr auch das Haus gehört«, fuhr Erik fort. »Ihr erster Mann war Sylter, sie lebt schon lange auf der Insel, seit ihrer ersten Hochzeit. Jürgen Kiewel kommt aus dem Bergischen.«

»Sie hat ihm auf den Kopf zugesagt, dass er ihren Liebhaber umgebracht hat?«

»Nicht so direkt. Aber sie hat ihm vorgehalten, dass er sich ja schlecht von ihr scheiden lassen kann. Und dass er auch verhindern musste, dass sie sich von ihm trennt, um einen anderen Mann zu heiraten.«

»Matz Olsson? Der war doch selbst verheiratet.«

»Aber die Ehe war sehr schlecht. Vielleicht hätte er sich auch scheiden lassen, wenn Brunhilde frei für ihn war.«

»Hast du mit den beiden gesprochen?«, fragte Tilla.

»Natürlich. Aber da waren sie sich schlagartig einig. Brunhilde bestritt die Affäre mit Matz Olsson, und ihr Mann glaubte angeblich nicht, dass seine Frau ihn betrog.«

»Was ist mit seinen Schuhen?«

Erik drehte sich um und ging zur Terrassentür zurück. »Ich habe sie mir zeigen lassen. Alle! Zwei Paar Sneaker habe ich mitgenommen, die werde ich gleich zu Vetterich bringen. Kiewel war stinksauer, dass er sie mir überlassen musste.«

Während er das Wohnzimmer wieder betrat, fragte Tilla: »Glaubst du, dass Jürgen Kiewel es war?«

Erik zögerte, schloss die Terrassentür hinter sich und ging in den Flur. »Er könnte es gewesen sein. Bekomme ich einen Haftbefehl, wenn Kiewels Schuhe in die Spuren passen?«

»Könnte sein«, sagte Tilla. »Ich werde dann mit dem Richter sprechen. Ein weiteres Indiz wäre aber nicht schlecht …«

19

Am nächsten Tag war Mamma Carlottas Ärger verschwunden. Er hatte zwei anderen Gefühlen Platz gemacht, tiefer Sorge und der Freude auf eine neue Erfahrung. Sorge, weil Carolin den ganzen Abend ihren Vater belauert hatte, ihm immer wieder ein Gespräch über den Mordfall aufgenötigt hatte und gekränkt gewesen war, wenn Erik nicht antwortete.

Aber nach dem Frühstück hatte Carlotta nur noch einmal tief geseufzt, dann waren ihre Gedanken zu dem neuen Abenteuer gewandert, das ihr bevorstand, und dort verblieben. Wenn sie das in ihrem Dorf erzählte! In Panidomino hatte natürlich noch nie jemand etwas von einem Speeddating gehört. Sie musste nur darauf achten, dass keine Nachbarin glaubte, Carlotta Capella sei wirklich daran interessiert, einen neuen Mann zu finden. Dieser Eindruck durfte auf keinen Fall entstehen. Wenn ihre Kinder davon erfuhren! Die würden dann Angst bekommen, dass die Mamma einen Sylter kennenlernte und auf der Insel bleiben wollte. Nein, wenn sie davon erzählte, musste allen klar werden, ihren Nachbarinnen und ihrer Familie sowieso, dass sie sich nur darauf eingelassen hatte, weil sie ihrer Enkelin helfen wollte.

Als Erik und Sören aus dem Haus und auch Carolin in die Zeitungsredaktion aufgebrochen war, begann sie zu überlegen, was sie am Nachmittag anziehen wollte. Sie riss den Kleiderschrank auf und begutachtete, was sie mitgebracht hatte. Eine weiße Bluse vielleicht? Die wirkte solide, geradezu unschuldig, und stand jeder Frau. Dazu ein bunter Sommerrock? Mamma Carlotta drehte sich vor dem Spiegel, fühlte sich aber nicht besonders schick oder gar attraktiv. Eher langweilig. Vielleicht das schwarze Kleid? Etwas Schwarzes hatte sie immer im Gepäck, weil man ja nie wusste, ob es einen Todesfall geben würde. Aber natürlich durfte sie nicht aussehen, als hätte sie die Absicht, zu einer Beerdigung zu gehen. Sie wechselte in Carolins Zimmer und sah sich die bunten Ketten an, die ihre Enkelin über einen Haken an der Wand gehängt hatte. Carolin hätte sicherlich nichts dagegen, wenn sie sich dort bediente. Und sicherlich wäre sie auch damit einverstanden, dass sie einen Blick in ihr Make-up-Täschchen warf.

Sie war gerade bei der Auswahl der richtigen Schuhe angekommen, als Felix hinter ihr erschien. »Was ist los? Hochzeit oder Beerdigung?«

Mamma Carlotta riss sich die bunten Ketten wieder vom Hals. Offenbar sorgten sie nicht dafür, dem schwarzen Kleid das Strenge und Formelle zu nehmen. »Was soll ich anziehen, Felice?«

Felix ahnte plötzlich, worum es ging. »Ist doch egal. Du willst dich ja nicht in einen dieser Kerle verlieben.« Sein Blick wurde misstrauisch. »Oder etwa doch?«

»No, no!« Mamma Carlotta wies diese Vermutung empört von sich. »Madonna!« Vielleicht sollte sie in Panidomino doch nicht über das Speeddating reden. Wenn sogar Felix auf die die verrückte Idee kam, sie könnte allen Ernstes nach einem neuen Ehemann Ausschau halten!

Sie zog Felix zu ihrem Kleiderschrank und riss ihn auf. »Was soll ich anziehen?«

Felix suchte nicht lange, sondern zog ein buntes Sommerkleid heraus. »Das ist lustig, das passt zu dir.«

»Certo?« Mamma Carlotta hakte den Kleiderbügel über die geöffnete Schranktür und betrachtete es. Ein einfaches Sommerkleid, allerdings mit einem tiefen Ausschnitt und einer Knopfleiste, die kurz über den Knien endete. Ein Kleid, das für Haus- und Gartenarbeit geeignet und sogar schon mehrere Jahre alt war.

»Es ist zu dünn«, wandte sie ein. »Ich würde frieren.«

»Dann ziehst du eine Strickjacke drüber, die kannst du ja ausziehen, ehe es losgeht.« Felix warf einen langen Blick in das Dekolleté seiner Großmutter. »Da solltest du schon ein bisschen was zeigen, das kann sich sehen lassen.«

»Felice!«

Ihr Enkel verzog sich lachend. »Ich gehe zu Mariella!«

Vorsichtshalber wurde Mamma Carlotta noch bei der Nachbarin vorstellig und ließ sich von Frau Kemmertöns bestätigen, dass sie für ein Speeddating genau richtig angezogen war. Diese wusste sogar, worum es ging, denn Frau Kemmertöns arbeitete halbtags an der Information des Kurhauses, und dort sollte das Speeddating stattfinden. Vom großen Kursaal, so erfuhr Mamma Carlotta, würde ein Raum abgetrennt werden, der damit die genau richtige Größe hatte.

»Die beiden jungen Männer, die das veranstalten«, berichtete Frau Kemmertöns, »haben alles sehr nett geschmückt. Und sie sorgen dafür, dass Getränke serviert werden. Das könnte ein Erfolg werden.«

»Meinen Sie wirklich?« Mamma Carlotta hatte nach wie vor Zweifel, war aber mehr denn je daran interessiert, sie entweder bestätigen oder zerstreuen zu lassen. »Ich bin sehr gespannt.«

Auf Frau Kemmertöns' Gesicht spiegelten sich widerstreitende Gefühle. Einerseits schien sie es Mamma Carlotta zu neiden, etwas so Aufregendes wie ein Speeddating zu erleben, andererseits legte sich gleich der Schatten der Resignation darüber, weil sie natürlich wusste, dass ihre Trägheit der Neugier schnell den Garaus machen würde. »Sie wollen da wirklich mitmachen? Was, wenn Sie einen Mann kennenlernen, der Sie ... na, sagen wir mal, interessiert?«

Aber Mamma Carlotta winkte ab. »È impossibile. Ich mache das nur, damit Carolin darüber berichten kann.«

Frau Kemmertöns war beruhigt. Dass sich eine Frau in

ihrem Alter freiwillig noch einmal den Aufregungen der Leidenschaft hingeben wollte, konnte sie sich auch wirklich nicht vorstellen. Deswegen fand sie es angemessen, dass Mamma Carlotta sich nicht aufbrezelte, um besonders viele Männer auf sich aufmerksam zu machen, sondern so zum Speeddating erschien, wie sie auch zu Feinkost Meyer gehen konnte.

Mamma Carlotta war erneut verunsichert. Sie war also nach der Meinung der Nachbarin genau richtig gekleidet? Das hörte sich ja wirklich nicht so an, als sähe sie besonders anziehend aus. War das Sommerkleid vielleicht doch zu einfach, praktisch und zweckmäßig? Dann war es nicht geeignet für ein Speeddating. Sie würde noch einmal überprüfen müssen, was sich in ihrem Kleiderschrank fand. Schließlich wollte sie nicht wie ein Mauerblümchen dasitzen, wenn alle anderen Frauen sich aufgeputzt und das Beste aus sich herausgeholt hatten.

»Sie könnten sich was Neues kaufen«, schlug Frau Kemmertöns vor, die merkte, dass ihre Hilfe nicht gut angekommen war. »Das Modehaus Andresen hat neu dekoriert. Schöne Sommerkleider!«

Das war eine verlockende Idee. Aber Mamma Carlotta brauchte nur einen Blick auf die Uhr zu werfen, um zu wissen, dass diese Idee früher hätte kommen müssen. »Ich habe noch nicht fürs Abendessen eingekauft. Und die Staatsanwältin wird heute kommen.«

Frau Kemmertöns schüttelte verständnislos den Kopf. »Müssen es etwa schon wieder vier Gänge sein?« Sie hatte nicht das geringste Verständnis für Carlotta Capella, die täglich, und oft sogar zweimal täglich, ein Essen kochte, das Frau Kemmertöns nicht einmal auf den Tisch gebracht hatte, als sie silberne Hochzeit feierte.

»Sì!« Für Mamma Carlotta kam nichts anderes infrage. Eilig erhob sie sich. »Heute Mittag hat keiner Zeit, ich brauche nichts vorzubereiten, grazie a Dio! Aber heute Abend muss ein gutes Essen auf den Tisch kommen.«

Frau Kemmertöns erhob sich schwerfällig und folgte Mamma Carlotta zur Tür. »Wie wär's mit einer Schnittchenplatte? Die ist schnell gemacht.«

Aber Mamma Carlotta winkte ab. »No, no, als Antipasti habe ich gratinierte Tomaten vorgesehen, als Primo Piatto Fettuccine mit Zucchini und gebratenem Basilikum, als Secondo dann toskanische Fisch-Gemüse-Kasserolle und als Dolce Süße Gnocchi. Tomaten sind im Haus, aber ...« Sie stieß die Haustür der Kemmertöns auf und hastete die Treppe hinab. »Zucchini brauche ich, Fisch und Staudensellerie, Taleggio-Käse und Mascarpone. Ob Maisgrieß im Haus ist ...?«

Diese Frage verlor sich bis zum Gartenzaun. Dass Frau Kemmertöns kopfschüttelnd die Tür schloss, bekam Mamma Carlotta nicht mehr mit.

Als sie zurückging, bedauerte sie, dass Peer Mattes an diesem Morgen nicht erschienen war. Es gab noch ein Garagendach in der Nachbarschaft, das er ausbessern musste, deswegen würde er an diesem Tag später kommen. Aber er hatte versprochen, dafür am Sonnabend zu arbeiten, damit es mit dem Dach auf dem Hause Wolf voranging. Schade, dass er nicht da war. Er war so ein netter Mann, der ihr vermutlich Mut gemacht hätte, wenn er gefragt worden wäre, wie ihm ihr Sommerkleid gefiel. Aber sie schüttelte diesen Gedanken schnell wieder ab. Peer Mattes hätte auf dem Dach gearbeitet, wenn er heute gekommen wäre, eine unverfängliche Plauderei wäre vermutlich gar nicht möglich gewesen. Außerdem war er Friese. Und Mamma Carlotta wusste längst, dass man Friesen nicht einfach genau das Gleiche fragen konnte, was Italiener gern beantworteten. Garantiert hätte sie ihn mit ihrem Sommerkleid nur in Verlegenheit gebracht.

Zu Hause überlegte sie ernsthaft, Käptens Kajüte einen Besuch abzustatten, ehe sie zu Feinkost Meyer ging, um Tove Griess und Fietje Tiensch nach ihrer Meinung zu fragen. Aber diese Idee verwarf sie gleich wieder. Von den beiden würde sie keinen brauchbaren Ratschlag bekommen. Vielleicht von Dagmar Olsson? Aber durfte man einer Frau, die gerade Witwe geworden war, mit etwas so Banalem kommen? Noch dazu wohnte sie in Westerland, Mamma Carlotta würde extra aufs Fahrrad steigen müssen. Nein, das war zu viel Mühe. Am Ende hängte sie das Kleid in den Schrank zurück, aber nur, um es zu schonen und dafür zu sorgen, dass es am Nachmittag, wenn das Speeddating stattfand, nicht schon fleckig oder zerknittert war.

20

Vetterich hatte sich die Schuhe genau angesehen und dann das Gesicht verzogen. »Könnte sein, könnte aber auch nicht sein.«

Er hatte versprochen, sich die Sohlen so bald wie möglich vorzunehmen und Erik zu verständigen, sobald er sich ein Bild gemacht hatte.

Erik gab Sören einen Wink. »Wir fahren noch mal zu Dagmar Olsson.«

Sie hatten auf dem Weg zu Vetterich über die kühle Reaktion der Frau gesprochen, die sich fortgesetzt hatte, als sie auf den leblosen Körper ihres Mannes blickte. Keine Tränen, keine Erschütterung. Blass war sie geworden, und sie hatte schlucken müssen, aber als sie bestätigte, dass der Tote ihr Ehemann sei, war ihre Stimme kräftig gewesen und hatte nicht einmal geschwankt.

»Sie ist Friesin«, gab Sören zu bedenken. »Vielleicht gehört sie zu denen, die ihre Emotionen nicht rauslassen können.«

»Oder zu denen, die froh sind, den Mann los zu sein, der sie ihr Leben lang betrogen hat.«

»Das bedeutet aber noch nicht, dass sie ihn selbst umgebracht hat.«

»Aber es könnte sein. Sie wusste, dass ihr Mann sich niemals ändern würde. Vielleicht fürchtete sie sogar, dass er sich von ihr trennen wollte. Dagmar Olsson geht es in gewisser Weise so wie Jürgen Kiewel. Sie wohnt in dem Haus, das ihr Mann von seiner Mutter geerbt hat. Sie verdient kein eigenes Geld. Das bisschen, das sie auf dem Flohmarkt einnimmt, kann bestenfalls ein Taschengeld sein. Meine Schwiegermutter hat mir erzählt, Dagmar Olsson wollte in die Erdgeschosswohnung ziehen und die obere Wohnung an Feriengäste vermieten. Es wäre ihr besser ergangen.«

»Und dann kommt ihr Mann und erklärt ihr, dass er sich scheiden lassen will?« Sören sah nun sehr nachdenklich aus.

»Alle Pläne wären damit gescheitert. Wenn das kein Mordmotiv ist!«

Es blieb eine Weile still im Auto, dann sagte Sören: »Aber sie hätte Hilfe gebraucht. Wie soll sie alleine ihren Mann in die Heide gebracht haben?«

»Hat sie vielleicht gar nicht«, gab Erik zurück. »Sie hat ihn möglicherweise an Ort und Stelle erschlagen und einfach liegen lassen.«

»Womit? Wenn sie ihren Mann zu einem Spaziergang in der Heide aufgefordert hat, wird sie nicht einen Vorschlaghammer in der Handtasche gehabt haben.«

Erik überlegte eine Weile. »Vielleicht haben die beiden eine Radtour gemacht. Dann gibt sie vor, eine Panne zu haben. Er beugt sich über ihr Rad, sie holt aus der Seitentasche ein Gerät, das sie vorher eingesteckt hat …«

»Nun geht aber die Fantasie mit dir durch.«

»Wir werden sie auf jeden Fall nach ihrem Alibi fragen.«

»Wetten, dass sie keins hat?«

Erik seufzte. »Sie wird natürlich sagen, sie hätte die Nacht in ihrem Bett verbracht. Und dass ihr Mann nicht zu Hause war, um das zu bestätigen, liegt auf der Hand.«

»Aber wir können nicht behaupten, dass das fehlende Alibi verdächtig ist.«

»Nein, das können wir wohl nicht.«

Als sie vor dem Haus vorfuhren, merkte Erik gleich, dass sich etwas verändert hatte. Die Vorhänge im Erdgeschoss waren zugezogen, als wollte Damar Olsson nicht zeigen, dass es dort nur noch leere Schränke und kahle Wände gab.

Als sie klingelten, hörten sie eine männliche Stimme: »Moment! Komme gleich!«

Erik und Sören sahen sich erstaunt an. Die Stimme war nicht von oben gekommen, sie war nahe gewesen, nur wenige Meter entfernt.

Es rumorte eine Weile im Flur, dann wurde die Tür geöffnet. Ein alter Mann stand vor ihnen, etwa Mitte siebzig, groß, kräftig, mit auffallend aufrechter Haltung. Sein Schädel war beinahe kahl, den verbliebenen Haarkranz trug er kurz geschnitten. Sein Gesicht war braun gebrannt, als hätte er gerade einen Urlaub hinter sich, die vielen Pigmentflecken auf Stirn und Wangen verstärkten diesen Eindruck noch.

»Sie wollen zu meiner Nichte?« Seine Stimme war kräftig und rau, als wäre er es gewöhnt, laut und im Kommandoton zu sprechen.

»Zu Frau Olsson«, bestätigte Erik.

Er trat einen Schritt zurück. »Dagmar macht gerade ein paar Besorgungen. Aber sie muss bald zurück sein.« Er blickte Erik und Sören fragend an. »Darf ich erfahren, wer meine Nichte besuchen will?«

»Mein Name ist Wolf«, antwortete Erik steif. »Hauptkommissar Wolf.« Er wies auf Sören. »Mein Mitarbeiter Oberkommissar Kretschmer.«

»Ich bin Warnfried Bakker«, sagte der Mann. »Der Bruder von Dagmars Schwiegermutter.« Nun öffnete er die Tür noch ein Stück weiter. »Kommen Sie rein.« Er wartete, bis die beiden Polizeibeamten eingetreten waren, dann ging er ihnen voraus. Leicht hinkend bewegte er sich den Flur entlang in ein großes Wohnzimmer. Dort drehte er sich um, mitten im

Raum, kerzengerade, die Arme vor der Brust verschränkt. »Ich gehe davon aus, dass es um Matz' Tod geht?«

Erik war ihm nur zögernd gefolgt. Er hatte damit gerechnet, in die erste Etage zu gehen, wo Dagmar Olsson wohnte. Dieser Warnfried Bakker schien hier eingezogen zu sein. Auf dem Tisch lag ein Smartphone, das ihm vermutlich gehörte, daneben eine Zeitschrift, über die Armlehne des Sofas war eine Krawatte geworfen worden.

Bakker folgte seinem Blick. »Ich habe mich entschlossen, fürs Erste hier zu wohnen«, erklärte er. »Im Hotel Stadt Hamburg wurde es mir zu teuer. Und hier ist ja genug Platz. Es sieht so aus, als müsste ich länger bleiben. Dagmar braucht meine Unterstützung.« Er setzte sich und wies auf zwei weitere Sessel. »Tut mir leid, dass ich Ihnen nichts anbieten kann. Ich bin erst seit gestern Abend hier und habe den Kühlschrank noch nicht aufgefüllt. Dagmar wird mir gleich das Nötigste bringen.«

Erik ließ sich nieder, immer noch zögernd, Sören sah so aus, als wollte er stehen bleiben, setzte sich aber dann doch in einen kleinen Sessel mit hölzernen Armlehnen. Die Einrichtung wirkte schäbig, was vielleicht daran lag, dass all die Accessoires fehlten, die einem Raum Behaglichkeit schenkten und von Unzulänglichkeiten ablenkten. Erik hielt es für möglich, dass es zu Lebzeiten der alten Frau Olsson hier gemütlicher gewesen war, als es noch Zimmerpflanzen gegeben hatte, Bilder an den Wänden, gerahmte Fotografien in der Schrankwand, Spitzendeckchen, Tischläufer, Sofakissen. Jetzt war der Raum nackt, seine Möblierung ebenso.

»Sie wohnen nicht auf Sylt?«, fragte Erik.

Warnfried Bakker schüttelte den Kopf. »Ich lebe seit Langem in Brasilien, aber jetzt zieht es mich in die Heimat zurück. Ich denke darüber nach, wieder in Deutschland zu leben. Vielleicht hier auf Sylt. Mal sehen ...«

»Brasilien? Was hat Sie dorthin verschlagen?«

»Die Liebe«, gab Bakker so kurz und bündig zurück, als spräche er von einem Geschäftsabschluss. »Meine Frau war Brasilianerin, ich bin ihr in ihre Heimat gefolgt. Mein Schwiegervater besaß dort eine Firma, ich wurde sein Nachfolger, als er starb. Leider lebt auch meine Frau nicht mehr. Und seit ihrem Tod merke ich, dass Brasilien nie meine Heimat geworden ist.«

»Sie sind dann vermutlich zur Beerdigung Ihrer Schwester zurückgekommen?«, mutmaßte Sören.

Nun wurde Bakkers Miene wütend. »Wäre ich gerne«, stieß er hervor. »Meine einzige Schwester stirbt, und ich erfahre es erst, als die Beerdigung schon vorüber ist.«

Erik runzelte die Stirn. »Warum das?«

»Angeblich war ich telefonisch nicht zu erreichen, und die Post braucht nun mal lange.« Er stieß ein ärgerliches Lachen aus. »Als wenn ich das glaubte! Sie wollten mich nicht hier haben, Matz und Dagmar.«

»Warum nicht?«, fragte Erik verständnislos.

»Wahrscheinlich hatten sie Angst, dass sie mir was abgeben müssten vom Besitz meiner Schwester.« Wieder stieß er etwas aus, was wohl ein Lachen sein sollte. »Als wenn ich an diesem Plunder interessiert gewesen wäre!« Er machte eine große Geste, die das Wohnzimmer und alles, was es hier mal gegeben hatte, umfassen sollte. »Meine Schwester würde sich im Grabe umdrehen, wenn sie wüsste, dass ich nicht bei ihrer Beerdigung sein konnte.«

»Demnach war das Verhältnis zu Ihrem Neffen nicht gut?«, erkundigte Erik sich vorsichtig.

»Matz war ein Dummkopf! Und Dagmar passte zu ihm. Diese Trantüte! Genauso naiv wie ihr Mann. Die mit ihren Flohmarktverkäufen ...« Er schnaubte verächtlich. »Statt bei Gosch zu schuften, hätte Matz lieber selbst was aufziehen sollen. Wäre ich so träge gewesen wie diese beiden, hätte ich es in Brasilien zu nichts gebracht. Die haben nur darauf gewartet, dass meine Schwester ins Gras beißt, damit ihnen endlich dieses Haus gehört. Aber nicht einmal das hat mein Neffe hingekriegt. Lässt sich kurz nach dem Tod seiner Mutter umbringen! Dieser Idiot!«

Erik war angewidert von dem Tonfall des alten Mannes. Dass er nicht rechtzeitig verständigt worden war, um an der Beisetzung seiner Schwester teilzunehmen, konnte er mit einem Mal verstehen. »Haben Sie einen Verdacht, wer Ihren Neffen ermordet haben könnte?«

»Ich? Natürlich nicht. Ich habe Matz und Dagmar das letzte Mal vor fünf oder sechs Jahren gesehen. Brasilien liegt ja nicht gerade um die Ecke. Und als Geschäftsmann kann man es sich nicht leisten, mal eben ein paar Wochen Urlaub auf Sylt zu machen. Ich wurde gebraucht.«

»Jetzt nicht mehr?«, fragte Sören. »Oder warum können Sie nun länger auf Sylt bleiben?«

Bakker beugte sich vor, als wollte er Sören und seiner Frage näher kommen. »Es gibt mittlerweile einen Interessenten, der die Firma kaufen will. Ich bin fünfundsiebzig. Da wird es mir ja wohl gestattet sein, an den Ruhestand zu denken.«

In der Haustür drehte sich ein Schlüssel, sie sprang auf, und Dagmars Stimme war zu hören. »Bin wieder da.«

»Wir sind hier im Wohnzimmer«, rief Warnfried Bakker zurück. »Du hast Besuch ...«

Sekunden später erschien Dagmar Olsson in der Tür. »Ach ... Sie sind es. Gibt's was Neues?«

Erik erhob sich. »Wenn Sie damit meinen, ob der Mörder Ihres Mannes gefunden wurde ... nein, leider nicht. Aber wir haben noch ein paar Fragen.«

Erik machte deutlich, dass er Dagmar Olsson nicht in Gegenwart von Warnfried Bakker, sondern in ihrer eigenen Wohnung befragen wollte. Und Dagmar verstand ihn sofort. »Kommen Sie.« Sie drehte sich um und ging ihm voran. Über die Schulter warf sie zurück: »Die Einkaufstaschen stehen im

Flur, Onkel Warnfried. Du kannst die Lebensmittel sicherlich selbst in den Kühlschrank räumen.«

Ohne sich umzudrehen, stieg sie die Treppe hoch, und Erik und Sören folgten ihr. Erik starrte auf ihre nackten Beine, die unter einem kurzen Rock hervorschauten. Sie trug weiße Sandaletten und sogar ein Fußkettchen. Als sie oben angekommen waren, erkannte er, dass sie auch beim Friseur gewesen war. Sie sah viel besser aus als am Tag zuvor. Erik hatte es noch nie gemocht, wenn Frauen unmittelbar nach dem Tod ihres Mannes aufblühten.

Dagmar schloss die Tür sehr fest, als wollte sie verhindern, dass ihr Gespräch im Erdgeschoss zu verstehen war. »Hat er schlecht über mich geredet?«, fragte sie leise.

»Wie kommen Sie darauf?«, fragte Erik zurück.

»Weil er mich nicht leiden kann.« Dagmar Olsson fragte diesmal nicht, was sie trinken wollten. Sie holte eine Flasche Mineralwasser und drei Gläser aus der Küche und goss ihnen ein, während sie sich hinsetzten. »Trotzdem will er hier einziehen.« Sie seufzte tief. »Hoffentlich bleibt er nicht lange.«

»Sie können ihn auch nicht leiden?«, fragte Sören.

Dagmar Olssons Blick blitzte auf. »Dieser Angeber! Heiratet eine reiche Frau, setzt sich in die Firma seines Schwiegervaters wie eine Made in den Speck und tut so, als wären wir zu dämlich, um reich zu werden. Es hätte mich nicht gewundert, wenn meine Schwiegermutter ihn sogar im Testament bedacht hat. Aber wir haben kein Testament gefunden. In dem Fall war ja wohl mein Mann der Erbe, er war das einzige Kind meiner Schwiegermutter. Und ich bin jetzt Matz' Erbin.«

»Möglich auch, dass Ihre Schwiegermutter ihr Testament beim Nachlassgericht abgegeben hat«, sagte Erik.

Sie sah ihn erschrocken an. »Wie erfahre ich das?«

»Das Nachlassgericht wird sich bei Ihnen melden.«

»Aber meine Schwiegermutter ist doch schon mehr als zwei Wochen tot.«

»Das kann bis zu einem Monat dauern.«

Dagmar Olsson ließ sich gegen die Rückenlehne ihres Sessels sinken. »Dann ist er also deswegen hier. Wahrscheinlich weiß er, dass meine Schwiegermutter ein Testament gemacht hat. Gleich am ersten Abend hat er danach gefragt.« Sie fuhr sich mit der Hand übers Gesicht. »Das fehlte noch, dass ich Onkel Warnfried was abgeben muss! Der hat doch selbst genug. Aber er ist ja so geizig! Das Hotel Stadt Hamburg ist ihm zu teuer, und ich darf ihm den Kühlschrank auf meine Kosten füllen. Der soll bloß nicht glauben, dass ich ihn hier wie einen Gast behandle und ihn durchfüttere. Kommt nicht infrage! Seine Wäsche darf er auch selbst waschen.«

Erik wollte nicht mehr über Warnfried Bakker reden. »Frau Olsson, wo waren Sie in der vorletzten Nacht, von Mittwoch auf Donnerstag?«

Sören erschrak beinahe genauso wie Dagmar Olsson, Erik merkte es. Aber manchmal war es gut, eine Verdächtige mit einer solchen Frage zu überrumpeln.

Sie begann zu stottern. »Verdächtigen Sie mich etwa?«

Darauf antwortete Erik nicht. »Also, wo waren Sie?«

»In meinem Bett natürlich.«

»Und Ihr Mann?«

»Der war noch nicht zu Hause, als ich mich schlafen legte.«

»Hat Sie das nicht gewundert?«

»Mich wunderte schon lange nichts mehr. Es war ja nicht das erste Mal, dass er erst mitten in der Nacht heimkam. Mit irgendeiner billigen Ausrede!«

»Und am Morgen?«

»Da dachte ich, er schliefe noch, bin aufgestanden und habe mein Waren zum Flohmarkt getragen. Den Rest kennen Sie. Mittags ist mir aufgefallen, dass Matz in der Nacht gar nicht zu Hause gewesen war.«

»Kann es sein, dass Ihr Mann sich von Ihnen trennen wollte?«, fragte Erik. »Hat er die Scheidung verlangt?«

Dagmar Olsson lief rot an. »Wie kommen Sie darauf?«

Erik zuckte nur mit den Schultern und sah sie weiterhin freundlich an.

»Nein! Der hatte doch ein gutes Leben. Eine Frau, die alles für ihn tut, und ein Liebchen fürs Bett. Warum sollte er sich scheiden lassen?«

Erik beugte sich vor, stützte seine Ellbogen auf seine Oberschenkel und sah Dagmar eindringlich an. »Der Tod Ihres Mannes geht Ihnen nicht besonders nahe.«

Sie betrachtete ihn ausgiebig, ehe sie antwortete: »Sie meinen, ich könnte ihn umgebracht haben?«

Eriks Blick wurde noch eindringlicher. »Haben Sie?«

Sie sprang auf, lief zum Fenster und drehte sich um. »Nein!« Dann leiser, als dächte sie wieder daran, dass sie im Erdgeschoss nicht gehört werden wollte: »Hat er Ihnen das weisgemacht? Hat der da unten gesagt, ich wäre es gewesen?«

»Können Sie sich vorstellen, wer Ihren Mann umgebracht haben könnte?«

Sie blickte Erik aus zusammengekniffenen Augen an. »Klar, der Mann von diesem Flittchen! Wahrscheinlich wollte der sich nicht mehr gefallen lassen, dass seine Frau ihm Hörner aufsetzte.«

21

Mamma Carlotta war in Schweiß gebadet, als sie von Feinkost Meyer zurückkam. Dabei war es nach wie vor kühl auf Sylt, ein sonniger Junitag zwar, aber von schnellen kalten Böen aufgerüttelt, die ihr immer wieder eine Gänsehaut über die Arme jagten. Dennoch war ihr schrecklich warm. Zeitnot brachte sie immer ins Schwitzen und ein bevorstehendes Abenteuer erst recht. Wenn beides zusammentraf, half nur eine Dusche außer der Reihe.

Danach wurde es wirklich Zeit, die Entscheidung für das geeignete Outfit zu treffen, ihre Haare in Form zu bringen und sich an Carolins Lippenstift und Puderdose zu bedienen. Ihre dunklen Locken brauchten nur ein paar Stöße des Föhns und einige Bürstenstriche, die Sache mit dem Lippenstift und dem Puderpinsel war auch schnell erledigt. Als sie erneut zaudernd vor dem Kleiderschrank stand, entschied sie sich, die Zeit, die ihr noch bleiben würde, tatsächlich zu einem Besuch in einer Boutique zu nutzen, statt das Gemüse zu putzen, die Nüsse zu mahlen, die Tomaten zu häuten und die Gnocchimasse quellen zu lassen, damit es am Abend schneller ging. Schließlich konnte sie nicht ahnen, wie lange so ein Speeddating dauerte. Speed bedeutete schnell, das wusste sie nun, aber das bezog sich vermutlich nur auf das eigentliche Kennenlernen von sieben Minuten. Womöglich wurde erwartet, dass sich anschließend die Paare, bei denen es gematcht hatte, zusammenfanden, um sich näher kennenzulernen? Sollte sie tatsächlich jemanden gefunden haben, der an einem weiteren Date mit ihr interessiert war, würde Carolin garantiert wollen, dass sich ihre Nonna drauf einließ. Aber dann war Schluss, das schwor sich Mamma Carlotta. Mehr konnte Carolin nicht von ihr verlangen. Auf keinen Fall durfte es so weit kommen, dass Erik, Sören und Tilla zum Essen erschienen und sie noch nicht zu Hause oder noch nicht über die ersten Vorbereitungen hinausgekommen war. Sie war eine italienische Casalinga, eine Hausfrau, und das blieb sie, auch wenn sie an diesem Abend den Anschein einer Witwe erwecken mochte, die nach einem neuen Mann Ausschau hielt.

Sie zog das bunte Sommerkleid über, damit sie notfalls angemessen bekleidet war, und holte das Geld aus ihrem Koffer, das sie immer für unvorhergesehene Ausgaben mit sich führte. Vor den Schaufenstern der Boutique, die es im Kurhaus gab, hatte sie schon häufig gestanden und die schönen Auslagen bewundert. Dort würde sie sich umsehen und so lange stöbern und anprobieren, bis die Zeit gekommen war, in den Kursaal zu gehen und sich dort zu melden.

Beschwingt erschien sie vor der Boutique, die sich »Mode im Haus am Kliff« nannte. Schon einige Male war sie mit Frau Kemmertöns hier gewesen, die sich jedoch immer in Kleidungsstücke verguckte, die ihr ein bis zwei Nummern zu klein waren. Angeblich gewann sie dadurch dann Motivation, einige Kilos abzunehmen, aber das hatte noch nie geklappt. Um einen rosa Blazer, den Frau Kemmertöns einmal im Schaufenster gesehen hatte, war sie so lange vorbeigeschlichen, bis er verkauft worden war. Das hatte Frau Kemmertöns einerseits bedauert, war aber andererseits auch zufrieden gewesen, weil ihre Motivation, sich in Größe 42 zu hungern, nicht mehr gefragt war.

Die Verkäuferin war eine Frau von Mitte vierzig, eine dieser bildschönen Damen, die aussahen, als verbrächten sie ihre Freizeit damit, sich die Nägel zu maniküren und unter Gesichtsmasken von einem anderen Leben zu träumen. Eine Frau, die Mamma Carlottas Selbstbewusstsein nicht guttat. Wenn sie auf solche Frauen traf, fühlte sie sich klein und unbedeutend oder wurde übelwollend und gereizt, je nachdem, wie es gerade um ihre Grundverfassung bestellt war.

Die Verkäuferin schenkte ihrem Kleid einen Blick, der Carlotta zeigte, dass Felix sich geirrt hatte. Das bunte Kleid fand vor den Augen dieser Dame keine Gnade, es war nicht geeignet für das, was Mamma Carlotta vorhatte. Sie traute sich nicht, der Verkäuferin zu gestehen, dass sie die Absicht hatte, am Speeddating im Kurhaussaal teilzunehmen, sondern murmelte nur etwas von einer Familienfeier. »Un vestito elegante.«

Die Verkäuferin verstand und griff zu einer fliederfarbenen Kombination in Größe 44. »Oder lieber 42?«

Mit dieser Frage fielen alle negativen Gefühle von Mamma Carlotta ab. Die Verkäuferin hatte im selben Moment bei ihr einen Stein im Brett. Jemand, der ihr zutraute, in Größe 42 zu passen, hatte immer recht. Sie entschied sich dann aber doch für Größe 44 und verschwand damit in der Umkleidekabine.

Als sie wieder heraustrat, schlug die Verkäuferin die Hände zusammen. »Wunderbar! Das ist Ihre Farbe!«

Mamma Carlotta war geneigt, ihr recht zu geben. Tatsächlich wirkte ihre Haut frischer, ihr Dekolleté einladender und ihre Figur wirklich so, als wäre die Größe 42 nicht weit. Der Rock dieses zweiteiligen Ensembles bedeckte nur knapp ihre Knie, das Oberteil kaschierte Bauch und Taille und wies dezent, aber deutlich zu Mamma Carlottas ansehnlicher Oberweite und ihrem einladenden Dekolleté.

»Das Kleid ist wie für Sie gemacht.«

Das fand auch Mamma Carlotta. Allerdings hatte sie in der Umkleidekabine heimlich auf das Preisschild gesehen, was ihre Euphorie mächtig gedämpft hatte. Das Geld, das sie aus Italien für Unvorhergesehenes mitgenommen hatte, würde nicht reichen. Es fehlten zwanzig Euro, die sie von dem Haushaltsgeld abzweigen musste, das Erik ihr immer hinlegte, wenn sie auf Sylt war und für die Familie einkaufte und kochte. Dieser Gedanke behagte ihr nicht. Aber zum Glück gehörten Milchmädchenrechnungen zu ihren besonderen Talenten. Sie würde einfach bei ihrem nächsten Besuch die zwanzig Euro ins Haushaltsgeld zurückschmuggeln. Dann hatte alles seine Ordnung. Zwar war sie sicher, dass Erik nichts dabei finden würde, sich mit diesem Betrag an einem neuen Outfit für seine Schwiegermutter zu beteiligen, aber da war sie eigen. Schon ihr verstorbener Mann hatte immer gesagt: Wir leisten uns nur das, was wir bezahlen können. Aber hätte Dino bei diesem wunderbaren Kleid nicht auch eine Ausnahme gemacht? Mit dieser Frage und vor allem mit ihrer Beantwortung hatte Mamma Carlotta ihr nächstes Talent aufgedeckt: einem anderen Menschen eine Meinung in den Mund zu legen und damit die Entscheidung leichter zu machen.

»Ich nehme es«, sagte sie laut und deutlich. »Und ich behalte es gleich an.«

Die Verkäuferin entfernte die Preisschilder, steckte ihr buntes Kleid in eine Einkaufstüte und verabschiedete Mamma Carlotta mit vielen freundlichen Worte.

Als sie aus dem Geschäft in die Sonne trat, fühlte sie sich jünger, schlanker und viel selbstbewusster als vorher.

Das bemerkte sogar Carolin, die am Eingang des Kursaals auf sie wartete. »Nonna! Du siehst toll aus.« Sie beugte sich näher zu ihr. »Phil und Chris wissen nicht, dass du meine Oma bist. Ich warte im Iismeer auf dich. Vermutlich werden sich die Paare, bei denen es gematcht hat, auch dorthin zurückziehen. Bietet sich ja an. Solltest du mit einem Mann dort auftauchen, halte ich mich natürlich zurück. Ansonsten will ich sofort hören, wie es gewesen ist. Der Artikel soll morgen schon ins Blatt.« Sie winkte Mamma Carlotta in den Vorraum, von dem eine große zweiflügelige Tür in den Kursaal führte. Dort stand ein kleiner Tisch, an dem zwei junge Männer saßen, Phil und Chris, die Veranstalter des Speeddatings. »Schau dir alles genau an. Ich will jede Einzelheit wissen«, tuschelte Carolin ihr nach.

Mamma Carlotta war froh, dass sie ein fliederfarbenes Kleid trug, das ihr das nötige Selbstvertrauen bescherte, als sie sah, wie attraktiv die anderen Frauen waren, die in den Saal drängten. Die meisten waren auch jünger, und alle hatten sich große Mühe gegeben, sämtliche Vorzüge ihres Körpers ins rechte Licht zu rücken. Jetzt stellte Mamma Carlotta fest, dass Frau Kemmertöns für dieses Event abgestellt worden war. Sie, die normalerweise vorne am Informationsschalter saß, war nun dafür zuständig, die Herren, die sich angemeldet hatten, an einer provisorischen Theke im Vorraum zu versammeln. Anscheinend sollten sie nicht schon vor der Veranstaltung auf die Damen stoßen, um sich nicht zu früh ein Bild zu machen, das dann später nur schwer zu revidieren war. Frau Kemmertöns zwinkerte Mamma Carlotta zu, als sie sie erkannte, und wandte sich dann wieder ihrer Aufgabe zu, den Herren etwas zu servieren, mit dem sie sich Mut antrinken konnten.

Mamma Carlotta trat durch die Tür und sah sich um. Der vordere Teil des Kursaals war abgetrennt worden, sodass der Raum nicht so riesig war und nicht wirkte, als sollte dort ein Parteitag abgehalten werden. Durch hübsche Dekorationen war ihm auch die Kühle genommen worden. Die Blumen, die auf jedem der kleinen Tische standen, wirkten einladend, die Bar im hinteren Teil ebenso. Die großen Fenster, die sich eigentlich dem Meer öffneten, waren allerdings zugehängt worden. Offenbar wollten Phil und Chris verhindern, dass sich Neugierige vor dem Fenster versammelten, um zu sehen, was bei diesem Speeddating abging.

An der Bar stand ein junges Mädchen und fragte nach den Wünschen der Damen. Mamma Carlotta entschied sich für einen Prosecco, zwei andere äußerten den gleichen Wunsch, wieder andere baten um einen Cocktail und einige um Kaffee oder Tee. Jede von ihnen versuchte, mit einer anderen ins Gespräch zu kommen, redete vom Wetter und erklärte, warum sie bei dieser Sache mitmachte. Alle behaupteten, dass es nur ein Urlaubsspaß sei, keine von ihnen war angeblich wirklich auf der Suche nach einem Mann, alle waren ohne Ehe und feste Partnerschaft glücklich, jede von ihnen wollte sich nur mal im männlichen Angebot umsehen, ohne den Herren im Alltag erneut begegnen zu müssen. Phil und Chris hatten wohl eine kluge Entscheidung getroffen, als sie beschlossen, das Speeddating an einem Urlaubsort abzuhalten.

Schließlich wurden sie gebeten, ihre Gläser zu nehmen und sich an die kleinen Tische zu begeben, um dort auf die Männer zu warten, die sich zu ihnen setzen würden. Als sich die Tür öffnete und der Erste erschien, war Mamma Carlotta dankbar, dass sie nicht männlichen Geschlechts und gezwungen war, unter den kritischen Augen von einem Dutzend

Frauen aufzumarschieren. Da war es wirklich leichter, dazusitzen und die Männer einziehen zu sehen. Manche sehr selbstbewusst, andere so, als würden sie sich am liebsten die Augen zuhalten, andere wieder nur scheinbar selbstbewusst, mit eckigen Bewegungen und einer Miene, die sie verriet. Phil und Chris hatten ihnen offenbar klare Anweisungen gegeben. Sie zögerten nicht, alle Männer gingen auf die Tische zu, die ihnen vorher zugewiesen worden waren.

Der Letzte, der erschien, drückte sich in den Raum, als hätte er erwogen, im allerletzten Moment einen Rückzieher zu machen. Mamma Carlotta starrte ihn an. Das durfte doch nicht wahr sein! Das war ja ... »Impossibile!«

22

Erik war zu früh. Das war Absicht gewesen, denn er wollte die Gelegenheit nutzen, am Polizeirevier vorbeizugehen, um sich anzusehen, wie weit man dort mit der Arbeit gekommen war.

Er war frustriert, als er schon von Weitem die Baufahrzeuge sah, die Absperrgitter, die dafür sorgten, dass kein Unbefugter die Baustelle betrat. Der Baulärm, der Schmutz, der auf dem ganzen Gebäude zu liegen schien, der Staub, dem sogar die Fußgänger auswichen, die vorübergingen, waren unerträglich. Nein, hier würde wohl noch länger gebaut.

Eigentlich hätte die Rückkehr ins Stammrevier längst stattfinden sollen, doch das historische Gebäude war noch immer eine Großbaustelle. Nun aber sollte es nicht mehr lange dauern, dann würde das Gebäude, das im Jahr 1908 entstanden war, modernisiert und energetisch saniert sein. Danach sollte das Polizeirevier Westerland ein Vorzeigeprojekt für nachhaltiges Bauen sein. Auch eine Garagenanlage war geplant, und zukünftig würde das Revier barrierefrei sein, beides war längst überfällig. Zum Glück würde das ursprüngliche Erscheinungsbild erhalten bleiben, diese schöne Fassade mit der weißen Verzierung im Giebel, die die Schwurhand darstellte, da in dem Gebäude anfänglich das Amtsgericht untergebracht gewesen war.

Erik überquerte den Kirchenweg wieder und ging zum Bahnhof zurück. Es war noch Zeit, sich das *Inselblatt* im Kiosk zu kaufen und zu sehen, was auf der Titelseite stand. »Mord in der Braderuper Heide«! Erik überflog den Artikel und war einigermaßen zufrieden. Er sah nach dem Kürzel, das darunterstand. CW! Carolin hatte ihn also geschrieben. Eigentlich ein Unding, dass eine Volontärin, die erst seit ein paar Wochen in der Redaktion saß, einen Artikel für die Titelseite schrieb. Typisch Koopmann! Der machte sich vermutlich einen schönen Tag, während Carolin die Arbeit für ihn erledigte.

Erik steckte die Zeitung weg, als der Zug angesagt wurde, in dem Tilla sitzen würde. Er freute sich auf sie. Und als sich die Tür eines Waggons öffnete und sie die Erste war, die ausstieg, staunte er mal wieder darüber, dass diese Frau, die nun auf ihn zukam, zu ihm gehörte, dass sie ihn liebte, dass sie strahlend an seine Brust flog und in seinen Armen flüsterte: »Erik, wie schön, dich zu sehen.«

Er nahm ihren Koffer, und gemeinsam gingen sie an den »Reisenden Riesen im Wind« vorbei in Richtung Innenstadt. In der Buchhandlung an der Wilhelmine kaufte Tilla sich eine Zeitschrift, vor der bronzenen Brunnenfigur blieben sie eine Weile stehen und lachten, so wie alle lachten, die die dicke Wilhelmine betrachteten. Tilla behauptete sogar, so würde sie auch aussehen, wenn sie nicht so eisern auf ihre Figur achten würde.

Erik reagierte genau so, wie Tilla es augenscheinlich erwartet hatte, wie jede Frau es sich wünschte. Er näherte sich Tillas Ohr und flüsterte: »Ich würde jedes Pfund an dir lieben.«

Tilla kicherte, wurde aber schnell wieder ernst. Sie nahmen sich bei den Händen, während sie die Maybachstraße überquerten und vor dem Kaufhaus Jensen noch einmal vor einer Auslage stehen blieben, die Tilla interessierte. Erik fragte sich, ob auch ihr aufgefallen war, dass er das erste Mal von Liebe gesprochen hatte. Im selben Moment fühlte er sich unwohl und war froh, dass Tilla ihn nicht darauf ansprach. Liebte er sie? Diese Frage war viel zu anspruchsvoll, um eine schnelle Antwort zu finden. Oder sprach es gegen seine Gefühle, dass er erst darüber nachdenken musste? Als er Lucia kennenlernte, war er sich schnell darüber im Klaren gewesen, dass er sie liebte. Aber damals war er jung gewesen, jung und unerfahren. Ging man anders mit diesen Gefühlen um, wenn man älter und lebenserfahrener geworden war?

»Lass uns irgendwo in Ruhe einen Kaffee trinken«, schlug Erik vor und war erleichtert, als Tilla ihn unbefangen anlachte, als hätte sie gar nicht bemerkt, dass er von Liebe gesprochen hatte. Oder ... als wäre ihr klar, dass sie dem Wort in diesem Zusammenhang nicht zu viel Gewicht beimessen durfte.

Tilla war einverstanden, als sie hörte, dass Carlotta sowieso noch nicht zu Hause sein würde. Sie lachte, als Erik ihr den Grund verriet: »Speeddating? Typisch Carlotta! Zeig mir eine andere Großmutter, die so was für ihre Enkelin tun würde.«

Erik lachte mit. »Ich bin froh, wenn Carolin sich auf diesen Artikel konzentriert und nicht mehr auf die Berichterstattung in unserem Mordfall.«

Sie entschieden sich fürs Café Orth, betrachteten die Sitzgruppen, die vor dem Eingang standen, und die Gäste, die dort saßen, weil sie vermutlich zu denen gehörten, die auf Sylt jede Mahlzeit im Freien einnahmen, wenn es nicht gerade regnete, schneite oder stürmte. Erik stellte oft fest, dass es viele Touristen gab, für die zum Urlaub das Essen an der frischen Luft gehörte.

Tilla fröstelte. »Gehen wir besser rein?«

Erik war es recht. Er mochte das Innere des Cafés, die alten Tische mit den abgeschabten Dreibeinern darunter, die Kunstlederstühle, die Lampen, die aus Glühbirnen in weißen Körben bestanden, das Morbide, das nicht etwa auf Verwahrlosung hindeutete, sondern gewollt und ein Teil der Gemütlichkeit in diesem Café war. Die ausladende Theke war vollgestellt mit Flaschen, der hängende Regalboden darüber mit den Gläserhaltern ebenfalls. Vor der Theke stand eine Skulptur, die die Gäste begrüßte, ein lebensgroßer Mönch mit einem Baby auf dem Arm, vermutlich dem Jesuskind. Eins passte nicht zum anderen, aber gerade das machte den Charme des Café Orth aus.

Erik wollte schon einen geeigneten Tisch vorschlagen, da meinte Tilla: »Vielleicht sollten wir doch draußen essen?«

Erik verstand. Sie wären die Einzigen gewesen, die im Inneren des Restaurants saßen. Es war schöner, in Gesellschaft anderer zu sitzen, und vor allem war es schön, während des Essens das Treiben auf der Friedrichstraße zu beobachten. Also gingen sie wieder hinaus und setzten sich an einen der Tische am Straßenrand.

Erik bestellte Palatschinken mit Vanilleeis, Roter Grütze und Schokoladensoße, Tilla entschied sich für Milchreis mit Zimt und Zucker. »Wenn Carlotta für Carolin zum Speeddating muss, hat sie womöglich gar keine Zeit zum Kochen?« Tillas Stirn legte sich in Falten. Sie machte nie einen Hehl daraus, dass sie sich auf Carlottas Kochkünste freute.

Erik winkte ab. »Dann essen wir eben später. So wie in Italien. In Panidomino konnte niemand verstehen, dass ich gegen sieben schon Hunger bekam.«

Tilla nickte, lehnte sich zurück und genoss den Blick auf die Feriengäste, die an ihnen vorbeibummelten. Noch gab es kein Gedränge auf der Friedrichstraße, noch wagten es dreiste Fahrradfahrer, die Straße entlangzuradeln und die Spaziergänger zu gefährden.

Tilla zeigte auf einen jungen Kerl, der im letzten Augenblick einem kleinen Mädchen auswich, das versuchte, auf einem

Bein zu hüpfen, und dabei in Schieflage geraten war. »Du bist die Polizei! Halt ihn an, und verpass ihm eine Verwarnung.«

Aber Erik schüttelte den Kopf. »Erstens ist das nicht mein Zuständigkeitsbereich, und zweitens habe ich keine Lust. Ich will das Zusammensein mit dir genießen und mich nicht mit diesem Rowdy rumzanken.«

Tilla lächelte zufrieden. Als der Kellner Milchreis und Palatschinken servierte, kümmerten sie sich ausschließlich um das, was in ihren Magen kam. Erst, als der größte Hunger gestillt war, sagte Tilla: »Nun erzähl mir alles von dem neuen Fall. Gibt's neue Entwicklungen?«

Erik hatte nicht viel zu berichten. »Das Motiv könnte Eifersucht sein, damit gehören Jürgen Kiewel und Dagmar Olsson zu den Verdächtigen. Kiewels Schuhe sind zusätzlich ein Indiz, die Sohlen von einem seiner Sneaker passen in den Abdruck, den Vetterich gesichert hat. Aber er sagt, er kann nicht mit Sicherheit sagen, dass die Spur von diesem Schuh stammt. Der Dreck, den er an der Sohle gefunden hat, stammt nicht aus der Heide.«

»Er könnte später mit denselben Schuhen woanders herumgelaufen sein.«

»Ja, alles möglich. Wir müssen Kiewel natürlich im Auge behalten. Aber mehr als ein Indiz ist der Abdruck nicht. Das Sohlenrelief ist weit verbreitet, nichts Ungewöhnliches. Aber Kiewel hätte große Nachteile, wenn er sich scheiden ließe. Er würde viel verlieren. Wenn er Angst hatte, seine Frau an Matz Olsson zu verlieren, könnte er auf die Idee gekommen sein, den Geliebten seiner Frau aus dem Weg zu räumen.«

»Und Dagmar Olsson?«

»Die müsste Hilfe gehabt haben. Vielleicht von einem Mann mit großen Füßen. Allein hätte sie ihren toten Mann nicht in die Heide befördern können.«

Tilla hatte den gleichen Einwand wie Sören. Sie kam ebenfalls schnell auf die Idee, dass Dagmar ihren Mann in der

Heide erschlagen haben könnte. »Vielleicht ein spontaner Entschluss. Könnte doch sein, dass sie am Wegesrand einen starken Ast gefunden hat, und dann kam ihr die Idee …«

Erik ließ sie nicht ausreden. »Dr. Mikkelsen hat nichts in der tödlichen Wunde gefunden, was darauf schließen ließe. Vielleicht irren wir uns ja auch, was das Motiv angeht. Matz Olsson war ein Frauenheld, aber der Grund für seine Ermordung könnte trotzdem ganz woanders liegen.«

»Hast du einen weiteren Verdacht?«

Nein, den hatte Erik nicht. Um davon abzulenken, erzählte er Tilla von Warnfried Bakker, dem Onkel des Toten. »Kein angenehmer Zeitgenosse. Dagmar Olsson hat mir gestanden, dass sie und ihr Mann ihn absichtlich zu spät vom Tod seiner Schwester unterrichtet haben. Sie wollten ihn nicht bei der Beisetzung dabeihaben und hatten gehofft, er würde in Brasilien bleiben, wenn er hört, dass seine Schwester schon beerdigt ist.«

»Was ist das für ein Typ?«

»Sören hat recherchiert. Bakker hat sich selbst sehr erfolgreich dargestellt. Er hat das Geschäft seines Schwiegervaters übernommen, es aber offenbar an die Wand gefahren. Von den ursprünglich dreihundert Mitarbeitern sind nur noch gut zwanzig dort beschäftigt, viele Lagerhallen stehen leer. Anscheinend hat Bakker mehrere falsche Entscheidungen getroffen. Die Belegschaft hat wohl auch von vornherein nicht hinter ihm gestanden. So ein Norddeutscher in Brasilien, das ist vermutlich schwierig. Dann starb seine Frau, und damit stand er ziemlich allein da. Mir hat er gesagt, er hätte Heimweh nach Sylt. Kann aber auch sein, dass er aus Brasilien fliehen will, weil er dort nur noch Schulden hat.«

Tilla runzelte die Stirn. »Gibt's da ein Mordmotiv?«

»Nein, das wohl nicht«, meinte Erik. Dann grinste er. »Höchstens wächst eins bei Dagmar Olsson heran. Die kann den Onkel ihres Mannes nicht ausstehen. Wenn der sich noch länger in der Wohnung seiner Schwester breitmacht, könnte ich mir durchaus vorstellen, dass sie ihm irgendwann Gift ins Essen mischt.«

Tilla kratzte sorgfältig ihren Teller leer, was sie nur dann tat, wenn sie konzentriert einem Gedanken nachhing. Erik wartete, bis sie ihn formulierte: »Wir sollten uns bei Gosch umhören. Hast du schon mit den Kollegen von Matz Olsson gesprochen? Vielleicht findet sich da ein Motiv, wenn es doch nicht Eifersucht sein sollte ...«

23

Tove Griess war peinlichst berührt. Erschrocken blieb er stehen und machte sogar einen Schritt zurück, als wollte er die Flucht ergreifen. Aber er sah wohl ein, dass es für ein Entkommen zu spät war.

»Was machen Sie denn hier?«, fuhr er Carlotta an, als hätte er einen anspruchsvollen Gast seiner Imbissstube vor sich, der am hygienischen Standard etwas zu beanstanden hatte.

Phil und Chris witterten Unfrieden und sprangen herzu, um Tove Griess weiterzuschieben, damit er an dem Tisch Platz nahm, der für ihn vorgesehen war. Sorge breitete sich auf ihren Gesichtern aus, denn natürlich würde Tove Griess irgendwann auch an Carlotta Capellas Tisch Platz nehmen.

Chris war es, der sich zu ihr beugte und flüsternd fragte: »Alles okay?«

Sie winkte ab und setzte eine hochmütige Miene auf. »Keine Sorge! Mit diesem Bewerber werde ich schon fertig. Aber eins kann ich Ihnen schon sagen: Mit dem wird es nicht matchen.«

Sie war stolz auf ihre Erwiderung mit dem ungewohnten Fremdwort, die ihr in dem bunten Sommerkleid vielleicht nicht gelungen wäre. Aber ihr fliederfarbenes Ensemble verlieh ihr ungeahnte Kräfte. Tove Griess suchte also eine Frau! Das würde er ihr nachher erklären müssen. Dummerweise würde sie sich selbst mit Rechtfertigungen zurückhalten müssen, damit bis zum Ende des Speeddatings niemand erfuhr, dass sie im Auftrag ihrer Enkelin hier war und kein wirkliches Interesse an der Bekanntschaft mit einem Mann hatte.

Chris schien zufrieden zu sein. Er ging zur Bar, wo Phil ihm entgegensah, raunte ihm etwas zu und ließ dann einen Blick über die Männer schweifen, die sich auf den Plätzen niederließen, die ihnen vorher gezeigt worden waren. Die Frauen zupften nervös an ihren Blusen und Haaren herum, führten das Glas Wasser zum Mund, das vor jeder stand, einige kicherten, andere sahen so ernst aus, als warteten sie auf eine Vernehmung.

»Die Uhr läuft! In sieben Minuten wird gewechselt.«

An Mamma Carlottas Tisch hatte sich ein Mann niedergelassen, der jünger zu sein schien als sie. Übergewichtig, glatzköpfig, blass, mit Schweißperlen auf der von Sonnenbrand geröteten Stirn. Er teilte ihr mit, dass er Willem hieß. »Wie alt bist du?«

Mamma Carlotta sah ihn erstaunt an. »Wieso duzen Sie mich?«

»Macht man hier so.«

»Das glaube ich nicht.«

»Also sind Sie wohl schon älter, wenn Ihnen das Siezen so wichtig ist.«

»Was hat das mit dem Alter zu tun?«

»Junge Leute duzen sich heutzutage ziemlich schnell.«

»Wir gehören beide nicht zu den jungen Leuten. Ich möchte selbst entscheiden, wen ich duze.« Mamma Carlotta fiel ein, dass es einmal ein Gespräch zwischen Erik und Tilla gegeben hatte und ihr Schwiegersohn etwas gesagt hatte, was ihr sehr gefallen hatte. »Man kann einfach leichter Sie Idiot sagen als du Idiot!« Für den viel derberen Ausdruck, den Erik damals benutzt hatte, war ihr zum Glück ein schonungsvollerer eingefallen.

Willem drehte sich um und rief Phil und Chris empört zu: »Die Dame beschimpft mich. Muss ich mir das gefallen lassen?«

Phil erschien Sekunden später neben dem Tisch und besänftigte mit Gesten alle anderen, die erschrocken ihre Gespräche unterbrochen hatten. »Was ist passiert?«, flüsterte er.

»Niente! Gar nichts!« Mamma Carlotta war empört. »Ich habe ihn nicht beschimpft.«

Phil redete besänftigend auf Willem ein. »Die Dame ist Ausländerin, das hören Sie doch. Sicherlich ein Missverständnis.«

Willem wurde dadurch keineswegs gezügelt. »Mit einer Ausländerin will ich sowieso nichts zu tun haben.«

Er machte Anstalten, sich zu erheben, aber Phil drückte ihn auf seinen Stuhl zurück. »Noch zwei Minuten, dann ist ohnehin Wechsel.« Er warf Mamma Carlotta einen scharfen Blick zu.

Sie verteidigte sich erneut. »Ich habe ihn nicht un idiota genannt. Ich habe nur gesagt ...«

»Das reicht«, zischte Phil. »Vielleicht wählen Sie gleich besser ein anderes Gesprächsthema.«

Der nächste Mann hieß Harry und hatte etwas von Willems Empörung mitbekommen. Er hatte nichts gegen Ausländerinnen, das betonte er gleich, und war im Übrigen der Meinung, dass dieser Willem nicht der Richtige für Carlotta sein konnte. »Ein Mann ohne Umgangsformen! So was passt doch nicht zu Ihnen, Madame.«

Anscheinend hielt er sie für eine Französin, doch das machte ihr nichts aus. Dass Harry sehr klein und kugelrund war, gefiel ihr jedoch weniger. Aber immerhin war er lustig, erzählte einen Witz, den sie nicht verstand, und lachte so lange darüber, bis er merkte, dass er der Einzige war, der lachte. Das Thema, das er sich zurechtgelegt hatte, bevor er ins Speeddating ging, war jedenfalls Frohsinn. Er kam aus dem Rheinland, betonte er, und dort wurde man praktisch automatisch frohsinnig, eigentlich direkt nach der Geburt. Nach sieben Minuten ging Mamma Carlotta, die eigentlich nichts gegen Frohsinn hatte, das Lachen von Harry gehörig auf die Nerven, und sie war froh, als der nächste Wechsel anstand. Ihr fielen wieder Carolins Worte ein. Ja, sie hatte recht. Man konnte wirklich schon nach sehr kurzer Zeit sagen, ob einem ein Mann gefiel oder nicht. Vor allem, wenn er einem nicht gefiel, war das tatsächlich in Sekundenschnelle klar.

Sie warf einen Blick nach links. Tove war noch nicht dran. Er beugte sich gerade über den Tisch, als wollte er seiner Partnerin etwas suggerieren, die ihm erstaunlicherweise sogar entgegenkam.

Ihr gegenüber saß nun ein sehr korrekter Herr, im grauen Anzug mit hellblauer Krawatte und makellosem weißem Hemd. Sogar eine Krawattennadel und ein Einstecktuch zierten sein Erscheinungsbild. Er stellte sich als Dieter vor und erwähnte gleich im ersten Satz, dass er pensionierter höherer Beamter sei und seine Pension ihm gestatte, so oft Urlaub auf Sylt zu machen, wie es ihm beliebe. Er dachte sogar darüber nach, auf der Insel eine Eigentumswohnung zu erwerben. Und dann legte er dar, was er von einer Partnerin erwartete: Sauberkeit, gepflegtes Äußeres, perfekte Umgangsformen und häusliche Talente. Was er selbst einer Bewerberin, außer seinen wohlgeordneten finanziellen Verhältnissen, präsentieren wollte, dazu kam er nicht mehr. Er hatte zu lange damit zu tun gehabt, sein Eigenheim in Kleve zu beschreiben, dezente Hinweise auf sein Sparvermögen zu geben und ausführlich von seinen Söhnen zu reden, die beide Akademiker waren und deren große Karrieren praktisch nicht aufzuhalten waren. Seine geschiedene Frau erwähnte er nur am Rande, von seinem Hund sprach er dann wieder sehr ausgiebig.

Mamma Carlotta war über das Nennen ihres Namens nicht hinausgekommen, von einem Gespräch konnte hier also nicht die Rede sein. Sie hatte nur zu hören bekommen, dass

Dieter sich selbst für ein Schnäppchen hielt und sicher sei, dass man sich demnächst wiedersehen würde. Interesse an ihrer Person, ihren Neigungen, Fähigkeiten und Erwartungen hatte er nicht erkennen lassen.

Tove Griess näherte sich nun ihrem Platz. Nur noch ein Mann lag zwischen ihm und Mamma Carlotta. Dieser Mann hieß Boris und betonte, dass er weder Tennisspieler sei noch Interesse daran habe, in einer Besenkammer eine Frau flachzulegen. Dieser Begriff war Mamma Carlotta neu, aber sie konnte sich vorstellen, was er zu bedeuten hatte. Boris lachte, begeistert von seinem eigenen Humor, aber sie lachte nicht mit. Sie schenkte ihm auch nicht die Bewunderung, auf die Boris vermutlich gehofft hatte, und lobte ihn ebenfalls nicht dafür, dass er so freundlich war, für eine Frau, mit der er Sex haben wollte, nicht die Besenkammer, sondern das Ehebett aufzusuchen. Offenbar hielt er sich aus diesem Grunde für einen Ehrenmann, auf den eine Frau unbedingt ein Auge werfen sollte. Als er hörte, dass Carlotta Italienerin war und in Umbrien lebte, war er begeistert. Schließlich machte er häufig Urlaub in Italien, meist in Rimini, und würde dann wohl in Zukunft viel Geld sparen können, wenn ... Mamma Carlotta ließ ihn nicht zu Ende sprechen, seine Zukunftsvisionen wollte sie auf keinen Fall hören und schon gar nicht unterstützen. Boris war so ein Fall, der bewies, wie lang sieben Minuten sein konnten.

Aber schließlich waren sie doch vorbei, und Tove Griess wechselte an Mamma Carlottas Tisch. So mürrisch, wie er sie in seiner Imbissstube zu empfangen pflegte, sah er sie jetzt an. »Ich dachte, Sie wollen nicht noch mal heiraten.«

»Und ich hatte keine Ahnung, dass Sie eine Frau suchen.«

»Man kann sich ja mal umgucken. Schließlich wird man nicht jünger.«

»Schön, dass Sie sich nicht bei den Dreißigjährigen umgucken.«

»Sind Sie verrückt? Am Ende setze ich noch versehentlich ein Gör in die Welt! Mit diesem Thema will ich nichts zu tun haben.«

Mamma Carlotta beugte sich vor. »Haben Sie sich mit Signor Tiensch versöhnt?«

»Das ist doch kein Thema für dieses Date.«

»Alles andere weiß ich schon von Ihnen.«

»Von wegen! Sie kennen mich gar nicht richtig.«

Sie betrachtete ihn. Tatsächlich sah er an diesem Tag ganz anders aus als sonst. Er trug ein sauberes Hemd und eine Strickjacke darüber, an der es nichts zu beanstanden gab. Sogar seine Jeans schien sauber zu sein. Trotzdem schüttelte sie den Kopf. »Ich glaube, ich kenne Sie ganz gut.«

»Und?« Er grinste. »Werden wir uns wiedersehen?«

Sie lächelte zurück. »Könnte sein. Wenn mir mal wieder nach einem Cappuccino oder einem Rotwein aus Montepulciano ist.«

Tove wurde ernst. »Aber Sie werden Fietje nichts davon verraten? Der muss nicht wissen, dass ich hier mitmache.«

»Nur wenn Sie mir versprechen, sich mit ihm zu versöhnen. Und wenn Sie dafür sorgen, dass wieder Jever im Haus ist.«

»Also gut«, brummte Tove.

Die sieben Minuten mit ihm verflogen im Nu. Als erneut der Gong ertönte, weil wieder ein Wechsel vorgenommen werden musste, bedauerte Mamma Carlotta zum ersten Mal an diesem Nachmittag, dass ein Gespräch zu Ende war. Bisher hatte sie nicht gewusst, dass Tove in jungen Jahren verlobt gewesen war, das Mädchen, das er heiraten wollte, jedoch verloren hatte, weil ihr Vater herausbekommen hatte, aus welcher Familie Tove stammte. Sein Vater war ein Krimineller gewesen, hatte nach einem Raubzug lange im Gefängnis gesessen. Als er entlassen worden war, hatte sein erster Weg ihn zum Hörnumer Leuchtturm geführt, denn dort hatte er seine Beute vergraben. Doch sie war weg, vermutlich von seinem Komplizen ausgebuddelt. Das war zu viel für Haie Griess gewesen. Noch an Ort und Stelle hatte ihn der Schlag getroffen, und er war in den Armen seines Sohnes, der ihn begleitet hatte, gestorben. Seine Mutter war daraufhin Alkoholikerin geworden.

»Keine vorzeigbare Familie«, sagte Tove. »Ich konnte Anjas Vater sogar verstehen. Einen wie mir hätte ich meiner Tochter auch ausgeredet.« Danach hatte Tove sich den Gedanken an Ehe und Familie aus dem Herzen gerissen. An Liebe glaubte er auch längst nicht mehr. Aber eine nette Frau, die für ihn kochte, seine Wäsche wusch und ihm in seiner Imbissstube half, fand er nun doch ganz verlockend. Dafür musste man sie nicht lieben, fand er, es langte, dass man miteinander Spaß hatte. Die sieben Minuten reichten nicht aus, um Tove Griess auseinanderzusetzen, dass man so keine Frau für sich gewinnen, keine Beziehung führen und erst recht kein Glück finden könne.

Nach Tove folgten Georg aus Bayern, der nur eine Frau akzeptierte, die ihn seine Weißwurst essen ließ, Tom aus den Niederlanden, der angeblich schon lange davon träumte, eine Südländerin an seiner Seite zu haben, und schon in der vierten Minute versuchte, Carlottas Hand zu nehmen, und Gustaf aus Schweden, der stolz darauf war, den Namen seines Königs zu tragen, wenn auch leider das »Carl« vor seinem Namen fehlte, was ihn sehr traurig machte und was angeblich zu einem lebenslangen Zerwürfnis mit seinen Erzeugern und Namensgebern geführt hatte. In der siebten Minute schilderte er Mamma Carlotta seine Bemühungen, beim Standesamt zu erreichen, dass er künftig nicht mehr Gustaf, sondern Carl Gustaf hieß, aber seine Anstrengungen waren nicht von Erfolg gekrönt gewesen.

Mamma Carlotta hatte schon mehrmals verstohlen gegähnt, als der letzte Kandidat an ihrem Tisch erschien. Ein Mann, der ihr sofort gefiel und der ihre Lebensgeister schlagartig wieder weckte. Obwohl sie ihrem Enkel immer wieder vorhielt, dass ein Mann keine langen Haare zu tragen habe, dass Ohrringe unmännlich seien und Piercings und Tattoos von ganz schlechtem Geschmack zeugten, gefiel ihr dieser Mann auf Anhieb. Und das, obwohl er seine dünnen grauen Haare zu einem Zopf im Nacken zusammengefasst hatte, seine Ohrläppchen mehrere kleine Ringe zierten, und aus seinem aufgekrempelten Hemdsärmel eine tätowierte Schlange hervorsah. Merkwürdigerweise spielte das im selben Moment keine Rolle mehr, als sie in seine freundlichen Augen geblickt und seine warme, tiefe Stimme gehört hatte. Er hieß Alf, war Sylter und Mitte sechzig.

»Ich besitze eine Galerie«, erzählte er. »Kunst hat mich schon immer interessiert. Eigentlich wäre ich gerne Maler geworden, aber mein Talent hat leider nicht gereicht.«

Mamma Carlotta behauptete, ohne mit der Wimper zu zucken, ihr ginge es genauso. »Kunst ist ein großes Passatempo für mich.« Auf seinen fragenden Blick hin ergänzte sie: »Hobby. Am liebsten ist mir Emil Nolde. *Hohe Sturzwelle* – kennen Sie das Bild? Ich liebe es.« Sie griff sich ans fliederfarben verkleidete Herz und verdrehte genüsslich die Augen.

Alf war begeistert. »Mir geht es ebenso! Emil Nolde ist auch mein Lieblingsmaler.« Nun griff er tatsächlich nach ihrer Hand, und sie ließ es geschehen, obwohl sich eine mahnende Stimme in ihrem Inneren erhob. »Kommen Sie häufiger nach Sylt?«

Sie beeilte sich, zu versichern, dass sie regelmäßig die Familie ihrer verstorbenen Tochter besuche, und er lehnte sich daraufhin beruhigt zurück. »Ich liebe Italien«, sagte er und ließ offen, ob er die Absicht hatte, demnächst nach Umbrien zu reisen. Aber es kam Mamma Carlotta beinahe so vor.

Auch mit ihm vergingen die sieben Minuten im Flug. »Ich würde Sie gern ins Iismeer einladen«, raunte er ihr zu, als er seinen Platz räumen musste. »Dann könnten wir unsere Unterhaltung fortsetzen.«

Aber Mamma Carlotta lehnte ab, obwohl Carolin ihr vorhergesagt hatte, dass es so kommen würde, und sogar zugesagt hatte, dort auf sie zu warten. Aber sie wollte trotzdem nicht. Erstens, weil ihre Mutter ihr schon früh eingebläut hatte, dass eine Frau unbedingt erst mal Nein sagen musste, ehe der Mann ihr so lange den Hof machte, dass schließlich ein Ja daraus wurde. Aber zweitens und vor allem, weil zu Hause die Zutaten für das Abendessen warteten. »La famiglia ist es gewöhnt, dass ich koche.«

Alf war entzückt, als er hörte, dass sie eine begeisterte Köchin war, und wünschte sich, dass sie einmal für ihn kochte. Natürlich sagte Mamma Carlotta nicht zu, aber ihr Lächeln, das war ihr bewusst, war womöglich verheißungsvoll gewesen.

Er steckte ihr seine Visitenkarte zu. »Bitte, besuchen Sie mich in der Galerie.«

»Mal sehen«, antwortete Carlotta kokett und stand auf, um sich von Phil und Chris den Auswertungsbogen zu holen, den sie am Ende der Veranstaltung auszufüllen hatte. Selbstverständlich war es nur Alf, hinter dessen Namen sie ein Kreuz hinter die Spalte »Möchten Sie sich wiedersehen?« setzte. Und sie fügte die Telefonnummer der Familie Wolf an, wo sie zu erreichen sein würde. Tove erhielt ein solches Kreuz nicht. Ihn würde sie ja sowieso wiedersehen. Am besten gleich am nächsten Tag, um von ihm zu hören, ob das Speeddating für ihn ein Erfolg gewesen war.

Sie floh aus dem Kurhaussaal, als Alf noch dabei war, seinen Bogen auszufüllen. Carolin hatte sich entschlossen, doch nicht im Iismeer, sondern vor der Tür des Kurhauses auf sie zu warten. »Im Iismeer ist es rappelvoll.« Sie saß auf ihrem Roller und sah ihre Nonna neugierig an. »Wie war's?«

Mamma Carlotta wich aus. »Ich muss schnell nach Hause. Das Abendessen! Die Staatsanwältin kommt.«

Carolin setzte ihren Helm auf und öffnete das Staufach unter der Sitzbank, wo sie einen Ersatzhelm aufbewahrte. Sie reichte ihn ihrer Nonna. »Hier! Dann sind wir im Nu zu Hause.«

»Ich soll …?« Mamma Carlotta wollte protestieren, sah aber in diesem Augenblick Tove aus dem Kurhaus treten und dahinter Alf, der sich suchend umblickte. Sie zog das fliederfarbene Kleid so hoch wie nötig, höher, als ihr lieb war, setzte sich hinter Carolin und umklammerte ihren Oberkörper. »Aber fahr nicht so schnell.«

24

»Was du heute kannst besorgen, das verschiebe nicht auf morgen.« Tilla lachte, als sie Eriks mürrisches Gesicht sah. »Die Zeit ist günstig. Das Abendgeschäft hat noch nicht begonnen, die Kellner werden nicht viel zu tun haben.«

Erik sah es ein, trotzdem machte er einen letzten Versuch. »Sören wird sauer über den Alleingang sein.«

»Das muss er verkraften«, meinte Tilla und stand auf. »Außerdem wird mir allmählich kalt. Von Sommertemperaturen kann man wirklich noch nicht reden.« Sie zog ihren Blazer vor der Brust zusammen und legte nur ungern die Decke zurück, die das Café Orth seinen Gästen, die draußen sitzen wollten, zur Verfügung stellte.

Zügig gingen sie zum Telekomgebäude, wo Eriks Auto auf dem Parkplatz der Polizeiwache stand, und fuhren Richtung Wenningstedt. Der große Parkplatz vor Gosch war nicht einmal zur Hälfte gefüllt. Erik stellte den Wagen nahe am Eingang ab und folgte Tilla, die schon auf die Treppe zum Restaurant zuging, die ins Restaurant führte.

Er hielt sie an der Tür zurück. »Wir können nicht einfach die Kellner anquatschen. Erst mal müssen wir mit Herrn Gosch sprechen.«

Tilla war derselben Meinung. »Natürlich.«

Wie jeden Tag war viel los. Die langen Tische standen dicht gedrängt, es sah immer so aus, als hätte man versucht, möglichst viele Gäste unterzubringen. Etwas, das Erik störte, den meisten aber gut gefiel. Nur zu Zeiten, in denen sich nur wenige Gäste bei Gosch aufhielten, wirkten die unzähligen leeren Plätze demotivierend. Aber da das nur selten vorkam, war es im Sinne des Restaurantbetreibers sicherlich richtig gewesen, den Gastraum so einzurichten, dass jedem klar war, wie glücklich er sein musste, in dem riesigen Angebot einen Platz zu finden.

Sie sahen sich um, und Tilla schüttelte den Kopf. »Er scheint nicht da zu sein. Herr Gosch ist immer präsent. Wenn er nicht zu sehen ist, ist er nicht da.«

Sie erkundigten sich und erfuhren, dass an diesem Abend nur der Geschäftsführer zur Verfügung stand. Erik und Tilla nahmen am Fenster Platz und warteten, dass er zu ihnen an den Tisch kam.

Es dauerte nicht lange, und ein großer, eleganter Mann im dunklen Anzug erschien. »Sie wollten mich sprechen?« Er sah aus, als ahnte er bereits, worum es sich handelte.

»Es geht um Matz Olsson«, erklärte Erik und zog seinen Dienstausweis hervor. »Das ist die Staatsanwältin, Frau Dr. Speck.« Er nickte zu Tilla.

Der Geschäftsführer wunderte sich nicht. »Ich dachte mir schon, dass Sie bald kommen werden.«

Erik wies auf einen Stuhl und bat den Geschäftsführer, sich zu ihnen zu setzen, was dieser augenscheinlich nicht besonders gern tat. »Sie wissen natürlich, was mit Matz Olsson geschehen ist.«

»Offiziell wissen wir nur, dass er plötzlich und unerwartet verstorben ist. Aber im *Inselblatt* steht ja, dass er ermordet wurde.« Er sah erst Erik, dann die Staatsanwältin freundlich, aber mit pietätvollem Ernst an. »Wissen Sie schon, wer es war?«

»Dann wären wir nicht hier«, antwortete Erik. »Wir tappen leider noch völlig im Dunkeln.«

»Sie wollen vermutlich mit Matz' Kollegen sprechen?«

Erik nickte, aber Tilla antwortete: »Und mit Ihnen.«

»Natürlich, gern. Wenn ich Ihnen helfen kann ...«

»Wie gut kannten Sie Matz Olsson?«, fragte Erik.

Der Geschäftsführer zuckte bedauernd mit den Schultern. »Leider nicht besonders gut.« Seine Miene wurde schuldbewusst. »Man arbeitet jahrelang zusammen und weiß von der privaten Seite der Mitarbeiter wenig.«

»Nur dass er einen Schlag bei Frauen hatte?«, fragte Tilla anzüglich.

Der Geschäftsführer nickte peinlich berührt. »Ja, das war allgemein bekannt.«

»Auch, dass er es nicht bei flotten Sprüchen und humoriger Anmache beließ?«, erkundigte sich Erik.

»Ich habe davon reden hören. Genaueres weiß ich aber nicht. Matz Olsson hat gute Arbeit geleistet, mehr hat mich nicht interessiert.«

Erik sah sich um. »Gibt es Kollegen, die ihn näher kannten? Die mit ihm befreundet waren? Oder die häufig dieselbe Schicht hatten und mit ihm die Pausen verbrachten?«

Der Geschäftsführer überlegte kurz. »Ich glaube, Kalle Groot hat sich auch privat mit ihm getroffen. Kalle ist Single und geht, wenn er freihat, gern in Clubs und angesagte Kneipen. Ich habe mich oft gewundert, dass Matz sich ihm so häufig anschloss, und mich gefragt, wie seine Frau damit zurechtkam.«

»Es gefiel ihr nicht«, sagte die Staatsanwältin.

»Das kann ich mir denken.« Der Geschäftsführer erhob sich. »Soll ich Kalle zu Ihnen schicken?«

»Das wäre nett.«

Kurz darauf erschien ein kleiner, stämmiger Mann an ihrem Tisch, mit Bürstenhaarschnitt, runden Wangen und flinken, vergnügten Augen. »Sie wollen mit mir reden? Über Matz?«

Er setzte sich ohne Umstände zu ihnen und kam schnell zur Sache. Nachdem er sehr glaubhaft vorgebracht hatte, dass Matz' Tod ihn bis ins Mark erschüttert habe, sagte er: »Matz war mein Freund. Trotzdem fand ich es nicht in Ordnung, was er machte. Immer mit anderen Frauen, ständig mit neuen ... Der ließ einfach nichts anbrennen.«

»Soweit wir wissen«, sagte Erik, »hat er nicht nur One-Night-Stands gehabt, sondern auch eine außereheliche Beziehung, die schon länger andauerte.«

Kalle Groot nickte. »Mindestens ein halbes Jahr. Das mit Brunhilde schien was Ernstes zu sein.«

»Für sie oder für ihn?«, fragte Tilla.

»Für sie auf jeden Fall«, antwortete Kalle Groot. »Aber auch er war ganz schön verknallt.«

»Und seine Frau?«, fragte Tilla.

Kalle Groot verzog den Mund. »Die hatte das Nachsehen.« Er zuckte mit den Schultern. »Ich habe oft mit ihm darüber geredet. Das war nicht in Ordnung, was er machte. Dagmar war natürlich todunglücklich.«

Erik beugte sich vor, um Kalle Groot in die Augen sehen zu können. »Hatte er die Absicht, sich scheiden zu lassen? Wollte er Dagmar verlassen?«

Kalle Groot musste lange überlegen, bis er antwortete. »Vielleicht ... gesagt hat er nichts, aber er war so verändert in den letzten Tagen.«

»Inwiefern?« Tilla wurde nun sehr aufmerksam.

»Das fing mit dem Tod seiner Mutter an, glaube ich«, begann Kalle Groot zögernd. Er dachte eine Weile nach, ehe er fortfuhr: »Ne, später. Bei der Beerdigung war er noch so wie immer. Aber dann kam sein Onkel aus Brasilien, und plötzlich redete er so komisches Zeug. Ob ich Ahnung von Emil Nolde hätte.« Kalle Groot wedelte mit der flachen Hand vor dem Gesicht hin und her. »Emil Nolde! Ich weiß, dass das ein Maler war, aber bin ich Kunstexperte?« Er schüttelte den Kopf und lachte unfroh. »Er hatte in meinem Wohnzimmerschrank mal ein Buch gesehen, ein Buch von Emil Nolde. Das hatte mir mein Vater geschenkt, als er wollte, dass ich aufhörte, Jerry-Cotton-Heftchen zu lesen. Tolle Idee!« Kalle Groot zog die Mundwinkel herab. »Ich habe mir ein paar der bunten Bilder angesehen, das war's aber auch schon. Doch dieses Buch wollte Matz haben, ich sollte es ihm leihen. Ich habe gesagt, das kannst du geschenkt haben, das interessiert mich kein bisschen. Also habe ich es ihm geschenkt.«

»Woher sein plötzliches Interesse an Emil Nolde?«, erkundigte sich Erik.

»Das habe ich ihn auch gefragt. Aber er hat mir nur ausweichende Antworten gegeben. Mir war das auch egal. Ich dachte, dass er vielleicht ein Verhältnis mit einer Malerin begonnen hat oder mit einer Frau, die Wert auf Bildung legt. Matz war das reinste Chamäleon. Wenn der wollte, konnte er sich anpassen, das war kaum zu glauben.«

»Dieses Verhältnis mit Brunhilde Kiewel ...« Erik zögerte, ehe er fortfuhr: »War das allgemein bekannt? Oder ...?«

Kalle unterbrach ihn. »Ne, davon wusste nur ich. Jedenfalls eine ziemlich lange Zeit. Aber dann ist Dagmar ja dahintergekommen. Keine Ahnung, wie. Wahrscheinlich hatte sie einen Verdacht und ist ihm hinterher. Von mir hatte sie es nicht, ich musste ihm hoch und heilig versprechen, ihren Namen nie zu nennen. Aber ...« Er blickte auf seine Hände und sah nun traurig aus. »Das hat sich jetzt ja wohl erledigt.«

Erik bestätigte es nickend, während Tilla sagte: »Diese neue Liebe ... diese Frau, die an Kunst interessiert ist ... Haben Sie eine Ahnung, wer das sein könnte?«

Aber Kalle Groot schüttelte den Kopf. »Ich habe mich natürlich gefragt, was dahintersteckt. Wenn Matz sich für Kunst interessiert, um einer Frau zu imponieren, musste er schon ziemlich verknallt sein. Vermutlich war er Brunhilde schon wieder leid.«

Als sie Kalle Groot entlassen hatten, bestellten sie sich eine Weinschorle und schauten beide nachdenklich durchs Fenster aufs Meer hinaus. Es war ruhig, die Wellen waren so kurz und flach, dass die Oberfläche rau wie ein Waschbrett aussah. Der Himmel war so grau wie das Meer, die Horizontlinie kaum zu erkennen. Ein paar Unermüdliche tummelten sich mit ihren Wellenbrettern trotz der kalten Temperaturen im Wasser. Aber zufrieden waren sie sicherlich nicht, die Dünung war viel zu flach.

»Da hätten wir dann also die nächste Verdächtige«, meinte Tilla nach einer Weile.

Erik sah sie überrascht an. »Du meinst, Brunhilde Kiewel könnte Matz Olsson umgebracht haben, weil sie ihn keiner anderen gönnte?«

Sie sah so nachdenklich aus, dass Erik wissen wollte, was ihr durch den Kopf ging. Sie antwortete zögernd: »Ich habe dir doch von Kornelia erzählt.«

Erik sah sie verständnislos an. »Kornelia?« Er konnte sich nicht erinnern.

»Meine Freundin, die in der Galerie Kruskopp ausstellen wird.«

»Ach ja.« Erik grinste leicht. »Hatte ich vergessen! Du bist ja gar nicht meinetwegen hier, sondern wegen deiner Freundin.«

Tillas Gesicht blieb ernst. Während sie zum Horizont blickte, sagte sie: »Konny ist ziemlich attraktiv. Und sie schwärmt für Emil Nolde. Sie versucht sogar, ihn zu imitieren. Ihre Bilder sind ausgesprochen farbenfroh, dann sagt sie immer: ›So wie Emil Nolde.‹«

Erik verstand. »Du meinst, sie könnte es sein, in die Matz Olsson sich verliebt hat?«

»Andererseits steht sie total auf den Galeristen. Aber bei dem konnte sie bisher nicht landen. Es könnte ja sein, dass sie in ihrem Frust mit dem Erstbesten geflirtet hat, der sich ihr bot.«

»Mit Matz Olsson?«

»Sie war in den letzten Monaten häufig auf Sylt.«

»Es kann also sein, dass sich da eine echte Beziehung zwischen den beiden entwickelt hat?«

»Ich werde mit ihr reden.« Tilla wirkte nun sehr entschlossen. »Sie wird morgen nach Sylt kommen, um die Ausstellung vorzubereiten.« Jetzt sah sie Erik prüfend an. »Du kennst Brunhilde Kiewel. Traust du ihr den Mord zu?«

Erik dachte an die große, kräftige Frau, die so einen starken, unbeugsamen Eindruck machte, und sagte zögernd: »Ja, doch, ich denke schon.«

25

Mamma Carlotta war so schnell wie möglich in die erste Etage gelaufen, um sich das fliederfarbene neue Kleid vom Körper zu reißen. Sie warf es aufs Bett, stieg eilig in einen Rock, der schon zwei Flecken hatte, und zog sich ein Shirt über den Kopf, das auch nicht mehr ganz frisch war. Beim Kochen trug sie grundsätzlich Kleidung, die nicht empfindlich war, die nicht in die Reinigung musste, sondern in der Waschmaschine sauber wurde. Vielleicht würde sie später, wenn das Essen fertig war, das neue Kleid wieder anziehen. Die Staatsanwältin war ja auch immer sehr elegant angezogen.

Schon rannte sie die Treppe wieder hinab und stürmte in die Küche, sodass Kükeltje, die dort auf einem Stuhl döste, erschrocken in die Höhe fuhr. Es wurde Zeit! Erik und Tilla würden nicht mehr lange auf sich warten lassen.

Sie warf die Nüsse und Sesamsamen in die elektrische Mühle, ohne sie abzuwiegen. Das brauchte sie nicht, so was hatte sie im Gefühl. Als alles fein gemahlen war, verrührte sie es mit der Sahne zu einer Paste, halbierte die Tomaten und bestrich die Schnittflächen damit. Mit ein wenig Öl beträufeln, das Backblech fetten und – zack! – waren die Tomaten bereit, zu gratinieren, und würden, wenn die anderen Gänge noch nicht fertig waren, dafür sorgen, dass der ärgste Hunger gestillt war. Sie konnte aufatmen.

Während sie die Basilikumblätter abzupfte, die sie im Öl braten würde, fiel ihr Peer Mattes ein. Hatte sie ihn übersehen, als sie aufs Haus zugelaufen war? Oder hatte er schon Feierabend gemacht? Sie ließ die Blätter liegen und lief vors Haus. Tatsächlich, Peer Mattes war nicht zu sehen, auch sein Handwerkszeug stand nirgendwo herum. Hoffentlich ging es dem armen Mann nicht schlechter. Er hatte ja an diesem Tag keinerlei Zuwendung erhalten. Mamma Carlotta hatte Wichtigeres zu tun gehabt, als sich um das Wohl des Dachdeckers zu kümmern. Nun hatte sie ein schlechtes Gewissen. Vermutlich hatte Peer Mattes seiner besorgten Frau am Telefon erzählt, dass er mit ihrer Abwesenheit zurechtkam, weil die Schwiegermutter von Hauptkommissar Wolf für sein Wohl sorgte und sogar dafür, dass auch Jasper etwas Gesundes in den Magen bekam. Die arme Frau war sicherlich beruhigt gewesen. Aber in Wirklichkeit hatte Peer Mattes heute auf dem Dach arbeiten müssen, ohne bei einer Zwischenmahlzeit Kraft tanken zu können. »Madonna!«

Sie setzte das Wasser für die Nudeln auf und machte sich daran, die Zucchini zu schneiden. Kaum hatte sie begonnen, fiel ihr wieder ein, dass Peer Mattes an diesem Tag woanders arbeiten wollte. Dio mio! Das hatte sie glatt vergessen, dabei hatte er es angekündigt. Er wollte am Wochenende die Arbeit nachholen, damit es mit dem Dach auf dem Hause Wolf zügig weiterging. Hoffentlich bekam er dort, wo er heute arbeitete, auch etwas zu essen.

Ihre Gedanken blieben nicht lange bei Peer Mattes und seinem Sohn. Sie wanderten unverzüglich zu Alf, dem Mann, der eine Galerie in Wenningstedt besaß, der Mann, der sie ins

Iismeer einladen wollte, weil sie ihm gefallen hatte. Jetzt tat es ihr leid, dass sie seine Einladung nicht angenommen hatte. Ob er sie anrufen würde? Oder sollte sie seinem Vorschlag folgen und ihm einen Besuch in der Galerie abstatten? Sie war noch nie durch die Feldmarkstraße gegangen, hatte diese Galerie noch nie gesehen. Davor musste sie unbedingt noch in dem Buch über Emil Nolde lesen und sich gründlich über sein Leben und sein Werk informieren. Dass sie sich als eine Liebhaberin der Kunst ausgegeben hatte, machte ihr nun zu schaffen. Ein Galerist würde sie sicherlich bald durchschauen.

Sie schob diese unangenehmen Überlegungen beiseite, bevor sie sich um den Parmesan kümmerte. Schon einmal hatte sie sich mit schweren Gedanken ans Parmesanreiben gemacht und anschließend in die Notaufnahme des Krankenhauses von Città di Castello gebracht werden müssen.

Als der Parmesan bereitstand, machte sie sich ans Schneiden der Selleriestangen für den Fisch. Ob Carolin zum Abendessen erscheinen würde? Sicherlich wollte sie zuhören, wenn Erik und die Staatsanwältin über den Fall redeten. Mamma Carlotta seufzte tief auf. Hoffentlich führte das nicht zu schlechter Stimmung. Da würden ihr Fingerspitzengefühl und ihre Taktik gefragt sein, damit es nicht zu Streitigkeiten kam. »Dio mio!« Wie sollte das bloß weitergehen, wenn Carolin ständig ihren Vater belauerte, um etwas von ihm zu erfahren, während er sich wie eine Auster verschloss und nichts rausließ. Mamma Carlotta wurde klar, dass sie sich heimlich auf Carolins Seite geschlagen hatte. Wenn Erik seiner Tochter nichts sagen wollte, würde auch sie, seine Schwiegermutter, nichts erfahren. Sehr ärgerlich!

Zornig verrührte sie die Eier mit dem Mascarpone, dem Honig und dem Maisgrieß. Das alles musste eine Weile quellen, bis sie Gnocchi abstechen und ins siedende Wasser geben konnte. Sie merkte, dass sich ihre Mundwinkel hoben, die bis zu diesem Augenblick ärgerlich gezuckt hatten. Es war der

Gedanke an Tove, der sie amüsierte. Am nächsten Morgen würde sie gleich nach dem Frühstück in Käptens Kajüte erscheinen, um mit ihm zu reden. Dass er auf Freiersfüßen herumlief, musste er ihr erklären. Vielleicht kam Fietje erst später oder gar nicht in die Imbissstube, sodass Tove, wenn kein anderer Gast vor der Theke erschien, ihr haarklein erzählen konnte, wie er sich ein Leben mit einer Frau vorstellte. Nun runzelte sie wieder die Stirn. Das kurze Vergnügen war vorbei. Würde Käptens Kajüte noch derselbe Ort sein, wenn bei ihrem nächsten Besuch auf Sylt eine Frau dort das Zepter schwang? Gründliches Reinemachen, neue Sitzkissen, geschmackvolle Dekoration und freundliche Bedienung würden aus Käptens Kajüte vielleicht eine besser besuchte Imbissstube machen. Aber würde es ihr dann dort noch gefallen? Die schmuddeligen Vorhänge vor den Fenstern, die hässlichen Bierkrüge auf den Bänken davor, die Spinnweben unter der Decke, der brummige Wirt – das alles gehörte für sie dazu, nachdem sie sich einmal daran gewöhnt hatte.

Ein knatterndes Geräusch erstarb vor dem Haus. Mamma Carlotta warf einen Blick aus dem Fenster, Carolin stellte soeben ihren Roller ab. Sie hatte, nachdem sie ihre Nonna am Süder Wung abgesetzt hatte, noch einen Auftrag Koopmanns erledigen müssen: das Richtfest eines neuen Geschäftshauses in Kampen, in das eine weitere Luxusboutique einziehen sollte. Seit Carolin sich Karla Kolumna oder manchmal auch rasende Reporterin nannte, war ihr italienisches Temperament geweckt worden, das sich sonst unter friesischem Phlegma versteckte. Sie fuhr ins Haus wie eine Windböe, platzte in die Küche wie eine Springflut und ließ sich auf einen Stuhl fallen, ohne sich ihrer Jacke zu entledigen und ihre Tasche abzulegen. »Jetzt erzähl, wie es gewesen ist, Nonna.« Sie stand wieder auf, zog den Gurt ihrer Tasche, die sie stets schräg über dem Oberkörper trug, über den Kopf und holte ihr kleines Aufnahmegerät heraus. »Was für Erfahrungen hast du gemacht? Wie hast du dich während des Datings gefühlt? Wie war die Organisation? Irgendwelche besonderen Erlebnisse?« Sie stellte ihr Aufnahmegerät an und positionierte es auf dem Esstisch. »Also! Leg los!«

Diese Sache war so recht nach Mamma Carlottas Geschmack. Ihre Hände konnten sich bewegen, und gleichzeitig konnte sie reden. Eine herrliche Kombination! Noch dazu, wenn jemand an ihren Lippen hing, so wie Carolin jetzt, der es auf jede Einzelheit ankam. Das einzige Problem war, dass sie ihre Fantasie zügeln musste. Was sie berichtete, musste voll und ganz den Tatsachen entsprechen, sie durfte nichts dazuerfinden oder verfälschen, jedenfalls so wenig wie möglich. Carolin kicherte, als sie von Willem hörte, der behauptete hatte, von Carlotta beschimpft worden zu sein, von dem fröhlichen Harry, der geglaubt hatte, eine Französin vor sich zu haben, von Dieter, der viel geredet, aber nicht zugehört hatte, von Georg aus Bayern und Tom aus den Niederlanden. Tove Griess ließ sie aus, ohne erklären zu können, warum. Sie wusste ja, dass Carolin im *Inselblatt* keine Namen nennen würde, aber trotzdem fühlte sie sich verpflichtet, in diesem Fall der Diskretion den Vorrang einzuräumen. Tove war doch so was wie ein Freund.

Und Alf? Carolin merkte sofort, dass sie auch von ihm nicht gern sprechen wollte. Während sie sich über die Eigenheiten der anderen Männer lustig gemacht und sie ausgeschmückt hatte, erwähnte sie Alf nur knapp und auffallend sachlich.

Carolin bewies, dass sie ein gutes Gespür für Zwischentöne hatte. »Hat's bei dem gematcht, Nonna?«

Carlotta behauptete mal wieder, dieses Wort nicht zu kennen und nicht zu verstehen, was ihre Enkelin meinte, aber Carolin ließ sich nicht beirren. »Hast du hinterher ein Formular vorgelegt bekommen? Willst du diesen Alf wiedersehen?«

»Allora ...« Mamma Carlotta druckste eine Weile herum, ehe sie zugab, dass sie tatsächlich hinter diesem Namen an der bewussten Stelle ein Kreuz gemacht hatte. »Aber nur deinetwegen, Carolina! Damit du später auch darüber berichten kannst, wie es weitergeht nach dem Speeddating.«

Die Haustür klappte, und Carlotta schrak zusammen. »Dio mio! Das Essen ist noch nicht fertig.«

Aber nicht Erik und Tilla betraten die Küche, sondern Felix, schlecht gelaunt und so missmutig, wie man ihn selten sah.

»Was hat dir denn die Laune verhagelt?«, fragte Carolin und stellte ihr Aufnahmegerät ab.

Felix ließ sich auf einen Stuhl fallen und richtete sein Augenmerk auf die Vorbereitungen fürs Abendessen. »Heute habe ich einen freien Abend. Aber Ben und Finn haben keine Zeit, und mit Jasper ist nach wie vor nichts anzufangen.«

»Er ist noch immer malato?«, fragte Mamma Carlotta alarmiert.

»Scheint so«, brummte Felix.

»Hat er Fieber? Magen- und Darmbeschwerden? Kopfschmerzen?«

»Keine Ahnung. Er sagt, es geht ihm schlecht. Er will nicht raus. Er hat keinen Bock auf gar nichts …«

»Madonna!« Mamma Carlotta griff sich an den Kopf. »Du hättest nicht zu ihm gehen dürfen, Felice. Sicherlich hat er was Ansteckendes. Das habe ich dir schon ein paarmal gesagt. Seinem Vater geht's ja auch nicht gut.«

Carolin winkte ab, ehe sich ihre Nonna in dieses Thema verbissen, sämtliche Schreckensvisionen heraufbeschwört und an die Wand gemalt hatte und aus dem unerschöpflichen Schatz ihrer Erfahrungen alle Fälle hervorgekramt hatte, in denen Bewohner von Panidomino tückischen Krankheiten anheimgefallen oder nur im allerletzten Moment davor bewahrt worden waren.

»Wieso hast du einen freien Abend?«, erkundigte sich Carolin bei ihrem Bruder. »Du wolltest doch so viel Kohle scheffeln wie möglich. So ein Führerschein ist teuer.«

Prompt sprangen Mamma Carlottas Gedanken zum nächsten Problem. »Dio mio! Gibt es Ärger in der Pizzeria?« Sie war beunruhigt. »Ist Signor Zanchetti etwa nicht mehr zufrieden mit dir?«

»Ist dir eine Pizza auf den Boden gefallen?«, fragte Carolin, noch ehe ihr Bruder antworten konnte.

Aber Felix schüttelte düster den Kopf. »Angeblich habe ich eine Meuterei angezettelt.«

Carolin lachte. »Wer meutert?«

»Mariella. Und ich soll schuld sein.«

Mamma Carlotta legte das Messer zur Seite. »Perché? Warum?«

»Mariella hat es ihrem Vater heute klipp und klar gesagt, dass sie keine Lust auf Pizzeria hat. Sie will studieren.«

»Und was hat das mit dir zu tun?«, fragte Carolin.

»Signor Zanchetti ist davon überzeugt, dass ich Mariella diesen Floh ins Ohr gesetzt habe.«

»Hast du?«

Felix tippte sich an die Stirn. »Mariella wollte schon immer studieren. Ihr Vater hat es nur nicht zur Kenntnis genommen. Jetzt muss er.«

Carolin schüttelte den Kopf. »Ein Mann, der was gegen studierte Frauen hat? So was gibt's doch nicht mehr.«

»Quatsch!«, wehrte Felix ab. »Ein Mann, der will, dass sein Geschäft in der Familie bleibt! Hätte Mariella Geschwister und wollte einer von denen die Pizzeria weiterführen, wäre alles klar. Mariella dürfte gern studieren. Aber so?« Er ahmte Signor Zanchetti nach, indem er mit den Armen fuchtelte, die Augen verdrehte, sich ans Herz griff und die typische Handbewegung aller Italiener machte: die Fingerspitzen zusammengeführt und in Richtung Mund gestoßen. Und dann natürlich die zusammengelegten Hände und der nach oben gerichtete Blick, als wollte er den Himmel anflehen. »Zanchetti hat getobt. Wo er doch gerade erst diese wunderbare

Pizzeria gegründet hat! Die in Niebüll hat er aufgegeben, um hier auf Sylt das Geschäft seines Lebens zu machen, das natürlich nicht in fremde Hände fallen darf.«

»Was will Mariella studieren?«, fragte Carolin.

»Medizin. Das wollte sie schon immer.«

Mamma Carlotta konnte es nicht fassen. »Dio mio! Eine Tochter, die una dottoressa ist! Jeder Vater müsste stolz sein. Orgoglioso!«

»Er hat sich ein wenig beruhigt, als er hörte, dass ich nicht die Absicht habe, zu studieren«, erzählte Felix weiter. »Da wollte er sogar glauben, dass Mariellas Pläne eventuell doch nicht auf meinem Mist gewachsen sind.«

»Und trotzdem hat er dich rausgeschmissen?«, fragte Carolin.

Felix sah sie entgeistert an. »Habe ich gesagt, dass er mich rausgeschmissen hat? Quatsch! Ich soll heute Abend zu Hause bleiben und mir Gedanken machen.«

»Worüber?«

»Ob ich die Pizzeria später mal übernehmen will. Zanchetti sagt, ich wäre der geborene Gastronom.«

26

Erik blickte auf die Uhr, als sie Gosch verlassen hatten und auf sein Auto zugingen. »Ich glaube, meine Schwiegermutter hat noch zu tun. Sie wird jetzt in der Küche herumwirbeln und ihren Dorfheiligen bitten, uns noch eine Weile zu tun zu geben, damit wir nicht ins Haus platzen, solange sie noch nicht mit der Vorspeise fertig ist.«

Tilla lachte leise. »Weil sie den Nachmittag mit Speeddating statt mit Kochen verbringen musste?«

»Wir könnten zu Brunhilde Kiewel fahren und sie damit konfrontieren, dass Matz Olsson eine andere hatte.«

»Besser, ich rede erst mal mit Konny.«

»Okay.« Erik stieg ein, während Tilla draußen blieb und eine Nummer aus dem Speicher ihres Smartphones holte. Sekunden später ließ sie sich neben ihn fallen. »Mailbox. Ich versuche es später noch mal.«

Erik zog sein eigenes Smartphone hervor und wählte Sörens Nummer. »Bist du noch im Büro?«

Sören hatte soeben beschlossen, dass er es wie sein Chef machen und die Arbeit zusammenpacken wollte. Aber nun war sofort sein Interesse wach. »Neue Erkenntnisse?«

Erik berichtete von dem Gespräch mit Kalle Groot, und Sörens Reaktion war so, wie er vorhergesagt hatte. »Ihr habt ohne mich einen Zeugen vernommen?«

»Es hatte sich so ergeben«, versicherte Erik. »Rein zufällig.«

Sören war zum Glück schnell besänftigt und hörte sich an, was Kalle Groot zu berichten gehabt hatte. »Plötzliches Interesse an Malerei? Kann es dafür nicht auch andere Erklärungen geben?«

»Natürlich«, gab Erik zu. »Aber Kalle Groot war mit Matz Olsson befreundet. Er kannte ihn gut. Und er konnte sich nichts anderes vorstellen als eine Frau, der Matz Olsson imponieren wollte.« Er griff nach Tillas Hand und drückte sie. »Die Staatsanwältin kann sich sogar vorstellen, wer diese Frau ist.«

»Also gut!« Erik hörte, dass Sören seinen Stuhl zurückschob und aufstand. »Treffen wir uns vor dem Haus Kiewel!«

Erik nahm die L24 und bog zu Tillas Erstaunen rechts in den Bahnweg ein. »Du willst in die Weinhandlung?«

»Nein.« Erik stoppte vor dem Weinparadies und machte einen langen Hals. »Ich wüsste nur gern, ob Kiewel noch im Geschäft oder schon zu Hause ist.«

»Warum soll das wichtig sein?«

»Es wäre mir lieber, wir könnten Brunhilde Kiewel allein vernehmen.« Ein Lächeln ging über sein Gesicht, und er fuhr wieder an. »Ich habe ihn gesehen. Er ist gerade an die Kasse getreten.«

Er nahm die nächste Straße links und hielt wenige Minuten später vor dem Haus in der Nordmarkstraße. Brunhilde Kiewel stand in der Nähe der Haustür und redete mit einem Paar, augenscheinlich Feriengäste, die sich zum Eingang der Ferienwohnungen zurückzogen, als Brunhilde auf Eriks Wagen aufmerksam wurde.

Sie trat an den Straßenrand. »Wollen Sie zu mir?«

Sie sah vor allem Tilla fragend an, die sie noch nicht kannte. »Das ist die Staatsanwältin, Frau Dr. Speck«, stellte Erik vor und bemerkte, dass in Brunhilde Kiewels Blick etwas aufflackerte, was Angst sein konnte. Er sah aus den Augenwinkeln, dass ein Rennradfahrer in die Straße einbog, und nickte Sören zu, der kurz darauf neben ihnen bremste. »Meinen Mitarbeiter, Herrn Kretschmer, kennen Sie ja bereits.«

Sie nickte schweigend und ging ihnen voraus. An der Haustür drehte sie sich um, vergewisserte sich, dass alle drei ihr folgten, schloss auf und ging schnurstracks auf die Tür des Wohnzimmers zu. Erst dort, in der Nähe des Fensters und der Sitzgruppe, blieb sie stehen und sah ihnen entgegen. Dann öffnete sie die Schiebetür, die auf die kleine Terrasse führte, als hätten ihre Besucher schlechte Luft in den Raum getragen. »Bitte, nehmen Sie Platz.« Sie wartete, bis alle drei sich gesetzt hatten, dann ließ auch sie sich nieder. Aufmerksam sah sie einen nach dem anderen an. »Haben Sie noch Fragen?«

Erik nickte. »Erst mal eine Feststellung. Wir fragen nicht noch einmal, ob Sie ein Verhältnis mit Matz Olsson hatten, wir wissen es nun. Wie wär's, wenn Sie es zugeben? Es ändert zwar nicht viel, aber Sie würden uns den Eindruck vermitteln, dass Sie von nun an die Wahrheit sagen wollen.«

Brunhilde Kiewel zögerte, dann aber nickte sie tatsächlich. »Also gut, meinetwegen.«

»Ihr Mann hatte keine Ahnung davon?«

»Nein.« Zögernd setzte sie hinzu: »Glaube ich wenigstens ...«

Erik beugte sich vor und tat so, als wollte er sie hypnotisieren. »Haben Sie selbst gemerkt, dass Matz Olsson eine andere hatte? Oder hat er es Ihnen gesagt? Hat er mit Ihnen Schluss gemacht? Hat er …?«

»Nein!«, fuhr Brunhilde Kiewel auf. »Wie kommen Sie denn darauf?«

Nun ergriff Tilla das Wort. »Er soll plötzlich Interesse an Malerei gehabt haben.«

»Was?« Brunhilde Kiewels Mund stand nun offen. »Matz und Malerei? So ein Unsinn!«

»Sie haben also nicht bemerkt, dass er in den letzten Tagen anders war? Sagen wir … seit vierzehn Tagen etwa?«

»Nein.«

Erik beobachtete sie genau und merkte, dass in ihr eine Erinnerung aufstieg. Er wartete, auch Tilla und Sören merkten es und fassten sich ebenfalls in Geduld.

»Ja, vielleicht doch …« Brunhilde Kiewels Blick ging an die gegenüberliegende Wand. »Er war unruhig, ungeduldig, irgendwie … rastlos. Und verdammt schlechter Laune.«

»Sicherlich haben Sie ihn gefragt«, wandte Sören ein, »was mit ihm los ist?«

»Ja, klar. Angeblich wegen dem Tod seiner Mutter. Seine Frau wollte die Erdgeschosswohnung so bald wie möglich ausräumen, Matz sollte helfen, hatte aber keine Lust. Dann der Onkel, der auftauchte, obwohl Matz gehofft hatte, er würde in Brasilien bleiben … Ich dachte, der wird sich schon wieder einkriegen. Eine andere Frau? Nein, auf diese Idee bin ich nun wirklich nicht gekommen.«

»Wissen Sie, was wir denken?«, fragte Erik und lächelte nun freundlich, um Brunhilde Kiewel zu verunsichern. »Wir denken, dass Matz Ihnen auf Ihre Fragen die Wahrheit gesagt hat. Dass er sich in eine andere verliebt hat und sich von Ihnen trennen will.«

»Nein!«

Erik lehnte sich zurück und verschränkte die Arme vor der Brust. »Ja, so werden Sie auch reagiert haben, als er es Ihnen sagte. Nein!« Er hatte ihren Tonfall nachgeahmt. »Und dann …«

Er sprach den Satz absichtlich nicht zu Ende, obwohl Brunhilde Kiewel an seinen Lippen hing.

Tilla übernahm es. »Und dann ist Ihnen klar geworden, dass keine andere Frau Ihren Geliebten haben soll. Wenn er Ihnen nicht mehr gehören darf, dann keiner.«

Brunhilde Kiewels Unterkiefer sackte herab, sie verlor schlagartig alles Anziehende. »Sie meinen …« Es verschlug ihr die Sprache.

»Ja, wir meinen, dass Sie Matz Olsson erschlagen haben könnten. Aus Eifersucht! Weil Sie ihm die neue Liebe nicht gönnten.«

Brunhilde Kiewel sprang so unvermittelt auf, dass alle drei erschraken. Sören fuhr sogar in die Höhe, weil er wohl den Eindruck hatte, Brunhilde wolle die Flucht ergreifen.

Aber sie ging nur zu der geöffneten Terrassentür und schloss sie, als wäre ihr plötzlich eingefallen, dass jemand mithören konnte, der sich auf der anderen Seite der Mauer aufhielt. »Das ist die dämlichste Anschuldigung, die ich je gehört habe«, sagte sie und setzte sich wieder.

Auch Sören nahm wieder Platz. »Schade, dass Sie kein Alibi haben.«

Erik holte sein Notizbuch hervor. »Was für einen Wagen fahren Sie?«

»Einen Golf.«

»Farbe und Kfz-Kennzeichen bitte.«

Brunhilde Kiewel verdrehte die Augen, ehe sie antwortete.

»Und Ihr Mann? Was für einen Wagen fährt der?«

Sie erschraken alle, als eine Stimme aus dem Flur drang: »Wer will das wissen?«

27

Mamma Carlotta hatte gerade die Zucchini gedünstet, die sie für das Primo piatto brauchte, als sie vor dem Haus Türenschlagen hörte. Sie warf einen Blick aus dem Fenster. »Ah! Erik und Tilla! Und Sören kommt auch. Benissimo!«

Sie brachte es fertig, noch schnell die Nudeln ins siedende Wasser zu werfen, ehe sie zur Tür ging, um zu öffnen. Kükeltje stand bereits dort und ging Erik um die Beine, als er eintrat.

»Tilla!«

»Carlotta!«

Die beiden Frauen fielen sich in die Arme, jede versicherte, wie erfreut sie über das Wiedersehen mit der anderen sei, und währenddessen drängte Mamma Carlotta alle in die Küche, wo Carolin und Felix in das Begrüßungs-Tamtam hineingezogen wurden. Carolin sperrte sich immer, machte sich steif, da war sie wie ihr Vater, der meist die Augen verdrehte, wenn er das Gejubel ertragen musste, aber Felix war ja so wie seine italienischen Verwandten. Er übertrieb genauso gern und ließ ebenso bedenkenlos durchblicken, dass er auf ein Wiedersehen seit Wochen hinfieberte. Sören stand daneben und wartete darauf, dass das Begrüßungstheater ein Ende hatte. Er war wie immer betäubt von den Gesten, den Worten und der Lautstärke, die die Schwiegermutter seines Chefs produzierte und hervorrief. Aber mittlerweile lächelte er, wenn alles vorbei war, während er beim ersten Besuch Carlotta Capellas noch ausgesehen hatte, als fühlte er sich bedroht. Und die norddeutsche Staatsanwältin Dr. Eva-Mathilda Speck? Die hatte das Italienische im Hause des Sylter Kriminalhauptkommissars von Anfang an genossen.

Kaum saßen sie alle, kamen die gratinierten Tomaten auf den Tisch, und Sören fragte Carolin: »Kannst du dafür sorgen, dass ein Aufruf im *Inselblatt* veröffentlicht wird? Wir müssen wissen, ob jemandem ein Auto in der Braderuper Heide aufgefallen ist.«

»Klar!« Carolin wurde derart eifrig, dass Erik nervöse Blicke zu seinem Mitarbeiter schickte, der davon aber nichts bemerkte. Erik hätte lieber über das Wetter, die beginnende Saison oder über die Vernissage von Tillas Freundin geredet, auf keinen Fall jedoch über den Mord, den sie aufzuklären hatten. Er sah seiner Tochter an, dass ihre sämtlichen Sinne geschärft waren.

»Der Tote ist also mit einem Auto in die Heide gebracht worden?«

»Meinst du«, brummte Erik, »der Mörder hat ihn sich über die Schulter geworfen und in die Heide getragen?«

Carolin ging auf diese Frage nicht ein. »Gibt es schon Verdächtige?«, fragte sie. »Und ein Motiv?«

Erik schien entschlossen, darauf nicht zu antworten. Er tat so, als hätte er die Frage seiner Tochter nicht gehört, und wandte sich an Felix: »Musst du heute nicht in der Pizzeria arbeiten?«

Mamma Carlotta sprang auf, um nachzusehen, ob die gebratenen Basilikumblätter schon abgetropft waren. Wenn es familiäre Konflikte gab, war es immer besser, Erik den Rücken zuzudrehen, wenn sie versuchte, den Frieden zu erhalten. Dass Carolin aber auch so undiplomatisch war! Solche Fragen stellte man doch nicht direkt. Da musste sie sich doch denken, dass Erik nicht antwortete. Wie konnte sie glauben, dass ihr Vater ihr den Namen eines Verdächtigen oder ein Motiv verriet?

Felix reagierte zu Mamma Carlottas Schrecken ebenso undiplomatisch. »Hättest du was dagegen, Papa, wenn ich demnächst die Pizzeria Zanchetti übernehme?«

Erik fiel ein Stück der gratinierten Tomate von der Gabel. »Was?«

»Signor Zanchetti möchte nicht, dass die Pizzeria irgendwann verkauft wird. Er will, dass sie später mal von jemandem übernommen wird, der ihm gefällt. Er will selbst den nächsten Inhaber einarbeiten. Aber Mariella will studieren. An der Pizzeria hat sie kein Interesse.«

»Was hat das mit dir zu tun?«

»Ich könnte die Pizzeria später weiterführen. Signor Zanchetti mag mich.«

Erik warf seine Gabel auf den Teller. »Hast du noch alle Latten am Zaun?«

Diese Frage fand Mamma Carlotta bemerkenswert. Welche Latten? Welcher Zaun? Und was hatte das mit Felix' Frage zu tun? Aber sie merkte schnell, dass sie sich mal wieder in einer Redensart verheddert hatte, die man nur verstand, wenn man mit der deutschen Sprache vertrauter war als sie.

Felix grinste seinen Vater an. »Bleib mal geschmeidig, Papa.«

Mamma Carlotta sah, dass die Staatsanwältin Erik sehr sanft eine Hand auf den Unterarm legte. Madonna! Was dachten sich die Kinder nur? Carolin fragte nach Verdächtigen, und Felix regte seinen Vater mit diffusen Zukunftsplänen auf. Oder hatte er nur von Carolin ablenken wollen? Mamma Carlotta goss aufgeregt die Nudeln ab, kippte sie in eine Schüssel, warf die Zucchini darüber und ließ die Basilikumblätter darauffallen, ohne auf gefälliges Anrichten zu achten. Als sie die Nudelschüssel auf den Tisch knallte, bemerkte sie, dass die gratinierten Tomaten noch gar nicht gegessen waren, ließ es aber unkommentiert und betrachtete zornig die Teller, von denen nun eilig die Tomaten gekratzt wurden. Was für ein verkorkster Abend!

Als die Staatsanwältin sich an sie wandte, war sie erleichtert. »Erzähl mal, Carlotta! Wie war es beim Speeddating?« Sie kicherte hinter vorgehaltener Hand. »Dass du dich das getraut hast!« Nun warf sie Carolin einen vielsagenden Blick zu. »Du kannst stolz auf deine Oma sein.«

Carolin zeigte ihr Wohlwollen, indem sie die Teller abräumte und neue für das Primo piatto auf den Tisch stellte. »Für so was ist die Nonna genau richtig. Die hat ja vor nichts Angst.«

Mamma Carlotta erging sich sehr ausgiebig in die Schilderungen des Speeddatings, machte viel dazu, um für Heiterkeit zu sorgen, und unterschlug auch diesmal Tove Griess und den Mann, bei dem es gematcht hatte. Das fiel niemandem auf, denn ihre Berichte über die anderen Männer unterhielten so gut, dass niemand nachzählte.

Nur Eriks Laune blieb bedeckt. Er starrte auf die Nudeln, die ihm aufgetan wurden, und hatte noch nicht wieder aufgeblickt, als alle bedient waren, zu essen begannen und die Lobhudelei für die Köchin einsetzte.

»Wann kommt der Artikel über das Speeddating in die Zeitung?«, fragte Tilla.

»Vermutlich schon morgen«, antwortete Carolin, »kommt drauf an, was sonst noch auf Sylt passiert.« Dann sah sie ihren Vater scharf an. »Ihr müsst doch schon irgendwelche Spuren haben. Wen habt ihr vernommen? Was sagt Dagmar Olsson? Hat die keinen Verdacht?«

Erik schob den Teller so heftig zurück, dass eine Nudel auf den Tisch rutschte. Ihm schien der Appetit zu vergehen. »Caro …«

»Schon gut, ich werde den Namen natürlich nicht erwähnen. Aber Jürgen Kiewel könnte es sein, oder?«

»Hat Koopmann dir aufgetragen, mich auszuhorchen? Durftest du deshalb heute früher Feierabend machen?«

»Aushorchen ist das falsche Wort, Papa. Er ist der Meinung, dass es einfacher ist, wenn ich dich frage. Du weißt doch selbst, wie du immer mit Koopmann umgegangen bist. Der hat nur das erfahren, was ohnehin schon alle wussten.«

»Und du weißt, wie ich zu Koopmann stehe.«

»Journalisten haben ein Auskunftsrecht gegenüber der Polizei.«

»Nicht, wenn dadurch die Ermittlungsarbeit behindert wird.«

»Die Presse hat das Recht, sich aus allgemein zugänglichen Quellen ungehindert zu unterrichten.«

»Meine Arbeit ist nicht allgemein zugänglich. Das darf sie auch nicht sein. Wenn der Fall aufgeklärt ist, kannst du alle Informationen bekommen.«

»Die Presse hat eine öffentliche Aufgabe und braucht für ihre Erfüllung die entsprechenden Auskünfte.«

»Sag Koopmann, er soll ganz offiziell seine Anfrage stellen. So wie immer.«

»Und so wie immer bekommt er von dir keine Antwort.«

Mamma Carlotta war während des Schlagabtauschs immer nervöser geworden. Hitzige Diskussionen waren für sie eigentlich das Salz in der Suppe des Lebens, von ihnen gab es am Küchentisch in Panidomino immer viele, aber wenn daraus Streitigkeiten wurden, suchte sie stets nach Möglichkeiten, sie zu verhindern. Meistens, indem sie auf ein anderes Thema lenkte. »Den Zucchini fehlt Salz.« Sie sprang auf und holte den Salzstreuer. »Ihr könnt nachwürzen.«

Aber ihr durchsichtiges Manöver gelang nicht. Niemand griff nach dem Salzstreuer. Carolin und Erik funkelten sich weiter an, Tilla, Sören und Felix wollten anscheinend nicht in den Streit hineingezogen werden, duckten sich und schwiegen.

»Soll ich demnächst in meinem eigenen Haus nicht mehr über meine Arbeit reden können?«, schimpfte Erik. »Weil eine Vertreterin des *Inselblatts* mit am Tisch sitzt? Muss ich demnächst damit rechnen, dass alles, was ich sage, am nächsten Tag in der Zeitung stehen wird?«

»Aber, Enrico ...«, versuchte Mamma Carlotta es noch einmal. »Carolina will doch nur ihre Sache gut machen. Ihr Chefredakteur muss wissen, dass sie ...« Sie ruderte mit den Armen auf der Suche nach den deutschen Vokabeln, die ihr fehlten, als könnten sie vorbeifliegen und von ihr aufgefangen werden. »... ihre rapporti eccellenti ...«

Erik ließ sie nicht zu Ende reden. »Hervorragende Berichte? Aber nicht, indem sie mir in meine Arbeit pfuscht.«

»Das würde sie niemals tun, Enrico, ma ...«

Auch hier unterband Erik das Ende des Satzes. »Da will man seinen Feierabend genießen, im Kreise der Familie, bei einem guten Essen – und was passiert? Meine Tochter möchte mich ausquetschen, und mein Sohn teilt mir mit, dass er sein Leben aufs Abstellgleis fahren will.« Seine Stimme war, während er redete, immer lauter geworden, die letzten Worte hatte er geschrien.

Wieder wanderte Tillas Hand auf Eriks Unterarm. »Das hat Felix doch nicht so gemeint. Das war nur ein Spaß.«

Erik fuhr zu Tilla herum, sodass ihre Hand von seinem Arm rutschte. »Kennst du meine Familie nun schon besser als ich?«, brüllte er.

»Ich meinte doch nur ...«

»Mir langt's!« Erik sprang auf und lief aus der Küche. Alle anderen blieben entgeistert zurück, starrten sich an, lauschten auf das Geklapper des Bügels an der Garderobe und fuhren gemeinsam zusammen, als die Haustür ins Schloss donnerte.

»Volle Breitseite«, sagte Felix zu seiner Schwester, und es hörte sich an, als bewunderte er sie für ihren Mut.

Mamma Carlotta holte tief Luft, um ihre Bestürzung und ihre Sorge in Worte zu fassen, da klingelte das Telefon. Carolin sprang auf, als wäre sie froh, dieser Runde und den folgenden Mutmaßungen zu entkommen. Es dauerte nicht lange, und sie erschien schon wieder in der Küche. »Für dich, Nonna. Ein Typ, den du beim Speeddating kennengelernt hast ...«

28

Erik erwachte früh, sehr früh. Viel früher als sonst. Warum? Er war todmüde ins Bett gefallen, körperlich und emotional erschöpft. Aber er hatte nicht in einen tiefen, erholsamen Schlaf gefunden, war immer wieder aufgeschreckt und von wirren Träumen heimgesucht worden. Alles, was sich am Abend ereignet hatte, war mit ihm zu Bett gegangen und hatte verhindert, dass er Ruhe fand. Volle Breitseite, hatte er Felix noch sagen hören, als er die Tür ins Schloss warf. Ja, Carolins Vorwürfe hatte er wirklich als Frontalangriff empfunden. An der empfindlichsten Stelle getroffen.

Er war einfach losgerannt, blindlings, über die Westerlandstraße, in den Hochkamp hinein und dann weiter Richtung Meer. Die Straßen waren bereits menschenleer gewesen, ein kalter Wind hatte die Gäste, die gerne einen Abendspaziergang unternahmen, in die Häuser zurückgetrieben. Erik war froh gewesen, dass er niemandem begegnete. Am Ende des Hochkamps war er deswegen auch nicht nach rechts abgebogen, nicht zum Kurzentrum, sondern nach links, zum Strandübergang, an dem tagsüber Fietje Tiensch Dienst tat. Erik hatte sich auf das hohe hölzerne Treppengerüst gestellt und sich vom Wind durchrütteln lassen. Das Meer war finster gewesen, nur die Schaumkronen der auslaufenden Brandung zu sehen, weit hinten, am Horizont die Lichter eines Schiffs. Er hatte sich auf das Geländer gestützt und gemerkt, dass er ruhiger wurde. Aber es war nicht diese Ruhe gewesen, die zu Reue führte, nein, er war nach wie vor der Meinung, dass er recht gehabt hatte. Zwar hätte er nicht weglaufen müssen, das war kindisch gewesen, aber seine Empörung hielt er noch immer für berechtigt. Obwohl ... auf Felix' Bemerkung hätte er wirklich gelassener reagieren können. Tilla hatte ja recht, der Junge hatte das nicht so gemeint. Felix war seiner Großmutter so ähnlich. Die versuchte auch immer, von dem abzulenken, was zu einem Streit führen konnte. Ihr fielen auch oft aberwitzige Geschichten ein, um von einem brisanten Thema abzulenken, das zu einem handfesten Streit werden konnte. Die Pizzeria übernehmen! So ein Unsinn! Er hätte darüber lachen sollen, das wäre die einzige vernünftige Reaktion gewesen.

Nun warf er einen Blick zur Seite und betrachtete Tilla, die noch fest schlief. Es tat ihm leid, dass er sie gekränkt hatte.

Natürlich war es nicht richtig gewesen, sie anzufahren, weil sie sich eine Meinung erlaubt hatte. Sie gehörte zu ihm, also auch zu seiner Familie. Er musste dankbar sein, dass sie sich in diesem Familienkreis wohlfühlte, dass die Kinder sie mochten, seine Schwiegermutter sowieso. Sie musste sich einmischen dürfen, wenn es um diese Familie ging. Es wäre ungerecht, ihr das zu verwehren.

Er stand leise auf und ging ins Bad. Stöhnend sagte er sich, dass Sonnabend war, dass er eigentlich einen freien Tag hätte und ihn sogar mit Tilla genießen könnte, wenn er sich gestern nicht so idiotisch benommen hätte. Aus der gemeinsamen Freizeit würde jedoch nichts werden, da war es auch nicht weiter schlimm, dass er heute arbeiten musste.

Lange verharrte er vor dem Spiegel und betrachtete sein blasses Gesicht und die Augen, in denen noch die Müdigkeit stand. Was fand Tilla nur an ihm? Bis er begriffen hatte, dass sie ihn mochte, hatte er es normal und verständlich gefunden, dass er ihr nicht gefiel. Eine Frau wie sie, intelligent, gebildet, bildhübsch und elegant, und ein Mann wie er, steif, langweilig, in allem nur oder sogar allerhöchstens durchschnittlich.

Er stieg unter die Dusche und ließ das heiße Wasser auf seinen Körper prasseln. Mit geschlossenen Augen stand er da und versuchte, nur zu fühlen, nicht zu denken. Aber das klappte nicht. Ihm fiel wieder ein, wie er am Abend gezögert hatte, weil er nicht nach Hause zurückgehen wollte, und schließlich beschlossen hatte, ein Glas Rotwein im La Pergola zu trinken, in dem italienischen Restaurant gegenüber von Gosch.

Der Motorroller hatte in seiner Nähe gehalten, ohne dass die Fahrerin auf ihn aufmerksam geworden war. Er hatte Carolin nachgesehen, wie sie die Treppe zum Gosch-Restaurant hochstieg, und seine Pläne geändert. Einen Rotwein konnte er auch dort trinken. Oder ein Bier! Vorsichtig war er seiner Tochter gefolgt, hatte sich in das Restaurant gedrückt, wo eine große lustige Gesellschaft saß und die Kellner davon abhielt, Feierabend zu machen.

Er blickte sich um und sah, dass Carolin in der Nähe des Ausschanks stand. Mit dem Rücken zu ihr stellte er sich an einen Stehtisch und versuchte, etwas mitzubekommen. Sie sprach mit einem der Kellner, und er hörte, wie der Name Matz Olsson fiel. Aha, sie wollte also etwas herausbekommen. So, wie er selbst auch zu Gosch gegangen war, um zu hören, was dort über den toten Kollegen gesprochen wurde. Kalle Groot, der Matz angeblich am besten kannte, war nicht da, aber der junge Mann, den Carolin angesprochen hatte, schien auch gerne über Matz Olsson zu reden.

»Ich kann Ihnen Bilder von unserer letzten Betriebsfeier zeigen«, hörte sie ihn sagen und bemerkte aus den Augenwinkeln, dass Carolin hinter die Theke gezogen wurde und dort verschwand.

Würden in den nächsten Tagen Fotos im *Inselblatt* erscheinen, die einen fröhlichen, vielleicht sogar angetrunkenen Matz Olsson zeigten, der womöglich eine Frau im Arm hielt, mit der er nicht verheiratet war? Erik drehte sich um, damit er an die Theke treten und ein Getränk bestellen konnte, besann sich dann aber anders. Was wollte er hier? Carolin belauschen? Was für ein Unsinn! Er würde nichts erfahren, was er nicht schon wusste. Und wenn demnächst im *Inselblatt* etwas veröffentlicht wurde, was seiner Ermittlungsarbeit zuträglich gewesen wäre, hätte er es früher erfahren, konnte er sich immer noch aufregen. Am allerschlimmsten aber wäre es, wenn Carolin ihn hier erwischte und ihm vorhielt, dass er ihr gefolgt war, um sie an ihrer Arbeit zu hindern oder dafür zu sorgen, dass sie nur das schrieb, was er genehmigte. Er hatte die Tür aufgerissen und heftig ins Schloss geworfen. Wie glücklich war er gewesen, als Carolin nach Sylt, in den Schoß der Familie, zurückgekehrt war! Und nun? Dass sie unbedingt fürs *Inselblatt* schreiben wollte, war wirklich ein Ärgernis.

Er drehte das Wasser ab und stellte fest, dass er am ganzen Körper krebsrot war. Das Badezimmer war beschlagen, im Spiegel nichts mehr zu erkennen, die Fliesen so feucht, dass winzige Tropfenspuren zu Boden sickerten. Er öffnete das Fenster, um frische Luft hereinzulassen, während er sich abtrocknete. Sehr lange hielt er sich danach mit der Korrektur seines Schnauzers auf, kürzte ihn millimeterweise mit einer schmalen Schere, bis er zufrieden war. Er durfte nicht über die Oberlippe hinausragen, aber auch nicht zu kurz sein.

Lautlos ging er ins Schlafzimmer zurück und schaffte es, sich anzuziehen, ohne ein Geräusch zu verursachen. Am liebsten wäre es ihm, wenn auch seine Schwiegermutter noch schliefe, aber da machte er sich keine Illusionen. Sie würde schon in der Küche herumwerkeln, wenn er nach unten kam. Er lauschte kurz, während er sich sein Hemd zuknöpfte. Ja, es waren bereits Geräusche zu hören, bald würde der Kaffeeduft durchs Haus ziehen.

Am Abend, als er heimgekommen war, hatte er sehr darauf gehofft, dass Tilla und seine Schwiegermutter schon im Bett lagen. Aber er hatte es sich gedacht ... sie saßen noch in der Küche, jede ein Glas Rotwein vor sich, und erwarteten ihn.

Sören war natürlich längst nach Hause aufgebrochen, angeblich hatte er sehr bald nach Eriks Ausbruch, wie Tilla es nannte, das Haus verlassen und auf das Dolce verzichtet. Mamma Carlottas Schweigen dazu war sehr ausdrucksstark, und Erik hatte sich große Mühe geben müssen, unbeeindruckt auszusehen. Felix sei daraufhin zu Mariella gegangen, bekam er zu hören, und habe angekündigt, dort auch übernachten zu wollen. Es war das erste Mal, dass er nach einem Besuch bei Mariella nicht nach Hause kam, und Mamma Carlotta war entsprechend nervös gewesen. Ob Signor Zanchetti damit einverstanden war? Sie hatte größte Bedenken und schaffte es sogar, Erik zu verstehen zu geben, dass die schlechte Stimmung während des Abendessens Felix aus dem

Haus getrieben hatte. Aber da hatte Erik seine Ohren bereits auf Durchzug gestellt. Er war froh gewesen, dass über diese Frage sehr lange debattiert wurde, so lange, bis er sich selbst ebenfalls ein Glas Rotwein eingeschenkt und zu den beiden Frauen gesetzt hatte. Als er darüber informiert wurde, dass Carolin bereits schlafen gegangen sei, hatte er nur gegrinst.

Aber dann war ihm das Lachen vergangen. Tilla machte ihm mit sehr deutlichen Worten klar, dass er sich Carolin gegenüber unfair verhielt, während Mamma Carlotta sich bemühte, das Streitgespräch, das entflammte, mit einem Weichzeichner zu versehen, indem sie die Fisch-Gemüse-Kasserolle auf den Tisch holte und Erik den Rest anbot. Er war dankbar dafür, konnte er sich doch, während er aß, Tillas Vorwürfe schweigend anhören und so tun, als wollte er nichts entgegnen, weil er gelernt hatte, dass man mit vollem Mund nicht sprach.

Aber offenbar konnte er an diesem Tag nichts richtig machen. »Du könntest ruhig was dazu sagen«, fauchte Tilla. »Oder willst du das Problem aussitzen?«

Erik verschluckte sich und hustete länger, als nötig war. »Wie meinst du das?«

»Erklär mir bitte, warum du Carolin so behandelst!«

Erik hatte seine Schwiegermutter hilflos angesehen, aber leider war von ihr keine Unterstützung gekommen. »Es passt mir nicht, dass sie mir Informationen aus der Nase ziehen will, die Koopmann dann ausschlachten wird.«

»Koopmann!« Tilla spie diesen Namen geradezu aus. »Es geht nicht um Koopmann, sondern um Carolin. Sie will ihren Job gut machen, und du könntest ihr dabei helfen. Aber was tust du? Du behinderst sie in ihrer Arbeit.«

Erik war fassungslos gewesen. So hatte Tilla noch nie mit ihm gesprochen. Jedenfalls nicht, seit sie ein Paar waren. Früher war ihm dieser herrische Tonfall vertraut gewesen, diese Selbstsicherheit, mit der sie argumentierte, diese Erwartung, dass man ihr nicht widersprechen würde. All das hatte er nicht leiden können. Und es hatte ihm an diesem Abend genauso wenig gefallen.

Erik ging die Treppe hinab und genoss den Kaffeeduft, der ihm entgegenstieg. Aber nur kurz, dann wurde ihm klar, dass ihm diesmal vermutlich nicht das muntere Geplauder seiner Schwiegermutter entgegenkommen würde. Und richtig! Sie sah nicht auf, als er eintrat, murmelte nur ein kurzes »Buon giorno« und machte weiter mit dem Schinkenwürfeln.

Er wartete nicht, bis sie ihm einen Kaffee vorsetzte, sondern ging selbst zum Espressoautomaten. »Gut geschlafen?«, fragte er.

Aber die Antwort war nur ein unwilliges Brummen. Sie war also auf Tillas Seite, vertrat deren Meinung und hatte wohl die Absicht, ihn so lange mit Missachtung zu strafen, bis er bereit war, Carolin mit allen Einzelheiten zu versorgen, die sie für eine brisante Titelstory brauchte. Nein, so nicht! Wenn Erik mit einer Sache gut zurechtkam, dann mit ausgedehntem Schweigen. Darin war er viel besser als seine Schwiegermutter, das wusste er. Hoffentlich blieb Tilla im Bett, bis er mit Sören aus dem Haus war. Sollten die beiden Frauen sich doch zusammensetzen und auf ihn schimpfen. Das war ihm vollkommen egal!

Sören merkte gleich, dass sich die Situation über Nacht nicht verbessert hatte. Unsicher sah er von einem zum anderen, während er sich am Küchentisch niederließ, bedankte sich bei Erik für den Espresso und bei Mamma Carlotta für das Rührei, suchte nach unverfänglichen Gesprächsthemen, wusste aber, dass alles Dienstliche jetzt nicht richtig war. Erik wollte alle Pläne und Ermittlungsergebnisse für sich behalten, verdächtigte Mamma Carlotta, Carolin womöglich heimlich mit Fakten zu versorgen, die sie im Gespräch zwischen Erik und Sören aufgeschnappt hatte.

Das Frühstück war auf diese Weise schnell beendet, Erik

stand auf und sagte laut und überdeutlich: »Ich esse heute Abend in der Pizzeria Zanchetti. Wer will, kann ja mitkommen.«

Endlich schien er seine Schwiegermutter wieder zu erreichen. Die Aussicht, auswärts zu essen und die eigene Küche kalt zu lassen, war für sie immer etwas so Schönes und Außergewöhnliches, dass sie unmöglich schweigen konnte, was ihr ja sowieso schwerfiel. »Benissimo, Enrico! E il pranzo?«

»Mittagessen? Dazu haben wir keine Zeit.« Erik ging in die Diele und zog sich seine Jacke über. »Wir essen irgendwo ein Fischbrötchen.«

Diese kleine Rache gönnte er sich. Er wusste, dass seine Schwiegermutter Fischbrötchen hasste und nicht einmal zusehen konnte, wenn jemand seine Zähne in ein Brötchen schlug, in dem ein toter Fisch steckte, wie sie es gern ausdrückte. Die Angehörigen, für die sie mit Begeisterung kochte, an einen Fischbrötchenstand zu verlieren war die schwerste Strafe für sie.

Als er die Haustür öffnete, fiel ihm ein, dass es gestern Abend einen bemerkenswerten Telefonanruf gegeben hatte. Tilla hatte es kurz erwähnt, als er nach Hause gekommen war. Einer der Herren, die sie beim Speeddating kennenlernte, hatte sich bei seiner Schwiegermutter gemeldet. Einer, bei dem es gematcht hatte! Was für ein fürchterlicher Ausdruck! Aber er schien mittlerweile sogar seiner Schwiegermutter vertraut zu sein.

»Du hast also Zeit, deinen Eheaspiranten zu treffen«, sagte er und zog dann schnell die Haustür hinter sich ins Schloss, ehe sie sich empören konnte.

Als er die Treppenstufen hinabging, fuhr Peer Mattes vor, der mit seiner Arbeit beginnen wollte. Erik begrüßte ihn freundlich. »Moin, Herr Mattes! Geht's Ihnen besser?«

»Ja, ja, alles okay. Jasper ist auch wieder auf dem Damm.«

»Prima! Gut, dass es zurzeit nicht regnet.«

»Tut mir leid, dass ich gestern nicht konnte. Dieses Garagendach bei Dr. Klühn ... Der Mann ist nicht besonders umgänglich. Ich dachte, ich mache das lieber am Freitag zu Ende, damit er mir nicht das ganze Wochenende in den Ohren liegt, und mache bei Ihnen weiter, obwohl Sonnabend ist. Hatte ich Ihnen ja schon erklärt ...«

»Das ist nett, Herr Mattes. Wie lange werden Sie noch brauchen?«

»Zwei, drei Tage«, entgegnete Mattes, trat auf Erik zu und kratzte sich ausgiebig den kahlen Schädel.

Erik deutete seine Verlegenheit falsch. »Gehen Sie nur rein! Meine Schwiegermutter wartet sicherlich schon mit Schinken und Rührei auf Sie.«

Aber es stellte sich heraus, dass Peer Mattes ein anderes Anliegen hatte. »Ich habe von dem Mord gehört, von dem Toten in der Braderuper Heide. Könnte sein, dass ich eine Beobachtung gemacht habe, die für Sie wichtig ist ...«

29

Mamma Carlotta fühlte sich nicht wohl. Schrecklich, diese Auseinandersetzung zwischen Erik und Carolin! Wie sollte das nur enden? Sogar zwischen Tilla und Erik war es zum Streit gekommen. Dass seine Freundin sich auf die Seite seiner Tochter geschlagen hatte, schien Erik nicht zu verkraften. »Dio mio!«

Wenigstens war Peer Mattes wieder auf dem Posten, und Jasper wollte heute bei Felix erscheinen, um mit ihm zu bereden, wann die Proben der *Verbotenen Dosen* weitergehen sollten. Hoffentlich kam Felix früh genug zurück, und hoffentlich hatte er seine Idee von einer Zukunft in der Pizzeria Zanchetti begraben. Wenn sie selbst auch, zusammen mit Tilla, ihrem Schwiegersohn versichert hatte, dass Felix es nicht ernst gemeint habe, war doch ein Rest von Zweifel in ihr geblieben, dass er die Idee, später mal die Pizzeria Zanchetti zu übernehmen, durchaus attraktiv fand. Auf ein Studium hatte er ja keine Lust, eine Ausbildung, die ihn interessierte, hatte er noch nicht gefunden, da war es nicht auszuschließen, dass er sich für das Einfachste entschied oder für das, was ihm momentan am einfachsten vorkam.

Mamma Carlotta merkte, dass sie jemanden zum Reden brauchte, jemanden, der nicht zur Familie gehörte. Tilla kam nicht infrage, obwohl der Gedanke an ein Gespräch mit ihr angenehm war, da sie der gleichen Meinung wie Carlotta war. So willkommen das einerseits war, hatte es am Abend vorher andererseits auch ein Unwohlsein in ihr gegeben, als Tilla sich für Carolin starkgemacht und Eriks Verhalten seiner Tochter gegenüber kritisiert hatte. Carlotta war es vorgekommen, als drängte Tilla sich damit auf Lucias Platz, auf die Position der Mutter, die sich für ihr Kind einsetzte. Obwohl sie sicher war, dass Tilla das nicht beabsichtigte, merkte Carlotta doch, dass sie jedes Mal innerlich zurückwich, wenn sie dieser Verdacht quälte. Und gleichzeitig machte sie sich Vorwürfe, weil sie so empfand. Tilla war ja längst nicht mehr Eriks Freundin, sie war seine Lebensgefährtin und durfte und sollte an seinem Alltag teilnehmen. Und zu diesem Alltag gehörten nun mal die Kinder, so erwachsen sie mittlerweile auch waren. Natürlich durfte Tilla eine Meinung zu dem haben, was im Hause Wolf geschah, dennoch wurde sie Mamma Carlotta in dem Moment fremd, in dem sie sie äußerte. War das richtig? Sie würde gerne darüber reden. Frau Kemmertöns kam leider nicht infrage, sie hatte heute Morgen am Info-Stand des Kurhauses Dienst. Der Bäcker hatte oft keine Zeit, und natürlich wollte sie auch nicht, dass seine Kundschaft zuhörte, wenn sie von häuslichen Problemen sprach. Bei den Kassiererinnen von Feinkost Meyer sah es ganz ähnlich aus. Da blieb wohl nur Käptens Kajüte. Zwar versagte sie sich im Allgemeinen auch dort, von ihren Familienangelegenheiten zu reden, schon deshalb, weil Tove und Fietje keine Familie und somit keine Ahnung hatten, worauf es im Familienleben ankam. Aber immerhin würde sie in Käptens Kajüte reden können, egal worüber. Vielleicht über das Ergebnis des Speeddatings? Mamma Carlotta war neugierig, ob es bei Tove auch gematcht hatte.

Sie blickte auf die Uhr. Gut, dass dieser Tag keine zeitraubenden Aufgaben für sie bereithielt. Um ein Mittagessen musste sie sich nicht kümmern, ums Abendessen auch nicht. Wenn Felix oder Carolin heimkamen, um etwas zu essen, würden sie sich mit Resten begnügen müssen. Das war nicht weiter schlimm, da sie sich ja am Abend in der Pizzeria Zanchetti satt essen konnten. Denn natürlich würden sie – schon aus reiner Höflichkeit – sehr viel bestellen müssen und alles aufessen, damit Signor Zanchetti zufrieden war und einen guten Eindruck von der Familie Wolf hatte. Zum Glück war auch Tilla heute beschäftigt. Sie hatte sich ins Wohnzimmer zurückgezogen, um einige Akten durchzugehen, und wollte sich am frühen Nachmittag am Bahnhof einfinden, um ihre Freundin abzuholen, die auf Sylt eine Vernissage hatte. Mamma Carlotta hatte heimlich nachgeschlagen, was eine Vernissage war, und hoffte, dass es möglich sein würde, Tilla zu begleiten. Im Lexikon hatte gestanden: »Feierliche Eröffnung einer Kunstausstellung, bei der die Werke eines lebenden Künstlers ausgestellt werden«. In diesem Fall also die Werke von Tillas Freundin. Etwas Feierliches war genau nach Mamma Carlottas Geschmack, und sie war sehr gespannt. Für solche Gelegenheiten nahm sie ja immer das schwarze Kostüm mit, nicht nur für Beerdigungen, aber nun hatte sie ja das fliederfarbene Ensemble. Sicherlich war das genau richtig für eine Vernissage. Wenn sie später auf dem Marktplatz von Panidomino davon erzählte, würde sie garantiert erst mal allen erklären müssen, was eine Vernissage war. In Panidomino hatte es noch nie eine gegeben. Wenn der Maler des Dorfes in seinem Gartenhaus seine Bilder präsentierte, die

Obstschalen, Olivenbäume und Fliederbüsche zeigten, hatte jedenfalls kein Mensch von einer Vernissage gesprochen. Gut, dass sie nun wusste, was das war.

Am Nachmittag war sie bei Alf eingeladen, dem Mann, hinter dessen Namen sie nach dem Speeddating ein Kreuz gesetzt hatte. Ob das voreilig gewesen war? Madonna! Sie hatte sich nicht getraut, den Bogen zurückzugeben, ohne einen männlichen Namen angekreuzt zu haben. Dann merkten die Veranstalter womöglich, dass sie von vornherein an keinem Wiedersehen mit einem der Herren interessiert war! Carolin hatte sie ja auch gebeten, es auf ein zweites Treffen ankommen zu lassen. Sie wollte unbedingt wissen, wie so was ablief.

»Bei jungen Leuten kann ich mir das vorstellen, Nonna«, hatte sie gesagt, »aber bei alten?«

Das hatte ein wenig despektierlich geklungen, aber Mamma Carlotta hatte darüber hinweggehört. Sie war ja selbst gespannt, wie Alf sie empfangen würde. Zum Glück hatte er als Treffpunkt sein Geschäft vorgeschlagen, seine Galerie. In seine Privatwohnung hätte sie sich niemals getraut. »Madonna!« Aber in seinem Geschäft konnte sie dann immer noch so tun, als wäre sie am Kauf eines Bildes interessiert, wenn sie von jemandem gesehen werden sollte. Und während der Siesta musste sie unbedingt noch ein wenig in dem Buch über Emil Nolde blättern. Alf sollte nicht merken, dass sie eigentlich von Kunst und Malerei keine Ahnung hatte.

Sie warf einen Abschiedsgruß zur Wohnzimmertür, hinter der Tilla saß und arbeitete, und verließ das Haus. Tilla würde annehmen, dass sie einkaufen wollte, wenn sie auch an diesem Tag gar nicht kochen musste. Oder noch wahrscheinlicher … sie würde sich überhaupt keine Gedanken machen. Dass Carlotta einen Besuch in Käptens Kajüte plante, würde ihr jedenfalls nie in den Sinn kommen. Noch immer hatte Mamma Carlotta nicht eingestanden, dass sie Stammgast in Tove Griess' Imbissstube war, so wie der Strandwärter Fietje

Tiensch. Erik hatte ihr oft genug eingeschärft, dort nicht einzukehren, sondern ihren Kaffee oder Cappuccino im Café Lindow zu trinken. Und sie konnte ihn verstehen. Natürlich wollte er nicht, dass seine Schwiegermutter Kontakt mit zwei Männern pflegte, die häufig vor seinem Schreibtisch erscheinen mussten, weil sie mal wieder mit dem Gesetz in Konflikt gekommen waren. Fietje wurde immer wieder als Spanner erwischt, und Tove ging ja keiner Schlägerei aus dem Weg. Kein Wunder, dass der Kriminalhauptkommissar nicht wollte, dass seine Schwiegermutter ihre Zeit mit Männern verbrachte, die polizeibekannt waren. Aber sie hatte sich nun einmal an Käptens Kajüte gewöhnt, an die schmuddelige Umgebung, an den schlechten Cappuccino, den guten Rotwein aus Montepulciano und an die Gesellschaft der beiden maulfaulen Friesen, denen sie alle Geschichten erzählen konnte, die in Panidomino längst jeder kannte. Vielleicht hatten sie sogar eine Meinung zu ihren derzeitigen Familienproblemen. Sie musste nur so tun, als machte sie sich Sorgen um eine Freundin, damit sich nicht herumsprach, was in der Familie Wolf zurzeit geschah.

Tove empfing sie mit einem warnenden Blick. Mamma Carlotta war klar, was das bedeutete. Sie sollte Fietje, der an seinem Stammplatz am schmalen Ende der Theke hockte, nichts von dem Speeddating verraten. Dio mio, das hatte sie ihm doch längst zugesagt! Sie antwortete mit einem beruhigenden Nicken, dann erst rief sie: »Buon giorno!«, was Fietje aus seiner Lethargie weckte.

Er nahm den Blick vom Boden seines Glases und grinste. »Moin, Signora!«

Fietje sah ganz so aus, als hätte Tove sein Versprechen wahr gemacht und sich um die Lieferung seines Jevers gekümmert. Der Ärger vom Vortag war anscheinend vergessen. Fietje hatte zu seinem normalen Leben zurückgefunden, Bier zum Frühstück, Bier zum zweiten Frühstück, Bier gegen Mittag und Bier am Abend, manchmal auch zur Kaffeezeit. Mamma Carlotta kam es so vor, als ernährte sich Fietje ausschließlich von Bier. Das stimmte vermutlich nicht ganz, war aber sicherlich nahe an der Wahrheit. Dass der magere Fietje mit seiner fahlen Gesichtsfarbe und der gebückten Haltung sich ungesund ernährte, war so gut wie sicher.

»Un cappuccino, per favore.«

»Kommt sofort!« Tove schien stolz zu sein, dass er den Streit beigelegt hatte, dass Fietje wieder zufrieden und Mamma Carlotta nun vielleicht auch bereit war, über den Toten in der Braderuper Heide etwas mehr zu erzählen. Eifrig machte er sich am Kaffeeautomaten zu schaffen. »Hat Ihr Schwiegersohn den Mörder schon erwischt?«

»No.« Mamma Carlotta erklomm den Barhocker, den sie zu ihrem Stammplatz erkoren hatte, und legte die Unterarme auf die Theke. Die Körperhaltung, in der sich am besten erzählen ließ! »Aber es kann nicht mehr lange dauern.«

»Das war bestimmt ein eifersüchtiger Ehemann«, tönte Tove Griess. »Der Matz hat nichts anbrennen lassen.«

Dazu hatte sogar Fietje was zu sagen. »Als seine Mutter ins Krankenhaus gekommen war, stand ja die Wohnung im Erdgeschoss leer. Daraus hat Matz ein Liebesnest gemacht.« Fietjes Lächeln wurde so anzüglich, dass Mamma Carlotta wegschauen musste. »Da ging vielleicht die Post ab! Wenn Dagmar unterwegs war, hat der da ... na, Sie wissen schon. Manchmal auch, wenn Dagmar oben vor dem Fernseher saß. Dann musste er nur ein bisschen leiser sein.«

»Du verdammter Spanner!« Tove setzte Mamma Carlotta den Cappuccino vor, der prompt überschwappte, weil er sich so über Fietje aufregen musste. »Hast du bei Matz vorm Fenster gesessen und zugeguckt?«

»Der hätte ja die Gardine zuziehen können.«

»Widerlich!«, tönte Tove. »Pass nur auf, dass die Signora das ihrem Schwiegersohn nicht erzählt.«

»Wie sollte er mir das denn beweisen?« Fietje blieb ungerührt. »Mach mir noch ein Jever.«

Tove fing an zu zapfen, immer noch schimpfend, weil er gezwungen war, einem Gast ein Bier zu verkaufen, der es gar nicht verdient hatte.

Mamma Carlotta schwieg. Wenn die Rede auf Fietjes merkwürdige Gewohnheit kam, durch fremde Fenster zu gucken und andere Menschen in ihrem Intimsten zu beobachten, tat sie immer so, als wäre sie nicht da. Dann schwieg sie, betrachtete die Wände und redete erst wieder, wenn das Thema gewechselt worden war.

»Eigentlich habe ich mir ja auch immer nur die Bilder an den Wänden angeguckt«, behauptete Fietje nun, der merkte, dass er Carlottas Sympathien verlor, wenn dieses Thema vertieft wurde.

Prompt atmete sie auf und blickte ihn wieder an. »Quadri?«

»Über dem Esstisch hing so ein Bild, das hätte glatt ein Emil Nolde sein können.« Fietje redete sich in Schwung, was bei ihm selten vorkam. Nur gelegentlich, wenn er sich daran erinnerte, dass er mal eine Bildung genossen hatte, fiel ihm wieder ein, wie interessant das Leben sein konnte, wenn man etwas wusste, was einem den Zugang zur Kunst ermöglichte. »Vielleicht sogar auf Sylt gemalt«, fuhr er fort. »Ein altes Friesenhaus im Dämmerlicht, davor ein Teich, daneben ein Misthaufen, der bläulich schimmert, als sei er voller Schmeißfliegen. Nicht so bunt wie andere Bilder von Nolde, mehr so eine düstere Stimmung. Der Himmel sieht aus, als würde es bald dunkel. Nur noch ein heller Streif am Horizont.« Nun schwieg er erschöpft und griff nach seinem Jever. So viel gab Fietje selten auf einmal von sich. Vermutlich würde er jetzt drei Tage am Stück schweigen, weil er sich vollkommen verausgabt hatte.

Tove hatte ihm mit offenem Mund zugehört. »Emil Nolde? Wer soll das sein?«

Ehe Fietje reagieren konnte, hatte Mamma Carlotta schon die Antwort parat. »Ein Maler! Der hat sogar mal auf Sylt gearbeitet. Richtig schöne Bilder! Diese Farben – meraviglioso! Besonders das Bild ›Hohe Sturzwelle‹ gefällt mir so gut. Bellissimo!«

Tove starrte sie mit offenem Munde an. »Den kennen Sie?«

»Naturalmente!« Mamma Carlotta zog ein arrogantes Gesicht und spürte, dass es ihr gut gelang. Dann berichtete sie dem verblüfften Wirt und seinem staunenden Stammgast, dass Emil Nolde sich der Aquarellmalerei gewidmet habe und eigentlich gar nicht Nolde, sondern Hansen hieß. »Er hat sich den Namen seiner Heimatstadt zugelegt.«

»Ich wusste ja gar nicht«, stotterte Tove, »dass Sie sich so gut mit Malerei auskennen.«

Mamma Carlotta streckte ihre Nase noch ein Stück höher in die Luft. »Allgemeinbildung, Signor Griess! Cultura generale!«

»Na, dann ist dieser Galerist ja genau der Richtige für Sie.« Erschrocken blickte er sich nach Fietje um, der nichts vom Speeddating erfahren sollte. Aber Fietje widmete sich wieder seinem Bier und hörte nicht mehr zu. Trotzdem ergänzte Tove sehr leise: »Der Kruskopp wird begeistert sein, wenn er hört, dass Sie was mit Malerei am Hut haben.«

»Sul cappello?«

Aber es blieb keine Zeit, sich den Begriff erklären zu lassen, denn in diesem Augenblick wurde die Tür aufgerissen, und eine Frau rauschte in die Imbissstube, die Mamma Carlotta bekannt vorkam. Groß, blond, mit schulterlangen Locken, einer sehr langen und sehr spitzen Nase und einem großen Mund. Das Beeindruckendste an ihr war eindeutig ihre beachtliche Oberweite.

»Ich bin's! Kriemhild!« Strahlend baute sie sich neben Mamma Carlotta vor der Theke auf und lachte Tove so lange an, bis sich endlich ein Grinsen auf seinem Gesicht zeigte, unsicher, verlegen und nur mäßig erfreut. »Da du mich noch nicht angerufen hast, dachte ich, ich komme mal vorbei.« Sie stieß Mamma Carlotta mit dem Ellbogen an, sodass sie beinahe vom Hocker gefallen wäre. »Wir kennen uns. Warst du gestern nicht auch dabei?« Plötzlich fiel das Strahlen aus ihrem Gesicht. »Er hat hinter zwei Namen ein Kreuz gemacht?« Sie betrachtete Mamma Carlotta von oben bis unten, die unruhig auf ihrem Hocker hin und her rutschte. »Und dich hat er eher angerufen als mich?«

»No, no!« Mamma Carlotta wehrte erschrocken ab und wollte gerade erklären, dass ihr Besuch in Käptens Kajüte nichts mit dem Speeddating zu tun hatte, da sagte Tove: »Das haben Phil und Chris doch erklärt. Man durfte auch mehrere Kreuze setzen. Überall da, wo sich ein Wiedersehen lohnen könnte.« Er beugte sich zu Mamma Carlotta und flüsterte: »Sie haben hinter meinen Namen wohl kein Kreuz gesetzt? Schade eigentlich ...«

30

»Das muss die Kunstkennerin gewesen sein«, sagte Erik, als sie aus dem Auto stiegen und auf den Eingang des Telekomgebäudes zugingen.

Während der Fahrt von Wenningstedt nach Westerland hatten sie über das gesprochen, was Peer Mattes beobachtet hatte. Erst hatte er eine Weile herumgedruckst, ehe er damit herausgerückt war, was er zu berichten hatte. »Tut mir echt leid. Das hätte ich wohl schon eher erzählen sollen. Ich habe ja mitbekommen, dass in der Braderuper Heide was passiert ist. Aber erst, als ich heute Morgen das *Inselblatt* las ...«

In diesem Moment war Erik eingefallen, dass er sich unbedingt das *Inselblatt* kaufen musste, um zu sehen, was dort veröffentlicht worden war. Unwillig unterbrach er den Dachdecker. »Was stand da drin?«

Peer Mattes war noch unsicherer geworden. »Nichts Besonderes. Nur, dass ein Mann tot in der Braderuper Heide gefunden worden ist. In der Nähe vom Parkplatz Üp de Hiir. Und dass die Bevölkerung gebeten wird, Beobachtungen aller Art der Polizei zu melden. Auch wenn jemandem ein Auto auf dem Parkplatz aufgefallen ist.« Hastig hatte er ergänzt: »Aber ein Auto habe ich nicht gesehen. Oder besser ... mir ist keins aufgefallen. Aber den Toten ... also, Matz Olsson, den habe ich gesehen. Er ging spazieren, an der Seite einer Frau.«

»Wann war das?«, hatte Erik gefragt.

»Am frühen Abend. Genau kann ich es nicht sagen. So gegen halb sieben, glaube ich.«

»Und Sie?« Erik hatte Peer Mattes erstaunt angesehen. »Was haben Sie zu dieser Zeit in der Heide gemacht?«

»Ich bin auch spazieren gegangen.« Der Dachdecker hatte verlegen auf seine Schuhe gesehen. »Manchmal mache ich das. Dann telefoniere ich währenddessen mit meiner Frau.«

Sören war die Treppen zu Fuß hochgelaufen. Erik stieg gerade aus dem Aufzug, als sein Mitarbeiter schwer atmend oben ankam. Er hatte während der wenigen Augenblicke schon das *Inselblatt* aufgeblättert, das sie unterwegs gekauft hatten.

»Du meinst«, fragte Sören, während er Erik in sein Büro folgte, »Dagmar Olsson hat die beiden beobachtet und dann bei passender Gelegenheit zugeschlagen?«

Erik ließ sich am Schreibtisch nieder, las zunächst den Aufruf der Polizei, den das *Inselblatt* veröffentlicht hatte. Carolin hatte Wort gehalten, vielleicht würde es Aussagen von Sylter Bürgern oder von Feriengästen geben, die in der Heide etwas beobachtet hatten. So wie Peer Mattes.

Erik suchte in der Schublade nach seiner Trauben-Nuss-Schokolade. Leider fand er keine, nur leeres Silberpapier. Ärgerlich stieß er die Schublade wieder zu. »Und was ist mit der Kunstliebhaberin geschehen? War sie an dem Mord beteiligt? Hat sie Matz in die Heide gelockt?«

»Quatsch!« Sören schüttelte den Kopf. »Warum?« Er ließ sich auf der Ecke von Eriks Schreibtisch nieder. »Oder meinst du, sie könnte die Mörderin sein?«

»Was hätte sie für ein Motiv?«

Sören fiel keins ein. »Aber ihr Ehemann hatte eins, falls sie verheiratet ist.«

Erik strich sich lange und ausgiebig seinen Schnauzer glatt, dann stellte er fest: »Das könnte sein. Peer Mattes sagte, er habe auch einen Mann gesehen, der allein einen Spaziergang machte.«

»Wenn das der Ehemann war ...« Sören erhob sich und ging zum Fenster. »Der könnte die beiden beobachtet haben. Er ist auf sie zu, hat Matz zur Rede gestellt, seiner Frau Vorwürfe gemacht ...«

»... und hat dann zugeschlagen?«

»Denkbar wäre es. Vielleicht war das nicht geplant, aber Matz Olsson ist ihm dumm gekommen, da sind ihm die Nerven durchgegangen. Die Frau will nicht, dass ihr Mann als Mörder überführt wird, und schweigt.«

»Warum?«

»Matz Olsson war nur eine unbedeutende Affäre für sie. Ihr Ehemann ist ihr wichtiger.«

»Aber mit der Personenbeschreibung können wir nicht viel anfangen«, sagte Erik. »Mittelgroß, mittelschlank, eine Kappe auf dem Kopf mit einem großen Schirm und eine riesige Sonnenbrille auf der Nase. Peer Mattes hat nicht einmal die Haarfarbe gesehen, konnte nur sagen, dass sie wohl ein schmales Gesicht hatte. Aber selbst da war er nicht sicher.«

»Für eine Suchmeldung zu wenig.«

»Ein Käppi mit einem großen Schirm und eine riesige Sonnenbrille trägt auf Sylt der größte Teil der weiblichen Gäste.«

Es entstand Stille zwischen ihnen. Sören stellte sich ans Fenster, sah in den Himmel und folgte dem Flug einer Möwe, Erik starrte auf seinen Rücken. Dann gab er sich einen Ruck.

»Vielleicht sind wir auf dem Holzweg, was die Motivation angeht. Matz Olsson war ein Frauenheld, aber sein Tod muss nicht unbedingt etwas damit zu tun haben. Wenn Eifersucht auch ein gutes Motiv ist …«

Sören hatte sich umgedreht, während Erik sprach. »Habgier ist genauso gut.«

»Matz Olsson besaß nichts, was Habgier wecken konnte.«

»Vielleicht wissen wir es bloß noch nicht.«

Erik sah seinen Mitarbeiter lange an, ehe er fragte: »Wie meinst du das?«

»Matz Olsson könnte etwas geerbt haben, etwas Besonderes, etwas Kostbares, von dem wir nichts wissen. Von seiner Mutter.«

»Es ist kein Testament gefunden worden. Das sagt jedenfalls Dagmar Olsson.«

»Es kann trotzdem sein, dass beim Nachlassgericht eins hinterlegt worden ist.«

»Aber die alte Olsson war keine reiche Frau.«

»Weiß man's?«

»Wenn die etwas besaß, das wertvoll war – Schmuck oder so –, dann hätte der Mörder von Matz Olsson schon viel früher zuschlagen können. Und zwar, ohne einen Mord zu begehen. Die alte Frau war lange im Krankenhaus, ehe sie gestorben ist. Die Wohnung stand leer. Das wäre für einen Dieb leicht gewesen.«

»Vielleicht …« Sören überlegte lange, bis er den Satz fortführen konnte: »Vielleicht war es gut versteckt. Bargeld, wertvoller Schmuck. Matz wusste, wo es steckte, und hat es an sich genommen, ehe seine Frau etwas merkte.«

»Der Mörder muss dann auch davon gewusst haben.«

Mit einem Mal wurde es kalt im Raum, eiskalt. Erik war es, der den Namen aussprach, der beiden durch den Kopf geisterte. »Warnfried Bakker, der Onkel. Er kannte vielleicht das Versteck und fand es leer vor, als er nach Sylt kam. Er hat von

Matz verlangt, ihm zu geben, was seiner Meinung nach ihm gehörte ...«

»Wie konnte es ihm gehören?«

»Vielleicht war es ihm von seiner Schwester versprochen worden?«

»Dann muss es ein Testament geben.«

»Warum hat er dann nicht einfach bis zur Testamentseröffnung gewartet? Wenn er wusste, dass seine Schwester ihm etwas vermachen wollte, brauchte er keinen Mord zu begehen, um es zu bekommen.«

Sören nickte, wollte aber noch nicht aufgeben. »Wenn es kein Testament gibt, muss seine Schwester es ihm mündlich versprochen haben. Aber Matz Olsson wollte womöglich nichts mehr davon wissen.«

»Wir müssen herausbekommen, was er eigentlich überhaupt genau bekommen sollte.« Erik sah bedrückt vor sich hin. »Ich müsste Tilla fragen, ob sie bereit ist, einen richterlichen Beschluss zu erwirken, damit das Nachlassgericht zu einer Auskunft bereit ist. Wir müssen wissen, ob es ein Testament gibt und wie es aussieht.«

Sören wusste, wo seinen Chef der Schuh drückte. »Vielleicht solltest du dich erst mit ihr versöhnen? Dann fällt es dir leichter.«

Erik stand auf. »Wir können auch erst einmal mit Warnfried Bakker sprechen.« Er schlug sich vor die Stirn und ließ sich wieder auf seinen Stuhl fallen, weil ihm etwas einfiel. »Tillas Freundin! Sie könnte diese Kunstkennerin gewesen sein.« Hastig erzählte er Sören von der Frau namens Kornelia, die in der Galerie Kruskopp ihre Bilder ausstellen wollte. »Aber die hat keinen Ehemann, der eifersüchtig werden könnte. Die hatte sich angeblich in den Galeristen verguckt. Der war aber dummerweise an ihr nicht interessiert.«

»Dann könnte sie sich aus Frust auf Matz Olsson eingelassen haben.«

Erik nickte. »Das meinte Tilla auch.«

»Aber wer könnte sich daran stören?«, überlegte Sören weiter. »So sehr, dass er Matz Olsson aus dem Weg haben wollte. Dagmar Olsson? Brunhilde Kiewel?«

Erik seufzte tief auf. »Es hilft nichts, ich muss mit Tilla reden. Und diese Kornelia müssen wir uns auch vornehmen.«

Sören gab sich tatkräftig und dynamisch. »Also ist erst mal Versöhnung angesagt.«

Erik erhob sich, als fiele es ihm schwer, sein Gewicht in die Höhe zu stemmen. »Wenn du meinst ...«

31

Mamma Carlotta merkte, dass Fietje den Blick vom Boden seines Bierglases nahm und mit einem Mal sehr interessiert aussah. Fietje hatte normalerweise an gar nichts Interesse, nur daran, dass er regelmäßig sein Jever bekam und die Kurverwaltung es mit seinen Arbeitszeiten nicht so genau nahm. Aber nun merkte er auf und verfolgte genau, was sich in Käptens Kajüte abspielte.

Das fiel auch Tove auf, der es wütend registrierte. »Müssen wir uns unbedingt hier treffen?«, fragte er Kriemhild unwillig.

»Warum nicht?« Kriemhild schien nicht empfindlich zu sein. »Mein Urlaub dauert nicht ewig. Und du hast so viel von deinem Restaurant erzählt, dass ich es gerne kennenlernen wollte.«

Das Wort »Restaurant« hatte sie keinesfalls herablassend ausgesprochen, und ihr Blick, mit dem sie sich in Toves Imbissstube umsah, war nicht abschätzig. Mamma Carlotta wusste nicht, ob sie sich wundern oder ob sie erleichtert sein sollte.

Fietjes Gefühle lagen klar und deutlich auf seinem Gesicht: Er war amüsiert. Im Nu hatte er durchschaut, was Tove eigentlich vor ihm hatte verbergen wollen. »So, so«, murmelte er.

»Tove Griess sucht also jemanden, der ihm die Arbeit abnimmt.«

Der Wirt warf ihm einen Blick zu, als wolle er ihm demnächst nur noch Apfelsaft vorsetzen, aber Kriemhild hatte zum Glück nichts mitbekommen. Ohne zu fragen, drängte sie sich an Tove vorbei in die Küche.

»Wie sieht es denn hier aus?«, hörte Mamma Carlotta sie rufen.

Als wäre von Mamma Carlotta ein Vorwurf gekommen, blitzte Tove sie an. »Warum haben Sie auch kein Kreuz hinter meinen Namen gemacht?«

Eine Antwort erwartete er nicht. Er hätte sie auch nicht bekommen, weil er etwas erreicht hatte, das Erik sich oft vergeblich wünschte und das so selten vorkam, dass ihre Angehörigen in Panidomino nicht an Verblüffung, sondern an einen Schlaganfall geglaubt hätten: Mamma Carlotta verschlug es die Sprache. Mit offenem Munde sah sie Fietje an, dann die Küchentür, die hinter Tove und Kriemhild ins Schloss gefallen war, und schließlich wieder Fietje.

Der Strandwärter von Wenningstedt grinste, hob sein Glas, prostete Mamma Carlotta zu, als hätten sie was zu feiern, und nahm einen langen Schluck. »Tja«, meinte er dann und wischte sich den Schaum vom Mund. »Einer muss ja schuld sein, wenn bei Tove was schiefläuft. Meist bin ich es. Aber in diesem Fall konnte er mir nun wirklich nichts in die Schuhe schieben. Ich wusste ja gar nicht, dass Tove eine Frau sucht.«

Mamma Carlotta hatte ihre Verblüffung überwunden. »Dio mio! Er glaubt wirklich, ich könnte ... ich wäre ...?« Noch einmal geschah das, was niemand für möglich gehalten hätte: Carlotta Capella fiel nichts mehr ein.

»Tja, Signora.« Fietje Tiensch wischte seine Bartflusen trocken, die ihm oft ins Bier gerieten. »Wieso suchen Sie überhaupt einen Mann?«

»Tu ich ja gar nicht!« Mamma Carlotta wurde so zappelig

und überreizt, dass sie beinahe von ihrem Thekenhocker gefallen wäre, der unter ihrer Nervosität bedenklich zu schwanken begonnen hatte. »Es ist nur wegen Carolina …« Wie sollte sie das Fietje auf die Schnelle erklären? Andererseits musste er unbedingt wissen, dass sie nicht auf der Suche nach einem Mann war, damit er aufhörte, sie so merkwürdig anzusehen, als dächte er darüber nach, ihr einen Heiratsantrag zu machen. »Madonna! Sie wissen doch, meine Enkelin …«

Weiter kam sie nicht. Die Küchentür wurde aufgerissen, und Kriemhild erschien wieder, hinter ihr Tove, der mit einem Mal aussah, als wäre er hier nicht der Wirt, sondern ein Angestellter, der soeben von seiner Chefin einen Rüffel erhalten hatte.

»In der Küche muss wirklich mal gründlich sauber gemacht werden«, erklärte Kriemhild und sah Mamma Carlotta an, als wollte sie vorschlagen, sich gemeinsam an die Arbeit zu machen. Mamma Carlotta stürzte ihren Cappuccino hinunter, ehe Kriemhild diese Idee aussprechen konnte. Das fehlte noch!

Kriemhild blieb hinter der Theke stehen, vermutlich, damit sie Mamma Carlotta ins Gesicht sehen konnte. »Wie regeln wir diese Angelegenheit? Willst du bleiben? Dann wäre hier eine zu viel!«

Mamma Carlotta begann zu stottern. »Io? Ma perché …? Sono …«

»Du bist Italienerin?«

»Sì.« Mamma Carlotta war noch immer viel zu erschüttert, um in langen deutschen Sätzen zu antworten. Sie zog ihre Geldbörse hervor und zählte das Geld für den Cappuccino auf die Theke. Nur weg hier! Dieser Kriemhild fühlte sie sich derart unterlegen, dass sie es keine Minute länger an Toves Theke aushalten würde. Dass sie in Carlotta Capella eine Konkurrentin sah, war derart aberwitzig, dass es keinen Sinn machte, die Situation zu erklären. Warum tat Tove Griess nichts, um Kriemhild zu erklären, dass es zwischen ihnen gar nicht gematcht hatte? Offenbar hatte Tove hinter ihren Namen ein Kreuz gesetzt, sie aber ganz gewiss keins hinter seinen. Tove Griess? Madonna! Wenn sie auch schon viel mit ihm erlebt hatte, mehr in ihm zu sehen als einen Freund war absurd. »Non c'è modo«, murmelte sie und erhob sich. Oder vielmehr ... sie wollte sich erheben, doch in diesem Augenblick öffnete sich die Tür der Imbissstube, und eine Stimme ertönte, die sie sehr gut kannte.

»Moin!«

Mamma Carlotta fuhr herum. »Carolina? Was machst du hier?«

Ihre Enkelin war nicht weniger erstaunt. »Du? In Käptens Kajüte?« Dann ging ein Grinsen über ihr Gesicht. »Davon darf mein Vater aber nichts erfahren, stimmt's?«

Carolin schob sich auf den Thekenhocker neben Mamma Carlottas und bestellte einen Milchkaffee. Sie lachte Tove Griess und Kriemhild freundlich an. »Schön, Sie beide hier anzutreffen. Sind Sie bereit, mir ein Interview zu geben? Ich will einen Artikel über das Speeddating schreiben.«

Tove tippte sich an die Stirn, Kriemhild jedoch stellte sich sofort in Positur. »Aber gerne.«

Tove gab schon klein bei und wandte sich seinem Kaffeeautomaten zu. »Woher wissen Sie überhaupt, dass ich da war?«

»Ich habe Sie aus dem Kurhaus kommen sehen.« Sie lachte Kriemhild ins neugierige Gesicht. »Und Sie auch.« Kühl und professionell erklärte sie den beiden, dass es für sie nicht möglich gewesen war, beim Speeddating dabei zu sein, und dass es ihr auch verwehrt worden war, die Namen der Teilnehmer zu erfahren. »Datenschutz! Aber wenn Sie mir erlauben, über Ihre Erfahrungen zu schreiben, ist ja alles okay.«

Tove weigerte sich noch immer, und als er in Fietjes grinsendes Gesicht sah, weigerte er sich noch heftiger. Kriemhild jedoch war entschlossen, endlich einmal in die Zeitung zu kommen. Und als Carolin ihr Handy zückte, um ein Foto zu schießen, riss sie Tove an ihre Seite und befahl ihm, gefälligst zu lächeln. Tove war derart überrascht, dass er es tatsächlich tat. Er grinste in die Kamera, als hätte er in Kriemhild seine große Liebe gefunden. Mamma Carlotta war fassungslos.

Carolins Interview war kurz und bündig. Sie wollte hören, was Kriemhild an Tove gefallen hatte, und umgekehrt, warum Tove hinter Kriemhilds Namen ein Kreuz gesetzt hatte. Staunend bekam Carlotta zu hören, dass Kriemhild von Toves Unternehmergeist beeindruckt gewesen war, den sie erkannt hatte, als er ihr von seinem Restaurant erzählt hatte. Sie war so gespannt auf Käptens Kajüte gewesen, dass sie auf keinen Fall darauf hatte warten wollen, von Tove eingeladen zu werden. Und Tove behauptete, ihm habe Kriemhilds Figur gefallen, ihr Lachen und ihr offenes Wesen. Dass er hinter einen weiteren Namen ein Kreuz gesetzt hatte, ließ er zum Glück unerwähnt.

Mamma Carlotta warf ihm einen so scharfen Blick zu, dass er ein Bier zapfte, das keiner haben wollte, obwohl Kriemhild durchblicken ließ, dass ihr ein Glas Prosecco jetzt guttun würde. Carlotta schüttelte heimlich den Kopf. Kriemhilds Figur? Sie konnte sich vorstellen, dass Tove ihre großen Brüste gefallen hatten. Ihr Lachen? Dieses dumme Gekicher konnte er doch unmöglich attraktiv gefunden haben. Und dass ihr offenes Wesen in Wirklichkeit unhöflich und dreist war, konnte ihm unmöglich entgangen sein. Mamma Carlotta war tief erschüttert. Was würde mit Käptens Kajüte geschehen, wenn Kriemhild hier demnächst das Sagen hatte? Eine entsetzliche Vorstellung! Warum wurde aus einem Mann ein dummer August, wenn seine Hormone ins Kreiseln gerieten?

»Ich bin oft auf Sylt. Meine Schwester ist hier verheiratet. Sie kennen sie vielleicht? Brunhilde Kiewel.« Kriemhild lachte sehr laut und sehr lange. »Meine Eltern liebten das Germanische. Unser Bruder heißt Giselher.« Sie wandte sich an Tove.

»Magst du das Germanische auch?« Ehe Tove wusste, was er eventuell darauf antworten könnte, redete sie schon weiter: »Ich habe Brunhilde immer beneidet, dass sie auf dieser schönen Insel leben konnte. Wenn auch ihre Ehe ... na ja, das gehört nicht hierher.«

Carolin beendete das Interview hastig, ehe Kriemhild noch ihre ganze Familiengeschichte vor ihr ausbreiten konnte, steckte ihren Block wieder zurück, auf dem sie Notizen gemacht hatte, und trank einen Schluck Milchkaffee und sah ihre Nonna staunend an. »Dass es zwischen dir und Tove Griess gematcht hat ...«

»Hat es doch gar nicht!«, wollte Mamma Carlotta unterbrechen, kam aber nicht dazu.

Tove war schneller. Zum ersten Mal, seit sie ihn kannte, überholte er sie. »Warum auch nicht? Ich bin doch ein stattliches Kerlchen!« Er verzog sein Gesicht zu einem Grinsen, das Carlotta nicht leiden konnte. Niemals wäre sie auf die Idee gekommen, ein Kreuz hinter Toves Namen zu setzen. Wenn er so grinste, noch viel weniger.

»Und kaum ist das Dating vorbei«, fügte Kriemhild beleidigt an, »sitzt sie schon an Toves Theke.«

Carolin berührte Carlottas Arm. »Du kannst es ruhig zugeben, Nonna.« Und flüsternd ergänzte sie: »Ich weiß doch, dass du es nur für mich getan hast, für meinen Artikel über das Speeddating.« Flüsternd, für alle anderen unhörbar, ergänzte sie: »Du wärst sonst nie in diese Kaschemme gegangen.« Sie zwinkerte ihrer Großmutter zu, was genauso gut bedeuten konnte, dass sie Carlottas Geheimnis kannte.

Mamma Carlotta war nun endgültig am Ende ihres Lateins. Sie gab auf und bestellte, um ihre Kapitulation besser zu ertragen, einen Rotwein aus Montepulciano.

Tove wunderte sich. »Am helllichten Tag? Sonst sagen Sie immer, für Alkohol müsste erst die Sonne untergehen.«

»Es gibt Ausnahmen«, erklärte Mamma Carlotta.

Als Tove ihr eingeschenkt hatte, bekam auch Kriemhild ihren Prosecco und war bereit, den Platz hinter der Theke Tove zu überlassen und sich davor auf einen Hocker zu setzen. Fietje schrak zusammen, als sie ihre großen Brüste neben ihn auf die Theke legte und ihn ansprach, was ihm sehr selten widerfuhr. Eigentlich war er daran gewöhnt, dass niemand etwas mit ihm zu tun haben wollte.

»Kennen Sie Tove näher? Dann erzählen Sie mir doch mal was von ihm.« Sie zwinkerte Tove zu, der protestieren wollte, es dann aber vorzog, den Mund zu halten.

Carolin beugte sich näher zu ihrer Oma. »Hast du was von Papa gehört? Ich muss heute noch einen richtig brisanten Artikel über den Mord schreiben. Hat er irgendeine Bemerkung fallen lassen?«

Carlotta schüttelte den Kopf. »Heute Morgen war Enrico sehr wortkarg.« Sie überlegte kurz. »Ich auch.«

»Kann ich mir denken.« Carolin grinste. Aber nur kurz, dann nahm ihr Gesicht wieder einen verärgerten Ausdruck an. »Koopmann rechnet fest damit, dass ich brisante Einzelheiten habe, die keine andere Zeitung bringt.« Sie winkte ab, ehe Mamma Carlotta etwas dazu sagen konnte. »Sogar die Staatsanwältin steht auf meiner Seite. Aber mein Vater lässt mich ja hängen. Deshalb musste ich schon selbst Erkundigungen einholen. Morgen erfährt ganz Sylt, dass Matz Olsson ein notorischer Fremdgänger war. Wobei das vermutlich schon alle wissen. Ich habe sogar ein tolles Foto von einem Kollegen von Matz bekommen. Das wurde auf einem Betriebsfest aufgenommen. Matz Olsson, wie er mit einer Frau knutscht und dabei einer anderen in den Ausschnitt greift.«

Mamma Carlotta starrte ihre Enkelin an. »Das kannst du nicht machen.«

»Natürlich werden die Gesichter der Frauen verpixelt.«

»Dio mio!« Mamma Carlotta wollte gar nicht wissen, was dieses Verpixeln bedeutete, von dem sie noch nie gehört hatte.

Carolin war bester Laune. »Die Story übers Speeddating ist fast fertig. Dass hier zwei Bewerberinnen aufeinandertreffen, ist doch super.« Sie legte besänftigend eine Hand auf den Arm ihrer Großmutter. »Keine Sorge, deinen Namen werde ich nicht erwähnen. Aber ehrlich, Nonna, dass du Tove Griess angekreuzt hast ...« Sie schüttelte den Kopf und lachte auf. »Und heute Nachmittag geht's gleich zum nächsten Date? Krass! Bei euch Oldies geht's ja richtig ab.«

32

Die Staatsanwältin meldete sich so, wie sie es früher getan hatte, wenn Eriks Handynummer in ihrem Display erschien. »Speck!« Eine Silbe, die wie eine Knallerbse in Eriks Gehörgang fuhr.

Verdattert antwortete er: »Ich bin's, Erik.«

»Was willst du?«

Erik schluckte. Da waren sie also wieder. Die Stimme, von der er sich früher geohrfeigt gefühlt hatte. Das Unverbindliche, das immer einen Kübel Wasser über seine Laune geschüttet hatte. Die Unhöflichkeit, die für ihn wie eine Wand gewesen war, vor die er lief, stets aufs Neue. Er hatte gedacht, das wäre für immer vorbei. »Es geht um deine Freundin ...«

»Ich habe sie vor einer Stunde vom Bahnhof abgeholt. Wir sitzen im Café Wien.«

»Kann ich mit ihr sprechen?«

»Warum?«

»Ich möchte wissen, ob sie Matz Olsson kennt. Es könnte sein, dass sie die Kunstkennerin ist, die Matz Olsson so beeindruckt hat, dass er plötzlich an Emil Nolde interessiert war.«

»Sie ist gerade zur Toilette gegangen. Ich kann sie fragen, wenn sie zurückkommt.«

»Mittelgroß, mittelschlank, um die vierzig – passt das?«

»Ja.«

»So eine Frau ist mit Matz Olsson in der Heide gesehen worden.«

»Ich rufe dich gleich an.«

Erik hatte den Eindruck, sie wolle das Telefonat beenden, und ergänzte schnell: »Noch was ... ich brauche einen richterlichen Beschluss. Ich möchte wissen, ob ein Testament im Nachlassgericht hinterlegt wurde.«

»Das kannst du selbst erledigen. Ruf im Gericht an, und lass dir den Namen des zuständigen Richters geben. Vielleicht hast du Glück, und er ist am Wochenende zu erreichen.«

»Ich dachte, du ...«

»Warum überhaupt? Was hat ein Testament für eine Bedeutung?«

Erik riss sich zusammen, wie er es früher getan hatte, und bemühte sich, ihr kurz und knapp seine Beweggründe zu erklären, so zügig, wie es ihr früher wichtig gewesen war.

»Du glaubst also, Warnfried Bakker wollte etwas von seiner Schwester erben, was sich sein Neffe unter den Nagel gerissen hat?«

Erik fiel es schwer, diese Frage zu bejahen. Er merkte in diesem Augenblick, wie krumm und schief die Spur war, auf die er sich geworfen hatte, weil sich keine andere bot.

Tilla wartete seine Antwort nicht ab. »Und dann geht Bakker hin und brät seinem Neffen eins über, statt zur Polizei zu gehen und sein Recht einzufordern?«

Erik wollte auf diese Fragen nicht eingehen. »Dann ruf mich bitte an, wenn du mit deiner Freundin gesprochen hast.«

»Okay.« Sie legte ohne ein Abschiedswort auf. So wie früher. Und so wie früher packte Erik die Wut.

»Verdammt! Und das alles nur, weil Carolin unbedingt fürs *Inselblatt* arbeiten will.«

Sören hörte sich ruhig an, was sein Chef zu berichten hatte. Dass das Gespräch nicht gut gelaufen war, hatte er ohnehin mitbekommen. »Dann lass uns zu Warnfried Bakker gehen. Und zu Dagmar Olsson und Brunhilde Kiewel. Die Staatsanwältin kann dich ja unterwegs erreichen.« Er hielt Erik die offene Hand hin. »Ich fahre. Dann kannst du ungestört mit ihr telefonieren, wenn sie anruft.«

Erik gab seinem Mitarbeiter zwar den Autoschlüssel, hatte aber eine andere Idee. »Lass uns erst zu Gosch gehen und ein Fischbrötchen essen. Ich habe Hunger.«

Sören zögerte. »Und deine Schwiegermutter?«

Erik winkte ab. »Zurzeit sind alle Frauen meiner Familie gegen mich. Ich habe ihr gesagt, dass heute Mittag nicht mit uns zu rechnen ist.«

Sören sah nicht so aus, als wäre er damit einverstanden, fügte sich aber schnell. Sie benutzten den Strandübergang am Brandenburger Platz und entschieden sich anders. Die Sonne war gerade herausgekommen, eine Junisonne, die es schon schaffte, dem Wind die Kälte zu nehmen. Vor dem Strandbistro Sunsetbeach saßen bereits mehrere Feriengäste, blickten aufs Meer und hielten ihre Gesichter der Sonne hin. Der Bistrobetreiber hatte auf der Schräge, die zur Uferpromenade führte, kleine Tische installiert, festgeschraubt und unverrückbar, die an Schulbänke erinnerten. Davor Sitze, ebenso fest im Boden verankert, auf denen zwei Personen Platz nehmen konnten. An dieser Stelle ging es eben niemandem darum, seinem Gesprächspartner ins Gesicht zu sehen, hier wollten alle den Blick aufs Meer genießen. So saßen sie paarweise und schauten in dieselbe Richtung, wie Schüler zur Tafel.

»Lass uns hier eine Kleinigkeit essen«, schlug Erik vor. »Matjes mit Bratkartoffeln.«

Sören war einverstanden, und sie nahmen an einem Tisch direkt an der Uferpromenade Platz. Gerade hatten sie ihre Bestellung aufgegeben, als Eriks Smartphone klingelte. Er sah aufs Display und murmelte: »Tilla.«

Während er sich meldete, erhob er sich, überquerte die

Uferpromenade und machte ein paar Schritte auf den Strand. Ein Ball rollte vor seine Füße, Erik kickte ihn zurück zu den beiden Jungen, die an der Wasserkante Fußball spielten.

Tillas Stimme war noch immer kühl. »Ich habe mit Konny gesprochen. Sie sagt, sie kennt Matz Olsson nicht. Anscheinend war sie nicht die Frau, die mit ihm in der Heide gesehen worden ist.«

Erik wartete auf eine Ergänzung, denn er spürte das Zögern auf der anderen Seite der Leitung. »Anscheinend?«

»Ich bin nicht ganz sicher, ob sie die Wahrheit sagt.«

Erik wunderte sich. »Das sagst du, obwohl du mit ihr zusammen bist?«

»Wir sind nicht mehr im Café Wien. Ich warte auf der Strandstraße auf Konny, die deckt sich in der Schokoladenmanufaktur ein. Um ganz ehrlich zu sein ... Sie war empört, dass ich ihr ein Verhältnis mit einem einfachen Kellner von Gosch zutraue. So was hätte sie nicht nötig. Ein Künstler, Akademiker, erfolgreicher Geschäftsmann müsse es schon sein.« Sie gab ein Grunzen von sich, das Erik nicht genau deuten konnte. »Kann also sein, dass sie es doch war, die euer Dachdecker mit Matz Olsson gesehen hat, dass sie es aber nicht zugeben will. Es würde zu ihr passen.«

Erik fragte sich, warum Tilla, die er für eine geradlinige Person ohne Allüren hielt, mit einer Frau befreundet war, die solche Vorurteile hatte. »Dann sind wir also noch nicht weiter.«

»Ah, da kommt Konny!« Es raschelte im Hörer, als nähme Tilla ihr Smartphone von einem Ohr ans andere. »Noch etwas, Erik ... ich hole gleich meine Sachen und ziehe zu Konny ins Hotel. Für dienstliche Fragen stehe ich dir natürlich zur Verfügung, aber sonst ...« Sie sprach den Satz nicht zu Ende, sondern ergänzte kurz und bündig: »Du erreichst mich im Hotel Stadt Hamburg. Oder natürlich übers Handy. Tschüss!«

Sie hatte aufgelegt, ehe Erik etwas entgegnen konnte. Er drehte sich zu Sören um, als hoffte er auf Hilfe von ihm. Der

Kellner servierte gerade das Mineralwasser, das sie zum Matjes bestellt hatten.

Sören sah ihm entgegen, zunächst lächelnd, dann aber voller Sorge. Ihm fiel sofort auf, dass Erik deprimiert war, dass er einen schweren Schlag hatte hinnehmen müssen. »Ist was passiert?«

Erik ließ sich neben ihm nieder, nahm einen Schluck Mineralwasser und sagte dann: »Ich brauche ein Bier. Ich glaube, Tilla hat gerade mit mir Schluss gemacht.«

33

Mamma Carlotta verließ mit Carolin zusammen die Imbissstube. Ihre Enkelin setzte sich auf ihren Roller und stülpte sich ihren Helm auf. »Echt nett von dir, Nonna, dass du meinetwegen in diese Kaschemme gegangen bist. Aber dass du hinter den Namen von Tove Griess ein Kreuz gemacht hast ...«

»Habe ich nicht!«, versuchte Mamma Carlotta es noch einmal.

Aber Carolin wollte ihren Protest einfach nicht zur Kenntnis nehmen. »Ehrlich, das wäre wirklich nicht nötig gewesen. Andererseits ist es natürlich nicht schlecht für meine Geschichte. Die Leser werden sich wundern, wenn sie hören, was bei Leuten in deinem Alter noch so abgeht.« Sie zog eine Visitenkarte aus der Tasche. Die hatte Koopmann seiner neuen Volontärin machen lassen, worauf Carolin sehr stolz war. »Hier! Meine Handynummer! Wenn Kruskopp bereit ist, sich fotografieren zu lassen, ruf mich an.« Sie wehrte ab, ehe ihre Nonna einen Einwand erheben konnte. »Schon klar! Du wirst auf dem Foto dann nur von hinten zu sehen sein.«

Sie verabschiedete sich lachend. »Tschüsselchen!« Dann brauste sie davon. Mamma Carlotta sah ihr nach und fragte sich, ob sie nicht darauf hätte bestehen sollen, alles richtigzustellen. Sie hatte kein Kreuz hinter Toves Namen gesetzt und war nicht in Käptens Kajüte gegangen, weil sie ein Wiedersehen provozieren wollte, um Carolin mit Stoff zu versorgen. Als sie sich Richtung Westerlandstraße in Bewegung setzte, dachte sie ernsthaft darüber nach, Erik bei Gelegenheit aufzuklären. Vielleicht musste er endlich erfahren, dass sie schon seit ihrem ersten Besuch auf Sylt gern in die Imbissstube ging. Aber wie würde er reagieren, wenn er hörte, dass sie ihn so lange belogen hatte? Sie trottete über die Westerlandstraße, ohne nach rechts und links zu blicken, und reagierte nicht auf das empörte Hupen eines Autofahrers. Momentan war alles verkorkst.

Neben ihr quietschten die Bremsen eines Fahrrades. Felix hielt an und lachte über den Schrecken seiner Großmutter. »Ich fahre zu Ben und Finn. Jasper wird auch da sein.«

Endlich ein Lichtblick! »Er hat sich erholt?«

»Ja, seine Mutter kommt auch bald aus der Reha zurück.«

»Madonna! Wenigstens qualcosa di positivo!«

Felix' Gesicht veränderte sich plötzlich, er schien zu überlegen, ob er einfach weiterfahren sollte oder ob es nötig war, seine Nonna über die neuesten Entwicklungen im Hause Wolf in Kenntnis zu setzen. Er sah so aus, als würde er gerne weit weg sein, wenn Mamma Carlotta die Neuigkeit erfuhr, gab sich dann aber einen Ruck. »Die Staatsanwältin war gerade da. Nur ganz kurz.«

»Perché? Warum?«

Felix stellte einen Fuß auf eine Pedale, bereit, sofort loszufahren, wenn es zu heftigen Gemütsaufwallungen kommen sollte, die in der Öffentlichkeit peinlich waren. »Sie hat ihren Koffer geholt.«

Mamma Carlotta verstand noch immer kein Wort. »Der war noch gar nicht ausgepackt. Sie will doch das ganze Wochenende bleiben.«

»Offenbar hat sie ihre Pläne geändert. Sie zieht ins Hotel.«

Nun geschah doch das, was Felix befürchtet hatte. Seine Nonna griff sich ans Herz, rief den Himmel und die Gerechtigkeit an und fragte so, dass alle Vorübergehenden es hören konnten, was sie verbrochen habe, dass bei diesem Besuch auf Sylt alles schiefging. »Ich muss zum Friedhof. Mit Lucia sprechen! Und mit Dino! Aber ich komme ja zu nichts.«

Sie griff sich an den Kopf, stellte fest, dass sie damit ihre Frisur ruinierte, versuchte, ihre Locken zu glätten, suchte nach einem Taschentuch und putzte sich die Nase, suchte ein anderes, um sich die Augen zu wischen ... da bemerkte sie, dass sie allein war. Felix hatte das Weite gesucht. Sie sah ihn auf der falschen Straßenseite Richtung Westerland radeln.

Es war schrecklich. »Terribile!« Am liebsten würde sie auch ihren Koffer nehmen und nach einem frühzeitigen Flug Richtung Rom suchen. Alles ging schief! Nun auch noch die Beziehung zwischen Erik und Tilla. Es war zum Verzweifeln.

Mit schleppenden Schritten bog sie in den Süder Wung ein. Sie brauchte jetzt einen Espresso, am besten einen doppelten. Und dann musste sie sich auf ihr Treffen vorbereiten, das Treffen mit dem Galeristen. Bei diesem Gedanken fiel der ganze Ärger für kurze Zeit von ihr ab. Alf Kruskopp war ein netter Mann, sympathisch, herzlich und gut aussehend. Sie freute sich auf ihren Besuch in seiner Galerie. Andererseits ... wenn in diesen Tagen sowieso alles schieflief, würde vermutlich auch aus diesem Treffen ein Fiasko. Sie suchte schon nach dem Hausschlüssel, als sie noch längst nicht zu Hause angekommen war. Mit einem Mal hatte sie es eilig. Sie wollte sich doch noch gründlich auf den Besuch vorbereiten, das hatte sie sich vorgenommen. Das Buch von Emil Nolde würde sie neben die Espressotasse legen, den Lebenslauf des Malers studieren und sich mit seinen Hauptwerken befassen. Hoffentlich fanden sich in dem Buch einige Beurteilungen von Experten, die sie in einer schlichteren Sprache als ihre eigenen ausgeben konnte. Diese Aussicht lockte den Optimismus wieder an die Oberfläche ihres Gemüts, der ihr eigentlich selten abhandenkam. Sie würde sich mit Alf Kruskopp einen schönen Nachmittag machen. Und vielleicht wurde es dann in der Pizzeria Zanchetti auch noch ein lustiger Abend. Tilla würde vermutlich nicht dabei sein, aber das war gar nicht so schlimm. Sie gehörte ja nicht zur Familie, und dieser Abend bei den Zanchettis würde sicherlich sehr familiär werden. Sie freute sich schon darauf.

34

Die schlechte Stimmung hatte sich mittlerweile auch auf Sören übertragen. Er hatte sich in sein eigenes Büro zurückgezogen, um sich dort mit den Lebensläufen von Warnfried Bakker, Dagmar Olsson und Brunhilde Kiewel zu beschäftigen. Bei ihren drei Verdächtigen gab es vielleicht doch einen wunden Punkt in der Vergangenheit, der zu dem Mord an Matz Olsson geführt hatte. Sören war bereit, gründlich danach zu suchen.

Erik saß untätig an seinem Schreibtisch, hörte auf das Verkehrsrauschen, das von der Kreuzung herüberdrang, auf die Rufe von Kollegen der Wache, die zu den Streifenwagen liefen, auf die Stille im Haus der Telekom, wo alle Sachbearbeiter in ihren Büros saßen und zurzeit niemand den Wunsch hatte, sich aus der Teeküche etwas zu trinken zu holen. Er sah zum Fenster, vor dem sich eine Möwe treiben ließ, als wollte sie hineinsehen und sich vergewissern, dass sich in diesem Büro jemand befand. Tatsächlich ließ sie sich kurz darauf auf dem breiten Fenstersims nieder, drehte ihm aber den Rücken zu. Ohne sich zu rühren, blickte sie in den Himmel, vielleicht zu ihren Artgenossen.

Diese Bewegungslosigkeit, dieser Stillstand in seiner unmittelbaren Nähe übertrug sich auf seine seelische Verfassung, seinen Gemütszustand und seine Arbeitsfreude. Überall diese Stille, unter der alles erlahmte, seine Gemütsstimmung, seine Motivation, sein Glück sowieso. Als die Möwe ihre Schwingen ausbreitete und sich wieder in die Lüfte erhob, konnte das nichts ändern.

Warum behandelte Tilla ihn so? Wie war es möglich, dass sie aufgrund einer Meinungsverschiedenheit wieder zu der Staatsanwältin wurde, die er damals nicht hatte leiden können? Nahm ihre Liebe, ihre Beziehung nur dann einen guten Verlauf, wenn sie einer Meinung waren und er nichts tat, was ihr missfiel? Zornig warf er den Kuli zurück, den er gerade zur Hand genommen hatte. Nein, so eine Liebe wollte er nicht.

Nur mit Mühe schaffte er es, sich von dem Gedanken an Tilla zu lösen. Er musste sie aus seinem Kopf bekommen, obwohl sie Teil seines Falls war. Aber er wollte ihre Hilfe nicht mehr, wollte nicht, dass sie ihm eine Gefälligkeit erwies. Sie würde in der nächsten Nacht nicht in seinem Bett schlafen, also wollte er nicht auf einen Hinweis von ihr angewiesen sein. Keine überzeugende Logik, das wusste er selbst, aber eine, die ihm guttat. Wenn Tillas Freundin die Geliebte von Matz Olsson gewesen war, dann würde er das herausfinden, auch ohne Tillas Dazutun.

Die Nummer des zuständigen Richters hatte er sich herausgesucht, aber noch nicht in Flensburg angerufen, um ihn davon zu überzeugen, dass er einen richterlichen Beschluss für das Nachlassgericht brauchte. Besonders stichhaltig war seine Argumentation nicht, da hatte Tilla recht. Wenn Warnfried Bakker der Überzeugung war, dass ihm etwas aus dem Erbe seiner Schwester zustand, dann hätte er seinen Anspruch eingeklagt. Wenn es ein Testament gab, in dem Bakker bedacht worden war, musste er nur darauf warten, dass es eröffnet wurde. Aber wenn es keins gab? Dann hätte er sich mit seinem Neffen und dessen Frau einigen müssen. Vielleicht wussten die beiden, dass Warnfried Bakker etwas versprochen worden war, und fühlten sich an die Wünsche der Erblasserin gebunden. Möglich aber auch, dass sie nichts davon wissen wollten. Und dann gab es noch die Möglichkeit, dass sie keine Ahnung hatten, was Warnfried versprochen worden war. So oder so würde Bakker seinen Anspruch nicht durchsetzen können. Er war also vor allem dann verdächtig, wenn es kein Testament gab. Es war möglich, dass er sich mit Gewalt geholt hatte, was ihm seiner Meinung nach zustand. Aber ein Mord? Die alte Olsson war keine reiche Frau gewesen, die etwas hinterließ, das zu solchen Begehrlichkeiten führte, die in einem Mord endeten. Aber manchmal geschahen Gewalttaten auch wegen Nichtigkeiten, das hatte Erik oft genug erlebt. Irgendwann ging es dann nur noch ums Prinzip, nicht mehr um die Sache. Hatte Warnfried Bakker seinen Neffen zwingen wollen, ihm zu geben, was er wollte? War es zu einem Streit gekommen, der mit dem Tod von Matz Olsson geendet hatte? Aber wie hatte der alte Bakker seinen jungen, kräftigen Neffen in die Braderuper Heide bringen können? Oder hatte ihm vielleicht dessen Frau geholfen? Dagmar Olsson, die froh war, ihren untreuen Mann los zu sein?

Erik stöhnte auf. Er würde also doch den Richter anrufen, um zu klären, ob es ein Testament gab oder nicht. Das Gespräch mit Warnfried Bakker hatte zu nichts geführt. Er hatte nur gelacht, als Erik ihm seinen Verdacht entgegengehalten hatte. Seine Schwester, eine reiche Frau? »Da sind Sie aber auf dem Holzweg! Schauen Sie sich doch um! Sieht so die Wohnung einer reichen Frau aus?«

Nein, die alte Frau Olsson hatte nichts zu vererben gehabt, was wertvoller als ihre Sammeltassen gewesen war. Erik war geneigt, Warnfried Bakker recht zu geben.

Die Unterhaltung mit Dagmar Olsson hatte auch nichts Neues gebracht. Von einer neuen Freundin ihres Mannes wusste sie nichts, dass er sich neuerdings für Kunst interessierte, war ihr entgangen. Das war aber auch kein Wunder, denn die beiden hatten sich schon lange nichts mehr zu sagen, einer kümmerte sich längst nicht mehr um die Bedürfnisse des anderen. Dagmar Olsson gab zu, dass ihre Ehe vermutlich über kurz oder lang auf eine Scheidung hinausgelaufen wäre. Das hatte ihr Angst gemacht, Erik hatte es deutlich gespürt. Dagmar wollte unbedingt für ihr langes Ausharren in dieser Ehe belohnt werden. Sie wollte ins Erdgeschoss des Hauses ziehen, das ihr Mann von seiner Mutter geerbt hatte und in dem jetzt unglücklicherweise Warnfried Bakker hauste, und sie wollte die Wohnung im ersten Stock vermieten und damit endlich über genug Geld verfügen, sodass sie nicht mehr auf ihre geringen Einnahmen auf dem Flohmarkt angewiesen war. »Dazu meine Witwenrente, das müsste reichen.« Dass sie Erik damit ein Mordmotiv lieferte, war Dagmar Olsson nicht klar gewesen.

Brunhilde Kiewel hatten sie allein zu Hause angetroffen, worüber sie sehr erleichtert gewesen war, das hatte Erik schnell bemerkt. In Gegenwart ihres Mannes wollte sie nicht über Matz Olsson sprechen, was er gut verstehen konnte. Wenn Jürgen Kiewel nun auch wusste, dass er von seiner Frau betrogen worden war, schien sie sehr darum bemüht zu sein, nicht mehr preiszugeben, als unbedingt nötig war. Sie ließ durchblicken, dass ihre Ehe in eine schwere Krise geraten war, seit ihr Mann wusste, dass sie ein Verhältnis mit Matz Olsson gehabt hatte. Von einer anderen Frau wollte sie jedoch nach wie vor nichts wissen. Sie war fest davon überzeugt, dass Matz nur eine Frau geliebt hatte: sie selbst. Jedenfalls behauptete sie das.

Erik dehnte sich und stand auf, um sich eine Tafel Trauben-Nuss-Schokolade zu kaufen. Im Büro durfte er nicht rauchen, seine Pfeife würde also kalt bleiben müssen, da brauchte er wenigstens etwas Süßes, das seinen Nerven immer guttat. Er blickte in Sörens Büro, fragte, ob er ihm etwas mitbringen solle, und ging zum Aufzug, als Sören verneinte. Zwar hatte er schon den Knopf gedrückt, der den Aufzug nach oben holen sollte, entschloss sich dann aber, zu Fuß ins Erdgeschoss zu gehen. Schließlich hatte er die Absicht, eine Stunde später viele Kalorien zu sich zu nehmen, also war es sinnvoll, ein paar davon vorab wegzutrainieren. Während er nach unten ging, nahm er sich mal wieder vor, von jetzt ab nie mehr den Aufzug zu benutzen, sondern es so wie Sören zu machen und immer die Treppen zu steigen. Ob er es jemals schaffen würde, diesen Vorsatz in die Tat umzusetzen?

Erik war erstaunt, wie leichtfüßig er ins Erdgeschoss gelangte. Als er aus dem Haus trat, fiel ihm auf, dass viele Autos mit Dachboxen vorüberfuhren. Es war Sonnabend, Bettenwechsel. Die Hamburger, Bremer und Nordrhein-Westfalen trafen ein, die Gäste aus südlicheren Bundesländern würden bald folgen. Am Abend würde es in Niebüll vermutlich wieder lange Schlangen vor der Verladestation geben.

Die Schokolade, die er am liebsten mochte, hatte es bei Leysieffer auf der Friedrichstraße gegeben, nicht in dem Bistro-Café, sondern gegenüber in dem Laden, der zu Leysieffer gehörte. Gehört hatte! Mittlerweile war Leysieffer in Insolvenz geraten, das Unternehmen hatte erhebliche Umsatzrückgänge verkraften müssen, die Rohstoff- und Energiekosten hatten für Liquiditätsschwierigkeiten gesorgt. Ein Logistikdienstleister hatte den Laden übernommen, und kurz darauf war das Bistro neu eröffnet worden, die Chocolaterie gegenüber war jedoch geschlossen geblieben, die Schaufenster verklebt, als wäre in nächster Zeit nicht mit einer Wiedereröffnung zu rechnen. Erik vergaß immer wieder, dass er seine Lieblingsschokolade nicht würde kaufen können, es fiel ihm ein, als er das Telekom-Gebäude bereits verlassen hatte. Also würde er sich wohl ein Eis kaufen, im Bistro Via Roma, nur zwei, drei Geschäfte hinter dem geschlossenen Leysieffer-Laden, schmeckte es ihm immer besonders gut.

Er hielt sich links, ging in die Stephanstraße und blieb stehen, als er am Rathaus ankam. Die Sonne stand hoch über dem Platz, kein Wölkchen am Himmel. Dennoch war es kühl, der leichte Wind griff noch immer mit kalten Spitzen zu. Erik liebte gerade dieses Wetter, diese Temperaturen und dieses Licht, das noch nicht satt war wie der Glanz des Sommers, sondern noch viele Aquarelltöne hatte, die sich erst in den nächsten Wochen mit Farbe vollsaugen würden. Er überquerte den Platz und die Maybachstraße vor der Sparkasse und bog kurz darauf rechts in die Friedrichstraße ein. Dort war noch nicht viel los. Am Sonnabend gab es immer diesen Schwebezustand, wenn viele Gäste abgereist und die neuen noch nicht angekommen oder noch nicht im Urlaubsmodus waren. Wenn sie schon auf der Insel waren, konnten sie doch noch nicht schlendern, sie hasteten von Geschäft zu Geschäft, um ihre Ferienwohnungen auszustatten. Der Maler, der seine Staffelei vor der Insel-Apotheke aufgestellt hatte und Bilder mit Syltmotiven anbot, hatte noch kein Interesse geweckt, ebenso wenig wie der Schmuckverkäufer, der auf der anderen Straßenseite vor der Bankfiliale saß.

Erik blieb eine Weile vor der Galerie stehen, die Udo-Lindenberg-Gemälde ausstellte. Er mochte den Sänger. Nach dem *Sonderzug nach Pankow* hatte er alles gern gehört, was Udo auf den Markt gebracht hatte. Und seine Bilder gefielen ihm auch. Sie passten zu der schnoddrigen Art des Künstlers, zu seinem Selbstbewusstsein und der Sensibilität, die er in seinem Witz versteckte. Das Bild *Heimweh nach Sylt* prangte in der Mitte des Schaufensters. Am besten gefiel Erik *Mal dir dein Leben*.

Er wurde aus der Betrachtung gerissen, als er im Spiegel des Schaufensters jemanden wahrnahm, der etwas in ihm anstieß. Jemanden, den er kannte. Er drehte sich um und stellte fest, dass der Mann, der ihm aufgefallen war, aus der Galerie Mensing getreten war und nun in Richtung Bahnhof ging. Warnfried Bakker! Erik sah ihm nach, diesem drahtigen, agilen Mann, der trotz seines leichten Gehfehlers einen forschen Gang hatte. Von hinten sah er wesentlich jünger aus, als er war. Nur die verbrauchte Körperspannung, dieses unregelmäßige Hineinfallen in jeden Schritt, zeigte sein Alter.

Erik blickte ihm eine Weile nach und dachte an Dagmar Olsson. Ihr würde es sicherlich lieber sein, wenn Warnfried Bakker nach Brasilien zurückging oder sich zumindest eine andere Bleibe suchte. Dass er sich in ihrem Haus breitmachte, konnte ihr nicht gefallen. Aber vermutlich fand Warnfried Bakker, dass er dort, wo seine Schwester gelebt hatte, nicht weiter störte und ruhig noch ein wenig bleiben konnte. Sören hatte ja herausgefunden, dass es Warnfried Bakker bei Weitem nicht so gut ging, wie er ihnen hatte weismachen wollen. Wenn das Unternehmen in Brasilien, das er von seinem Schwiegervater geerbt hatte, nicht mehr gut lief, dann wollte er womöglich in Deutschland bleiben. In der Wohnung seiner Schwester?

Erik riss sich zusammen und ging weiter. Was gingen ihn diese Probleme an? Damit musste Dagmar Olsson klarkommen.

35

Mamma Carlotta war froh, dass sie allein war. Zwar hätte sie gern Tillas Meinung gehört, als sie sich überlegte, was sie anziehen sollte, wenn sie zu Alf Kruskopp in die Galerie ging, aber sie würde das auch allein schaffen. Den vielen Gedanken, die ihr durch den Kopf gingen, konnte sie auf diese Weise ein wenig Raum geben. Das Buch über Emil Nolde hatte sie am Ende doch nur kurz durchgeblättert. Sie schaffte es einfach nicht, sich zu konzentrieren. Es passierte so viel Unangenehmes während dieses Besuchs auf Sylt. Nichts klappte, alles ging schief. Carolin war mit Erik zerstritten und die Staatsanwältin nun auch noch. »Dio mio!« Wie sollte das alles wieder geradegerückt werden?

Und dann noch Tove Griess! Wie hatte er hinter den Namen

dieser Kriemhild ein Kreuz machen können? Wenn die erst einmal anfing, seine Imbissstube auf Vordermann zu bringen, würde er selbst schneller auf dem Abstellgleis landen, als ihm lieb sein konnte. Oder wollte er das? War das sein Plan, eine Frau arbeiten zu lassen und sich selbst auf die faule Haut zu legen? Zuzutrauen war es ihm. Aber ausgerechnet diese Frau? Wie war er zu der Meinung gekommen, dass es auch zwischen ihnen beiden gematcht haben könnte? Sie selbst wäre nie im Leben auf die Idee gekommen, hinter Toves Namen ein Kreuz zu setzen. Schon deshalb, weil sie ihn nicht mehr kennenlernen musste, da sie ihn ja längst kannte, und ein zweites Date nicht organisiert werden musste, weil klar war, dass sie ohnehin in den nächsten Tagen in Käptens Kajüte erscheinen würde. Warum also dieses Kreuz hinter dem Namen Carlotta Capella?

Sie entschied sich für das bunte Sommerkleid, das sie beim Speeddating getragen hätte, wenn ihr nicht das wundervolle fliederfarbene Ensemble in die Hände gefallen wäre. Im Bad sah sie sich wieder in Carolins kosmetischem Angebot um. Ein wenig Rouge auf die Wangen, das beherrschte sie mittlerweile perfekt, ein paar Striche mit dem Augenbrauenstift und ein wenig Lippenstift. Schon sah sie frischer und unternehmungslustiger aus, als sie sich zurzeit fühlte. Jedenfalls wirkte sie nicht mehr wie eine Frau, die von familiären Problemen niedergedrückt wurde. Dann noch mindestens zwanzig Bürstenstriche, und ihre dunklen Locken saßen perfekt. Hundert Bürstenstriche, die ihre Mutter ihr immer empfohlen hatte, wären natürlich noch besser gewesen, aber diesem Rat war sie schon als Mädchen selten gefolgt. Das war einfach zu langweilig, so viel Zeit wollte sie für glänzendes Haar nicht aufbringen. Jetzt, als alternde Witwe, sowieso nicht. Obwohl sie ein Speeddating hinter sich hatte und ein Treffen mit einem Mann vor sich, mit dem es gematcht hatte. Ihr fiel auf, dass sie dieses merkwürdige Wort nun auch in ihre Gedanken übernommen hatte, nachdem es sich einmal in ihrem Wortschatz breitgemacht hatte. Das wollte sie sich wieder abgewöhnen. Eigentlich gefiel ihr dieses Wort überhaupt nicht.

Mit einem Mal war sie nervös. Dio mio, sie hatte ein Appuntamento, eine Verabredung mit einem Mann. Bei all den Problemen, die es zurzeit gab, hatte sie ganz vergessen, sich damit zu befassen, sich darauf zu freuen, wie sie sich immer freute, wenn etwas Neues auf sie zukam. Sie traf sich mit einem Mann, der Interesse an ihr hatte. »Madonna!« Und sie? Sie hatte natürlich überhaupt kein Interesse an ihm, sie ließ sich nur auf diese Sache ein, weil Carolin es wollte. Andererseits ... so ein bisschen hatte er ihr schon gefallen, dieser Alf Kruskopp. Grund genug für ein bisschen Lampenfieber. Sie sah im Flur in den Garderobenspiegel und stellte fest, dass sie so aussah, als wäre sie vorher durchaus ein wenig aufgeregt gewesen. Hätte sie die Absicht, zu Feinkost Meyer zu gehen, trüge sie keinen Lippenstift und hätte natürlich auch auf Rouge verzichtet. Was, wenn Alf Kruskopp ihr so gut gefiel, dass sie ihn wiedersehen wollte? Und er sie auch? Sie wohnte in Umbrien und er auf Sylt. Sie wollte sich ja überhaupt nicht neu verlieben, aber er offenbar durchaus. Dio mio! Es war wohl nicht mehr als fair, wenn sie von vornherein die Karten auf den Tisch legte und Alf Kruskopp ganz ehrlich sagte, warum sie sich auf das Speeddating eingelassen hatte. Oder? Vielleicht auch nicht ...? »Dio mio!«

Sie war schon fertig, als es eigentlich noch zu früh war, um loszugehen. Das passierte ihr häufig, wenn sie einen wichtigen Termin hatte. Zu spät kam sie eigentlich nie, höchstens wenn ihr etwas dazwischengekommen war, worauf sie keinen Einfluss gehabt hatte, ein Unfall auf den Serpentinen von Panidomino hinab nach Città di Castello, der zu spät gekommene Nachbar, der sich erboten hatte, sie mitzunehmen, oder ein Enkel, der mit dem Fahrrad gestürzt war und zum Arzt gebracht werden musste, noch ehe seine Nonna zum Friseur gehen konnte. Ansonsten passierte es eher, dass sie zu früh war. Wie oft hatte sie schon Spaziergänge im Regen unternehmen müssen, weil sie die einladende Hausfrau, die womöglich mit dem Tischdecken noch nicht fertig war, nicht in Verlegenheit bringen wollte, oder hatte eine halbe Stunde auf einem zugigen Bahnsteig gefroren, weil sie eine Viertelstunde zu früh angekommen war und der Zug eine Viertelstunde Verspätung gehabt hatte. Als sie das Haus verließ, war ihr klar, dass sie sehr langsam gehen musste, wenn sie nicht unangemessen früh sein wollte. Eigentlich hatte eine Frau beim ersten Appuntamento ein wenig zu spät zu sein, damit der Mann unbedingt die Chance hatte, noch vor der Frau am vereinbarten Treffpunkt zu sein, wenn er sich verspätete. Obwohl diese Sorge überflüssig war, denn Alf Kruskopp hielt sich ja vermutlich schon den ganzen Tag in seiner Galerie auf.

Mamma Carlotta blickte auf ihre Armbanduhr. Länger als zehn Minuten würde sie für den Weg nicht brauchen, vielleicht sogar weniger. Also wäre es besser gewesen, sich zu Hause noch einmal mit den Lebensdaten von Emil Nolde zu befassen, damit Alf Kruskopp nicht merkte, dass sie von diesem Maler nur geringfügig mehr wusste als von Picasso oder Rembrandt. Aber nun war es zu spät. Sie war schon auf dem Weg zur Westerlandstraße, jetzt umzukehren war ... »Stupido!« Besser, sie nahm einfach vorher noch einen Cappuccino in Käptens Kajüte, vielleicht sogar ein Glas Rotwein, um sich Mut anzutrinken und so viel zu spät zu kommen wie Signora Liccardi, die Frau des Schuldirektors von Città di Castello, die sich damit immer interessant machte und für einen viel beachteten Auftritt sorgte.

Die Tür von Käptens Kajüte stand offen, Tove war aufgefallen, dass der Sommer im Anmarsch war und seine Gäste frische Luft zu schätzen wussten. Doch einige Meter vor dem Haus wurden Mamma Carlottas Schritte langsamer. Hatte Tove einen weiblichen Gast, der die Sauberkeit eines Glases bemängelte? Die Stimme, die sie hörte, war laut und fordernd, Tove selbst schien es dagegen die Sprache verschlagen zu haben. Nun mischte sich sogar eine zweite weibliche Stimme ein. Mamma Carlotta blieb hinter der offenen Tür stehen.

»Brunhilde! Was willst du denn hier? Und wie siehst du überhaupt aus?«

Brunhilde? Mamma Carlotta wusste, dass sie diesen Namen schon einmal gehört hatte. Und als es ihr einfiel, wusste sie ebenso, zu wem die laute Stimme gehörte, die in Käptens Kajüte das Kommando zu übernehmen schien.

»Lass uns rausgehen.« Brunhildes Stimme klang leiser, aber Mamma Carlotta verstand sie gut, weil sie sich offenbar in der Nähe der Tür aufhielt. Anscheinend hatte Brunhilde Kiewel nur zwei, drei Schritte in die Imbissstube hinein gemacht.

Nun erschien sie in der Tür, als wollte sie wieder gehen. Sie drehte sich nicht zu Mamma Carlotta um, aber selbst im Profil bot sie einen schrecklichen Anblick. Aus einer Wunde an der rechten Schläfe rann Blut bis in den Kragen ihrer Bluse, ihre Lippe war aufgeplatzt, die rechte Hand, die etwas an die Lippe drückte, was wohl das Blut aufnehmen oder sie kühlen sollte, war blutverschmiert. Brunhilde Kiewel sah aus, als wäre sie in eine Schlägerei geraten.

Sie ging auf das Auto zu, das vor Käptens Kajüte stand, öffnete es und setzte sich auf den Beifahrersitz. Kurz darauf erschien Kriemhild, riss die Beifahrertür auf, wunderte sich, dass ihre Schwester dort saß, und sagte dann: »Okay, ich fahre.«

Brunhilde ließ die Seitenscheibe herunter, als brauchte sie frische Luft. Sie sah nicht zur Seite, sonst hätte sie Mamma Carlotta entdeckt, sie starrte nur blicklos geradeaus. Von Kriemhild war nur eine Hand zu sehen, die sich tröstend auf Brunhildes Schulter legte. »Wer war das? Jürgen?«

Mamma Carlotta sah, dass Brunhilde nickte. »Ich will zur Polizei. Den zeige ich an. Und du ... du musst das bezeugen.«

»Ich war nicht dabei, Bruni.«

»Egal! Sag einfach, dass du dabei warst. Der streitet sonst alles ab. Ich will, dass er geht. Keine Stunde länger verbringe ich mit dem Kerl unter einem Dach.«

»Ja, aber …« Kriemhild schien Probleme damit zu haben, etwas aussagen zu müssen, was nicht der Wahrheit entsprach. »Warum soll ich sagen, dass ich dabei war? Es stimmt nicht.«

»Das ist doch vollkommen egal. Niemand weiß, dass du in dieser Imbissbude warst. Hattest du nicht gesagt, es wäre ein Restaurant?«

»Ich mache eins daraus«, entgegnete Kriemhild, nahm die Hand von der Schulter ihrer Schwester und legte den ersten Gang ein. Brunhilde drehte die Scheibe hoch, als das Auto anfuhr.

Mamma Carlotta stand zwei Sekunden später vor Toves Theke. »Che cos'era questo? Was war denn das?«

»Haben Sie doch gesehen!«, gab Tove barsch zur Antwort. »Die Schwester von Kriemhild hat eins auf die Nase gekriegt.«

»Es wird nicht lange dauern«, meldete sich Fietje zu Wort, »dann passiert dir dasselbe, wenn du nicht spurst. Mit deiner Kriemhild ist nicht zu spaßen, das hast du hoffentlich schon gemerkt. Es reicht nicht, dass eine Frau dicke Titten hat.«

»Signor Tiensch!« Mamma Carlotta gab sich empört, wenn sie dem Strandwärter auch insgeheim beipflichtete.

»Ist doch wahr«, grummelte Fietje. »Wenn die hier einzieht, sehe ich mich nach einer anderen Kneipe um. Mit der Gemütlichkeit ist es dann vorbei.«

Auch in diesem Fall stimmte Mamma Carlotta ihm heimlich zu, beließ es jedoch wiederum dabei und äußerte sich nicht.

»Was ist falsch daran«, fuhr Tove ihn an, »dass sie hier mal so richtig aufräumen und putzen will?«

Auf diese Frage antwortete Fietje nicht. Diskussionen waren nichts für ihn, Rede und Gegenrede erschöpften ihn schnell. Er hatte gesagt, was er sagen wollte, das reichte. »Mach mir noch ein Jever.«

Tove stellte sich an den Zapfhahn. »Und Sie?«, fauchte er Mamma Carlotta an, als wäre er von ihr beleidigt worden. »Cappuccino?«

Mamma Carlotta warf einen Blick auf die Uhr und schüttelte den Kopf. »Es ist spät geworden, ich muss los.«

»Wohin?«, rief Tove ihr nach, als sie zur Tür ging. »Etwa zu Ihrem Galeristen?«

Sie blieb stehen und wandte sich um. »Er ist nicht mein Galerist.«

»Der Kerl steht auf Sie, habe ich gleich gemerkt. Nehmen Sie sich vor dem bloß in Acht.«

»Warum?«

»Der ist nichts für Sie. Das ist so ein ... ein Klugscheißer. Einer, der gerne Künstler wäre, aber nicht gut genug dafür ist. Seit er das kapiert hat, verkauft er die Kunst anderer Leute und macht damit dickes Geld. Das ist nicht weit von Betrug entfernt.«

Nun äußerte sich Fietje doch noch einmal. »Du musst es ja wissen. Mit Betrug kennst du dich aus.«

Tove schimpfte so lange, bis Mamma Carlotta sich heimlich davongemacht hatte. Die Schimpfwörter, mit denen er Fietje bedachte, hörte sie noch eine Weile, aber dann kam ein Motorradfahrer den Hochkamp entlang, laut knatternd, und als er vorbei war, hatte sie sich weit genug von Käptens Kajüte entfernt. Ob Tove seinen Stammgast für einen Krötsack, Hechtködel oder Düllkopp hielt, hörte sie nicht mehr.

Nun würde sie glatt eine Viertelstunde zu spät kommen. Aber was machte das schon? Die Gleichgültigkeit, die jetzt den Platz ausfüllte, in dem kurz vorher noch ihr Ärger gesessen hatte, machte alles leichter. Und so würde es vermutlich bleiben, bis sie wieder nach Italien flog. Es war auch schon egal. Nicht das ganze Leben, aber die Garnitur des Lebens, das, was das Leben zwar nicht ausmachte, aber schön und unterhaltsam gestaltete, war auf dem besten Wege, sich zu verflüchtigen. Wenn sie das nächste Mal kam, würde Käptens Kajüte nicht mehr so sein wie vorher, Tove vermutlich auch nicht, und Fietje würde sein Jever woanders trinken. Erik würde wieder ein Witwer ohne Freundin sein, Carolin womöglich mit ihrem Vater vollständig zerstritten und Felix mit seinen Zukunftsaussichten kein bisschen weiter.

Und vor Alf Kruskopp sollte sie sich in Acht nehmen? Was hatte Tove damit gemeint? Vermutlich war er nur eifersüchtig. Er ärgerte sich, dass sie ein Kreuz hinter Alfs und nicht hinter seinen Namen gesetzt hatte. Aber was wollte er eigentlich? Anscheinend machte sich Kriemhild ja schon bei ihm breit, da brauchte er doch keine Zweite, die Interesse an ihm bekundete. »Senza senso«, schimpfte sie vor sich hin, während sie die Westerlandstraße überquerte. »So ein Blödsinn!«

Es war alles wie verhext. Vielleicht würde sie erst nächstes Jahr wieder nach Sylt kommen. Bisher hatte sie auch den Herbst auf der Insel geliebt, die Stürme, das aufgepeitschte Meer, die Wolkenberge, die sich ständig veränderten, die Gischt, die den Strand vereinnahmte. Noch nie hatte sie den Abschied von Sylt herbeigesehnt und sich auf die Rückkehr nach Italien gefreut. Dies war das erste Mal, und ihr Appuntamento mit Alf Kruskopp würde voraussichtlich auch ein Desaster, so schief, wie zurzeit alles lief. Er würde sich vermutlich als Widerling entpuppen, als Langweiler, vielleicht sogar als un pervertito. Sie wusste nicht, wie dieses Wort auf Deutsch hieß, rechnete aber fest damit, dass an diesem Tag, an dem sie sich besonders hübsch gemacht hatte, ein Perversling aus ihrem Appuntamento ein Drama machen würde. Sie rechnete mit allem. Wenn das Leben einmal eine falsche Richtung genommen hatte, war es nicht leicht, es anzuhalten und wieder dorthin zu lenken, wo es unbeschwert und vergnüglich war.

Die Feldmarkstraße war Carlotta noch nie gegangen,

obwohl sie in der Nähe lag. Auch sie führte zum Osterweg, an dessen Ende Feinkost Meyer lag, wie der Süder Wung. Die Straße war verkehrsberuhigt, eine Spielstraße, auf der sich die Autofahrer unterzuordnen hatten. Die Fahrbahn verlief auch nicht schnurgerade, Parkstreifen gab es mal links, mal rechts, sodass die häufigen flachen Biegungen schnelles Fahren unmöglich machten. Es war unschwer zu erkennen, dass die meisten Häuser an dieser Straße Ferienwohnungen enthielten. Geschäfte gab es gar nicht, die Galerie bildete eine Ausnahme. Ein Laden, der keine Laufkundschaft nötig hatte, der von Kunstliebhabern besucht wurde, die wussten, wo sie ihn fanden.

Mamma Carlotta konzentrierte sich auf dieses Gebäude, in dem die Galerie Kruskopp untergebracht war. Sie prangte regelrecht in dem dunklen Haus, ein helles, geradezu grelles Viereck, das das Schaufenster bildete. Viel künstliches Licht und Strahler hoben die unzähligen Bilder hervor und machten die schneeweißen Wände noch heller. Über dem großen Schaufenster standen die beleuchteten Buchstaben »Galerie«, daneben gab es einen schmalen, bescheidenen Eingang, zu dem zwei Stufen hinaufführten. Auf der gläsernen Tür war eine Schrift aufgeklebt worden, mit dem Namen des Besitzers und seiner Telefonnummer. Hinter der Schaufensterscheibe war es leer, kein Mensch zu sehen. Mamma Carlotta stieg die beiden Stufen hoch, die zur Eingangstür führten, und öffnete sie entschlossen. Ein helles Glöckchen ertönte und kündigte ihr Erscheinen an.

36

Erik überquerte die Elisabethstraße und war nun nur noch wenige Schritte von dem Eisladen entfernt. Davor gab es blau gestrichene Holzbänke, auf denen man sich niederlassen konnte, um das Eis sofort zu verzehren.

Er entschied sich für Vanille und Schokolade, dann setzte er sich auf eine der beiden Bänke, um sein Eis zu schlecken, ohne sich die Hose zu bekleckern, wie ihm das häufig passierte, wenn er mit dem Eis in der Hand weiterging. Daran änderte auch die Papiertüte nichts, in der die Waffel steckte.

Er hatte höchstens zwei- oder dreimal geleckt und nur ein einziges Mal genießerisch die Augen geschlossen, da fiel sein Blick auf die hohen Tische vor dem Café Leysieffer mit ihren Barhockern davor. Die hochgesteckten blonden Locken fielen ihm sofort auf. Sie leuchteten in der Sonne, und der Wind blies sie manchmal sanft, gelegentlich auch heftig aus dem Gesicht der Frau. Tilla! Ein Schmerz fuhr durch Eriks Brust, den er nicht erwartet hatte. Der Wunsch, zu ihr zu gehen, sie zur Begrüßung zu umarmen, ihr einen Kuss auf die Schläfe zu drücken und sich ihrer Freundin vorstellen zu lassen, war übermächtig. Wie gut, dass Tilla ihm den Rücken zuwandte! So konnte er sie betrachten, ohne dass es ihr auffiel. Sie trank einen Schluck aus einem hohen Glas, vermutlich Latte macchiato, und hatte die Hacken ihrer weißen Schuhe hinter die Querstreben des Barhockers gehakt, um die Beine nicht baumeln lassen zu müssen. Die Ellbogen stützte sie auf und redete mit großen Handbewegungen auf die ihr gegenübersitzende Frau ein, die Erik erst jetzt richtig wahrnahm. Er dachte an Peer Mattes' Beschreibung, mittelgroß, mittelschlank, um die vierzig. Ja, das passte. Vielleicht hatte Tilla mit ihrer Vermutung recht, dass ihre Freundin nicht zugeben wollte, mit einem Kellner liiert zu sein. Trotz der Entfernung sah sie aus wie eine Frau, die über Geld verfügte. Erik verstand nichts von Designermode, aber sogar er erkannte, dass die Stiefeletten, die sie trug, und die Lederjacke, die sie sich über die Schultern gelegt hatte, teuer gewesen waren. Und ihre Haltung, ihr Gebaren war typisch für eine Frau, die in der Oberschicht zu Hause war. In Kampen sah man besonders viele dieser Frauen, die sich hochreckten, um eher gesehen zu werden als andere, und gern die Fingerspitzen auf den Accessoires spielen ließen, die besonders kostspielig waren.

Bei Leysieffer gab es keine Bedienung am Tisch. Man bestellte an der Theke, zahlte und trug sein Tablett nach draußen. Ein junger Mann kam mit einem Glas Wein heraus, schaute sich nach einem freien Tisch um und lehnte sich schließlich an die Hauswand, statt sich zu setzen. Ein Familienvater balancierte ein großes Tablett zu einem Tisch am äußersten Rand der Terrasse, an dem seine Frau und zwei kleine Kinder warteten. Nach ihm erschien eine junge Frau in der Tür, die in der linken Hand eine Flasche Bionade und in der rechten ein Glas hielt. Mit zwei Schritten stand sie zwischen Tilla und ihrer Freundin, verzichtete aber darauf, sich einen Hocker zu holen.

Erik sprang auf und merkte im selben Augenblick die Vanillespur, die an seiner Eiswaffel entlangrann, seinen Finger erreichte und kurz darauf sein Hosenbein. »Carolin.« Er hatte ihren Namen geflüstert und war froh, dass sich niemand in seiner Nähe befand, der ihn hören konnte. Die beiden kleinen Mädchen, die gerade beratschlagten, für welche Eissorte sie sich entscheiden sollten, beachteten ihn nicht.

Carolin begrüßte Tilla und ihre Freundin nicht, augenscheinlich hatte sie die beiden hier getroffen und sich danach ihr Getränk geholt. Waren sie sich zufällig begegnet? Oder hatten sie sich bei Leysieffer verabredet? Hatte Tilla seine Tochter eingeladen, um mit ihr über ihren Vater zu sprechen? Und hatte Carolin die Einladung angenommen, um Einzelheiten über den Mordfall herauszubekommen, die Erik noch zurückhielt?

Er ging nicht über die Friedrichstraße zurück, wie er es eigentlich geplant hatte. Nein, nur nicht in der Nähe dieses Tisches vorbeigehen, sodass er am Ende gesehen und angesprochen oder – noch schlimmer! – ignoriert wurde. Stattdessen nahm er gerne einen Umweg in Kauf.

Er ging mit großen Schritten, den Blick auf den Boden gerichtet, die Andreas-Dirks-Straße entlang, die zur Doktor-Nicolas-Straße wurde, am Syltness Center vorbei, wo er die Eiswaffel in einen Abfallkorb warf, und hielt sich dann rechts, um zur Kreuzung Norderstraße zu kommen. Niemanden sehen, niemanden hören, nicht angesprochen werden, kein Lächeln erwidern müssen! Erik fühlte sich, als wäre er in einen großen Bottich eiskalter Einsamkeit geworfen worden. Nein, kein Bottich, ein ganzes Meer von Einsamkeit war es. Er schien alle verloren zu haben, die ihm etwas bedeuteten. Tilla hatte sich von ihm abgewandt, seine Schwiegermutter redete kaum noch mit ihm, sein Sohn speiste ihn mit dummen Ideen ab, und seine Tochter betrog ihn. Er blieb an der Fußgängerampel stehen und starrte auf das rote Männchen. Betrog sie ihn wirklich? Hatte sie sich mit Tilla verbündet? Gegen ihn? Ja, es sprach alles dafür. Tilla hatte ihm Vorwürfe gemacht, weil er sich Carolin gegenüber falsch verhielt, Mamma Carlotta war auch der Meinung gewesen, dass er sich seiner Tochter gegenüber entgegenkommender verhalten sollte, Felix schien sich ebenfalls auf die Seite seiner Schwester geschlagen zu haben, nur Sören hielt noch zu ihm. Machte er denn wirklich alles falsch?

Dass die Ampel auf Grün gewechselt hatte, bemerkte er erst, als die anderen, die mit ihm gewartet hatten, schon auf der anderen Straßenseite ankamen. Eilig lief er ihnen hinterher und sah noch, dass aus dem grünen ein rotes Männchen wurde, ehe er in Sicherheit war. Missmutig überquerte er den Parkplatz und ging auf den Eingang des Telekomgebäudes zu. Hoffentlich hatte Sören irgendetwas herausgefunden, das ihn von seiner Einsamkeit befreite. Etwas, das ihn zwang, nicht über seine privaten Probleme zu grübeln. Wenn nicht, würde er darüber nachdenken müssen, wie er sich mit Tilla versöhnte und wie er Carolin demnächst entgegenkam. Schwere Gedanken, die Erik von sich wegschob. Nur gut, dass er sich über seine Schwiegermutter keine Gedanken machen musste. Die würde schlagartig versöhnt sein, sobald der Streit mit Tilla und Carolin beigelegt war. Und wenn Felix ihm keine weitere unausgegorene Idee unterbreitete, würde es auch mit ihm keine Probleme mehr geben. Aber wie sollte er vorgehen? Im Moment wollte ihm nichts einfallen …

Sören empfing ihn mit einer Miene, die seiner Depression einen vergnügten Stoß versetzte. Eine neue Erkenntnis? Ein Fortschritt in der Ermittlung? Sörens Lächeln und sein wacher Blick konnten eigentlich nichts anderes bedeuten.

Der ganz große Durchbruch war es dann aber doch nicht. »Ich habe Jürgen Kiewel gründlich recherchiert«, teilte Sören mit. »Der hat Dreck am Stecken. Aber gewaltig!« Er drehte den Bildschirm so, dass Erik sehen konnte, womit er sich in der letzten Stunde beschäftigt hatte. Jürgen Kiewel lebte zwar seit Jahren, seit seiner Eheschließung, als unbescholtener Bürger, war davor aber einige Male mit dem Gesetz in Konflikt gekommen. »Immer Gewalt«, sagte Sören und zeigte auf eine Stelle, die Erik sich besonders aufmerksam durchlas. Jürgen Kiewel war bereits als Jugendlicher aufgefallen, durch Gewaltbereitschaft, durch Rücksichtslosigkeit, durch Egoismus. Wenn er nicht bekam, was er wollte, hatte er losgeprügelt. Wer ihm nicht gab, was er haben wollte, konnte sich einer blutenden Nase sicher sein. Mehrmals war er in der Jugendstrafanstalt gelandet, nach seiner Volljährigkeit war er auch einmal zu einem kurzen Gefängnisaufenthalt verurteilt worden. Auch hier war es um Gewalt gegangen. Ein unbedeutender Autounfall, an dem er schuldlos gewesen war, hatte ausgereicht, seinen Unfallgegner krankenhausreif zu schlagen.

»Ob seine Frau das weiß?«, fragte Sören.

Erik hob die Schultern und ließ sie wieder fallen. »Seit er auf Sylt lebt, ist er nicht auffällig geworden?«

»Nein.« Sören drehte den Bildschirm wieder um. »Das beweist natürlich nichts, deswegen können wir ihm den Mord nicht anhängen. Aber wir wissen nun, dass Jürgen Kiewel sich nicht in der Hand hat, wenn er sich bedroht fühlt. Und durch Matz Olsson muss er sich bedroht gefühlt haben. Wenn seine Frau sich von ihm scheiden lassen will, wird er eine Menge verlieren. Dann würde Schluss sein mit dem smarten Geschäftsmann, dem wohlhabenden Sylter. Das Geschäft gehört seiner Frau, das Haus hat sie ebenfalls von ihrem ersten Mann geerbt. Die Ferienwohnungen sind später angebaut worden. Wenn die beiden in Zugewinngemeinschaft leben, wird er nicht ganz mittellos sein, auch nach einer Scheidung nicht. Aber kein Vergleich zu heute!«

Erik ließ sich auf einen Stuhl sinken und glättete ausgiebig seinen Schnauzer. Dann aber schüttelte er den Kopf. »Es hilft nichts. Wir brauchen Beweise.«

»Klar!« Sören sprang auf, als hielte es ihn nicht mehr auf dem Stuhl. »Aber wir wissen jetzt, dass Jürgen Kiewel gewalttätig und möglicherweise auch zu einem Mord fähig ist, wenn er provoziert wird. Wir sollten uns eindringlich mit ihm befassen. Ich glaube, Dagmar Olsson und Warnfried Bakker können wir abhaken.« Er setzte sich wieder und sah Erik fragend an. »Oder hast du den richterlichen Beschluss bekommen? Gibt es sogar schon Nachricht vom Nachlassgericht?«

Erik schüttelte den Kopf. »Das erledige ich jetzt.« Er stand auf, um in sein eigenes Büro zu gehen. »Mach du mit Jürgen Kiewel weiter. Vielleicht findest du noch mehr.«

Der Richter war zugänglich und fand Eriks Argumente einleuchtend. Er würde den richterlichen Beschluss erhalten und spätestens am Montag vom Nachlassgericht die Auskunft bekommen können, die er haben wollte. »Vielleicht auch schon heute«, meinte der Richter. »Die haben da einen Wochenenddienst. In einem Mordfall ist alles möglich.«

Erik wollte gerade zu Sören gehen, um ihm von seinem Telefonat zu berichten, da klingelte sein Handy. Er konnte im Display erkennen, dass es ein Anruf von der Wache war.

Enno Mierendorf war am anderen Ende. Er sprach leise, als sollten andere Anwesende nicht mitbekommen, was er zu sagen hatte. »Hier sind zwei Frauen, Chef. Schwestern! Eine ist von ihrem Mann übel zugerichtet worden.«

»Was habe ich damit zu tun?«, fragte Erik ungehalten.

»Die Frau, die hier mit aufgeplatzter Lippe sitzt, heißt Brunhilde Kiewel. Dieser Name ist doch im Zusammenhang mit dem Mord an Matz Olsson gefallen. Oder irre ich mich?«

37

Alf Kruskopp kam strahlend, mit ausgebreiteten Armen, durch eine Tür, die der Eingangstür gegenüberlag, in seinen Verkaufsraum. Als Mamma Carlotta ihn sah, wusste sie wieder, warum er der Einzige gewesen war, hinter dessen Namen sie ein Kreuz hatte setzen wollen. Trotz seiner langen Haare, trotz der Ohrringe und sogar trotz der Tätowierung gefiel er ihr nach wie vor. Das lag an seinem warmherzigen Lächeln, seiner wohltönenden tiefen Stimme und den leuchtenden Augen.

»Carlotta! Du bist also wirklich gekommen! Ich hatte Angst, du könntest es dir anders überlegt haben.«

Er begrüßte Mamma Carlotta, wie Italiener es tun, überschwänglich, aber ohne viel Körperkontakt, mit in die Luft gehauchten Küssen. Prompt war Mamma Carlotta angefüllt mit Wohlsein. So war es richtig! Die Friesen reichten einander immer nur die Hand bei ihrem klanglosen »Moin«, und wenn sie sich umarmten, weil sie miteinander verwandt oder einander besonders zugetan waren, dann so, dass Bäuche im Weg und Speckrollen unangenehm spürbar waren. Alf Kruskopp machte es genau richtig. Mamma Carlotta war hingerissen.

Er war leger, aber nicht nachlässig gekleidet, auch das gefiel ihr. Zu seinen gut sitzenden Jeans trug er ein weißes Polohemd, darüber eine dünne dunkelrote Strickjacke. Lederarmbänder und ein Halskettchen hätte sie bei einem anderen Mann abgelehnt, aber bei Alf Kruskopp sah sie darüber hinweg. Schlimmer – es gefiel ihr sogar. Sie musste sich mit aller Macht daran erinnern, dass sie nicht hier war, um eine neue Liebesbeziehung einzugehen, sondern um ihre Enkelin mit Fakten zum Speeddating für ältere Menschen zu versorgen. Dummerweise kam noch eine andere Erinnerung in ihr hoch. Sie wusste genau, dass dieses Treffen nicht nötig war, dass Carolin das zweite Treffen auch in ihrer Fantasie hätte entstehen lassen können. Nachdem sie erfahren hatte, wie das Speeddating ablief, war alles andere nicht mehr von großer Bedeutung. Aber wenn sie darüber nun länger nachdachte, musste Carlotta sich eingestehen, dass es ihr tatsächlich darum gegangen war, Alf Kruskopp wiederzusehen. Dio mio, schnell weg mit diesen Gedanken!

Er hatte sich verändert, aber keineswegs zu seinem Nachteil. Beim Speeddating war er einer von vielen gewesen, hatte sich eingefügt, hatte einen Teil seiner Ausstrahlung in der Befangenheit des Augenblicks verloren. Jetzt aber war er selbstbewusst, der Herr seiner Galerie, der vielen Bilder, des hellen Raums. Mamma Carlotta fragte sich unwillkürlich, wie es möglich war, dass dieser Mann ein Kreuz hinter ihren Namen gesetzt hatte. Konnte er sich wirklich für eine italienische Mamma interessieren, sich vielleicht sogar in sie verlieben?

Die Erklärung kam umgehend. »Ich habe ein Faible für Italienerinnen. Ihr Temperament, ihre offene Art, der Frohsinn in den dunklen Augen ... wunderbar. Um nicht zu sagen: meraviglioso!« Er lachte und berührte sanft ihren Arm. »Sieh dich um, Carlotta! Wie gefallen dir die Bilder?«

Mamma Carlotta drehte sich einmal um sich selbst, dann erst betrachtete sie jedes einzelne Bild. Der Raum war groß, groß genug, um jedem Bild den Abstand zu ermöglichen, der nötig war, um die Wirkung voll und ganz zu erfassen. In der Galerie Kruskopp hing moderne Malerei, zeitgenössische

Kunst, auch naive Malerei war vertreten, dazu einige alte Meister, die Alf Kruskopp im Auftrag von Kunden verkaufen wollte. Das erklärte er Mamma Carlotta, während er sie von einem Bild zum anderen führte, ihr etwas von dem jeweiligen Maler erzählte und erklärte, was das Bild darstellen, welche Geschichte es erzählen sollte. Denn in vielen Farben und Formen fand Mamma Carlotta ohne diese Hilfe nicht das, was der Maler hatte ausdrücken wollen. Dennoch litt sie kein einziges Mal darunter, nichts von dieser Malerei zu verstehen, die Sorge nahm Alf Kruskopp ihr auf der Stelle. Es bestand keine Notwendigkeit, ihre Kenntnisse über Emil Nolde hervorzuholen, um mit ein wenig Expertenwissen zu glänzen.

Er wies auf fünf große Gemälde, die nebeneinanderhingen und beinahe die ganze Wand einnahmen. Es war auf den ersten Blick zu erkennen, dass sie alle von demselben Maler stammten. Ein Rausch in Farben und Formen, durchzogen von hellen waagerechten Linien. Die Bilder ähnelten einander sehr, unterschieden sich hauptsächlich durch die vorherrschende Farbe.

»Kornelia Loohse«, erläuterte Alf Kruskopp. »Eine noch unbekannte Malerin. Morgen eröffne ich ihre Ausstellung, heute Abend muss ich noch ihre anderen Werke aufhängen. Kommst du auch zur Vernissage? Ich würde mich sehr freuen.«

Mamma Carlotta nickte. »Sì, certo.« So malte also die Freundin der Staatsanwältin! Ob es ihr gefiel, wollte Mamma Carlotta auf die Schnelle nicht beurteilen, auf den ersten Blick jedenfalls nicht. Aber vielleicht musste man in der Kunst ja auf den zweiten Blick vertrauen.

»Kornelia Loohse wird heute noch vorbeikommen. Wir haben einiges zu besprechen. Ich hoffe, sie wird erst später erscheinen. Ich habe ihr gesagt, dass ich Besuch erwarte und sie erst nach Ladenschluss kommen soll.«

Mamma Carlotta wies auf einen weißen Fleck an der Wand. »Du hast gerade ein Bild verkauft?«

Kruskopps Gesicht verdüsterte sich. »Nein, leider nicht. Hier hing ein Bild, für das sich ein Kunde interessierte. Aber er wollte es nicht kaufen, er kam mir mit Vorwürfen. Angeblich hätte ich es auf dem Flohmarkt gekauft, hat er behauptet. Aber das stimmt natürlich nicht. Er hat mir vorgeworfen, einem ahnungslosen Flohmarkthändler einen echten Emil Nolde für ein paar Euro abgekauft zu haben, um ihn jetzt für viel Geld anzubieten.«

Mamma Carlotta war elektrisiert. »Ein echter Emil Nolde?« Sie wusste mittlerweile, wie viel seine Gemälde wert waren.

Aber Alf Kruskopp winkte ab. »Ich glaube eher, dass das Bild von einem Schüler Emil Noldes stammt, der seinen Lehrer kopiert hat. Aber vorsichtshalber habe ich es wieder abgenommen. Ich will keinen Ärger. Bevor es erneut in den Verkauf geht, werde ich erst klären, woher das Bild stammt. Es ist mir angeboten worden, und ich habe es gekauft. Zu einem günstigen Preis, zugegeben. Der Verkäufer war jedenfalls zufrieden. Also eigentlich ein ganz normales Geschäft. Aber in meinem Gewerbe muss man vorsichtig sein. Der gute Ruf kann schnell dahin sein. Dann ist man im Kunstgeschäft bald unten durch. Vertrauen ist gerade in meiner Branche sehr wichtig.« Er griff nach Mamma Carlottas Arm. »Nachher hänge ich dort ein anderes Bild auf. Du kannst mir helfen, eins auszusuchen.« Er ging zu der gläsernen Ladentür und schloss sie ab. Dort hing ein Schild, das er umdrehte. Nun würde ein Besucher, der an der Klinke rüttelte, zu lesen bekommen: Bitte klingeln!

Alf Kruskopp zog den Schlüssel ab. »Zwar ist die Alarmanlage scharf geschaltet, niemand könnte ein Bild berühren, ohne dass ein ohrenbetäubender Lärm losgeht, aber so ist es besser. In einer Galerie gibt es ja nicht so viel Laufkundschaft. Ich denke, wir werden ungestört sein.«

Er führte Mamma Carlotta zu der Tür, die in die Hinterräume der Galerie führten. »Ich habe Tee gekocht.«

Sie betraten einen Raum, der eigentlich zu groß war, um gemütlich zu sein, und zu funktional, um zum Teetrinken und Gebäcknaschen einzuladen. Doch Alf Kruskopp hatte es trotzdem geschafft, ihm die Kühle zu nehmen, die normalerweise von Räumen ausgeht, wenn sie nicht zum dauernden Aufenthalt bestimmt sind. Geschickt hatte er es verstanden, alles, was nicht in einen Wohnraum gehörte, zu verbergen, zum Beispiel mit einem Paravent, der neben dem Fenster aufgestellt war. Nur wenn man genau hinschaute, sah man, dass dahinter zwei Farbeimer standen und vermutlich auch noch andere Gerätschaften. Ein schöner Paravent auf hohen Beinen aus Bambus. Hätte er bis zur Erde gereicht, wären die Farbeimer gar nicht zu sehen gewesen. Mamma Carlotta bedauerte es kurz, dass die hohen Beine nicht alles versteckten, was dahinter aufbewahrt wurde, aber sie ließ sich schnell von allem anderen ablenken, was sie zu sehen bekam. An einer Wand standen eine Reihe von Gemälden, einige auf Staffeleien, viele auf dem Boden, an die Wand gelehnt, einige waren aufgehängt worden, sodass diese Seite des Raums sich ausmachte wie die *Hohe Sturzwelle* von Emil Nolde, die sich dem Betrachter entgegenwölbte. So kam es Mamma Carlotta vor. Sie musste sich zwingen, nicht die Hände zu erheben, um sich der Sturzwelle zu ergeben. Diese Masse an Kunst, die auf sie einwirkte wie Willkür, war berauschend und bedrohlich zugleich.

Ein großes, tiefes Fenster öffnete sich der Tür gegenüber und gab den Blick in einen verwilderten Garten frei. Auf der rechten Seite des Raums stand ein Schreibtisch vor einem Aktenregal, in seiner Nähe ein kleiner runder Tisch, darauf eine Thermoskanne. Eine Schale mit Gebäck gab es daneben, außerdem zwei bunte Teetassen mit zierlichen Löffelchen und einen silbernen Kerzenleuchter, in dem eine dunkelrote Kerze steckte.

Alf Kruskopp legte seinen Schlüssel auf den Schreibtisch,

zündete die Kerze an und bat Mamma Carlotta, sich zu setzen. »Prego, Carlotta! Ich freue mich so, dass du gekommen bist.«

Carlotta Capella fühlte sich so ähnlich wie während des Besuchs bei der Gattin des Bürgermeisters ihres Dorfes. Die lud einmal im Jahr die Frauen ein, die unentgeltlich bei der Lese auf dem Weinberg der Gemeinde geholfen hatten. Dann begrüßte auch sie jede Einzelne immer sehr freundlich, schaffte es aber nie, obwohl sie sich darum bemühte, dass die Frauen die Annehmlichkeit, die sie anbot, genießen konnten. Auch bei der First Lady von Panidomino sah es anders aus als bei jeder Einzelnen zu Hause, sie verhielt sich anders als jede von ihnen, bot Getränke an, die fremdländische Namen hatten, und kleine Köstlichkeiten, die sie Finger Food nannte. Alle saßen sie dann immer steif und wortkarg da, waren dankbar für das, was ihnen geboten wurde, aber dennoch froh, wenn es vorbei war. So ging es Mamma Carlotta jetzt auch. Die Umgebung war zu fremd, um den Moment genießen zu können. Sie dachte sogar an ihre Mutter, die ihr früher eingeschärft hatte, niemals mit einem Mann mitzugehen, den sie nicht gut kannte. Dio mio! Nun war sie eine Mamma und Nonna, da musste sie doch selbst erkennen können, ob sie sich einem Mann anvertrauen konnte oder nicht. Sie riss sich zusammen, setzte sich kerzengerade hin und nahm sich vor, dieses Zusammensein mit Alf Kruskopp vergnüglich zu finden und es mit Freude auszukosten.

Er plauderte auf angenehmste Weise und schilderte ihr auch, wie er auf die Idee gekommen war, sich beim Speeddating anzumelden. Schon seit ein paar Jahren sei er Witwer, erzählte er, und merke jeden Tag aufs Neue, dass ihm eine Gefährtin fehle. »Die Tage sind einsam. Ich möchte wieder morgens mit einer Frau frühstücken und am Abend mit ihr beisammen sein, ein Glas Wein trinken und mit ihr reden.«

Mamma Carlotta nickte, als verstünde sie ihn, konnte sich aber beileibe nicht vorstellen, mit Alf Kruskopp zu frühstücken und den Abend mit ihm zu verbringen. Zwischen dem einen und dem anderen lag ein langer Tag, auf den Abend folgte eine Nacht ... Mamma Carlotta war klar, dass es Zeit wurde, mit der Wahrheit herauszurücken. Alf Kruskopp musste erfahren, dass sie hier war, weil ihre Enkelin wissen wollte, wie es mit zwei alten Leuten weiterging, die sich auf das Wagnis eines Speeddatings eingelassen hatten. Er musste erfahren, warum sie zum Speeddating gegangen war, dass sie keinen Mann suchte, dass sie nicht einsam war, nicht unter langen Tagen litt. Sie konnte nur hoffen, dass er nicht merkte, wie sehr er ihr gefiel.

»Allora ...«, begann sie, kam jedoch nicht weiter, weil ihr Blick in diesem Augenblick auf ein Bild fiel, das auf einem Beistelltischchen neben der Tür zur Galerie stand. Kein großes Bild, etwa zwanzig mal dreißig Zentimeter, in einem Rahmen, der nicht zu ihm passte. Mattgolden, mit vier verschnörkelten Ecken und einem spiralförmigen Rand, viel zu protzig für das schlichte Motiv.

Alf bemerkte ihren Blick. »Ja, das ist das Bild, von dem ich eben sprach.«

In Mamma Carlottas Körpermitte begann etwas zu kreiseln, eine Erkenntnis, eine Frage, eine Antwort, sie wusste es noch nicht genau.

»Es sieht wirklich aus, als wäre es von Emil Nolde«, sagte sie nachdenklich.

Alf lächelte, als hätte sie etwas außergewöhnlich Kluges von sich gegeben. »Wenn du es ebenfalls sagst, muss es wohl stimmen. Du kennst dich ja mit Emil Nolde sehr gut aus. Ich werde es gleich sorgfältig einschließen, für den Fall, dass es wirklich von Nolde ist. Im Schauraum sind alle Gemälde gesichert, mit einer Alarmanlage verbunden.« Sein Lächeln vertiefte sich, sein Blick bekam einen Ausdruck, der Carlotta verunsicherte. »Toll, dass du dich für Kunst interessierst.«

Beschämung überflutete sie. Madonna, bisher hatte sie sich

kein bisschen für Kunst interessiert! Höchstens für die Kunst des Kochens und für das kunstvolle Anrichten von Speisen. Von großen Malern hatte sie keine Ahnung, hatte nur ein wenig von Emil Nolde gelesen und damit geprahlt, als sie Alf Kruskopp beim Speeddating gegenübergesessen hatte. Der Augenblick, in dem er erkennen musste, wie wenig sie wusste, war garantiert nicht mehr fern. Es wurde Zeit, sich dazu zu bekennen, bevor er sie überführte. Vermutlich hätte sie dieses Bild selbst gar nicht mit Emil Nolde in Verbindung gebracht, wenn nicht am Tag zuvor darüber gesprochen worden wäre. Sie hatte noch Fietjes Worte im Ohr: »Ein altes Friesenhaus im Dämmerlicht, davor ein Teich, daneben ein Misthaufen, der bläulich schimmert, als sei er voller Schmeißfliegen. Nicht so bunt wie andere Bilder von Nolde, mehr so eine düstere Stimmung. Der Himmel sieht aus, als würde es bald dunkel. Nur noch ein heller Streif am Horizont.«

Sie riss sich zusammen und sagte: »Das Bild könnte Nolde auf Sylt gemalt haben. Ein Sylter Bauernhaus ...«

Alf Kruskopps Interesse wurde mit einem Mal von ihr fortgerissen. Er reckte sich plötzlich, drehte den Kopf, als sollte sein rechtes Ohr mehr hören als das linke, und fragte: »Hast du das auch gehört?«

Mamma Carlotta hatte nichts gehört und schüttelte den Kopf. »No, no ...«

Er stand auf und ging zu der Tür, die in den Verkaufsraum führte. Er hatte sie hinter ihnen geschlossen, öffnete sie nun und spähte hindurch. Kopfschüttelnd machte er sie wieder zu. »Das hätte ich ja auch gehört, wenn jemand geklingelt hätte.« Er wollte zu Mamma Carlotta zurückkehren, blieb aber mit einem Mal wie angewurzelt mitten im Raum stehen und lauschte. »Ich glaube, das kommt aus der Werkstatt. Oder aus dem Lager.« Er ging zu einer schmalen Tür hinter einigen Staffeleien, die ihr vorher nicht aufgefallen war. »Einen Augenblick, bin gleich zurück. Vermutlich ein Nachbar, der

Werkzeug entleihen will. Oder Kornelia Loohse? Sie ist ein wenig aufdringlich und bringt es fertig, zwei Stunden früher zu kommen als vereinbart. Die anderen Bilder für ihre Ausstellung lagern hinten ...«

Als er die Tür öffnete, sah sie, dass sie in eine kleine Werkstatt führte. Leere Rahmen waren zu erkennen, viele Rahmenleisten, die auf einem langen Arbeitstisch lagen, Farbdosen, Pinsel. Alf machte zwei, drei Schritte in den Raum hinein und war auch schon verschwunden. Die Tür fiel ins Schloss, sie hörte, dass sich eine andere öffnete.

Carlotta starrte das Gemälde an. Es musste das Bild sein, von dem Fietje gesprochen hatte. Wenn es stimmte, dann hatte es im Wohnzimmer der alten Frau Olsson gehangen. Die Wände in ihrer Wohnung waren leer gewesen, daran konnte Carlotta sich erinnern. Dagmar hatte alles ausgeräumt, was sich verkaufen ließ. Auch dieses Bild? Alf hatte bestritten, es auf dem Flohmarkt gekauft zu haben, aber ... er hatte sie vielleicht belogen. Zwar konnte sie sich nicht vorstellen, dass der nette Alf Kruskopp so was tun würde, aber sie wusste natürlich, dass man jedem Menschen nur vor den Kopf guckte und nie wusste, was hinter seiner Stirn vorging. Wenn dieses Bild irgendwie im Zusammenhang mit dem Mord an Matz Olsson stand, dann musste Erik es bekommen. Und wenn Alf etwas mit diesem Mord zu tun hatte, dann musste sie sich mit dem Gedanken abfinden, dass er anders war, als sie gedacht hatte.

Vorsichtig ging sie auf das Bild zu, betrachtete es eine Weile, überlegte, ob sie es sich schnappen konnte, ohne dass Alf Kruskopp später bemerkte, dass es fehlte, ob es in ihre Tasche passte und ob sie die Tasche später aus dem Haus tragen konnte, ohne dass Alf Kruskopp merkte, was darin steckte ...

Ein fernes Rumoren riss sie aus ihren Gedanken, etwas klirrte, Metall schlug an Metall. Mamma Carlotta erschrak, lief zu der Tür, die in die Werkstatt führte, und schob sie vorsichtig auf. Auf der anderen Seite des kleinen Raums sah sie eine weitere Tür.

Dahinter hörte sie seine Stimme. »Was machen Sie da? Was wollen Sie hier? Kommen Sie da raus!«

Lautes Poltern war die Antwort. Unterdrückte Schreie, Stöhnen, wütende Silben, die keine Wörter ergaben, und immer wieder Alf Kruskopps »Nein!«. Dann eine schrille Silbe: »Wo?« Und wieder ein Rumpeln, ein lauter Stoß, als wäre etwas umgefallen. Schließlich ein Knacken, ein Knistern, ein Scharren. Am Ende ein schwacher menschlicher Laut, danach war alles still.

Mamma Carlotta stand da, mit Angst überrieselt, und wusste nicht, was zu tun war. Loslaufen und eingreifen? Oder sich besser zurückziehen und Hilfe holen? Verstecken und sich selbst in Sicherheit bringen? Sie wusste es nicht ...

38

Diesmal wollte sogar Sören den Aufzug nehmen, und Erik dachte lediglich ganz kurz daran, dass er sich vorgenommen hatte, nur noch die Treppe zu benutzen. Im Nu waren sie im Erdgeschoss angekommen, und Sören konnte sich die Bemerkung nicht verkneifen, dass er zu Fuß nicht langsamer gewesen wäre. Er schien zu bereuen, den Aufzug genommen zu haben, Erik dagegen war froh, dass er einen guten Grund gehabt hatte, die Treppenstufen zu meiden.

Sie liefen zum Eingang der Wache, wo Rudi Engdahl sie empfing. Er wies mit dem Kopf nach hinten. »Enno ist mit den beiden Damen im Vernehmungszimmer.«

Brunhilde Kiewel bot einen beklagenswerten Anblick. Ihre Lippen waren nicht nur aufgeplatzt, sondern mittlerweile auch geschwollen, sodass sie wie das Opfer einer missglückten Aufspritzung aussah. Ihr rechtes Auge färbte sich bereits dunkel und war zu einem schmalen Sehschlitz zusammengeschwollen. Die Frau, die neben ihr saß und ihre Hand hielt, war genauso groß wie sie, so germanisch, so präsent, aber viel lauter als Brunhilde.

Erik hätte beinahe gelacht, als sie sich vorstellte, Sören, das merkte er, konnte sich ein Grinsen nicht verkneifen. »Kriemhild Röhl! Ich bin Brunhildes Schwester.«

Lieber Himmel, die Eltern hatten sich die Namen ihrer Töchter wohl aus der Nibelungensage geholt!

Mit dröhnender Stimme erläuterte Kriemhild, was geschehen war. »Ich habe es durchs Fenster gesehen. Mein Schwager ist auf meine Schwester losgegangen und hat sie traktiert. Sie hat sich gewehrt, er wurde immer wütender und hat dann nur noch losgeprügelt.«

Erik sah Brunhilde mitfühlend an. »Sie hatten einen Streit mit Ihrem Mann? Ging es um Matz Olsson?«

Sie nickte. »Ich habe ihm gesagt, dass ich mich scheiden lassen will.« Ihre Stimme klang verwaschen, ihre Worte waren undeutlich. Die geschwollenen Lippen hinderten sie am klaren Sprechen. Erik vermutete, dass sie auch Verletzungen in der Mundhöhle davongetragen hatte. »Er hat mich angebrüllt, mein Liebhaber wäre tot. Wozu dann die Scheidung? Da habe ich ...« Ihr kamen nun die Tränen, sie brauchte eine Weile, bis sie sich gefangen hatte. »Ich habe ihm gesagt, dass ich nicht mit einem Mörder zusammenbleiben will.«

Erik beugte sich vor. »Sie glauben, dass Ihr Mann Matz Olsson umgebracht hat?«

Brunhilde nickte. »Ich bin sicher. Ich hab's ihm auf den Kopf zugesagt, und da ... da ist er regelrecht ausgerastet.«

Nun übernahm Kriemhild das Wort. »Ich war im Garten, mein Schwager hatte keine Ahnung, dass ich in der Nähe war. Gott sei Dank habe ich alles mit angesehen. Ich wette, der Kerl würde sonst behaupten, er hätte nichts damit zu tun.« Sie zeigte auf das geschundene Gesicht ihrer Schwester. »Aber ich habe gesehen, wie er auf Brunhilde losgegangen ist.«

Erik erhob sich und gab Sören ein Zeichen. »Wir werden jetzt erst mal dafür sorgen, dass Sie in ärztliche Behandlung kommen. Wir lassen Sie in die Nordseeklinik bringen. Dort werden Sie versorgt und Ihre Verletzungen protokolliert.«

Brunhilde erhob sich mühsam, Kriemhild sprang hinzu und stützte sie. »Kommst du mit?«, fragte Brunhilde ihre Schwester leise.

Die packte ihren Arm so fest, dass Brunhilde leise aufschrie. Anscheinend hatte sie am ganzen Körper Hämatome. »Klar, ich lasse dich nicht allein«, sagte Kriemhild, ohne zu merken, dass sie ihrer Schwester wehtat. Sie schob Brunhilde Richtung Tür. Diese wollte sich langsam bewegen, vorsichtig, mit Bedacht, aber Kriemhild drängte und stieß sie weiter.

Erik hätte am liebsten eingegriffen. Diese Frau hatte ja ein Gemüt wie ein Fleischerhund und war so sensibel wie ein Elefant im Porzellanladen. Aber sie war eine Vertraute, Brunhilde Kiewel war in ihrer Obhut wohl besser aufgehoben als in der eines Polizeibeamten.

Als die beiden in einem Streifenwagen saßen, verließen Erik und Sören die Wache. Erik tastete in der Jackentasche nach seinem Autoschlüssel. »Sollen wir gleich zu Jürgen Kiewel fahren?«

Sören nickte. »Ich bin gespannt, was er uns zu sagen hat.«

Erik spürte plötzlich Optimismus in sich aufsteigen. »Vielleicht können wir in einer halben Stunde bereits den Mörder von Matz Olsson verhaften.«

Sören stand schon neben Eriks Auto. »Dann mal los! Ich habe so richtig Lust, mir diesen Kerl vorzuknöpfen.«

Sie waren gerade vom Hof der Polizeiwache gefahren, als Eriks Handy klingelte. Er nahm den Anruf über die Freisprechanlage an. Am anderen Ende war ein Mitarbeiter des Nachlassgerichts, der sowohl den richterlichen Beschluss als auch Eriks Anfrage auf dem Schreibtisch liegen hatte.

Erik bedankte sich für seinen Anruf, ohne zu wissen, was er

zu hören bekommen würde. »Super, dass Sie sich trotz des Wochenendes bei mir melden.«

»Kein Problem«, kam es zurück. »Im Amtsgericht gibt es selbstverständlich einen Wochenenddienst.« Erik hörte Papiergeraschel und wartete gespannt. »Also ... auf Ihre Anfrage kann ich Ihnen sagen, dass hier kein Testament hinterlegt wurde. Wenn die Erblasserin eins aufgesetzt hat, muss es in ihrem Nachlass zu finden sein.«

»Ganz sicher?«, fragte Erik vorsichtshalber, ärgerte sich aber gleich darauf über seine Unbedachtheit.

Sein Gesprächspartner war verständlicherweise eingeschnappt. »Was denken Sie denn? Wenn ich sage, hier ist kein Testament hinterlegt, dann ist das so.«

Erik entschuldigte sich lange und wortreich, dann endlich war ihm verziehen worden, und er legte auf. »Das wäre also geklärt«, sagte er zu Sören.

Der war nur mäßig interessiert. »Wenn wir gleich ein Geständnis von Jürgen Kiewel bekommen, ist das Testament ohne Bedeutung.«

39

Ein Stöhnen war zu hören, tief und rasselnd, dann herrschte Stille. Mamma Carlotta wagte, einen Schritt rückwärtszugehen, in dem verzweifelten Wunsch, sich von dem zu entfernen, was im übernächsten Raum geschehen war. Aber was hatte sich dort abgespielt? War jemand eingedrungen, der von Alf Kruskopp auf frischer Tat ertappt worden war? Hatte Alf ihn angegriffen und war abgewehrt worden? Oder hatte man Alf attackiert? Aber warum? Sollte sie nachsehen? Nein, das wagte sie nicht.

Nun waren wieder Geräusche zu hören. Schritte, dann Rumoren, ein Klappern, als würde etwas von der Wand zwischen der Werkstatt und dem nächsten Raum abgenommen und fiele wieder zurück. Mamma Carlottas heiße Angst wurde zu eiskaltem Überlebenswillen. Geräuschlos schloss sie die Tür wieder, blieb stehen und lauschte. Nun war außer ihrem eigenen schweren Atem nichts mehr zu hören. Sie drehte sich auf zitternden Beinen um und wäre am liebsten aus dem Raum gestürzt, hätte gern die Tür zum Schauraum aufgerissen und wäre auf die Straße gelaufen. Aber sie bezwang sich und bewegte sich so leise wie möglich. Auf Zehenspitzen ging sie zum Sessel zurück und nahm ihre Tasche, die Einkaufstasche, die sie immer mit sich führte, auch wenn sie nichts einzukaufen hatte. Dass sie nicht blindlings davonlief, dass sie in der Lage war, eine wohlüberlegte Entscheidung zu treffen, tat ihr gut. Sie merkte, dass sie ruhiger wurde, kaltblütiger, beherrschter und nicht mehr von ihrer schrecklichen Angst gejagt. Sie musste raus! Aber nicht halsbrecherisch, sondern leise, ganz vorsichtig, so, dass niemand etwas von ihrer Anwesenheit mitbekam. Sie würde das schaffen, ja, das bekam sie hin, ganz sicher. Unhörbar redete sie sich zu und schaffte es sogar, ihr Denken wieder in eine Richtung zu lenken und ihre Gedanken nicht mehr übereinanderpurzeln zu lassen. Wer immer Alf Kruskopp überfallen hatte, wusste vielleicht nicht, dass dieser in Gesellschaft gewesen war. Wieder stockte sie. Oder war es andersherum gewesen? War nicht Alf Kruskopp das Opfer, sondern hatte er jemanden angegriffen, der bei ihm eingedrungen war? Nein, diese Hoffnung wischte sie gleich beiseite. Alf wäre längst zu ihr zurückgekehrt, hätte sie informiert, wäre zum Telefon gegangen, um die Polizei zu verständigen. Anscheinend war er außer Gefecht gesetzt worden.

Ihr Blick fiel erneut auf das Bild, das vielleicht von Emil Nolde gemalt worden war, vielleicht auch nicht. Sie dachte an ihren Schwiegersohn. Womöglich war es ein Indiz bei der Lösung seines Mordfalls. Wenn sie Fietje glauben konnte, dann hatte es im Wohnzimmer der alten Olsson gehangen, dort, wo Matz seine Schäferstündchen abgehalten hatte. Möglich also, dass es etwas mit dem Mord zu tun hatte. Sie musste sich Gewissheit verschaffen.

Hastig griff sie danach und steckte es in ihre Tasche. Hochkant passte es hinein, wenn auch nicht ganz. Der Rahmen ragte aus der Tasche, aber das spielte keine Rolle. Mamma Carlotta schlich zu der Tür, die in den Verkaufsraum führte, öffnete sie so geräuschlos wie möglich und huschte hindurch. Doch sie wusste schon nach zwei, drei Schritten, dass sie verloren war. Alf hatte den Schlüssel, nachdem er die Tür abgeschlossen hatte, irgendwo abgelegt. Trotzdem lief sie hin und drückte die Klinke. Doch vergeblich. Die Tür war verschlossen. Wo hatte er den Schlüssel hingelegt? Auf der Straße vor dem Haus war es still, kein Mensch zu sehen. Niemand, der ihr helfen konnte.

Entsetzt floh sie zurück, auf Zehenspitzen, geräuschlos, darauf bedacht, dass nichts zu hören war, was ihre Anwesenheit verriet. Sie schaffte es gerade noch, die Tür aufzufangen, die hinter ihr ins Schloss fallen wollte. Vorsichtig drückte sie die Klinke herunter, damit die Tür leise geschlossen werden konnte. Dann stockte sie. Wieder ein Geräusch! Nicht mehr so weit weg, viel näher, nicht aus dem übernächsten, sondern dem nächsten Raum! Leises Rascheln, vorsichtige Schritte, ein Kratzen an einer Wand ... Mamma Carlotta sah sich hektisch um. Wohin fliehen? Wo sich verstecken? Sie musste damit rechnen, dass sich in den nächsten Augenblicken die Tür zur Werkstatt öffnete.

Ihr Blick fiel auf den Paravent. Dahinter schien der einzige sichere Ort zu sein. Er stand frei im Raum, war nur dazu da, die Sachen zu verdecken, die das Ambiente zunichtegemacht hätten. Zunehmend panisch und unachtsam sprang sie darauf zu, stieß an einen der beiden Plastikeimer, die dahinterstanden, erschrak über das leise Klappern, blieb zitternd stehen und lauschte angstvoll. Das Blut rauschte in ihren Ohren, aber sie wurde etwas ruhiger, als sich nichts weiter tat. Sie stellte ihre Einkaufstasche ab, griff mit beiden Händen nach den äußeren Kanten des Paravents, der zum Glück leicht war, und rückte ihn näher an die Wand. Er musste so stehen, dass sie nicht nur von vorn unsichtbar sein würde, sondern auch von der Seite. Schließlich stand sie an die Wand gedrängt da, den Paravent an die Brust gedrückt. Und wieder lauschte sie, aber noch immer war nichts zu hören. Sie sah durch die Schlitze der Bambuswände, ihre Augen rasten nach links und rechts, um zu kontrollieren, ob es auch nirgendwo einen Blick auf sie geben würde, wenn jemand hereinkam. Und dann fiel ihr Blick auf ihre Füße.

»Madonna«, flüsterte sie. Wenn jemand gegenüber durch die Tür trat, würde er ihre Schuhe sehen können, die unter dem hochbeinigen Paravent hervorschauten! Mit schnellem Griff zog sie die beiden Eimer heran, obwohl das leise Scharren verräterisch war, und stieg hinein. Die Eimer waren groß, zum Glück, ihre Füße fanden ausreichend Platz darin. Mamma Carlotta atmete auf. Jetzt war alles getan, was möglich war. Nun musste sie warten. Und hoffen. Warten auf die Person, die Alf Kruskopp mundtot gemacht hatte, und hoffen, dass sie sich hier nur flüchtig umsah und sie nicht entdeckte. Mamma Carlotta mochte sich nicht vorstellen, was mit Alf Kruskopp geschehen war. Sicherlich etwas Schreckliches. Und das Gleiche würde auch ihr zustoßen, wenn sie hier entdeckt wurde.

Sie zwang sich, ruhig zu atmen und sich nicht zu rühren. Einfach war das nicht. Ihr Körper bebte, ihre Glieder zitterten, ihre Füße hatten keinen festen Stand in den Eimern. Wie lange würde sie hier ausharren müssen? Vielleicht hatte der Täter längst das Haus verlassen? Womöglich hatte er es nur auf Alf Kruskopp und nicht auf Beute, auf dessen Besitz, auf die wertvollen Bilder abgesehen? Aber wie sollte sie das herausbekommen?

Vielleicht wäre es besser gewesen, nach hinten zu fliehen, in den Garten und dann ums Haus herum zur Straße? Doch dann wäre sie durch die Fenster zu sehen gewesen, die sicherlich alle Räume zum Garten hin besaßen. Sie hätte an denen der nächsten beiden Räume vorbeilaufen müssen und wäre nicht unbemerkt geblieben. Und wenn der Täter ein junger, kräftiger, dynamischer Mann war, dann würde er sie bald eingeholt haben. Erst recht, wenn es weitere Hinterausgänge gab. Nein, richtiger war es, sich zu verstecken und zu warten, bis die Luft rein war.

Es schienen Stunden vergangen zu sein, als sie endlich wieder etwas hörte. Natürlich wusste sie, dass es nur wenige Minuten gewesen sein konnten, die sie hatte warten müssen, aber ihr Köper war bereits derart verspannt und durch die Bewegungslosigkeit und ihre Angst so steif geworden, dass er zu schmerzen begann. Besonders die Beine und vor allem ihre Füße in den beiden Eimern.

Doch dann war da dieses Knarren, Schaben, Kratzen an der Tür, ein leises Klirren, als hätte sich ein Schlüsselbund in einer Hand bewegt, ein Knirschen, als die Tür sich in den Scharnieren drehte, ein Knacken, als die Klinke losgelassen wurde. Ein Luftzug kam herein, als wäre ein Fenster geöffnet worden. Mamma Carlotta starrte durch die Ritzen im Bambusgeflecht und sah zwei Beine. Frauenbeine? Männerbeine? Sie konnte es nicht mit Sicherheit sagen. Nun bewegten sie sich mit vorsichtigen Schritten in den Raum, langsam, leise. Dann hörte Mamma Carlotta ein leises Seufzen. Und nun schien die Anspannung bei dem Menschen, der hier eingedrungen war, vorbei zu sein. Er glaubte, dass er allein war. Seine Schritte wurden sicherer. Wenn er sich auch immer noch darum bemühte, leise zu sein, so hatte er doch zu schleichen aufgehört. Er schien behutsam durch den Raum zu gehen, auf weichen Sohlen, wahrscheinlich so langsam, dass er dabei alle Bilder in Augenschein nehmen konnte. Hob er eins auf? Sie konnte jetzt nichts mehr von ihm sehen, aber es kam ihr nicht so vor, als griffe er nach einem Gemälde. Sie erstarrte, als die Geräusche mit einem Mal von links kamen. Hoffentlich hatte sie den Paravent nah genug zu sich herangezogen! Hoffentlich schaute kein Zipfel ihres bunten Sommerkleides hervor! Ein Räuspern hörte sie, aber zu schwach, um daran erkennen zu können, ob es sich um einen Mann oder eine Frau handelte. Nun öffnete sich die Tür zum Verkaufsraum. Sie blieb eine Weile offen, ohne dass Mamma Carlotta hören konnte, ob jemand den Schauraum betrat. Nach einer Weile schloss sich die Tür wieder. Ein Dieb, der sich eine Übersicht über die Beute verschafft hatte? Dann war es ihm wohl zu heikel gewesen, die Bilder von den Wänden zu nehmen. Vielleicht wusste er auch, dass diese Bilder mit einer Alarmanlage gesichert waren. Oder er ahnte es zumindest. Möglich aber auch, dass er vorher schon einen Weg gefunden hatte, die Alarmanlage abzustellen. Andererseits gab es auch in diesem hinteren Raum genügend Bilder, die vermutlich ungesichert waren. Würden jetzt in Mamma Carlottas Gegenwart sämtliche Bilder hinausgetragen, auf einen Lkw verladen und weggeschafft werden? Wie lange mochte das dauern? Wie lange sollte sie hinter dem Paravent noch ausharren?

Sie hörte, wie nun einige Gemälde aufgenommen und zurückgestellt wurden. Erst vorsichtig, dann immer achtloser und immer schneller. Kein Zweifel, da suchte jemand. Aber wonach? Die Geräusche wurden schneller und hastiger. Immer wieder wurde etwas aufgenommen und weggelegt, verschoben, zur Seite geräumt, wieder zurechtgerückt. Mamma Carlotta konnte den Weg des Eindringlings akustisch verfolgen. Zum Glück hielt er sich nicht lange in ihrer Nähe auf. Der Weg der Geräusche führte wieder zur Werkstatttür, weg von ihr. Doch Mamma Carlotta war viel zu angespannt, um Erleichterung zu verspüren. Die Beine taten ihr weh, sie brauchte Bewegung, versuchte vorsichtig das Gewicht von einem Bein aufs andere zu verlagern, erst den linken Fuß anzuheben, dann den rechten. Aber das Geräusch, das sie dabei erzeugte, erschreckte sie zutiefst. So klang es auch, wenn sie einen Hefeteig von der Arbeitsfläche löste, der noch zu feucht war, dem Mehl beigegeben werde musste, ehe er ein letztes Mal durchgeknetet wurde. Und dann merkte sie, dass sich ihre Schuhsohlen nur millimeterweise lösten, dass ihre Schuhe schwer geworden waren, als stünden sie in Zement, der allmählich hart wurde. Madonna! Diese Eimer waren anscheinend nicht leer gewesen! Was mochte sich auf ihrem Grund befinden? Was zog da an ihren Schuhen, was saugte an ihr …?

40

Das Weinparadies schloss sonnabends schon gegen Mittag. Erik und Sören hatten sich mit einem kurzen Blick auf die lichtlosen Geschäftsräume davon überzeugt und waren dann gleich weitergefahren vom Bahnweg zur Nordmarkstraße.

»Hoffentlich ist er zu Hause«, murmelte Erik.

»Wie gehen wir vor?«, fragte Sören, als sie in die Nordmarkstraße einbogen. »Seine Gewalttätigkeit ist kein Beweis, dass er einen Mord begangen hat. Bewiesen wird damit nur, dass er zu Gewalt neigt, dass man ihm eine Gewalttat wie Mord zutrauen kann. Und das wissen wir ja sowieso schon.«

»Wir halten ihm vor, was seine Frau uns gesagt hat. Sie will die Scheidung, er will sie unbedingt verhindern. Aus guten Gründen, die sind uns bekannt.«

»Versuchen wir's also«, sagte Sören, als sie vor dem Haus Kiewel anhielten. »Hoffentlich lässt er sich provozieren. Dann rutscht ihm vielleicht etwas heraus, mit dem wir ihn festnageln können.«

Sie sahen seinen Kopf hinter der Küchenfensterscheibe, als sie aus dem Auto stiegen. Jürgen Kiewel würde also zu sprechen sein. Als sie auf das Haus zugingen, war sein Kopf verschwunden. Erik rechnete damit, dass Jürgen Kiewel sich bereits auf den Weg zur Haustür gemacht hatte, um zu öffnen, aber auf ihr Klingeln erfolgte keine Reaktion. Sie drückten den Knopf noch einmal, wieder blieb es still im Haus.

»Was soll das?«, brummte Erik. »Warum öffnet er nicht, wenn er da ist?«

Sie gingen zu der Pforte, die in den Garten führte, der den Feriengästen vorbehalten war. Dort herrschte fröhliches Treiben. Kinder spielten mit dem Ball, um den Platz auf der Schaukel stritten sich zwei kleine Mädchen, ihre Eltern hatten sich auf Sonnenliegen ausgestreckt und taten ihr Bestes, um in den Streit nicht hineingezogen zu werden. Zwei ältere Frauen saßen an einem Gartentisch und unterhielten sich lebhaft. Hinter der Mauer, im Garten der Kiewels, war das Rauschen eines Gartenschlauchs zu hören.

Erik kümmerte sich nicht um die fragenden Gesichter der Feriengäste, sondern ging zur Mauer und rief hinüber: »Herr Kiewel! Kommen Sie bitte zur Haustür, und öffnen Sie uns.«

Das Wasser wurde abgestellt, eine Stimme brummte etwas, was zustimmend klang. Erik nickte den Feriengästen freundlich zu und verließ den Garten wieder. Als sie am Hauseingang der Kiewels angekommen waren, stand Jürgen Kiewel in der Tür.

»Sorry«, sagte er, während er ihnen die Hände schüttelte. »Das Klingeln ist im Garten nicht zu hören.« Er führte sie ins Wohnzimmer und wies auf die Sessel. »Oder sitzen Sie lieber draußen in der Sonne?«

Erik ließ sich umständlich nieder und antwortete erst, als er sich angelehnt und die Beine übereinandergeschlagen hatte. »Ich vermute, Sie wollen nicht, dass unser Gespräch belauscht werden kann.«

Jürgen Kiewel tat gleichgültig, zuckte mit den Schultern und bot ihnen Wasser zur Erfrischung an. Erik und Sören lehnten beide ab, sie wollten lieber zur Sache kommen.

»Sie wissen, wo Ihre Frau ist?«, fragte Erik.

Wieder zuckte Jürgen Kiewel mit den Schultern. »Shoppen, denke ich. Das macht sie am Sonnabend immer.« Dann sah er die beiden Polizeibeamten so erstaunt an, als hätte er soeben etwas verstanden, was noch Augenblicke vorher keine Frage gewesen war. »Sie wollen zu Brunhilde?«

»Nein.« Eriks Antwort kam kurz und knapp. »Dass sie nicht zu Hause ist, wissen wir. Aber was ist mit Ihnen? Ihre Frau wollte sich bei Ihnen melden und Ihnen sagen, dass sie in der Nordseeklinik ist. Hat sie noch nicht angerufen?«

Jürgen Kiewel spielte den erschrockenen und besorgten Ehemann nicht besonders überzeugend. Fahrig holte er sein Handy aus der Tasche seiner Bermudas und sah in die Anrufliste. »Tatsächlich! Sie hat versucht, mich zu erreichen. Aber Sie haben es ja gehört.« Er wies nach draußen. »Im Garten ist immer Lärm. Und dann noch der Gartenschlauch ...« Nun fiel ihm ein, dass er genauer nachfragen musste. »Was ist mit meiner Frau? Ein Verkehrsunfall? Sonst geht sie immer zu Fuß in die City. Aber ihr Auto ist nicht da ...«

Erik winkte ärgerlich ab. »Erzählen Sie uns nichts vom Pferd, Herr Kiewel. Sie wissen genau, warum Ihre Frau in der Nordseeklinik gelandet ist. Weil Sie sie krankenhausreif geprügelt haben.«

Jürgen Kiewel griff sich mit beiden Händen an die Brust, als wollte er ihnen weismachen, dass ihn Herzbeschwerden quälten, weil ihm ein so schrecklicher Vorwurf gemacht wurde.

Sören sorgte dafür, dass er es bei dieser Gestik beließ und keine Rhetorik folgen ließ. »Es gibt eine Zeugin. Sie können sich das Leugnen sparen.«

Tatsächlich ließ Kiewel die Hände sinken. Dann stand er auf und drehte sich zum Fenster um, als wollte er überprüfen, wo sich eine Zeugin aufgehalten haben könnte, die seinen Streit mit seiner Frau beobachtet hatte. »Quatsch!« Dieses Wort, diese eine Silbe warf er zurück, als schüttelte er Schmutz von seiner Hand.

»Was meinen Sie damit?«, fragte Erik und gab sich besonders höflich und interessiert. »Was ist Quatsch? Unsere Vorhaltung oder die Tatsache, dass es eine Zeugin gibt?«

Jürgen Kiewel fuhr herum. »Beides. Ich habe meine Frau nicht angerührt. Wir hatten Streit, ja. Wir haben uns angeschrien, ja. Das war's aber auch schon.«

»Wann?«

»Heute Morgen.«

»Ein bisschen genauer, bitte.«

»Ich bin heute später ins Geschäft gegangen. Es kann auch schon kurz vor Mittag gewesen sein.«

»Worum ging es bei dem Streit?«

»Was geht Sie das an?«

Erik sah ihn eine Weile schweigend an, dann meinte er: »Sie haben recht, das geht uns nichts an. Aber dass Ihre Frau mit erheblichen Verletzungen in die Nordseeklinik gebracht wurde, geht die Polizei durchaus etwas an. Erst recht vor dem Hintergrund des Mordes an Matz Olsson.«

»Was hat das eine mit dem anderen zu tun?« Jürgen Kiewel kam wütend zu der Sitzgruppe zurück, ohne sich jedoch niederzulassen. »Ich habe Matz Olsson nicht umgebracht. Ich habe auch meine Frau nicht geschlagen. Und eine Zeugin kann es deshalb auch nicht geben.«

»Die Schwester Ihrer Frau sagt, dass sie gesehen hat, wie Sie Ihre Frau geschlagen haben.«

Jürgen Kiewel begann unvermittelt zu lachen und ließ sich schließlich in einen Sessel fallen, als könnte er vor lauter Lachen nicht mehr stehen. »Das war ja klar! Kriemhild schreckt vor keiner Lüge zurück, wenn sie mir Schwierigkeiten machen kann. Sie hat meine Frau auch oft gedeckt, wenn sie sich mit ihrem Beischläfer ein schönes Wochenende machen wollte. Diese Kanaille! Hat keine Probleme damit, hier bei mir zu Gast zu sein und mich gleichzeitig anzuschwärzen! Die fliegt hier raus, sobald sie wiederauftaucht.

Angeblich hat sie bei diesem lächerlichen Speeddating ja schon einen Idioten gefunden, der an ihr interessiert ist. Soll sie doch zu dem ziehen. Bei mir kommt die nicht mehr unter! Der stelle ich gleich den Koffer vor die Tür.«

Er hatte immer lauter gesprochen, immer unbeherrschter, am Ende war der Speichel aus seinem Mund geflogen, derart unbeherrscht war seine Wut geworden.

Erik und Sören waren beide sehr ruhig geblieben. »Stellen wir also fest: Sie bestreiten, Ihre Frau geschlagen zu haben«, sagte Erik. »Und Sie behaupten, die Schwester Ihrer Frau lügt, wenn sie behauptet, Zeugin gewesen zu sein. Außerdem bestreiten Sie, Matz Olsson umgebracht zu haben.«

Jürgen Kiewel zwang sich zur Ruhe, indem er eine Sitzposition einnahm, in der er sich sicherer fühlte: die Arme vor der Brust verschränkt, die Beine ausgestreckt, den Kopf zurückgelegt, sodass sein Blick über die beiden Polizisten hinwegging. Er nickte nur und verzichtete auf eine Antwort.

Erik zog eine Liste aus seiner Tasche, auf der alle Vorstrafen Jürgen Kiewels vermerkt waren. Er hielt sie ihm unter die Nase und bat ihn, sich dazu zu äußern.

Prompt war es mit der Ruhe wieder vorbei. Aggressiv fuhr Jürgen Kiewel nach vorne, warf nur einen kurzen Blick auf das Blatt und schlug es schließlich mit der Hand weg. »Sie haben ja wohl gesehen, wie lange das alles her ist. Jugendsünden! Heute bin ich ruhiger geworden. So was passiert mir nicht mehr.« Plötzlich wurden seine Augen zu Schlitzen. »Wo sind eigentlich meine Schuhe, die Sie mir abgenommen haben?«

»Die bekommen Sie zurück, sobald der Fall Olsson geklärt ist. Bis dahin gehören Sie weiterhin zu den Verdächtigen. Die Sohle Ihrer Schuhe passt in den Fußabdruck, den wir gefunden haben.«

»Solche Sohlen gibt es tausendfach.«

»Stimmt«, gab Sören zu. »Sonst hätten wir Sie auch längst verhaftet. Aber nun ... der Schuhabdruck, dazu die Gewalt

Ihrer Frau gegenüber und die vielen Delikte dieser Art, die es schon gegeben hat ...« Er ließ den Satz schweben und vollendete ihn nicht.

Erik stand auf, und Sören erhob sich ebenfalls. »Sie halten sich zu unserer Verfügung, Herr Kiewel«, sagte Erik. »Die Insel verlassen Sie nur, wenn ich es genehmige. Klar?«

Er sah die Wut in Jürgen Kiewels Augen schießen und konnte sich vorstellen, dass er, wenn er wütend war, nicht mehr wusste, was er tat. Diesmal allerdings hatte er sich unter Kontrolle. »Aber gern, meine Herren. Ich habe sowieso nicht die Absicht, zu verreisen.«

41

Es war still, totenstill. Mamma Carlotta konnte die Schmerzen in Beinen und Füßen kaum noch ertragen. Die Schritte, die sie belauscht hatte, waren nicht mehr zu hören, sie hatten sich in den Raum entfernt, aus dem sie gekommen waren, dort waren sie verklungen. Die Tür hatte sich nicht wieder geschlossen, ein kühler Luftzug drang nach wie vor ins Haus, bis in ihr Versteck. Ob sie es wagen konnte, den Schutz des Paravents zu verlassen? Oder konnte es sein, dass sie auf den Täter oder die Täterin stieß, wenn sie sich jetzt hervortraute? Wie viel Zeit mochte vergangen sein? Gefühlt waren es Stunden, aber möglicherweise harrte sie hier erst wenige Minuten aus. Wie lange noch?

Sie versuchte, sich an den Seiten des Paravents festzuhalten, aber es misslang. Er war zu instabil, er konnte sie nicht halten, konnte ihr das eigene Gewicht nicht abnehmen und ihr nicht helfen, ihre Lage zu verändern. Sie musste hier raus. Mit den Füßen aus den Eimern, mit den Beinen aus dieser Position, die die Wadenmuskulatur verkrampfte. Mit einem Mal schien es ihr leichter zu sein, einem Gewalttäter gegenüberzustehen, als es in dieser Starre auszuhalten.

Vorsichtig zog sie den linken Fuß hoch. Die Schuhsohle löste sich nur mühsam aus dem Eimer. Aber sie schaffte es und stellte den Fuß hinter dem Eimer ab. Genauso machte sie es mit dem rechten Fuß, winkelte erleichtert die Knie an und dehnte die Waden. Endlich! Sie beugte den Oberkörper vor, ließ die Arme hängen und ausschwingen, dann dehnte sie den Rücken und fühlte sich danach wieder in der Lage, sich zu bewegen. Behutsam rückte sie den Paravent weg, sodass sie hinter ihm hervorkommen konnte. Sie sah sich um, der Raum war leer. Die Tür zur Werkstatt stand offen, doch von dort kam kein Laut.

»Alf?«, rief sie leise. »Signor Kruskopp?«

Es kam keine Antwort. Ängstlich schlich sie auf die Tür zu, auf Sohlen, die sich bei jedem Schritt nur schwer vom Boden lösten. Der kühle Luftzug verstärkte sich. Im folgenden Raum gab es also eine Tür, die in den Garten führte, oder ein Fenster, das geöffnet worden war. Dort musste jemand hereingekommen sein. Durch diese Tür hatte er hoffentlich das Haus wieder verlassen.

»Alf?«

Was, wenn der Kerl noch irgendwo lauerte? Eine Frage, die sich nicht beantworten ließ. Sie musste nachsehen, es ging nicht anders. Sie musste wissen, was im nächsten Raum geschehen war, und sie musste hier raus. Da ihr der Weg durch den Verkaufsraum auf die Straße versperrt war, konnte sie nur durch den Garten die Flucht versuchen. Aber erst musste sie wissen, was mit Alf Kruskopp geschehen war. Völlig unmöglich, zu gehen, ohne zunächst herauszufinden, ob sie ihm helfen konnte. Es ging nicht anders, sie musste der Gefahr jetzt ins Auge blicken.

Als dieser Satz sich in ihr ausgebreitet hatte, war für keinen anderen mehr Platz. Jedes Wenn und jedes Aber war verdrängt worden. Mamma Carlotta merkte wieder, wie ihre Füße sich am Boden festsaugten, und fragte sich erneut, was in den

Eimern gewesen sein mochte. Aber für eine Antwort war sie zu aufgeregt, zu ruhelos. Es ging jetzt um etwas Wichtigeres. Tief atmete sie ein und schritt mutig durch die Werkstatt, gab sich nicht einmal mehr Mühe, besonders leise zu sein, und bewegte sich auf die schräg gegenüberliegende Tür zu. Was immer unter ihren Schuhsohlen klebte, schien sich jetzt zu lösen, sie hatte nicht länger das Gefühl, am Boden zu haften.

»Alf?«

Dann war es so weit. Der letzte Schritt musste getan werden. Wie ein Schritt auf die Bühne des Schrecklichen, der Angst, der Gefahr. Sie musste ihn gehen, musste sich in der Tür zeigen, musste endlich sehen, was geschehen war.

Sie entdeckte ihn erst auf den zweiten Blick. Der erste zeigte ihr nur, dass es in diesem Raum niemanden gab, der sie angreifen wollte. Doch die Erleichterung währte nur kurz, war nur ein Funke gewesen, der schnell erlosch. Denn dann sah sie Alf Kruskopp. Er lag auf dem Boden, bäuchlings, die Arme angewinkelt, die Hände neben dem Kopf, aus dem Blut sickerte. Ein Rinnsal, das sich von seiner Stirn löste und davonsickerte. Eine Spur, in dem das Leben ihn verließ, ihn vielleicht schon verlassen hatte.

»Madonna! Signor Kruskopp! Alf!«

Sie kniete sich neben ihn, wollte ihn berühren, wach rütteln, aber ihre Hand blieb einige Zentimeter über seinem Kopf schweben. Ihn zu berühren fiel ihr schwer. Nur mit größter Mühe gelang es ihr schließlich, nach Lebenszeichen zu suchen. Sie drehte ihn auf den Rücken, kniff die Augen zusammen, als sie die entsetzliche Wunde sah, schaffte es dennoch, seine Atmung zu überprüfen und nach dem Puls zu tasten. Aber Alf Kruskopp atmete nicht mehr. Angesichts der schweren Verletzung kein Wunder. Was ihm geschehen war, konnte man nicht überleben.

Mamma Carlotta rappelte sich hoch und suchte nach Halt. Sie hatte das Gefühl, gleich neben Alf Kruskopp zu sinken, weil ihre Beine sie nicht mehr hielten. Zwei, drei schwere Schritte machte sie auf einen Tisch zu, stützte sich mit den Händen ab, verbot sich aber, sich auf den Stuhl zu setzen, der danebenstand. Nein, sie musste etwas tun. Aber was?

»Enrico!«

Ja, sie musste Erik anrufen. Hier war ein Mensch ermordet worden, und sie war in der Nähe gewesen. Vielleicht konnte sie ihrem Schwiegersohn wichtige Hinweise geben. Und das Bild! Ja, natürlich das Bild!

Sie wankte zurück, dorthin, wo ihre Tasche stand. Hatte sie nicht irgendwann mal Eriks Handynummer in ihre Geldbörse gesteckt? Damit sie immer zur Hand war, wenn etwas geschehen sollte? Aber noch bevor sie ihre Tasche durchwühlt hatte, fiel ihr ein, dass Carolin ihr eine ihrer neuen Visitenkarten gegeben hatte.

Sie griff in die Tasche ihres Kleides und hielt tatsächlich die Karte in den Händen, auf der die Telefonnummer ihrer Enkelin vermerkt war. Jetzt brauchte sie nur noch ein Telefon. Hektisch sah sie sich um, aber auf den ersten Blick war nichts zu sehen, kein Festnetztelefon, kein Handy, das irgendwo abgelegt worden war. Dann aber fiel ihr ein, dass Alf Kruskopp, bevor er den Tee eingegossen hatte, ein schnurloses Telefon aus der Hosentasche gezogen und weggelegt hatte. Bloß wohin? Es fiel ihr sehr schnell ein. Auf das Regalbrett, auf dem das Geschirr stand, mehrere Teetassen, ein paar Espressotässchen und ein kleiner Korb für die Löffel. In diesem Korb fand sie Alf Kruskopps schnurloses Telefon.

Sie ließ sich auf den Stuhl sinken, den Alf ihr angeboten hatte, legte die Karte auf ihren Schoß und begann mit zitternden Fingern zu wählen.

Ihre Enkelin meldete sich umgehend. »*Inselblatt,* Carolin Wolf!«

»Carolina!«, schrie Mamma Carlotta unbeherrscht ins Telefon. »Du musst kommen! Sofort!«

»Was ist los?«, kam es erschrocken zurück.
»Er ist tot!«
»Wer?«
»Alf! Alf Kruskopp!«
»Aber … wieso?«
»Frag nicht! Komm zur Galerie!«
»Okay, ich bin in der Nähe. Kann nicht lange dauern.«
»Du musst hintenrum kommen. Vorne ist abgeschlossen.«
»Alles klar.«

Mamma Carlotta sackte in sich zusammen, ließ den Kopf nach vorn fallen und begann zu weinen. Alf Kruskopp war ermordet worden! Und sie war Zeugin gewesen. »Perché?«, flüsterte sie. »Warum?« Dieser nette Mann! Was hatte er getan? Wer hatte ihn so gehasst, dass er ihn nicht leben lassen wollte? »Enrico!« Sie wimmerte den Namen ihres Schwiegersohns. Sicherlich würde Carolin die Handynummer ihres Vaters eingespeichert haben. Dann konnten sie ihn verständigen. Er wusste, was zu tun war, sobald Erik hier eintraf, würde alles gut werden …

42

Erik sah auf seine Armbanduhr. »Hoffentlich hat Felix daran gedacht, für uns einen Tisch zu reservieren.« Er warf Sören einen Blick zu, als er vor einer Ampel hielt. »Du bist natürlich auch eingeladen.«

Er sah, dass Sören sich freute, wenn er auch zunächst abwehrte und zu bedenken gab, dass er im Kreise der Familie womöglich nur störte. »Unsinn!«, gab Erik zurück. »Du gehörst doch längst zur Familie.«

Diese Begründung schien Sören zu genügen. Sein Gesicht mit den roten Apfelbäckchen färbte sich noch tiefer, er schien sich noch mehr zu freuen. »Wenn das so ist …«

Er schwieg eine Weile, und Erik war davon überzeugt, dass

er über den Besuch bei Jürgen Kiewel nachdachte. Aber dann sagte Sören: »Gestern ist Felix früher nach Hause geschickt worden, weil er darüber nachdenken sollte, später die Pizzeria zu übernehmen. Und heute?«

Aber Erik winkte ab. »Das waren nur Flausen, mit denen Felix uns von Carolin ablenken wollte.«

»Irgendwie«, begann Sören langsam, »habe ich den Eindruck, dass Felix dieser Gedanke ganz gut gefällt.«

»Der Gedanke, demnächst eine Pizzeria zu führen?«

Sören nickte vorsichtig, als wagte er nicht, laut zu bejahen.

»Sören, du spinnst! Nicht nur, dass er sein Abitur dann vergeblich gemacht hätte, auf Ausbildung oder Studium verzichten würde ... Felix ist gerade mal achtzehn und der alte Zanchetti knapp fünfzig. Der wird noch zwanzig Jahre seine Pizzeria leiten.«

»Wart's ab, in ein paar Jahren wird Felix sich von dir sein Erbe vorzeitig auszahlen lassen, damit er Pizzabäcker werden kann.«

»Was für ein Erbe?« Erik tat so, als verstünde er kein Wort. »Oder soll ich mein Häuschen beleihen, damit er Teilhaber der Pizzeria wird? Das ist doch totaler Blödsinn, Sören!« Sein Mitarbeiter schwieg. Aber er schwieg derart beredt, dass Erik noch wütender wurde. »Sag mir lieber, was du von Jürgen Kiewel hältst.«

Sörens Antwort kam wie aus der Pistole geschossen. »Den halte ich für unseren Mörder. Nur ... wie beweisen wir es ihm?«

»Vielleicht sollten wir den Tatort noch mal absuchen lassen«, überlegte Erik. »Es würde mich nicht wundern, wenn die Tatwaffe noch irgendwo rumliegt. Jedenfalls dann, wenn es sich um etwas handelt, was Kiewel dort in der Heide gefunden und benutzt hat. Dann kann es doch sein, dass er es nach vollbrachter Tat irgendwohin geschleudert hat.«

»Vetterich hat mit seinen Leuten alles abgesucht. Außerdem glaube ich eher, dass Kiewel die Tat sorgfältig geplant hat. Er hat Matz Olsson beobachtet, wusste, dass er gern mit seiner neuen Flamme nach Feierabend Spaziergänge in der Heide unternimmt …«

»Woher?«

»Was weiß ich? Er hat die beiden zufällig gesehen. Und dann hat er sich eine Tatwaffe besorgt, einen Hammer oder so …«

»Und die Frau? Diese neue Flamme mit dem Kunstverstand?«

»Die kam mit ihrem eigenen Auto in die Heide. Jürgen Kiewel hat gewartet, bis sie wieder losgefahren war, und dann …«

»Wenn diese Frau wirklich Tillas Freundin ist, dann gibt es keinen Grund, sich so zu verhalten. Dann wird sie ihn mit in ihr Hotelzimmer geschmuggelt haben. Matz Olsson war keiner, der sich mit Spaziergängen begnügte. Und Tillas Freundin ist nicht verheiratet. Die muss keine heimlichen Spaziergänge machen.«

»Also gut.« Sören wartete, bis Erik den Wagen geparkt hatte. »Dann reden wir erst mal mit der Freundin der Staatsanwältin. Und wenn sie diese neue Flamme wirklich nicht war, dann müssen wir diese Frau finden.«

Erik stellte den Wagen ab, blieb aber sitzen. »Und was ist mit Brunhilde Kiewel? Ist die aus dem Schneider? Und Dagmar Olsson? Sie hat genau wie die Kiewel ein Motiv.«

»Und Warnfried Bakker …«

Sie wollten gerade den gläsernen Eingang passieren, als es in ihrem Rücken laut und unruhig wurde. Ein paar Streifenbeamte liefen eilig zu ihren Wagen, sie sprangen hinein und rasten schon los, noch bevor sie das Martinshorn angestellt hatten.

Erik krauste die Stirn. »Was ist da los?«

Er änderte seinen Entschluss, machte kehrt und ging in die Wache. Enno Mierendorf legte, als er Erik sah, das Telefon zurück. »Ich wollte Sie gerade anrufen.«

»Was ist passiert?«

»Über den Notruf wurde ein Mord gemeldet. Anonym. In Wenningstedt.« Mierendorf schrieb eine Adresse auf und reichte Erik den Zettel. »Wenn es stimmt, werden Sie da jetzt gebraucht.«

Sören warf einen Blick auf den Zettel. »Na, dann mal los.«

43

Sie hatten sich so unauffällig wie möglich verhalten, waren zügig, aber nicht zu eilig auf die Straße gelaufen und hatten ihre Mienen verschlossen, damit niemandem Mamma Carlottas Angst und Carolins sichernde Blicke auffallen konnten. Aber es war kein Mensch auf der Straße gewesen, sie waren zur Westerlandstraße gelangt, ohne jemanden gesehen zu haben. Und Carolin hatte darauf verzichtet, ihren Roller zu starten, damit durch den lauten Motor niemand ans Fenster gelockt werden konnte. Erst an der Straßenecke hoben sie die Köpfe, bis dorthin hatten sie beide zu Boden geblickt, um nichts zu sehen und nicht erkannt zu werden.

Carolin holte ihren Helm heraus und setzte ihn auf. »Ich muss so schnell wie möglich in die Redaktion.«

Mamma Carlotta griff fester nach ihrer Einkaufstasche, ermahnte Carolin, nicht zu schnell zu fahren, und fragte sie noch einmal, ob sie auch wirklich alles richtig gemacht hatten. Darauf entgegnete Carolin nichts mehr, weil sie schon mehrfach die immer gleiche Antwort gegeben hatte. Sie ließ den Motor an, gab Gas, winkte kurz und knatterte davon.

Mamma Carlotta wollte zur Einbiegung in den Süder Wung gehen, entschied sich dann aber anders, überquerte die Westerlandstraße und bog in den Hochkamp ein. Auf der Höhe des Hotels Wiesbaden blieb sie stehen, als wäre ihr die Tasche zu schwer, als wäre sie zu weit gelaufen, als müsste sie sich kurz ausruhen. Tatsächlich brauchte sie einfach ein wenig

Zeit, um darüber nachzudenken, was geschehen war. Dass es zu spät war, ihre Entscheidung rückgängig zu machen, bedrückte sie. Und dass sie immer noch nicht wusste, ob der Entschluss richtig gewesen war, erst recht. Der Schreck war ihr in die Glieder gefahren, als ihr klar geworden war, welchen Fehler sie begangen hatte. Sie hatte ihre Enkelin angerufen, nachdem sie auf Alf Kruskopps Leiche gestoßen war, und nicht ihren Schwiegersohn. Offenbar war sie völlig konfus gewesen, sonst hätte ihr doch in den Sinn kommen müssen, die 110 zu wählen!

Langsam setzte sie sich wieder in Bewegung und kam zu der Überzeugung, dass es schwer gewesen wäre, diesen Fehler auszubügeln. Sie hätte Erik erklären müssen, dass sie ihn nicht angerufen hatte, weil sie seine Handynummer nicht im Kopf hatte. Völlig unglaubhaft! Selbstverständlich hätte er sie auf den Notruf verwiesen. Er hätte ihr niemals geglaubt, dass sie vor lauter Erschütterung nicht darauf gekommen war, das Naheliegende zu tun. So, wie Carolin es getan hatte. Aber es wäre die Wahrheit gewesen! Sie hatte Carolins Nummer gewählt, weil sie ihre Visitenkarte in der Tasche gehabt hatte. Nur deshalb! Aber Erik würde glauben, dass sie Carolin einen Vorsprung verschaffen wollte. Die Wahrheit hätte er ihr nicht abgenommen. Also war es doch richtig gewesen, dass sie auf Carolins Vorschlag eingegangen war …?

»Wir hauen ab, Nonna! Papa muss nicht wissen, dass wir hier waren. Wie willst du ihm das erklären? Und wie soll ich ihm erklären, dass ich die Leiche fotografiert habe, bevor die Polizei eintraf?«

Und dann hatte Carolin sogar noch die Kaltblütigkeit besessen, ihre Spuren zu verwischen. Mamma Carlotta wusste nicht, ob sie Carolin dafür bewundern oder ob sie sich Sorgen machen sollte. Aber tatsächlich hatte Carolin daran gedacht, dass sie Alf Kruskopps Telefon benutzt hatte. Mit erstaunlicher Ruhe hatte sie die Anrufliste aus dem Speicher geholt und ihre Nummer gelöscht. »Papa wird natürlich nachsehen. Würde er meine Nummer finden, hätten wir ein Problem. Dann wüsste er, dass du mich angerufen hast.«

Mit schleppenden Schritten ging Mamma Carlotta auf den Eingang von Käptens Kajüte zu. Ja, wie hätten sie das alles glaubhaft machen sollen? Natürlich hätte Erik ihr auch vorgeworfen, dass sie seine Tochter nicht davon abgehalten hatte, Alf Kruskopp zu fotografieren. »Madonna!« Wenn sie an den Galeristen dachte, wurde sie traurig, schrecklich traurig. Was war nur mit ihm geschehen? Wer konnte diesen freundlichen Mann so gehasst haben, dass er ihm das Leben nahm?

Das Gewicht ihrer Tasche schien sich mit einem Mal zu verdoppeln. Und dann noch das Bild! Nicht nur das Gewicht der Tasche machte ihr zu schaffen, sondern erst recht das vervielfachte Gewicht ihres schlechten Gewissens. Wie hätte sie Erik auseinandersetzen sollen, dass sie unbedingt wissen wollte, ob es das Bild war, das Fietje im Wohnzimmer der alten Frau Olsson gesehen hatte? Sie hätte bekennen müssen, wie gut ihr der Strandwärter Fietje Tiensch, dieser polizeibekannte Spanner, bekannt war. Und sie hätte verraten müssen, dass Fietje mal wieder rückfällig geworden war, vor einem fremden Fenster gesessen und andere Menschen beobachtet hatte, die etwas taten, was niemand wissen und sehen sollte. Beides war völlig unmöglich. Aber das Bild einfach ignorieren und es Erik überlassen, die richtigen Schlüsse zu ziehen? Nein, das hatte sie nicht fertiggebracht! Wie hätte er darauf kommen sollen, dass das Bild vielleicht eine Bedeutung hatte? Er wusste ja nicht, dass es an der Wand von Frau Olsson gehangen hatte.

Sie blieb ein paar Meter vor Käptens Kajüte stehen. Hatte es wirklich eine Bedeutung? Nur weil es in einem Zimmer eine Wand geziert hatte, in der ein späteres Mordopfer unanständige Dinge getan hatte? Dass es zwischen diesem Mord und dem Bild, das so aussah, als wäre es von Emil Nolde gemalt worden, einen Zusammenhang gab, kam ihr mit einem Mal unwahrscheinlich vor. »Madonna!« Erik durfte wirklich nichts erfahren, gar nichts! Nichts davon, dass sie sich in Alf Kruskopps Galerie vor einem Mörder versteckt hatte, nichts davon, dass sie versehentlich das *Inselblatt* und nicht die Polizei alarmiert hatte, nichts davon, dass sie vom Tatort geflohen war, und auch nichts davon, dass sie ein Bild hatte mitgehen lassen, weil es ihre Neugier geweckt hatte, weil sie geglaubt hatte, ihm damit zu helfen. »Dio mio!« Sie musste verrückt geworden sein!

Erst jetzt kam ihr die Frage in den Sinn, was sie eigentlich mit dem Bild machen sollte, wenn sie wusste, ob es wirklich einmal der alten Frau Olsson gehört hatte. »Mio caro Dino!« Ihr Mann hatte ihr oft vorgeworfen, dass sie stets ihren Gefühlen nachgab und sich erst später Gedanken machte. Immer wieder war es vorgekommen, dass sie etwas getan hatte, das unüberlegt gewesen war. Das hatte schon damit angefangen, dass sie sich als Sechzehnjährige auf Dinos Verführungskünste eingelassen hatte, ohne an die möglichen Folgen zu denken, und prompt schwanger geworden war ...

Sie schob diesen Gedanken beiseite und ging resolut auf die Tür von Käptens Kajüte zu, die offen stand. Tove Griess hatte die Musikanlage weit aufgedreht. Ein merkwürdiges Lied drang auf den Hochkamp, das zwei oder drei Männer mitgrölten, die sich wohl vor Toves Theke betrunken hatten. Von einer gewissen Layla war die Rede, und die beiden Bauarbeiter, die nun Arm in Arm aus der Tür wankten, schienen nicht genug von dieser Layla bekommen zu können. Der Text, den sie hinausposaunten, hörte sich jedenfalls so an. Mamma Carlotta sah ihnen kopfschüttelnd nach und betrat die Imbissstube erst, als die Musikanlage zu einem neuen Lied wechselte. *Amazing Grace,* das war erheblich melodischer und erbaulicher, kein Lied, das sich zum Mitgrölen eignete, allenfalls zum Mitsummen. Zufrieden betrat sie Käptens Kajüte, wo Tove eifrig die Gläser spülte. Anscheinend waren mehrere

Männer zu Gast bei ihm gewesen, die für guten Umsatz gesorgt hatten.

»Das war aber kein schönes Lied, Signor Griess«, sagte Mamma Carlotta, als sie an die Theke trat und sich auf ihrem Lieblingshocker einrichtete. »Das hat mir nicht gefallen.«

»Moin, Signora!« Fietje Tiensch begrüßte sie grinsend. »Sie wissen doch, Tove hält alles für hohe Kunst, was sich reimt.«

»Was ist es denn, was sich auf Layla reimt? Ich konnte das nicht verstehen.«

Tove warf Fietje einen zornigen Blick zu. »Ich habe das auch noch nie verstanden«, behauptete er. »Cappuccino oder Rotwein?«

Mamma Carlotta entschied sich für Rotwein, obwohl die Sonne noch nicht ganz untergegangen war. Aber dieser Tag war zu schrecklich gewesen, da durften Vorsätze ruhig mal ins Wanken geraten. »Vino rosso«, entschied sie.

»Waren Sie schon bei Ihrem Galeristen?«, fragte Tove anzüglich. »Ist der Kerl scharf auf Sie?«

Mamma Carlotta zögerte nur kurz. Eigentlich würde es guttun, sich von der Seele zu reden, was sie erlebt hatte. Das Schreckliche wurde noch schrecklicher, wenn sie es in sich einschließen musste. Aber in diesem Fall musste sie an sich halten. Schlimm genug, dass Carolin vor Erik erfahren hatte, dass ein Mord geschehen war. Auf keinen Fall durften noch andere vor der Zeit davon wissen. Nein, erst wenn es sich herumgesprochen hatte, wenn es in der Zeitung zu lesen gewesen war, konnte sie darüber reden. Sie nahm einen tiefen Schluck aus ihrem Glas und schüttelte sich leicht. Madonna, morgen würde es in der Zeitung stehen. Was würde Erik dazu sagen, dass Carolin den Tatort fotografiert hatte? Sie nahm noch einen Schluck und dann noch einen und stellte schließlich das leere Glas auf die Theke. »Ich brauche noch einen Vino rosso.«

Tove zog ein besorgtes Gesicht. »Ist was passiert?«

»Sì. Aber ich kann nicht darüber reden.« Sie sah ihm an, dass er sich nicht abspeisen lassen wollte, dass er drauf und dran war, die Neuigkeit aus ihr herauszufragen, und bekam es mit der Angst zu tun, dass sie es nicht schaffen würde, bei ihrem Vorsatz zu bleiben.

Zum Glück fiel ihr etwas ein, was Tove von dem Gedanken abbringen konnte, wenn es auch eigentlich nur Fietje betraf. Sie griff in ihre Tasche und zog das Bild heraus, das sie in der Galerie Kruskopp eingesteckt hatte.

Fietje, der längst sein Interesse an einer Unterhaltung verloren hatte und wieder wie gewohnt in sein Jever starrte, merkte auf, als er sah, was Mamma Carlotta ihm hinhielt. »Was ist das denn?«

»Das frage ich Sie«, antwortete Mamma Carlotta. »Kennen Sie das Bild?«

»Davon habe ich Ihnen doch neulich erzählt«, gab Fietje zurück. »Das hing bei der alten Olsson an der Wand. Und wenn Sie mich fragen, ist das ein Emil Nolde. Habe ich ja schon gesagt.«

»Es ist also wirklich das Bild, das Sie beim … allora, das Sie gesehen haben, als Sie da durchs Fenster geguckt haben?«

»Jau. Ganz sicher.«

Tove ging dazwischen. »Wo haben Sie das her?«

Diese Frage wollte Mamma Carlotta auf keinen Fall beantworten. Sie tat so, als hätte sie nichts gehört. »Ich muss nach Hause«, lenkte sie ab.

»Essen kochen? Und wieder vier Gänge?« Tove schüttelte den Kopf. Diese aufwendige Kocherei mit Vor-, Zwischen-, Hauptgang und Nachspeise war ihm völlig unverständlich. Ein gutes Abendessen bestand für ihn aus einer Bratwurst, das reichte. Seine Mutter, das hatte er Carlotta mal erzählt, hätte am Abend auch gerne Rollmöpse auf den Tisch gestellt. Für den Vater einen ganzen und für alle anderen einen halben. Dazu ein Stück Brot, das hätte immer gereicht.

Mamma Carlotta nickte. Dann fiel ihr ein, dass sie nichts eingekauft hatte, und im selben Moment kam die Erkenntnis, dass an diesem Abend ihre Küche kalt bleiben sollte. Erik hatte sie alle in die Pizzeria Zanchetti eingeladen. Aber konnte das noch was werden? Er musste ja mittlerweile in der Galerie Kruskopp eingetroffen sein, nachdem Carolin den Notruf gewählt hatte. Wieder senkte sich die Bedrückung über Mamma Carlotta. Der arme Alf Kruskopp! Vielleicht wurde er gerade in einem dieser schrecklichen Metallsärge abtransportiert. Oder er lag noch am Boden und wurde von Dr. Mikkelsen untersucht. Und sein Mörder? Oder war es eine Frau gewesen, die ihm nach dem Leben getrachtet hatte? Wieder war Mamma Carlotta fassungslos, dass ein so netter, so geistreicher, so attraktiver Mann hingemeuchelt worden war.

Sie schob das Bild wieder in ihre Tasche und sich selbst vom Barhocker. Es wurde Zeit, zu gehen. Die Fragen wurden unangenehm, sie wollte weder etwas zu Alf Kruskopp noch zu diesem Bild sagen. Besser, sie ging, dann würde ihr kein Wort entschlüpfen, das sie später bereute.

Sie hatte gerade ihr Geld auf die Theke gezählt, als Schritte zu hören waren, die auf Käptens Kajüte zukamen, dazu die Rollen eines Koffers, der über den Weg gezogen wurde. Kurz darauf platzte erst eine laute Stimme und dann eine große Frau in die Imbissstube. Kriemhild Röhl!

»Da staunst du, was?«, rief sie Tove zu, der nicht nur staunte, dem vielmehr vor Verblüffung der Mund offen stehen blieb. »Ich hoffe, ich kann bei dir einziehen. Mein Schwager hat mich gerade vor die Tür gesetzt. Ein Hotelzimmer kann ich mir nicht leisten.« Sie sah in Toves entgeistertes Gesicht, in Fietjes fragendes und in Mamma Carlottas weit aufgerissene Augen. »Was machst du schon wieder hier? Hast du nicht kapiert, dass Tove sich für mich interessiert? Nicht für dich! Da kannst du siebzehn Kreuze hinter seinen Namen machen.« Da bisher noch immer niemand auf ihre Worte reagiert hatte, fuhr sie, an Tove gerichtet, fort: »Du hast doch hoffentlich irgendwo eine Wohnung? Oder schläfst du etwa hier in der Küche?«

Mamma Carlotta entzog sich, so schnell sie konnte. »Arrivederci!« Derart hastig drehte sie sich um, dass ihre Tasche mit dem Bild darin an eine Tischkante stieß und zu hören war, dass der Rahm splitterte. »Dio mio!« Aber dann fiel ihr ein, dass Alf Kruskopp gesagt hatte, der Rahmen passe nicht zu dem Gemälde, und sie atmete erleichtert auf.

»Was ist denn das für eine Sauerei?«, hörte sie Kriemhild Röhl rufen. »Schau dir diesen Dreck an! Da hatte jemand weiße Farbe an den Schuhsohlen. War das etwa deine ... deine Tussi aus dem Speeddating, die hier dauernd auftaucht? Die soll das gefälligst selbst wieder wegmachen ...«

Erschrocken machte Mamma Carlotta den letzten großen Schritt, der sie aus der Imbissstube führte, und lief los. Weiße Farbe an den Schuhsohlen? »Dio mio!« Sie hatte nicht mehr darauf geachtet, hatte den Eindruck gehabt, dass die Farbreste mittlerweile abgelaufen waren, die Sohlen hatten nicht mehr geklebt. Sie versuchte, die Füße anzuheben und unter ihre Schuhe zu blicken, aber das gelang ihr nicht. Sie verlor das Gleichgewicht und konnte gerade noch verhindern, dass sie in den nächsten Vorgarten fiel. Sie ging zu einer Straßenlaterne, hielt sich an ihr fest und versuchte es noch einmal. Aber schwierig war es immer noch, den Zustand der Schuhsohlen zu erkennen. In ihrem Alter war man eben nicht mehr so beweglich. Sie war keine zwanzig mehr und einfach nicht gelenkig genug. Vorsichtshalber ging sie zu einem Gartenzaun, vor dem es einen dichten Grasstreifen gab. Ihn benutzte sie lange als Fußabtreter, bis sie das Gefühl hatte, dass ihre Schuhsohlen sauber waren.

Mit eiligen Schritten lief sie weiter und blieb erst an der Westerlandstraße stehen, um sich zu sammeln. Madonna, Kriemhild Röhl wollte bei Tove einziehen! Und demnächst würde sie wohl für die Sauberkeit in Käptens Kajüte zuständig sein. Mit schmutzigen Schuhsohlen durfte man sich dort dann nicht mehr blicken lassen. Und sie, Carlotta Capella, würde sich sicherlich in Zukunft nicht mehr an Toves Theke setzen und plaudern können. Kriemhild würde nach wie vor glauben, dass sie hinter Toves Namen ein Kreuz gesetzt hatte, und dafür sorgen, dass es ihr in Käptens Kajüte nicht mehr gefiel. Und Tove selbst? Würde es ihm in seiner eigenen Imbissstube noch gefallen, wenn Kriemhild dort das Zepter schwang? Mamma Carlotta konnte es sich nicht vorstellen. Aber sie schüttelte den Kopf und damit diesen Gedanken ab. Das war nicht ihre Sache, darum konnte sie sich nicht auch noch kümmern. Viel wichtiger war das Bild, das sie bei sich trug. Konnte es wirklich von Emil Nolde stammen? Dann hatte sie ein Vermögen in ihrer Einkaufstasche. Sie musste es schleunigst nach Hause bringen und es sich dort genauer angucken. Vielleicht gab es eine Signatur von Emil Nolde? Dann wäre der Beweis erbracht. Aber im letzten Moment schüttelte sie den Kopf. Eine Signatur hätte doch auch Alf Kruskopp gesehen. Er war jedoch nicht sicher gewesen, dass das Bild wirklich von Emil Nolde gemalt worden war. Er hatte für möglich gehalten, dass ein Schüler Noldes versucht hatte, im Stil des großen Meisters zu malen. Oder hatte er nicht zugeben wollen, einen echten Nolde in der Galerie hängen zu haben? Mamma Carlotta schaffte es kaum, einen Fuß vor den anderen zu setzen, obwohl ihre Sohlen nicht mehr klebten. Hatte er ein Vermögen in der Galerie hängen gehabt und wollte nicht, dass es jemand erfuhr? Wenn das stimmte, hatte es doch jemand herausbekommen. Und dieser Jemand war gekommen, um sich das Bild zu holen. Aber es hatte in ihrer Einkaufstasche gesteckt und Alf Kruskopp völlig vergeblich sein Leben lassen müssen. Sie merkte, dass ihr die Tränen kamen. Jeder Mord war sinnlos, aber dieser war noch sinnloser. Wäre Alf doch nicht auf die Geräusche aufmerksam geworden! Dann wäre er vielleicht noch am Leben. Sie schaffte es nun, langsam Schritt vor Schritt zu setzen. Womöglich irrte sie sich aber auch. Möglich, dass der Mord nichts mit diesem Bild in ihrer Tasche zu tun hatte, dass das Bild auch nicht von Emil Nolde, sondern von irgendeinem völlig unbedeutenden Maler stammte. Wenn das so war, dann war es am besten, sie steckte es in die nächstbeste Mülltonne. Nur ... wenn es nicht so war, dann musste Erik davon wissen. Ein entsetzlicher Gedanke, dass in der Einkaufstasche seiner Schwiegermutter das Motiv für den Mord zu finden war! Vermutlich sogar für zwei Morde! »Madonna!« Sie musste verrückt gewesen sein, als sie das Bild in ihre Einkaufstasche gesteckt hatte.

44

Erik bog hinter dem Streifenwagen in die Feldmarkstraße ein. Sie lag ruhig da, auch vor der Galerie Kruskopp war alles menschenleer. Dass dort ein Kapitalverbrechen geschehen war, hatte offenbar niemand bemerkt. »Vielleicht blinder Alarm«, murmelte Erik, als er sein Auto hinter dem Streifenwagen abstellte.

Sören hielt es auch für möglich. »Da sitzt wahrscheinlich irgendwo jemand am Fenster, der sich seit Wochen langweilt und sich nun freut, dass er mit einem anonymen Anruf endlich mal Leben in die Bude gebracht hat.«

Sie stiegen aus, die Streifenbeamten rüttelten bereits an der Tür der Galerie. Sie war verschlossen, die beiden Kollegen machten sich auf die Suche nach einer Möglichkeit, an anderer Stelle ins Haus zu kommen. Im Nu waren sie verschwunden.

Erik und Sören folgten ihnen über einen gepflasterten Weg, der links am Haus vorbeiführte. Sie stutzten beide, weil sie nicht erwartet hatten, dass das Grundstück so groß war. Die obligatorische Rasenfläche nahm zwar nicht viel Platz ein, aber der Baumbestand war dicht, und viele Büsche gab es, die üppig wucherten. Das Ende des Gartens war nicht zu erkennen, der Zaun, der ihn vermutlich abgrenzte, war in das Gebüsch gewachsen. Der nächste Nachbar hatte ebenso alles wachsen und wuchern lassen, sodass das Gebäude nur zu erahnen war.

Die beiden Streifenbeamten blickten durch ein Fenster, der erste wirkte mit einem Mal sehr aufgeregt, hastete weiter und fand einen Eingang.

»Hier!«, hörte Erik ihn rufen und sah, dass er seine Waffe zückte, ehe er eintrat, ohne die Tür aufbrechen zu müssen. Sein Kollege folgte ihm, ebenfalls mit gezückter Pistole. Erik warf erst einen Blick durch das Fenster, ehe er folgte, und sah in einen Raum, der wie ein Lager wirkte. Regale an allen Wänden, gefüllt mit Werkzeug, vielen Kartons und Dosen, unzähligen lange Hölzern, die vermutlich für Rahmungen gebraucht wurden, langen Versandhüllen, Mischpaletten und dicken Rollen Luftpolsterfolie. In der Mitte des Raums stand ein großer Tisch, darauf lagen dünne Baumwollhandschuhe, die Kruskopp vermutlich benutzte, wenn er ein kostbares Gemälde zur Hand nahm, und einige Passepartouts. Vor diesem Tisch sah Erik die Beine eines Mannes, lang ausgestreckt, regungslos. Und er sah, dass die beiden Streifenbeamten in den Raum gestürmt kamen.

Erik hörte, dass Sören neben ihm einen erschrockenen Laut ausstieß, dann liefen beide zu der Tür, die die Kollegen benutzt hatten, traten in einen großen Raum, dessen Funktion nicht auf den ersten Blick zu erkennen war. Rechts ging es in eine Werkstatt, von dort in den Lagerraum, in dem der Mann lag, den sie schon durchs Fenster gesehen hatten.

Die beiden Streifenbeamten hatten bereits festgestellt, dass ihm nicht mehr zu helfen war, und zogen sich zurück. Ohne dass Erik ihnen den Auftrag gab, alarmierten sie die Spurensicherung und die Gerichtsmedizin. Erik kniete sich neben den Mann und betrachtete die Wunde an der Stirn, während Sören sich im Raum umsah, vermutlich nach der Tatwaffe Ausschau hielt.

Erik betrachtete das Gesicht des Mannes, die feingliedrigen gepflegten Hände, die saubere, geschmackvolle Kleidung. Er kannte Alf Kruskopp, wenn auch nur flüchtig. Immerhin war die Feldmarkstraße nicht weit vom Süder Wung entfernt, da sah man sich gelegentlich. Auch beim Bäcker war ihm der Galerist schon begegnet, und in Zeitungsberichten tauchte er häufig auf, wenn er mal wieder die Bilder eines Malers ausstellte, der zu großen Hoffnungen berechtigte. Er war ihm sympathisch gewesen. Und Erik konnte sich nicht vorstellen, wer ihm nach dem Leben getrachtet hatte. Oder war das hier ein Raubmord? War es dem Mörder nicht um Alf Kruskopp gegangen, sondern um etwas Wertvolles, das er besaß? Erik erhob sich mühsam und ließ den Blick durch den Raum wandern. Hier war nichts durchsucht worden.

Sören wies auf eine Spur. »Sieh dir das an!«

Weiße Fußspuren, die Erik beim Hereinkommen nicht aufgefallen waren. Sie führten aus dem Lagerraum in die Werkstatt, wurden dort kräftiger und führten schließlich in den großen Raum, der wie eine Diele wirkte. Von dort ging es in den Verkaufsraum und in alle weiteren Räumlichkeiten. Jetzt sah Erik sich genauer um. Der Raum war einerseits zweckdienlich eingerichtet, andererseits so, dass Alf Kruskopp dort einen Gast hineinführen und bewirten konnte.

Sören war der Spur weiter gefolgt und rief nun: »Hier beginnt sie.«

Er stand neben dem hochbeinigen Paravent, hinter dem sich einige Eimer und andere Gerätschaften befanden, die dem Raum das Wohnliche genommen hätten, wenn sie nicht durch den Paravent verdeckt worden wären. Erik und Sören beugten sich über die Eimer und starrten hinein. »Hier hat jemand gestanden«, sagte Erik.

»In den Eimern«, bestätigte Sören. »Der Täter muss sich hier versteckt haben. Er hat sich in die Eimer gestellt, damit man seine Füße nicht sah.«

»Ich bin gespannt auf die Schuhgröße«, sagte Erik.

Aber Sören nahm ihm die Hoffnung, die ihn angefallen hatte. »Die Spuren sind kleiner als die in der Braderuper Heide.«

Erik machte ein paar Schritte rückwärts. »Warten wir also auf Vetterich und seine Leute.«

Sie bewegten sich so wenig wie möglich in diesem Raum, um keine Spuren zu vernichten. In der kleinen Sitzgruppe hatte Alf Kruskopp augenscheinlich jemanden bewirtet. Zwei benutzte Teetassen waren zu sehen, eine Schale mit Gebäck, auf dem Schreibtisch lag ein Schlüsselbund. »Da haben wir ja einwandfreie Spuren«, sagte Erik und starrte die Tassen an.

Aber auch hier war Sören nicht so hoffnungsvoll. »Der Mörder wird nicht so doof gewesen sein, eine Tasse hier stehen zu lassen, aus der er getrunken hat.« Er blickte zu dem Paravent. »Ich glaube eher, dass er Kruskopp mit einem Gast von dort beobachtet hat.«

»Mit den Füßen im Eimer?« Erik stellte sich vor, wie unbequem das war, und schüttelte den Kopf.

»Das war vermutlich nicht geplant. Der Täter wäre beinahe von Kruskopp erwischt worden und hat sich dorthin gerettet. Was blieb ihm anderes übrig? Er musste warten, bis der Gast gegangen war. Dann hat Kruskopp den Gast verabschiedet, hat sich in den Lagerraum begeben, und der Mörder ist hinterher und hat ihn dort zur Strecke gebracht.«

Es klingelte. Ein melodisches Dingdong, das erst beim zweiten und dritten Mal zu identifizieren war. »Anscheinend ein Kunde.« Erik ging zur Tür, die in den Verkaufsraum führte und stieß einen überraschten Laut aus. »Tilla!«

Die Staatsanwältin war noch weitaus überraschter als er.

»Was machst du denn hier?«, rief sie durch die geschlossene Tür.

Erik bedeutete ihr, zu warten, lief zurück und griff nach dem Schlüsselbund, den er auf dem Schreibtisch gesehen hatte. Damit ging er zur Eingangstür zurück, versuchte den ersten Schlüssel, der nicht passte, dann den zweiten, der sich tatsächlich drehen ließ. Er öffnete die Tür und stand zaudernd vor Tilla. Durfte er sie zur Begrüßung in seine Arme ziehen?

Dann aber hatte er einen Moment zu lange gewartet. Sie ging grußlos an ihm vorbei, entweder, weil sie sich von ihm zurückgewiesen fühlte oder weil sie selbst ihn nicht umarmen wollte. Erik schluckte seine Enttäuschung und den Ärger auf sich selbst herunter und begrüßte ihre Freundin, die Tilla als Kornelia Loohse vorstellte. Diese beachtete Erik nur am Rande und schaute sich um. Sie stieß Tilla in die Seite und zeigte auf eine Wand. »Da hängen schon zwei Bilder von mir.«

Tilla sah gar nicht hin, sie war durch und durch beunruhigt, während sich in ihrer Freundin noch keine Skepsis regte. »Erik, nun sag schon! Ist etwas passiert? Es kann doch kein Zufall sein, dass du hier bist.«

Erik gab ihr ein Zeichen, ihm zu folgen, und ging den beiden Frauen voraus in den nächsten Raum. Am liebsten hätte er Kornelia Loohse gebeten, vor dem Haus zu warten, aber das wäre der Staatsanwältin vielleicht nicht recht gewesen. Doch er hielt Tillas Freundin zurück, als sie Anstalten machte, durch den Raum zu gehen und nach ihren Bildern Ausschau zu halten. »Würden Sie bitte hierbleiben?« Er zeigte auf einen Punkt direkt hinter der Tür. »Die Spuren sind noch nicht gesichert.«

»Was für Spuren?«, fragte Kornelia Loohse ein bisschen dümmlich, erhielt jedoch keine Antwort.

Tilla griff nach Eriks Arm. »Was ist hier passiert?«

»Alf Kruskopp ist erschlagen worden.«

»Erschlagen?« Tilla schnappte nach Luft. »So wie Matz Olsson?«

Erik nickte, während Kornelia Loohse noch verständnislos von einem zum anderen sah und nicht zu verstehen schien, worum es ging. Sie war eine Frau in Tillas Alter, die Erik ja schon von Weitem an einem der Tische von Leysieffer gesehen hatte. Aus der Nähe sah sie nicht mehr ganz so gut aus. Das lag daran, dass ihr Bemühen, jünger zu wirken, auf den ersten Blick zu erkennen war. Die Wangen waren ein wenig zu rund, die Stirn war zu glatt, die Oberlippe zu prall, die Wimpern waren so dicht und lang, dass sie unmöglich echt sein konnten. Erik spürte kurz das Bedauern, das ihn immer überkam, wenn er hübsche Frauen sah, die mit dem, was die Natur ihnen geschenkt hatte, nicht zufrieden waren und Korrekturen vorgenommen hatten, die ihnen die Natürlichkeit und damit einen großen Teil ihrer Attraktivität nahmen. Jedenfalls empfand er das so. Er konnte sich nicht vorstellen, dass Lucia zu solchen Mitteln gegriffen hätte, und wusste, dass auch Tilla, die sehr um ihr Äußeres bemüht war, nichts tat, was der Natur ins Handwerk pfuschte.

Endlich schien Kornelia Loohse zu begreifen, was geschehen war. »Alf ist tot?«

Sie wollte hinter Tilla herlaufen, die sich soeben zum Tatort begeben hatte, aber Erik hielt sie erneut zurück. »Sie bleiben hier.«

Sie sah aus, als wollte sie sich beschweren, als wollte sie das gleiche Recht für sich beanspruchen, das Tilla sich herausnahm, aber gerade rechtzeitig fiel ihr wohl ein, dass ihre Freundin von Beruf Staatsanwältin war. Und ganz allmählich sickerte die Erkenntnis in Kornelia Loohses Gehirn, dass sie hier an einem Tatort gelandet war.

Tilla kehrte mit dem Blick auf die weiße Spur zurück. »Das ist höchstens Größe vierzig, eher neununddreißig.«

Erik nickte. »Du denkst auch an die Fußabdrücke in der Braderuper Heide?«

Er hatte Mühe, sie so anzusehen wie früher, als sie für ihn

nichts anderes als die unsympathische Staatsanwältin gewesen war, mit der nicht gut Kirschen essen war. Was aus ihrer privaten Beziehung geworden war, wusste er nicht genau. Hatte sie sich innerlich schon von ihm entfernt? Würde der Streit sie entfremden, war ihre Liebe längst keine mehr? Erik war sehr unsicher.

Tilla sah ihn an, aber in ihren Augen stand keine kühle Reserviertheit, sondern nur das Bemühen, diese Distanz irgendwie aufrechtzuerhalten. Warum? Weil sie ihm nicht zeigen wollte, dass sie unter dem Streit litt? Oder weil sie zum Ausdruck bringen wollte, dass es aus war?

»Die Spuren der großen Schuhe«, sagte sie nun, »waren lediglich ein Indiz. Es war nicht klar zu erkennen, dass die Abdrücke vom Täter stammten. Aber hier …«

»Hier muss es der Täter gewesen sein«, bestätigte Erik. »Für einen Mann eine sehr kleine Schuhgröße.«

»Also eher eine Frau?«, fragte Sören und schüttelte ungläubig den Kopf. »Eine Frau hat Alf Kruskopp erschlagen?«

Alle Blicke gingen plötzlich nach unten, auch Kornelia Loohse sah auf ihre eigenen Schuhe. »Ich habe neununddreißig«, sagte sie, blickte auf, wollte lachen, stellte aber fest, dass jeder Scherz momentan unangebracht war. Nicht einmal Galgenhumor. »Ich war es nicht«, sagte sie hastig. »Warum sollte ich Alf umgebracht haben?«

Tilla beruhigte sie. »Wenn wir alle Frauen mit deiner Schuhgröße verdächtigen wollten, hätten wir viel zu tun.«

Kornelia Loohse atmete auf. Dann sprangen plötzlich Tränen in ihre Augen. »Verdammt! Der arme Alf! Das war so ein Netter. Und was wird jetzt aus meiner Vernissage?«

Tilla berührte nur tröstend ihren Arm, Erik und Sören reagierten nicht. Kornelia Loohse begriff, dass der Start in ein Leben als anerkannte Malerin fehlgeschlagen war. Hemmungslos begann sie zu weinen. »Ich hatte mich so gefreut. Wie soll ich das meinen Freunden erklären? Ich habe mindestens fünfzig Einladungen geschrieben. Sollen die morgen kommen und dann zu hören kriegen, dass die Vernissage ausfällt?« Das Schluchzen schüttelte ihren Körper. Aber Erik sah nur fasziniert zu, wie ihre Stirn, die sie zu runzeln versuchte, glatt blieb.

Kornelia Loohse ließ sich auf einen Stuhl fallen, auf den Stuhl vor der Teetasse, die der letzte Gast von Alf Kruskopp benutzt hatte. »Nein, nein, nein!« Sie schien zu glauben, mit dieser Verneinung alles rückgängig machen zu können, was geschehen war.

»Stehen Sie bitte auf«, verlangte Erik mit scharfer Stimme.

Sie sah auf, als hätte sie nicht richtig gehört. »Wie bitte?«

»Steh auf, Konny«, sagte nun auch Tilla. »Tut mir leid, aber du musst hier raus. Die Spuren! Du verstehst schon ...« Sie half ihrer fassungslosen Freundin auf und schob sie zur Tür. »Am besten, du fährst jetzt nach Hause. Ich melde mich bei dir, wenn ich hier fertig bin.«

Kornelia Loohse, die solche Behandlung offenbar nicht gewöhnt war, protestierte. Aber nicht lange, dann sah sie ein, dass ihre Freundin, die Staatsanwältin, einen guten Grund hatte, sie wegzuschicken. Erik atmete auf. Er war sicher, dass er selbst dieses Verständnis nicht von ihr bekommen hätte.

Kornelia Loohse verabschiedete sich nicht, warf Erik und Sören nur einen bitterbösen Blick zu, als wären sie schuld daran, dass aus ihrer Vernissage nichts wurde, dann verließ sie den Raum. Erik fiel ein, dass er eigentlich noch mit ihr sprechen wollte, weil er es nach wie vor für möglich hielt, dass Tillas Freundin die Frau war, in die Matz Olsson frisch verliebt war, aber er verschob diesen Plan auf später. Jetzt war nicht der richtige Zeitpunkt.

Tilla schob Kornelia Loohse durch den Verkaufsraum der Galerie, Erik hörte, dass sie die Klinke drückte und dann feststellte, dass die Eingangstür nicht offen war. Erik hatte sie nach ihrem Eintreten wieder verschlossen.

Tilla und ihre Freundin wandten sich um und kehrten zurück. Aber nur Tilla trat aus dem Verkaufsraum heraus, Kornelia Loohse blieb plötzlich stehen. Sie zeigte auf einen leeren Fleck an einer Wand des Schauraums. »Hier fehlt ein Bild«, sagte sie.

45

Mamma Carlotta war noch immer nicht klar, was mit dem Bild geschehen sollte. Sie hatte es aus der Tasche genommen und auf den Küchentisch gelegt, es angestarrt, als wollte sie sich von ihm erzählen lassen, wie es von der alten Frau Olsson zu Alf Kruskopp gekommen war. Sie tastete über den Rahmen, über die Ecke, die abgesprungen war, wodurch sich der ganze Rahmen gelockert hatte und verrutscht war. Entschlossen drehte sie das Bild um und betrachtete die Klammern, die das Bild im Rahmen hielten. Vorsichtig drückte sie diese gegen die Federspannung hoch, bis sie aus der Nut heraussprangen. Nun saß der Rahmen locker, er ließ sich leicht von dem Bild lösen, und sie konnte nach einer Signatur suchen. Aber so viel sie das Bild auch drehte und wendete, sie fand nichts. Das hatte sicherlich auch Alf Kruskopp schon getan. War er deshalb zu der Ansicht gelangt, dass dieses Bild nicht von Emil Nolde gemalt sein konnte? Sie drehte es um und betrachtete es nun mit anderen Augen, rahmenlos, wie es jetzt war, die Konzentration ganz auf das Motiv gelenkt. Dabei fiel ihr auf, dass das Bild nicht vollendet war. An der rechten Seite, bisher vom Rahmen verdeckt, war ein Streifen Leinwand zu sehen, die grüne Einfassung des Motivs, ein Baum, der sich über den Misthaufen neigte, war nicht fertiggestellt worden. Ein unvollendetes Gemälde! War es deshalb noch nicht mit einer Signatur versehen worden? Mamma Carlotta überlegte, ob sie dem Bild seinen Rahmen zurückgeben sollte, entschied sich dann aber dagegen. Das Bild war viel schöner in seiner Schlichtheit, wenn es ihr jetzt auch zart, zerbrechlicher erschien.

Vorsichtig nahm sie es an den vier Ecken hoch und trug es auf der Suche nach einem geeigneten Versteck durchs Haus. Schließlich schob sie es in Lucias Nähzimmer, in dem sie schlief, wenn sie auf Sylt zu Gast war, in den Kleiderschrank unter ihre Wäsche. Aber was sollte sie damit machen, wenn ihre Abreise vor der Tür stand? Auf diese Frage fand sie nur eine Antwort: Das Bild musste vorher verschwinden. Doch wohin? Mamma Carlotta wusste es nicht. Sie würde irgendwie herausbekommen müssen, ob das Bild so wichtig für Eriks Ermittlungen war, wie sie geglaubt hatte. Dann musste sie es ihm in die Hände spielen. Aber wie? Auch darauf hatte sie spontan keine Antwort.

Deprimiert ging sie in die Küche zurück und kochte sich einen doppelten Espresso. Sie musste nachdenken. Gut, dass sie allein im Haus war und niemand sie dabei stören konnte. Mit der dampfenden Tasse in der Hand ging sie ins Wohnzimmer und schob die Terrassentür auf. Kühle Sommerluft drang herein, längst nicht so warm wie in Umbrien, dafür würziger, frischer, aromatischer als in Panidomino, so unverdorben wie dort nur am frühen Morgen. Sobald der Kaffeeduft sich zur umbrischen Sommerhitze gemischt hatte, die Pizzabäcker ihre Öfen angeheizt hatten und die Weinbauern mit ihren Traktoren durchs Dorf fuhren, war es vorbei damit. Auf Sylt dagegen roch die Luft immer nach Meer, egal was unter ihrem Wehen und Schwingen, dem Stürmen, Brausen oder Hauchen und Fächeln geschah.

Carlotta sah in den Himmel und fragte sich, ob Alf Kruskopp nun auf sie herabblickte. Er erschien wieder vor ihren Augen, wie er mit ausgebreiteten Armen auf sie zugekommen war und sie empfangen hatte, wie er ihr stolz sein Geschäft präsentiert und sie dann fürsorglich mit Tee und Gebäck versorgt hatte. Wer war während dieser Zeit in das

Lager eingedrungen? Sie trank einen Schluck Espresso und schüttelte den Kopf. Nein, der Mörder musste schon vorher dort gewesen sein. Weder das Lager noch die Werkstatt hatten eine Tür, die nach draußen führte, nur hohe Fenster, die jedoch geschlossen gewesen waren. Keines davon war aufgebrochen gewesen. Der Mörder musste also durch die hintere Tür gekommen sein. Hatte er die Gelegenheit genutzt, als Alf Kruskopp mit ihr im Verkaufsraum gewesen war? Hatte er an einen Kunden geglaubt, der lange beraten werden musste, und angenommen, ihm bliebe jede Menge Zeit? Wollte er währenddessen ... ja, was eigentlich? Mamma Carlotta betrachtete die Möwe, die mit weit ausgebreiteten Schwingen über dem Garten stand und darauf zu warten schien, dass ihre Gedanken endlich von einem Geistesblitz erhellt wurden. War der Mörder eingedrungen, um Alf Kruskopp umzubringen? Weil er ihn hasste? Weil er sich für irgendwas rächen wollte? Oder war es ein Dieb gewesen, der etwas suchte, das er auf die Schnelle nicht hatte finden können? Als sie mit Alf Kruskopp aus dem Verkaufsraum gekommen war, hatte er sich womöglich schon in dem Aufenthaltsraum umgesehen, hatte sich im letzten Augenblick in die Werkstatt und von dort ins Lager retten können. Da hatte er dann die Suche fortgesetzt, was ihm nicht geräuschlos gelungen war, denn Alf Kruskopp war auf ihn aufmerksam geworden. Doch was hatte er gesucht?

Mamma Carlotta trank die Espressotasse leer, schob die Terassentür wieder zu und ging in die Küche zurück. Mit einem Mal war sie sicher, dass der Mörder von Alf Kruskopp das Bild gesucht hatte, das nun unter ihrer Unterwäsche lag. Das Bild, das bei der Mutter von Matz Olsson an der Wand gehangen hatte. »Madonna!« Sie hatte den Beweis mitgehen lassen, den Erik brauchte, um die Morde aufzuklären.

Aber hätte Erik herausgefunden, dass es um dieses Bild gehen konnte? Er hatte ja keine Ahnung von dem, was Fietje ihr verraten hatte. Wenn es noch auf dem Tischchen an der

Wand lehnen würde, hätte Erik das Bild vermutlich nur am Rande zur Kenntnis genommen, wenn überhaupt. »No!« Sie korrigierte sich selbst. Wenn sie das Bild nicht an sich gebracht hätte, wäre es von dem Täter gefunden worden. Also war es richtig gewesen, dass sie es mitgenommen, quasi in Sicherheit gebracht hatte. Nun musste sie nur eine Möglichkeit finden, es Erik unterzuschieben.

Sie hörte Carolins Motorroller kommen, lauschte kurz und war sicher, dass ihre Enkelin nach Hause kam, als das Geräusch erstarb. Als sie vom Wohnzimmer zur Haustür ging, um Carolin zu öffnen, fiel ihr ein, dass der Rahmen noch auf dem Küchentisch lag, hässlich, mit einer kaputten Ecke und vollends aus dem Leim gegangen, als sie das Bild daraus gelöst hatte. Erschrocken sprang sie in die Küche, raffte den kaputten Rahmen an sich, sah sich hektisch um und trug ihn dann in den Vorratsraum. Dort stand ein großer Plastiksack, in dem Erik die Flaschen verstaute, die er später zum Recyceln brachte. Mamma Carlotta ließ den Rahmen hineinfallen, später würde sie ihn in ihrem Kleiderschrank verstecken.

Sie kehrte in die Küche zurück, als ihre Enkelin auf der anderen Seite hereinkam. Carolin riss sich die Tasche herunter und ließ sich auf den Stuhl fallen, auf dem Kükeltje lag und döste. Mamma Carlottas Schrei kam zu spät, aber zum Glück war die kleine schwarze Katze, auch wenn sie nicht hellwach war, geistesgegenwärtig genug, um sich im allerletzten Augenblick in Sicherheit zu bringen.

Carolin hatte nicht einmal gemerkt, dass Kükeltje durch sie in Lebensgefahr geraten war. »Eigentlich war es Schwachsinn, dass wir abgehauen sind.«

»No, no, es war richtig. Enrico darf nicht erfahren, dass ich dich angerufen habe und nicht ihn.«

»Dann dürfen die Fotos morgen auch nicht im *Inselblatt* veröffentlicht werden. Das sagt sogar Koopmann.«

»Certo!« Mamma Carlotta brauchte nicht lange nachzudenken. »Sonst wüsste Enrico ja sofort, dass du eher am Tatort warst als er.«

»Genau! Also hätte ich genauso gut dableiben können.«

»Aber wie hättest du erklären sollen, dass du von dem toten Alf Kruskopp wusstest?«

»Das hätte ich eben nicht erklären können.« Carolin stöhnte auf. »Hätte ich es getan, hättest du auch nicht abzuhauen brauchen. Dann wüsste Papa jetzt die ganze Geschichte.«

Mamma Carlotta ging in den Vorratsraum zurück, um eine Flasche Limoncello hervorzuholen, eins ihrer Allheilmittel, wenn alle Schummeleien nicht zum Ziel geführt hatten. Sie schenkte Carolin und sich selbst das Glas randvoll. »Jetzt ist es zu spät.«

Carolin kippte den Zitronenlikör herunter. »Brrr ... eigentlich mag ich den gar nicht.« Sie betrachtete ihre Großmutter misstrauisch, als diese sich noch einen zweiten Limoncello genehmigte, was bewies, dass ihr innerer Konflikt doppelt so schwer wog wie Carolins. »Ist noch was?« Als sie keine Antwort erhielt, fragte Carolin weiter: »Ist es wegen Alf Kruskopp? Hat es bei dem etwa wirklich gematcht? Bist du echt in den verknallt?«

Dieses Wort, das für Mamma Carlotta genauso wenig zu einer Nonna ihres Alters passte wie der neue Ausdruck, den sie erst seit Kurzem kannte, holte sie in die Wirklichkeit zurück. »No, no! Ma ...«

Als sie sich einen dritten Limoncello einschenken wollte, nahm Carolin ihr die Flasche weg. »Das hat doch keinen Sinn, Nonna. Wenn du dich betrinkst, wird alles noch schlimmer.«

Mamma Carlotta riss sich zusammen. Das Kind hatte ja recht! Alkohol veränderte nichts zum Guten, niemals. Wie oft hatte sie das ihren Kindern gepredigt, wenn es mal wieder Liebeskummer gegeben hatte. Aber ... unter echtem Liebeskummer litt sie ja gar nicht. Sie hatte Alf Kruskopp gerngehabt, ja. Es hatte ihr geschmeichelt, dass er Interesse an ihr gezeigt hatte. Und sein Schicksal ging ihr zu Herzen. Aber Liebeskummer? Nein, das war nicht das richtige Wort.

»Da ist tatsächlich noch was«, begann sie schließlich drucksend.

Eine halbe Stunde später wusste Carolin von dem vermeintlichen Emil Nolde, den Alf Kruskopp in seiner Galerie gehabt hatte. Oma und Enkelin waren zu Verbündeten geworden, da konnte Mamma Carlotta darüber hinaus noch gestehen, wie gut ihr Fietje Tiensch bekannt war, darauf kam es nun auch nicht mehr an.

Carolin nickte nur. Ihr war es vollkommen egal, ob ihre Nonna täglich in Käptens Kajüte verkehrte und ihrem Vater verschwieg, dass sie Tove Griess und Fietje Tiensch heimlich ihre Sylter Freunde nannte. Geahnt hatte sie es offenbar längst.

Sie wurde sehr nachdenklich. »Fietje Tiensch hat also bei Matz Olssons Mutter ein Bild an der Wand gesehen, das später bei Alf Kruskopp in der Galerie hing.« Sie sah auf, ihre Augen waren nun hellwach. In ihnen war ein Licht angeknipst worden, das Neugier und Sensationslust hieß. Carolin war von einem Augenblick zum anderen nur noch Karla Kolumna, die rasende Reporterin. »Wie ist das Bild in die Galerie gekommen? Was, wenn es wirklich sehr teuer ist? Ein echter Emil Nolde! Das wäre ein Mordmotiv!« Carolin sprang auf und lief unruhig hin und her. »Mensch, Nonna! Das Bild hätten wir mitnehmen sollen. Das ist eine super Story. Fast noch besser als der Mord. Über den wird ja morgen sowieso überall berichtet. Aber von dem Bild weiß keiner was. Wenn ich das fotografiert hätte ...«

Mamma Carlotta hätte sich, wenn Carolin die Flasche nicht weggestellt hätte, doch noch einen weiteren Limoncello genehmigt. In ihr stritten sich Unsicherheit, Achtsamkeit,

Furcht, Skepsis und Misstrauen, ein Gefühl schlug auf das andere ein. Sollte sie verraten, dass sie das Bild mitgenommen hatte? Aber wie würde Carolin mit diesem Wissen umgehen? Sie war nun eine Mitarbeiterin des *Inselblatts,* nicht nur ihre Enkelin und die Tochter ihres Vaters. Sie würde das Bild fotografieren und sich damit zur Herrin über das Gemälde machen, damit verfahren, wie sie es wollte, wie es Koopmann passte ... nein! Das durfte nicht geschehen.

Mamma Carlotta zögerte nicht lange. Noch bevor sie sich richtig entschlossen hatte, hörte sie sich schon sagen: »Ja, das hätten wir vielleicht tun sollen.«

Carolin dachte eine Weile nach, während Mamma Carlotta spürte, wie ihr eine Schweißperle den Rücken herunterlief. Was tat sie hier? Nun hatte sie nicht nur Geheimnisse vor Erik, sondern auch vor Carolin. Hoffentlich brachte sie nicht alles durcheinander und verriet sich über kurz oder lang selbst. Es war einfach schrecklich. Dieser Besuch auf Sylt bestand wirklich nur aus Ärgernissen.

Carolin kam schnell zu einem Entschluss. »Wir fahren zu Dagmar Olsson und fragen sie nach dem Bild.« Sie stand auf und gab ihrer Nonna ein Zeichen, sich ebenfalls zu erheben.

»Carolina ...« Mamma Carlotta fühlte sich sehr unwohl. Sie dachte an Alf Kruskopp, dem dieses Bild vermutlich wichtig gewesen war, an Erik, dem dieses Bild womöglich wichtig sein sollte, und an den Menschen, von dem Alf Kruskopp ihr erzählt hatte, der zu ihm gekommen war, weil ihm das Bild ebenfalls wichtig gewesen war. »Ich weiß nicht, Carolina ...«

Aber Carolin versetzte ihr einen aufmunternden Stoß. »Avanti, Nonna! Wir machen eine Geschichte aus dem Bild.«

»Wir?« Mamma Carlotta rang verzweifelt die Hände. »Warum wir? Was habe ich damit zu tun?«

»Du hast mich auf die Idee gebracht.«

»Aber du kannst allein zu Dagmar Olsson gehen.«

»Was, wenn sie mir nicht glaubt? Nein! Besser, du kommst mit.« Carolin schrieb eine Titelzeile in die Luft. »Geheimnis um Emil Nolde!«

»Aber du weißt doch gar nicht …«

»Natürlich nicht. Der Titel soll ja nur Interesse wecken. Ein Bild, das der Mutter eines Mordopfers gehörte, ein Bild, das auf dem Flohmarkt verkauft wurde, ein Bild, das in einer Galerie landete, ein Bild …« Carolin zauderte, dann ergänzte sie entschlossen: »… das einen Mörder angezogen hat.«

»No, no!«, rief Mamma Carlotta. »Du darfst doch noch gar nicht wissen, was mit Alf Kruskopp geschehen ist.«

Aber Carolin war sorglos. »Das hat sich bald herumgesprochen, das muss ich nicht erklären. Garantiert redet in Wenningstedt schon jeder Zweite davon.«

»Aber wie willst du erklären, dass du so viel weißt? Dass das Bild an der Wand von Frau Olsson hing, dass es auf dem Flohmarkt verkauft wurde und, vor allem, dass es in der Galerie gelandet ist …«

»Nichts leichter als das.« Carolin grinste. »Das lasse ich mir gleich von Dagmar Olsson bestätigen, und dann ist sie es, die mir die Informationen gegeben hat.« Sie zog ihr Handy erneut hervor. »So einfach ist das. Ich muss gleich Koopmann fragen, ob er Potenzial in der Story sieht.« Sie stieß ihre Großmutter noch einmal an, damit sie sich endlich auf den Weg zur Haustür machte. »Zieh dir eine Jacke über. Auf dem Roller ist es kalt.«

Ein paar Minuten später setzte Mamma Carlotta sich einen Helm auf und zog ihr Kleid so hoch, dass sie bequem auf dem Sozius Platz nehmen konnte. Carolin telefonierte noch mit ihrem Chefredakteur, beendete das Gespräch aber bald mit einem sehr zufriedenen Grinsen. »Ich soll das heute Abend noch schreiben.« Sie schwang sich auf den Roller und startete den Motor. »Koopmann will behaupten, er hätte einen Freund in der Feldmarkstraße. Den hat er heute Abend zufällig besucht und dabei mitbekommen, dass in der Galerie Kruskopp was los ist. Das wird Papa ihm nicht widerlegen können.«

»Aber, Carolina …«

Doch es war zu spät. Mamma Carlotta hatte nun genug damit zu tun, sich an ihrer Enkelin festzuhalten und den Heiligen Adone von Arezzo darum zu bitten, diese Fahrt ohne einen schweren Unfall zu überstehen.

»Madonna!«

46

Der Lieferwagen der Kriminaltechnischen Untersuchungsstelle fuhr gleichzeitig mit dem blauen Porsche der Gerichtsmedizinerin vor. Sören übernahm es, die Eingangstür der Galerie zu öffnen, Dr. Mikkelsen zu begrüßen und Kommissar Vetterich über die Sachlage zu informieren. Als der Spurenfahnder hörte, dass es eine sichtbare Spur gab, die hinten aus dem Haus herausführte, beschloss er, seine Leute durch den Verkaufsraum gehen zu lassen, damit der Weg zum rückwärtigen Eingang nicht weiter benutzt wurde, nachdem die Polizisten dort möglicherweise schon Spuren zerstört hatten. Dann machte er sich mit seinen Leuten über die weiße Spur her, die vom Paravent zum Tatort führte, und ließ das Teegeschirr einpacken, um es in seinem Labor auf DNA-Spuren zu untersuchen. Der Leiche würde er nach der Untersuchung eine DNA-Probe entnehmen, damit sein genetischer Fingerabdruck von dem des Täters oder der Täterin separiert werden konnte. Niemand wollte sich zwar vorstellen, dass der Mörder eine Tasse, aus der er getrunken hatte, stehen ließ, aber Erik gab zu bedenken, dass der Mord im Affekt, also unüberlegt geschehen sein konnte und der Täter entsetzt geflohen war, ohne daran zu denken, was ihn verraten könnte. Und Vetterich erinnerte daran, dass ein Mörder eher zu den weniger intelligenten

Menschen zählte, sonst wäre ihm eine andere Lösung für seine Probleme eingefallen als Mord.

»Probleme«, wiederholte Tilla abfällig. »Was könnte der Mörder denn für ein Problem gehabt haben?«

»Die Mörderin«, korrigierte Erik und wies auf die kleinen Schuhspuren. »Wir müssen wohl davon ausgehen, dass wir eine Frau suchen.«

»Du meinst, Alf Kruskopp und Matz Olsson wurden von derselben Täterin erschlagen?« Tillas Stimme war wieder so kalt und ablehnend wie früher. Und so spöttisch und verächtlich.

Nein, das meinte Erik nicht. Was hatten die beiden Opfer miteinander zu tun? Er erkannte keinen Zusammenhang. Man würde sehen, ob sich eine Verbindung zwischen den beiden fand, wenn die Ermittlungen fortschritten. Auf den ersten Blick hatte der erste Mord nichts mit dem zweiten zu tun.

Dr. Mikkelsen ging in den Lagerraum und kniete sich neben Alf Kruskopps Leiche, Sören folgte ihr, was niemanden wunderte, denn er hielt sich immer gern in der Nähe der Gerichtsmedizinerin auf. Erik und Tilla zogen sich in den Verkaufsraum zurück, wo sie niemandem im Wege standen. Erik war froh, dass Tilla damit einverstanden war, sich mit ihm in einem Raum aufzuhalten.

»Ich habe noch mal mit Konny gesprochen«, sagte sie, zog ihr Handy aus der Jackentasche und hielt es hoch, um Erik zu zeigen, dass sie ihre Freundin angerufen hatte, nachdem sie die Galerie verlassen hatte. »Ich habe ihr gesagt, sie muss nun unbedingt mit der Wahrheit raus. Eitelkeiten dürfen keine Rolle mehr spielen. Aber sie ist dabeigeblieben, dass sie Matz Olsson nicht kannte. Ich bin jetzt sicher, dass sie nicht lügt.«

Erik nickte. Er vertraute der Menschenkenntnis der Staatsanwältin.

»Haben sich eigentlich Zeugen gemeldet?«, erkundigte sich Tilla. »Sind Autos auf dem Parkplatz aufgefallen? Hat es noch jemanden gegeben, der dieselbe Beobachtung gemacht hat wie dein Dachdecker?«

»Ein paar Leute haben angerufen«, entgegnete Erik. »Unterschiedliche Autos sind gesehen worden, aber niemand kann sich an ein Kfz-Kennzeichen erinnern.« Rudi Engdahl hatte Erik kurz vorher telefonisch Bericht erstattet. »Keine Wagen, wie die Kiewels sie fahren.« Er betrachtete kopfschüttelnd seine Fußspitzen und glättete sich nachdenklich seinen Schnauzer. »Wenn ich nur wüsste, ob hier ein und dieselbe Täterin am Werk war.«

»Immerhin stehen zwei Frauen in Verdacht. Brunhilde Kiewel und Dagmar Olsson. Schau dir ihre Füße an.«

Sie sah an ihm vorbei, während sie mit ihm sprach. War das Verlegenheit oder Ablehnung? Ihr Blick wanderte durch den Raum. Weil sie die Bilder interessierten? Oder weil sie Eriks Blick nicht begegnen wollte?

Den weißen Fleck, der Kornelia Loohse aufgefallen war, betrachtete sie länger. »Was mag dort gehangen haben? Und warum ist es nicht mehr da?«

Eriks Antwort kam so unverzüglich, wie es die Staatsanwältin Frau Dr. Speck früher immer sehr gern gehabt hatte: »Ein Bild hing dort, was sonst? Es ist vermutlich verkauft worden. Ein ganz normaler Vorgang in einer Galerie.«

»Und wenn die Mörderin es abgenommen hat? Wenn sie hier eingestiegen ist, um es zu stehlen?«

Erik zauderte. Aber dann schlug er Tilla vor, den Versuch zu machen, eins der Bilder abzunehmen. »Die sind garantiert gesichert.«

Tilla ging das Wagnis ein und griff nach einem der Bilder, die ihre Freundin gemalt hatte. Ein grelles Jaulen war die Folge, laut und kaum zu ertragen. Erschrocken rannte sie los, um herauszufinden, wie die Alarmanlage abzuschalten war.

Noch ehe sie den richtigen Schalter gefunden hatte, ging Eriks Handy. Am anderen Ende war Enno Mierendorf, der wissen wollte, ob sie wirklich ausrücken mussten oder ob Erik sich selbst um den Fehlalarm kümmern könne. »Es ist doch ein Fehlalarm, oder?«

Erik bestätigte es, versicherte, dass schon alles getan würde, um das grässliche Jaulen abzustellen, und wartete ab, ob das Geräusch jemanden auf den Plan rief. Tatsächlich erschien kurz darauf eine Nachbarin, ein Radfahrer sprang vom Fahrrad und kam ebenfalls neugierig näher.

Erik schloss die Tür auf und sprach die beiden an. Sie waren beruhigt, als sie hörten, dass es sich um einen Fehlalarm handelte, aber dennoch voller Misstrauen.

Der Radfahrer erkannte Erik. »Sind Sie nicht von der Polizei?«

»Ist hier was passiert?«, fragte die Nachbarin prompt.

Erik informierte sie kurz und bündig. Aber wie sollte man von einem Mord reden, ohne Schrecken und Angst auszulösen? Und das noch unter dem ohrenbetäubenden Lärm einer Alarmanlage? Beide, die Nachbarin und der Radfahrer, waren entsetzt, die Nachbarin noch wesentlich bestürzter, da der Radfahrer den Galeristen nur vom Hörensagen kannte. Er verabschiedete sich auch bald, als er einsehen musste, dass er der Polizei nicht helfen konnte. Die Nachbarin, die sich als Adele Sandhack vorstellte, war trotz ihrer Erschütterung bereit, darüber nachzudenken, ob ihr etwas aufgefallen war, das die Ermittlungen vorantreiben konnte.

Leider war das nicht der Fall. »Herr Kruskopp war ein ruhiger, netter Mensch. Ich kann mir nicht vorstellen, dass ihm jemand nach dem Leben trachtete. Der hat doch niemandem was getan.«

»Haben Sie heute jemanden beobachtet? Vielleicht eine Frau? Ist jemand ins Geschäft gegangen?«.

Frau Sandhack zögerte. »Klar, da geht ja immer mal jemand rein. In so einer Galerie gibt's natürlich nicht so viel Laufkundschaft wie in einer Bäckerei, aber gelegentlich ging schon mal jemand zu den Schaufenstern. Viele guckten sich nur von draußen die Bilder an, manche gingen auch rein und ließen sich beraten.« Frau Sandhack grübelte pflichtschuldigst. »Eigentlich habe ich ja selten gesehen, dass ein Kunde mit einem Bild wieder rauskam.« Dann erhellte sich ihre Miene. »Eine Frau habe ich heute gesehen.«

Erik war elektrisiert. »Können Sie sie beschreiben?«

»So um die sechzig, würde ich sagen. Nicht groß, vollschlank, dunkelhaarig ... eigentlich ganz unauffällig.«

Erik war enttäuscht. Diese Beschreibung passte weder zu Brunhilde Kiewel noch zu Dagmar Olsson. »Sie haben die Dame reingehen sehen? Haben Sie auch beobachtet, wann sie wieder rausgekommen ist?«

Frau Sandhack war empört. »Meinen Sie, ich bleibe am Zaun stehen, um meinen Nachbarn auszuspionieren?«

Erik merkte, wie nervös ihn die Alarmanlage machte. Als sie endlich aufhörte, zu jaulen, wurde er ruhiger.

Auch Frau Sandhack atmete erleichtert auf. »Das ist das erste Mal, dass ich die Alarmanlage höre. Schrecklich.« Aber sie war auch beruhigt, als sie erfuhr, dass dieser Alarm zum Polizeirevier durchgestellt wurde und demnächst, sollte sie noch einmal durch die Alarmanlage aufgeschreckt werden, Minuten später die Polizei auftauchen würde.

Erik reichte ihr seine Visitenkarte. »Wenn Ihnen noch was einfällt ...«

Frau Sandhack kicherte. »Das ist ja genau wie im Fernsehen. Da sagt der Kommissar das auch immer.«

Tilla kam in den Verkaufsraum zurück und erschien in der offenen Tür. »Endlich.«

Erik ging zurück und erzählte ihr, dass eine Frau heute in der Galerie war, die aber nicht so ausgesehen hatte wie einer ihrer beiden Verdächtigen.

Tilla warf einen Blick nach draußen. »Erstaunlich, dass dieser Lärm sonst niemanden auf den Plan gerufen hat.«

Aber Erik schüttelte den Kopf. »Du musst genauer hinschauen.« Ihm war aufgefallen, dass an vielen Fenstern die Gardinen zur Seite geschoben worden waren und in einigen Vorgärten jemand am Zaun stand.

Dr. Mikkelsen kam herein, Sören folgte ihr auf dem Fuß. Erik betrachtete seinen Mitarbeiter lächelnd. Wie immer, wenn Antje Mikkelsen in der Nähe war, wirkte Sören besonders passioniert, manchmal geradezu frenetisch und ein wenig überspannt. Als die junge Gerichtsmedizinerin ihm das erste Mal unter die Augen getreten war, hatte er gewirkt wie ein Einfaltspinsel, der kaum seinen eigenen Namen schreiben konnte. Mittlerweile hatte er seine Gefühle für Dr. Mikkelsen zum Glück so weit im Griff, dass er sich zwar noch immer veränderte, wenn sie erschien, aber doch eher zu seinem Vorteil. Er schaffte es nun, sich besonders aufgekratzt zu präsentieren, und Erik hatte seit ein paar Wochen sogar den Eindruck, dass Dr. Mikkelsen festgestellt hatte, wie sympathisch, großherzig, charakterstark und hilfsbereit Sören war. Das Lächeln, das in ihren Augen erschien, wenn sie ihn sah, war nun nicht mehr freundlich-spöttisch, sondern zeigte, dass sie erkannt hatte, was Sören ausmachte. Und dass er ihr gefiel!

Wie immer sah sie sehr hübsch aus. Bei der Arbeit trug sie ihre blonden Haare im Nacken zusammengebunden, was ihr schönes, ebenmäßiges Gesicht betonte, zwei blaue Ohrstecker waren ihr einziger Schmuck. Ihre schlichte Kleidung, Bluejeans und ein hellblaues Shirt, betonte ihre Attraktivität noch.

»Es ist ähnlich wie bei dem Mord in der Heide«, sagte sie. »Stumpfe Gewalt. Aber diesmal haben wir die Tatwaffe.«

Erik war überrascht. Ihm war nichts aufgefallen, als er die Leiche gefunden hatte.

»Kommen Sie!« Dr. Mikkelsen ging ihnen voraus. »Kommissar Vetterich untersucht die Tatwaffe gerade auf Spuren.«

Es handelte sich um einen Fäustel, einen Hammer mit kurzem Stiel, gedungenem Kopf und zwei gleichen, einander gegenüberliegenden Aufschlagflächen.

»Ein Schlagwerkzeug, um Stein zu bearbeiten«, erklärte Vetterich.

»Der Täter oder die Täterin hat ihn einfach ins Regal zurückgelegt«, sagte Dr. Mikkelsen.

Kommissar Vetterich zeigte Erik den Fäustel, an dem Alf Kruskopps Blut klebte. »Vermutlich hat er hier gestanden«, sagte er, »wo ich jetzt stehe. Alf Kruskopp kam herein, sah ihn, der Täter brauchte eine Waffe, griff einfach ins Regal, bekam den Fäustel zu fassen …«

Tilla starrte den Spurenfahnder an, als könnte sie sich nicht genug wundern. Vetterich war sonst immer sehr wortkarg, in Gegenwart der Staatsanwältin noch schweigsamer als sonst. Und dass er etwas zum Hergang eines Mordfalls sagte, war eigentlich noch nie vorgekommen. Er beschränkte sich in allem, was er sagte, immer auf das, was ihn etwas anging, und mischte sich niemals in die Ermittlungsarbeit ein. Dies war das erste Mal.

»Es sieht aber so aus«, sagte Tilla, als wollte sie Vetterich unbedingt korrigieren, »als suchten wir eine Frau.«

Vetterich zuckte mit den Schultern. »Frauen sollen ja ordentlicher sein als Männer. Vielleicht hat sie deswegen den Fäustel akkurat zurückgelegt. Ganz automatisch …«

Er wollte noch mehr dazu sagen, aber ihm fiel auf, dass die Staatsanwältin zu grinsen begann, drehte sich um und ging hinaus, mitsamt der Tatwaffe.

»Er hat recht«, sagte Erik so laut, dass Vetterich es noch hören konnte. »In Stresssituationen reagieren Menschen so. Die Frau hatte den Mord vermutlich nicht geplant. Sie war erschrocken, als Kruskopp plötzlich vor ihr stand, hatte Angst, wusste, dass sie sich wehren musste, griff ins Regal, bekam den Fäustel in die Hand … und schlug zu. Anschließend war sie entsetzt über ihre Tat und versuchte, sie ungeschehen zu machen, indem sie die Ordnung wiederherstellte.« Er mochte Tilla nicht in die Augen sehen, er wusste, dass sie jetzt wieder dieses spöttische Lächeln aufsetzte, das er früher an ihr gehasst hatte. »Küchenpsychologie, ich weiß.«

Dr. Mikkelsen war es, die antwortete. »Ich glaube, Sie haben recht. Übrigens ... der Tote ist auf den Rücken gedreht worden. Er ist nicht hinterrücks angegriffen worden, das Fäustel hat seine Stirn durchschlagen ...«

»Das spricht eigentlich nicht für eine Frau«, warf Sören ein.

Aber Dr. Mikkelsen redete unbeirrt weiter: »Er muss sich umgedreht haben, weg von der Gefahr, eine normale Reaktion, wollte die Hände vor die Stirn schlagen, ist dann aber schnell bewusstlos geworden und bäuchlings zu Boden gestürzt.« Sie wies auf die Blutspuren am Boden. »Sehen Sie hier. Auf dieser Stelle ist er zu liegen gekommen, der Holzboden ist förmlich blutdurchtränkt.«

Staunend sagte Erik: »Ich habe ihn auf dem Rücken liegend vorgefunden.«

»Ja, wie ich schon sagte ... die Täterin hat ihn umgedreht.«

»Warum?«

»Das ist Ihr Job, Herr Wolf«, sagte Dr. Mikkelsen und lächelte leicht. »Kommt das nicht oft vor, dass sich ein Mörder oder eine Mörderin ansieht, was sie getan hat?«

»Nein«, stöhnte Erik, »das ist mir noch nie untergekommen.«

Er ging durch die Werkstatt zurück in den Raum, der direkt hinter dem Verkaufsraum lag, und blieb vor dem Paravent stehen. »Die Mörderin ist also hinten ins Haus eingedrungen, vermutlich war da nicht abgeschlossen. Ziemlich leichtsinnig, würde ich sagen.« Seine Blicke wanderten durch den Raum. »Dann ist sie überrascht worden. Kruskopp kam herein, früher, als sie erwartet hatte, sie musste sich verstecken. Mit den Füßen in den Eimern, damit sie nicht gesehen wurde.«

»Dann muss sie aber ziemlich viel Zeit gehabt haben«, wandte Sören ein, der Erik langsam gefolgt war. »Hinter den Paravent huschen, die Füße in die Eimer stellen, das verursacht auch Geräusche.«

Erik überlegte weiter. »Vielleicht war Kruskopp nicht im Verkaufsraum, sondern im Garten. Deswegen war die hintere Tür offen. Die Täterin konnte durchs Fenster sehen, wie er hereinkam.« Er nahm ihre Position ein und blickte in den Garten, um sich zu vergewissern, dass seine Annahmen zutreffen konnten. »Dann hatte sie Zeit genug, um sich hier zu verstecken.«

»Was wollte sie?«

»Ihn bestehlen. Ein Bild klauen.« Erik machte eine große Bewegung. »Einiges ist hier sicherlich wertvoll.«

»Ist denn was weggekommen?«, fragte Sören. »Wie können wir feststellen, ob was fehlt? Hat Kruskopp Angestellte?« Er gab sich gleich selbst die Antwort, noch ehe Erik nachdenken und vermutlich die Schultern zucken konnte. »Kuno Schuster! Er arbeitet hier.«

»Wer ist das?«

»Ich kenne ihn nur flüchtig. Ein armer Teufel, der gehörlos geboren wurde. Er hat eine Sonderschule auf dem Festland besucht, aber keine Ausbildung gemacht, soviel ich weiß. Er hatte Heimweh, wollte auf die Insel zurück und lebt hier bei seinen Eltern. Er hält sich mit Gelegenheitsarbeiten über Wasser, obwohl er ein intelligenter Kerl ist. Aber als Gehörloser hat man keine großen Chancen. Ich weiß, dass er Alf Kruskopp bei den Rahmungen hilft. Und auch sonst ...« Er blickte sich ausgiebig um. »Er ist hier wohl das Mädchen für alles, kann kommen und gehen, wann er will, hat keine festen Arbeitszeiten. Wenn Arbeit ansteht, dann erledigt er sie, auch abends oder am Wochenende. Wie er will.« Sören seufzte auf. »Den Job ist er nun wohl los.«

»Weißt du, wo er wohnt?«, fragte Erik.

Sören verneinte. »Aber das lässt sich ja leicht herausfinden.«

Erik fiel wieder das Bild ein, dessen Fehlen Kornelia Loohse aufgefallen war. »Vielleicht ging es darum.« Doch er korrigierte sich, ehe Sören etwas sagen konnte. »Das war natürlich genauso gesichert wie das, was Tilla eben berührt hat. Der Alarm wäre ausgelöst worden.«

Sören schüttelte den Kopf, als wäre er verärgert. »Das passt doch alles nicht. Warum geht die Täterin ins Lager, wenn sie weiß, dass Kruskopp dort ist?«

»Es kann auch anders gewesen sein. Die Täterin war dort und wurde von Kruskopp überrascht.«

Sören schlug sich vor die Stirn. »Erstens, was suchte die Täterin im Lager? Zweitens, wieso ist Kruskopp die weiße Spur nicht aufgefallen?«

»Vielleicht ist sie ihm aufgefallen. Deswegen ist er ins Lager gegangen, weil er nachsehen wollte, wo die Spur endet.«

»Dann muss er völlig arglos gewesen sein. So eine Spur müsste doch eigentlich sein Misstrauen geweckt haben. Er musste vorsichtig gewesen sein, ängstlich, muss sich gefragt haben, woher die Spur kommt, hat gesehen, dass sie hinter dem Paravent entstanden ist, muss sich also gesagt haben, dass dort jemand in den Eimern gestanden hat ...« Sören schüttelte heftig den Kopf. »Ne, Chef! So blöde konnte der Kruskopp doch nicht gewesen sein.«

»Vielleicht nicht blöde, aber vollkommen vertrauensselig.« Eriks Handy klingelte. Ärgerlich über die Störung holte er es aus der Tasche und stellte fest, dass er von seinem Sohn angerufen wurde. »Was gibt's, Felix?«

»Wo bleibt ihr?«

Erik verstand diese Frage nicht. »Was meinst du?«

»Du hast für sieben einen Tisch bestellt. Jetzt ist es Viertel nach.«

Erik erschrak. »Himmel, das habe ich total vergessen. Tut mir leid, Felix, wir haben schon wieder einen Mord.«

»Was? Wer? Und wo?«

Aber Erik antwortete nicht auf seine Fragen. »Das wird hier noch eine Weile dauern. Sag Herrn Zanchetti, dass es mir leidtut. Vielleicht morgen …«

Tilla steckte den Kopf zur Tür herein. »Ich gehe jetzt mit Konny essen. Sie braucht seelischen Beistand, weil ihre Vernissage ausfällt.«

Erik schluckte, dann nickte er. Ein wenig hatte er die Hoffnung gehabt, dass dieser Mordfall, die gemeinsame Arbeit, sie wieder zusammengeführt hatte. Aber Tilla blieb anscheinend bei ihrem Vorhaben, im Hotel Stadt Hamburg zu übernachten.

Sie hatte schon den Kopf zurückgezogen, dann erschien er noch einmal im Türspalt. »Ich glaube übrigens, dass du auf dem Holzweg bist, Erik. Diese weiße Spur kann gar nicht von einer Täterin stammen.«

47

Mittlerweile war es kalt geworden. Mamma Carlotta bereute schwer, dass sie keine Strumpfhose unter ihr buntes Sommerkleid gezogen hatte. Carolin hatte es leichter. Sie trug eine Jeans, was zusätzlich den Vorteil hatte, dass sie nicht darauf achten musste, die Bekleidung ihres Unterkörpers zusammenzuhalten. Ihre Großmutter stand während der ganzen Fahrt vor der Entscheidung, was wichtiger war: ihre Sicherheit oder ihr Schamgefühl. Sollte sie sich darauf konzentrieren, sich an Carolin festzuklammern, oder eine Hand lösen, um ihren Rocksaum nicht bis zur Nasenspitze flattern zu lassen? Letztlich fand sie nicht die richtige Lösung, sondern entschied sich situationsabhängig mal für das eine, mal für das andere. Jedenfalls war sie froh, als Carolin das Ortseingangsschild von Wenningstedt passierte und danach langsamer fahren musste.

Erstaunlicherweise bog sie nicht in den Süder Wung ein,

sondern nahm schon vorher das Gas weg, blinkte links und entschied sich für den Hochkamp. Obwohl die Verständigung wegen der Helme schwierig war, konnte Mamma Carlotta die Frage nach vorn schreien, was es damit auf sich habe.

Carolin antwortete erst, als sie vor Käptens Kajüte angekommen waren: »Ich habe Hunger. Lass uns bei Tove Griess eine Currywurst essen. Die Tischreservierung bei Zanchetti hat sich garantiert erledigt.«

»Lo pensi davvero?« Carlotta war unsicher. »Wenn dein Vater nun doch ...«

Aber Carolin ließ sie nicht zu Ende reden. Sie stellte den Roller ab und nahm ihren Helm vom Kopf. »Der ist jetzt mit Tatortarbeit beschäftigt.«

Mamma Carlotta gab ihr recht. Aus dem Essen in der Pizzeria Zanchetti konnte heute nichts werden. Sie war nicht besonders traurig darüber, obwohl sie sich auf den Abend und das Kennenlernen mit den Zanchettis gefreut hatte. Aber jetzt war es ihr wichtiger, mit Carolin noch mal in aller Ausführlichkeit zu bereden, was von dem Besuch bei Dagmar Olsson zu halten war. Und sie mussten sich abstimmen, was Erik davon erfahren durfte und sollte.

Dagmar Olsson war überrascht, aber erfreut gewesen, als Mamma Carlotta vor ihrer Tür erschien. »Wie nett! Ich hatte gehofft, dass Sie mich noch mal besuchen. Wo Sie doch das ganze Drama hautnah miterlebt haben.«

Durch Mamma Carlottas Körper fuhr ein Stoß freudiger Erregung. Dagmar Olsson war ja geradezu italienisch. So wäre es auch in ihrem Dorf gehandhabt worden. Wer einmal etwas mitbekommen hatte, erwarb sich damit das Recht, auch von dem Rest zu erfahren. »Habe ich überhaupt schon in aller Form kondoliert? Dazu ist es ja gar nicht gekommen ...«

Dagmar Olsson war so gerührt, wie Mamma Carlotta sich das vorgestellt hatte, dann erst nahm sie zur Kenntnis, dass zwei Frauen vor ihrer Tür erschienen waren.

Mamma Carlotta beeilte sich, ihre Enkelin vorzustellen. »Sie ist una giornalista und würde gern mit Ihnen reden. Und da ich Sie gut kenne, habe ich zur ihr gesagt, das ist eine gute Gelegenheit, Signora Olsson einen Kondolenzbesuch abzustatten.«

Dagmar Olsson ließ keinen Zweifel daran, dass ihr die Enkelin einer so reizenden Großmutter ebenso willkommen war. Gern ließ sie die beiden ein, bat sie, Platz zu nehmen, und bot Kaffee und Mineralwasser an.

Leise erkundigte sich Mamma Carlotta, ob Warnfried Bakker zu Hause sei.

Aber Dagmar Olsson dämpfte ihre Stimme nicht. »Der ist nicht da. Weiß der Himmel, wo er sich rumtreibt.« Nun flüsterte sie vorsichtshalber doch. »Hoffentlich fährt der bald wieder nach Brasilien.« Dann setzte sie sich in Positur. »Was wollen Sie denn von mir wissen?«, fragte sie Carolin.

»Es geht um ein Bild …«

Dagmar runzelte die Stirn. »Was für ein Bild?«

»Es hing über dem Esstisch Ihrer Schwiegermutter.«

»Woher wissen Sie, was bei meiner Schwiegermutter an der Wand hing?« Dagmar Olsson sah Mamma Carlotta an. »Kannten Sie meine Schwiegermutter etwa? Waren Sie mal bei ihr zu Besuch?«

Mamma Carlotta verneinte hastig. Aber sie kenne jemanden, der mit Matz Olssons Mutter bekannt gewesen sei …

»Wer?«, fragte Dagmar dazwischen.

»… und der hat mir von dem Bild erzählt«, schloss Mamma Carlotta und hoffte, dass sie nicht noch einmal gefragt wurde, wer von dem Bild gewusst hatte.

Sie hatte Glück. »Ein hässliches Bild, so düster und trist. Dass das Ding jemand gekauft hat …«

Carolin preschte voran. »Sie haben das Bild verkauft? Auf dem Flohmarkt?«

»Ja, klar. Dieser ganze Nippes von meiner Schwiegermutter

hat einiges eingebracht. Ist schon erstaunlich, wie viele Leute scharf auf Kristallschälchen, Glasuntersetzer und Bilderrahmen sind.«

»Sie meinen, das Bild ist nur wegen des Rahmens gekauft worden?«, fragte Carolin.

»Nö, der Rahmen war ja noch hässlicher als das Bild.« Dagmar Olsson wurde jetzt ungehalten. »Was ist denn mit diesem Bild?«

»Wissen Sie, wer es gemalt hat?«

»Bestimmt nicht. Interessiert mich auch nicht.«

Carolin merkte, dass sie Dagmar eine genauere Erklärung dafür geben musste, warum sie nach dem Bild fragte. »Es hat schon wieder einen Mord gegeben«, sagte sie so leise, als gäbe sie ein Geheimnis preis, von dem außer Dagmar niemand etwas hören durfte.

Dagmar Olsson beugte sich vor. »Hier in Westerland?«

»In Wenningstedt. Ein Galerist. Vermutlich der, der Ihnen das Bild abgekauft hat.«

Dagmar Olsson setzte sich wieder aufrecht hin. »Mir hat das Bild keiner abgekauft. An dem Tag hat mir mein Mann am Stand geholfen. Er hatte frei, und ich habe echt nicht eingesehen, dass ich allein die ganzen Hässlichkeiten seiner Mutter zu Geld mache. Ich habe gesagt, Matz, habe ich gesagt, du hilfst mir gefälligst.«

Mamma Carlotta war in Sorge geraten, dass Dagmar Olsson sich wieder in die Beschreibung ihrer schlechten Ehe ergehen könnte. »Also hat Ihr Mann das Bild verkauft?«

»Richtig.«

»An den Galeristen Alf Kruskopp?«

Dagmar Olsson hatte gelacht. »Ich weiß zwar nicht, wer es gekauft hat, aber Alf Kruskopp war es nicht. Den kenne ich. Ich weiß nur, dass mein Mann sagte: Da hat sich tatsächlich ein Idiot gefunden, der mir zehn Euro für das Ding gegeben hat.«

Dagmar Olsson war wie vom Donner gerührt gewesen, als sie einsehen musste, dass das Bild, das über dem Esstisch ihrer Schwiegermutter gehangen hatte, wohl mehr wert gewesen war als zehn Euro.

»Hundert oder gar tausend?«

Darauf hatten jedoch weder Carolin noch Carlotta antworten können. Aber allein die Tatsache, dass es in einer Galerie gelandet war, sprach dafür, dass der Verkaufspreis eher vier- als dreistellig war.

Sehr nachdenklich hatte Dagmar Olsson ihren Besuch kurz darauf zur Tür begleitet, so sehr in Gedanken versunken, dass sie nicht fragte, woher die Journalistin gewusst hatte, welchen Weg das Bild genommen hatte.

Sie gingen nun auf den Eingang von Käptens Kajüte zu, aus dem ein Operetten-Potpourri dröhnte. »Schenkt man sich Rosen in Tirol ...«

»Puh«, machte Carolin. »Toves Musikgeschmack wird immer schlechter.«

Als sie die Imbissstube betraten, blieben sie wie vom Schlag getroffen stehen. Das Bild, das sich bot, war derart neu und ungewöhnlich, dass sogar Carolin verblüfft war. Hinter der Theke stand Tove, aber nicht so, wie seine Gäste es gewöhnt waren, auf den Zapfhahn gestützt, mit mürrischem Blick, sondern schunkelnd, mit einer Frau im Arm, die dafür sorgte, dass Tove sich im Rhythmus der Musik nach rechts und links bewegte, und die dabei versuchte, den Tenor zu übertreffen, der knödelte, was das Zeug hielt.

Fietje schob sich gerade von seinem Thekenplatz, trank sein Glas im Stehen aus und schien nicht schnell genug auf die Straße zu kommen. »Das ist ja nicht auszuhalten«, murmelte er, als er an Mamma Carlotta und Carolin vorbeiging. »Angeblich soll auf diese Weise hier der Umsatz steigen.«

Kriemhild Röhl stellte die Musik leiser, als sie sah, wer eingetreten war. »Du schon wieder?«, fuhr sie Mamma Carlotta an.

Aber Tove sorgte dafür, dass sie nicht weitersprach. »Was darf's denn sein, die Damen?« Er schien erleichtert zu sein, dass er mit der Schunkelei aufhören durfte und keinen Frohsinn mehr versprühen musste.

Mamma Carlotta und Carolin setzten sich an einen Tisch, so weit wie möglich von der Theke entfernt. Carolin übernahm das Bestellen: »Zwei Currywürste und zwei ...« Sie sah ihre Nonna fragend an.

»Vini rossi aus Montepulciano«, antwortete Mamma Carlotta.

Tove machte sich an die Arbeit, während Kriemhild hinter der Theke die Arme verschränkte und Großmutter und Enkelin genau beobachtete. Mamma Carlotta wollte sie eigentlich links liegen lassen, aber sie schaffte es einfach nicht. Ob es Tove gefiel, was sie mit ihren Brüsten machte? Sie lagen auf ihren Unterarmen und hatten dort ein rhythmisches Eigenleben aufgenommen, das in etwa dem Walzertakt entsprach, der Kriemhilds Körper nach wie vor in Schwingung brachte.

Tove knallte ihr die Rotweinflasche hin. »Hier! Das kannst du schon mal lernen. Bis zum Eichstrich, keinen Millimeter höher!«

Kriemhild ging in die Knie, um Auge in Auge mit dem Eichstrich Toves Anordnung auszuführen. Dann brachte sie die beiden Gläser an den Tisch. »Prost!«

Carolin beugte sich vor, nachdem sie einen Schluck getrunken hatten. »Wenn Alf Kruskopp nicht selbst das Bild gekauft hat, wie ist es dann in die Galerie gekommen?«

Mamma Carlotta zuckte die Schultern, trank einen weiteren Schluck und merkte, dass ihr der Rotwein bereits zu Kopf stieg. »Non so, Carolina. Ich weiß es nicht.«

»Der Käufer muss es Alf Kruskopp gebracht haben. Der hat es gekauft, weil das Bild vielleicht nicht schön, aber wertvoll war.«

»Das hätte Matz Olsson doch gewusst.«

Carolin zuckte die Schultern. »Wer sagt das?« Sie senkte die Stimme und flüsterte: »Ich denke, er ist wegen des Bildes umgebracht worden. Meinst du nicht auch?«

»Sì, sì.« Das war ja der Grund gewesen, warum Mamma Carlotta das Bild mitgenommen hatte. Es sollte dem Mörder nicht in die Hände fallen, sie hatte es für Erik gestohlen. Aber das wusste nur sie selbst, nicht einmal Carolin. Und wie sollte sie es Erik in die Hände spielen? Warum hatte sie sich das nicht vorher überlegt?

»Allerdings traue ich auch Dagmar Olsson nicht«, ergänzte Carolin. »Die wurde ganz schön unruhig, als sie von dem Bild hörte. Die weiß was.«

Mamma Carlotta kam nicht dazu, etwas zu entgegnen. Sie fuhr zusammen, als Kriemhild aufschrie, sodass Tove, der gerade die Würste vom Grill nehmen wollte, erschrak und sich verbrannte. Wütend fuhr er Kriemhild an: »Du bist ja noch schlimmer als die Signora! Die macht auch immer so ein Theater.«

Aber Kriemhild hörte gar nicht auf ihn. Sie stürzte hinter der Theke weg und lief auf die Tür von Käptens Kajüte zu. Dort zeigte sich gerade eine Frau, die im Eingang stehen blieb und sich verlegen umschaute.

»Brunhilde!«

Kriemhild stürzte auf ihre Schwester los und riss sie in ihre Arme, sodass diese leise aufschrie. Aber Kriemhild achtete nicht darauf. Sie schob Brunhilde zur Theke und nötigte sie, auf einem der Hocker Platz zu nehmen. Verbittert stellte Mamma Carlotta fest, dass es sich um ihren Stammplatz handelte. »Was möchtest du trinken?«, fragte Kriemhild ihre Schwester. »Rotwein, Prosecco oder lieber Kaffee?« Sie warf Tove nur einen kurzen Blick zu. »Geht natürlich aufs Haus.«

Brunhildes Antwort war nicht zu verstehen, wohl aber Toves Ansage: »Mach dich hinter der Theke nicht so breit,

Kriemhild. Wie soll ich denn die Currywürste servieren, wenn du mir mit deinem dicken Hintern den Weg versperrst?«

Kriemhild keifte ihm ein Schimpfwort hinterher, auf das Tove nicht antwortete. Er kam mit zwei Tellern an ihren Tisch und setzte sie Carolin und Carlotta vor. »Noch zweimal Rotwein?«

Mamma Carlotta nickte bestätigend. Sie war froh, dass die Teller schon sicher vor ihnen standen, als sie Brunhildes Frage hörte, die auch Tove vernahm: »Kann ich auch bei deinem ... deinem Freund übernachten? Nach Hause gehe ich nicht. Nicht mal, um mir Geld für eine Hotelübernachtung zu holen. Und außerdem ...« Sie begann zu schluchzen. »Ich kann jetzt nicht allein sein.«

Tove fuhr herum, was den Pommes frites nicht gut bekommen wäre, wenn der Prozess des Servierens nicht schon beendet gewesen wäre. So aber blieben sie auf den Tellern und wurden kein Opfer der Fliehkraft.

Kriemhild kam um die Theke herum und riss ihre Schwester erneut in ihre Arme, ohne auf ihre Schmerzenslaute zu achten. »Klar kannst du auch bei Tove übernachten. Er hat mir gesagt, er hätte ein Doppelbett und ein Sofa.« Sie zwinkerte Brunhilde schalkhaft zu. »Ich denke, du bist mit dem Sofa zufrieden?«

48

Sie standen vor Gosch am Kliff, das Restaurant im Rücken, das Meer und den Strand vor sich. Es war schon dunkel, die Kälte war heraufgezogen, der frühe Sommer schien sich noch immer nicht vom Frühling lösen zu können. Es wollte nicht richtig warm werden. Nachdem die Sonne untergegangen war, zogen sich manche Touristen sogar dicke Winterjacken an.

Erik war froh, dass er eine Steppjacke im Auto gefunden

hatte, die er nun anzog, während der arme Sören nur einen dünnen Pulli über seinem Hemd trug und erbärmlich fror. Dennoch war er nicht bereit, ins Restaurant zu gehen, wo es voll und lärmend war. Der kühle Wind war ihm lieber als die stickige Wärme im Inneren von Gosch. Und für alle, die sich mit schweren Gedanken trugen, war der Rhythmus der Brandung genau richtig. Sie zeigte, dass das Leben immer weitergehen würde, auch wenn man Veränderungen hinnehmen musste. Das Meer würde weiter an den Strand branden, mal sanft auslaufen und mal seine Brecher auf den Sand peitschen.

Wie immer hatte Erik sich für ein Brathering- und Sören für ein Matjes-Brötchen entschieden. Und obwohl sie beide erfahrene Fischbrötchenesser waren und jeder mit eingeübter Technik der Nordseespezialität zu Leibe rückte, blieb daneben nicht viel Freiraum für ausführliche Gespräche oder große Gesten. Wer ein Fischbrötchen aß, musste sich konzentrieren, auch darauf, dass keine Möwe über den Köpfen kreiste, die bei passender Gelegenheit herabstieß und sich mit dem Fischbrötchen oder zumindest mit dem Hering in die Lüfte schwang.

Sie sprachen erst, als nicht mehr die Gefahr bestand, dass der Fisch, vor allem Sörens Matjes, Anstalten machte, aus dem Brötchen zu flutschen, weil er einem zögerlichen Biss ausgewichen war. Bei Eriks Brathering bestand eher die Gefahr, dass er tropfte, wenn er erst kurz vorher aus dem Sud genommen worden war. Jede Füllung hatte ihre eigenen Tücken.

Sören pausierte und deckte das halbe Brötchen, das ihm noch geblieben war, mit der Hand ab, damit keine Möwe es erspähte. »Suchen wir jetzt eigentlich eine Frau oder einen Mann?«

Erik machte es genauso wie Sören und antwortete: »Die Staatsanwältin meint, die weiße Spur stamme nicht von der Mörderin.«

Sören nickte, er wusste ja, was Dr. Speck gesagt hatte. »Kann diese Kornelia Loohse die Spuren hinterlassen haben?

Die war doch scharf auf den Galeristen, hat die Staatsanwältin erzählt. Vielleicht war sie eifersüchtig und …« Er hatte Schwierigkeiten, seine Fantasie weiter blühen zu lassen.

Erik erledigte es für ihn: »… und hatte den Verdacht, dass Alf Kruskopp sich mit einer anderen vergnügt? Und wollte herausfinden, wer das ist?«

Sören merkte nun, dass sein Einwand nicht besonders stichhaltig gewesen war. Trotzdem sagte er ärgerlich: »Kann doch sein.«

»Konny Loohse war mit der Staatsanwältin zusammen.«

»Den ganzen Nachmittag?«

Erik überlegte und antwortete dann zögerlich: »Vielleicht auch nicht.«

»Die Nachbarin hat eine Frau gesehen.«

»Die war in den Sechzigern«, wandte Erik ein.

»Na und? Der Kruskopp war doch kein junger Hüpfer mehr.«

Aber Erik schüttelte nur den Kopf. »Warten wir mal ab, ob Enno und Rudi noch was herausfinden.« Er tippte an seine linke Brust, darunter steckte in einer Innentasche sein Smartphone. »Ich habe Bescheid gesagt, dass wir hier zu finden sind.«

»Vielleicht findet auch Antje noch etwas Wichtiges«, meinte Sören versonnen und schwieg eine Weile, während er aufs Meer blickte.

»Wird das was mit euch beiden?«, fragte Erik. »Mir scheint, sie hat angebissen.«

Sören erschrak regelrecht. »Meinst du wirklich?«

»Ja. Sie schaut dich ganz anders an als am Anfang.«

»Das finde ich auch«, entgegnete Sören sehr eifrig. »Meinst du, ich könnte … ich könnte mal …?« Er brach ab und wurde rot.

»Das solltest du auf jeden Fall versuchen«, machte Erik ihm Mut. »Vielleicht wartet sie sogar schon darauf.«

Sören kaute den überhängenden Matjes an seinem Fischbrötchen ab, war aber mit seinen Gedanken ganz woanders. Natürlich bei Dr. Antje Mikkelsen, das war Erik klar. Er musste seine Frage zweimal wiederholen, bis Sören sie erstens zur Kenntnis nahm und zweitens vollinhaltlich verstand. »Hast du auch Kalle Groot gesehen? Der hat Dienst.«

Sören kam von schönen Gedanken zurück in die raue Wirklichkeit. »Ja, und? Brauchen wir von dem noch irgendwelche Auskünfte?«

Erik zuckte mit den Achseln. »Nö, vermutlich nicht.«

Er konnte den Kollegen von Matz Olsson erkennen, wenn er sich umdrehte und zu den Fenstern hochsah. Er stand an der Ausgabe, neben ihm der Kellner, mit dem Carolin gesprochen hatte. Erik hätte gerne gewusst, ob sie mehr erfahren hatte als er selbst.

In diesem Moment wurde er von hinten angesprochen. »Hey, Chef.«

Es war Enno Mierendorf, der in der Wache Dienst tat, hinter ihm Rudi Engdahl, sein Kollege. »Wir sind fertig mit der Befragung aller Nachbarn.«

Erik erkundigte sich, ob die beiden hungrig waren, und bestellte dann Bier für alle, als er hörte, dass Rudi und Enno sich bereits beim Bäcker mit Hefeteilchen eingedeckt hatten.

Sören holte das Bier, dann erst begannen die beiden zu berichten. Ein Techniker, der sich mit elektronischen Kassensystemen auskannte, hatte sich die Kasse der Galerie vorgenommen und festgestellt, dass an diesem Tag kein Geld eingenommen worden war. »Für eine Galerie wohl nichts Besonderes. Gemälde werden im Allgemeinen nicht gegen Bargeld verkauft, die meist höheren Beträge werden überwiesen. Zwar werden in der Galerie auch Rahmen verkauft und Rahmungen vorgenommen, die dann über die Kasse laufen, aber so viel kommt da wohl nicht zusammen. Der Kassenbestand war entsprechend gering.«

Erik dachte an das Bild, von dem Kornelia Loohse gesprochen hatte. »Wenn das Bild verkauft worden ist, kann es also sein, dass der Betrag in den nächsten Tagen überwiesen wird.«

Enno Mierendorf nickte. »Wenn Sie wissen wollen, wer es gekauft hat, müsste dann der Überweisungsträger Auskunft geben.«

Erik wusste nicht, ob er es erfahren wollte. Momentan sah er keinen Zusammenhang zwischen dem Bild und den Morden an Alf Kruskopp und Matz Olsson.

Rudi Engdahl war es, der fortfuhr: »Die Nachbarn sagen alle das Gleiche aus. Alf Kruskopp war ein angenehmer Mann, sehr verbindlich, hilfsbereit, unauffällig. Ein paar Beobachtungen sind heute im Laufe des Tages gemacht worden, gleich von mehreren. Eine ältere Frau wurde gesehen, die die Galerie betrat, mittelgroß, dunkelhaarig, vollschlank, in den Sechzigern.«

Erik nickte, das hatte ihm schon Frau Sandhack berichtet, und er grinste, als ihm jetzt auffiel, dass diese Beschreibung glatt auf seine Schwiegermutter zutreffen könnte.

»Auch eine junge Frau wurde gesehen. Sie kam auf einem Motorroller.«

Erik erschrak. »Motorroller? Wie sah sie aus? Und welche Farbe hatte der Roller?«

Rudi Engdahl zuckte die Achseln. »Einer sagt weiß, der andere grau. Und die Fahrerin soll sehr eilig ums Haus herumgelaufen sein, keiner hat sie sich genauer angesehen.«

Nun übernahm Enno wieder. »Etwas exakter wurde aber ein älterer Mann beschrieben. Schon in den Siebzigern, hieß es übereinstimmend. Im grauen Anzug, formell gekleidet also, beinahe kahlköpfig. Er hat sich längere Zeit in der Nähe der Galerie herumgetrieben. Eine Frau sagte sogar, sie habe den Eindruck gehabt, er kundschafte die Galerie aus.«

Erik sah Sören an. »Warnfried Bakker?«

Sören zuckte mit den Achseln. »Siebzigjährige im grauen Anzug und mit wenigen Haaren gibt es sicherlich öfter.«

Rudi fuhr fort: »Heute haben sich offenbar einige Leute von hinten ins Haus begeben. Die junge Frau, die mit dem Roller kam, der alte Mann mit dem Anzug und vor ihm noch ein anderer jüngerer Mann. Den hat aber nur eine Nachbarin von gegenüber gesehen, und die kann ihn nicht beschreiben. Vorne reingegangen ist anscheinend nur die ältere Frau.«

»Merkwürdig.« Erik strich sich ausgiebig den Schnauzer glatt, während alle anderen ihre Biergläser hoben und sich zuprosteten. »Wer geht denn hintenrum? Leute, die sich auskennen, gute Bekannte, die wissen, dass hinten offen ist, dass sie ins Haus platzen dürfen, ohne zu klingeln.«

»Oder Leute«, meinte Sören, »die nicht reingelassen werden, wenn sie klingeln.«

»Oder«, ergänzte Enno Mierendorf, »Leute, die was Böses im Schilde führen.«

Rudi Engdahl fiel noch etwas ein: »Zu dem älteren Herrn hat eine Frau gesagt, er habe leicht gehinkt.«

»Also doch Warnfried Bakker«, rief Erik leise.

Aber Sören verzog nur das Gesicht. »Kann sein, muss aber nicht.«

Sie stießen noch einmal an und tranken, danach waren alle Gläser leer, und Erik ging diesmal selbst, um ein neues Tablett zu holen.

Kalle Groot stand an der Getränketheke und begrüßte ihn freudig. »Na? Schon Matz' Mörder gefunden?«

»Wir sind nah dran«, behauptete Erik.

Kalle Groot stellte die vier gefüllten Gläser auf ein Tablett und schob es ihm hin. »Schaffen Sie das?«

Erik war nicht sicher, nickte aber tapfer und versuchte, das Tablett anzuheben. Dabei stellte er sich so ungeschickt an, dass jemand, der vorbeikam, sagte: »Warten Sie, ich mache das schon.«

Es war der Kellner, mit dem Carolin gesprochen hatte, als Erik ihr hierher gefolgt war. Er hatte ihr sogar Fotos von einer Betriebsfeier zeigen wollen, fiel ihm ein.

Gern hätte Erik den Kellner auf Matz Olsson angesprochen. Aber dieser schnappte sich das Tablett so schwungvoll und lief ihm derart leichtfüßig voraus, dass Erik nicht dazu kam. Und als sie draußen angekommen waren, fragte er sich, was er den Kellner überhaupt hätte fragen können. So bedankte er sich nur und ließ sich von seinen Kollegen auslachen, weil er es nicht fertiggebracht hatte, ein volles Tablett zur Kliffkante zu bugsieren. Das Trinkgeld, das Erik dem Kellner geben wollte, blieb in der Geldbörse stecken, denn sein Handy klingelte, noch ehe er in die Innentasche seiner Jacke gegriffen hatte.

Vetterich war am anderen Ende. »Die wichtigsten Spuren sind ausgewertet«, sagte er. »Die Teetasse war voll davon, lauter Fingerabdrücke und DNA, aber die Person, die bei Alf Kruskopp Tee getrunken hat, ist nicht polizeibekannt. Es gibt keine Vergleichswerte.«

»Was ist mit dem Fäustel?«

»Das Gleiche. Gut verwertbare Spuren, andere als an der Teetasse, aber ebenso ohne Vergleichsmöglichkeit. Der Mörder oder die Mörderin hatte noch nie mit der Polizei zu tun.«

Erik seufzte und hob hilflos die Schultern, als er Sörens fragenden Blick bemerkte.

»Das Smartphone von Alf Kruskopp bringt uns nicht weiter, dafür braucht man eine PIN. Aber das schnurlose Telefon habe ich mir etwas gründlicher angesehen. Jemand hat es zur Hand genommen und in die Anrufliste geguckt. Aber die Fingerabdrücke decken sich nicht mit denen an der Teetasse, auch nicht mit Kruskopps. Und auch sie stammen von jemandem, der nicht polizeibekannt ist.«

»Ist von dem Handy der Notruf gewählt worden?«, fragte Erik. »Wir wissen ja noch nicht, wer das war. Nur eine weibliche Stimme, hieß es ...«

Aber Vetterich verneinte. »Ich habe mir die Anrufliste angesehen. Kruskopp hat gestern Mittag telefoniert, danach nicht mehr. Wir gehen morgen noch mal in die Galerie. Vielleicht finden wir noch was.«

»Also gut.« Erik wollte das Gespräch beenden, bot Vetterich dann jedoch spontan an, zu ihnen zu stoßen und sich ein Bier zu genehmigen. »Auf das verkorkste Wochenende!«

Aber Vetterich wehrte erschrocken ab. Und Erik fragte sich im selben Moment, was er sich dabei gedacht hatte, Vetterich mit einem solchen Vorschlag zu kommen. Der Spurenfahnder hasste Geselligkeit und trank niemals Alkohol. Nicht einmal seiner Schwiegermutter gelang es, ihn an den Tisch zu bitten, wenn er mal an der Tür erschien, um ein schriftliches Untersuchungsergebnis abzuliefern. Nein, Vetterich würde zu seiner Frau nach Hörnum fahren, dort mit ihr ein stilles Wasser trinken, zimmerwarm, weil das magenfreundlicher war, und vielleicht eine Kleinigkeit essen, etwas Fades, schwach Gewürztes, und dann dafür sorgen, dass er ausreichend Schlaf bekam. Vetterich und seine Frau führten ein Leben, das man langweilig nennen konnte, das für die beiden aber genau richtig war. Die Überraschungen, die der Beruf gelegentlich bot, reichten dem Kommissar voll und ganz. Darüber hinaus wollte er ein Leben führen, das ihm keine Flexibilität abverlangte.

Erik steckte sein Handy zurück und hob sein Glas. Beinahe hätte er sich wohlgefühlt im Kreise seiner Kollegen, wenn ihn nicht plötzlich der Gedanke an Tilla angesprungen hätte. Er vermisste sie. Nicht nur ihre Anwesenheit, auch die Gewissheit, dass sie zu Hause auf ihn wartete. Es wäre schön gewesen, sich vorzustellen, wie sie sich im Wohnzimmer seine grünen Kissen in den Rücken schob oder in der Küche mit seiner Schwiegermutter Rotwein trank und auf ihn wartete. So wie Lucia früher immer auf ihn gewartet hatte ...

49

Mamma Carlotta trottete die Treppe hinab, ohne jeden Elan, ganz ohne Vorfreude auf den Tag. Es war Domenica, ein sonniger Sonntag, wenn es auch nach wie vor kühl war und ein sehr frischer Wind ging. Am Sonntag musste die Arbeit eigentlich ruhen, aber Erik würde dennoch ins Büro gehen, wie immer, wenn er in einem Mordfall ermittelte. Auch Carolin hatte angekündigt, dass sie in der Redaktion gebraucht wurde. Felix hatte die Nacht bei Mariella verbracht, Tilla im Hotel. Nicht einmal Peer Mattes konnte sie an diesem Morgen zum Frühstücken ins Haus locken, denn natürlich würde er nicht arbeiten. Es würde ein schrecklicher Sonntag werden, sie würde vermutlich ganz allein bleiben. So was passierte in Panidomino nie. Nicht einmal ein Besuch in Käptens Kajüte würde an diesem Tag für Aufheiterung sorgen. Wenn sie an die Schwestern dachte, die neuerdings das Kommando übernommen hatten, verließ sie jede Lust, dort einzukehren. Wieder dachte sie darüber nach, ob sie das Ticket für den Rückflug umtauschen und früher nach Umbrien zurückkehren sollte.

Auch der Abend war sehr unbefriedigend gewesen. Ganz alleine war Mamma Carlotta nach Hause gegangen. Carolin hatte nicht viel Zeit gehabt, sie musste, nachdem sie ihren Hunger gestillt hatte, in die Redaktion, wo Koopmann auf sie wartete. Er hatte die Rubrik »Wochenrückblick« aus der Zeitung geworfen und damit eine halbe Seite für Carolins Beitrag frei gemacht. Die Geschichte mit dem Bild war ihm wichtig, vermutlich, weil die Namen der beiden Mordopfer vorkamen. Eine tolle Story für die Sonntagsausgabe! Dass es zwei Morde gegeben hatte, würde natürlich auf der Titelseite stehen. Die Nachricht würde allen Syltern und Feriengästen in die Augen springen. Zwei Morde auf Sylt! Nur gut, dass Koopmann es auf seine Kappe nehmen wollte, dass der zweite Tote schon beim Namen genannt werden konnte. Ob Erik glauben würde, dass der Chefredakteur ganz zufällig Wind davon bekommen hatte, war fraglich. Aber da er keine Ahnung davon hatte, dass Carolin als Erste am Tatort gewesen war, würde er es vielleicht glauben. Zumindest würde er es nicht widerlegen können.

Die Fotos, die Carolin von dem toten Alf Kruskopp gemacht hatte, wollte der Chefredakteur allerdings noch zurückhalten. Das war sogar für einen Kampfhahn wie Koopmann ein zu großes Wagnis. Dann wäre, das wusste er, seine Beziehung zur Polizei ein für alle Mal dahin. Mamma Carlotta hatte kein Verständnis dafür, dass Carolin diese Fotos überhaupt in der Redaktion abgeliefert hatte. Eigentlich verstand sie nicht einmal, dass sie diese Fotos gemacht hatte! Am Ende würde Koopmann sie nach ein paar Tagen doch noch abdrucken, und Erik würde herausfinden, dass seine Tochter vor ihm am Tatort gewesen war. Dass Carolin dieses Risiko einging! Mamma Carlotta bekam es mit der Angst zu tun, dass sie über kurz oder lang so werden würde wie ihr Chef, der für eine gute Story alles tat und auch alles über Bord warf.

Mit zitternden Fingern drückte sie auf den Knopf des Espressoautomaten. Sie musste noch mal mit Carolin sprechen. Die Fotos, die sie direkt nach dem Mord gemacht hatte, mussten unter Verschluss bleiben. Unbedingt! Wenn sie ins Blatt kamen, würde auch ihre eigene Rolle bei dieser Angelegenheit zur Sprache kommen. Wenn es schon sein musste, dann hoffentlich erst, wenn sie bereits wieder in Panidomino war!

Warum war sie überhaupt noch auf Sylt? Sie würde den Sonntag allein verbringen, und diesmal konnte sie Erik nicht einmal helfen. Es war nicht ausgeschlossen, dass sie ihm sogar in die Ermittlungen gepfuscht hatte, indem sie einfach das Bild mitgenommen hatte. Aber sie hatte es doch gut gemeint.

Kükeltje erschien gähnend in der Küche, streckte ihre Hinterläufe und blickte erwartungsvoll zum Kühlschrank. Sie schien auch schlecht gelaunt zu sein. Die Nacht allein in Felix'

Bett zubringen zu müssen, das war für sie ein ausgesprochenes Ärgernis.

Von oben drangen Geräusche herunter. Erik war erwacht, Sören würde dann wohl auch bald erscheinen. Hastig holte Mamma Carlotta Eier und Schinken aus dem Kühlschrank und begann mit der Zubereitung des Rühreis. Kükeltje strich ihr um die Beine und gab erst Ruhe, als sie ihren Anteil am Schinken bekommen hatte. Als die Eier verquirlt waren und die Schinkenwürfel bereitlagen, holte Carlotta Butter, Marmelade und Käse aus dem Kühlschrank und deckte den Tisch. Sie lauschte mehrmals nach oben und fragte sich, wann Carolin herunterkommen würde. Schon so früh, dass sie noch auf ihren Vater treffen würde? Oder erst später, wenn Erik aus dem Haus war? Mamma Carlotta bekannte heimlich, dass ihr Letzteres lieber wäre. Die spannungsgeladene Stimmung im Haus machte ihr nach wie vor zu schaffen. Besser war es, wenn nichts geschah, was zur Explosion führen konnte.

Carolin war erst spät heimgekommen, viel später als ihr Vater. Der hatte nur kurz den Kopf in die Küche gesteckt, einen Gruß gemurmelt und war ins Wohnzimmer gegangen. Bald darauf waren die Geräusche des Fernsehers durch die Wand gedrungen. Mamma Carlotta war auf ihrem Stuhl sitzen geblieben und hatte auf Carolin gewartet. So hatte sie es schon früher bei ihren Kindern gehalten. Sie war immer erst schlafen gegangen, wenn alle im Haus waren. Auch auf Sylt hielt sie es so, wenn sie dafür auch nur Unwillen kassierte. Erik reagierte bärbeißig, wenn sie auf ihn wartete wie auf einen Schuljungen, so nannte er es, der beim Heimkommen seine Mutter anhauchen musste, um zu beweisen, dass er keinen Alkohol getrunken hatte, und Carolin wehrte sich seit zwei, drei Jahren auch gegen diese Art der Fürsorge, weil sie angeblich alt genug war, um nach Hause zu kommen, wann es ihr passte. Felix dagegen machte sich einfach nur lustig, wenn er seine Nonna halb schlafend in der Küche vorfand.

Seitdem ging sie nach oben, sobald Eriks Auto vorfuhr oder die Fahrräder der Kinder vor dem Haus klapperten. Dann bekam niemand mit, dass sie in der Küche bei einem Glas Rotwein gewartet hatte. Sie konnte nun einmal nicht einschlafen, wenn nicht alle unter ihrer Obhut waren.

Am Abend war sie allerdings sitzen geblieben, bis Carolin eintrat. Ihre Enkelin war bester Laune gewesen. Koopmann hatte sie für ihren Artikel gelobt und gesagt, es habe sich gelohnt, den Druck der Zeitung bis zum allerletzten Moment hinauszuschieben. Dann hatte sie sich mit ihren Schulfreundinnen getroffen, den Zwillingen Nele und Ella, die zwar mittlerweile auf dem Festland studierten, aber die Wochenenden gern bei ihren Eltern auf Sylt verbrachten. Natürlich hatte Carolin die inquisitorischen Fragen ihrer Nonna über sich ergehen lassen müssen, ob sie etwa getrunken habe und trotzdem mit dem Roller nach Hause gefahren sei, aber Carolin hatte versichert, dass sie sich an alkoholfreies Bier gehalten habe. Als sie auch auf raffinierte Fangfragen nicht hereinfiel, hatte Mamma Carlotta ihr glauben können. Carolin war ins Bett entlassen, das Licht gelöscht worden, und Carlotta hatte einen Blick in Wohnzimmer geworfen, wo Erik auf dem Sofa saß und bei laufendem Fernseher schlief. Sollte sie ihn wecken? Diese Frage hatte sie sich nur einmal gestellt. Dann war sie nach oben gegangen, als hätte sie ihren Schwiegersohn nicht bei der Beschäftigung mit einer Polit-Talkshow stören wollen. Zurzeit war es ihr am liebsten, wenn es so selten wie möglich zu Gesprächen kam. Irgendwie führten die ja momentan alle aufs Glatteis.

Als Sören sein Rennrad am Gartenzaun ankettete, kam Erik gerade die Treppe herunter. Er öffnete Sören, ehe Mamma Carlotta zur Tür laufen konnte. Mit frischen, rosigen Wangen erschien dieser in der Küche, als freute er sich, am Sonntag arbeiten zu dürfen.

»Moin, Signora!« Schwungvoll warf er eine Zeitung auf den

Tisch, direkt neben seinen Teller. »Das *Inselblatt!* Druckfrisch!«

Erik brummte seiner Schwiegermutter einen Gruß zu, dann griff er zu der Zeitung, während Sören sich auf seinem Platz niederließ und erwartungsvoll auf das schaute, was Mamma Carlotta am Herd produzierte.

»Es will mir einfach nicht in den Sinn, dass eine Frau hinter dem Mord steckt. Mit dem Fäustel ausholen und ihn einem Mann ins Gesicht schlagen ...« Er schüttelte sich. »Gäbe es nicht diese weiße Spur, hätte ich auf jeden Fall an einen männlichen Täter gedacht.«

Mamma Carlotta drehte Erik und Sören hastig den Rücken zu, entschlossen, sich erst wieder umzuwenden, wenn einer von ihnen das Thema wechselte.

»Die Spur hat Schuhgröße 39«, sagte Sören. »Echt unwahrscheinlich, dass ein Mann sie hinterlassen hat.«

»Aber nicht ausgeschlossen. Es gibt Männer mit kleinen Füßen.«

Erik brummte etwas Zustimmendes. »Hat es eigentlich weitere Zeugen gegeben, die Matz Olsson mit einer Frau in der Heide gesehen haben?«, fragte er Sören.

Der schüttelte den Kopf. »Nein, bis jetzt nicht.«

»Nur Peer Mattes hat die beiden gesehen?«

Sören fand das nicht weiter erstaunlich. »Die Heide ist groß, die Spazierwege sind einsam. Und wer Matz Olsson nicht persönlich kannte, hat ihn natürlich auch nicht zur Kenntnis genommen.«

Mamma Carlotta warf einen Blick zurück. Die Schlagzeile war groß und eindeutig. »Zwei Morde auf Sylt!«

Erik überflog den Text. »Woher weiß Koopmann von dem zweiten Mord?«, fragte er Sören. »Oder hat die Presseabteilung schon eine Meldung rausgegeben?«

Sören zuckte mit den Schultern. »Kann sein.« Er beugte sich über die Titelseite. »Aber dass es sich um den Galeristen handelt, ist garantiert nicht erwähnt worden.« Er zeigte auf das Foto am Fuß des Blattes, das die Galerie Kruskopp zeigte. Er wollte noch etwas sagen, dann schwieg er so abrupt, als wäre ihm etwas eingefallen.

Mamma Carlotta wusste, was es war. Sören war gerade klar geworden, dass Carolin etwas davon gewusst haben musste und ihr Wissen mit Koopmann geteilt hatte.

Erik hatte anscheinend die gleichen Gedanken. »Woher wusste Carolin davon?«

Er blickte auf und sah Mamma Carlotta fragend an. Aber sie drehte sich schleunigst um, beschäftigte sich ausgiebig mit dem Schneiden der Schnittlauchröllchen, die sie aufs Rührei geben wollte, und tat so, als ginge sie diese Frage nichts an. Dann servierte sie das Rührei, freute sich an Sörens überschwänglichem Dank und machte einen langen Hals, um zu sehen, was Erik im Innenteil der Zeitung aufschlagen würde.

Es dauerte nicht lange, und Eriks Zeigefinger fuhr auf einen Artikel nieder. »Was ist das denn?«

Mamma Carlotta wusste, was es war, ging zum Herd zurück, machte sich dort sinnlos zu schaffen und drehte Erik konsequent den Rücken zu. Der Weg eines Gemäldes aus dem Besitz der Mutter des ersten Mordopfers bis in die Galerie, die dem zweiten Mordopfer gehörte. Dass dieses Bild dort nicht mehr hing, wusste nur sie allein.

Erik sprang auf und lief zur Treppe. »Caro!«

Von weit her kam eine schwache Antwort. »Was ist los?«

»Komm bitte runter! Sofort!«

50

Erik ging zum Fenster, blickte hinaus, ohne etwas zu sehen, und kehrte zum Tisch zurück. Diese Wanderung unternahm er noch einige Male, während er von Sören schweigend beobachtet wurde und seine Schwiegermutter vorgab, ausschließlich am Wienern der Spüle interessiert zu sein.

Dann endlich trat Carolin ein. Ihre Haare waren noch feucht, sie trug einen Jogginganzug, offenbar war sie in der Morgentoilette aufgeschreckt worden. Erik nahm wohlwollend zur Kenntnis, dass sie sie unterbrochen hatte, weil ihr anscheinend schnell aufgegangen war, dass man ihren Vater an diesem Morgen nicht reizen sollte.

»Ist was?«, fragte sie so lapidar, dass es mit Eriks Wohlwollen schlagartig wieder vorbei war. Er zeigte zu der aufgeschlagenen Zeitung, die auf seinem Teller lag. »Woher weiß das *Inselblatt,* wie das zweite Mordopfer heißt? Woher weiß man dort überhaupt von dem zweiten Mord?« Seine Stimme wurde lauter, er betonte nun jede Silbe. »Und was hat es mit dem Gemälde auf sich, von dem du geschrieben hast? Woher weißt du davon? Wie hast du das recherchiert?«

Carolin bemühte sich sehr um Coolness, schnappte sich eine Scheibe Brot und ließ sich vor ihrem Teller nieder. Während sie die Scheibe mit Butter bestrich, antwortete sie: »Mein Chef war gestern zufällig in der Nähe der Galerie Kruskopp. Ich glaube, er hat in der Feldmarkstraße einen Besuch gemacht. Irgendein alter Bekannter ... Da ist er auf die Polizeiwagen aufmerksam geworden.«

Erik ließ sich so schwer neben seine Tochter fallen, dass diese erschrocken aufsah. »Dein Chef? Komisch, keiner der Nachbarn hat einen Mann beobachtet, der so aussieht wie Koopmann. Wohl aber ist eine junge Frau auf einem Roller gesehen worden.« Sein Zeigefinger stach auf Carolins Brötchen hinab. »Sie muss sich ausgekannt haben. Sie ist hintenrum gegangen.«

Carolin hatte sich schnell wieder gefangen. »Ich? Das wüsste ich aber.«

»Du arbeitest gegen mich, Caro. Warum? Nur, damit dieser widerliche Kerl von Chefredakteur zufrieden mit dir ist?« Er griff nach ihrem Arm, damit sie aufhörte, so zu tun, als machte sie sich ihr Frühstück zurecht. »Wie hast du erfahren, dass es in der Galerie einen Mord gegeben hat?«

»Wie gesagt, Herr Koopmann ...«

»Und was ist das mit dem Gemälde? Woher weißt du, dass bei der alten Olsson ein Bild hing, das in der Galerie Kruskopp gelandet ist? Von einem Mordopfer zum nächsten gereicht! Wie bist du an diese Information gekommen?«

Carolins Gesicht verschloss sich nun vollkommen. »Das muss ich nicht sagen. Wenn ich als Journalistin recherchiere, geht das die Polizei nichts an.«

»Wie bitte?« Erik sprang auf und sah so aus, als wollte er seine Tochter am Kragen packen und durchschütteln. Sören machte Anstalten, aufzustehen, um eine Schlägerei zu verhindern.

Mamma Carlotta fing an zu beschwichtigen: »Enrico, Carolina! Stop! Basta!«

»Das geht mich nichts an?«, brüllte Erik. »Du behinderst meine Ermittlungsarbeit.«

Nun brüllte Carolin zurück. »Ich habe nichts recherchiert, was dich daran hindert, den Mörder zu fangen. Und ich halte nichts zurück, was du wissen musst, um den Mörder zu überführen. So what? Du machst deinen Job, ich mache meinen. Ich bin nicht verpflichtet, dir meine Informationsquellen zu nennen.« Sie stieß ihren Stuhl zurück und ging zur Tür. »Das war's! Ich ziehe aus.«

»Carolina ...!« Mamma Carlotta lief hinter ihrer Enkelin her.

Aber Erik hielt sie zurück. »Lass sie.« Er schloss die Tür und setzte sich. Tief atmete er durch und versuchte, sich zu beruhigen, während Mamma Carlotta hin und her hastete, etwas aufnahm, es wieder zurückwarf und nicht wusste, was sie mit ihrer Erregung anfangen sollte.

»Enrico! Ich bin sicher, dass Carolina deine Arbeit nicht behindern wollte.«

Erik warf sein Messer auf den Teller und sprang erneut auf. »Mir langt's! Sören, wir gehen.«

Hastig biss Sören von der Brotscheibe ab, die er soeben mit der Feigenmarmelade bestrichen hatte, die die Schwiegermutter seines Chefs zu jedem Besuch aus Italien für ihn mitbrachte. Dann warf er ihr einen entschuldigenden Blick zu und folgte seinem Chef aus der Küche.

Erik riss die Tür auf, lief die Treppe hinunter zu seinem Auto und warf sich auf den Fahrersitz. »Mir langt's!«, wiederholte er. »Carolin macht, was sie will. Und ich? Ich mache alles falsch. Meine Schwiegermutter steht auf Carolins Seite und sogar die Staatsanwältin. Tilla ist ins Hotel Stadt Hamburg gezogen, Carolin will auch ausziehen.« Er startete viel zu schnell, verzichtete aufs Wenden, weil er dann vermutlich eine Mülltonne oder, noch schlimmer, den Wagen eines Nachbarn gerammt hätte, und fuhr nicht zur Westerlandstraße, sondern in die entgegengesetzte Richtung zum Osterweg. Am Ende des Süder Wung blieb er stehen, obwohl kein Auto den Osterweg entlangkam, dessen Vorfahrt er hätte beachten müssen. »Erst sollte ich Carolin unbedingt mit Informationen versorgen, jetzt muss ich hinnehmen, dass sie selbst was herausfindet und mich darüber im Unklaren lässt. Findest du das okay, Sören?«

Sören schüttelte pflichtschuldigst den Kopf. »Nein, absolut nicht.«

»Hast du das Foto von Matz Olsson gesehen? Auf einem Betriebsfest gemacht?«

Sören nickte, ohne etwas zu sagen.

»Carolin hat es von einem Kollegen bei Gosch bekommen. Ich war dabei. Aber ich hätte nicht gedacht, dass sie es wirklich Koopmann gibt, damit er es in die Zeitung setzt. Die Gesichter der Frauen sind zwar verpixelt, aber du weißt doch, wie das ist.«

Sören wusste es. »Wem sie vertraut sind, die erkennen sie trotzdem. Zum Beispiel die Ehemänner.«

Erik stöhnte auf. »Soll sie doch ausziehen«, sagte er und bog links ab. »Darin haben wir ja schon Übung. Sie ist bereits einmal nach Hamburg gezogen und zurückgekehrt.«

»Wo fahren wir hin?«, fragte Sören vorsichtig.

»Zur Galerie Kruskopp. Ich will das Bild sehen, von dem Caro geschrieben hat.« Er warf Sören einen Blick zu. »Hast du den Schlüssel?«

Sören wühlte in seinen Jackentaschen, dann zuckte er mit den Schultern. »Den hat Vetterich.« Er dehnte sich, als hätte er zu wenig geschlafen. »Wir sollten erst mal mit Warnfried Bakker sprechen. Er muss uns erklären, was er in der Nähe der Galerie Kruskopp zu suchen hatte. In einer Stunde wird Vetterich in die Galerie kommen. Dann können wir uns immer noch nach dem Bild umsehen.«

Erik fuhr bei Feinkost Meyer links ab und bog später wiederum links in die Westerlandstraße, sodass an der Einbiegung zum Süder Wung vorbeikam. »Kleine Ehrenrunde«, meinte er und versuchte, zu grinsen. Dann wurde er wieder ernst. »Warnfried Bakker? Ja, die Beschreibung passt auf ihn. Aber wenn er bestreitet, dort gewesen zu sein, wird's schwierig. Dann bräuchten wir eine Gegenüberstellung.«

Sören nickte. »Bei der Beschreibung der jungen Frau ist es noch problematischer. Niemand konnte sie beschreiben, nicht einmal bei der Farbe des Motorrollers war man sich einig ...«

Wütend gab Erik Gas und hätte beinahe die Einmündung in die Feldmarkstraße verpasst.

51

Mamma Carlotta lehnte sich zurück. Sie war fix und fertig. »Carolina ...«

Als sie die Schritte ihrer Enkelin auf Treppe hörte, rappelte sie sich wieder hoch. Eine Tasche schlug ans Treppengeländer, die Kleiderbügel an der Flurgarderobe klapperten.

»Carolina!« Mamma Carlotta riss die Tür auf und betrachtete kopfschüttelnd die beiden Taschen, die Carolin in aller Eile gepackt hatte. »Wo willst du denn hin?«

»Erst einmal zu Ella und Nele«, gab Carolin zur Antwort. »Dann werde ich weitersehen. Vielleicht kann Koopmann mir irgendwo eine Bleibe besorgen. Das ist ja auf Sylt nicht so einfach.«

Mamma Carlotta nahm Carolins Hand und zog sie in die Küche. »Aspetta, Carolina ...«

Zum Glück ließ Carolin die Taschen fallen, sich in die Küche ziehen und dort auf einen Stuhl drücken. »Ich bin schuld, Carolina! Weil du mich nicht verraten wolltest, glaubt dein Vater nun, du arbeitest gegen ihn.«

Aber Carolin wollte nichts davon hören. »Wie kann er annehmen, dass ich seine Ermittlungen behindere? Das würde ich niemals tun. Obwohl er nicht bereit ist, mir Hinweise zu geben, auf die die Presse ein Anrecht hat. Diese blöde Feindschaft mit Koopmann. Kann er sie nicht mir zuliebe aufgeben?«

Ihre Augen wanderten über den Tisch. »Hat Papa die Zeitung mitgenommen?«

»Sì.«

»Schade. Ich wollte dir den Artikel über das Speeddating zeigen.« Ihr Blick wurde nachdenklich. »Ich hätte ja gerne erwähnt, dass Alf Kruskopp auch dabei war. Aber der Datenschutz ...« Sie lehnte sich zurück und verschränkte die Arme vor der Brust. »Eigentlich könnte ich noch in Ruhe mit dir frühstücken, Nonna. Bis Papa zurückkommt, das wird dauern.«

Mamma Carlotta beeilte sich, den Schinken besonders kross zu braten, die Eier besonders schaumig zu verquirlen und frischen Milchschaum für Carolins Kaffee zu produzieren. Das Kind musste merken, dass es sich nirgendwo so gut leben ließ wie zu Hause. Schlimm war die Zeit gewesen, als sie in Hamburg bei diesem nichtsnutzigen Maximilian Witt gelebt hatte. Alle Wolfs war heilfroh gewesen, als Carolin sich entschloss, in den Schoß der Familie zurückzukehren. Erik ganz besonders. Da sollte sie nun erneut vertrieben werden? Nur wegen diesem Bild?

»Du hättest den Artikel nicht schreiben dürfen, Carolina.«

»Du meinst, die Geschichte über das Gemälde?« Sie wartete Mamma Carlottas Antwort nicht ab. »Koopmann war begeistert von der Story. Das ist guter Journalismus, hat er gesagt. Einerseits hat die Geschichte nichts mit den beiden Morden zu tun, andererseits ist sie ganz eng mit ihnen verknüpft. Jeder Leser kann sich jetzt seinen Teil denken. So geht moderner Journalismus.«

Mamma Carlotta aß nicht viel, das tat sie morgens nie, aber sie freute sich darüber, dass Carolin voller Appetit zugriff. Sie ließ sich das Rührei schmecken, bat um einen zweiten Kaffee mit Milchschaum, strich dick Feigenmarmelade auf ihr Brot und lobte den italienischen Käse, den Mamma Carlotta bei Feinkost Meyer entdeckt hatte. Mamma Carlotta wurde währenddessen immer ruhiger. Je wohler sich Carolin fühlte, desto geringer wurde die Gefahr, dass sie wirklich auszog. Es konnte doch nicht sein, dass das Kind diese wohlige Atmosphäre in seinem schönen Zuhause freiwillig aufgab! Das hatte Carolin einmal getan und gemerkt, wie schlecht es ihr bekam. Dass die Übersiedelung nach Hamburg und auch die Rückkehr etwas mit Carolins Beziehung zu Maximilian Witt zu tun gehabt hatte, vergaß Mamma Carlotta einfach. Aber als Carolin schließlich aufstand und keine Anstalten machte, die gepackten Taschen wieder die Treppe hochzutragen, musste sie einsehen, dass ihre Enkelin es doch ernst gemeint hatte.

Sie schnappte sich ihre Jacke und brachte, wenn auch mühsam, die beiden Taschen auf ihrem Roller unter. »Wenigstens für ein paar Tage«, sagte sie zum Abschied.

Mamma Carlotta stand in der Tür und hätte beinahe geweint. Dass sie es schaffte, die Tränen zu unterdrücken, lag nur daran, dass Carolin mit ihrem letzten Satz ein wenig Hoffnung zurückgelassen hatte.

»Man sieht sich«, rief sie nun und knatterte davon. »Tschüsselchen!«

Ja, sie würde nicht ganz verschwinden, sie würde auf Sylt bleiben, bleiben müssen, weil sie hier arbeitete, und sie würde es im Übrigen sehr schwer haben, auf der Insel eine Wohnung oder auch nur ein Zimmer zu finden. Mamma Carlottas Hoffnung wuchs, während sie daran dachte, was ihr eine Kassiererin von Feinkost Meyer erzählt hatte. Deren Nichte hatte eine Stelle als Kellnerin auf Sylt gefunden, was leicht gewesen war, es aber nicht geschafft, eine Unterkunft zu bekommen, erst recht keine, die sie sich von ihrem kleinen Gehalt leisten konnte. Am Ende war sie auf einen Campingplatz gezogen, auf dem sie heute noch lebte. Und noch immer suchte sie nach einer Wohnung. Mamma Carlotta war zuversichtlich, dass Carolin so weit nicht gehen würde.

Sie blickte ihrer Enkelin nach, bis nichts mehr von ihr zu sehen und auch nichts mehr zu hören war, dann kehrte sie in die Küche zurück. Wieder legte sich der Gedanke schwer auf ihre Brust, dass dieser Syltaufenthalt eine einzige Katastrophe war. Hätte sie sich doch nicht von Carolin zu dem Speeddating überreden lassen! Dann hätte sie Alf Kruskopp nicht kennengelernt, und sein Tod wäre nichts als eine Zeitungsmeldung für sie gewesen. Und hätte sie sich nicht in Dagmar Olssons Ehegeschichte reinziehen lassen, wäre es bei dem Tod von Matz Olsson genauso gewesen. Dann wäre Fietje auch nicht auf den Gedanken gekommen, ihr von dem Bild über dem Esstisch der alten Frau Olsson zu erzählen, und sie hätte nicht die dumme Idee gehabt, es aus Alf Kruskopps Galerie zu entführen. Aber sie hatte es doch nur gut gemeint! Jetzt jedoch war nichts mehr gut. Erik hatte die Morde noch nicht aufgeklärt, Carolin war mit ihrem Vater zerstritten, Tilla ebenso. Und was in Käptens Kajüte demnächst vor sich gehen würde, war vollkommen ungewiss. Nein, Sylt gefiel ihr nicht mehr.

Carlotta ging in die erste Etage, öffnete den Schrank und zog das Bild hervor, das sie dort unter ihrer Unterwäsche versteckt hatte. Könnte sie es doch zurückbringen! Aber wie? Sie dachte nicht lange über diese Idee nach. Unmöglich! Sie musste einen anderen Weg finden, das Bild loszuwerden.

Sie schob es zurück und dachte mit einem Mal an den Rahmen, der noch unten in der Vorratskammer war. Dio mio! Wenn den jemand entdeckte! Sie würde ihn schnellstmöglich entsorgen.

Unten in der Küche deckte Carlotta den Tisch ab, packte alle Lebensmittel in den Kühlschrank, räumte die Küche auf, goss die Basilikumpflänzchen und, da sie schon einmal dabei war, auch alle anderen Topfpflanzen. Dann machte sie die Betten, schüttelte die Sofakissen auf, trug leere Flaschen in den Keller und stellte die Waschmaschine an. Anschließend ging sie wieder nach oben und sah sich ratlos um. Klar, sie könnte den Boden wischen und die Fenster putzen. Aber am Sonntag? So was gehörte sich nicht. Vom Reinigen des Fußbodens würde zwar niemand etwas mitbekommen, aber das Fensterputzen war ausgeschlossen. Was würden da die Nachbarn denken! Staub wischen, bügeln oder das Badezimmer mal gründlich machen? Für einen Sonntag, an dem die Arbeit ruhen sollte, war das eigentlich auch keine Alternative. Sogar der liebe Gott hatte sich am siebten Tag ausgeruht von der Erschaffung der Erde. Sonntag war Freizeit. Da ging man spazieren, besuchte Verwandte oder trieb Sport. Für die erste und dritte Möglichkeit fehlte Mamma Carlotta die Gesellschaft, und Verwandtenbesuch fiel aus. Sie dachte an das Buch über Emil Nolde, aber auch damit wollte sie sich nicht beschäftigen. Es würde ihr nichts anderes übrig bleiben, als einen Besuch dort zu machen, wo sie immer hinging, wenn sie Unterhaltung brauchte. Sie sah auf die Armbanduhr. Tove öffnete die

Imbissstube sonntags erst spät, weil seine Frühstücksgäste erstens ohnehin spärlich kamen und zweitens gern lange schliefen. Sie wusste nicht genau, wann er öffnete, aber sie beschloss, loszugehen. Sollte Käptens Kajüte noch geschlossen sein, würde sie eben zum Strand gehen, an der Wasserkante entlanglaufen, sich den Wind um die Nase wehen lassen und es später noch einmal bei Tove probieren.

Entschlossen zog sie sich eine Strickjacke über, denn die Fußgänger, die am Haus vorbeigegangen waren, hatten alle Schals um den Hals gewickelt, Mützen aufgesetzt und Winddichtes übergezogen. Es schien nach wie vor kühl zu sein. Sie legte die dünne Strickjacke wieder zur Seite und griff nach der wind- und wasserabweisenden Jacke, die eigentlich Erik gehörte. Doch er stellte sie seiner Schwiegermutter immer zur Verfügung, wenn sie auf Sylt war. Eigentlich eine Jacke für den Herbst. Aber da es in diesem Juni einfach nicht sommerlich warm werden wollte, war diese Jacke trotzdem das beste Kleidungsstück. Sie schnappte sich den Bilderrahmen, der mittlerweile aus mehreren Teilen bestand, und trug ihn zu der Mülltonne, die neben dem Haus stand. Kurz überlegte sie, in welche Tonne er gehörte, dann entschied sie sich für den Restmüll. Das würde hoffentlich richtig sein. In Deutschland war man ja viel sorgfältiger, was die Mülltrennung anging, als in Italien.

Während sie zum Hochkamp wanderte, dachte sie daran, dass Tove die vergangene Nacht mit zwei Frauen verbracht hatte. Eine, die auf dem Sofa schlief, und eine, die ... Mamma Carlotta konnte diesen Gedanken unmöglich zu Ende denken. Das Bild, wie Tove mit Kriemhild unter eine Decke schlüpfte, war von ihrer Fantasie nicht zu bewältigen, so überbordend diese sonst sein konnte. Nicht nur, dass sie es sich nicht vorstellen konnte, sie wollte es auch nicht. Das Bild gefiel ihr nicht einmal. Ganz und gar nicht! Kurz horchte sie in sich hinein, um sich ihrer Gefühle ganz sicher zu sein. Nein, sie war nicht eifersüchtig. Absolut nicht! Aber sie konnte den Gedanken schwer ertragen, dass Tove sich in Zukunft verändern würde. Selbst wenn es eine Verbesserung sein würde, wollte sie nicht daran denken. Wenn er das Mürrische ablegen, aus dem Aggressiven etwas Konziliantes machen, demnächst nur saubere Spültücher verwenden und eine Hose tragen würde, auf der nicht das Fett der ganzen Saison Flecken hinterlassen hatte, würde ihr etwas fehlen. So wie Fietje! Dessen Ankündigung, demnächst in einem anderen Lokal sein Jever zu trinken, hatte Mamma Carlotta durchaus ernst genommen. Ganz im Gegensatz zu Tove, der nicht glauben wollte, dass Fietje seine Freizeit woanders zubringen könnte als in Käptens Kajüte.

Noch sah die Imbissstube alles andere als einladend aus. Die Tür war geschlossen, dahinter war es still, und kein Geruch drang auf die Straße, weder Kaffee- noch Grillduft. Mamma Carlotta war sicher, dass Tove es an diesem Tag mit seinen Öffnungszeiten nicht so genau nahm, weil er vermutlich noch mit Kriemhild im Bett lag und sich an deren Oberweite erfreute. Mamma Carlotta schüttelte sich. Egal, welche Perspektive sie einnahm, Toves oder Kriemhilds, ihre Fantasie versagte angesichts der Ungeheuerlichkeit dieser Vorstellung. Und Brunhildes Rolle wollte sich auch nicht mit Fantasie füllen.

Dabei fiel ihr ein, dass sie gar nicht wusste, wo Tove wohnte. In der Nähe des Hochkamps? In einer großen Wohnung oder in einem winzigen Apartment? Darüber war nie gesprochen worden. Auch Fietje redete nicht gern über sein Zuhause, und wenn, dann nannte er es seine Bude. Vermutlich hatte die Kurverwaltung dafür gesorgt, dass er irgendwo ein möbliertes Zimmer beziehen konnte. Aber Tove? Mamma Carlotta überlegte, ob sie ihn bei Gelegenheit fragen sollte. Aber sie merkte, dass sie so viel von Toves Privatem nicht erfahren wollte. Dass er ein Kreuz hinter ihren Namen gemacht hatte, dass er sogar darauf gehoffte hatte, auch sie könnte ihn angekreuzt haben, machte sie noch immer fassungslos. Sie wollte an Käptens Kajüte vorbeigehen, weiter Richtung Strand, zu dem Strandwärterhäuschen, in dem Fietje vermutlich schon die Gästekarten kontrollierte, obwohl das Wetter eigentlich nicht dazu einlud, den Tag am Strand zu verbringen. Aber wo sollte er sonst sein? Fietje nahm es mit seinen Arbeitszeiten nicht sehr genau, was schon oft zu Problemen mit der Kurverwaltung geführt hatte, aber wenn Käptens Kajüte geschlossen war, hielt er sich an seinem Arbeitsplatz auf. Für Fietje gab es ja nur diese beiden Örtlichkeiten: Imbissstube oder Strandwärterhäuschen.

Doch im Weitergehen warf sie noch einmal einen Blick nach links und nahm eine Bewegung hinter den Fenstern von Käptens Kajüte wahr. Hatte Tove seine Imbissstube doch schon geöffnet und nur nicht daran gedacht, die Tür zu öffnen und das Licht über der Theke einzuschalten? Sie drehte um und ging auf die Tür zu. Geschlossen! Vorsichtshalber rüttelte sie an der Klinke, denn in Käptens Kajüte gab es so viel, was quietschte, rumpelte und geölt werden musste, dass es durchaus hätte sein können, dass die Tür sich erst öffnete, wenn Gewalt angewendet wurde. Doch sie blieb zu.

Mamma Carlotta wollte sich gerade abwenden, als eine Stimme von drinnen ertönte: »Moment!«

Die Stimme hatte fremd geklungen, nicht so kräftig wie Toves, nicht so barsch, nicht so laut. Aber es war doch Toves Stimme. Und die Schritte, die auf die Tür zukamen, waren ebenfalls seine, obwohl sie sich anders anhörten, nicht fest, sondern schlurfend. Mamma Carlotta war aufs Höchste beunruhigt. War Tove Griess krank? Hatte er sich in seine Imbissstube geschleppt, obwohl er Fieber hatte? Oder ... war ihm die Nacht mit Kriemhild so schlecht bekommen, dass er es bis jetzt noch nicht hinbekommen hatte, die Tür zu öffnen und alles für den Tag herzurichten?

»Wer ist da?«

»Sono Carlotta Capella!«

Tove brummte etwas, was sie nicht verstehen konnte, dann knirschte der Schlüssel, und die Tür öffnete sich. Mamma Carlotta trat ein – und erschrak zu Tode.

52

Warnfried Bakker öffnete schon Sekunden nachdem sie geklingelt hatten. Beinahe so, als hätte er auf sie gewartet. Wenn das so war, hatte er sich nicht auf ihren Besuch gefreut, sondern ihn gefürchtet. Sein Gesicht, das alt und müde ausgesehen hatte, als er öffnete, wurde auf der Stelle abweisend und arrogant, als wollte er den Polizeibeamten weismachen, sie könnten ihm nichts anhaben. Aber er war nicht besonders überzeugend. Erik bemerkte seine Unsicherheit, die vielleicht sogar Angst war.

»Sie wünschen, bitte?«

»Können wir reinkommen?«, bat Erik. »Wir würden gern mit Ihnen sprechen.«

»Also gut.« Er gab sich große Mühe, den beiden zu zeigen, wie lästig sie ihm waren. »Wollen Sie wirklich zu mir?« Er warf einen Blick die Treppe hoch, zu Dagmars Wohnung, in der es ruhig war. »Nicht eher zu der Frau meines Neffen?«

»Nein«, antwortete Erik sehr bestimmt. »Wir wollen zu Ihnen.«

Warnfried Bakker ging ihnen voraus, diesmal war sein Hinken kaum zu sehen.

»Wir möchten nämlich wissen«, fuhr Erik fort, als sie im Wohnzimmer angekommen waren, »was Sie gestern in der Nähe der Galerie Kruskopp gemacht haben.«

Warnfried Bakker wandte sich ab und stellte umständlich das Radio aus, das so leise Musik gespielt hatte, dass Erik sie gar nicht vernommen hatte. »Warum wollen Sie das wissen?«, fragte er dann und wies zu der Couchgarnitur.

Erik und Sören ließen sich nieder, beide ungern und nur, weil ein Gespräch im Stehen noch unangenehmer gewesen wäre. Dieses Wohnzimmer, in dem nur noch die Möbel standen, in dem alles verschwunden, auf dem Flohmarkt verkauft worden war, was einen Raum gemütlich machte, behagte ihnen beiden nicht.

»Antworten Sie mir bitte«, forderte Erik.

»Wann soll das gewesen sein?«, fragte Bakker und setzte sich den beiden Polizeibeamten gegenüber.

Erik merkte, dass Sören nervös wurde. »Das spielt keine Rolle«, fuhr er auf. »Sie waren da, Sie sind beobachtet worden. Und Sie erklären uns jetzt, warum!«

»Ich bin ein freier Mensch«, kam es hochmütig zurück. »Ich kann gehen, wohin ich will.«

Erik beugte sich vor und sagte gefährlich leise: »Ich denke, Sie wissen, dass in dieser Galerie ein Mensch ermordet wurde. Der Galerist Alf Kruskopp. Und wenn Sie mir nicht sofort eine Erklärung dafür geben, warum Sie sich am Tag des Mordes dort herumgedrückt haben, kann ich Sie auch festnehmen, und wir setzen diese Unterhaltung im Polizeirevier fort.«

Warnfried Bakker beschwerte sich zunächst ausführlich über den Verdacht, er habe sich in der Feldmarkstraße herumgedrückt. Er sei kein Jungspund mehr, der sich an irgendwelchen Ecken herumdrücke, er sei ...

Erik unterbrach ihn: »Zum letzten Mal: Was haben Sie dort zu suchen gehabt?«

Warnfried Bakker gab auf. »Ich gehe gern in Galerien. Ich liebe die Malerei. Ist das vielleicht verboten? Mittlerweile kenne ich alle Galerien der Insel.«

Erik erinnerte sich mit einem Mal, dass er Warnfried Bakker am Tag zuvor gesehen hatte, als er vor der Galerie stehen geblieben war, die Udo-Lindenberg-Gemälde ausstellte. Auf der anderen Seite der Friedrichstraße war Bakker aus der Galerie Mensing getreten.

»Ich suchte nach einem Bild«, fuhr Bakker, nun sicherer geworden, fort. »Ein Sylter Motiv. Für mein Haus in Brasilien. Natürlich von einem Maler, dessen Kunst eine gute Geldanlage verspricht.«

Sören konnte Bakkers Arroganz nicht mehr ertragen. »Und wie wollen Sie das bezahlen?«, fragte er mit einem zynischen Grinsen. »Wir wissen über Ihre finanziellen Schwierigkeiten Bescheid. Die Firma Ihres Schwiegervaters haben Sie längst an die Wand gefahren. Und haben Sie uns nicht erzählt, Sie dächten darüber nach, in die Heimat zurückzukehren?« Spöttisch ergänzte er: »Und dann noch ein teures Bild nach Brasilien schicken lassen? Lohnt sich das?«

Bakker war bei Sörens Worten wütend geworden. Seine Augen blitzten, seine Stirn rötete sich, die Schläfen waren nun feucht von Schweiß. »Sie haben mich ausspioniert?«

»Das nennen wir bei der Polizei anders«, erklärte Erik freundlich. »Aber wir wissen, dass Sie in wirtschaftlichen Schwierigkeiten stecken. Dass Sie ein teures Bild kaufen wollten, nehmen wir Ihnen nicht ab. Also noch mal: Was haben Sie in der Nähe der Galerie Kruskopp zu suchen gehabt?«

»Wieso in der Nähe?« Bakker hatte sich wieder gefangen. »Ich habe einen Besuch in der Galerie gemacht. Der Galerist hat mir ein paar interessante Objekte gezeigt.«

»Nachdem Sie ihm weisgemacht haben«, ergänzte Sören spöttisch, »Sie seien ein vermögender Mann mit einer gut laufenden Firma in Brasilien?«

Bakker schnappte nach Luft, und Erik ließ ihm keine Gelegenheit, zu reagieren. »Ging es um das Bild neben der Tür, die in die hinteren Räume führt? Keine moderne Kunst, sondern eher ... Expressionismus?«

Sören fuhr fort: »Sie haben doch sicherlich im *Inselblatt* von dem Gemälde gelesen. Ich vermute, Sie kennen es sogar. Angeblich hat es ja mal hier an der Wand gehangen.« Er machte eine große Bewegung, die den ganzen Raum umfasste.

Erik stand auf und maß den weißen Fleck über dem Esstisch aus. Zwar hatte er kein Maßband dabei, aber er nahm ein Blatt Papier aus der Innentasche seiner Jacke, faltete es auseinander und stellte fest, dass der weiße Fleck in der Breite etwa dem DIN-A4-Format entsprach, aber einige Zentimeter höher war. Ein Querformat wie die meisten Landschaftsbilder.

Er drehte sich um und unterband die Rechtfertigungsversuche Warnfried Bakkers. »Was haben Sie für eine Schuhgröße?«, fragte er so unvermittelt, dass Bakker der Mund offen stehen blieb.

»Was soll das?«, begann Winfried Bakker schon wieder.

»Die Schuhgröße bitte!«, wiederholte Erik, ließ sich wieder nieder und betrachtete Bakkers Schuhe, als wollte er sie schätzen.

»45«, kam es unwillig zurück.

Erik verständigte sich mit Sören ohne Worte. Augenscheinlich dachte Sören genauso wie er selbst daran, dass es neben der großen Schuhspur auch eine kleinere in der Braderuper Heide gegeben hatte.

Erik stand erneut auf und ließ keinen Zweifel dran, dass er darauf wartete, dass auch Warnfried Bakker sich erhob. »Sie sind vorläufig festgenommen«, sagte er. »Sie stehen im Verdacht, Ihren Neffen Matz Olsson umgebracht zu haben. Sie sind in die Galerie Kruskopp eingedrungen, um das Bild zurückzuholen, das Ihrer Schwester gehört hat. Der Galerist hat Sie erwischt, und Sie haben ihn ebenfalls erschlagen.« Ohne seinen sachlichen Tonfall zu verlieren, fuhr er fort: »Wo ist das Bild jetzt?«

Warnfried Bakker brachte lediglich ein Stottern hervor, aber Erik ließ ihn nicht zu Wort kommen. »Wir werden das Haus durchsuchen.«

»Dafür brauchen Sie einen Durchsuchungsbefehl.«

Erik antwortete nicht darauf, holte sein Mobiltelefon wieder hervor und orderte einen Streifenwagen, der Warnfried Bakker ins Polizeirevier bringen sollte. Es dauerte nicht lange, bis er eintraf. Erik gab Warnfried Bakker ein weiteres Mal die Gelegenheit, mitzuteilen, wo sich das Bild befand, das er in der Galerie gestohlen hatte, aber Bakker blieb dabei, dass er es nicht besaß. »Sie haben ja selbst gesagt, dass ich nicht die Kohle für ein teures Bild habe. Zweihunderttausend wollte Kruskopp dafür haben. Weil es angeblich ein echter Emil Nolde war.« Bakker griff sich an den Kopf. »Der hatte ja nicht alle Tassen im Schrank. Das Bild war nicht mal signiert.«

Erik ließ sich seine Verwunderung nicht anmerken. Zweihunderttausend? Für ein Bild, das nicht einmal eindeutig von Emil Nolde stammte? Er betrachtete Warnfried Bakker ausgiebiger, als diesem lieb war. Offenbar hatte Bakker in diesem Moment selbst erkannt, dass er wohl besser geschwiegen hätte. Zweihunderttausend Euro waren ein überzeugendes Mordmotiv.

Die Streifenbeamten nahmen Warnfried Bakker in ihre Mitte, griffen nach seinen Armen und führten ihn zum Streifenwagen. Erik und Sören folgten ihnen langsam zur Haustür. Erik drückte auf die Klingel für die erste Etage, aber dort blieb nach wie vor alles ruhig. Erst als er noch einmal klingelte, diesmal heftiger und lang anhaltender, ertönte von oben eine Stimme: »Ja?«

Erik sah die Treppe hoch und hatte sofort den Eindruck, dass Dagmar Olsson genau wusste, was sich im Erdgeschoss abgespielt hatte. Ihr war nicht entgangen, dass die Polizei ins Haus gekommen war, und sie hatte den Gesprächen gelauscht. Sie schaffte es auch nicht, besonders entgeistert darauf zu reagieren, dass Warnfried Bakker zum Polizeirevier gebracht wurde.

»Ich traue es ihm zu«, sagte sie, kam nicht herunter, sondern machte kehrt und ging in ihr Wohnzimmer zurück. Die Tür drückte sie fest ins Schloss.

Erik blieb vor der Haustür stehen und sah dem Streifenwagen nach, während Sören schon zum Auto lief und ungeduldig darauf wartete, dass Erik es öffnete.

Kaum waren sie eingestiegen, sagte Sören: »Was sollte das denn, Chef? Wir haben gegen Bakker doch nichts in der Hand.«

53

Carlotta drückte die Tür von Käptens Kajüte ins Schloss und drehte den Schlüssel um. Es war kalt, noch kälter als draußen, wo immerhin die Sonne schien. Besser wäre es gewesen, die Tür weit zu öffnen und der Sonne die Chance zu geben, das Innere der Imbissstube zu wärmen, zumindest atmosphärisch. Aber Tove hatte wohl nicht die Absicht, an diesem Tag seine Öffnungszeiten einzuhalten. Sonntags bot er eigentlich ab zehn Uhr Frühstück an, obwohl es selten jemanden gab, der davon Gebrauch machte. Heute würde Käptens Kajüte wohl den ganzen Tag geschlossen bleiben.

Noch immer war sie völlig konsterniert und hatte Mühe, sich zu sammeln. »Signor Griess«, begann sie vorsichtig. »Was ist geschehen?«

Sie versuchte, ihm nicht nachzusehen, wie er, mit nichts als einer Unterhose mit unsäglichem Aufdruck und einem grau gewaschenen Achselhemd aus Feinripp bekleidet, hinter die Theke ging, als wollte er mit dem Zapfen beginnen. Doch vermutlich ging es ihm nur darum, seinen Unterkörper nicht sehen zu lassen, denn sein Oberkörper war schon alles andere als eine Augenweide. Leider hatte Mamma Carlotta nicht rechtzeitig den Blick abgewandt. Derart erschüttert war sie über sein Äußeres gewesen, dass sie einfach hingucken musste. Und so wusste sie nun, dass Tove eine Unterhose trug, die gefleckt war wie eine schwarz-weiße Kuh, wobei diese auf Toves Unterhose eher vergilbt und verwaschen grau war. Das war schon schwer zu ertragen, aber am schlimmsten war der Kopf der Kuh, der den Eingriff der Unterhose zierte. Mamma Carlotta wusste, sie würde es so schnell nicht schaffen, dieses entsetzliche Bild aus dem Kopf zu bekommen. Hatte er sich so Kriemhild Röhl präsentiert, als Brunhilde sich auf dem Sofa ausgestreckt hatte und Kriemhild sich mit Tove ins Doppelbett kuscheln wollte? Mamma Carlotta hielt es für möglich, dass der Schock bei Kriemhild so groß gewesen war, dass sie Tove aus seiner eigenen Wohnung geworfen hatte. Obwohl ... eigentlich hatte sie Kriemhild nicht für derart zartbesaitet gehalten.

Tove begann tatsächlich, ein Bier zu zapfen, aus reiner Gewohnheit, merkte aber schnell, dass niemand eins bestellt hatte und dieses niemand trinken würde. Also schüttete er es in den Ausguss und wandte sich der Kaffeemaschine zu. Damit ging ihm jedoch auf, dass er sie vorher anstellen musste, und in schneller Folge wurde ihm sogar klar, dass es das Beste war, wenn er sich erst mal was überzog. Er blickte an sich herab, dann in Mamma Carlottas Gesicht, und erst jetzt schien er zu begreifen, dass er die Tür geöffnet hatte, obwohl er noch nicht angezogen war. Diese Erkenntnis trieb den Rest von Müdigkeit aus seinem Kopf. Er riss die Schiebetür hinter der Theke auf und verschwand in der Küche. »Moment mal eben ...«

Den Anblick, wie er in seine Hosen stieg und ein T-Shirt über den Kopf zog, ersparte er Mamma Carlotta. Aber den Blick auf die Luftmatratze, die vor dem Herd auf dem schmutzigen Fußboden lag, versperrte er ihr nicht. Mamma Carlotta war fassungslos. Dort hatte Tove genächtigt? Warum?

Diese Frage war noch vorherrschender als die, ob Tove sich die Zähne geputzt und die Hände gewaschen hatte, als er zurückkehrte. Aber beides war eindeutig zu beantworten, ganz klar mit Nein. Mamma Carlotta wusste, dass sie keinen Cappuccino bestellen und ihn nicht einmal dann annehmen würde, wenn er aufs Haus ging.

Tove fuhr sich mit zehn Fingern durch die Haare und sah tatsächlich schon wieder so aus, wie sie ihn kannte. Ob er schon öfter ungewaschen hinter der Theke gestanden hatte, ohne dass sie es geahnt hatte? »Was darf's sein?«, fragte er und wollte wohl so tun, als wäre alles so wie immer.

Mamma Carlotta war froh, dass die Kaffeemaschine noch immer nicht angestellt war und sie abwinken konnte, ohne eine Erklärung abgeben zu müssen. »Warum haben Sie hier geschlafen?«

Der Plan, so zu tun, als wenn nichts wäre, fiel schlagartig wieder von Tove ab. »Wo sonst?«, blaffte er Mamma Carlotta an. »Etwa in meinem Bett, wo Kriemhild sich rumwälzt, als wollte sie dort bis ans Ende ihrer Tage bleiben?« Er beugte sich über die Theke und kam ihr damit viel zu nahe. »Signora, Sie müssen mir helfen.«

Mamma Carlotta hatte eigentlich auf dem Thekenhocker Platz nehmen wollen, den sie ihren Stammplatz nannte, nun verzichtete sie darauf und trat einen Schritt zurück. »Come? Io? Wie denn?«

»Ich weiß nicht, was ich mir gedacht habe«, begann Tove sehr leise und sehr verlegen. »Ich habe mich wohl von ihren ... na, Sie wissen schon ... überreden lassen.«

Mamma Carlotta starrte ihn fragend an. Was sollte sie schon wissen? Wovon redete er eigentlich? »Come?«

»Verdammich noch eins! Von ihren großen Ohren, was sonst?«

Mamma Carlotta versuchte, sich zu erinnern. Große Ohren? Die waren immer unter Kriemhilds blonden Locken versteckt gewesen. Und wie konnte man einen Mann mit großen Ohren zu etwas überreden? Sie verstand die Welt nicht mehr.

Tove merkte, dass er deutlicher werden musste. »Sie sind doch sonst nicht so schwer von Kapee. Also gut, wenn Sie es nicht anders kapieren – Kriemhilds dicke Titten fand ich sensationell.«

»Und warum reden Sie dann von großen Ohren?«

Tove raufte sich die Haare, und Mamma Carlotta sah den Schuppen nach, die sich daraus lösten und wie feiner Schnee auf die Arbeitsfläche vor ihm rieselten. »Verdammt, das sagt man doch so.«

Das war Mamma Carlotta neu. Aber sie lehnte es ab, darüber zu diskutieren. Sie war lange verheiratet gewesen, sie hatte erwachsene Söhne, sie wusste, wie Männer tickten. Dafür, dass einer glaubte, mit einer Frau mit großer Oberweite glücklicher zu werden als mit einer flachbrüstigen, gab es viele Beispiele in ihrem Dorf. Leider auch viele Beispiele dafür, dass es nach ein paar Jahren auf etwas anderes ankam.

»Und wobei soll ich Ihnen nun helfen?«

Tove war froh, dass sie eine konkrete Frage stellte, auf die er ebenso konkret antworten konnte. »Sie wissen doch, wie eifersüchtig Kriemhild auf Sie ist.«

Ja, das wusste sie. »Darum haben Sie in Ihrer Cucina übernachtet?«

»Ne, deswegen nicht.«

»Warum dann?«

Tove schlug mit der Faust auf die Theke. »Weil Kriemhild mich ins Grab quatschen wird, deshalb. Das ist ja nicht auszuhalten, was die alles zu beanstanden hat. Und ihre Schwester tutet in dasselbe Horn. Weiber!«

»Sie hätten eben neben ihren Namen kein Kreuz machen dürfen.«

»Das weiß ich jetzt auch. Aber wie gesagt ...«

»Ihre großen Ohren, ich weiß.«

Es entstand eine kurze Stille, in der Mamma Carlotta ihre Fingerspitzen auf der Theke spielen ließ und Tove den Gummibund seiner Hose dehnte und wieder zurückschnellen ließ, als wollte er nachsehen, ob die Kuh auf seiner Unterhose noch richtig saß. Dann gab er sich einen Ruck, als wollte er etwas sagen, das ihm schwerfiel, und als hätte er gehofft, dass

Mamma Carlotta erahnte, worum es ihm ging, und ihm das Vortragen seines konkreten Wunsches ersparte.

»Kriemhild würde das sofort glauben.«

»Was?«

»Das ich in Sie ... also, ich meine ... Sie weiß ja, dass ich hinter Ihren Namen auch ein Kreuz gemacht habe.«

Mamma Carlotta starrte ihn an, als wären ihr sämtliche Kenntnisse in der deutschen Sprache abhandengekommen. »Come?«

»Mein Gott, Sie sind heute aber auch begriffsstutzig!« Aber Tove fiel wohl ein, dass er nicht an sein Ziel kommen würde, wenn er seinen Stammgast beschimpfte, wurde ruhiger und bemühte sich um Konzilianz. »Wenn ich Kriemhild jetzt sage, dass ich mich für Sie entschieden habe ...«

»Come?« In Mamma Carlottas Gesicht stand helles Entsetzen. So unübersehbar, dass es Tove schwerfiel, seinen Satz zu vollenden.

»... dann würde Kriemhild bei mir ausziehen, und ich hätte wieder meine Ruhe. Ihre Schwester würde sich dann auch was anderes suchen, ganz sicher.«

Es blieb still in der Imbissstube. So still, wie es sonst nie war, wenn Mamma Carlotta im Raum war. Toves Miene wurde ängstlich. Er sah so aus, als befürchtete er, dass die ungewohnte Schweigsamkeit nur ein Vorbote für einen Ausbruch war, von dem er sich lange nicht erholen würde.

Verblüfft ließ er den Gummibund seiner Hose ein letztes Mal zurückschnellen, als Mamma Carlotta sagte: »D'accordo. Tuttavia ... una mano lava l'altra.«

»Was?«

»Eine Hand wäscht die andere ...«

54

»Und?«, fragte Sören, als sie wieder im Büro angekommen waren. »Hast du die Staatsanwältin schon angerufen und um einen Durchsuchungsbeschluss gebeten? Oder soll ich das tun?«

»Natürlich nicht«, wehrte Erik ab.

»Glaubst du, dass du einen bekommst?« Sören schien Zweifel zu haben.

»Wenn wir das Bild bei Bakker finden, ist er überführt.«

»Dann wäre er nur des Diebstahls überführt. Der Mord an Kruskopp ist damit nicht bewiesen. Schon gar nicht der Mord an Matz Olsson.«

»Wir wissen ja gar nicht, ob der Mörder von Kruskopp auch Matz Olsson auf dem Gewissen hat.«

Erik war froh, dass die Diskussion mit Sören durch einen Telefonanruf unterbrochen wurde. Er nahm das Gespräch an, während Sören in sein eigenes Büro ging. »Hauptkommissar Wolf!«

Am anderen Ende war ein Mann, den Erik nur flüchtig kannte. Professor Klühn wohnte in seiner Nähe, aber dass Erik sofort wusste, um wen es sich handelte, lag daran, dass Peer Mattes in letzter Zeit gelegentlich von ihm gesprochen hatte. Das Dach von Klühns Garage wurde neu gedeckt, und Peer Mattes hatte seine liebe Mühe, diesen Kunden zufriedenzustellen, der nicht einsehen wollte, dass Peer Mattes noch andere Kunden hatte, die auf die Fertigstellung seiner Arbeit warteten.

»Ich habe heute Morgen die Sonntagsausgabe des *Inselblatts* gelesen«, begann Professor Klühn. Er hatte eine junge, dynamische Stimme, dabei wusste Erik, dass er weit über sechzig, wenn nicht schon siebzig Jahre alt war. »Sie haben zurzeit zwei Mordfälle am Hals, da dachte ich, dass Sie vermutlich auch sonntags zu erreichen sind. Aber deswegen rufe ich nicht an. Es geht um diese Bildgeschichte ...«

Erik war alarmiert. »Wissen Sie etwas über das Gemälde?«

»Ich kenne es.« Professor Klühn räusperte sich umständlich, ehe er fortfuhr: »Alf Kruskopp hat es mir gezeigt. Er hatte es in diesem schrecklichen Rahmen gelassen, in dem es steckte, als es ihm zum Kauf angeboten wurde. Manche Leute haben aber auch einen fürchterlichen Geschmack ...«

»Von wem hat er es gekauft?«

Klühns Stimme klang verwundert. »Das weiß ich nicht.«

»Warum hat er es Ihnen gezeigt?«

»Weil ich mich mit Nolde auskenne. Und weil ich Sylter bin. Im Gegensatz zu Alf Kruskopp, der kommt aus Husum.«

Erik verstand nicht. Auch er war Sylter, aber was hatte das mit diesem Bild zu tun?

»Ich kenne die Geschichte, die sich um Emil Nolde rankt.«

»Was für eine Geschichte?«

»Als Emil Nolde auf Sylt war, um hier zu malen, soll er in ein Fischrestaurant eingekehrt sein. Aber er hatte sein Geld vergessen und konnte nicht zahlen. Andere sagen auch, er hatte kein Geld mehr und hätte eigentlich gar nicht essen gehen dürfen, sondern sich mit einem Kanten Brot zu Hause begnügen sollen. Der Wirt hat das wohl gewusst und hat ihm angeboten, das Essen statt mit Geld mit dem Gemälde zu bezahlen, das er in Arbeit hatte. An diesem Bild hatte er tagsüber gemalt, vor dem Haus. Und dem Wirt hat wohl gefallen, was Nolde als Motiv gewählt hatte: sein Elternhaus. Hinter einem Teich, daneben ein Misthaufen. Nicht so bunt, wie Nolde sonst malte, sondern düster, das Haus liegt im Dämmerlicht.« Professor Klühn lachte leise. »Ob die Geschichte stimmt, wusste bisher niemand. Das Bild, mit dem Emil Nolde damals sein Fischgericht bezahlt hat, galt jedenfalls als verschollen. Ich war bisher eher geneigt, anzunehmen, dass sich jemand die Story ausgedacht hat. Aber nun ...« Professor Klühn machte eine wirkungsvolle Pause. »Nun könnte es sein, dass doch alles richtig überliefert wurde. Das Motiv passt, die Tatsache, dass das Bild nicht vollendet ist, auch ...«

Erik unterbrach ihn. »Nicht vollendet?«

»Ja, deswegen hat der Besitzer wohl diesen dicken Rahmen ausgesucht. Man sieht nicht, dass die rechte Seite des Bildes unvollständig ist. Weil Nolde noch nicht fertig war, hatte er das Bild auch noch nicht signiert. Vielleicht wollte er es später auch wieder auslösen.«

»Woher wollen Sie dann wissen, dass es wirklich ein echter Emil Nolde ist?«

Der Professor zögerte. »Ich könnte es nicht beschwören. Möglich auch, dass das Bild von einem Schüler Noldes gemalt wurde. Oder von jemandem, der ihn gut kopiert hat. Aber im Zusammenhang mit dieser Geschichte ... also, ich denke, es würde sich lohnen, das Bild einer sehr genauen Untersuchung zu unterziehen. Es gibt Fachleute, die genau wissen, wie Nolde den Pinsel geführt hat, die seine Maltechnik kennen, die mit seinen Eigenheiten vertraut sind. Die können am Ende genau sagen, ob das Bild von Nolde ist oder nicht. Alf Kruskopp wollte das Bild zu einem solchen Fachmann bringen.«

Erik überlegte. »Wann war das? Wann haben Sie das Gespräch mit Alf Kruskopp geführt?«

»Vorgestern. Gegen Mittag.«

»Telefonisch?«

»Natürlich bin ich anschließend noch zu ihm gefahren. Ich musste das Gemälde ja sehen.«

Erik bedankte sich. »Ach, noch was ... kennen Sie den Mitarbeiter von Kruskopp? Er soll gehörlos sein.«

»Ja, Kuno Schuster.«

»Wissen Sie, wo er wohnt?«

Klühn überlegte nicht lange. »Nein, tut mir leid.«

»War er der einzige Mitarbeiter?«

»Soviel ich weiß, ja. Früher hat auch Kruskopps Frau in der Galerie gearbeitet, aber sie ist vor zwei, drei Jahren gestorben.« Der Professor lachte leise. »Wie ich gehört habe, war Kruskopp wieder auf Brautschau.«

Erik bedankte sich noch einmal. »Sie haben mir sehr geholfen. Für diese Informationen habe ich Ihnen gerne den Dachdecker geliehen.« Er lachte, um zu zeigen, dass er einen Scherz machen wollte. »Peer Mattes war ja Freitag bei Ihnen, statt bei mir zu arbeiten.«

»Oh, das tut mir leid.«

»Nein, nein, er hat gestern die Stunden nachgeholt. Trotz Wochenende.«

Erik bedankte sich noch einmal, dann verabschiedete er sich. Nur kurz dachte er nach, sprang auf und lief zu Sören in dessen Büro. »Komm, wir fahren jetzt in die Galerie.«

Sören sah auf seine Armbanduhr. »Dann müssen wir von Vetterich den Schlüssel holen. Er hat mir vor ein paar Minuten Bescheid gesagt, dass er erst später kommen kann.« Sören verzog das Gesicht und ahmte damit Vetterichs Miene nach, die er aufsetzte, wenn man ihn nicht in Ruhe arbeiten ließ. »Aber am liebsten wäre es ihm, wenn wir erst heute Abend hingehen. Vetterich hat Angst, dass wir ihm irgendwelche Spuren zertrampeln, die er noch nicht gesichert hat.«

»Meinetwegen.« Erik ließ sich auf einen Stuhl sinken, der neben Sörens Schreibtisch stand. »Auf ein paar Stunden kommt es nicht an.«

Sören merkte jetzt, dass sein Chef anders war, aufgeregt, geradezu hochgestimmt. »Mit wem hast du telefoniert?«

»Mit einem Mann, der mir klargemacht hat, dass wir das Bild finden müssen. Es muss noch in der Galerie sein.«

»Okay. Wir wissen ja jetzt, wie es aussieht. Das kann nicht schwierig sein.«

»Kennst du diesen Kuno Schuster eigentlich näher?«

»Nein, nur flüchtig.«

»Dass er gehörlos ist, macht die Sache schwierig. Wie sollen wir ihn befragen?«

»Notfalls schriftlich. Enno muss mal nachsehen, wo er wohnt.«

»Gut. Bis dahin kümmern wir uns um eine Geschichte, die auf Sylt angeblich sehr bekannt ist.« Erik verzog sein Gesicht zu einer kleinen Grimasse. »Ich habe bisher allerdings nie davon gehört. Aber wir sollten herausfinden, wo es auf Sylt um 1930 herum ein Fischrestaurant gab und wem es gehörte …«

55

Sie wollten sich vor der Galerie Kruskopp treffen. Mamma Carlotta musste noch das Bild holen und Tove ein Schild malen, auf dem stehen sollte: *Heute geschlossen.* Den zarten Hinweis, dass er sich noch die Zähne putzen und sich waschen solle, verstand er leider nicht. Möglicherweise traute er sich auch nicht nach Hause, wo er seine Zahnbürste, eine Dusche und frische Kleidung vorgefunden hätte.

Mamma Carlotta machte einen langen Hals zur anderen Straßenseite, als sie die Westerlandstraße entlangging und in Höhe der Einmündung in den Hochkamp ankam. Aber Tove war dort noch nicht zu sehen. Langsam bummelte sie weiter, auf der Höhe der Pizzeria Zanchetti besonders langsam. Dort war noch alles dunkel. Zanchetti öffnete erst später, sonntags früher als sonst, aber selten vor siebzehn Uhr.

Mamma Carlotta sah an der Fassade des Hauses hoch. Sie wusste, dass die Familie Zanchetti in der ersten Etage, über den Gasträumen und der Küche, wohnte. Dort würde auch Mariellas Zimmer sein, in dem Felix sich vermutlich aufhielt. Kein schönes Gefühl, ihren Enkel im Schoß einer fremden Familie zu wissen. Mamma Carlotta hatte große Mühe, damit fertigzuwerden, ohne sich zu ärgern. Und dann noch Carolin, die jetzt womöglich bei den Eltern von Nele und Ella saß und sich von ihnen trösten und helfen ließ. Nur wegen diesem dummen Streit mit ihrem Vater. Trost und Hilfe bekam sie im Elternhaus! Warum suchte sie beides anderswo? Mamma

Carlotta trottete entmutigt weiter, der Stoffbeutel mit dem Bild darin schlug an ihre Knie. Zum Glück war es leichter, seit sie den Rahmen entfernt und weggeworfen hatte.

Es lief einfach alles schief zurzeit. Mit den Kindern, mit Eriks Beziehung zu Tilla, mit den Mordfällen, mit Eriks Ermittlungen, sogar … mit dem Speeddating war es schiefgelaufen. Mamma Carlotta spürte wieder die tiefe Traurigkeit über Alf Kruskopps gewaltsamen Tod und sehnte sich nach der kurzen, verrückten Freude am Unerwarteten zurück, auf das unverhoffte, bisher unbekannte Vergnügen und die Vorfreude darauf. Sie warf einen letzten Blick auf den Eingang der Pizzeria und ging etwas schneller. Vermutlich würde auch das Essen bei den Zanchettis ein Fiasko werden. Während dieses Syltbesuchs ging ja alles schief. Die Pizza würde nicht schmecken, Mariella würde sich als schnippisches Mädchen erweisen, ihre Eltern würden kein Interesse an Felix' Angehörigen haben, und dennoch würde Felix sich mehr zu ihnen hingezogen fühlen als zu seiner eigenen Familie. Die Wolfs würden ihn an die Arbeit in der Pizzeria verlieren und Carolin an eine Freiheit, für die es noch zu früh war. »Molto tragico«, murmelte sie. »Terribile!«

Sie hörte eine Stimme hinter sich. »Signora!«

Tove kam angelaufen, so schnell, wie sie ihn noch nie erlebt hatte. Sonst war ihm jede flotte Bewegung zuwider, jetzt aber sah er regelrecht unternehmungslustig aus. Seine Kleidung war noch dieselbe, in der er in der letzten Nacht auf der Luftmatratze geschlafen hatte, aber er schien irgendwie an ein Aftershave gekommen zu sein. Vielleicht von einem Vertreter, der ihm eine Probe dagelassen hatte? Jedenfalls duftete er aromatisch-würzig nach etwas, das an Weltenbummler erinnerte, wenn man der Werbung glauben durfte oder wollte.

Er warf einen Blick auf den Stoffbeutel in Carlottas Hand. »Warum haben Sie das Bild eigentlich geklaut?«

Mamma Carlotta runzelte verärgert die Stirn. »Das habe ich

Ihnen doch schon erklärt. Mein Schwiegersohn wusste nichts von dem, was ich von Signor Tiensch erfahren hatte. Dass das Bild im Wohnzimmer der alten Frau Olsson gehangen hat. Also konnte ich nicht erwarten, dass Enrico dem Bild besondere Aufmerksamkeit schenkte, er hatte ja keine Ahnung. Und ich musste damit rechnen, dass der Mörder noch im Haus ist.«

»Sie wussten, dass Kruskopp tot ist?«

Mamma Carlotta wehrte ungeduldig ab. Immer diese Genauigkeiten! Friesen waren wirklich manchmal lästig, wenn sie einer Italienerin nicht das Recht des Ausschmückens einräumen wollten. »Immerhin konnte ich mir vorstellen, dass er tot ist. Und dass der Täter das Bild mitnehmen wollte, dass er deswegen Alf Kruskopp umgebracht hat ...« Sie sah atemlos und verlegen auf ihre Fußspitzen, weil ihr dieser Gedanke nun selbst absurd erschien. »Jetzt sucht mein Schwiegersohn es, und ich muss dafür sorgen, dass er es findet.«

»Und deswegen wollen Sie es zurückbringen.«

»Auch deswegen, weil ich ja irgendwann nach Italien zurückfliegen werde. Und was soll dann mit dem Bild geschehen?«

Tove zog ein nachdenkliches Gesicht. »Ja, echt schwierig.«

»Aber allein kann ich es nicht wagen. Es ist möglich, dass Kommissar Vetterich noch mal am Tatort auftaucht.«

»Am Sonntag?«

»Ermittlungsarbeit in einem Mordfall findet auch am Wochenende statt«, antwortete Mamma Carlotta und war mal wieder stolz auf ihre Kenntnisse. »Kommissar Vetterich kennt mich, er darf mich nicht sehen.«

»Aber wie sollen wir da reinkommen? Haben Sie sich das schon überlegt?«

Mamma Carlotta schüttelte unglücklich den Kopf. »Hintenrum vielleicht. Irgendwo wird es eine offene Tür geben.«

Tove war längst nicht so optimistisch. »Die Polizei hat das Haus durchsucht. Die werden doch alles ordentlich abgeschlossen haben.«

Ja, das hatte Mamma Carlotta sich auch schon gesagt. Aber ihre Lebenserfahrung hatte dann jedes Mal dazwischengerufen, dass sich eine Chance oft erst ergab, wenn man den Mut hatte, ein Wagnis einzugehen. »Wir müssen sehen ...«

Sie bogen in die Feldmarkstraße ein, wo alles ruhig war. Ein Paar bummelte auf ein Haus zu, anscheinend Touristen, die von einem Spaziergang zurückkehrten. Aus einem Garten drang Gelächter auf die Straße. Hinter einem Haus saß eine fröhliche Gesellschaft, unterhielt sich, trank Kaffee und aß Kuchen. So, wie es sich nach Carlottas Auffassung für einen Sonntagnachmittag gehörte. Vor der Galerie Kruskopp stand kein Auto, der Verkaufsraum war dunkel, kein Mensch zu sehen. Kommissar Vetterich und seine Leute waren anscheinend nicht mehr bei der Arbeit. Oder hatten sie noch nicht angefangen?

»Vielleicht sind sie schon fertig mit der Spurensuche«, flüsterte Mamma Carlotta und merkte, dass Hoffnung in ihr aufstieg.

»Am besten, wir gehen gleich hinters Haus«, sagte Tove. »Es bringt nichts, an der Klinke der Eingangstür zu rütteln. Die ist garantiert verschlossen, damit würden wir uns nur verdächtig machen. Es könnte ja sein, dass uns jemand sieht.«

Sie gingen zügig, um keinerlei Verdacht zu erregen, an der linken Seite des Hauses vorbei in den Garten. Als sie vor den hinteren Fenstern angekommen waren, atmeten sie auf. Sie waren niemandem aufgefallen von niemandem aufgehalten worden. Tove sah sich mit fachmännischem Blick die Fenster an und betrachtete die hintere Tür. Sie war zwar nicht so stabil wie die Eingangstür, die in die Galerie hineinführte, aber er schüttelte trotzdem den Kopf. »Die kriege ich nicht auf.«

»Vielleicht finden wir Werkzeug?«, meinte Mamma Carlotta und deutete auf ein kleines Gartenhaus. »Dort könnte so was lagern. Un piede di porco …«

»Was soll das sein?«, knurrte Tove.

»Ein Brecheisen!«

»Mensch, Signora! Wenn ich dabei erwischt werde, bin ich dran.«

»E le finestre?«

»Fenster einschlagen? Ne, Signora! Das können Sie nicht von mir verlangen. Das ist schwerer Einbruch. So was kann ich mir nicht leisten.«

Ihr Blick ging wieder zu dem Gartenhäuschen. »Dann müssen wir das Bild dort ablegen. Aber ob es dann jemand entdeckt?«

»Vielleicht findet sich irgendwo ein Schlitz, wo wir es durchstecken können.« Tove fing an, sämtliche Fensteröffnungen zu untersuchen.

In diesem Augenblick ertönten Schritte. Erst auf dem Bürgersteig vor dem Haus, dann auf dem plattierten Weg, der am Haus vorbei in den Garten führte. Mamma Carlotta erstarrte, Tove fuhr entsetzt herum. Dann hatten beide im selben Moment dieselbe Idee. Ohne etwas zu sagen, stürmten sie auf das Gartenhaus zu. Für Mamma Carlotta reichte die Zeit noch, ein Stoßgebet an ihren Dorfheiligen zu richten, dass das Holzhäuschen nicht verschlossen sein möge, dann stellte sie schon fest, dass ihr Gebet erhört worden war. Die Tür war offen und das Häuschen groß genug für sie beide. Tove, der hinter Mamma Carlotta hineingesprungen war, zog die Tür nur so weit wie möglich heran. Sie zu schließen wäre zu auffällig gewesen. Das Schloss war rostig, die Türklinke quietschte. Atemlos starrten sie einander an, Mamma Carlotta sah in Toves Augen die gleiche Angst, die auch in ihren stehen musste. Was in Toves Blick jedoch fehlte, war das Missbehagen, das diese körperliche Nähe in Carlotta auslöste. Das Aftershave, das Tove benutzt hatte, machte zwar manches erträglicher, aber dass sie sich hier aneinanderdrängen mussten, um hineinzupassen, war trotzdem nur schwer auszuhalten für sie. Hätte sie nie erfahren, dass Tove ein Kreuz hinter ihren Namen gemacht hatte, wäre es auf jeden Fall einfacher gewesen ...

Die beiden winzigen Fenster, eins in der Tür, eins an der Seite, waren voller Spinnweben und schon lange nicht mehr geputzt worden. Dennoch sahen sie einen jungen Mann ums Haus herumkommen.

»Das ist Kuno Schuster«, flüsterte Tove. »Den kenne ich.«

Zielsicher ging Alf Kruskopps einziger Mitarbeiter auf einen großen Blumentopf zu, in dem keine Pflanze stand. Er hob ihn kurz an und hielt schon im nächsten Augenblick einen Schlüssel in der Hand. Mamma Carlotta stöhnte leise auf. Darauf hätte sie auch kommen können! Der typische Ort, um einen Schlüssel zu verstecken, den niemand finden sollte. Aber auch genau der Ort, an dem jeder suchte, der schon selbst einmal seinen Schlüssel versteckt hatte.

Der junge Mann war Anfang zwanzig, ein unauffälliger Typ, klein und schmächtig, in geduckter Haltung, als wollte er sich noch kleiner machen, als er sowieso war. Er trug die Haare halblang, als hätte er kein Geld für einen Friseurbesuch, und strich sie mit der linken Hand hinters Ohr, während er mit der rechten den Schlüssel ins Schloss steckte.

Tove öffnete zu Mamma Carlottas Entsetzen die Tür des Gartenhäuschens. Sie knarrte laut, aber der junge Mann reagierte merkwürdigerweise nicht. »Kuno ist gehörlos«, sagte Tove. »Taubstumm.« Er wartete, bis er verschwunden war, dann trat er aus dem Gartenhaus. »Der arbeitet schon lange bei Alf Kruskopp. Kuno ist froh, dass er hier Arbeit gefunden hat. Er macht die Rahmungen, das kann er sehr gut.«

Mamma Carlotta brauchte eine Weile, um das Glück zu begreifen, das ihnen widerfuhr. Da war er wieder, der Beweis, dass man etwas wagen musste, um Erfolg zu haben. Manches, was unmöglich schien, wurde im Augenblick, in dem man es wagte, dennoch möglich.

Trotzdem bewegte sie sich vorsichtshalber sehr leise, während Tove mit festen Schritten auf die Tür zuging, durch die Kuno Schuster ins Haus gegangen war. Der Schlüssel steckte noch draußen im Schloss.

»Wir müssen nur darauf achten, dass er uns nicht sieht«, sagte Tove.

Mamma Carlotta hielt ihn zurück. »Was will er hier? Es ist Sonntag.«

Tove zuckte nur die Achseln. »Kuno kann kommen und gehen, wie und wann er will, das weiß ich von seinem Vater. Der isst manchmal eine Bratwurst bei mir. Und er ist heilfroh, dass Kuno diese Arbeit hat.« Über sein Gesicht ging ein kurzer Schatten des Bedauerns. »Nun wird er sie wohl verlieren.« Er öffnete die Tür und blickte vorsichtig in den Raum. Dann winkte er Mamma Carlotta, ihm zu folgen. »Kann sein«, sagte er, »dass Kuno noch gar nicht mitbekommen hat, was hier passiert ist. Im Radio kann er es nicht hören, was die Leute sich erzählen, bekommt er auch nicht mit, und ob er schon Zeitung gelesen hat, weiß ich nicht.« Tove nahm Mamma Carlotta den Stoffbeutel aus der Hand, als wollte er sich wie ein Kavalier benehmen, der einer Frau die schwerste Arbeit abnahm. »Wo sollen wir das Bild ablegen?«

Mamma Carlotta schluckte die Wehmut herunter, die sie befiel, als sie den kleinen runden Tisch sah, den Alf Kruskopp so liebevoll gedeckt hatte, als er sie erwartete. Tapfer wies sie auf den rechteckigen Tisch, der neben der Tür stand, die in den Verkaufsraum führte. »Dort hat es gestanden, an die Wand gelehnt.«

Tove machte einen Schritt auf den Tisch zu, wollte das Bild aus dem Stoffbeutel nehmen ... da kamen Geräusche aus dem Verkaufsraum. Die Ladentür öffnete sich, Stimmen waren zu hören, schon im nächsten Augenblick öffnete sich die Tür.

Wer eintreten wollte, war nicht zu erkennen, denn er blieb stehen und drehte sich um. »Lass die Tür offen, Dennis«, hörte Mamma Carlotta ihn sagen. »Vetterich kommt jeden Moment.«

Mamma Carlottas Erinnerungen an den Tag, an dem zwei Räume weiter Alf Kruskopp das Opfer eines feigen Mordanschlags wurde, schossen in die Höhe. Sie dachte nicht lange nach, sondern tat genau das, was sie auch getan hatte, als sie annehmen musste, dass der Mörder eintreten würde. Sie sprang hinter den Paravent, wo noch die beiden Eimer standen, und stieg hinein. Gerade noch konnte sie den Paravent zurechtrücken, damit er sie voll und ganz verdeckte, und sah durch die schmalen Spalten des Bambusgeflechts Tove wie erstarrt vor dem Tisch stehen. Nun fuhr er herum, machte zwei Schritte nach links, dann nach rechts, wusste nicht, wohin er fliehen sollte, und blieb schließlich stehen, gottergeben, als wollte er sich in sein Schicksal fügen.

Als der Spurenfahnder eintrat, sah er ihm entgegen wie ein Kaninchen einer Schlange, und Mamma Carlotta schloss die Augen, damit sie nicht sehen musste, was nun geschah ...

56

Sören stieß die Tür zu Eriks Büro auf, sodass dieser sofort merkte, dass sein Mitarbeiter auf etwas gestoßen war, das zu den schönsten Hoffnungen berechtigte. Sören war selten außer sich, weder vor Freude noch vor Wut, genauso selten wie Erik. Beide waren Friesen, die sich freuen und auch ärgern konnten, ohne es sich anmerken zu lassen. Das war in diesem Fall anders. Sören ließ sich anmerken, dass er sich freute. Sogar sehr deutlich.

»Ich hab's«, sagte er und ließ sich Erik gegenüber nieder.

»Was?«

»Das Fischrestaurant, das es 1930 auf Sylt gab.«

»Das, in dem Emil Nolde gegessen hat?«

»Sieht so aus.«

»Es gab vermutlich nicht nur ein einziges Fischrestaurant auf Sylt.«

»Aber das Restaurant, das ich gefunden habe, hieß Haus Bakker.«

Erik wurde nun deutlich interessierter. »In Westerland?«

»Nein, in Kampen.«

»Wo hat Nolde gewohnt, wenn er auf Sylt war?«

»In Kampen.«

»Haus Bakker«, wiederholte Erik langsam. »Das muss es sein. Ein Vorfahre von Matz Olsson muss es geführt haben. Sein Großvater mütterlicherseits? Die alte Olsson war eine geborene Bakker.«

Sören blickte auf seine Aufzeichnungen. »Sieht so aus. Das Restaurant wurde 1927 gegründet, von einem gewissen Boy Bakker, Jahrgang 1898. Er wurde erst mit vierzig Jahren Vater, Auguste Bakker wurde 1938 geboren, Matz' Mutter. Da gab es das Fischrestaurant schon nicht mehr. Was sie geerbt hat, wissen wir nicht, aber vermutlich das Bild, das im Fischrestaurant hing. Auguste Bakker heiratete Anfang der Siebzigerjahre Matz' Vater und brachte 1976 ihr einziges Kind zur Welt. Da war sie schon Ende dreißig.«

»Das Bild muss also ein echter Emil Nolde sein. Wer wusste das?«

»Matz' Mutter, vermute ich.«

»Matz Olsson selbst auch?«

Sören zuckte mit den Schultern. »Eigentlich kann ich mir nicht vorstellen, dass man ein Bild von einem solchen Wert einfach über den Esstisch hängt, ohne es zu sichern.«

Die beiden schwiegen, bis Erik sagte: »Wie kam das Bild in die Galerie Kruskopp?«

»Dagmar Olsson hat es wohl auf dem Flohmarkt verkauft.«

»Aber nicht an Kruskopp.«

»Doch die beiden Morde müssen etwas mit dem Bild zu tun

haben. Erst Matz Olsson, der Erbe des Bildes, und dann Alf Kruskopp, der es in der Galerie hängen hatte.« Erik sah Sören an. »Hat es eigentlich noch weitere Aussagen gegeben? Ist Peer Mattes der Einzige, der Matz Olsson mit einer Frau in der Heide gesehen hat?«

»Scheint so.«

»Und die Autos auf dem Parkplatz? Hat es da nichts Neues gegeben?«

Sören zuckte mit den Schultern. »Enno und Rudi hätten uns Bescheid gesagt. Bis gestern war nichts Interessantes darunter. Einige haben einen grauen Lieferwagen gesehen, zwei oder drei einen weißen Golf, einer sogar einen Porsche, dunkelbraun. Kein Wagen, der den Kiewels gehören könnte. Auch das Auto von Matz Olsson ist nicht gesehen worden.«

Sören sah auf die Uhr. »Wir sollten zur Galerie Kruskopp fahren. Ich will das Bild jetzt sehen. Und wenn Vetterich noch so laut meckert, dass wir ihm die Spuren zertrampeln.«

57

Mamma Carlotta merkte, dass sie im Rhythmus von Toves Worten zitterte. Er haspelte unglaubhafte Entschuldigungen hervor, und ihr Körper bebte, er zögerte, suchte nach weiteren Entschuldigungen, und sie verfiel in eine körperliche und seelische Starre. Madonna, so hatte sie schon einmal hier gestanden, während zwei Räume weiter Alf Kruskopp sein Leben lassen musste. Damals war sie davongekommen. Aber diesmal?

»Was wollen Sie hier nun eigentlich?«, fragte der Spurenfahnder noch einmal, der diese Frage schon zweimal gestellt hatte.

»Ich hatte was mit Kuno Schuster zu bereden«, erklärte Tove Griess, dem nun offenbar eine Idee gekommen war, wie er sich aus dieser Situation herauswinden konnte. Er wurde sicherer und ruhiger, und Mamma Carlotta ging es genauso. Je fester Toves Stimme wurde, desto optimistischer wurde sie selbst. Aber ihre missliche Lage konnte sie dennoch nicht vergessen. Sie musste bewegungslos dastehen, durfte sich nicht rühren, sich nicht zeigen, musste ihre Füße ruhig halten und konnte nur hoffen, dass sie es aushalten würde, bis die Luft rein war. Hoffentlich schaute niemand hinter den Paravent.

»Ich hatte ihn zufällig gesehen«, redete Tove weiter, während zwei Kollegen des Spurenfahnders im Hintergrund vorbeigingen, um die Werkstatt zu betreten. Mamma Carlotta konnte durch die durchlässigen Wände des Paravents ihre Bewegungen erkennen. »Und da habe ich gedacht ...«

Nun trat auch Vetterich hinzu, und Mamma Carlottas Nervosität steigerte sich erneut beträchtlich. Vetterich würde sie sofort erkennen, wenn er sie sah! Auf keinen Fall durfte er sie entdecken. »Es kann nicht sein, dass Sie hier einfach herumlaufen«, sagte er streng zu Tove. »Das ist ein Tatort. Wir müssen Spuren sichern.«

Tove Griess tat sehr überrascht, und Mamma Carlotta fand, dass er seine Rolle ziemlich gut spielte. »Du lieber Himmel, das wusste ich ja nicht. Ich wollte nur schnell Kuno was fragen ...«

Einer der Spurenfahnder kam zurück. »Mit dem Mann kann man gar nicht reden. Der scheint gehörlos zu sein.«

»Ja, ja«, rief Tove, »den müssen Sie kennen, sonst versteht er Sie nicht. Am besten, Sie schreiben Ihre Fragen auf.«

Durch die Ritzen des Bambusgeflechts sah Mamma Carlotta, dass Tove Griess sich unauffällig dem Tisch näherte, auf dem er das Bild ablegen wollte.

»Ich glaube«, sagte der Spurenfahnder, der Kuno Schuster angetroffen hatte, »der weiß gar nichts von dem Mord.«

»Kein Wunder«, meinte Tove und machte einen weiteren Schritt auf den Tisch zu. »Wenn er keine Zeitung gelesen hat, kann er ja nichts wissen. Radio kann er nicht hören, und erzählen kann ihm niemand was.«

Tove bekam jetzt weniger Aufmerksamkeit von den beiden Mitarbeitern der Kriminaltechnischen Untersuchungsstelle. »Dann schreib mal auf einen Zettel«, sagte Vetterich, »dass er hier verschwinden muss. Was macht der überhaupt am Sonntag hier?«

Tove legte nun den Beutel mit dem Bild unauffällig auf den Tisch. »Kuno ist so was wie ein freier Mitarbeiter, der kann kommen und gehen, wie und wann er will«, erklärte er dem Chef der KTU, und Mamma Carlotta fragte sich, ob das stimmte oder ob Tove sich seine Informationen aus den Fingern sog.

Jedenfalls hatte er damit Erfolg. Kommissar Vetterich ließ sich von Tove versprechen, dass er auf der Stelle die Galerie verlassen würde, und folgte seinen Mitarbeitern in den Lagerraum, wo Kuno Schuster sich aufhielt. Vermutlich wollte er einen Rahmen herstellen, suchte dort nach Material und war jetzt total konsterniert, weil die Polizei neben ihm erschien.

Nur wenige Augenblicke später rüttelte Tove am Paravent. »Schnell! Sie sind alle weg! Raus hier!«

Mamma Carlotta stieg eilig aus den Eimern, erschrak über das scharrende Geräusch, das sie verursacht hatte, zögerte aber nicht, Tove zur Tür zu folgen.

Sie war gerade hindurchgehuscht und fragte sich, wie sie zur Straße kommen sollte, ohne von drinnen gesehen zu werden, da hörte sie die Stimme von Kommissar Vetterich: »He, Sie da! Kommen Sie noch mal zurück!«

Mamma Carlotta floh hinter eine große Wassertonne, während Tove sich zwingen musste, stehen zu bleiben und so zu tun, als hätte er ein reines Gewissen. »Ja, was ist denn noch?«

»Sie haben was vergessen!«

Mamma Carlotta schaute hinter der Wassertonne hervor

und sah Toves Gesicht, entgeistert, verzweifelt, unsicher, perplex. Dio mio! Was wollte Kommissar Vetterich von ihm?

»Hier! Ihr Einkaufsbeutel! Den haben Sie vergessen.«

Mamma Carlotta sah den Arm von Kommissar Vetterich, der Tove den Stoffbeutel reichte, in dem das Bild war, das unbedingt in die Galerie zurückgebracht werden sollte.

»Nun nehmen Sie schon! Und dann verziehen Sie sich besser.«

Tove blieb nichts anderes übrig, als den Beutel wieder an sich zu nehmen. Er drehte sich um, warf Mamma Carlotta einen fragenden Blick zu und hob dann die Schultern. Mit einer Geste seiner rechten Hand machte er ihr klar, dass er nun an den Fenstern vorbeigehen werde, um zur Straße zu kommen.

»Halt!!!«, ertönte es da aus dem Haus. Nicht Vetterichs Stimme schrie, sondern die von einem seiner Mitarbeiter. »Stopp!«

Mamma Carlotta sah, dass Tove drauf und dran war, die Flucht zu ergreifen. Aber im letzten Moment sah er ein, dass er sich damit verdächtig gemacht hätte. Er musste sich mit aller Gewalt zwingen, stehen zu bleiben und ein harmloses Gesicht zu ziehen. Was wollte man von ihm? Mamma Carlotta zog sich schleunigst wieder hinter die Wassertonne zurück.

Dann ertönte ein Schrei. »Die weiße Spur! Wie kommt die denn hierher?«

Mamma Carlottas Kopf schnellte hervor. »Madonna!« Die Spur führte zu ihrem Versteck. Jetzt nichts wie weg. Durchs Gras, wo sie keine Spuren hinterlassen würde! Über den Zaun in einen Nachbargarten, egal, ob man sie dort erwischen würde oder nicht. Nur weg! Weg!

Sie hörte Tove sagen. »Die Spur war eben schon da.«

»Ehrlich?«

Sie merkte gleich, dass es Tove gelungen war, den Mann zu verunsichern. Er machte das wirklich gut. Enorm, wozu er fähig war, wenn als Aussicht winkte, dass Kriemhild die Finger von ihm ließ.

Mamma Carlotta fuhr in die Höhe, brauchte ein paar Sekunden, um ihre Knie von dem Schmerz der schnellen Bewegung zu befreien, dann rannte sie los, stolperte über einen heruntergefallenen Ast, lief über ein ungepflegtes Stück Rasen, auf einen Zaun zu, der schadhaft und niedergedrückt war. Als sie ihn noch weiter herunterdrückte, gab er bereitwillig nach, sodass sie ihren Rock heben und darübersteigen konnte.

Aber schon hörte sie Schritte. Entsetzt warf sie sich ins Gras und hoffte, dass ihr buntes Kleid nicht zu sehen sein würde. Ein Geräusch verriet ihr, dass jemand die Wassertonne berührte. Sie waren also der weißen Spur gefolgt, konnten dort aber nicht erkennen, wo sie sich fortsetzte. Jedenfalls hoffte Mamma Carlotta es inständig.

Tove behauptete weiterhin, die Spur sei schon da gewesen, als er das Haus betreten habe, und schien sich dann gegen ein Ansinnen zur Wehr zu setzen. »Ich? Gucken Sie sich doch mal meine Quadratlatschen an. Glauben Sie wirklich, ich hätte diese Spur hinterlassen? Und sind meine Schuhsohlen sauber oder nicht?«

Es war offenbar leicht, die Mitarbeiter der KTU von seiner Unschuld zu überzeugen. Mamma Carlotta hörte noch längeres Beratschlagen, dann verschwanden die Stimmen im Haus und waren nicht mehr zu hören.

Mamma Carlotta erhob sich schwerfällig und klopfte sich das Kleid ab. »Dio mio!« Was, wenn man sie erwischt hätte! Gerade wollte sie zufrieden aufseufzen, da fiel ihr das Bild ein, das noch in dem Stoffbeutel steckte, den Tove nach wie vor mit sich führte. »Madonna!« Alles umsonst?

58

Als die Galerie in Sicht kam, meinte Sören: »Aha, Vetterich ist da.«

»Hoffentlich lässt er uns rein«, sagte Erik, als er ausstieg.

Das schien Vetterich sich tatsächlich gründlich überlegen zu wollen. »Muss das sein?«, maulte er.

»Wir müssen ein Gemälde finden«, erklärte Erik. »Das ist wichtig.«

»Also gut.« Vetterich öffnete die Eingangstür der Galerie ein Stück weiter. »Mit den Fußböden sind wir durch. Abgesehen von einer frischen Spur in diesem Raum.« Er öffnete die Tür des folgenden Zimmers, in dem es einen kleinen Schreibtisch, einen Tisch mit ein paar kleinen Sesseln und im hinteren Bereich einen Paravent gab, der ein paar Eimer und Gerätschaften verstecken sollte. »Sehen Sie sich das an.« Vetterich zeigte auf die weißen Schuhspuren, die hinter dem Paravent ihren Anfang genommen hatten. »Da muss heute jemand gestanden haben. So wie an dem Tag des Mordes.«

»Was?« Erik betrachtete die Spur entgeistert. »Das kann doch nicht sein. Das Haus war abgeschlossen. Und warum sollte jemand …?«

Vetterich unterbrach ihn. »Wir haben einen Mann angetroffen. Im Lager.« Er zeigte auf einen jungen Mann, den Erik noch nie gesehen hatte, der an der Werkstatttür stand und hilflos von einem zum anderen blickte. »Die Verständigung ist schwierig. Er ist gehörlos.«

Sören ging ein Licht auf. »Das ist Kuno Schuster. Wir sprachen ja schon von ihm.«

»Wir haben uns schriftlich verständigt«, erklärte Vetterich. »Er hat uns mitgeteilt, dass er hinter dem Haus einen Schlüssel versteckt hat, damit er jederzeit in die Galerie kommt. Das sei mit Alf Kruskopp so abgesprochen gewesen. Er hatte bis jetzt keine Ahnung, dass sein Chef ermordet worden ist.«

Erik fragte Vetterich leise. »Passt die Schuhgröße?«

Aber Vetterich hatte sich längst Gedanken gemacht. »Nein.

Er ist zwar klein und schmächtig, hat aber Schuhgröße 42. Diese Spur«, er zeigte auf die weißen Fußtritte, »hat Größe 39. Wir haben das mittlerweile geprüft.«

Erik und Sören beugten sich zu der Spur hinab. Es gab keinen Zweifel. Über die Spur, die am Tag des Mordes hier entstanden war, hatte sich eine neue gelegt, eine frische, die noch feucht war. »Von denselben Schuhen«, stellte Sören fest.

Erik ging zur Tür und sah hinaus. »Diesmal führt sie nicht nach links.« Er trat hinaus, folgte der Spur nach rechts und blieb neben einer großen Wassertonne stehen. »Hier endet sie.«

Vetterich war ihm gefolgt. »Wer immer diese Spur hinterlassen hat, ist durch die Gärten geflüchtet. Ein paar Hinweise haben wir gefunden.« Er zeigte zu dem Zaun des Nachbargartens. »Aber dort verliert sie sich.«

Erik drehte sich um und betrachtete die Spur. »Größe 39! Vermutlich also eine Frau«, sagte er leise. »Die Mörderin? Wenn ja, warum ist sie zurückgekommen?«

Vetterich antwortete: »Die Spur ist nicht älter als eine Stunde.«

»Wie ist die Frau hier reingekommen?«

»Vermutlich mit Kuno Schuster. Oder kurz nach ihm. Er hat die Tür offen gelassen.«

»Und hat natürlich nicht gehört, dass ihm jemand gefolgt ist.«

»Aber was wollte die Mörderin hier? Und ist es Zufall, dass sie hier ankommt, als Kuno Schuster in die Galerie geht? Oder kennt sie ihn? Ist sie ihm gefolgt? Oder ...?« Erik wandte sich entgeistert an Vetterich. »Oder ist Kuno Schuster verdächtig?«

Sören hatte sich hinzugesellt. »Das glaube ich nicht. Kuno Schuster ist ein ganz harmloser Typ. Der war glücklich, als er einen Job bekam. Und seine Schuhgröße passt ja auch nicht.««

»Dann gibt es nur eine Erklärung«, sagte Erik sehr langsam. »Die Mörderin wollte das, was wir auch wollen: das Bild.«

»Oder der Mörder! Ein zierlicher Mann mit kleinen Füßen.«

»Ja, auch möglich«, räumte Erik. »Du hast recht, es muss nicht unbedingt eine Frau sein.«

»Wenn es wirklich um das Bild ging, warum hat sie es nicht direkt nach dem Mord mitgenommen?«

»Vielleicht hat sie es nicht gefunden. Oder sie wurde gestört und musste fliehen.«

»Und ist nun zurückgekommen, um es sich zu holen?«

»Wenn wir es nicht finden, hat sie Erfolg gehabt.« Erik ging tatendurstig ins Haus zurück. Beruhigend sagte er zu Vetterich: »Keine Sorge, wir gehen sehr behutsam vor.« Er ließ sich von Vetterich Schutzhandschuhe aushändigen. Dann ging er an der Wand entlang, nahm hier ein Gemälde hoch und schaute dort hinter ein anderes, weil viele Bilder hintereinander an die Wand gelehnt worden waren.

»Ach, übrigens ...« Vetterich fiel noch etwas ein. »Da war noch jemand. Ein Mann. Ich kannte ihn nicht, der ist aber wohl harmlos. Er war Kuno Schuster nachgegangen, weil er irgendwas mit ihm bereden wollte.« Vetterich zeigte auf die Spur und grinste. »Seine Füße hätten auf keinen Fall in diese Spur gepasst.«

»Und den kannte keiner?« Erik wurde unruhig.

»Doch! Ewald kennt ihn. Der Wirt einer Kneipe in Wenningstedt. Käptens Kajüte.«

»Tove Griess?«

Vetterich blickte auf seinen Notizzettel. »Ja, stimmt.«

»Was wollte er?«

»Sage ich doch. Irgendwas mit Kuno besprechen. Der hilft wohl gelegentlich bei ihm aus. Er hatte ihn zufällig gesehen und ist ihm nach.«

»Kam er Ihnen verdächtig vor?«

Vetterich wurde prompt ärgerlich. »Ich bin nicht der Ermittler, ich bin nur für die Spuren zuständig.«

Erik wandte sich an Sören. »Kornelia Loohse? Wir hatten ja den Verdacht, dass sie Kruskopp heimlich beobachtet hat, als er sich mit einer anderen Frau hier traf.«

Sören nickte geistesabwesend. »Vielleicht hat diese Spur gar nichts mit den Morden zu tun?«

Erik war empört. »Warum sonst sollte sich jemand in diese Eimer stellen? Natürlich, um nicht gesehen zu werden. Und warum will jemand nicht gesehen werden? Weil er oder sie was auf dem Kerbholz hat!«

»Aber es muss nicht unbedingt Mord sein.«

»Was dann?«

»Diebstahl vielleicht«, kam es zögernd von Sören.

Erik dachte kurz nach. »Ja, das könnte sein. Wir sollten Kuno Schuster fragen, ob etwas fehlt.«

Der junge Mann streckte ihnen einen Block hin, den er offenbar immer mit sich führte. Dort notierte Erik seine Frage: *Fehlt ein Gemälde?*

Kuno Schuster wies mit wichtiger Miene hinter sich und machte abwehrende Handbewegungen. In der Werkstatt und im Lager wurden keine Bilder aufbewahrt, das machte er deutlich. Er ging mit ihnen vom Lager durch die Werkstatt in den großen Raum. Hier bewahrte Alf Kruskopp eine Reihe von Bildern auf, die nicht in den Verkaufsraum gelangt waren. Warum nicht? Erik war es zu umständlich, Kuno Schuster diese Frage aufzuschreiben. Vielleicht mussten sie noch restauriert oder gerahmt werden, vielleicht hatten sie im Schauraum einfach keinen Platz gefunden.

Kuno Schuster schüttelte unentwegt den Kopf. Augenscheinlich vermisste er nichts. Nur im Verkaufsraum brauchte er nicht lange nachzudenken und zeigte auf den weißen Fleck an der Wand, der auch Kornelia Loohse aufgefallen war. Was er von sich gab, konnte »Da!« heißen.

Erik schrieb ihm auf: Friesenhaus im Dämmerlicht, davor ein Teich, daneben ein Misthaufen?

Kuno Schuster nickte eifrig.

Erik schrieb: vielleicht verkauft worden?

Kuno Schuster zuckte mit den Schultern. Das wusste er offenbar nicht, schien es aber nicht für ausgeschlossen zu halten.

Erik bedankte sich mit deutlichen Gesten, Kuno verstand ihn und lächelte freundlich. Er verabschiedete sich mit einem Winken und ging ins Lager zurück. Erik und Sören riefen einen Abschiedsgruß in die hinteren Räume, den Vetterich mit einem Knurren beantwortete.

»Satz mit X«, sagte Sören, als sie wieder neben dem Auto standen. »War wohl nix.«

Erik stieg ein und ließ den Motor an. »Das Bild ist weg. Professor Klühn hat also recht, es muss ein echter Emil Nolde gewesen sein. Alf Kruse ist wegen dieses Bildes umgebracht worden.«

»Und Matz Olsson?«

Erik zögerte, ehe er antwortete: »Der vermutlich auch.«

»Tove Griess?«, fragte Sören, schüttelte aber gleich den Kopf.

»Wir fahren trotzdem mal zu ihm«, beschloss Erik. »Vielleicht hat er was gesehen.«

59

Mamma Carlotta schaute immer wieder auf ihre Schuhe, blieb, sooft sich die Gelegenheit bot, sich an einem Laternenpfahl oder einem Gartenzaun festzuhalten, stehen, um ihre Sohlen zu begutachten. Dass Tove ihre jedes Mal die Hand hinhielt, um sie zu stützen, übersah sie. Gelegentlich blickte sie auch hinter sich, um zu kontrollieren, ob sie eine sichtbare Spur hinter sich herzog. Aber diesmal war sie gründlicher vorgegangen. Als sie zu Tove gestoßen war, hatte sie sich erst mal auf ein Mäuerchen gesetzt, ihre Schuhe ausgezogen und sie einer gründlichen Reinigung unterzogen.

Tove war, nachdem er den vielen Fragen Kommissar Vetterichs entkommen war, die Feldmarkstraße heruntergegangen, möglichst langsam, um sich nicht verdächtig zu machen, und hatte auf der Westerlandstraße auf sie gewartet. Als Mamma Carlotta endlich aufgetaucht war, hatte er sie angefahren: »Wo bleiben Sie denn so lange?«

Mamma Carlotta hatte sich prustend auf einem Friesenwall niedergelassen, der neu angelegt worden war, dem noch die Heckenrosen fehlten. »Madonna!« Sie war fix und fertig. Immer wieder hatte sie sich verstecken müssen, wenn sich in einem Nachbargarten jemand zeigte, der die frische Luft und die Sonne genießen wollte. Einmal hatte sie sich sogar hinter einen Komposthaufen kauern und Auge in Auge mit ein paar Schnecken, Borstenwürmern und Tausendfüßlern darauf warten müssen, dass ein altes Ehepaar, das sich am Rande der Terrasse unterhielt, endlich einig wurde. Sie stritten darüber, ob sich die Anschaffung von neuen Gartenliegen noch lohne oder ob die, die sie seit dreißig Jahren besaßen, noch bis zu ihrem Lebensende halten würden. Woraufhin eine Diskussion darüber entstanden war, wie hoch ihre Lebenserwartungen einzuschätzen seien. Der Ehemann hielt es mit der Statistik und erwartete, dass er mindestens 78,5 Jahre alt werden würde, musste sich daraufhin von seiner Frau die Frage gefallen lassen, ob er etwa von ihr verlangte, die Zeit der zu erwartenden Witwenschaft auf abgenutzten Gartenliegen zu verbringen. Sie als Frau habe schließlich die statistische Erwartung, 83 Jahre alt zu werden. Der Ehemann hatte deutlich gemacht, wie egal ihm das war, ihn interessierte nur die Zeit bis zu seinem 78. Geburtstag. Und Mamma Carlotta hatte schon befürchtet, dass aus der Diskussion ein handfester Streit werden könnte, der sich länger hinzog. So war es auch, aber zum Glück wurde den beiden kalt, und sie gingen für die Klärung dieser Angelegenheit in ihr Wohnzimmer zurück und gaben Carlotta somit die Möglichkeit, unbemerkt in den nächsten Garten zu wechseln.

Dort aber hatte sie noch größeres Pech und sogar warten müssen, bis ein Liebespaar mit dem fertig war, was sie Tove unmöglich erzählen konnte. Über so was redete man nicht! Außerdem gab es dafür keine Worte, die sie aussprechen konnte, ohne rot zu werden, und deutsche Vokabeln, die so was freundlich umschrieben, kannte sie nicht. Zum Glück hatten die beiden nicht viel Zeit gehabt, anscheinend hatte jeder zu Hause einen Partner, der auf ihn wartete. Mamma Carlotta hatte hinter einem dicken Baumstamm auf das letzte Stöhnen des Mannes warten müssen und dann auf die hektischen Worte der Frau, die auf der Stelle in ihren eigenen Garten zurückwollte, weil ihr Mann womöglich schon nach ihr Ausschau hielt.

Noch zwei, drei Gärten hatte sie überwinden müssen, zum Glück jedes Mal wackelige Zäune, die sich leicht niederdrücken ließen, einen Holzzaun, der zum Glück ein Tor hatte, wenn es auch lange nicht benutzt worden war und sich nur schwer öffnen ließ, und dann einen letzten Zaun, der schon an einer Stelle niedergetreten war, als wären an dieser Stelle öfter Menschen geflüchtet. Vielleicht Obstdiebe, denn hier gab es einen Pflaumenbaum, der so aussah, als hätte er schon für viel Pflaumenmus und Pflaumenkuchen gesorgt.

Aufatmend stand Mamma Carlotta schließlich wieder auf der Westerlandstraße. Mit Grasbüscheln, die unter einem Jägerzaun hervorguckten, hatten sie dann zusammen mit Tove ihre Schuhe gesäubert. Währenddessen hatte sie geklagt und gejammert, sich gefragt, wie Kommissar Vetterich auf die neue weiße Spur reagieren würde, ob er sie Erik zeigen würde, ob dieser dann völlig falsche Schlüsse ziehen und damit in seiner Ermittlungsarbeit erneut einen Rückschlag erleiden würde, und was nun mit dem Bild geschehen sollte, das noch immer in dem Stoffbeutel steckte und von Tove ärgerlich hin und her geschwenkt wurde.

»Madonna! Es geht wirklich alles schief!«

»Was sollte ich machen?«, fragte er jedes Mal und von Mal zu Mal wütender.

Darauf hatte Mamma Carlotta keine Antwort. Sie versicherte, dass sie ihm keine Vorwürfe machen wolle, erging sich aber gleich wieder in tausend Fragen, auf die sie selbst und Tove erst recht keine Antworten hatte. Er interessierte sich sowieso in erster Linie dafür, ob er ins Kreuzfeuer der Polizei geraten sein könnte. Wenn der Hauptkommissar versuchen sollte, mit Kuno Schuster zu kommunizieren, würde er vielleicht herausbekommen, dass die beiden noch nie persönlichen Kontakt gehabt hatten. Und dann würde Tove vermutlich in null Komma nichts als Dieb eines teuren Gemäldes dastehen oder, wenn es ganz dumm kam, sogar als Mörder. Tove wusste, dass Hauptkommissar Erik Wolf ihm alles Schlechte zutraute.

Erwartungsgemäß wies Mamma Carlotta diesen Verdacht von ihrem Schwiegersohn, der selbstredend niemanden verdächtigte oder gar beschuldigte, der nichts Böses getan hatte. Doch Tove blieb misstrauisch. Letzten Endes überwog dann aber die Freude darüber, dass sie der unangenehmen Situation entkommen waren. Tove durch langes Reden und Mamma Carlotta leider mit dem Zurücklassen einer auffälligen Spur, aber durch Toves Cleverness, wie er mehrfach betonte, immerhin so, dass sie nicht erwischt worden war. Das alles jedoch, ohne ihr Ziel, das Bild in die Galerie zurückzubringen, erreicht zu haben. Doch Tove war dennoch einigermaßen zufrieden, denn er bestand natürlich darauf, dass er seinen Part dennoch erfüllt hatte, weil er absolut nichts dafürkonnte, dass man ihm das Bild hinterhergetragen hatte. »Was hätte ich tun sollen? Ich musste es zurücknehmen.« Dass Mamma Carlotta nun auch ihren Part erfüllen musste, war doch wohl klar. Nein, dass er keinen Erfolg gehabt hatte, konnte ihm niemand anlasten. Er ließ sich sogar zu dem Angebot hinreißen, Mamma Carlotta einen Monat lang den Rotwein aus Montepulciano kostenlos zu kredenzen, wenn es gelang, Kriemhild aus seinem Leben zu entfernen. Vielleicht könnten sie dann noch einmal darüber nachdenken, wie das Bild in die Galerie zu bekommen war.

Aber Mamma Carlotta war mit einem Mal alles zu viel. »Basta! Es reicht!« Sie riss Tove den Stoffbeutel aus der Hand und sah sich um. »Dieses schreckliche Bild muss weg. Das hat nur Unglück gebracht.« Sie wies zu den großen Mülltonnen der Pizzeria Zanchetti. »Ich werfe es weg, und dann haben wir Ruhe.«

»Aber Signora ...« Tove hatte noch nie etwas weggeworfen, mit dem vielleicht eine schnelle Mark zu machen war.

»No! Deve andare. Das Bild muss weg. Überlegen Sie doch, Signor Griess! Enrico ist heute in der Galerie gewesen, natürlich, um das Bild zu suchen. Er hat es nicht gefunden. Es ist also unmöglich, es noch einmal dorthin zu bringen. Selbst, wenn es uns gelingen sollte, wie könnte Enrico glauben, dass ein Bild plötzlich da ist, das kurz vorher noch verschwunden war? Außerdem haben wir großes Glück gehabt, dass wir in die Galerie gekommen sind. Noch einmal wird uns das nicht gelingen. Wenn dieser Kuno nicht gewesen wäre, dann hätten wir das nicht geschafft. Jetzt sind die Untersuchungen abgeschlossen, die Tatortarbeit ist erledigt, die Galerie wird sicherlich gut abgeschlossen, vielleicht sogar versiegelt. Da kommen wir sowieso nicht noch einmal rein.«

Entschlossen klemmte sie sich den Beutel unter den Arm und ging auf die Mülltonnen der Pizzeria Zanchetti zu, die hinter einer Hecke verborgen waren, damit der Eingangsbereich des Restaurants optisch keinen Schaden nahm. Kurz überlegte sie sich auch diesmal, welche Mülltonne die richtige war, und entschied sich auch hier für den Restmüll. Das Bild flog in hohem Bogen hinein, der Deckel der Tonne knallte zurück, das Problem mit Emil Nolde war erledigt. Ein letzter Blick zum Haus, ob sie etwa beobachtet worden war, aber als dort alles ruhig blieb, ging sie zurück und setzte mit Tove ihren Weg fort.

Der war nun auch zufrieden. »Aber ich konnte nichts dafür«, beteuerte er wieder und wieder. »Was sollte ich machen?«

Carlotta sah es ein. Ja, Tove hatte wirklich alles richtig gemacht. Dass ihr Plan dennoch gescheitert war, konnte sie ihm nicht anlasten. Und sie wusste, dass sie nun auch ihren Teil der Vereinbarung zu erfüllen hatte.

Hoffnungsvoll sagte er: »Sie helfen mir jetzt also, Kriemhild loszuwerden? So war's verabredet.«

Mamma Carlotta stöhnte auf, nickte aber. Sie sah der Auseinandersetzung mit Kriemhild Röhl alles andere als gelassen entgegen. Dieser Frau traute sie eine Menge zu, sogar jede Form von Gewaltanwendung.

Während sie auf Käptens Kajüte zugingen, wuchs in ihr die Hoffnung, dass Kriemhild sich noch in Toves Wohnung aufhielt oder mit ihrer Schwester etwas unternommen, sie womöglich nach Hause begleitet hatte, entweder um dort für eine Versöhnung zu sorgen oder aber aus ihrem Haus zu holen, was sie brauchte, bis Jürgen Kiewel kapitulierte. Doch sie merkte schnell, dass sich in der Imbissstube jemand aufhielt. Wer anders als Kriemhild Röhl? Auch Tove wurde unruhig, als er feststellte, dass die Tür nicht fest im Schloss saß, sondern sich im Wind bewegte.

»Sie hat gestern nach dem Zweitschlüssel für mein Restaurant gefragt«, murmelte er. »Ich habe gesagt, ich wüsste nicht, wo er ist.« Auf seine Stirn traten tiefe Sorgenfalten. »Aber anscheinend hat sie ihn gefunden.«

Die Frage, was Kriemhild während ihrer Suche noch alles gefunden hatte, schien ihn zu lähmen. Seine Schritte wurden immer schleppender, es sah so aus, als fiele es ihm schwer, einen Schritt vor den anderen zu setzen.

Merkwürdig, dachte Mamma Carlotta. Sie hatte Tove bisher nur wütend erlebt, andere Emotionen kannte sie gar nicht an ihm, denn Gleichgültigkeit war für sie kein Gefühl. Er war aufgebracht, wenn ihm was nicht passte, schlug um sich, wenn ihm jemand zu nahe kam oder etwas von ihm verlangte, das er nicht hergeben wollte. Der Gedanke an Kriemhild schien ihm jedoch regelrecht Angst zu machen. Einen ängstlichen Tove Griess hatte Mamma Carlotta noch nie erlebt. Sie begriff, dass er sich sorgte, irgendwann mit Kriemhild liiert oder sogar verheiratet zu sein, nur weil er es nicht schaffte, sich gegen sie aufzulehnen. Sie seufzte. Das sollte nun wohl ihre Aufgabe sein! Hoffentlich ging das gut.

Sie hörte zwei Frauenstimmen, als sie vor der Tür angekommen waren. Kriemhild hatte also ihre Schwester zur Verstärkung mitgebracht, die ebenfalls hinter der Theke stand, am äußersten Ende. Dort, wo Fietjes Stammplatz war, lehnte sie sich an die Theke, mit verschränkten Armen. Tove besann sich, zum ersten Mal seit Mamma Carlotta ihn kannte, auf seine Kavalierspflichten und wollte ihr unbedingt den Vortritt lassen. Aber sie durchschaute ihn und versetzte ihm einen kleinen Stoß, damit er als Erster in der Höhle der beiden Löwinnen landete. Sie blieb auf der Schwelle stehen, es fiel ihr schwer, sich blicken zu lassen.

»Süßer! Da bist du ja!«, kreischte Kriemhild.

Süßer? Madonna! So war Tove garantiert noch nie in seinem Leben angesprochen worden.

»Du hättest nicht hier schlafen müssen. Aber du bist ja so rücksichtsvoll!«

Rücksichtsvoll? Wenn Tove eins nicht war, dann das.

»Bruni und ich überlegen gerade, wie wir aus deinem Restaurant einen florierenden Laden machen können. Eine Kooperation mit dem Weinparadies vielleicht ...«

Nun entschloss sich Mamma Carlotta doch, einen Schritt nach vorn zu machen und sich zu zeigen. So schwer es ihr auch fiel. Aber es hatte ja keinen Sinn. Je länger sie wartete, desto schwerer würde es ihr fallen, sich der Gefahr zu stellen.

»Dieser komische Strandwärter war schon da, aber den haben wir vor die Tür gesetzt. In Zukunft werden hier andere Gäste bedient ...«

Kriemhild wischte, während sie redete, die Theke sauber, polierte sogar den Zapfhahn und blickte erst auf, als Tove zu ihr hinter die Theke ging und Mamma Carlotta ihr Bestes tat, ganz unbefangen auf ihren Stammplatz zuzugehen.

Aber sie kam nicht dazu, sich auf den Hocker zu schieben, denn Kriemhild schoss wie eine Furie auf sie zu. Ihre Schwester Brunhilde blieb ruhig, verschränkte die Arme vor der Brust und beobachtete das Schauspiel, als amüsierte es sie.

»Was machst du hier? Wo seid ihr beiden gewesen?«

Tove wollte sich ihr in den Weg stellen, aber Kriemhild schob ihn rüde beiseite. Mamma Carlotta bekam es mit der Angst zu tun und verzichtete darauf, ihren Thekenhocker zu erklimmen. Besser war es wohl, ihre Flucht vorzubereiten und auf dem Sprung zu bleiben. Vorsichtig machte sie einen Schritt nach dem anderen zurück, Richtung Tür.

Aber noch ehe Mamma Carlotta an der Tür angekommen war, baute Kriemhild sich bereits vor ihr auf. »Ich habe dir schon mehrmals gesagt, du sollst das Kreuz vergessen, das Tove hinter deinen Namen gemacht hat. Das war ein Irrtum! Verstanden?« Sie stieß Carlotta vor die Brust, sodass sie zurücktaumelte. »Du willst ihn dir angeln? Das klappt nicht, meine Liebe! Tove hat sich für mich entschieden! Kapiert? Merkst du nicht, dass du viel zu alt für ihn bist?«

Mamma Carlotta warf einen hilflosen Blick zur Theke. Wie hatte Tove sich das vorgestellt? Sollte sie nun Kriemhild offenbaren, dass Tove sich zu ihr hingezogen fühlte, sich für sie entschieden hatte? Nein, das wagte sie Auge in Auge mit Kriemhilds Wut nicht. Das musste er schon selber erledigen.

Sie wich noch weiter zurück, weil es so aussah, als wollte Kriemhild nach ihr greifen und sie schütteln, da kamen von der Theke endlich die erlösenden Worte: »Lass sie, Kriemhild! Ich habe mich für sie entschieden. Das mit uns beiden …«

Weiter kam er nicht. Kriemhild fuhr zu ihm herum, und Mamma Carlotta war voller Bewunderung, dass Tove es trotzdem wagte, hinter der Theke hervorzukommen und sich ihr entgegenzustellen. Donnerwetter! Und nicht nur das, er streckte Kriemhild sogar die leere Handfläche hin und forderte: »Den Schlüssel, bitte!«

Wie zu erwarten, weigerte sich Kriemhild, den Schlüssel der Imbissstube rauszurücken, weil sie ihm in ihrer Wut einfach alles verweigert hätte, trotzdem drängte Tove sie an Mamma Carlotta vorbei zur Tür. Anscheinend wollte er eher eine neue Schließanlage einbauen lassen, als darauf zu warten, dass Kriemhild ihm den Schlüssel zurückgab. Carlotta zog sich Richtung Theke zurück und war froh, dass Tove sich damit zwischen ihr und Kriemhild befand.

Brunhilde dagegen stand noch immer hinter der Theke und besah sich das Treiben ihrer Schwester. Sie machte keine Anstalten, einzugreifen. Aber immerhin unternahm sie einen rhetorischen Versuch, ihre Schwester zu mäßigen. »Ich habe dir doch gleich gesagt, dass dieser Kerl nicht der Richtige für dich ist.«

Es sah so aus, als wollte Kriemhild nun klein beigeben, die Tür öffnen und gehen, aber die Friedfertigkeit, die sie für zwei Sekunden ausstrahlte, war eine Finte gewesen. Tove fiel darauf rein, verlor einen Teil seiner Sicherheit, die er in Mamma Carlottas Gegenwart gewonnen hatte, nahm die Hände herunter, machte einen Schritt zurück … und konnte nicht verhindern, dass Kriemhild an ihm vorbei in Richtung Mamma

Carlotta schoss. Diese fuhr entsetzt herum, hatte nichts anderes im Sinn, als die Flucht zu ergreifen, egal wohin, und sah nur eine Möglichkeit: die Küchentür. Kriemhild mochte sie zu alt finden, aber ihre Reaktionsfähigkeit war noch immer ziemlich jugendlich. Zwei, drei Sätze, und sie war hinter die Theke gesprungen, stand an der Tür, riss sie auf und hatte noch die Nerven, die Tür hinter sich zuzuschieben. Aber abzuschließen war sie nicht, das wusste sie. Also hastete sie durch die Küche, über Toves Luftmatratze, stolperte über ein paar Schuhe und stieß an eine leere Würstchendose. Schon war sie an der Tür, die aus der Küche in den kleinen Hof führte, aber sie rüttelte vergeblich an der Klinke. Die Tür war abgeschlossen. »Madonna!«

Mamma Carlotta litt mittlerweile unter Todesangst. Dieser Kriemhild war alles zuzutrauen. Hoffentlich gelang es Tove, sie festzuhalten. Sie hörte sie keifen und Drohungen ausstoßen, hörte, wie etwas an die Theke prallte, und hoffte, dass es nicht Tove war, der nun womöglich zu Boden ging und den Kampf verloren geben musste. Sie fand es nicht mehr heraus, denn in diesem Moment entdeckte sie, was sie in ihrer hellen Aufregung zunächst nicht bemerkt hatte: In der Küchentür steckte ein Schlüssel. Sie drehte ihn, riss die Tür auf, warf sie hinter sich zu, wandte sich nach links und lief ums Haus herum zur Straße. Mit dem Rest musste Tove allein fertigwerden.

Sie rannte kopflos, als wäre ein bissiger Hofhund hinter ihr her, sprang über Gerümpel und stieß leere Kartons zur Seite. Dann endlich stand sie auf dem Hochkamp und atmete tief ein und aus. Geschafft! Doch ihre Erleichterung währte nur kurz. Denn in diesem Augenblick sah sie am Ende der Straße ein Auto auf Käptens Kajüte zufahren. Einen Renault Scenic. Und am Steuer saß Erik. »Dio mio!«

60

Erik stieg aus und blieb erschrocken neben dem Auto stehen. »Was ist da los?«

Eine Frauenstimme keifte, ein Mann, vermutlich Tove Griess, versuchte, zu Wort zu kommen, aber offenbar vergeblich. Doch gerade, als Erik und Sören sich vorsichtig der Eingangstür näherten, schien er Oberwasser zu bekommen.

»Lass mich in Ruhe! Kapierst du nicht, dass ich nicht will?«

Die Antwort der Frau war nicht zu verstehen. Ihre Stimme kippte, sie kreischte in einer Tonlage, die an eine Kreissäge erinnerte.

Erik sah Sören an, ehe er die Hand auf die Klinke legte. »Sollen wir da überhaupt reingehen?«

»Nur Mut, Chef!« Sören grinste und versetzte Erik einen kleinen Stoß. »Wir sind die Polizei. Wir kommen mit so was klar.«

Der Streit, der in Käptens Kajüte tobte, ging weiter, Kriemhild Röhl schien die Gäste, die gerade eingetreten waren, überhaupt nicht zu bemerken.

Tove fuhr sie an: »Halt die Klappe! Du machst einem ja das Geschäft kaputt mit deinem Gekeife.«

Tatsächlich verstummte sie. Erik sah erstaunt von einem zum anderen, von Kriemhild Röhl zu Tove Griess und dann zu Brunhilde Kiewel, die schweigend am Ende der Theke stand. Was hatte der Wirt von Käptens Kajüte mit den beiden Schwestern zu tun?

»Moin«, sagte er in die Stille hinein. »Stören wir?«

»Kommt darauf an«, entgegnete Tove, »ob Sie privat oder dienstlich hier sind.«

»Eher dienstlich«, antwortete Erik.

Tove versetzte Kriemhild Röhl einen Stoß, sodass sie zur Seite taumelte und ihm damit den Weg hinter die Theke frei machte. Er griff zum Zapfhahn. »Ein Bier? Oder passt das nicht zu Ihrer dienstlichen Angelegenheit?«

»Besser einen Kaffee«, antwortete Erik, und Sören schloss sich ihm an.

Während Tove an dem Kaffeeautomaten hantierte, wandte Erik sich an Kriemhild Röhl. »Wie kommt es, dass ich Sie hier treffe?«

Sie bemühte sich nicht um Konzilianz. »Was geht Sie das an?«

Mit diesen Worten ging sie dem Schild nach, das zur Toilette wies, und verschwand.

Brunhilde näherte sich den Polizisten. »Seit ich auf Sylt lebe, hat meine Schwester die Idee, auch auf die Insel zu ziehen. Deswegen hat sie beim Speeddating mitgemacht.«

Erik stutzte. Speeddating? Das hatte er von Carolin gehört. Sie hatte darüber einen Bericht fürs *Inselblatt* geschrieben. Und seine Schwiegermutter hatte ihr geholfen, indem sie daran teilgenommen hatte, gewissermaßen undercover. In diesem Augenblick erinnerte er sich auch daran, dass ein Mann angerufen hatte, den seine Schwiegermutter beim Speeddating kennengelernt hatte. Was daraus geworden war, wusste er nicht, schüttelte diesen Gedanken aber gleich wieder ab. Natürlich nichts!

Sören ging auf Brunhildes Bemerkung ein. »Sie macht auf der Insel beim Speeddating mit, um einen Sylter kennenzulernen?«

Brunhilde Kiewel seufzte. »Meine Schwester hat nichts gelernt, sie hält sich mit Gelegenheitsarbeiten über Wasser. Sie war davon überzeugt, dass ihre Oberweite ausreicht, um den richtigen Mann zu finden.« Sie lachte auf. »Hat aber nicht geklappt.«

Erik betrachtete ihr blaues Auge und die nach wie vor geschwollene Oberlippe. »Sie haben auch kein Glück in der Auswahl Ihrer Ehemänner?«

Ihr Blick wurde hart. »Wieso haben Sie meinen Mann noch nicht verhaftet?«, fragte sie zurück.

»Wir haben keine Beweise gegen ihn, nur Indizien.«

Sie zeigte auf ihr geschundenes Gesicht. »Und dass er mich verprügelt hat?«

»Ist kein Beweis dafür, dass er Matz Olsson und Alf Kruskopp ermordet hat. Es beweist nur, dass er gewalttätig ist.«

»Wenn das überhaupt stimmt«, sagte Tove Griess und stellte die Kaffeetassen auf die Theke. Erik fiel auf, dass er Brunhilde Kiewel einen verächtlichen Blick zuwarf. »Dass Kriemhild Zeugin war, stimmt jedenfalls nicht.«

Die Toilettentür schlug, Kriemhild erschien wieder auf der Bildfläche. »Was sagst du da?« Sie bedachte Tove mit einem Blick, der töten konnte.

Aber der hatte, seit Verstärkung in Form von zwei Polizisten aufgetaucht war, Oberwasser bekommen. »Ist doch wahr!« Er zeigte auf Brunhilde. »Sie sind hier mit aufgeplatzter Lippe erschienen und haben Kriemhild abgeholt, damit sie bei der Polizei eine Aussage macht. Von wegen Zeugin.«

Brunhilde wurde blass. Kriemhild begann schon wieder zu kreischen. »Das stimmt nicht.«

Tove wurde immer sicherer. »Das hat jemand gesehen und gehört.«

Kriemhild fuhr auf ihn zu. »Der Strandwärter? Oder deine Tussi? Die soll bloß nicht wagen, gegen mich auszusagen. Dann kann sie was erleben.«

Erik sah unruhig von einem zum anderen. »Was für eine Tussi?«

Kriemhild fuhr zu ihm herum. »Eine dicke Alte! Die ist so lange um Tove rumscharwenzelt, bis er auf sie reingefallen ist.« Sie ging mit ausgestrecktem Zeigefinger auf Tove zu. »Wenn deine Tussi behauptet, ich wäre nicht dabei gewesen, als Jürgen meine Schwester verprügelt hat, dann …«

»… dann sagt sie die Wahrheit«, nahm Tove ihr das Wort aus dem Mund.

Erik machte eine Geste wie ein Dirigent, der nach einem

furiosen Finale das Konzert beendet. »Sie haben also gar keinen Zeugen?«, fragte er Brunhilde Kiewel. »Sie haben Ihre Schwester gebeten, als Zeugin aufzutreten?«

»Sie haben die Polizei belogen?«, ergänzte Sören vorwurfsvoll.

Brunhilde wurde rot. »Das heißt aber nicht, dass Jürgen mich nicht verprügelt hat. Ich wollte nur sichergehen, dass man mir glaubt. Jürgen würde ja alles abstreiten, das war mir klar …«

»Das wird Konsequenzen haben, Frau Kiewel«, sagte Erik kühl. Er wandte sich an Tove, der einen äußerst zufriedenen Eindruck machte. Anscheinend gefiel es ihm, von den beiden Schwestern, vor allem von Kriemhild Röhl, angeschaut zu werden, als wollten sie sich bei nächster Gelegenheit an ihm rächen.

»Sie waren heute Nachmittag in der Galerie Kruskopp, Herr Griess. Was haben Sie dort gemacht?«

»Ich hatte etwas mit Kuno Schuster zu besprechen.«

»Ist Ihnen was aufgefallen?«

Tove glotzte Erik verständnislos an. »Was soll mir aufgefallen sein?«

»Es gab da eine Spur, eine weiße Spur, die von einem Eimer hinter dem Paravent hinters Haus führte.«

Tove schüttelte den Kopf. »Ich hab nix gesehen.«

Kriemhild Röhl, die sich zu ihrer Schwester gestellt hatte und schwer mit ihrer Niederlage zu kämpfen hatte, wurde wieder munter. »Weiße Spur?« Wieder ging sie auf Tove los. »Das war doch deine Tussi, die hier mit weißer Farbe unter den Sohlen aufgetaucht ist. Der ganze Boden war verdreckt.«

Erik horchte auf. »Das ist interessant. Es hat zweimal diese Spur gegeben. Wer ist diese … diese Tussi?«

»Was für ein Blödsinn!«, blaffte Tove und fuhr Kriemhild an, ohne auf Eriks Frage einzugehen: »Du warst es, die weiße Farbe unter den Schuhen hatte. Ihr seid beide gleich.« Sein

Zeigefinger fuhr erst auf Kriemhild, dann auf Brunhilde zu. »Ihr biegt euch die Wahrheit zurecht, wie es euch passt. Wenn die erste eine Zeugin braucht, wird gelogen. Wenn die zweite einer harmlosen Frau was andichten will, wird genauso gelogen.«

Erik verhinderte, dass Kriemhild auf Tove losging, um ihm die Augen auszukratzen. Er hielt sie am Arm fest. »Wie ist die weiße Farbe an Ihre Schuhsohlen gekommen?«

»Er lügt!«, schrie Kriemhild. »Das stimmt nicht.«

Erik sprach jetzt absichtlich sehr leise. »Schon wieder eine Falschaussage, Frau Röhl?« Er gab Sören einen Wink. »Wir nehmen die beiden mit zu einer gründlichen Vernehmung.«

Brunhilde fügte sich schnell, aber Kriemhild zeigte noch einmal, was in ihr steckte. »Du nimmst nur deine Tussi in Schutz! Ich habe doch gleich gemerkt, dass dir an der was liegt. Ständig hat die hier rumgesessen ...«

Erik zog ein Smartphone hervor und wählte eine Nummer. »Wir benötigen einen Streifenwagen. Zwei Damen müssen ins Revier gebracht werden. Eine ist ausgesprochen renitent. Ich brauche Verstärkung.«

61

Am folgenden Morgen begann endlich der Sommer, der außer auf Sylt in der ganzen Bundesrepublik längst vorherrschte. Nun war über Nacht der kalte Nordseewind eingeschlafen, die Wolken lösten sich auf, die Sonne gewann die Oberhand und schaffte es im Nu, die Luft zu erwärmen. Mamma Carlotta merkte es gleich, als sie erwachte. Durch das gekippte Fenster kam ein sommerlicher Duft herein. Auf Sylt roch es im Sommer einfach anders als im Frühling, während es in Umbrien nur den Unterschied zwischen Winter und dem Rest des Jahres gab. Und so wie auf Sylt roch es dort nie. Das hatte Lucia ihr früher oft zu schildern versucht, aber Mamma Carlotta hatte an die Nordsee fahren müssen, ehe sie sich den Duft vorstellen konnte. Man musste ihn einfach erleben, ihn selbst erschnuppern.

Als sie aufstand, merkte sie, dass dieser Duft es vielleicht sogar schaffen könnte, ihre depressive Stimmung aufzulösen. Vielleicht war dieser Syltaufenthalt doch nicht völlig verkorkst, möglicherweise war noch etwas aus dieser Zeit herauszuholen, vielleicht wurde mit dem Einzug des sommerlichen Wetters alles wieder gut!

Während sie unter der Dusche stand, fragte sie sich zwar, wie das gehen sollte, aber immerhin schaffte sie es, als ihr keine positive Antwort einfiel, auf ein kleines Wunder zu hoffen. Carolin würde einsehen, dass sie nach Hause zurückkehren musste, Erik würde einsehen, dass er seine Tochter wie eine erwachsene Journalistin behandeln musste, Tilla würde einsehen, dass sie Erik liebte und bei ihm sein wollte, Felix würde einsehen, dass er sich eine gute Ausbildung suchen musste, und Kriemhild Röhl würde einsehen, dass aus ihrer Beziehung mit Tove Griess nichts werden konnte. Und Erik würde den Mörder von Matz Olsson und Alf Kruskopp finden. Am Ende würde sich sogar herausstellen, dass das Bild von Emil Nolde überhaupt keine Bedeutung dabei spielte. Ziemlich viele kleine Wunder, das sah sie ein. Aber mindestens zwei oder drei könnten ruhig in Erfüllung gehen, damit wäre sie ja schon zufrieden.

Wenn Mamma Carlotta an Kriemhild Röhl dachte, lief ihr ein Angstschauer über den Rücken. Gut, dass sie rechtzeitig hatte fliehen können, sonst sähe sie jetzt vielleicht aus wie Kriemhilds Schwester Brunhilde, mit einem blauen Auge und aufgeplatzter Lippe. Wie hätte sie Erik das erklären sollen?

Während sie den Tisch deckte und den Backofen anstellte, um die Panini aufzubacken, ging die Türglocke. Die Melodieklingel mühte sich mit der *Ode an die Freude* ab. Kükeltje erschien sofort auf dem Plan und stand erwartungsvoll vor der Haustür, als könnte jemand Einlass begehren, der für sie eine Scheibe Schinken mitgebracht hatte. Carlotta riss die Tür auf, erwartete, Sören vor sich stehen zu sehen, und staunte, als sie ihren Enkel erkannte. »Felice?«

Entzückt ging Kükeltje ihm um die Beine, die sonst immer vorwurfsvoll reagierte, wenn sie eine lange Nacht ganz allein in Felix' Bett hatte schlafen müssen.

Ihr Enkel schob seine Oma zur Seite und nahm die Katze auf den Arm. »Ich habe meinen Schlüssel vergessen.« Er ging in die Küche und sah sich um. »Das Frühstück ist noch nicht fertig?«

»Quasi, Felice! Quasi!« Mamma Carlotta riss die Pfanne aus dem Schrank, öffnete die Kühlschranktür, holte Eier und Schinken heraus, knallte die Tür wieder zu und holte die Ölflasche aus dem Regal. »Wieso bist du schon so früh auf den Beinen?«

»Ich bin gleich mit Jasper verabredet«, erklärte Felix. »Bei den Zanchettis ist um diese Zeit noch nichts los.«

Mamma Carlotta war zufrieden. Hatte sie sich nicht nach dem Aufwachen gesagt, dass sich unter der Sonne des Sommers alles aufrichten könnte, was zurzeit am Boden lag?

»Benissimo! Geht es Jaspers Mama inzwischen besser?«

»Keine Ahnung. Sein Vater hat übrigens gerade mit der Arbeit begonnen.«

»Ah!« Mamma Carlotta lief zur Haustür und riss sie auf. »Signor Mattes?«

Sie sah ihn erst auf den zweiten Blick. Er stand über eine Mülltonne gebeugt, die Tonne für den Restmüll, neben ihm einen Eimer, der wohl ebenfalls Restmüll enthielt und dort entsorgt werden sollte. Als Mamma Carlotta ihn sah, nahm er gerade heraus, was sie am Vortag hineingestopft hatte: den Rahmen des Bildes.

Er blickte auf und sah sie fragend an: »Was ist das denn?«

»Ein hässlicher Rahmen, Signor Mattes. Er ist schon kaputt. Den können Sie nicht mehr verwenden.«

»Aha.« Peer Mattes drehte den Rahmen noch eine Weile in den Händen und entschied sich, ihn wieder in die Mülltonne fallen zu lassen, als er von Mamma Carlotta zum Frühstück gebeten wurde.

»In einer Viertelstunde ist alles fertig, Signor Mattes.«

Als sie in die Küche zurückkam, stieg Erik gerade die Treppe hinab. »Moin.«

»Buon giorno, Enrico! Das Frühstück ist gleich pronto. Felice ist hier! Er wird mit uns frühstücken.«

Erik ging erfreut in die Küche und begrüßte seinen Sohn schulterklopfend. »Schön, dass du dich mal wieder blicken lässt. Deine Schwester fühlt sich hier offenbar nicht mehr wohl.«

»Quatsch, Papa«, gab Felix zurück. »Die kommt schon wieder. Wo soll sie denn hin? Auf Sylt findet sie nicht einmal ein möbliertes Zimmer, das sie sich leisten kann. Außerdem ... du musst nur akzeptieren, dass sie nun die Volontärin des *Inselblattes* ist, dann läuft alles wieder wie geschmiert.«

Erik setzte sich an seine Seite. »Du meinst, ich muss dafür sorgen, dass sie alle Informationen aus erster Hand bekommt?«

»Warum nicht?«

Als Sören klingelte, wurde die *Tritschtratsch-Polka* ausgelöst. Er begrüßte Mamma Carlotta so herzlich, wie sie es gern hatte, knuffte Felix in die Seite und setzte sich zu Erik, den er noch immer Chef nannte, wenn er ihn ansprach, obwohl die beiden mittlerweile zum Du übergegangen waren.

»Hast du dir beim Einschlafen überlegt, Chef, wie du die Aussagen von Kriemhild Röhl und Brunhilde Kiewel findest?«

Erik zuckte mit den Schultern. »Ich glaube inzwischen nicht mehr, dass sie was mit den Morden zu tun haben.«

»Und die weiße Spur?«

Mamma Carlotta fiel das Brett herunter, auf dem sie den Käse arrangieren wollte. Kükeltje sprang von Felix' Schoß und kehrte enttäuscht zurück, als sie feststellen musste, dass der Käse nicht auf der Erde gelandet war.

Erik schüttelte den Kopf und sah seine Schwiegermutter tadelnd an. »Mach doch mal langsamer.«

Mamma Carlotta drehte ihm den Rücken zu und schwieg. Was würde sie noch über die weiße Spur zu hören bekommen? Welchen Verdacht hatte Erik?

»Ich sehe kein Motiv«, antwortete Erik. »Die falsche Aussage ist natürlich ein Ding. Aber ich glaube Brunhilde Kiewel, dass sie nur sicher sein wollte, dass man ihr glaubte.«

Sören seufzte, als hätte er lieber was anderes gehört. »Ich auch. Aber was ist mit der weißen Spur? Kriemhild Röhl bestreitet zwar, dass sie in der Galerie Kruskopp war, aber wenn es stimmt, was Tove Griess sagt ...«

»Ich sehe kein Motiv«, unterbrach Erik ihn.

»Aber sie hatte weiße Farbe unter ihren Schuhen.«

»Sagt Tove Griess. Es kam mir aber durchaus so vor, als wollte er dieser schrecklichen Kriemhild Röhl eins auswischen. Die ist dabeigeblieben, dass diese ... diese ›Tussi‹ diejenige war, die weiße Farbe unter den Schuhen hatte.«

»Blöde, dass sie den Namen nicht kennt.«

»Wir müssen Tove Griess fragen. Wenn sie wirklich seine Freundin ist, dann muss er ihren Namen kennen.«

Mamma Carlotta hatte es nicht gewagt, sich umzuwenden. Konsequent drehte sie Erik und Sören den Rücken zu, damit die beiden an ihrer Miene nicht ablesen konnten, welcher Sturm in ihr tobte.

Nun mischte sich Felix ein. »Was für eine weiße Spur? Wer ist diese Kriemhild Dingsbums? Und seit wann hat Tove Griess eine Freundin?«

Weiter kam er nicht. *Der Mai ist gekommen*, schallte durchs

Haus. Peer Mattes stand vor der Tür, verlegen wie immer, wenn er zum Frühstücken gebeten wurde, und wie immer mit dem Hinweis, dass seine Schuhe vielleicht nicht ganz sauber seien.

»Non importa, Signor Mattes! Si accomodi!«

Er ließ sich Erik gegenüber nieder, lächelte ihn schüchtern an und fragte dann, ob sein Hinweis eigentlich etwas genützt habe. »Sie wissen schon, die Frau, die ich mit Matz Olsson in der Heide gesehen habe.«

Erik griff nach einem Panino. »Leider nicht, Herr Mattes. Außer Ihnen hat keiner die beiden gesehen. Und Ihre Beschreibung ist zu ungenau, um sie konkret zu suchen.«

Peer Mattes war enttäuscht. »Das dachte ich mir fast. Schade.« Aber dann lächelte er. »Sie kriegen den Täter trotzdem. Oder?«

»Das will ich hoffen.« Erik wollte noch mehr dazu sagen, aber sein Handy läutete.

Mamma Carlotta sah gleich, dass sein Gesicht rot anlief, als er aufs Display blickte. Vor Freude? Oder vor Ärger?

»Moin, Tilla«, sagte er mit einer Stimme, die Mamma Carlotta sehr, sehr selten hörte. Damals, als er in Italien angerufen hatte, nachdem Carolin geboren war, hatte sie auch so geklungen. »Wie geht es dir?«

Er hörte sich eine Weile an, was sie zu sagen hatte, dann blickte er auf und sah seiner Schwiegermutter ins neugierige Gesicht. »Ich frage sie mal.« Er nahm das Handy vom Ohr und erkundigte sich, ob sie bereit sei, in einen Wettstreit mit dem Frühstücksbüfett des Hotels Stadt Hamburg zu treten. »In dem Fall würde Tilla herkommen und mit uns frühstücken.«

»Naturalmente!«, rief Carlotta so enthusiastisch, dass Peer Mattes, der so laute Gefühlsäußerungen nicht gewöhnt war, erschrocken zusammenfuhr.

Erik nahm das Handy wieder ans Ohr. »Neue Ermittlungsergebnisse? Ja ...« Er zögerte, dann erzählte er von den beiden

Schwestern, von der neuen weißen Spur in der Galerie und von seinem Telefonat mit Professor Klühn. »Der meint, es könnte tatsächlich ein echter Emil Nolde sein. Warum? Das erzähle ich dir nachher in allen Einzelheiten.« Er lauschte eine Weile ins Telefon, dann sagte er bedauernd: »Ja, das würde ich sofort erkennen. Friesenhaus im Dämmerlicht mit Misthaufen davor! In diesen düsteren Farben hat Emil Nolde sonst nicht gemalt.«

Peer Mattes hatte es plötzlich eilig. Er steckte sein Brötchen in den Mund, trank hastig seine Kaffeetasse leer und stand auf. »Ich muss unbedingt weitermachen. Heute will ich fertig werden.« Er schlug sich vor die Stirn. »Ach ja, ich muss noch mal zum Baumarkt. Mir fehlt noch Material. Aber wenn ich das habe, geht es zügig weiter.«

Im Nu war er aus der Küche heraus, die Haustür fiel ins Schloss. Felix starrte ihm nachdenklich hinterher, dann wiederholte er murmelnd, was sein Vater gesagt hatte: »Friesenhaus im Dämmerlicht mit einem Misthaufen davor ... So ein Bild habe ich doch schon mal gesehen.«

In der Küche wurde es still. Erik ließ sein Brötchen sinken, Sören legte sein Messer zurück, Mamma Carlotta schob die Pfanne zur Seite.

»Wo?«, fragte Erik schließlich.

Über Felix' Gesicht ging ein Leuchten. »Bei Jaspers Eltern. Da hat es über dem Sofa gehangen. Aber nur kurz. Später war es wieder weg. Ich kann ihn ja gleich mal fragen ...«

62

Erik lief aus dem Haus und zur Straße, als er hörte, dass ein Taxi vorfuhr. Er zog Tilla in seine Arme, als sie ausgestiegen war, und flüsterte: »Gut, dass du da bist.«

Sie machte sich von ihm frei und sah ihn schelmisch an. »Wegen der Ermittlungen? Oder meinetwegen?«

Erik hätte sich beinahe auf die Ermittlungen bezogen, merkte aber zum Glück gerade noch rechtzeitig, dass das nicht die richtige Antwort gewesen wäre. »Ich habe dich vermisst«, sagte er, was auf jeden Fall richtig war und der Wahrheit voll und ganz entsprach.

»Ich habe mich dumm benommen«, flüsterte Tilla.

»Und ich erst«, raunte Erik zurück.

»Kannst du mir verzeihen?«

»Nur wenn du mir verzeihst.«

Tilla lachte leise, glucksend, so, wie er es noch nie gehört hatte. »Können wir dieses Gezicke der letzten Tage streichen?«

»Gezicke?« Erik erlaubte sich ein Grinsen. »Das klingt weiblich. Männer zicken nicht.«

»Nein, Männer sind Sturköpfe! Und du ganz besonders.«

Nun lachten sie beiden, nahmen sich bei den Händen und gingen auf die Haustür zu.

»Tilla!« Mamma Carlotta erschien in der Tür, riss die Staatsanwältin über die Schwelle, schob sie in die Küche und winkte Erik, der in der Haustür stehen blieb und die Straße hinauf- und hinuntersah, ungeduldig zu. Wo war Peer Mattes? Erik wollte unbedingt wissen, ob er tatsächlich mal Besitzer des Bildes gewesen war, das sie seit Tagen suchten. Felix war am Tisch sitzen geblieben und unterhielt sich lebhaft mit Sören. Eigentlich hätte Erik jetzt gern mit Tilla erörtert, was es bedeutete, dass sein Sohn das Bild, das sie suchten, bei Peer Mattes im Wohnzimmer gesehen hatte. Aber die Fragen, die sich ihm aufdrängten, wollte er nicht vor Felix' Ohren diskutieren. War Peer Mattes der Käufer auf dem Flohmarkt gewesen? Hatte er das Bild an Alf Kruskopp verkauft? Wo aber war dann das Motiv für die Morde? Nein, er musste sich zurückhalten. Wenn Jasper hier auftauchte, durfte er nicht den Eindruck haben, dass sein Vater wegen des Bildes mit den Morden in Verbindung gebracht wurde.

Während Mamma Carlotta ihr Bestes tat, mit dem Frühstücksbüfett des Hotels Stadt Hamburg zu konkurrieren, erzählte Erik von dem Telefonat mit Professor Klühn und der Geschichte, die sich angeblich in den 1930er-Jahren abgespielt hatte.

Das Interesse an dieser Geschichte war bei seiner Schwiegermutter natürlich besonders ausgeprägt, das hätte er sich denken können. Für gute Geschichten hatte sie ein Gespür, diese würde garantiert auf dem Marktplatz von Panidomino die Runde machen. Wenn in dem umbrischen Dorf bisher niemand etwas von Emil Nolde gehört hatte, so würde das bald ein Ende haben.

Tilla wurde nachdenklich. Und Erik war glücklich und dankbar, dass sie, obwohl sie jetzt über Dienstliches sprachen, nicht wieder ausschließlich die Staatsanwältin wurde, die alles Private über einen Ermittlungsfall vergaß. Sie ließ die Hand in seiner und schmiegte sich weiterhin an seine Seite, während sie sprach. »Wenn das Bild bei Familie Mattes an der Wand hing, müssen sie es auf dem Flohmarkt gekauft haben.«

Felix bestätigte, dass Peer Mattes ein begeisterter Flohmarktbesucher war. »Wenn der donnerstags Zeit hatte, ist er immer auf den Hausfrauenflohmarkt am Rathaus gegangen. Jasper hat gelegentlich davon geredet, dass sein Vater schon wieder irgendwelche Sachen angeschleppt hatte, die er und seine Mutter scheußlich fanden.«

»Aber dieses Bild hat ihnen gefallen?«

Felix zuckte mit den Schultern. »Da es übers Sofa gehängt wurde, war es wohl so.«

»Was ist aus dem Bild geworden?«, fragte Erik.

»Das kann Herr Mattes uns erzählen«, meinte Sören, »wenn er aus dem Baumarkt zurückkommt.«

Es war still, während sie aßen, stiller als sonst, wenn Mamma Carlotta auch alles tat, um die Unterhaltung zu beleben. Jeder war in Gedanken bei dem Fall. Die Unterhaltung, die Mamma Carlotta in Gang setzte, war nur oberflächlich.

Alle warteten auf die Rückkehr von Peer Mattes. Aber eine Stunde nachdem er sich abgemeldet und Mamma Carlotta aus Tilla herausgefragt hatte, wie die Zimmer im Hotel Stadt Hamburg ausgestattet waren und ob zurzeit irgendwelche Prominenten dort logierten, war er noch immer nicht zurück.

Felix rief bei Jasper an, der aber nichts von seinem Vater gehört und gesehen hatte. »Jasper will kommen«, sagte Felix, als er sein Handy zurücksteckte. »Wir wollten ja sowieso proben.« Er sah seinen Vater hoffnungsvoll an. »Können wir im Keller Krach machen? Der Gemeindesaal ist heute belegt. Irgendein Handarbeitskreis ...«

Erik nickte nur flüchtig. Ob Felix aus dem Keller einen Proberaum für die *Verbotenen Dosen* machte, war ihm jetzt völlig egal. Aber er merkte, dass es ihm guttat, wenn er an etwas anderes dachte. Der Name des Dachdeckers und das Bild kreisten in seinem Kopf und gaben keine Ruhe.

»Weißt du, wo Caro ist?«, fragte er seinen Sohn, um aus dem Kreislauf dieser wirbelnden Gedanken herauszukommen.

»Bei Nele und Ella«, antwortete Felix kauend. »Aber sie kommt heute zurück.«

Mamma Carlotta schrie auf, als hätte sie sich verbrannt. »Veramente?«

»Klar!« Felix warf seinem Vater einen prüfenden Blick zu. »Es sei denn, Papa vergeigt es wieder.«

Darauf antwortete Tilla: »Das wird er nicht.« Dass sie schon dafür sorgen würde, dass nichts geschah, was Carolin erneut vertreiben könnte, behielt sie für sich. Erik war ihr dankbar dafür.

»Heute Abend müsst ihr aber wirklich bei den Zanchettis essen«, mahnte Felix. »Mariellas Vater ist schon leicht eingeschnappt.«

Mamma Carlotta war zutiefst erschrocken. »Madonna! Das wäre ja terribile.«

»Caro kommt jedenfalls auch, hat sie mir versprochen. Ich habe einen Tisch für sieben Uhr reserviert, und Caro wird pünktlich da sein.«

Erik lehnte sich zurück, plötzlich wieder bis oben hin mit Hoffnung und Optimismus gefüllt. Er drückte zärtlich Tillas Hand, während er sich sagte, dass alles gelingen würde, sobald sie an seiner Seite war, solange er seine Kinder bei sich hatte und solange seine Schwiegermutter alles tat, um die Familie zusammenzuhalten. Diesmal hatte sie ihm nicht einmal in seinen Fall hereingepfuscht. Das musste er ihr hoch anrechnen.

Ein Anruf auf seinem Handy unterbrach seine Gedanken. Enno Mierendorf war am anderen Ende. »Moin, Chef! Hier ist gerade eine Frau erschienen, die eine Aussage machen will.«

»Worum geht es?«

»Um die beiden Mordfälle. Ich weiß nicht, ob es wirklich wichtig ist, könnte aber sein.«

»Gut, geben Sie mir die Frau ans Ohr.«

Sie hieß Gerda Ledebur, hatte eine helle, aufgeweckte Stimme und arbeitete, wie sie Erik als Erstes berichtete, schon seit zwanzig Jahren bei einem Dachdeckerunternehmen als Bürokraft. »Ich habe mir ja nichts dabei gedacht, als der Anruf kam.« Ein Mann namens Matz Olsson habe angerufen, berichtete sie. »Wahrscheinlich hätte ich mir den Namen gar nicht gemerkt, wenn ich nicht seine Frau gekannt hätte. Ich habe ihn noch gefragt, wie es Dagmar geht ...«

Erik unterbrach sie. »Was wollte Matz Olsson?«

»Er hat mich gefragt, ob ich einen Dachdecker kenne, der Peer mit Vornamen heißt.« Sie schwieg kurz, als erwartete sie von Erik einen Einwurf, dann redete sie weiter: »Ich weiß nicht, was die Frage sollte. Ich habe mich nicht erkundigt, warum er das wissen wollte. In unserer Firma gibt es keinen Peer. Aber mir fiel Peer Mattes ein, der ja selbstständig arbeitet. Und er meinte, der könnte es sein.« Sie holte tief Luft und hörte sich jetzt sehr nervös und beunruhigt an. »Ehrlich, ich habe mir nichts dabei gedacht. Als ich hörte, dass Matz Olsson umgebracht worden ist, habe ich mich zunächst gar nicht an diesen Anruf erinnert. Aber dann fiel es mir ein. Und mein Chef meinte, es wäre besser, wenn ich Ihnen das erzähle. Man weiß ja nie ...«

»Danke, Frau Ledebur«, sagte Erik. »Ihr Chef hat recht. Das kann sehr wichtig für uns sein.« Er ließ sich ihre Adresse und ihre Telefonnummer geben und stellte in Aussicht, dass er sich noch einmal bei ihr melden würde. Dann legte er auf.

Tilla hatte dicht neben ihm gesessen und alles mit angehört. Sie sah Erik mit großen Augen an, sagte aber nichts.

Er stand auf, ging zur Haustür, öffnete sie und sah nach rechts und links. Peer Mattes war nach wie vor nicht zu sehen. Sein Werkzeug stand noch da, die Leiter so, wie er sie am Morgen immer hinstellte, die Mülltonne, in der er etwas entsorgt hatte, war nicht geschlossen worden. Alles sah ganz danach aus, als würde er jeden Augenblick wieder erscheinen und seine Arbeit fortsetzen.

Sören erschien an seiner Seite. »Wo bleibt Peer Mattes nur?« Seine Stimme klang sorgenvoll.

Erik wollte die Tür wieder ins Schloss drücken, da sah er, dass Jasper aufs Haus zuradelte. Er blieb in der geöffneten Tür stehen und sah ihm entgegen. Der Junge sah blass aus, es schien ihm immer noch nicht gut zu gehen.

»Was ist mit meinem Vater?«, fragte er geradezu ängstlich.

Erik gab sich sorglos. »Er wollte nur kurz weg. Zum Baumarkt. Sicherlich kommt er gleich wieder.«

Er ließ Jasper herein, Felix, der ihn gehört hatte, kam schon aus der Küche, und gemeinsam gingen die beiden nach unten in den Keller, gefolgt von Kükeltje, die sich dort aussuchen würde, auf wessen Schoß sie sich einrollen wollte.

Als Erik in die Küche zurückkehrte, waren die Augen seiner Schwiegermutter riesengroß und voller Fragen, die sie sich aber zum Glück verkniff. Tillas Blick dagegen war auffordernd. Sie wollte weg, das merkte er, wollte mit ihm ins Büro, wo man beratschlagen und Entscheidungen treffen konnte. Und Sören ging es genauso. Er schob bereits eilig sein Panino in den Mund, um so bald wie möglich aufbrechen zu können.

Erik versuchte es auf die lockere Art, damit seine Schwiegermutter nichts von seiner Anspannung bemerkte. »Es wird Zeit, dass wir loskommen.« Er griff nach Tillas Arm. »Wirst du uns ins Büro begleiten? Oder bestehst du darauf, dass du Urlaub hast?«

Sie lachte, etwas künstlich, etwas zu laut. »Nein, ich bin auch im Urlaub die zuständige Staatsanwältin.«

63

Mamma Carlotta stand am Küchenfenster und sah Eriks Auto nach. Aus dem Keller tönten merkwürdige Gitarrenakkorde, dröhnend und alles andere als melodiös, dazu Schlagzeuggetrommel, sehr laut und sehr schnell, dann wieder nur einzelne Schläge. Sie dachte an die Proben zu den Chorkonzerten in Panidomino, wenn alle Frauen des Dorfes, ob mit wohlklingenden oder schrillen Stimmen gesegnet, in die Kirche kamen und der Organist mit ihnen sämtliche Lieder übte, die am nächsten hohen kirchlichen Feiertag gesungen werden sollten. Bis dahin hatten alle schon fleißig geübt, aus sämtlichen Gärten war wochenlang leiser Gesang gekommen, beim Unkrautjäten oder Gemüseernten. Jede von ihnen hatte beim Beaufsichtigen von Kleinkindern geübt oder bei der Weinlese. Wenn dann die erste Chorprobe anstand, hatte jedenfalls keine von ihnen mehr Textschwächen gehabt, nur am Treffen der Töne und am Vortrag musste noch gearbeitet werden.

Aber was nun aus dem Keller hochdrang, nein hochdröhnte, schien etwas zu sein, das sich erst noch zusammenfügen musste. Zur Musik, zu einer Melodie würde es jedoch auch später nicht werden, das wusste Mamma Carlotta inzwischen. Als sie das erste Mal einem Auftritt der *Verbotenen Dosen* beigewohnt hatte, war es ihr sehr schwergefallen, hinterher so zu tun, als hätte es ihr gefallen und als hätte sie erkannt, was die Gruppe zu Gehör gebracht hatte. An ihre Ohren war nur infernalischer Lärm in Form von Geschrei, dröhnenden Gitarrensaiten und Trommelei gedrungen, was schon ohne die weit aufgedrehten Mikrofone viel zu laut gewesen wäre. Das Geschrei war natürlich Gesang gewesen oder von Felix so genannt worden, der jedes Mal, wenn er mit den *Verbotenen Dosen* probte oder gar auftrat, anschließend mit Lutschpastillen versorgt werden musste. Nein, sie musste sich unbedingt von dem Vergleich mit den Chorproben in Panidomino befreien, sonst würde es ihr schwerfallen, demnächst wieder so zu tun, als wäre sie von den Darbietungen der *Verbotenen Dosen* so beeindruckt wie Felix von allem, was die *Toten Hosen* zu bieten hatten.

Sie beugte sich vor, so weit wie möglich über die Fensterbank, bis die Nase an die Scheibe stieß, damit sie nach links und nach rechts die Straße überblicken konnte. Nach wie vor war von Peer Mattes nichts zu sehen. Der Gedanke an den Rahmen, den er in der Restmülltolle gefunden hatte, machte sie unruhig. Natürlich war sie längst hinausgegangen und hatte den Deckel der Tonne wieder geschlossen. Peer Mattes hatte den Rahmen erkannt, keine Frage. Wenn das Bild tatsächlich einmal in seinem Wohnzimmer gehangen hatte, dann in diesem Rahmen. Warum hatte er nichts dazu gesagt?

Im Keller wurde es ruhiger, nur das rhythmische Jaulen einer Gitarrensaite war zu hören, das Trommeln war unterbrochen worden. Felix und Jasper warteten vermutlich auf Ben und Finn, die auch noch kommen und ihren Beitrag zu den Proben leisten wollten. Hoffentlich führte dieses Getöse nicht zu Spannungen in der Nachbarschaft. Herr Kemmertöns von nebenan hatte es gern ruhig, wenn er mit der Harke von Beet zu Beet ging. Nur gut, dass er mittlerweile schwerhörig war und selten seine Hörgeräte trug, obwohl seine Frau ihn deswegen ständig ermahnte.

Ein Geräusch an der Küchentür ließ Carlotta herumfahren. Jasper stand da, immer noch sehr blass, nach wie vor bedrückt und irgendwie mutlos. Weil seine Mutter schon lange in Kur war?

»Hallo, Jasper! Möchtest du un caffè?«

Aber Jasper schüttelte den Kopf. Er war ein großer, breiter Kerl, sah so stark aus wie sein Vater, hatte aber die sensiblen Gesichtszüge seiner Mutter, die zart und feingliedrig war. »Wissen Sie, wo mein Vater ist?« Seine Stimme klang leise und verzagt.

»No, Jasper. Ich verstehe auch nicht, wo er bleibt. Zu welchem Baumarkt wird er gefahren sein?«

»Er nimmt immer den in Tinnum.«

»Dann müsste er längst zurück sein.«

Jasper setzte sich an den Tisch und begann so unvermittelt zu weinen, dass Mamma Carlotta erschrak. »Wahrscheinlich steht er wieder in Käptens Kajüte an der Theke und trinkt. Er trinkt viel zu viel, neuerdings auch tagsüber.«

Mamma Carlotta war erschüttert, ließ sich neben Jasper sinken und nahm seine Hand. »Das wusste ich nicht. Ist es wegen deiner Mama?«

Jasper suchte nach einem Taschentuch und putzte sich umständlich die Nase. »Einige Therapien werden nicht von der Krankenkasse übernommen. Ich glaube, er hat Angst, dass er das alles nicht bezahlen kann. Dabei wird es doch nicht besser, wenn er das Geld für Alkohol ausgibt.«

Nun war Mamma Carlotta überzeugt, dass der Junge doch etwas brauchte, in flüssiger oder fester Form, was ihm half. Wenn nicht Kaffee, dann eben Saft oder Cantuccini.

Aber Jasper blieb dabei. »Nein danke. Ich gehe vielleicht mal zu Tove Griess und sehe nach, ob Papa dort ist.«

Aber Mamma Carlotta hielt ihn zurück. »Geh ruhig wieder

zu Felix in den Keller. Ich schaue selbst nach, ob er in Käptens Kajüte ist. Ein Vater lässt sich nicht gern von seinem Sohn erwischen.«

Diese Erfahrung hatte Jasper offenbar auch schon gemacht. Dankbar sah er Mamma Carlotta an und stand auf. »Danke, Signora.«

Sie folgte ihm in den Flur und griff nach ihrer Einkaufstasche, in der ihre Geldbörse steckte. Den Schlüssel warf sie dazu und verließ das Haus, nachdem sie Jasper ein letztes Mal tröstend zugenickt hatte.

Es war ja immer dasselbe! Auch in Panidomino gab es das viel zu oft. Sobald Probleme auftauchten, gingen viele Männer in die Bottega von Signora Salviata und tranken dort so lange, bis die Probleme noch größer geworden waren, und das oft täglich, bis sie so groß waren, dass sie nicht mehr zu lösen waren. »Terribile!« Diese Art von Problem musste man in den Griff bekommen, bevor alles so schlimm geworden war, dass es keine Lösungen mehr gab. Der arme Jasper! Und die arme Frau Mattes, die vermutlich keine Ahnung hatte, was auf Sylt geschah. Sicherlich redete Peer Mattes ihr vor, wenn er mit ihr telefonierte, dass alles gut werden würde, wenn sie ihre Therapien bekam. Und er würde schon dafür sorgen, dass sie bezahlt werden könnten. Doch was tat er in Wirklichkeit? Er sorgte dafür, dass das Geld noch knapper wurde, indem er es für Bier und Schnaps ausgab. Genau wie der alte Signor Lucretti, der auf der Straße gelandet war, weil er die Miete nicht mehr zahlen konnte. Nach der ersten Mieterhöhung hatte er angefangen und wäre sicherlich noch zu retten gewesen, wenn sich dann jemand um ihn gekümmert und dafür gesorgt hätte, dass mit ein paar Einsparungen die Rente weiterhin reichte.

Während sie die Westerlandstraße überquerte, merkte sie, wie der Zorn in ihr gärte. Warum nur reagierten so viele Männer auf Probleme, indem sie sie mit Alkohol noch weiter vergrößerten? Frauen machten das nicht. Gut, sie wurden oft unleidlich, keiften ihre Männer an, schimpften grundlos mit ihren Kindern, sorgten aber dennoch weiterhin dafür, dass die Familie ihr Auskommen hatte.

An Kriemhild Röhl dachte sie erst, als sie in den Hochkamp einbog. Prompt wurden ihre Schritte langsamer. Hoffentlich war Kriemhild nicht wieder zu Tove in die Imbissstube gekommen! Eigentlich hatte er sich ihr gegenüber eindeutig verhalten. Jede Frau musste nun einsehen, dass sie chancenlos war. Aber Kriemhild Röhl? Der traute Carlotta sogar zu, dass sie versuchte, mit Gewalt zu ihrem Ziel zu kommen und Tove Griess so lange zu bedrängen, bis dieser sich geschlagen gab. Ein schwacher Moment, eine schwere Grippe, ein Glas Genever zu viel, und sie würde ihm ein Ja entlocken, wenn er eigentlich Nein sagen wollte, nur, damit sie endlich Ruhe gab. Und dann würde er aus der Zusage, wie immer sie auch aussehen mochte, nicht wieder herauskommen. Tove Griess traute sie eine solche Dummheit zu.

Sie näherte sich Käptens Kajüte langsam und vorsichtig. Die Tür war geschlossen, obwohl es an diesem Tag endlich warm war und sich alle auf die Außengastronomie freuten. Bei Tove war davon nichts zu sehen. Die beiden Tische neben seiner Eingangstür waren an diesem Morgen noch nicht abgewischt worden, die Papierdecken, die Tove an den Kanten festgeklemmt hatte, sahen aus, als hätten sie schon tagelang im Wind an ihrer Halterung gerissen. Und die Aschenbecher waren nur deshalb leer, weil der Wind der letzten Tage die Asche herausgeweht hatte. Womöglich hatte er wieder in seiner Küche übernachtet und noch gar nicht gemerkt, wie sonnig der Tag war? Das aber würde bedeuten, dass Kriemhild tatsächlich noch nicht aufgegeben und sich auch in der vergangenen Nacht in sein Bett gelegt hatte. Dann würde sie womöglich bald in der Imbissstube auftauchen und Tove wieder scheinheilig dafür loben, dass er so rücksichtsvoll war und ihr sein Bett allein überlassen hatte.

Sie blieb stehen, als sie die Gestalt erkannte, die ihr entgegenkam. Schlurfend, langsam, den Blick auf den Boden gerichtet, kam Fietje Tiensch den Hochkamp herunter. Sicherlich war heute am Strand eine Menge los, und er würde eigentlich gut damit zu tun haben, die Gästekarten zu kontrollieren und darauf aufzupassen, dass am Strand alles seine Ordnung hatte. Aber Fietje hielt es ja selten einen ganzen Achtstundentag in seinem Strandwärterhäuschen aus. Zwischendurch musste er immer mal auf ein Jever in Käptens Kajüte einkehren. Erstaunlich, dass er einen weiteren Versuch machte, nachdem Kriemhild ihn aus der Imbissstube geworfen hatte, weil sie sich nun andere Gäste wünschte. Möglich aber auch, dass Fietje schon wusste, was Mamma Carlotta noch unklar war, dass Kriemhild nämlich bereits der Vergangenheit angehörte.

Fietje Tiensch erkannte sie erst, als er nur noch wenige Schritte von ihr entfernt war. Ein überraschtes Lächeln ging über sein Gesicht. »Moin, Signora.« Er sah zur Eingangstür von Käptens Kajüte. »Hat Tove noch nicht aufgeschlossen?«

Mamma Carlotta bekannte, dass sie es nicht wusste und sich auch nicht traute, es auszuprobieren. »Was, wenn diese Furie wieder hinter der Theke steht?«

Fietje sah nun ebenfalls besorgt aus. »Ich dachte, das wäre vorbei. So blöde kann doch nicht einmal Tove sein, dass er sich auf diesen Drachen einlässt. Wenn die immer noch hinter der Theke steht, habe ich schlechte Karten. Ich soll mir was anderes suchen, hat sie mir gestern gesagt. Penner wie mich will sie in Toves ›Restaurant‹ nicht mehr sehen.« Das Wort Restaurant hatte er in einem Tonfall ausgesprochen, der wohl Kriemhilds Stimme nachahmen sollte.

Mamma Carlotta verzichtete darauf, sich zu empören. Das hatte ja alles keinen Sinn. Wenn eine Frau nicht einmal vor langjährigen Männerfreundschaften haltmachte, musste man wohl wirklich die Segel streichen. Zwar bestritten Tove und Fietje beide vehement, miteinander befreundet zu sein, behaupteten sogar, sich im Gegenteil überhaupt nicht leiden zu können, aber Mamma Carlotta wusste es besser. Dass Fietje hier wieder aufkreuzte, obwohl er mit so rüden Worten vertrieben worden war, zeigte ja, dass er an Käptens Kajüte hing. An dem Wirt ebenfalls. Sein Jever hätte Fietje genauso gut bei Gosch bekommen können.

Tatsächlich war die Tür abgeschlossen, aber drinnen begann es zu rumoren, als Mamma Carlotta es wagte, an der Klinke zu rütteln. Sie trat einen Schritt zurück und lauschte zusammen mit Fietje auf die Geräusche, die von drinnen kamen. Wenigstens hatten sich Jaspers Befürchtungen nicht bewahrheitet. Peer Mattes stand nicht bei Tove an der Theke und vertrank sein letztes Geld.

Die Tür öffnete sich, es bot sich daraufhin das gleiche Bild wie am Vortag: Tove trug noch immer dieselbe Unterhose, die er nun schon seit mindestens zwei Tagen und zwei Nächten am Körper hatte, vermutlich sogar am ungewaschenen Körper, und das Achselhemd aus Feinripp war auch noch dasselbe. Der Kuhkopf auf dem Eingriff seiner Unterhose sah mittlerweile aus, als wäre die Kuh in sauren Regen geraten. Mamma Carlotta bereute schwer, dass sie hingesehen hatte. Ein reines Versehen, das sich dummerweise nicht rückgängig machen ließ.

»Was wollt ihr denn hier?«, fragte er und glotzte erst Mamma Carlotta und dann Fietje an.

Mamma Carlotta verzichtete darauf, ihn zu ermahnen, eine solche Frage demnächst durch die geschlossene Tür zu stellen, damit kein fremder Gast durch seinen Anblick verschreckt wurde. Aber Fietje antwortete schon: »Wir dachten, das hier ist eine Imbissstube, in der auch Frühstück angeboten wird. Oder ist Käptens Kajüte jetzt wirklich ein Restaurant, in dem nur abends erlesene Speisen auf den Tisch kommen?«

Tove antwortete darauf nicht, öffnete aber die Tür weiter. »Ist das schon so spät?«

Er drehte sich um und verschwand in der Küche. Fietje setzte sich an seinen Stammplatz am schmalen Ende der Theke, während Mamma Carlotta unsicher stehen blieb und sich fragte, ob es nicht besser war, wieder zu gehen. Was sie wissen wollte, hatte sie erfahren: Peer Mattes war nicht hier. Und einen Cappuccino wollte sie nicht, wenn sie daran dachte, wie lange Tove sein Badezimmer nicht zu Gesicht bekommen hatte. Denn dass er erneut in Käptens Kajüte übernachtet hatte, war augenscheinlich.

Wenige Augenblicke später erschien er hinter der Theke, in der ausgebeulten Jeans, die er seit Tagen trug, in einem T-Shirt, das natürlich ebenfalls nicht frisch war. »Was darf's sein?«, fragte er und begann, für Fietje ein Jever zu zapfen, ohne seine Antwort abzuwarten.

»Ich möchte nur eine Auskunft«, sagte Mamma Carlotta und blieb stehen, statt es sich auf dem Thekenhocker bequem zu machen, den sie ihren Stammplatz nannte. Aber ehe sie nach Peer Mattes fragte, um dessen Sohn beruhigen zu können, erkundigte sie sich aus reiner Neugier: »Was ist mit Kriemhild Röhl?«

»Was weiß ich!«, blaffte Tove. »Vielleicht macht sie es sich in meiner Bude gemütlich. Meinen Schlüssel hat sie ja noch.« In seine Miene stahl sich eine kleine Hoffnung. »Oder könnte es sein, dass Ihr Schwiegersohn sie in Untersuchungshaft genommen hat?«

Dazu konnte Mamma Carlotta nichts sagen. »Aber vorsichtshalber sind Sie nicht in Ihre Wohnung zurückgegangen?«

Tove griff sich an den Kopf. »Bin ich verrückt? Am Ende liege ich friedlich schlafend in meinem Bett, und die ... die stürzt sich auf mich.«

Fietje kicherte in sein Bier, Mamma Carlotta dagegen wollte sich auf keinen Fall vorstellen, wie so was abgelaufen wäre. Jedenfalls hatte sie Verständnis für Tove und beschloss, das Thema zu wechseln, ehe irgendwelche Einzelheiten, die sie nicht hören wollte, ihr Verständnis noch vertieften oder gar veränderten. Nein, von Kriemhild Röhl wollte sie so wenig wie möglich hören und sehen.

»Eigentlich bin ich nur hier, um nach Peer Mattes zu fragen«, sagte sie und sah Tove erwartungsvoll an. »Sie kennen ihn. Er trinkt hier wohl öfter sein Bier.«

»Was ist mit dem?«, fragte Tove zurück.

»Sein Sohn sucht ihn.«

Fietje sah von seinem Bier auf. »Den habe ich heute Morgen schon gesehen. Der war an meinem Strandhäuschen, hat eine Weile aufs Meer gesehen, so ganz versonnen, regelrecht weggetreten.« Fietje brauchte erst mal einen Schluck Bier, eher er weiterreden konnte. »Dann ist er zu seinem Auto gelaufen und weg.«

»Wohin?«

»Woher soll ich das wissen?«

Diese Auskunft trug nicht zu Mamma Carlottas Beruhigung bei. Ein Mann wie Peer Mattes schaute nicht aufs Meer, wenn er einen Auftrag hatte, der erledigt werden musste. Und dass er auf dem Weg zum Baumarkt den Blick aufs Meer genießen wollte, konnte sie sich auch nicht vorstellen. Das Ganze kam ihr äußerst merkwürdig vor.

»Cappuccino?«, fragte Tove.

Mamma Carlotta lehnte ab und wandte sich zur Tür. »Sie sollten die Sache mit Kriemhild Röhl endlich klären, Signor Griess«, sagte sie zum Abschied. »So geht das ja nicht weiter.«

64

Kaum war er in die Westerlandstraße eingebogen, fragte Erik: »Was machen wir? Felix ist sich sicher, dass er das Bild bei Peer Mattes gesehen hat.«

Tilla meinte: »Wir sollten zu Dagmar Olsson fahren. Vielleicht erkennt sie Peer Mattes wieder.« Sie zog ihr Smartphone aus der Handtasche und brauchte nicht lange, bis sie es triumphierend in die Höhe reckte. »Er hat eine Website. Mit Foto!«

»Also gut.« Erik fuhr am Telekomgebäude vorbei, die Kjeirstraße entlang und bog in die Deckerstraße ein. Aber er stieg nicht gleich aus. »Was ist, wenn dieser schreckliche Onkel zu Hause ist? Das Verhör im Polizeirevier hat nichts gebracht.«

»Du dachtest, er könnte es mit der Angst zu tun bekommen, wenn er Polizeiuniformen um sich herum sieht?«

»Ja, hat aber nicht geklappt. Als ich ihn gehen lassen musste, war ich genauso schlau wie vorher.«

»Dann wird er sich seiner Sache jetzt sicher sein. Der meint ja sowieso, ihm kann keiner was.«

»Wie gehen wir also mit ihm um?«

»Wir fühlen ihm noch einmal gründlich auf den Zahn«, schlug Sören vor. »Das kann nicht schaden. Mir ist der Kerl suspekt. Seine Rolle in den beiden Mordfällen ist nach wie vor völlig unklar.«

»Ihr müsst mich auf den neuesten Stand bringen«, meinte Tilla. »Ich habe einiges verpasst.«

Erik griff nach ihrer Hand und drückte sie so unauffällig, wie es ging. »Du hättest eben nicht ausziehen dürfen.« Er versuchte es mit einem strengen Blick. »Tu das nie wieder.«

Tilla lachte leise. »Versprochen.« Aber gleich veränderte sich ihre Stimme wieder, wurde lauter und unerbittlich. »Vorausgesetzt, du kriegst die Sache mit Carolin hin. Ihr müsst eine vernünftige Vereinbarung treffen. Was die Presse erfahren darf, muss sie von dir zu hören bekommen. Als Erste! Dafür ist sie deine Tochter, und dafür wird sie dann auch bereit sein, nicht auf eigene Faust zu ermitteln.«

Erik war in der Stimmung, zu allem Ja und Amen zu sagen. Er nickte friedfertig. »Okay.«

Dagmar Olsson kam gerade vom Einkaufen zurück, als sie auf die Haustür zugingen. Sie trug ein knielanges gelbes Sommerkleid mit einer bunten Perlenkette, dazu weiße Flipflops. Dass ihr mit dem Tod ihres Mannes viele Sorgen und Enttäuschungen abgenommen worden waren, sah man auf den ersten Blick. Und sie schien nicht die trauernde Witwe spielen zu wollen. Diese Geradlinigkeit nötigte Erik Respekt ab.

Sie ging ihnen ins Haus voran und die Treppe hinauf. Ihr Einkaufsnetz legte sie in der Küche ab und bat sie dann ins Wohnzimmer. Tilla warf sie dabei einen fragenden Blick zu, sodass diese sich daraufhin hastig vorstellte.

»Die Staatsanwältin?«, staunte Dagmar Olsson. »Wissen Sie endlich, wer Matz umgebracht hat?«

»Nein, leider noch nicht«, antwortete Tilla.

Sie nahmen Platz, Dagmar Olsson verzichtete darauf, ihnen etwas zu trinken anzubieten. Sie war unruhig, schien nicht darauf warten zu wollen, dass man ihr erklärte, was es mit diesem Besuch auf sich hatte. Sie starrte auf das Smartphone, das Tilla aus ihrer Handtasche zog und ihr hinhielt, nachdem sie eine Seite aufgerufen hatte. »Kennen Sie diesen Mann?«

Dagmar brauchte eine Weile, dann wiegte sie zweifelnd den Kopf. »Ja, den ich habe schon mal gesehen. Kann sein, dass er mal auf dem Flohmarkt an meinem Stand war.«

»Hat er das Bild gekauft, das früher bei Ihrer Schwiegermutter über dem Esstisch hing?«

»Schon möglich. Sicher bin ich nicht.«

»Sie sagten«, machte Erik weiter, »Ihr Mann habe Ihnen an diesem Tag auf dem Flohmarkt geholfen. Er war es, der das Bild verkauft hat.«

»Ja, stimmt.«

»Kannte er diesen Mann näher?« Sören wies auf das Smartphone, das Tilla noch immer in Händen hielt. »Wenn er der Käufer des Bildes gewesen sein sollte.«

»Nein, glaube ich nicht.«

»Vielleicht nur flüchtig?«

»Möglich.« Sie krauste die Stirn, als wäre sie ärgerlich.

»Immer dieses Bild! Die Journalistin vom *Inselblatt* hat mich auch schon ausgefragt und sogar eine Story daraus gemacht. Ich weiß nicht, wie das Gemälde in die Galerie gekommen ist.«

Niemand ging auf das ein, was sie sagte. Sören fuhr fort, als hätte er ihren Einwurf nicht zur Kenntnis genommen: »Hat Ihr Mann länger mit dem Käufer geredet?«

»Ich sage doch, ich weiß nicht, ob dieser Mann das Bild gekauft hat.«

Sören überhörte den Einwand. »Auf dem Flohmarkt herrscht ja eine andere Einkaufsatmosphäre. Da macht man keine schnellen Besorgungen, da redet man häufig mit dem Standbesitzer …«

Dagmar unterbrach Sören. »Mein Mann redete mit allen, nicht nur auf dem Flohmarkt. Wenn der jemanden kennenlernte, wusste er zehn Minuten später, wo der geboren war und wie viele Kinder er hatte.«

Erik beugte sich vor und stützte die Ellbogen auf die Oberschenkel. »Dann könnte es sein, dass Ihr Mann erfahren hat, dass der Käufer Peer hieß und Dachdecker war?«

Nun wurde Dagmars Blick sehr nachdenklich. »Komisch, jetzt erinnere ich mich sogar daran. Ja, er hat an dem Tag mit einem Kunden darüber gesprochen, dass unser Dach eine Renovierung braucht.« Sie warf einen Blick zu Tillas Smartphone. »Kann sein, dass der das war. Aber ob der das Bild gekauft hat, weiß ich trotzdem nicht.«

Erik ließ eine Pause entstehen, mit voller Absicht. Sören und Tilla spürten es und schwiegen. Alle drei hatten das Gefühl, dass sich in Dagmar Olsson etwas entwickelte, ein Gedanke, eine Vermutung, vielleicht sogar ein Schuldgefühl? Keiner der drei wollte diese Entwicklung stören. Auf ihrem Gesicht spiegelte sich ein innerer Kampf wider. Entstand womöglich sogar der Wunsch in ihr, sich ihre Schuld von der Seele zu reden? Begriff sie, wenn sie die Täterin war, dass das Spiel jetzt vorbei war?

»Was hat es auf sich mit dem Bild?«, fragte Erik nach einer Weile so leise, dass es kaum zu verstehen war. »Hat es mit dem Onkel Ihres Mannes zu tun?«

Dagmar Olsson sah zur Tür, die nicht fest im Schloss saß. Erwartete sie, dass Warnfried Bakker jeden Moment in der Tür erscheinen würde? Fragte sie sich, ob er überhaupt zu Hause war? Konnte er im Erdgeschoss hören, was hier gesprochen wurde?

Mit einem Mal stiegen Tränen in Dagmar Olssons Augen. Ein Geständnis bahnte sich seinen Weg nach draußen, Erik spürte es genau. Dagmar Olsson war so weit. Sie würden jetzt etwas erfahren, was sie schon lange in sich verschloss. Zu lange ...

»Wir hätten Onkel Warnfried das Bild gegeben. Natürlich! Weder Matz noch ich hatten es haben wollen. Aber wir wussten nicht, dass meine Schwiegermutter es ihm vermacht hat. Wir wussten nicht einmal, dass sie ein Testament gemacht hat.« Sie spuckte das Wort noch einmal aus: »Testament! Nur ein paar Sätze. Matz und ich erbten alles, aber das Bild sollte ihr Bruder Warnfried bekommen.« Nun begann sie heftig zu schluchzen. »Sie hatte es gut verwahrt, dieses Testament. So gut, dass wir es erst später gefunden haben. Am Abend des Flohmarktes, als wir die Sachen, die nicht verkauft worden waren, wieder ins Haus getragen hatten. Da fiel mir ein Flurschränkchen ein, das wir noch nicht ausgeräumt hatten. Und dort fand sich das Testament.« Sie wischte sich mit dem Handballen die Tränen ab. »Da war das Bild aber schon weg. Was sollten wir tun? Wir wussten, Onkel Warnfried hätte uns einen Kopf kürzer gemacht, womöglich sogar die Polizei eingeschaltet. Er hat ja immer schlecht von uns gedacht. Er hätte behauptet, wir hätten das Testament verschwinden lassen, um das Bild nicht rausrücken zu müssen. Dabei stimmte das gar nicht. An diesem hässlichen Bild war uns überhaupt nicht gelegen. Also haben wir das Testament weggeworfen. Wir konnten nur hoffen, dass Warnfried nichts davon wusste. Da hofften wir ja auch noch, dass er nicht die weite Reise nach Sylt auf sich nehmen würde.«

Tilla fragte nun: »Was haben Sie sich dabei gedacht, warum Ihre Schwiegermutter dieses Bild ausdrücklich ihrem Bruder vererbte?«

Dagmar zuckte mit den Achseln. »Ein Familienerbstück. Sie hing daran und Warnfried wohl auch. Sie hat mal gesagt, dahinter stecke eine Geschichte, eine schöne Erinnerung.«

»Oder war es kostbar?«, hakte Erik nach.

»Das glaube ich nicht!«, wehrte Dagmar ab. »Vielleicht war es mehr als zehn Euro wert, aber was soll's? Was hätte das gebracht, wenn das Bild hundert oder tausend wert gewesen wäre? Kein Mensch hätte so viel für dieses hässliche Ding bezahlt. Dann also lieber zehn Euro.«

Erik hörte, dass die Treppe knarrte. Er blickte auf und sah, dass auch Sören und Tilla aufmerksam geworden waren.

»Das Bild war für meine Schwiegermutter eine schöne Erinnerung, deswegen wollte sie wohl dafür sorgen, dass es nicht weggegeben wurde.« Sie lachte bitter auf. »Da hatte sie recht. Ich hätte es niemals behalten.«

In diesem Augenblick wurde die Tür aufgestoßen. Warnfried Bakker erschien auf der Schwelle. Er wirkte in diesem Augenblick größer und breiter, schien den ganzen Türrahmen auszufüllen. Seine Gestalt drückte Empörung und Selbstgerechtigkeit aus. Erik war ein weiteres Mal von ihm abgestoßen.

»Dachte ich es mir doch«, rief er und sah so aus, als wollte er Dagmar ins erschrockene Gesicht spucken. »Meine Schwester hatte mir das Bild versprochen.« Verächtlich sah er Dagmar an. »Du und Matz, ihr wusstet doch einen echten Emil Nolde gar nicht zu schätzen.«

Erik stand auf, als wollte er Warnfried Bakker formvollendet begrüßen, das hatte er natürlich nicht vor. Er wollte nur nicht mehr zu Bakker aufsehen müssen, der stehen geblieben war und anscheinend nicht die Absicht hatte, sich zu setzen.

»Findest du es richtig, hier einfach hereinzuplatzen?«, fragte Dagmar Olsson ihn gereizt. »Dies ist meine Wohnung. Da kannst du nicht einfach kommen, ohne zu klingeln oder anzuklopfen.«

Darauf reagierte Warnfried Bakker nicht. Wohl aber auf Eriks Provokation: »Deswegen sind Sie also um die Galerie Kruskopp herumgeschlichen, Herr Bakker. Sie wussten, was mit dem Bild geschehen war. Sie wussten, wo es geblieben war. Sie wollten es sich holen.«

Bakker macht eine wegwerfende Handbewegung. »Ich habe Ihnen doch schon gesagt, dass es nicht so war.«

»Wenn Sie wussten«, begann Sören und erhob sich nun auch, »dass Ihre Schwester Ihnen das Gemälde testamentarisch vermacht hat – warum haben Sie Ihren Anspruch dann nicht offiziell geltend gemacht?«

Bakker lachte ein hässliches Lachen. »Hätten Sie mir geglaubt? Ohne Testament kam ich an das Bild nicht ran. Ich dachte mir gleich, dass Matz und sein Liebchen das Testament zerreißen würden. Ich habe meiner Schwester gesagt, sie soll das Testament lieber beim Amtsgericht hinterlegen, aber sie hat ihrem Sohn vertraut.« Er warf Dagmar einen Blick zu, der voller Verachtung war. »Dieser Idiot! Dieser Versager! Deswegen hat er mich erst über den Tod meiner Schwester verständigt, als sie schon beigesetzt war. Ich habe es vorher gewusst, dass es so laufen würde.« Er machte eine Bewegung, als wollte er sich auf Dagmar stürzen. »Diese Dummköpfe!«

»Nehmen Sie bitte Platz«, sagte Erik und wies auf einen Stuhl. Er selbst ließ sich auch wieder nieder und Sören ebenfalls. »Jetzt noch einmal: Wie ist das abgelaufen? Sie kamen nach Sylt und stellten fest, dass das Bild, das Sie haben wollten, weg war.«

Tilla ergänzte: »Sie wussten, was es wert war?«

»Natürlich. Meine Schwester wusste es auch. Aber sonst niemand. Meine Schwester wollte keine Begehrlichkeiten wecken, deswegen hat es nie jemand erfahren. Wäre bekannt gewesen, dass es sich um einen echten Emil Nolde handelte, hätte man es nur noch im Tresor verwahren können. Meine Schwester war keine reiche Frau, niemand konnte ahnen, dass sie ein Bild besitzt, was gut und gerne zweihunderttausend wert ist.«

»Vorausgesetzt«, warf Erik ein, »ein Gutachten ergibt, dass es wirklich ein Emil Nolde ist. Das Bild ist schließlich nicht signiert.«

Bakker wischte diesen Einwand mit einer heftigen Geste aus der Luft. »Das Bild ist echt. Soll ich Ihnen erzählen, wie es in den Besitz unserer Familie gekommen ist?«

»Nicht nötig«, entgegnete Erik, »wir wissen es.«

Bakkers Verblüffung tat ihm gut. Er würde alles tun, um die Überheblichkeit des alten Mannes zu knicken.

»Nun gut ... Meine Schwester wollte aber das Bild Tag für Tag sehen. Deswegen hing es über dem Esstisch, ohne dass jemand ahnte, wie kostbar es war. Sie wusste, dass sie Matz nicht trauen konnte.« Er warf seiner Nichte einen düsteren Blick zu. »Und Dagmar erst recht nicht. Die beiden haben nie erfahren, was das Bild wert ist.«

»Woher wussten Sie, wo das Bild geblieben war?«

»Das Naheliegendste waren die Galerien. Ich konnte mir vorstellen, dass ein Galerist es gekauft hatte, der gleich erkannt hat, dass ein Idiot ein kostbares Gemälde für zehn Euro weggibt. Deshalb habe ich alle Galerien abgeklappert, und bei Kruskopp bin ich fündig geworden. Dem habe ich auf den Kopf zugesagt, dass er sich das Bild unrechtmäßig angeeignet hat. Daraufhin hat er es aus dem Verkauf genommen.«

»Und später«, ergänzte Erik, »sind Sie in die Galerie eingestiegen, um sich das Bild zu holen. Sie fühlten sich im Recht. Dumm nur, dass Ihnen der Galerist in die Quere kam ...«

Erik suchte nach den Handschellen, die eigentlich an seinem Gürtel hängen sollten, und blickte dann zu Sören. Der hatte sie schnell zur Hand und trat zu Bakker. »Wir nehmen Sie vorläufig fest. Wegen des Verdachts, Alf Kruskopp erschlagen zu haben.«

65

Als Mamma Carlotta zurückkehrte, war Peer Mattes noch immer nicht wieder zurück. Alles, was er sich kurz nach Arbeitsantritt zurechtgestellt hatte, stand noch so da, wie er es verlassen hatte. Sein Auto war weg, von Peer Mattes keine Spur. Im Haus war es ruhig, der Lärm, der aus dem Keller gedrungen war, als Mamma Carlotta das Haus verlassen hatte, war verstummt. Dafür drangen nun aus Felix' Zimmer gedämpfte Stimmen. Jasper schien noch da zu sein.

Mamma Carlotta stieg die Treppe hoch und klopfte. »Permesso?«

Nicht Felix, sondern Jasper öffnete. »Haben Sie meinen Vater gefunden?«

Mamma Carlotta verneinte. »In Käptens Kajüte ist er nicht.«

Jasper gab Felix einen Wink. »Dann ist er woanders. Kommst du mit? Ich muss ihn suchen. Noch wird er nüchtern genug sein, dass er die Arbeit fortsetzen kann.«

»Okay!« Felix stand auf und lief hinter Jasper die Treppe hinab. Die beiden waren schon aus dem Haus, als Mamma Carlotta unten ankam, langsam und schwunglos. Die Füße waren ihr mit einem Mal schwer geworden. Was war mit Peer Mattes los? Noch nie hatte sie bemerkt, dass er Alkohol getrunken hatte. Niemals bei der Arbeit. Es war ihm in letzter Zeit nicht gut gegangen, ja. Seit Tagen war er kränklich und unwohl gewesen, genau wie Jasper. Aber angetrunken? Nein, diesen Eindruck hatte sie nie gehabt. Ihr war er wie ein verlässlicher Handwerker erschienen. Doch dazu passte nicht, dass er nun einfach verschwand und nicht zurückkam, obwohl er es versprochen hatte.

Mit einem Mal hatte sie wieder das Bild des Dachdeckers vor sich, wie er vor der offenen Restmülltonne stand und hineingriff. Grenzenloses Staunen hatte auf seinem Gesicht gelegen, als er den Bilderrahmen in der Hand gehalten hatte. Und Felix hatte behauptet, das Bild, das einmal in diesem Rahmen gesteckt hatte, habe bei Peer Mattes im Wohnzimmer gehangen. Wie war das möglich? Was wusste Peer Mattes von dem Bild, das sie selbst aus Alf Kruskopps Galerie geholt hatte?

Das Telefonklingeln löste sie aus ihren Gedanken. »Pronto!«

Am anderen Ende war Peer Mattes. Er meldete sich nicht mit seinem Namen, aber Mamma Carlotta erkannte seine Stimme sofort. Und das, obwohl sie anders klang als sonst, gepresster, angestrengter.

»Signor Mattes! Wo sind Sie? Wir machen uns Sorgen. Jasper ist unterwegs, um Sie zu suchen.«

Peer Mattes reagierte nicht auf ihre Worte, er schien sie gar nicht wahrzunehmen. »Signora, wie ist der Bilderrahmen in Ihre Mülltonne gekommen?«

»Perché ... warum ... wieso fragen Sie?«

»Sie müssen ihn von einem Bild abgenommen haben.«

»Sì, sì.«

»Wo ist das Bild jetzt?«

»Warum fragen Sie das? Warum wollen Sie das wissen? Weil das Bild mal in Ihrem Wohnzimmer gehangen hat?«

Peer Mattes reagierte auch diesmal nicht auf ihre Fragen. »Wie ist das Bild in Ihr Haus gekommen? Ist es noch bei Ihnen?« Nun klang seine Stimme so leise, geradezu gefährlich leise, dass Mamma Carlotta Angst bekam. Sie war froh, dass sie verneinen konnte. »No, es ist nicht hier.«

»Ist es bei der Polizei? Hat Ihr Schwiegersohn es gefunden?«

»No, no. Ich habe es weggeworfen. So ein hässliches Bild.«

Es blieb still auf der anderen Seite. Mamma Carlotta hörte den Atem von Peer Mattes, kleine Windstöße, die in den Hörer fuhren, und den Schrei einer Möwe. Sie wartete auf eine Entgegnung, aber sie blieb aus. Nach einer Weile raschelte es im Hörer, dann kam ein Klicken. Peer Mattes hatte aufgelegt.

Mamma Carlotta wollte sich auf einen Küchenstuhl sinken lassen, traf ihn aber nicht und landete zwischen zwei Stühlen auf dem Boden. Mühsam rappelte sie sich hoch, stöhnte vernehmlich, obwohl niemand sie hören konnte, dachte daran, dass ihre Mutter durch so eine Unachtsamkeit kurz vor ihrem Tod einen Oberschenkelhalsbruch erlitten hatte, und beschloss, erst mal stehen zu bleiben, bis sie ihre Verblüffung überwunden hatte. Was war nur mit Signor Mattes los? Mit dieser Frage ließ sie sich behutsam nieder, darauf bedacht, die Sitzfläche des Stuhls genau dort zu platzieren, wo sie sich hinsetzen wollte, und blieb dann so lange sitzen, bis Jasper und Felix zurückkehrten, Felix ratlos und Jasper noch immer voller Sorge.

»Wir haben alle Kneipen durch, wo er gerne mal einkehrt«, sagte Felix.

»Hoffentlich ist ihm nichts zugestoßen«, klagte Jasper.

Aber da konnte Mamma Carlotta zur Beruhigung beitragen. »Ich habe mit ihm telefoniert. Er hat angerufen.«

Jasper atmete auf. »Um zu erklären, warum er im Baumarkt so lange braucht?«

Mamma Carlotta wusste nicht, was sie antworten sollte. Nein, das hatte Peer Mattes nicht erklärt. Und er hatte auch nicht angekündigt, wann er zurückkehren und seine Arbeit fortsetzen wollte. Doch davon sagte sie Jasper nichts. Dass Peer Mattes nach dem Bild gefragt hatte, dessen Rahmen in der Mülltonne des Hauses Wolf gelandet war, sprach sie ebenfalls nicht an. Jasper, der sie nicht so gut kannte, war beruhigt,

Felix dagegen warf seiner Großmutter einen unsicheren Blick zu, ehe er mit seinem Freund in die erste Etage hochstieg.

66

Warnfried Bakker schimpfte laut und lange, war aber irgendwann doch bereit, chronologisch und ausführlich zu berichten. Er hatte vom Tod seiner Schwester erst sehr spät erfahren. »Da war sie schon unter der Erde. Matz und Dagmar hofften wohl, unter diesen Umständen würde ich nicht nach Sylt kommen.«

Aber die beiden hatten sich getäuscht. Warnfried wollte das Bild haben, den Emil Nolde, der ein Vermögen wert war. Er hatte sogar schon Vorbereitungen getroffen, hatte Kontakt mit einem Gutachter aufgenommen, wusste bereits, was er tun musste, damit das Bild als Emil-Nolde-Gemälde anerkannt wurde. Und er hatte auch bereits einen Interessenten gefunden, der ihm das Bild und die einzigartige Geschichte, die zu diesem Bild gehörte, für 230.000 Euro abkaufen wollte.

»Ich hatte meiner Schwester immer wieder gesagt, sie solle ihr Testament beim Amtsgericht hinterlegen, aber sie hat das hinausgeschoben, bis es zu spät war. Einfach vertrödelt! Meine Hoffnung war, dass Matz und Dagmar das Testament finden und aufbewahren würden, weil sie ja keine Ahnung hatten, wie viel das Bild wert war.« Aber angeblich hatten sie kein Testament gefunden. Und beim Amtsgericht war keins hinterlegt worden, das wusste Warnfried Bakker. »Matz tat ganz verlegen, er entschuldigte sich, er hätte mir das Bild gern gegeben, er selbst hätte es ja nicht behalten wollen ...«

Warnfried Bakker schäumte vor Wut beim Gedanken an das Gespräch mit seinem Neffen. Zunächst hatte er ihm gar nicht geglaubt. Aber dann bekam er zu hören, dass Matz das Bild für zehn Euro auf dem Flohmarkt verkauft hatte, und hielt es nun für möglich. »Mein Neffe war ja so dämlich!«

Wütend hatte Warnfried Bakker seinem Neffen entgegengeschleudert, dass er ein Vermögen verschenkt habe, und ihm erklärt, was es mit diesem Bild auf sich habe. »Matz war wie vom Donner gerührt. Seine Mutter hatte ihn ja nie eingeweiht.«

»Was glauben Sie, was er gemacht hat«, fragte Erik, »als er die volle Wahrheit kannte?«

Warnfried Bakker zuckte nur mit den Schultern. »Keine Ahnung. Aber vielleicht ... vielleicht das Gleiche wie ich. Nur dass ich es überlebt habe und er nicht.«

»Sie meinen, er hat das Bild gesucht?«

»Könnte ja sein. Ich habe die Galerien abgeklappert, mein Neffe ist mir da nicht begegnet. Er muss woanders gesucht haben.«

Tilla gab Erik und Sören einen Wink und erhob sich. Gemeinsam verließen die drei den Vernehmungsraum und blieben auf einem Flur stehen, in dem sie einigermaßen Ruhe hatten, wenn auch gelegentlich ein Streifenbeamter vorbeikam.

»Wir lassen ihn schmoren«, sagte Tilla. »Den Mord an Alf Kruskopp wird er vermutlich heute noch gestehen.«

»Totschlag«, korrigierte Sören, erntete aber nur eine wegwerfende Handbewegung.

»Bei Matz Olsson wird es auch Totschlag gewesen sein«, überlegte Erik. Er griff nach seinem Smartphone und rief im Süder Wung an. Beunruhigt steckte er es kurz darauf zurück. »Peer Mattes ist noch immer nicht zurückgekommen.«

In diesem Moment kam Enno Mierendorf angelaufen, der die drei im Vernehmungsraum vermutete und verblüfft war, als er unerwartet vor ihnen stand. »Wieder eine Leiche in der Braderuper Heide«, rief er. »Wieder auf dem Parkplatz Üp de Hiir.«

67 Der Schrei kam völlig unerwartet. Mamma Carlotta war, nachdem die beiden Jungs sich in Felix' Zimmer zurückgezogen hatten, am Küchentisch sitzen geblieben, ratlos, aufgewühlt und voller Angst. Es war eine diffuse Angst, von der sie ergriffen worden war, sie trug keinen Namen, hatte kein klares Ziel, war wie eine große Frage, die sich über ihrem Kopf aufgebläht hatte und auf sie niederzusinken drohte. Lähmend war sie gewesen, diese Angst.

Aber jetzt der Schrei, der Mamma Carlotta aufschreckte, die Lähmung auflöste, eine Flamme der Panik in ihr auflodern ließ. Im Nu stand sie am Fuß der Treppe. »Jasper? Che cosa succede?«

Dass der Schrei nicht von Felix gekommen war, hatte sie gleich erkannt. »Jasper!«

Aber niemand antwortete ihr. So schnell sie konnte, lief sie die Treppe hoch und schaffte es nur mit größter Kraftanstrengung, zunächst an die Tür zu klopfen, statt sie aufzureißen und ins Zimmer zu stürmen.

Doch niemand rief sie herein. Ihr Klopfen war entweder nicht gehört worden, oder hinter der Tür spielte sich etwas ab, das derart vertraulich war, dass sogar dieses Anklopfen keine Diskretion, sondern blanke Störung war. Mamma Carlotta zögerte wieder, wagte aber nicht, noch einmal zu klopfen.

Dann jedoch hörte sie das Weinen, das heftige Schluchzen, das Wimmern, die Sprachfetzen, die nicht zu verstehen waren, und Felix' Versuche, besänftigende Worte zu finden.

Nun hielt Mamma Carlotta nichts mehr. Dort drinnen wurde ihre Hilfe gebraucht, davon war sie nun überzeugt. Sie stieß die Tür auf und sah Jasper auf Felix' Bettkante sitzen, vornübergebeugt, den Kopf auf den Knien, während seine Hände im Schoß etwas umklammerten. Felix saß neben ihm, hatte den Arm um Jaspers Schultern gelegt und flüsterte hilflose Worte.

Felix schien dankbar zu sein, dass seine Nonna auftauchte.

Offensichtlich war er mit der Situation hoffnungslos überfordert.

»Jasper! Cosa c'è che non va? Was ist los?«

Sie sah Felix fragend an, als von Jasper keine Antwort kam, als er nur noch lauter weinte und noch heftiger und verzweifelter schluchzte.

Felix hob hilflos die Schultern. Er schien nicht zu wissen, was passiert war.

Mamma Carlotta ließ sich an Jaspers anderer Seite aufs Bett sinken. Sie schaffte es nun, leise zu sprechen, tröstend, aufmunternd, begütigend. »Was ist passiert, Jasper? Geht es um deinen Vater? Oder deine Mama?«

Es dauerte eine ganze Weile, dann richtete Jasper sich schließlich langsam auf, starrte mit leerem Blick an die gegenüberliegende Wand, schien weit weg zu sein und gar nicht zu merken, wer bei ihm war. Was er sagte, hörte sich an wie ein Selbstgespräch. »Das hätte er nicht tun dürfen.« Immer wieder dieser Satz. Und schließlich: »Warum? Warum hat er das getan?«

Schließlich merkte Mamma Carlotta, was Jasper in Händen hielt, fest umklammerte, so fest, dass seine Knöchel weiß hervortraten. Sie legte ihre Hand auf seine und spürte, dass sein Griff sich lockerte, dass er bereit war, sein Smartphone, das er festhielt, freizugeben.

Mamma Carlotta forderte Felix mit einem Blick auf, es aus Jaspers Hand zu nehmen.

»Wer hat dir geschrieben?«, fragte Felix flüsternd.

Jasper antwortete nicht, gab aber mit einer kleinen Kopfbewegung zu verstehen, dass Felix selbst nachsehen sollte.

»Eine WhatsApp«, raunte Felix und sah Jasper fragend an. »Von deinem Dad?«

Jasper nickte und beugte sich wieder vor, legte die Stirn erneut auf seine Knie. Seine Schultern zuckten, nun weinte er lautlos.

Felix' Augen wurden groß, als er die Nachricht geöffnet und gelesen hatte. Entsetzt starrte er seine Oma an, sein Mund öffnete sich, die Kinnlade sackte herab. Kopfschüttelnd betrachtete er, was Peer Mattes seinem Sohn geschrieben hatte, dann sagte er leise und stockend: »Ein Abschiedsbrief. Jaspers Dad. Er schreibt, er hätte Matz Olsson und Alf Kruskopp umgebracht. Und er könne mit dieser Schuld nicht leben.«

»Nein! Nein!«, schrie Jasper, sprang auf und lief aus dem Zimmer. »Nein!«, hörten sie ihn auf der Treppe schreien. »Nein!«, hörten sie noch, während er die Haustür aufriss. Und »Nein!« drang zu ihnen hoch, während die Tür ins Schloss fiel und Mamma Carlotta und Felix noch immer wie erstarrt dasaßen.

68

Es standen mehrere Wagen auf dem Parkplatz, aber außer einem älteren Mann, der sich hinter die Säule zurückgezogen hatte, an der Veranstaltungshinweise hingen, waren keine Touristen zu sehen. Offenbar gehörten die Autos allesamt Wanderern, die in der Heide unterwegs waren. Das Wetter war ideal, wunderbar sonnig, aber noch kein richtiges Strandwetter, weil die Sommerluft nach wie vor mit dem kalten Wind kämpfte. Es herrschte dieses Wetter, bei dem man den Pullover auszog, wenn die Sonne durchkam, und ihn wieder überstülpte, wenn sich eine Wolke vor die Sonne schob.

Kommissar Vetterich war gerade mit seinen Leuten angekommen. Dr. Mikkelsens blauer Porsche rollte hinter Eriks Wagen heran. Sie hatten ihn schon unterwegs gesehen, Antje Mikkelsen hatte fröhlich gewinkt, als sie Eriks Auto und die Insassen erkannte.

Sie fuhren auf den Parkplatz und stiegen aus. Kommissar Vetterich kam zu ihnen, als er sie bemerkte, und informierte sie kurz und knapp, wie es seine Art war. »Toter im Auto. Hinterm Steuer. Offenbar erschossen.« Er wies auf den älteren Mann, der sich nicht rührte, nur ängstlich herüberblickte. »Er hat ihn gefunden und den Notruf gewählt.«

Er hieß Harald Zilg und war sehr nervös, als Erik ihn begrüßte. Beinahe so, als hätte er ein schlechtes Gewissen und wüsste, dass man ihm auf die Schliche kommen würde. Aber Erik war klar, dass dieser Eindruck täuschte. Der Mann hatte eine schreckliche Entdeckung gemacht, hatte vielleicht zum ersten Mal in seinem Leben das Ergebnis einer Gewalttat zu sehen bekommen und war entsprechend aufgeregt. Erschütterung und Schuldgefühle äußerten sich häufig auf ähnliche Weise.

Harald Zilg war ein Mann Mitte sechzig, mit grauem Haarkranz und einer dunklen Hornbrille, die er immer wieder abnahm und mit einem blütenweißen, sorgsam zusammengefalteten Stofftaschentuch säuberte, das er aus seiner Jackentasche geholt hatte. Seine Hände waren gepflegt, die Nägel manikürt, seine Kleidung war von guter Qualität. Höherer Beamter, vermutete Erik. Er sprach zunächst in abgehackten Sätzen, führte sie nicht zu Ende, sondern begann schon mit dem nächsten, wenn dem vorherigen noch ein paar Wörter fehlten. Aber während er berichtete, wurde er ruhiger, und irgendwann brachte er einen vollständigen Satz heraus: »Ich dachte zunächst, der Mann schläft.« Dann waren ihm jedoch Blutspritzer aufgefallen, er war um das Auto herumgegangen, um das Gesicht des Mannes zu sehen ... Prompt begann er wieder zu zittern. Er war den Tränen nahe, als er stammelte: »Es war entsetzlich, so fürchterlich ...«

Nun brach der ganze Schrecken aus ihm heraus, das Entsetzen, der Horror, die Fassungslosigkeit. Wieder nahm er die Brille ab, legte weinend den Unterarm vor die Augen und wandte sich ab. Erik betrachtete hilflos seine zuckenden Schultern, Tilla war es, die zu ihm trat und ihn sanft berührte.

Über seinen Kopf hinweg verständigte sie sich mit einem Mitarbeiter von Kommissar Vetterich. Der verstand sofort, ging zu einem Wagen der KTU und schloss ihn auf. Tilla führte Herrn Zilg dorthin, ließ ihn einsteigen und bat den Spurenfahnder, bei dem Zeugen zu bleiben und ihn mit einem heißen Getränk zu versorgen. »Ich rufe den Opferschutzbeauftragten an. Der Mann braucht Unterstützung und sollte jetzt erst einmal nicht allein sein.«

Während Tilla telefonierte, machten Erik und Sören ein paar Schritte auf den Wagen zu, in dem der Tote gefunden worden war. Ein unauffälliges Modell, ein grauer Kastenwagen, wie er gern von Handwerkern benutzt wurde, die viele Gerätschaften zu transportieren hatten. Erik wusste ziemlich schnell, dass er diesen Wagen kannte, ein Opel, der in letzter Zeit häufig vor seinem Haus gestanden hatte.

Auch Sören begriff es bald. »Peer Mattes?«, flüsterte er erschrocken.

Dr. Mikkelsen trat zu ihnen. Sie hatte in der offenen Beifahrertür des Kastenwagens gestanden, sich ins Auto gebeugt und sorgte nun dafür, dass Erik und Sören erst mal auf Abstand blieben. Das wurde Erik jedoch erst nach ein paar Augenblicken klar.

»Eindeutig Selbstmord«, sagte Dr. Mikkelsen. Sie war blass, offenbar war sie noch nicht abgehärtet genug, um den Anblick, der sich ihr geboten hatte, zu ertragen. »Atmet erst mal tief durch, ehe ihr ihn euch anseht. Er hat die Pistole in den Mund gesteckt und abgedrückt.«

»Woher hat Mattes eine Pistole?«, fragte Erik fassungslos.

Dr. Mikkelsen zuckte die Achseln. »Ist das jetzt noch wichtig?«

Erik schüttelte den Kopf. »Trotzdem werde ich Jasper mal fragen.«

Eine Stunde später hatte der Opferschutzbeauftragte ganze Arbeit geleistet. Herr Zilg war stabilisiert, zwar immer noch blass, aber nun doch gefasst. Er weinte nicht mehr und fühlte sich stark genug, nach Hause zu fahren und mit dem Erlebten fertigzuwerden. Am Abend wollte er vorsichtshalber Baldrian einnehmen, damit er in den Schlaf fand, aber er glaubte, dass es ihm gelingen würde. Und wenn nicht, wollte er den Rat des Opferschutzbeauftragten befolgen und einen Arzt aufsuchen, vielleicht sogar einen Psychiater.

Erik hätte am liebsten auch ärztlichen Beistand in Anspruch genommen. Ihm war übel, speiübel. Das zerschossene Gesicht von Peer Mattes, die Spritzer, mit denen das Armaturenbrett übersät war, die graue Masse, die unter dem Dach des Autos klebte ... er hatte sich diesem Anblick nicht lange stellen können. Sören ging es genauso, und Tilla war von vornherein auf Abstand geblieben.

Erik wäre gern zu ihr gegangen, hätte sich am liebsten mit ihr auf eine Bank gesetzt, sich eng an sie gedrückt und mit ihr über Peer Mattes geredet, über seine Motivation, über seine Frau, seinen Sohn und über das, was ihn unglücklich gemacht hatte. Und natürlich darüber, was er selbst empfand im Angesicht dieser schrecklichen Tat. Aber er hatte Angst, dass er so wie Herr Zilg zu weinen beginnen könnte, er wusste, dass er nur gefasst bleiben konnte, wenn er keine Schwäche zuließ. Und dann sah er, dass Tilla erneut zu ihrem Smartphone griff und ein weiteres Telefonat führte. Der Blick, mit dem sie ihn, während sie sprach, bedachte, machte ihn unsicher. Mit wem redete sie?

Kommissar Vetterich packte seine Sachen zusammen. Er hatte das Smartphone an sich genommen, das auf dem Beifahrersitz gelegen hatte, und reichte es Erik nun, noch immer in einer Plastiktüte. »Vielleicht benötigen Sie das, wenn Sie wissen wollen, warum er es getan hat.«

Tilla trat zu ihm und sah ihm über die Schultern. Ganz leise, sodass nur er es hören konnte, sagte sie: »Ich habe Carolin angerufen. Sie wird gleich kommen, sodass das *Inselblatt* morgen schon über diesen Selbstmord berichten kann. Ich habe mit ihr vereinbart, dass kein Name genannt wird.«

Erik nickte und spürte Dankbarkeit in sich aufsteigen. Tief schöpfte er Atem, nickte noch einmal, ohne etwas zu sagen, dann entschloss er sich, die Plastiktüte nicht zu entfernen. Das Smartphone war voller Blutspritzer und anderer Partikel, die sich nicht identifizieren ließen. Er drückte aufs Display, und es flackerte auf. Erik konnte erkennen, dass er um die Eingabe der PIN gebeten wurde.

Entmutigt ließ er das Smartphone sinken. »Wir können Jasper fragen. Vielleicht kennt er die PIN.«

Er machte ein paar Schritte in die Heide hinein, so viele, dass er vor sich nur noch die Heidelandschaft hatte und die Menschen in seinem Rücken vergessen konnte. Er schaffte es sogar, ihre Stimmen auszublenden und sich allein zu fühlen. Nur der Tote war noch in seiner Nähe, in seinen Gedanken, seinen Gefühlen. Alles andere spielte in diesem Moment keine Rolle. Peer Mattes! Warum hatte er das getan? Was war geschehen, dass er keine andere Möglichkeit gesehen hatte, dieses Leben hinter sich zu lassen, seiner Frau und seinem Sohn dieses Leid anzutun? Erik dachte an den Tag, an dem er zu ihm gegangen war, um ein Angebot einzuholen. Freundlich und hilfsbereit war er gewesen, ein ruhiger, ausgeglichener Mann. Erik hatte gewusst, dass seine Frau krank war, dass Peer Mattes sich Sorgen um sie machte, von finanziellen Problemen war ihm jedoch nichts bekannt gewesen. Das hatte er erst von Felix erfahren, von diesen Behandlungsmethoden, die die Krankenkasse nicht übernahm. Hätte er sich mehr um den Mann kümmern sollen? Seiner Schwiegermutter war bald aufgefallen, dass es Peer Mattes nicht gut ging, er selbst hatte ja außer ein paar Belanglosigkeiten kaum ein Wort mit ihm gewechselt. Mamma Carlotta aber war gleich in Sorge gewesen. Peer Mattes sei krank und Jasper auch. Etwas Ansteckendes hatte sie vermutet, da beide, Vater und Sohn, betroffen waren. Was hatte hinter dieser Krankheit gesteckt? Das Bild von Emil Nolde? Aber das konnte sicherlich nichts mit Jasper zu tun haben, oder?

Er drehte sich um und merkte, dass Tilla und Sören ihn beobachteten. Es fiel ihm schwer, zu ihnen zurückzugehen und auszusprechen, was nun getan werden musste. »Wir müssen zu Jasper gehen und es ihm sagen. Vielleicht erfahren wir von ihm auch, warum sein Vater Selbstmord begangen hat.« Er sah zur Straße, hielt Ausschau nach einem sich nähernden Motorroller. »Aber erst müssen wir auf Carolin warten. Sie wird sicherlich bald kommen.«

Er spürte, dass Tillas Hand in seine glitt, und war dankbar, dass sie wieder an seiner Seite war. Dass sie Carolin angerufen hatte, dass sie nun wieder Teil seiner Familie war.

»Was hat Peer Mattes getan?«, fragte er flüsternd.

69

Mamma Carlotta lief von einem Fenster zum anderen, öffnete alle paar Minuten die Haustür und blickte die Straße hinauf und hinunter. Dann entschloss sie sich, erneut in Felix' Zimmer zu gehen und sich Jaspers Smartphone anzusehen, das dort noch immer lag. Natürlich konnte sie die WhatsApp-Nachricht, die sein Vater geschickt hatte, nicht noch einmal lesen, dafür hätte sie die PIN gebraucht, aber es reichte ihr, sich das Gerät anzusehen, das eine solch niederschmetternde Nachricht von Vater zu Sohn gesendet hatte. Wohin mochte Jasper gelaufen sein? Ob Felix ahnte, wo er ihn finden konnte? Der arme Junge! Wie sollte Jasper damit fertigwerden? Und seine Mutter! Peer Mattes hatte seinen Sohn nicht nur zur Halbwaise gemacht, sondern ihm auch die Last auferlegt, ab jetzt der Sohn eines Mörders zu sein. Wie sollte Jasper damit leben?

Carlotta ging mit schweren Schritten ins Erdgeschoss

zurück. Wie war Peer Mattes zum Mörder geworden? Er war doch kein gewalttätiger Mann. Sie war sicher, dass ihre Menschenkenntnis sie nicht trog, wenn sie davon überzeugt war, dass Peer Mattes ein friedliebender Mensch war, der eigentlich keiner Fliege etwas zuleide tun konnte. Trotzdem hatte er gestanden, Matz Olsson und Alf Kruskopp erschlagen zu haben. Er war also der Mann gewesen, der die Galerie durchsucht hatte, während Carlotta in zwei Farbeimern gestanden und um ihr Leben gebangt hatte! Ja, er musste das Bild in der Galerie gesucht haben. Warum? Wie war es dorthin gekommen, wenn es doch in seinem Wohnzimmer gehangen hatte? Felix hatte das Geständnis, das Peer Mattes per WhatsApp-Nachricht seinem Sohn hinterlassen hatte, nicht bis zu Ende vorgelesen. Ob Erik damit die Erklärung bekam, die er brauchte?

Sie atmete auf, als sich ein Schlüssel im Schloss der Haustür drehte. Endlich kam jemand! Endlich würde jemand da sein, mit dem sie reden und alles, was geschehen war, von sämtlichen Seiten beleuchten können! Am besten Felix und Jasper, damit sie von der Sorge befreit war, der Junge könnte sich in seiner Verzweiflung etwas angetan haben!

Aber es waren Erik, Tilla und Sören, die eintraten. Sehr ernst und sehr leise. Erik schob seine Schwiegermutter Richtung Küchentür und ließ ihre Fragen zunächst an sich abprallen.

»Was ist passiert? Habt ihr Signor Mattes gefunden?«

Er drängte sie in die Küche hinein, um dafür zu sorgen, dass sie sich setzte.

Doch sie wehrte seine Hand ab. »Jasper ist weggelaufen. Aber Felix sucht ihn.«

Erik sah seine Schwiegermutter erschrocken an. »Jasper? Er ist hier?«

»Er war hier! Aber jetzt ist er weg.«

Als Tilla sie auf einen Stuhl drückte, ließ sie es sich gefallen. Und als die drei sich ebenfalls setzten, konnte sie ruhig durchatmen und berichten, was geschehen war.

So ernst und mitfühlend, als ginge es um einen nahen Verwandten, sagte Tilla: »Peer Mattes ist tot, Carlotta.«

»Das weiß ich doch!«, rief sie und sprang wieder auf. »Er hat Jasper vor seinem Tod eine WhatsApp geschickt.«

Erik bat sie, sich wieder zu setzen und ganz ruhig zu bleiben. Wenn Mamma Carlotta eins hasste, dann die Aufforderung, ruhig zu bleiben, wenn das Leben gerade aus seinen Fugen geriet. Ruhig bleiben! Wie war das möglich, wenn ein Mensch, der seit Tagen jeden Morgen zu ihnen kam, sich das Leben nahm? Wenn dessen Sohn in Felix' Zimmer gesessen hatte und einen Abschiedsbrief von seinem Vater per WhatsApp-Nachricht erhalten hatte?

Sie setzte sich nicht, sondern lief vom Küchenfenster zur Tür des Vorratsraums und wieder zurück, obwohl sie wusste, dass Erik das hasste. Schwer atmend blieb sie nun neben Eriks Stuhl stehen. »Er hat gestanden, Matz Olsson und Alf Kruskopp erschlagen zu haben!«, schrie sie und griff sich an den Kopf, als wollte sie sich die Haare raufen. »Der arme Jasper! Hoffentlich tut er sich nicht auch etwas an.«

Erik stand auf und sorgte dafür, dass sie wieder Platz nahm, während Tilla und Sören wie erstarrt dasaßen. »Hat Jasper sein Smartphone mitgenommen?«

»No! Es liegt noch in Felix' Zimmer.« Sie machte Anstalten, schon wieder aufzuspringen, bezwang sich jedoch. »Aber du kannst die Nachricht nur lesen, wenn du die PIN kennst.«

Erik ging trotzdem hoch, um das Smartphone zu holen. Auf der Treppe rief er zurück: »Sören, du solltest die Kollegen anrufen. Alle Streifen müssen nach Jasper Ausschau halten.«

Tilla griff nach Mamma Carlottas Hand. »Das muss ja schrecklich für dich gewesen sein.«

Tatsächlich stiegen Carlotta nun die Tränen in die Augen. An sich selbst hatte sie in den vergangenen Stunden überhaupt nicht gedacht. Durch Tillas Anteilnahme merkte sie plötzlich, wie angstvoll und erschüttert sie war.

Sören stand auf, um in der Diele mit den Kollegen zu sprechen. Aber er kam nicht mehr dazu. Gerade, als er die Nummer wählen wollte, öffnete sich die Haustür erneut, und Felix schob seinen Freund Jasper ins Haus. Ein Häufchen Elend, zitternd am ganzen Körper, tränenüberströmt, mit zerzausten Haaren, feuchten Jeans und schmutzigen Schuhen. Er sah aus, als hätte er versucht, ins Wasser zu gehen.

»Ich habe ihn am Strand gefunden«, erklärte Felix kurz und bündig und schob Jasper in die Arme seiner Nonna.

Der ließ sich hineinfallen und schluchzte, während sie seinen Oberkörper wiegte, über seinen Rücken strich und ihm viele italienische Wörter ins Ohr murmelte, die nichts bedeuteten, aber einen beruhigenden Klang hatten. Sören stand verlegen daneben, Erik drückte sich vorsichtig in die Küche, Jaspers Smartphone in der Hand, Felix ließ sich auf einen Stuhl fallen, als trügen ihn seine Beine nicht mehr, Tilla stand auf, strich Felix übers Haar und ging zum Kaffeeautomaten.

Das Geräusch des Mahlwerks brachte Jasper in die Wirklichkeit zurück. Er löste sich von Mamma Carlotta und sagte: »Ja, ein Kaffee wäre jetzt nicht schlecht.«

Ein vielfaches Aufatmen ging durch die Küche. In einem Menschen, der nach Kaffee verlangte, wachten noch ein paar Lebensgeister, die dafür sorgen würden, dass er sich nicht aufgab. Mamma Carlotta lief in die Vorratskammer und holte alles an Gebäck heraus, was sich dort befand, schüttete Cantuccini, Amaretti, Tartufini, Mandorlini und Biscotti in eine große Glasschale und stellte sie auf den Tisch, während die Staatsanwältin dafür sorgte, dass jeder eine dampfende Tasse vor sich stehen hatte. Felix ergriff seine mit zitternden Händen, die erst ruhiger wurden, als seine Nonna sich hinter ihn stellte und in kreisenden Bewegungen sanft über seinen Rücken strich.

Erik schob Jasper sein Smartphone hin, und der Junge verstand sofort. Er nahm es zur Hand, gab die PIN ein, öffnete die WhatsApp seines Vaters und schob das Smartphone zurück.

Erik las und reichte Sören das Smartphone weiter, der es wiederum an die Staatsanwältin weitergab, als er Peer Mattes' Nachricht gelesen hatte. Die drei sahen sich an. Mit einem Mal wurde aus den vielen Einzelteilen ein ganzes Bild. Als hätten ein paar Puzzleteile gefehlt, die nun alle an ihren richtigen Platz gerückt waren. Peer Mattes war in der Nacht durch Geräusche geweckt worden, hatte an einen Einbrecher geglaubt, war ins Wohnzimmer geschlichen und hatte dort tatsächlich einen Mann überrascht, der sich im Schein einer Taschenlampe umsah. Die Angst hatte seinen Verstand ausgeschaltet. Er hatte sich bedroht gefühlt und mit dem kupfernen Kerzenständer, den er in der Diele in die Hand bekommen hatte, zugeschlagen. Als der Mann zu seinen Füßen lag, mit der hässlichen Wunde am Hinterkopf, als das Blut in den Teppich gesickert war, als der Einbrecher noch ein paarmal gezuckt hatte und dann still liegen geblieben war, war Peer Mattes in Panik verfallen. Er hatte Jasper geholt und ihn gebeten, mit ihm die Leiche wegzuschaffen. Man würde ihm nicht glauben, dass er in Notwehr gehandelt hatte. Sie mussten den toten Mann loswerden! Peer Mattes bedankte sich in seiner WhatsApp-Nachricht bei seinem Sohn, dass er ihm geholfen hatte, wenn es im Ergebnis auch sinnlos gewesen war. Und er entschuldigte sich bei Jasper, dass er ihn in diese schreckliche Situation gebracht hatte. Ihm war klar, was er Jasper angetan hatte.

Erik brach ab und fragte leise: »Woher hatte dein Vater eine Pistole?«

Jasper hatte Mühe zu antworten. »Von seinem Vater. Er hat immer gesagt, dass er sie behalten will. Zur Abschreckung. Falls er sich mal verteidigen muss.«

Als Jasper ein ersticktes Schluchzen von sich gab, sah Erik

ihn mitleidig an. »Mach dir keine Sorgen, Jasper. Niemand wird dich dafür belangen, dass du deinem Vater geholfen hast, nachdem er den Einbrecher erschlagen hat. Natürlich war es nicht richtig, aber ... verständlich.«

Jasper sah nicht auf, starrte nur auf seine Hände, diese großen, kräftigen Hände, in denen die kleine Espressotasse beinahe vollständig verschwand. Er nickte nur, schien aber ruhiger zu werden.

»Dein Vater hat dann gemerkt, dass der Einbrecher ein Gemälde umklammert hielt. Da ist ihm klar geworden, dass er den Flohmarktverkäufer erschlagen hat, der ihm dieses Bild verkauft hatte.« Erik sah wieder in die WhatsApp-Nachricht. »Ihr habt den Mann in die Heide gefahren und dort abgelegt.« Er sah Jasper nicht an, sondern las weiter, ohne ihn durch einen Blick in Verlegenheit zu bringen.

Peer Mattes hatte sich natürlich gefragt, warum der Verkäufer sich das Bild zurückholen wollte. Schnell war er auf die Idee gekommen, dass das Bild wohl wertvoller war, als der Verkäufer ursprünglich angenommen hatte. Er war damit zu Alf Kruskopp gegangen, der ihm tausend Euro dafür gegeben hatte. Ein erklecklicher Betrag für Peer Mattes' Verhältnisse und Geld, das er sehr gut gebrauchen konnte. Aber dann wurde er Zeuge, wie Professor Klühn mit Alf Kruskopp telefonierte. Peer Mattes arbeitete auf dem Dach seiner Garage, Klühn stand auf der Terrasse und redete laut und ungeniert. Peer Mattes konnte jedes Wort verstehen. Und er musste begreifen, dass er von Alf Kruskopp übers Ohr gehauen worden war. Das Bild war viel mehr wert als tausend Euro.

Erik legte das Smartphone zur Seite. Er sah Jasper wieder an, und dieser blickte auf. »Dein Vater wollte sich das Bild zurückholen, aber Alf Kruskopp hat ihn auf frischer Tat ertappt.«

»Dieses dämliche Bild«, zischte Sören. »So viel Unglück hat es gebracht.«

»Wo kann es geblieben sein?«, fragte Tilla leise. »Es kann sich doch nicht in Luft aufgelöst haben.«

Sören setzte sich mit einem Mal aufrecht hin. »Und was ist mit der weißen Spur in der Galerie? Von wem stammt die denn nun? Wer hatte sich dort versteckt? Nicht nur einmal, sondern gleich zweimal?«

»Kriemhild Röhl«, antwortete Erik. »Das wissen wir doch von Tove Griess.«

»Warum?«

Auf diese Frage erhielt er keine Antwort. Denn in diesem Moment öffnete sich die Küchentür. Niemand hatte gehört, dass Carolin die Haustür aufgeschlossen hatte. »Moin«, sagte sie leise, ging an Jasper vorbei zu dem einzigen freien Stuhl, den es noch gab, und fuhr ihm dabei tröstend über den Rücken. »Tut mir echt leid, Jasper.«

Mamma Carlotta sah eine Möglichkeit, die Schwere des Augenblicks ein wenig leichter zu machen, kochte für Carolin einen Espresso und schob ihr die Gebäckschale hin, damit sie sich bediente. Vorsichtig sah sie von einem zum anderen. Warum wunderte Erik sich nicht, dass seine Tochter erschien? Warum sagte niemand etwas dazu?

Die Fragen wurden ihr umgehend beantwortet. »Danke, Papa, dass ich als Erste informiert worden bin.« Sie warf Jasper einen unsicheren Blick zu. »Ich habe schon alle Fakten in der Redaktion abgegeben.«

Jasper schien nicht zu erkennen, dass vom Selbstmord seines Vaters die Rede war, und reagierte nicht auf Carolins Worte. Mamma Carlotta war sehr erleichtert. Schlimm genug, wenn der Junge morgen in der Zeitung lesen musste, dass ein Mann in der Braderuper Heide Selbstmord begangen hatte. Sie musste unbedingt mit Carolin darüber reden, dass der Name nicht genannt wurde. Oder hatte Erik schon dafür gesorgt? Es sah ganz so aus, als hätte es zwischen Vater und Tochter bereits Gespräche gegeben. Mindestens einen Informationsaustausch. Oder zwischen Tilla und Carolin? Mamma Carlotta sah Tilla ins Gesicht und bemerkte ein kleines Zucken ihres rechten Augenlids. War das ein Zwinkern gewesen? Ja, das kleine Lächeln, das davon begleitet wurde, bewies es. Tilla hatte dafür gesorgt, dass der Kriminalhauptkommissar der Vertreterin des *Inselblattes* eine Information gegeben hatte. Mamma Carlotta seufzte unhörbar und war mit einem Mal froh, dass sie sich nicht entschlossen hatte, schon früher wieder nach Italien zu fliegen. Während dieses Syltaufenthalts hatte es wahrlich genug Tragödien gegeben. Zumindest die Familie Wolf hatte darüber nun aber wieder zusammengefunden. Blieb nur noch die Sache mit der weißen Spur …

Da kam es auch schon. »Tove Griess hat also gesagt«, fragte Carolin, »dass Kriemhild Röhl mit weißer Farbe an den Schuhen in die Imbissstube gekommen ist?«

Erik nickte. »Aber die bestreitet es.«

Carolin sah nachdenklich aus. »Aber möglich wäre es …« Sie informierte ihren Vater darüber, dass Tove Griess und Kriemhild Röhl sich beim Speeddating kennengelernt hatten. »Du solltest öfter das *Inselblatt* lesen«, sagte sie provokant. »Dann hättest du das schon gewusst.«

Eriks Blick flog zu seiner Schwiegermutter. »Da warst du doch auch! Was ist denn eigentlich aus dieser Sache geworden? Da hatte doch mal ein Mann angerufen …«

Mamma Carlotta wartete nicht, dass er zu Ende sprach. »Der Mann lebt nicht mehr.«

»Was?« Erik sah sie entgeistert an. Dann endlich schien ihm ein Licht aufzugehen. Allerdings erst nach Tilla und auch nach Sören. »Alf Kruskopp?«

Mamma Carlotta nickte traurig. »Nicht, dass ich Interesse an ihm hatte, aber … sein Tod geht mir trotzdem nahe.«

Erik schlug sich vor die Stirn. »Das ist es!«

Nun schien er allen anderen etwas vorauszuhaben. Nicht nur Carolin, auch Tilla und Sören sahen ihn verblüfft an. »Die

Röhl hatte vielleicht nicht nur Tove Griess beim Speeddating kennengelernt, sondern auch Alf Kruskopp. Der war womöglich sogar ihre erste Wahl gewesen. Auf Tove Griess hat sie sich nur eingelassen, weil es mit Alf Kruskopp nicht geklappt hat. Der hatte doch kurz vor seinem Tod Besuch. Die Röhl war eifersüchtig und hat ihn belauscht – mit den Füßen in den Farbeimern.« Er sah Tilla entschuldigend an. »Und ich hatte deine Freundin verdächtigt.«

Tilla achtete gar nicht darauf, sondern sah Mamma Carlotta lange und sehr vielsagend an. Aber sie schluckte die Frage herunter, die ihr offenbar auf der Zunge lag. Sören nippte an seinem Espresso, griff nach ein paar Cantuccini und genoss die Tatsache, dass die beiden Todesfälle geklärt waren. Er war deswegen besonders überrascht, als Erik mit einem Mal seine Schwiegermutter fragte: »Warst du das vielleicht, die mit Alf Kruskopp Tee getrunken hatte?«

Mamma Carlottas Gedanken jagten durch ihren Kopf. Konnte sie das zugeben? Oder würde Erik ihr unterstellen, Zeugin des Mordes geworden zu sein? Würde er auf die Idee kommen können, dass sie das Bild entwendet hatte? Dann würde der Gedanke nicht weit sein, dass die weiße Spur nicht von Kriemhild Röhl, sondern von Carlotta Capella stammte. Aber beweisen würde er das nicht könnten. Also antwortete sie klar und deutlich: »Ja. An dem Tag, an dem er ermordet wurde.« Sie kreuzte hinter dem Rücken zwei Finger, die davor bewahrten, dass eine Lüge sie demnächst in die Hölle bringen würde. So brachte sie glaubhaft über die Lippen: »Aber da war ich natürlich schon längst wieder gegangen ...«

70

Der Nachmittag zog sich dahin, manchmal so, als wollte er stillstehen, dann wieder in einem kurzen schnellen Tempo, das sich aber gleich wieder dehnte, woraufhin die Zeit erneut von einer Minute zur nächsten stolperte. Eine Tante von Jasper war gekommen, um den Jungen zu sich zu holen. Erik seufzte leise, als er an seine Schwiegermutter dachte. Sie hatte Jasper natürlich nicht gehen lassen wollen, hatte angeboten, das Gästezimmer für ihn herzurichten, war dann aber genau wie Erik erleichtert gewesen, als Jasper den Schoß seiner eigenen Familie vorzog. Seiner Trauer fühlten sie sich alle nicht gewachsen, auch Mamma Carlotta nicht, die Jasper aber natürlich erst ziehen ließ, nachdem er fest davon überzeugt war, dass man ihn im Hause Wolf jederzeit gern willkommen hieß. Erik seufzte noch einmal. Wenn er an Frau Mattes dachte, die von den Kollegen des Kurortes, in dem sie sich aufhielt, zu hören bekommen würde, was mit ihrem Mann passiert war, fühlte er sich hilflos und kleinmütig. Was würde mit Jasper und seiner Mutter geschehen? Wie würden sie mit dem Verlust zurechtkommen? Jasper war erwachsen, ja, so erwachsen wie Felix, der aber doch immer noch die Familie brauchte. Erik holte sich gerade eine Flasche Mineralwasser aus der Teeküche der Telekom, als ihm dieser Gedanke kam. Brauchte Felix noch die Familie? Mit einem Mal war er nicht sicher, wie er diese Frage beantworten sollte. Er kehrte in sein Büro zurück, wo Tilla auf ihn wartete. Mit der Frage, wo das Bild sein könnte, wegen dem Peer Mattes sein Leben ruiniert hatte, kamen sie einfach nicht weiter.

Tilla fing immer wieder von vorne an: »Matz Olsson verkauft also das Bild, dann hört er von seinem Onkel, dass es wertvoll ist, und findet heraus, wer es gekauft hat. Dort bricht er ein, schnappt sich das Bild ... und wird erschlagen. Peer Mattes nimmt ihm das Bild ab und bringt es zu Kruskopp. Der zahlt ihm tausend Euro, aber dann bekommt Mattes mit, dass das Bild viel mehr wert ist, und will es von Kruskopp zurückholen ...« Tilla brach ab und runzelte die Stirn.

Erik nahm den Faden wieder auf. »In seinem Geständnis behauptet er, er habe das Bild nicht gefunden. Alles umsonst.«

»Kann es sein, dass er es durchaus gefunden, aber irgendwo versteckt hat? Irgendwie hat er vielleicht dafür gesorgt, dass Jasper es später findet. Dann könnte der Junge, wenn Gras über die Sache gewachsen ist, damit zu Geld kommen.«

Erik nickte nachdenklich. »Möglich wäre es. Wie könnte er Jasper hinterlassen, wo das Bild ist?«

»Durch einen Brief?«, mutmaßte Tilla.

»Oder einen Hinweis in seinem Zimmer?«, meinte Sören. »Zettelchen auf dem Kopfkissen oder neben der Kaffeetasse. Wie man sich in der Familie Nachrichten zukommen lässt ...«

Erik fühlte sich nicht wohl bei dem Gedanken, im Hause Mattes nach einem solchen Hinweis zu suchen. Er sah Tilla fragend an. »Einen Durchsuchungsbeschluss bekomme ich dafür nicht?«

Sie schüttelte den Kopf, ohne lange nachzudenken. »Vielleicht können wir mit Frau Mattes reden. Oder mit Jasper, wenn er den Tod seines Vaters überwunden hat. Ich könnte mir vorstellen, dass er von dem Bild gar nichts wissen will. Es hat seiner Familie nun wirklich kein Glück gebracht.«

Die Todesfälle waren geklärt, die Ermittlungen konnten abgeschlossen werden. Trotzdem wollte sich keine Zufriedenheit einstellen. Der Gedanke an Peer Mattes machte Erik zu schaffen, dieser unbescholtene Mensch, ein ehrlicher Kerl, der sich nie etwas zuschulden kommen ließ. Dass ein solcher Mann für den Tod von zwei Menschen verantwortlich war, wollte er einfach nicht verstehen. Wegen eines Bildes! Er hatte dafür sorgen wollen, dass dieses Gemälde Frau und Kind die Zukunftsängste nahm, aber im Ergebnis hatte er seine Familie damit zerstört.

»Einfach schrecklich«, murmelte Erik.

Tilla und Sören nickten stumm. Auch sie konnten sich an dem Ermittlungserfolg nicht freuen. Der Gedanke an Jasper und seine Mutter setzte ihnen zu, ebenso wie die Erinnerung an den verzweifelten Peer Mattes.

Erik schüttelte seine Gedanken ab und wandte sich an Sören. »Sind die beiden Frauen wieder auf freiem Fuß?«

Sören wusste sofort, von wem er sprach. »Für die Falschaussage wird Kriemhild Röhl sich natürlich verantworten müssen. Aber da alles danach aussieht, dass sie damit etwas bezeugt hat, was wirklich stattgefunden hat, wird sie glimpflich davonkommen.«

»Sie meinen«, warf Tilla ein, »Brunhilde ist tatsächlich von ihrem Mann verprügelt worden?«

Sören nickte. »Es sieht alles danach aus.«

»Und die weiße Spur in der Galerie?«, fragte Tilla weiter.

»Die Röhl bestreitet, bei Kruskopp gewesen zu sein«, antwortete Sören. »Sie behauptet auch, sie hätte Alf Kruskopp nicht näher kennenlernen wollen. Die Betreiber des Datingportals berufen sich auf den Datenschutz, von ihnen konnte ich keine Auskunft bekommen. Ich habe mit ihnen telefoniert.«

»Wir können sie dazu zwingen, Einblick in ihre Unterlagen zu bekommen«, warf Erik ein.

»Klar«, bestätigte Tilla. »Bei Mordermittlungen kann der Datenschutz aufgehoben werden.«

»Unsere Mordermittlungen sind aber bereits abgeschlossen«, gab Erik zu bedenken.

Sören wischte die Angelegenheit mit einer heftigen Geste aus der Luft. »So wichtig ist das doch gar nicht mehr. Die Morde sind aufgeklärt, die weiße Spur hat mit ihnen nichts zu tun. Wir müssen nicht unbedingt wissen, ob die Röhl vielleicht doch ein Kreuz hinter Kruskopps Namen gemacht und dann eifersüchtig reagiert hat, als er sich mit einer anderen traf.« Er warf Erik einen schnellen Blick zu. »Mit deiner Schwiegermutter.«

Tilla grinste. »Ich bin zwar eine Frau und kann das wohl nicht richtig beurteilen ... aber ich würde mich als Mann tausendmal lieber mit Carlotta als mit der Röhl treffen.«

Erik wollte davon nichts hören. »Schade, dass sie nicht länger bei Kruskopp geblieben ist. Vielleicht hätte sie den Mord verhindern können. Oder sie hätte mitbekommen, was geschehen ist.«

»Dann wüssten wir vielleicht auch, wo das Bild ist«, seufzte Tilla.

»Das hat sich jemand unter den Nagel gerissen«, schimpfte Erik, »der genau wusste, wie wertvoll es ist.«

»Kuno Schuster?«, überlegte Sören.

»Profess Klühn?«, fragte Erik. Er sah Tilla herausfordernd an. »Deine Freundin Konny?«

»Unsinn!«, wehrte Tilla ab.

Sören seufzte tief auf. »Zwei Mordfälle sind zwar geklärt, aber ein neuer Fall wird eröffnet: das Verschwinden des Emil-Nolde-Gemäldes.«

71

Mamma Carlotta bog sehr langsam in den Hochkamp ein, näherte sich Käptens Kajüte Schritt für Schritt, immer darauf gefasst, auf der Stelle kehrtmachen und die Flucht ergreifen zu müssen. In sicherer Entfernung blieb sie stehen und lauschte. Drangen Stimmen aus der Imbissstube? Die Tür stand offen, die beiden Tische vor dem Eingang trugen Papiertischdecken, die mit Klammern an der Tischplatte befestigt waren, damit sie nicht wegflogen. Neue Decken! Darauf Aschenbecher, die noch nicht benutzt worden waren. Mamma Carlotta wusste nicht, was mit Kriemhild Röhl geschehen war. Dass Erik sie über Nacht festgehalten hatte, konnte sie sich nicht vorstellen. Oder doch? Immerhin hatte Kriemhild eine Falschaussage auf ihr Gewissen geladen. Keine Kleinigkeit! Vielleicht hatte auch Brunhilde bekennen müssen, dass sie gelogen hatte? Womöglich war sie gar nicht von ihrem Mann verprügelt worden! Hatte sie gelogen, damit Jürgen Kiewel in Verdacht geriet?

Mamma Carlotta schwirrte der Kopf, je länger sie nachdachte. Sie blieb vor der Tür von Käptens Kajüte stehen und zögerte ein letztes Mal, als ihr Kaffeeduft entgegenkam. Entweder hatte Kriemhild Röhl nun wirklich das Zepter in der Imbissstube übernommen und sorgte dafür, dass aus Käptens Kajüte ein Lokal wurde, das Gäste anzog, oder Tove war derart erleichtert, wieder allein hinter der Theke stehen zu dürfen, dass er auf die Idee gekommen war, seinen Laden ein wenig in Schwung zu bringen. Und hoffentlich auch sich selbst.

Nun ging sie das Wagnis ein und trat über die Schwelle. Nur einen einzigen Schritt, damit sie notfalls schleunigst die Flucht ergreifen konnte, wenn Kriemhild Röhl wieder auf sie zuschoss, um sie aus dem Haus zu treiben. Doch in der Imbissstube blieb alles ruhig. Vor der Theke standen zwei Männer, die ihre Kaffeetassen austranken, dahinter residierte Tove, mit frisch gewaschenen Haaren, einem sauberen Hemd und einem schneeweißen Geschirrtuch vor dem Bauch.

»Moin, Signora«, rief er derart überschwänglich, dass damit alles gesagt war. Kriemhild Röhl war aus seinem Leben verschwunden, augenscheinlich hatte sie auch seine Wohnung geräumt. Tove war so froh gestimmt wie schon lange nicht mehr. Er, der eigentlich niemals Freude zeigte, sah nun regelrecht heiter und gelöst aus.

Mamma Carlotta wartete, bis die beiden Männer bezahlt und die Imbissstube verlassen hatten, dann erst ließ sie sich auf ihrem Stammplatz an der Theke nieder. »Ist sie weg?«

»Aber so was von!«, prahlte Tove, als hätte er Kriemhild Röhl höchstpersönlich beim Schlafittchen gepackt und aus seinem Leben befördert.

Das glaubte Mamma Carlotta jedoch nicht. »Sie meint immer noch, dass Sie und ich ... also, dass wir beide ...?« Die Vorstellung von dem, was Kriemhild meinte, war so schrecklich, dass Mamma Carlotta es nicht in Worte fassen konnte.

Tove half ihr. »Jau! Sie hat eingesehen, dass ich total in Sie verschossen bin, Signora.«

Eine Stimme kam von der Tür her. Mamma Carlotta war derart schockiert über das, was Tove so deutlich ausgesprochen hatte, dass sie den Gast nicht bemerkt hatte, der nun hereinkam. Fietje Tiensch grinste breit, während er am schmalen Ende der Theke Platz nahm. »Tja, Signora, nun bin ich gespannt, ob Sie Toves Gefühle erwidern.«

»Sentimenti?« Mamma Carlotta war drauf und dran, sich zu empören, solche Mutmaßungen weit von sich zu weisen, sämtliche Gründe, die gegen solche Gefühle sprachen, aufzuzählen, sogar die Höflichkeit fahren zu lassen und nicht damit hinterm Berg zu halten, dass sie in Tove nie etwas anderes sehen würde als ihren Sylter Freund und, seit sie seine Unterhose kannte, sogar damit ihre Schwierigkeiten hatte ... da merkte sie zum Glück noch früh genug, dass Fietje Tiensch nur Spaß gemacht hatte.

Sie lachte, während Tove vergnügt ein Jever für Fietje zapfte und sogar eins für sich selbst. Mamma Carlotta verzichtete auf ein alkoholisches Getränk und prostete den beiden mit ihrer Cappuccinotasse zu. Am liebsten hätte sie Tove gefragt, warum er wirklich ein Kreuz hinter ihren Namen gemacht hatte. Gefühle? Nein, das konnte Mamma Carlotta nicht glauben. Außerdem hatte Tove ihr schon oft genug gesagt, wie sehr sie ihm auf die Nerven ging mit ihrem Gerede und ihren schnellen Bewegungen. Könnte er sich etwa vorstellen, sie zu seiner Lebensgefährtin zu machen? Dann müsste er sich ebenso vorstellen können, vieles an sich und seinem Leben zu verändern. Aber Tove Griess würde sich niemals ändern, sich vermutlich nicht mal neue Unterhosen kaufen. Mamma Carlotta schüttelte sich unmerklich. Er war ein ungepflegter Kerl mit ungehobelten Manieren, und das würde er immer bleiben. Sie betrachtete ihn kurz, dann wurde er auf ihren Blick aufmerksam und erwiderte ihn. Auf eine Weise, die neu war.

Madonna! Es wurde Zeit, dass sie nach Hause kam! Eilig bezahlte sie ihren Cappuccino, wollte nichts davon hören, dass er aufs Haus ging, und verließ die Imbissstube mit einem laut geschmetterten »Arrivederci!«.

Hinter sich hörte sie Tove brummen: »Kann man sich nicht leise verabschieden?«, dann trat sie auf den Hochkamp und genoss die Erkenntnis, dass in Käptens Kajüte alles so bleiben würde wie bisher. Ohne Kriemhild Röhl, mit einem übellaunigen Wirt und einem Stammgast, der dort die Kalorien, die er zum Leben brauchte, in flüssiger Form zu sich nahm. Die Befürchtung, dass bei ihrem nächsten Besuch in Käptens Kajüte alles anders sein könnte, war schrecklich gewesen. Nun genoss Mamma Carlotta es, dass sie sich geirrt hatte.

Als sie sich auf den Heimweg machte, merkte sie, dass ihre Schritte schwungvoller wurden, dass sie nicht mehr zu Boden blickte, sondern in den Himmel schauen konnte, weil es dort hell und sonnig war, weil dort die Möwen kreisten und schrien und der Welt verkündeten, dass das Leben schön war. Trotz allem ...

Vor dem Haus stand ein Fahrrad, das sie kannte. Jaspers Fahrrad! Hatte er es sich anders überlegt? Wollte er doch lieber bei den Wolfs statt bei seiner Tante wohnen? Oder brauchte er einen Freund, der ihm half, den Tod seines Vaters zu verarbeiten?

Sie stieg die Treppe in den ersten Stock hoch, um an Felix' Zimmertür zu klopfen, Jasper zu begrüßen und ihm anzubieten, Kaffee für ihn zu kochen, Cantuccini für ihn aus dem Vorrat zu holen, womöglich sogar die Limoncelloflasche ... da hörte sie einen Satz, der sie auf der obersten Treppenstufe festnagelte.

Jasper schrie mit erstickter Stimme: »Das Geständnis war falsch, verstehst du? Falsch!«

72 Der Spätnachmittag ging gerade erst in einen frühen Abend über, als Erik und Sören mit der Staatsanwältin zum Süder Wung fuhren. Der Wind war eingeschlafen, die Wolken waren schwerfällig geworden, zogen nicht mehr über den Himmel, veränderten nur ständig ihre Form. Das Sonnenlicht war dottergelb geworden, bekam einen orangen Ton, als wollte es sich schon jetzt auf den Sonnenuntergang vorbereiten. Die Feriengäste kehrten zurück, vom Strand, von Spaziergängen, von Radtouren oder Einkäufen, um den Tag zu beschließen oder sich auf den Abend vorzubereiten. Erik bremste, als eine Familie mit drei kleinen Kindern die Straße überqueren wollte, fuhr langsam, als ein Lastenfahrrad vor ihm die ganze Straßenseite für sich beanspruchte, und schimpfte nicht, als auf der Westerlandstraße ein Stau entstand, dessen Grund nicht zu erkennen war. Als er sich endlich auflöste, gab er nur wenig Gas, ließ den Wagen zur Einmündung in den Süder Wung rollen und fuhr auch dort so langsam auf sein Haus zu, als hätte er Angst vor dem Abend. Das stimmte natürlich nicht. Aber der Gedanke an den Besuch in der Pizzeria Zanchetti setzte ihm tatsächlich zu. Er war nicht in der Stimmung, auszugehen, Small Talk mit den Zanchettis zu halten, nette Worte für Mariella zu finden und sich anzusehen, wie Felix sich in der Pizzeria zu Hause fühlte. Er hatte sich im Laufe des Tages nach innen gekehrt und wusste, dass er Schwierigkeiten haben würde, zu einem extrovertierten Verhalten zurückzufinden. Nur gut, dass er nicht allein war. Mamma Carlotta würde selbstverständlich den größten Teil des Abends bestreiten, würde die Familiengeschichte der Zanchettis in Erfahrung bringen und ihre eigene einfließen lassen, und Tilla, die eine Meisterin im Small Talk war, würde ihren Teil dazu beitragen. Erik und Sören würden sich vermutlich damit begnügen dürfen, gelegentlich etwas zu bestätigen oder mit dem einen oder anderen Einwurf so zu tun, als beteiligten sie sich an der Unterhaltung. Wenn die Zan-

chettis typische Italiener waren, würde es vermutlich reichen, lächelnd danebenzusitzen, häufig zu nicken und zu lachen, wenn auch sie lachten. Erik wusste ja zur Genüge, wie Unterhaltungen mit Italienern abliefen. Nachdem Lucia ihn früher oft ermahnt hatte, in Gegenwart ihrer Familie ein bisschen aus sich herauszugehen, wusste er, welche Taktik er anwenden musste, um sich einerseits interessiert zu zeigen, aber andererseits Zaungast zu bleiben und nicht durchblicken zu lassen, dass er sich im Zentrum ihrer Diskussionen nicht wohlfühlte. So wollte er es auch an diesem Abend machen.

Seine Laune besserte sich erheblich, als er in der Küche nicht nur auf seine Schwiegermutter, sondern auch auf seine Tochter traf. Und als sie ihm unbefangen entgegenlächelte, hätte er sie am liebsten in seine Arme gezogen. Doch er bezwang sich aus Angst, dass Carolin zurückweichen könnte. Wohnte sie nun wieder zu Hause? Würde sie nach dem Essen in der Pizzeria Zanchetti mit der Familie in den Süder Wung zurückkehren? Solange das nicht geklärt war, wollte er sich zurückhalten.

Mamma Carlottas Augen huschten zwischen Erik und Carolin hin und her. Wie reagierte ihre Enkelin auf das Erscheinen des Vaters? Wie begrüßte Erik seine Tochter? Sie hätte vor Erleichterung jubeln können, als sie merkte, dass beide sich Mühe gaben. Aber natürlich unterließ sie es, sich irgendwas anmerken zu lassen. Sie kannte ihre Pappenheimer. Wenn sie für etwas gelobt wurden, das sie kurz zuvor auf keinen Fall hatten tun wollen, dann hielten sie es oft für eine Sache des Stolzes, ins alte Muster zurückzufallen. Und das wollte Mamma Carlotta auf keinen Fall riskieren. Also erkundigte sie sich nur ganz lapidar, ob man den Aperitif schon im Süder Wung einnehmen wolle oder ob es besser sei, sofort aufzubrechen und bei den Zanchettis Prosecco zu bestellen.

Sie entschlossen sich einstimmig, erst in ein oder zwei Stunden aufzubrechen und sich bis dahin dem Aperitif zu widmen, und zwar im Garten. Zwar frischte die Abendluft schon auf, aber mit einer Jacke oder einem Pullover würde es gehen. Es roch so herrlich da draußen, die Blüten in den Beeten, die Lucia angelegt hatte, waren noch so jung, sie standen noch auf ihren Stängeln, während sie im Spätsommer oft die Köpfe hängen ließen, wenn sie schwer und prall geworden waren und zu sehr geprunkt hatten.

Mamma Carlotta sorgte für Gläser und die kleinen weißen Spitzenuntersetzer, die Lucia von ihrer Großtante zur Hochzeit geschenkt bekommen und nie benutzt hatte, weil sie so altmodisch waren. Carlotta hatte sie in einer Schublade gefunden, da Lucia es augenscheinlich nicht fertiggebracht hatte, sie wegzuwerfen, und beschlossen, sie der verstorbenen Tante zu Ehren hervorzuholen. Tilla half ihr, holte die Flaschen aus dem Vorrat und ließ den Sektkorken knallen, obwohl Erik anbot, sich um das Öffnen der Flaschen zu kümmern. Aber Carolin erklärte ihm, dass eine moderne Frau mit solchen Dingen allein zurechtkam, woraufhin Erik sich lächelnd zurücklehnte.

Mamma Carlotta war froh, dass Carolin nicht auf Peer Mattes zu sprechen kam, sie schien wirklich den Vorsatz zu haben, ihren Vater in Zukunft nicht mehr zu bedrängen. Das fiel ihr vermutlich leicht, weil sie spürte, dass es nicht mehr nötig sein würde, Druck auf Erik auszuüben, dass er ihr in Zukunft auch freiwillig Auskunft geben würde.

Die Erleichterung über die gelösten Mordfälle legte sich allmählich über die Seelenlähmung, die sie alle befallen hatte, nachdem sie Peer Mattes' Geständnis gelesen hatten. Die Wehmut über diese sinnlosen Tode würde nicht so schnell vergehen, die Erleichterung über die Aufklärung würde jedoch wachsen. Wenn auch die Traurigkeit nie ganz verschwinden würde, jedenfalls nicht, solange Jasper Felix' Freund war und durch sein Erscheinen immer wieder daran erinnern würde, was geschehen war.

Felix war bald nach Carlottas Rückkehr aufgebrochen, weil er in der Pizzeria erwartet wurde, Jasper war in die Küche gekommen und hatte sich verabschiedet, aber ihre Hoffnung, dass er sich auch ihr offenbaren könnte, hatte sich nicht erfüllt. Kein Wunder eigentlich. Er kannte sie nicht gut genug. Felix war ihm vertraut, seine Großmutter kam ja nur gelegentlich nach Sylt.

Mamma Carlotta schaffte es nicht, Erik anzusehen, während sie sich zuprosteten. Was sollte sie tun? Verraten, was sie zufällig gehört hatte? Mit Felix darüber reden? Oder ... einfach schweigen? Sie starrte über den Rasen, zu einem Busch, in dem sich die unteren Blätter bewegten. Eine Maus, die sich kurz blicken ließ und dann wieder verschwand. Nebenan stellte Herr Kemmertöns den Rasenmäher an, über ihnen kreisten zwei Möwen und schrien, ein Kaninchen kam aus dem Nachbargarten, wohl durch den Rasenmäher aufgeschreckt, hoppelte über den Rasen und verschwand hinter dem nächsten Zaun.

Die Unterhaltung der anderen drehte sich jetzt um Kriemhild Röhl, um das Speeddating, um die weiße Spur in Alf Kruskopps Galerie. Mamma Carlotta hörte nur mit halbem Ohr zu und äußerte sich nicht. Sollte doch Kriemhild Röhl in Verdacht geraten! Sie musste deswegen keine Schuldgefühle haben, zum Glück wurde die Verursacherin der Spur nicht mit Alf Kruskopps Tod in Verbindung gebracht. Kriemhild Röhl würde nichts passieren. Der Mörder war ja überführt ...

Wieder drängte sich Jaspers Stimme in ihr Bewusstsein. »Er hat Matz Olsson nicht umgebracht, Felix. Das war ich!« Mit stockender Stimme, immer wieder von Schluchzen unterbrochen, hatte Jasper erzählt, wie er nachts aufgeschreckt worden war und Matz Olsson im Wohnzimmer angetroffen hatte. »Ich hatte Angst, habe nicht nachgedacht! Der Kerzenständer stand da, ich habe ihn genommen und zugeschlagen. Natürlich wollte ich den Kerl nur außer Gefecht setzen und dann die

Polizei rufen. Aber …« Jasper hatte hemmungslos geweint, bis er es herausgebracht hatte: »Er war tot, das habe ich gleich gesehen. Mein Vater schlief, er hatte nichts mitbekommen. Ich habe ihn geweckt und ihm erzählt, was geschehen ist. Und er hat gemeint, wir sollten die Polizei nicht rufen.« Peer Mattes hatte Angst um seinen Sohn gehabt, er hatte befürchtet, dass Jasper sich seine Zukunft verbaute, wenn sich herausstellte, dass er für den Tod eines Mannes verantwortlich war. Womöglich glaubte man ihm nicht! Und selbst wenn, dann würde immer der Makel an ihm haften, einen Einbrecher erschlagen zu haben. »Wir haben ihn noch in der Nacht in die Heide gebracht. Es ging uns beiden schlecht danach, du weißt ja, dass ich mich richtig krank fühlte. Und wir hatten beide Angst. Ich habe zu Papa gesagt: Was ist, wenn der Hauptkommissar herausfindet, was geschehen ist? Dann haben wir alles noch schlimmer gemacht!« Daraufhin hatte Peer Mattes beschlossen, eine falsche Spur zu legen. Er hatte Erik erzählt, dass er Matz Olsson mit einer Frau in der Heide gesehen habe …

Mamma Carlotta schreckte auf, als Tilla sie lächelnd fragte, wo sie denn mit ihren Gedanken sei. Etwa bei Alf Kruskopp?

»Madonna!« Sie hob ihr Glas und trank, sank aber sofort in ihre Gedanken zurück, als die anderen über Jürgen Kiewel und seine Frau redeten. Carolin hatte gehört, dass Kiewel bereits ausgezogen sei …

Der Gedanke an Alf Kruskopp machte Mamma Carlotta zu schaffen. Hätte er doch nichts davon gehört, dass in seine Werkstatt jemand eingedrungen war! Dann würde er heute noch leben. Aber er hatte Peer Mattes auf frischer Tat ertappt, und der hatte genauso reagiert wie ein paar Tage zuvor sein Sohn. Er hatte in seiner Panik zugeschlagen. Und dann hatte er das Bild gesucht, das längst in Mamma Carlottas Tasche steckte. Ob er damit fertiggeworden wäre, einen Menschen umgebracht zu haben, wenn er das Bild gefunden hätte und damit rechnen durfte, bald reich zu sein? Mamma Carlotta wusste es nicht. Vielleicht wäre er trotzdem todunglücklich geworden. Nun aber hatte er den Rahmen in der Restmülltonne gefunden, und ihm war klar geworden, dass das Bild sich im Hause Wolf befinden musste. Womöglich in den Händen des Kriminalhauptkommissars. Peer Mattes hatte geglaubt, dass er längst durchschaut sei, und keinen Ausweg mehr gewusst. Aber seinem Sohn wollte er die Zukunft nicht kaputt machen, Jasper sollte ein gutes Leben haben, wenn er von nun an auch der Sohn eines Mörders sein würde ...

Mamma Carlotta setzte sich aufrecht hin, schüttelte die schweren Gedanken ab und sah, dass alle Gläser leer waren. »Wir sollten jetzt aufbrechen.«

Während sie sich erhoben, Erik die leere Flasche wegbrachte, Tilla die Gläser einsammelte und in die Küche trug und Carlotta die Spitzendeckchen glatt strich und feststellte, dass keins schmutzig geworden war, beschloss sie, zu schweigen. Matz Olssons Tod war genauso gesühnt worden wie Alfs Tod. Peer hatte recht daran getan, diese Schuld zusätzlich zu der anderen auf sich zu nehmen. Sie würde kein Wort darüber verlauten lassen. Felix hatte seinem Freund dringend geraten, zu schweigen und den Wunsch seines Vaters zu respektieren. Er hatte Jasper versprochen, niemals darüber zu reden, und so würde auch sie es halten. Kein Wort darüber, wer Matz Olsson wirklich umgebracht hatte!

73

Erik riss sich zusammen. Viel lieber wäre er zu Hause geblieben, hätte sich in der Küche an den Tisch gesetzt und gegessen, was seine Schwiegermutter gekocht hatte, hätte später mit Tilla einen Spaziergang gemacht, bevor sie gemeinsam schlafen gegangen wären. Zum Glück durfte er sich wenigstens auf den letzten Punkt seiner Wunschliste freuen. Tilla würde wieder bei ihm sein, in seinem Haus, in seinem

Bett. Sie war aus dem Hotel ausgezogen, genau wie ihre Freundin Konny, die nach Hause gefahren war, um sich dort damit abzufinden, dass sie so bald keine Vernissage in einer Galerie bekommen würde. Aber dieser Besuch in der Pizzeria Zanchetti war längst überfällig. Er hatte es Felix versprochen, seinem Sohn war es wichtig, dass sie sich endlich bei den Zanchettis blicken ließen, und er hatte ja recht. Das musste wirklich sein.

Während sie die Westerlandstraße entlanggingen, dachte er an die Menschen, die er während der letzten Tage kennengelernt hatte. Tilla, Carolin und seine Schwiegermutter gingen vor ihm her, er folgte mit Sören, der zum Glück nicht das Bedürfnis erkennen ließ, sich zu unterhalten. Vielleicht hing er ähnlichen Gedanken nach wie sein Chef.

Erik dachte an Dagmar Olsson, die ein neues Leben beginnen wollte, daran aber noch vom Onkel ihres Mannes gehindert wurde. Warnfried Bakker hauste nach wie vor in der Wohnung seiner verstorbenen Schwester, hatte vielleicht noch immer die Hoffnung nicht aufgegeben, an das Emil-Nolde-Gemälde zu kommen, das ihm tatsächlich zugestanden hatte. Erik dachte an die Kiewels, deren Ehe kaputt war, obwohl es mit der Affäre Brunhildes ein Ende hatte. Und er dachte an Kriemhild Röhl, die vermutlich auf Sylt bleiben und ins Haus ihrer Schwester ziehen würde, in das Zimmer ihres Schwagers. Sie hatte dann als Einzige erreicht, was sie wollte, sie würde auf der Insel wohnen bleiben. Und dann dachte er an die beiden Männer, die ihr Leben gelassen hatten, Matz Olsson und Alf Kruskopp, beide gestorben wegen eines Gemäldes, das verschwunden war. Und vor allem dachte er an Peer Mattes, seinen Sohn und seine Frau. Was für ein Schicksal! Ein rechtschaffener Mann, der den Tod von zwei Menschen auf sein Gewissen geladen hatte. So schnell konnte es gehen, so kurz konnte der Weg von einem friedlichen, schuldfreien Dasein zu einem Leben als Verbrecher sein.

Er hatte gar nicht auf den Weg geachtet und war überrascht, wie schnell sie vor der Pizzeria angekommen waren. Noch einmal riss er sich zusammen. Er würde jetzt so eloquent sein, wie es ihm eben möglich war, so fröhlich, wie es von ihm erwartet wurde, so glücklich, wie er zu sein hatte als Vater von zwei gut geratenen Kindern und Lebensgefährte einer Frau, auf die er stolz sein konnte. Die Zanchettis sollten begeistert von Felix' Familie sein. Mit festen Schritten ging er auf die Eingangstür des Restaurants zu.

Die Zanchettis empfingen die Wolfs genau so, wie Mamma Carlotta es sich gewünscht hatte: mit viel Tamtam, großen Gesten und temperamentvollen Umarmungen. Dass Tilla und Sören nicht zur Familie gehörten, spielte für sie keine Rolle. Wer von den Wolfs geschätzt wurde, war auch den Zanchettis willkommen.

Mamma Carlotta fühlte sich zu Signora Zanchetti besonders hingezogen. Sie war Mitte vierzig, ging mit ihrem Übergewicht sehr selbstbewusst um, hatte ein schönes, ebenmäßiges Gesicht und lange Haare, die sie aufgesteckt trug. Ihre dunklen Augen strahlten, sie schien ein durch und durch positiver Mensch zu sein. Ähnlich wie ihr Mann, der seinen gewaltigen Bauch vor sich hertrug wie einen Orden, der ihm verliehen worden war, und ihn ständig tätschelte, wenn er nicht gerade mit den Händen arbeitete oder mit weit geöffneten Armen auf jemanden zuging, um ihn herzlich willkommen zu heißen. Wie er mit den Syltern zurechtkam, konnte Mamma Carlotta sich nicht recht vorstellen, aber zum Glück gab es die vielen Touristen auf Sylt, denen die laute und hitzköpfige Nettigkeit von Italienern meist vertraut war. Aldo Zanchetti trug einen Schnauzer wie Erik und hatte so volles Haar wie er, was ihn dazu veranlasste, Erik immer wieder auf die Schulter zu klopfen. Sören dagegen erntete nur schwer kaschiertes Mitgefühl, blass, temperamentlos, wie er war, dazu mit derart schütterem Haupthaar, dass Anita Zanchetti ihren

Mann ermahnen musste, Sören nicht ständig über den Kopf zu fahren, um herauszufinden, ob sich seine Haare so anfühlten, wie sie aussahen.

Sören war völlig überfordert, während Tilla es natürlich einfacher hatte. Aldo liebte das weibliche Geschlecht, überschüttete die Staatsanwältin mit Komplimenten, erst recht, als er erfuhr, welchen Beruf sie ausübte, und hielt Carolin eine Weile mit ausgestreckten Armen vor sich hin, als könnte er nicht fassen, dass diese hübsche junge Frau ihm die Ehre erwies, in seiner Pizzeria einzukehren. Außer Sören waren also alle sehr zufrieden mit der Begrüßung, die für Erik natürlich gern etwas weniger enthusiastisch hätte ausfallen dürfen. Aber er kannte ja die Italiener und hatte nichts anderes erwartet.

Mamma Carlotta war sowieso entzückt. Sie hatte alle Komplimente erst zurückgewiesen und dann erwidert und sämtlichen Übertreibungen noch eine Krone aufgesetzt.

Als Mariella erschien, ging alles noch einmal von vorne los. Mamma Carlotta behauptete, sie habe bisher nicht glauben können, dass die Freundin ihres Enkels wirklich so hübsch sei, wie er geschildert habe, aber nun sehe sie ja mit eigenen Augen, dass sie sogar noch attraktiver sei. Erik wäre beinahe in die Verlegenheit gekommen, sich der Lobhudelei anzuschließen, das merkte Mamma Carlotta, aber er bezwang sich und beließ es bei einer förmlichen Begrüßung. Sie war zufrieden damit, denn sie wusste ja, dass Erik, wenn er sich italienisch geben wollte, eigentlich alles falsch machte. In Panidomino hatte er das manchmal versucht, und Lucia war froh gewesen, als er jegliche Bemühungen dieser Art eingestellt hatte.

Mariella war in der Tat eine sehr hübsche und sympathische junge Frau, die alle Herzen im Sturm eroberte. Carolin war sie bereits bekannt, die beiden zwinkerten sich zur Begrüßung zu. Felix hielt sich dicht an ihrer Seite, als Mariella alle begrüßte, und schien vor Stolz zu platzen. Sie hatte lange schwarze Haare, und ihre dunklen Augen waren genauso ausdrucksvoll, wie Felix sie beschrieben hatte. Sie war schlank, einen Kopf kleiner als Felix und hatte mit der Korpulenz ihrer Eltern nicht zu kämpfen, jedenfalls noch nicht. Mamma Carlotta erinnerte sich prompt an viele junge Mädchen in Panidomino, die gertenschlank gewesen waren und nach ihrem Hochzeitstag jährlich ein paar Kilos zugenommen hatten, bis sie ähnliche Matronen geworden waren wie ihre Mütter.

Anita Zanchetti winkte sie beiseite, weil sie Mamma Carlotta unbedingt zeigen wollte, wie gut ihre Küche ausgestattet war. »Das interessiert Sie sicherlich«, meinte sie und zog Mamma Carlotta mit sich.

Diese fragte sich noch, warum sie das interessieren sollte, bekam aber schon bald einen Hinweis, der sie alarmierte. Anita Zanchetti fiel ins Italienische, während sie erklärte, dass ihr Mann sehr erfreut sei über die Beziehung seiner Tochter mit Felix, den sie ebenso wie Mamma Carlotta Felice nannte. Er habe ja sicherlich schon zu Hause davon gesprochen, dass Mariellas Vater froh sei, demnächst einen Nachfolger zu bekommen, da Mariella ja partout nicht bereit sei, den Laden später weiterzuführen.

»Come?« Mamma Carlotta hoffte, sich verhört zu haben.

Aber Anita Zanchetti redete weiter und sorgte dafür, dass Mamma Carlotta keine Gelegenheit mehr bekam, sie zu unterbrechen. Felix sei ja so ein lieber Junge, sie und ihr Mann hätten ihn sehr, sehr gern, fast wie einen eigenen Sohn, der ihnen leider versagt geblieben war.

Mamma Carlotta wurde immer unbehaglicher zumute. Warum erzählte ihr Mariellas Mutter das? Wollte sie die Unterstützung von Felix' Großmutter haben, weil sie bereits wusste, dass sein Vater dagegen war, dass Felix in dieser Pizzeria sein Auskommen fand?

Sie warf einen Blick in die Küche, lobte die Sauberkeit, nickte den Küchenhilfen, die bei der Arbeit waren, freundlich zu und machte deutlich, dass sie zurück zu ihrer Familie wollte. Die Frage Anita Zanchettis, ob sie, die Nonna, sich vorstellen könne, aus Felice einen Gastronom zu machen, beantwortete sie nicht. Das hatte zwei Gründe. Sie wollte sich mit dieser Frage nicht befassen, wollte nichts sagen, was Felix nicht gefiel, wollte auch nichts sagen, was Erik nicht gutheißen wollte, und fühlte sich durch Anita Zanchettis forsche Art bedrängt. Es gefiel ihr nicht, dass Mariellas Mutter sie von den anderen getrennt hatte, um ihr etwas ins Ohr zu flüstern, das sie offenbar unterstützen sollte, damit Erik seinen Segen gab. Außerdem glaubte sie nicht, dass Felix tatsächlich seine Zukunft in dieser Pizzeria sah. Mariella war seine erste große Liebe, vor ihr war Felix ein paarmal verliebt gewesen, aber keine dieser Beziehungen hatte lange gehalten. Auch ein junger Mann, der bis über beide Ohren verliebt war, musste erkennen, dass er sich beruflich nicht davon abhängig machen durfte, wie lange diese Liebe hielt.

Mamma Carlotta bewegte sich vorsichtig wieder aus der Küche heraus, Anita Zanchetti auf den Fersen, die es offenbar noch nicht aufgegeben hatte, ihr etwas einzureden, das Mamma Carlotta nicht wollte. Aber dann erschien der zweite Grund vor ihr, Anita Zanchetti nicht mehr zu antworten. Fassungslos starrte sie das Bild an, das auf dem Flur vor der Küche an der Wand hing. »Che cos'è questo?«

Anita Zanchetti fand ihre Frage lästig, sie wollte sich augenscheinlich nicht von dem Ziel ablenken lassen, das sie ins Auge gefasst hatte. Ärgerlich winkte sie ab und erklärte kurz und bündig, ihr Mann habe das Bild in der Restmülltonne gefunden. Keiner wisse, wie es dort hineingekommen sei, und ihr gefiele es auch gar nicht, aber ihr Mann fand es schön und wollte es unbedingt aufhängen ...

»Dio mio!«, stöhnte Carlotta. »Das ist ja das Bild, das Felice so hässlich findet! War er es womöglich, der es in die Mülltonne geworfen hat? È possibile. Ich glaube, es gehörte mal den Eltern seines Freundes Jasper. Oder ...?« Sie winkte ab, als mache es keinen Sinn, sich zu überlegen, wie das Bild zu den Zanchettis gekommen war. »Felice wird niemals in einem Haus arbeiten wollen, in dem dieses Bild hängt!«

Erschrocken sah Anita Zanchetti sie an. Dann nahm sie mit einer schnellen Bewegung das Bild vom Haken und steckte es ohne ein weiteres Wort in einen Müllsack, der neben dem Zugang zum Hof stand.

Mamma Carlotta atmete erleichtert auf. Nicht auszudenken, wenn das Bild Erik oder Felix aufgefallen wäre! Oder gar Jasper! Oder Professor Klühn ...

»Ben fatto«, sagte sie mit fester Stimme. Ein Bild, das bisher nur Unglück gebracht hatte, musste vernichtet werden. »Gut gemacht.«

Rezeptanhang

Panini al rosmarino e formaggio
(Rosmarinbrötchen mit Käsecreme)

Zutaten für 6 Personen: 100 ml Milch, 40 g Butter, 15 g Trockenhefe, 300 g Mehl und etwas Mehl zum Bestäuben, Öl zum Bestreichen, 2 ½ EL fein gehackter Rosmarin, 70 g geriebener Provolone-Käse, 3 EL Sahne, 25 g in Streifen geschnittene geräucherte Pancetta, Salz

Milch und Butter bei schwacher Hitze erwärmen. Wenn die Butter geschmolzen ist, vom Herd nehmen, gut durchrühren und beiseitestellen, bis die Mischung nur noch lauwarm ist. Die Hefe darüberstreuen und etwa 10 Minuten warten, bis die Mischung schäumt. Das Mehl mit einer Prise Salz in eine Schüssel sieben, eine Mulde in die Mitte drücken. Die Hefemischung durchrühren, in die Mulde gießen und mit den Fingern nach und nach das Mehl einarbeiten. Den Teig gut durchkneten und zu einer Kugel formen. Eine Schüssel einölen, den Teig hineingeben und mit geölter Frischhaltefolie abdecken. An einem warmen Ort bis zum doppelten Volumen gehen lassen. Auf einer leicht bemehlten Arbeitsfläche durchkneten, dabei nach und nach den Rosmarin unterkneten. 6 Teigkugeln formen, auf ein Backblech legen und ca. eine Stunde gehen lassen. Den Ofen auf 180 °C vorheizen. Die Teigkugeln leicht flach drücken und 15 Minuten backen.

Für die Füllung Provolone, Sahne und Pancetta in einem kleinen Topf bei schwacher Hitze erwärmen. Die Brötchen aus dem Ofen nehmen und die Ofentemperatur auf 200 °C erhöhen. Von den Brötchen eine Kappe abschneiden. Das Innere vorsichtig aushöhlen, mit der Käsecreme füllen, die Kappen wieder aufsetzen und die Brötchen noch einige Minuten backen.

Pancotto (Brotsuppe)

Zutaten für 4 Personen: 4 EL Olivenöl und etwas Olivenöl zum Beträufeln, 3 Tomaten, 1 Knoblauchzehe, 400 g Brot vom Vortag, ohne Rinde gewürfelt, 25 g geriebener Parmesan, Salz und Pfeffer

Das Öl erhitzen, Tomaten und Knoblauch darin bei niedriger Temperatur unter Rühren 10 Minuten dünsten. 250 ml kochendes Wasser zugießen, das Brot zugeben und alles gut vermengen. Einen Liter Wasser zugießen und mit Salz würzen. Bei mittlerer Temperatur köcheln lassen, bis die Suppe eine dicke Konsistenz hat. Vom Herd nehmen und einige Minuten ruhen lassen. Mit Öl beträufeln, umrühren und in eine Terrine füllen. Mit Parmesan und Pfeffer bestreut servieren.

Petti di pollo con finocchi al gratin (Hähnchenbrust auf Fenchelgratin)

Zutaten für 4 Personen: Butter zum Einfetten, 2 Fenchelknollen, 2 gewürfelte Hähnchenbrustfilets sowie für die Béchamelsoße 50 g Butter, 30 g Mehl, 500 ml Milch, 1 Prise Muskatnuss, Salz und Pfeffer

Den Ofen auf 180 °C vorheizen. Eine Bratform mit Butter einfetten. Fenchelknollen 2–3 Minuten in kochendem Wasser garen, dann abgießen. Den Fenchel in Scheiben schneiden und in der Bratform auslegen. Das gewürfelte Hähnchenfilet darauflegen und salzen.

Für die Béchamelsoße die Butter in einem Topf zerlassen. Den Topf vom Herd nehmen und das Mehl einrühren. Die Milch nach und nach unter ständigem Rühren zugießen. Den

Topf wieder auf den Herd stellen und weiterrühren, bis die Soße zu kochen beginnt. Dann salzen. Die Hitze reduzieren und die Soße bei geschlossenem Deckel unter gelegentlichem Rühren ca. 30 Minuten sanft köcheln lassen. Die Soße sollte dick sein, sodass sie auf einem Löffelrücken liegen bleibt. Den Topf vom Herd nehmen. Mit Salz, Pfeffer und Muskatnuss abschmecken. Wenn die Soße zu dick ist, etwas Milch unterrühren. Ist sie zu dünn, etwas länger kochen.

Die Béchamelsoße über das Hähnchen in der Bratform geben und 30 Minuten backen, bis alles goldbraun ist.

Crema al mascarpone (Mascarponecreme)

Zutaten für 6 Personen: 3 Eier, 3 EL Zucker, 300 g Mascarpone, 3 EL Rum

Eigelb und Zucker hell und schaumig rühren. Das Eiweiß steif schlagen und unter die Eiermasse ziehen. Den Mascarpone glatt rühren und portionsweise unterziehen. Dann den Rum vorsichtig unterrühren. Die Creme in Dessertgläser füllen und kalt stellen.

Pomodori gratinati (Gratinierte Tomaten)

Zutaten für 4 Personen: 50 g gesalzene geröstete Erdnüsse, 40 g Walnusskerne, 40 g Sesamsamen, 3 EL Sahne, 4 Fleischtomaten, 4 TL Öl, Fett fürs Backblech

Die Erdnüsse mit den Walnüssen und dem Sesam in der elektrischen Mühle zermahlen und mit der Sahne zu einem Brei verrühren. Die Tomaten quer halbieren. Die Schnittflächen jeweils dick mit der Nusspaste bestreichen und leicht andrücken. Ein Backblech mit etwas Fett einpinseln. Die Tomaten daraufsetzen und jeweils mit etwas Öl beträufeln. In den vorgeheizten Backofen auf die mittlere Einschubleiste geben und unterm Grill 10 Minuten gratinieren.

Fettuccine con zucchini e basilico fritto (Fettuccine mit Zucchini und gebratenem Basilikum)

Zutaten für 4 Personen: 250 ml Olivenöl, eine Handvoll frische Basilikumblätter, 500 g Fettuccine oder Tagliatelle, 60 g Butter, 2 zerdrückte Knoblauchzehen, 500 g Zucchini, 80 g Parmesan

Die Basilikumblätter portionsweise im Öl eine Minute knusprig braten. Mit einem Schaumlöffel aus der Pfanne heben und abtropfen lassen. Die Pasta al dente kochen. Abgießen und erneut in den Topf geben. Die Butter in einer tiefen Pfanne aufschäumen und den Knoblauch eine Minute dünsten. Dann die in Scheiben geschnittenen Zucchini unter mehrmaligem Umrühren ein bis zwei Minuten weich dünsten. Zu der heißen Pasta geben und gut mit dem Parmesan vermengen. Mit den knusprigen Basilikumblättern garnieren.

Casseruola toscana con pesce e verdure (Toskanische Fisch-Gemüse-Kasserolle)

Zutaten für 4 Personen: 500 g Staudensellerie, Salz, 250 g Tomaten, 200 g helle Soße (Fertigprodukt), 100 g Taleggio (oder Fontina-Käse), 30 g italienische Kräuter, Pfeffer aus der Mühle, 4 Dorschfilets à 200 g, 2 EL Zitronensaft, Butter für die Form

Den Sellerie putzen, waschen, in Scheiben schneiden und 5 Minuten blanchieren. Herausnehmen, abschrecken, abtropfen lassen. Die Tomaten enthäuten und in Hälften schneiden. Für die Soße 250 ml Wasser zum Kochen bringen, danach unter ständigem Rühren das Soßenpulver einstreuen. Den Käse in Würfel schneiden und in der Soße schmelzen lassen. Die Kräuter unterrühren und alles mit Salz und Pfeffer abschmecken. Die Fischfilets waschen, mit Zitronensaft beträufeln und mit Salz und Pfeffer würzen. Eine Auflaufform einfetten und das Gemüse hineingeben. Die Fischfilets darauflegen und mit der Soße übergießen. Im Backofen auf der mittleren Einschubleiste ca. 30 Minuten backen.

Gnocchi dolci »Nicoletta« (Süße Gnocchi »Nicoletta«)

Zutaten für 4 Personen: 2 Eier, 250 g Mascarpone, 3 EL Honig, 250 g Maisgrieß, Salz, 100 g Butter, 250 g Preiselbeeren aus dem Glas, 1 EL Zucker, 200 g Crème double, Minze zum Garnieren

Die Eier mit Mascarpone, Honig und Maisgrieß verrühren. Eine Stunde quellen lassen. Aus der Grießmasse mit zwei Teelöffeln Gnocchi abstechen und diese in siedendes, gesalzenes Wasser geben. Die Gnocchi darin ca. 10 Minuten ziehen lassen. Dann herausnehmen und abtropfen lassen. Anschließend in heißer Butter anbraten. Die Preiselbeeren mit dem Zucker und der Crème double verrühren. Die Gnocchi warm mit der Preiselbeersoße anrichten. Mit Minze garnieren und servieren.